D1731153

DROEMER ✹

BERNARD MINIER

SCHWESTERN IM TOD

PSYCHOTHRILLER

Aus dem Französischen
von Alexandra Baisch

Die französische Originalausgabe erschien 2018 unter dem Titel
»Sœurs« bei XO Éditions, Paris.

Besuchen Sie uns im Internet:
www.droemer.de

Deutsche Erstausgabe Juni 2020
Droemer Verlag
© 2018 XO Éditions. All rights reserved.
© 2020 der deutschsprachigen Ausgabe Droemer Verlag.
Ein Imprint der Verlagsgruppe
Droemer Knaur GmbH & Co. KG, München
Redaktion: Birgit Förster
Covergestaltung: Sabine Kwauka
Coverabbildung: Trevillion Images / Magdalena Żyźniewska;
shutterstock / Zoe Esteban
Satz: Adobe InDesign im Verlag
Druck und Bindung: CPI books GmbH, Leck
ISBN 978-3-426-28238-0

2   4   5   3

Für meine Kinder

Als wir zwanzig waren, haben wir an diese Welt geglaubt, die doch nichts anderes als unsere Zukunft war.

Pierre MICHON

[…] kurz [sie alle tragen] an irgendeiner Stelle ihres Individuums, ausnahmslos sichtlich die Merkmale jenes physiologischen Factums, das man Mord nennt, an sich … Das ist keine Verwirrung meines Geistes, wenn ich Ihnen hier erkläre, daß ich keinen Schritt thun kann, ohne Mord zu streifen, ohne ihn unter den Augenlidern aufflammen zu sehen, ohne seine geheimnißvolle Berührung an den Händen, die sich mir entgegenstreckten, zu fühlen …

Octave Mirbeau, Der Garten der Qualen

AUFTAKT (1988)

SCHWESTERN

Gewaltig, ungeheuerlich erstreckte sich der Wald vor ihnen …

Halb elf Uhr abends, ein lauer Juniabend, der sich weigerte, in die Nacht überzugehen. Diese war inzwischen fast vollständig hereingebrochen, aber eben noch nicht ganz. Noch nicht ganz. Es wurde immer dunkler, war dabei aber gerade noch hell genug, um – gleich einer Tapete mit verblichenen Farben – das feingliedrige Mosaik der Blätter im Halbdunkel auszumachen, die weißen, abstrakten Tupfen der kleinen Blumen, die sich wie Popcorn über die Wiese erstreckten, ihre bleichen Hände in den hellen, weiten, fließenden Kleidern, die sie wie Geister schweben ließen. Unter den Bäumen hingegen war es zu dunkel, um auch nur irgendetwas erkennen zu können. Sie schauten sich an, lächelten einander zu, aber ihre Herzen, ihre ausgehungerten und entflammten jugendlichen Herzen schlugen viel zu schnell, viel zu heftig. Langsam gingen sie zwischen den Baumstämmen der Eichen und Kastanien hindurch, inmitten der Farne den Abhang hinunter zum Talweg. Sie hielten sich an der Hand. Kein Windhauch, kein Lüftchen, die Nacht zwischen den Stämmen völlig reglos, nicht einmal die Blätter säuselten. Der Wald schien tot zu sein. Fernab des Waldrands bellte ein Hund in einem Hof, dann knatterte ein Motorrad über die Straße, wurde vor einer Kurve kurz langsamer, ehe es wieder beschleunigte. Eine der beiden war fünfzehn, die andere sechzehn Jahre alt – aber man hätte sie für Zwillingsschwestern halten können. Dieselbe Haarfarbe, ein nasses Heubraun, dasselbe schmale Gesicht, dieselben großen Augen, die das Gesicht dominierten, dieselbe hochgeschossene Silhouette … Sie waren hübsch, unumstritten; sogar schön – auf ihre *bizarre* Weise. Ja, bizarr. In ihren Blicken, in ihren Stimmen lag etwas, das Unbehagen bereitete. Eine Fledermaus streifte die Haare derjenigen, die Alice hieß, und sie stieß einen leisen Schrei aus.

»Psst!«, sagte Ambre, ihre ältere Schwester.

»Ich habe nichts gesagt!«

»Du hast geschrien.«

»Ich habe nicht geschrien!«

»Doch, du hast geschrien! Hast du Angst?«

»Nein!«

»Du lügst … natürlich hast du Angst, kleine Schwester.«

»Hab ich nicht!«, wandte die Jüngere mit einer der Kindheit noch nicht entwachsenen Stimme ein, die fest klingen sollte. »Ich war einfach nur überrascht.«

»Tja, das solltest du auch sein«, meinte Ambre, »dieser Wald ist gefährlich, alle Wälder sind gefährlich.«

»Was machen wir dann hier?«, fragte Alice prompt leicht provozierend und sah sich um.

»Willst du ihn denn nicht treffen?«

»Doch, natürlich. Aber glaubst du wirklich, dass er kommt?«

»Er hat es versprochen«, sagte Ambre mit ernstem Gesichtsausdruck.

»Männer machen Versprechen und vergessen dann, sie zu halten.«

Ambre gluckste.

»Was weißt du in deinem Alter schon von Männern?«

»Ich weiß genug.«

»Ach ja?«

»Ich weiß, dass Papa mit seiner Sekretärin schläft.«

»Das habe ich dir gesagt!«

»Ich weiß, dass Thomas masturbiert.«

»Thomas ist kein Mann, er ist ein Kind.«

»Er ist achtzehn!«

»Na und?«

So schritten sie weiter in den schweigenden Wald hinein, lieferten sich einen jener verbalen Schlagabtausche, deren Geheimnis sie so lange schon, bereits seit frühester Kindheit, beherrschten. Am helllichten Tag hätte man besser sehen können, was sie unterschied: Alices gewölbte Stirn, ihr bockiger Ausdruck, die Gesichtszüge, die dem Kokon der Kindheit erst noch entschlüpfen mussten, im Gegenzug zu Ambres überwältigender Schönheit, ihrem bereits weiblicheren Körper, der sich entfaltet hatte und nach dem man sich umdrehte, ihren definierteren, markanteren Gesichtszügen.

»Warum sollte er kommen?«, fragte die Jüngere. »Für ihn sind wir nur zwei junge Idiotinnen.«

»Da täuschst du dich«, antwortete Ambre wie von der Tarantel gestochen, während sie um eine alte Eiche herumgingen, die zwischen den Geißblättern lag.

Ihre mit schwarzer Erde bedeckten Wurzeln reckten sich Fingern gleich zu den Sternen. Ein starker Baum, der von etwas Schwächerem niedergestreckt worden war – dem Wind oder einem Parasiten –, aber so war es immer: Stets wurden die Starken von den Schwächeren besiegt.

»Für ihn sind wir etwas anderes«, erklärte sie.

Gern hätte sie hinzugefügt: *Ich zumindest, du bist natürlich nichts weiter als ein Kind* – doch sie hielt sich zurück.

»Ach ja? Und was genau sind wir?«, fragte Alice, deren Stimme vor Neugier höher klang.

»Zwei sehr intelligente Mädchen, die intelligentesten, die er jemals kennengelernt hat.«

»Ist das alles?«

»Oh nein …«

»Was sind wir dann noch?«, fragte Alice erwartungsvoll.

Ambre blieb stehen und drehte sich mit wachem, dunklem Blick und geweiteten Pupillen zu ihrer Schwester um.

»Sieh mich an, kleine Schwester.«

Alice starrte sie an.

»Ich sehe dich an«, sagte sie. »Und hör auf, mich kleine Schwester zu nennen: Ich bin nur ein Jahr jünger.«

»Was siehst du?«

»Einen sechzehnjährigen Teenager in einem altmodischen weißen Kleid«, spottete sie.

»Sieh mich an, habe ich gesagt.«

»Aber ich sehe dich doch an!«

»Nein, du siehst rein gar nichts!«

Ambre öffnete einen Knopf ihres Kleides.

»Brüste«, sagte Alice langsamer.

»Ja.«

»Den Körper einer Frau …«

»Ja.«

»Ein geiles Mädchen …«

»Ja. Was noch?«

»Ich weiß nicht …«

»Denk nach!«

»Ich weiß nicht!«

»Was sind wir für ihn?«, half Ambre ihr auf die Sprünge und zeigte auf das Buch, das sie in der rechten Hand hielt.

»Fans«, antwortete Alice sofort, und ihr Tonfall verriet, wie aufgeregt sie war.

»Ganz genau, *Fans*. Darauf steht er, auf seine Fans. Vor allen Dingen, wenn sie Brüste und eine Möse haben.«

Sie liefen wieder weiter, traten auf einen morschen Zweig.

»Sind wir nicht ein bisschen zu jung für ihn?«, fragte Alice besorgt. »Er ist immerhin schon dreißig.«

»Genau darum geht es doch.«

Sie schlichen weiter durch das Dickicht. Jetzt entdeckten sie den Umriss des Taubenschlags, seinen Schatten zwischen den Blättern, der mitten auf der Lichtung aufragte. Der Mond beschien die runden Dachziegel und die blassen Steine, die an einen Wachturm erinnerten.

»Zwei sehr hübsche junge Mädchen. Allein in der Nacht mit ihm. Die ihn anhimmeln, ihn verehren. Genau das sieht er. Und genau deshalb wird er kommen.«

»Er denkt, er wäre stark, schön, intelligent und cool«, entgegnete Alice postwendend.

Ambre schob einen letzten Zweig zur Seite; der Taubenschlag wurde ganz sichtbar.

»Ja. Aber wir sind intelligenter als er, nicht wahr, kleine Schwester?«

Er beobachtete sie durch das Gebüsch. Versteckt. Sie liefen hin und her, wurden langsam nervös. Fingen an, sich zu streiten. Nicht mehr lange, dann würden sie Angst bekommen und wieder gehen. Er fuhr sich mit der Zungenspitze über die Lippen, dann in die Kuhle des Backenzahns rechts oben, der ihn nachts quälte, wenn er in seinem Bett lag, und er verzog das Gesicht. Karies ... Aber der Anblick der beiden Kommunikantinnen brachte ihn wieder zum Lächeln. Er verjagte die Lindenschwärmer, die um ihn herumschwirrten, und richtete sich auf.

»Ambre, lass uns gehen. Er kommt nicht. Wir sind allein hier ... in diesem Wald.«

Alice wirkte ziemlich besorgt, nachdem sie diesen Satz laut ausgesprochen hatte. Es war eine jener Gegebenheiten, die sich besser nicht bewahrheiteten. Eines jener Dinge, an die man besser nicht dachte.

»Du hast Angst«, sagte Ambre.

»Ja, ich habe Angst. Und wenn schon?«

Am liebsten hätte sie ihrer Schwester ihre geheimsten Gedanken anvertraut: Was, wenn sich ein anderer hier in diesem Wald versteckte? Was, wenn er wirklich vergessen hatte zu kommen? Was, wenn hier gefährliche Tiere herumstreiften? Sie wusste, dass die größten Tiere in diesem Wald Wildschweine, Füchse und Rehe waren. Ein paar Sperber raschelten durchs Laub, Mittelspechte und eine Waldohreule. Letztere stieß ganz in der Nähe ein tiefes *Ouhh, Ouhh* aus – ein Männchen, mit der feierlichen Intonation vom Notar des Waldes, vielleicht versteckt im Taubenschlag. Ein Waldkauz antwortete mit dreierlei Tönen, schien sich über das würdevolle Gebaren der Eule lustig zu machen.

Der Wald war auch ein Mosaik aus Wasserflecken, Bächen und

Seen, und in der sanften Dunkelheit des Junis vergnügten sich Froschlurche und Laubfrösche darin.

»Hast du wirklich gedacht, er würde kommen?«, fragte Alice drängend.

»Er kommt noch.«

Ungeduld machte sich in der Stimme der Älteren bemerkbar, ebenso Zweifel. Das entging der Jüngeren nicht.

»Fünf Minuten, dann gehe ich heim«, bestimmte sie.

»Wie du willst.«

»Dann bleibst du ganz allein hier.«

Dieses Mal kam keine Antwort.

Plötzlich erzitterte das Dickicht ganz in der Nähe – wie durch einen Windstoß, nur dass es nicht windete –, beide zuckten zusammen und drehten sich zu dem Geräusch um.

Seine Silhouette erschien, tauchte aus dem Dickicht auf. Mit einem Rascheln schob er einen Ast zur Seite und kam langsam weiter auf sie zu in seinem weißen Leinenanzug, der so wenig dafür geschaffen war, durchs Gebüsch zu streunen.

»Hast du uns ausspioniert?«, fragte Ambre.

»Ich habe euch beobachtet … ihr seid gekommen … das ist gut.«

Er musterte eine nach der anderen.

»Das sind keine Kommunionkleider«, sagte er lächelnd.

»Wir haben das genommen, was ihnen am nächsten kam«, antwortete Alice.

»Ihr seid wunderschön«, sagte er anerkennend. »Es berührt mich wirklich sehr, dass ihr gekommen seid … und an diese Aufmerksamkeit gedacht habt.«

Er fasste jede von ihnen an der Hand.

»Wir sind deine größten Fans«, sagte Ambre arglos, zeigte ihm das Buch und erwiderte seinen warmen Händedruck.

»Deine allergrößten Fans«, wiederholte Alice inbrünstig und drückte ebenfalls seine Hand.

Sie waren ehrlich. Sie hatten angefangen, seine Bücher zu lesen, als sie zwölf waren – Erwachsenenromane von nahezu unerträglicher Brutalität, schockierende und empörende Szenen, Morde, Verstümmelungen. Ihnen gefiel daran, dass die Schuldigen häufig davonkamen und die Opfer niemals ganz unschuldig waren. Vor allen Dingen aber herrschte in seinen Romanen eine Atmosphäre der Dekadenz: Alle Protagonisten wurden von einem finsteren Drang angetrieben, von niederträchtigen Beweggründen und überaus kreativen Perversionen. Und dann kam natürlich sehr viel Sex darin vor.

»Ich weiß«, sagte er.

Einen Moment lang wirkte er ganz bewegt, seine Augen hinter den langen schwarzen Wimpern wurden feucht. Sein Gesicht war nicht besonders hübsch, aber seine Gesichtszüge waren harmonisch und drückten fast beständig eine Begierde aus, die von manchen als verführerisch erachtet wurde.

Unerwartet erhob sich der Wind, und ein heftiges Tohuwabohu wurde über ihnen laut, in den größten Bäumen. Er sah, wie die beiden schauderten, und sein Lächeln wurde breiter.

»Habt ihr Angst vor dem Wald, meine Damen?«, deklamierte er.

Das war ein Zitat: Ingmar Bergman, *Die Jungfrauenquelle*. Er nickte, tat so, als würde er sich mit gerunzelter Stirn umsehen.

»Das ist ein so stiller und abgeschiedener Ort.«

»Warum sollten wir Angst haben?«, entgegnete Ambre. »Wir sind mit dir zusammen.«

»Das stimmt«, sagte er.

»Und du mit uns«, fuhr sie fort. »Was machst du so spät noch im Wald mit zwei sechzehnjährigen Mädchen?«

»Fünfzehn«, korrigierte Alice vorwurfsvoll.

»Nichts Schlimmes, oder?«, sagte er spöttisch.

Er musterte sie nacheinander. Dieses Mal war seine gerunzelte Stirn nicht aufgesetzt. Er fragte sich wohl wirklich, wo der Haken war. Eingehend beäugte er die Umgebung.

»Ist euch jemand gefolgt?«

»Niemand.«

»Seid ihr euch sicher?«

Ambre lächelte ihn einfach nur an.

»Sieh einer an«, spottete sie plötzlich. »Der Mann, der in seinen Büchern die grausamsten Verbrechen schildert, der für seine blutigen Szenen gefeierte Autor, hat Angst vor zwei jungen Mädchen.«

»Ich habe keine Angst«, widersprach er freundlich.

»Aber du bist besorgt.«

»Nicht besorgt, nur vorsichtig.«

»Wir alle kleiden unsere Gefühle in Worte, dabei sind es doch nur Gefühle. Wie hast du es angestellt, so schreckliche, so faszinierende Bücher zu schreiben?«, fragte die Ältere und sah ihm dabei tief in die Augen. »Um diese ganzen, so wunderbar … *giftigen* Seiten zu schreiben. Du wirkst so … normal.«

Ihre Stimme klang jetzt tief wie der Wald. Die Bewohner des Waldes schienen die vorhandene Anspannung zu spüren, denn die Eulen, Seeadler und Käuzchen antworteten einander brüsk von einem Baum zum nächsten; ein Hirsch röhrte im Wald, vielleicht war es auch ein Rehbock: er kannte sich da nicht aus; im Gebüsch raschelte es – als würde der ganze Wald mit einem Mal wach, als bereiteten sich die Tiere, Instrumenten gleich, die sich vor einem Konzert abstimmten, für eine nächtliche Sinfonie vor.

»Hast du noch nie Lust darauf gehabt, deine Ideen tatsächlich umzusetzen?«, fragte Ambre.

»Wie das?«

»Na, diese ganzen Morde, das Foltern, die Vergewaltigungen …«

Perplex starrte er sie an.

»Du machst Witze, oder?«

Eingehend betrachtete er den Ausdruck auf dem Gesicht des Teenagers. Sie war kein Teenager mehr.

»Du hast ja keine Ahnung, was deine Bücher mit uns anstellen«, fügte sie hinzu.

Er beobachtete sie. Ambre kam noch ein Stück näher.

»Wir sind deine größten Fans, vergiss das nicht«, murmelte sie, und ihr warmer Atem streifte sein Ohr. »Du kannst uns um alles bitten.«

Ihr Tonfall und ihr Atem schickten einen Schauer über seinen Nacken, und seine Härchen stellten sich auf. Sie entfernte sich und sah befriedigt, wie sein Blick dunkel wurde, eine Schwärze, die sie schon in vielen anderen Blicken gesehen hatte. Eine Schwärze, die sie gerne hervorrief. Sie erahnte seinen inneren Aufruhr. Es war so einfach, Männer zu manipulieren. Das war fast schon enttäuschend. Dafür musste man gar nicht hübsch oder intelligent sein. Es reichte aus, ihnen das zu geben, was sie haben wollten – nur nicht zu schnell.

Und auch nicht zu oft.

»Und?«, sagte sie.

Auch in der Dunkelheit konnte sie sehen, dass er rot angelaufen war. Er musterte die beiden. Auf seinem Gesicht ein breites Lächeln, seine Augen strahlten vor Gier und Grausamkeit.

»Was seid ihr doch für böse Mädchen«, sagte er.

1993

1

Was liebte er diesen Moment. Dreimal pro Woche. Sommers wie winters. Ins Wasser stürzen, mit Windgeschwindigkeit an den Inseln der Garonne vorbeirauschen. Grand Ramier, Îlot des Moulins, Île d'Empalot. In der aufgehenden Sonne. Wenn die Stadt erst noch erwachen musste. Es war 6:30 Uhr morgens, und es waren bereits 15 Grad.

Bekleidet mit einer dunkelblauen Shorts und einem weißen T-Shirt, die Beine angewinkelt, die Arme durchgedrückt, den Oberkörper nach vorn gebeugt, jagte er sein leichtes, schlankes Boot mit dem Rücken zum Bug durchs Wasser, den Hintern fest mit dem Sitz verankert – was man, ganz ohne zu schmunzeln, »den Durchzug« nannte –, wie hypnotisiert vom Wasser, das unter den Rudern dahinfloss. Sein Rhythmus ließ sich in vier Phasen unterteilen: das Boot in Bewegung versetzen – im Großen und Ganzen die Beine durchdrücken und die Arme heranziehen –, die Ruder aus dem Wasser herausdrücken, sie hinter den Körper befördern, indem er langsam und gleichmäßig die Beine anwinkelte, um das Dahingleiten nicht zu stören, und sie dann erneut ins Wasser eintauchen lassen. Fließende Bewegungen, das war der Schlüssel. Reinstes Dahingleiten. Alles war dafür gemacht, es zu begünstigen – Kraft, Gleitverhältnis, Energie und Lockerung. Ein Sport, bei dem alle Muskeln beansprucht wurden: Rücken, Schultern, Arme, Schenkel, Gesäß, Bauchmuskeln … Und die Konzentration.

Er fuhr am westlichen Ufer der Île du Grand Ramier entlang, mit ihrem Stadion und dem auf Stelzen errichteten Studentenwohnheim zwischen den Bäumen, einsam auf der großen Weite des Wassers, denn er hasste es, im Team zu rudern. Links von ihm, etwa hundert Meter entfernt, krönten große Wohnblöcke einen Damm aus Beton. Rechts von ihm, etwas näher, dichte Vegetation und Wasserarme, die einen fast schon an Louisiana denken ließen. Sein langes schmales Boot glitt in Richtung des riesigen, grün bemalten Schornsteins der Firma AZF dahin, den die Anwohner schlicht »den grünen Turm« nannten und der sein Ammoniumnitrat in den blassblauen Himmel spuckte. Er war Chemiker. Er wusste, dass der Nitratgranulat-Kühlturm von AZF eigentlich mit einem System zur Entgiftung ausgestattet sein soll-te, wie die meisten Granulattürme, aber hier war das nicht der Fall. Die Vereinigung *Les Amis de la Terre* hatte unlängst diese »tickende Zeitbombe« angeprangert, die dieser mitten in Tou-louse befindliche Chemiestandort darstellte. Als Chemiker wuss-te er, wovon die Rede war. Dieser Standort war nicht nur viel zu nah an bewohnten Gegenden, während des Ersten Weltkriegs waren hier auch Unmengen an Pulver und Sprengstoff hergestellt worden. Nach dem Krieg war die Nachfrage geradezu drastisch gesunken, allerdings hatte die Pulverfabrik viel Zellulosenitrat gelagert, versenkt in den vier nahe gelegenen Teichen, zwischen der Saudrune und der Garonne. Laut letztem Stand der Dinge lagerte der Vorrat immer noch dort. Auf dem Grund der Teiche. Wartete seit nunmehr 80 Jahren darauf, dass jemand sich dafür interessierte. Genug Pulver, um das gesamte Departement Haute-Garonne in die Luft zu jagen. Und um ein Wievielfaches war die umliegende Bevölkerung in den letzten 80 Jahren angewachsen?, fragte er sich.

Er bog ab, kam der Fabrik immer näher, nahm einen schmalen Arm des Flusses steuerbord. Die beiden Begrenzungen der ihn umgebenden Vegetation gaben ihm das Gefühl, als würde er durch ein Bayou fahren. Wie jedes Mal überraschten ihn die Stil-le und der Friede, die hier herrschten. Eine fast schon religiöse Ruhe. Als hätte er urplötzlich die Stadt verlassen und wäre in ei-nem Paralleluniversum gelandet. Er wurde langsamer. Das war der Moment, den er am liebsten mochte. Abfälle schwammen in Ufernähe herum, und ein paar Plastiksäcke hingen an den Zwei-gen, doch abgesehen davon fehlten nur eine Geige und ein Akkordeon. *Born to the Bayou.* Während der warmen Monate traf man hier auf Schwarzmilane, bläuliche Libellen und Springfrösche – Letztere sonderten einen Urinstrahl ab, versuchte man, sie zu fangen.

Hinter den Bäumen ließen sich Gebäude erahnen, doch hier – auf diesem Wasserarm – war er allein. Er glitt weiter durch das Wasser, immer langsamer, genoss dieses friedliche Intermezzo, als unvermittelt rechts von ihm etwas auftauchte, das beim letzten Mal nicht da gewesen war. Zwei große weiße Formen am Fuß der Bäume. Wie zwei riesige Plastiksäcke. Nur waren es keine Plastiksäcke. Oh nein! Heilige Mutter Gottes. Diese durchscheinende Weiße, die sich hinter den Blättern und dem Gebüsch abzeichnete, *das waren Kleider, die im Wind wehten.* Und in der Verlängerung der Kleider waren vier Arme, vier Beine, vier Füße … und zwei Köpfe zu sehen. Zwei Menschen … oder das, was von ihnen übrig war … Er spürte, wie sich sein Herzschlag beschleunigte. Rudern war ein hervorragender Sport für das Herz, und im Lauf der Jahre hatte er beeindruckende Fähigkeiten der aeroben Atmung erlangt, dennoch interpretierte sein Gehirn, was er sah, und schickte umgehend eine hysterische Botschaft an seine Nebennieren – die daraufhin Adrenalin ausschütteten, und zwar in Hülle und Fülle. Was drei unvermeidbare physiologische Konsequenzen nach sich zog – Athlet hin oder her: beschleunigter Herzrhythmus, erhöhter Blutdruck sowie Erweiterung der Lunge und Weiterleitung des Blutes vom Verdauungstrakt in Muskeln, Lunge und Hirn. Alle Reaktionen, die in unserer Körpererinnerung eingeschrieben sind, dienen ursprünglich dazu, unseren Organismus beim Anzeichen von Gefahr entweder in Flucht- oder aber in Kampfbereitschaft zu versetzen.

Und François-Régis Bercot reagierte.

Zunächst tauchte er die Ruder ins Wasser, vertikal nach unten, und drückte dagegen, um das Boot anzuhalten.

Als Nächstes holte er die Ruder aus dem Wasser, zog die Arme an die Brust, tauchte die Ruder wieder ins Wasser und drückte die Arme durch, um sich nach hinten zu schieben – also entgegen seiner Fahrtrichtung –, hin zu den weißen Kleidern – und dem, was in ihnen steckte, was auch immer das war. Tatsächlich kamen zwei weiße Formen näher.

Er ließ sich treiben, bis er fast auf ihrer Höhe stehen blieb.

Was er da sah, trug – nebenbei erwähnt – kaum zur Wiederherstellung eines idealen Ablaufs seines Metabolismus bei. Mit der Kordel, die um die Taille geknotet war, erinnerten die beiden weißen Kleider an Alben für die Erstkommunion oder an die Steifheit von sehr nüchternen Brautkleidern, und – Grundgütiger! – die Menschen, die in diesen Kleidern steckten, waren zwei junge Mädchen mit nassen, strohblonden Haaren. Festgebunden an zwei Baumstämmen, einander gegenüber, in sitzender Haltung, das Kinn auf die Brust gekippt, etwa drei Meter voneinander entfernt. Dicke Seile waren um ihren Oberkörper gewickelt, und bei einer der beiden – bei der mit dem Holzkreuz am Hals – schien sich ein abscheulich zerschmettertes und verquollenes Gesicht hinter dem Vorhang ihrer Haare abzuzeichnen. Er unterdrückte einen Würgereiz. Spürte, wie ihm die Galle hochkam. War kurz davor, über das Wasser gebeugt zu reihern, auch wenn weit und breit kein Reiher zu sehen war, und dabei fast zu kentern.

Absurderweise sagte er sich, dass er diesen Wasserarm wohl zum letzten Mal genommen hatte – dass er vielleicht sogar zum letzten Mal auf diesem verfluchten Fluss gerudert war, verdammt noch mal. In jedem Fall wusste er, dass er niemals mehr an diesem Baum vorbeifahren konnte, ohne dass dieser Anblick wieder in seinem Geiste auftauchen und ihn heimsuchen würde. Er fragte sich, was für ein Monster zu so etwas fähig war, und trotz der milden Luft rannen ihm Schauer über den Rücken.

Etwas tun … nicht reglos hier verharren.

Irgendwo im Westen ertönte ein Donnerschlag. Noch immer zitternd, fasste sich Bercot ein Herz. Er drehte mit seinem Boot um, ruderte mit einem Paddel vorwärts, mit dem anderen rückwärts, durch den Aufruhr fast ebenso ungeschickt wie ein Anfänger. Der schmale Wasserarm war ihm dabei kaum hilfreich, und er bedauerte inzwischen, kein Kanu genommen zu haben.

Ein Telefon ... Er musste so schnell wie möglich zu einem Telefon kommen, dachte er und ruderte schneller als jemals zuvor in seinem Leben.

2

Wie in dem Roman *La Colline inspirée,* dachte der junge Mann, als er den Hügel im Sonnenschein entdeckte. Hieß das nächstgelegene Dorf nicht Sion? Das Haus seines Vaters wirkte verschlafen. Die meisten Fensterläden im Erdgeschoss waren geschlossen – Zimmer, die sein Vater seit dem Tod seiner Mutter zugesperrt hatte –, aber nicht die im ersten Stock. Ein leichter Windhauch, der keinerlei Frische brachte, ließ die Baumwipfel im Wald hin und her schwanken, genau wie den goldgelben Weizen hinter dem Haus. Noch nicht reif … In etwas mehr als einem Monat würden die Mähdrescher auf Hochtouren laufen und goldene Staubwolken über den Feldern aufsteigen.

Martin Servaz stellte den Motor seines Fiat Panda ab, machte die Tür auf, betrat den mit hundertjährigen Platanen gesäumten Kiesweg und atmete tief ein. Wie viel Zeit war seit dem letzten Mal vergangen? Ein Monat? Oder zwei? *Er spürte ihn. Den Knoten. In seinem Bauch …* Wie diese Haarballen, die Katzen auswarfen. Er spürte ihn jedes Mal, wenn er herkam, und im Lauf der Jahre war er immer größer geworden.

Er ging auf das alte Bauernhaus zu, das im Sonnenlicht badete. Es war heiß. Sehr heiß. Es erinnerte mehr an einen stickigen Sommernachmittag als an den Monat Mai, und der Schweiß ließ sein T-Shirt am Rücken kleben.

Er hatte versucht, seinen Vater anzurufen, bevor er losgefahren war, vom Telefon in der Universität aus, aber der Alte hatte nicht abgehoben. Vielleicht machte er gerade seinen Mittagsschlaf – oder er schlief seinen Rausch aus. Der Renault Clio seines Vaters stand am üblichen Platz stehen beim Schuppen, dort, wo seit über zehn Jahren die landwirtschaftlichen Geräte vor sich hin rosteten. Sein Vater war kein Landwirt gewesen, sondern Französischlehrer.

Ein nüchterner Lehrer, von den Schülern geschätzt.

Das war, bevor zwei Täter bei ihm eingedrungen waren, seine Frau vergewaltigt und, in dem Glauben, sie sei tot, einfach liegen gelassen hatten. Heute erinnerte der elegante Französischlehrer mit der schlanken Figur, der sich einst sehr jugendlich kleidete, an einen der armen Teufel, die in regelmäßigen Abständen der Ausnüchterungszelle der Gendarmerie einen Besuch abstatteten – wo Martin ihn schon mehrfach abgeholt hatte. Einer der Gendarmen war ein ehemaliger Schulkamerad von ihm. Während Martin sich einem Literaturstudium gewidmet hatte, hatte sein Freund den angeseheneren Weg des Gesetzeshüters eingeschlagen. Wann immer Martin aufgetaucht war, um seinen Alten abzuholen, hatte er ein zutiefst mitfühlendes Gesicht aufgesetzt. Bestimmt stellte er sich vor, wie er sich fühlen würde, wäre es sein Vater, schließlich ist Empathie häufig nichts anderes als eine abgewandelte Form des Selbstmitleids.

Der Kies knirschte unter seinen Schritten, und er wedelte ein paar Insekten fort, blieb vor der alten Holztür stehen, deren verbliebene Farbe abblätterte wie eine sich abstreifende Schlangenhaut. Einen Moment lang zögerte er, sie aufzustoßen. Die Angeln hätten durchaus etwas Öl vertragen können, wie er feststellte, als schließlich das rostige Knirschen im Inneren des stillen Hauses voller Schatten ertönte.

»Papa?«

Er ging den Gang entlang, nahm den muffigen, feuchten Geruch wahr, der sich auch im Sommer noch hielt. Die Stille, die Kühle, die Anordnung – es war, als wäre er von Zeit und Raum verschlungen worden, als hätte eine skrupellose Harpune ihn der Gegenwart entrissen, als würde seine Mutter auftauchen, ihm zulächeln und ihren warmherzigen, weichen Blick über ihn wandern lassen. Der Knoten wurde größer … Er ging weiter bis zur Küche, dem einzigen Raum im Erdgeschoss, den sein Vater noch benutzte, aber die große, traditionelle Küche – mit ihren weißen Steingutkacheln, die an die der Pariser Metro erinnerten, und dieser verschenkte Raum, der jeden Makler der Stadt ins Schwärmen brachte – war leer, als er das Licht anmachte. Kaffeegeruch hing noch in der Luft. Wieder einmal fiel Martin auf, dass sein Vater den Satz der Kaffeekanne hatte einbrennen lassen, ohne dass er sich die Mühe gemacht hätte, die Fenster zu öffnen und zu lüften, und Martin stellte ihn sich vor, wie er um fünf Uhr morgens einsam seinen Kaffee in diesem riesigen Raum trank, im Lichtschein einer nackten Glühbirne, die einzige Gewohnheit, von der er sich nicht losgesagt hatte, selbst dann nicht, als er den 15-Uhr-Kaffee durch Alkohol ersetzt hatte, zu dem er manchmal auch schon früher griff.

Er schenkte sich ein Glas Wasser ein, ging aus der Küche, den Gang zurück bis zur wackeligen Treppe und stieg die Stufen hinauf.

»Papa, ich bin's!«

Noch immer erhielt er keine Antwort. Die Stufen gaben ein leises, ächzendes Knarzen von sich. Abgesehen davon herrschte eine Stille im Haus, die nervenaufreibend war. Dieser Ort verströmte eine solche Atmosphäre der Verlassenheit, dass er am liebsten geflüchtet wäre.

Er kam auf dem Treppenabsatz an, hörte etwas. Eine vertraute Musik … Mahler … die C-Dur und a-Moll der Coda vom *Lied von der Erde,* der erschütternde Schlusssatz, der auf dem Wort »ewig« basierte, ewig, ewig, ewig … sieben Mal wiederholt zum sterbenden Klang der Celesta in der reinen Stimme von Kathleen Ferrier. Vor der Stille … Schmerz, Betrachtung, dann Stille … Ihm fiel wieder ein, dass Mahler sich gefragt hatte, ob die Menschen sich nicht umbrachten, nachdem sie es angehört hatten – und das war das Lieblingsstück seines Vaters.

»Papa? Hallo!«

Er blieb stehen. Spitzte die Ohren. Doch er hörte nur die Musik, die hinter der Tür zum Büro hervorkam, ganz hinten im Gang. Der Türflügel stand kaum offen, und die Sonne, die den Raum von der anderen Seite erfüllte, zeichnete einen Feuerstrahl auf den staubigen Boden, eine leuchtende Diagonale, die den Gang in zwei schattige Bereiche zerteilte.

»Papa?«

Mit einem Mal war er von Besorgnis erfüllt. Als würde ein bösartiger Troll in seiner Brust trommeln. Er ging weiter, schritt über den Lichtstrahl. Legte eine Hand auf den Türflügel, drückte ihn vorsichtig auf. Die Musik war zu Ende. Nichts als Stille.

Hätte er es so beabsichtigt, hätte sein Vater kein besseres Timing wählen können. Im Nachhinein rechnete sich Martin aus – da die Dauer einer Seite in etwa eine halbe Stunde betrug –, dass sein Vater die tödliche Geste nur kurze Zeit, nachdem er die Platte aufgelegt hatte, ausgeführt haben musste, also ungefähr zu dem Zeitpunkt, als Martin auf halber Strecke war. Das alles hatte nichts Zufälliges. Bestimmt war es das, was ihn später am meisten schmerzte. Dass sein Vater alles orchestriert und für eine einzige Person in Szene gesetzt hatte: für ihn, Martin Servaz, zwanzig Jahre alt. Seinen Sohn.

Waren ihm die Konsequenzen seines Handelns bewusst gewesen, als er das machte? Die Bürde, die er ihm damit hinterließ?

Unterdessen war er da: saß in seinem Bürostuhl hinter dem Schreibtisch, die Unterlagen geordnet und die Bibliothekslampe ausgeschaltet, Gesicht und Oberkörper vom Sonnenlicht überflutet, das das Zimmer erfüllte. Sein Kinn ruhte auf seiner Brust, doch abgesehen davon hatte der Tod ihn in einer erstaunlich aufrechten Haltung ereilt, die beiden Unterarme auf den Armlehnen, die seine Hände umklammerten, als würde er sich noch immer daran festhalten. Er hatte das Gestrüpp abrasiert, das er anstelle eines Bartes gehabt hatte, und seine Haare waren frisch gewaschen. Er trug einen dunkelblauen Anzug und ein perfekt gebügeltes hellblaues Hemd, so hatte er sich schon seit Langem nicht mehr gekleidet. Selbst seine Seidenkrawatte war perfekt geknotet – schwarze Seide: als trüge er Trauer um sich selbst.

Martin spürte, wie sich seine Augen mit Tränen füllten, aber er weinte nicht. Seine Tränen blieben am Rand der Lider hängen, weigerten sich hinunterzurinnen.

Er starrte auf den weißen Speichel, der vom offen stehenden Mund auf das Kinn getropft war und ein paar milchige Flecken auf der Krawatte hinterlassen hatte. *Gift … auf altertümliche Wei-se … wie Seneca, wie Sokrates. Philosophischer Selbstmord, von wegen.*

Widerwärtiger alter Mistkerl, dachte er mit einem Knoten im Hals, dann wurde ihm klar, dass er diese Worte laut ausgesprochen hatte – und nahm die Wut, die Verachtung und den Unmut in seiner Stimme wahr.

Als Nächstes folgte der Schmerz, wie eine zweite Welle, die ihm den Atem raubte. Sein Vater zeigte noch immer dieselbe unerschütterliche Ruhe. In diesem stickigen Zimmer hatte er mit einem Mal das Gefühl, keine Luft mehr zu bekommen. Gleichzeitig schwoll etwas in seiner Brust an und flog vielleicht davon, ohne dass er darauf geachtet hätte: ein Teil von ihm selbst, keine tatsächliche Substanz, für immer an diesem brennend heißen Tag verflüchtigt, in diesem Arbeitszimmer, in dem die Sonnenstrahlen an den Goldschnitten alter Bücher hängen blieben.

Es war vorbei.

Von diesem Moment an war er in die erste Linie aufgerückt, sah dem Tod ins Gesicht – diesem Tod, der, solange man Kind und später Teenager ist, den anderen vorbehalten bleibt, dem die Eltern einen Riegel vorschieben, sie, als erste Zielscheiben, bevor man in der natürlichen Abfolge der Dinge selbst zu einer wird. Manchmal jedoch wird die Reihenfolge nicht eingehalten, und die Kinder sterben zuerst. Dann wiederum gehen die Eltern etwas zu früh, und man muss sich dieser Leere stellen, die sie zwischen uns und dem Horizont hinterlassen.

Im Erdgeschoss schlug die Standuhr drei Mal.

»Papa, werde ich sterben?«
»Wir sterben alle, mein Sohn.«
»Aber werde ich alt sein, wenn ich sterbe?«
»Natürlich. Sehr alt.«
»Dann also erst in ganz, ganz langer Zeit, oder?«
Diese Worte, als er acht Jahre alt war.
»Ja, mein Sohn, in ganz, ganz langer Zeit.«

»Tausend Jahre?«

»Fast …«

»Und für dich gilt das auch, Papa, das dauert noch ganz, ganz lange?«

»Warum diese ganzen Fragen, Martin? Wegen Teddy, ist es deshalb? Wegen Teddy?«

Teddy war der Hund, ein Neufundländer mit braunem Fell, der einen Monat vor dieser Unterhaltung an Krebs gestorben war. Sie hatten ihn am Fuß der großen Eiche begraben, zehn Meter vom Haus entfernt. Teddy war ein anhängliches Tier gewesen, sanft und fröhlich, aber auch dickköpfig und träge. Er hatte einen ausdrucksvolleren Blick als viele Menschen. Es war schwer zu sagen, wer den anderen mehr liebte, Martin den Hund oder andersherum – genauso wenig wie man sagen konnte, wer von beiden das Kommando hatte.

An diesem 28. Mai 1989 atmet er tief aus, dann wieder tief ein und geht zum Dual-Plattenspieler. Vorsichtig hebt er den Arm an und setzt ihn am Rand der Platte ab. Wartet, bis das Knistern aufhört und die Musik erneut feierlich in diesem Zimmer ertönt.

Dann hebt er den Hörer ab mit der Gewissheit, dass er niemals wieder Glück verspüren wird.

3

28. Mai 1993. Vier Jahre schon. Die Lüge der Erinnerung, diese Details, bei denen er sich fragte, wie viele davon stimmten und wie viele ausgedacht waren, das Schlafzimmer – in dem er die letzten beiden Jahre fast jeden Morgen aufgewacht war – wie eine Barriere gegen die Angriffe der Vergangenheit. Unverständnis, Verwirrung, Übelkeit … Auch noch nach vier Jahren. Den Nacken ins Kopfkissen gepresst, drehte er den Kopf zum Radiowecker. 7:07 Uhr. Er überlegte noch, welcher Teil seiner Erinnerung stimmte, als Alexandra das Zimmer betrat.

»Alles gut?«

Mehr sagte sie nicht. Sie hatten am Abend zuvor nicht darüber gesprochen, aber sie wusste genau wie er, welcher Tag war. Sie war gerade von einem Toulouse-Paris-New-York-Flug zurückgekommen und hatte für jeden ein Geschenk mitgebracht: für Margot ein Plüsch-Einhorn, für ihn eine Ausgabe von *Look Homeward, Angel* aus dem Jahr 1953, die sie in einem kleinen Secondhand-Buchladen in Manhattan in der Nähe ihres Hotels gefunden hatte. Als sie nach Hause gekommen war, waren ihre Haare noch zu einem strengen Dutt nach hinten gebunden gewesen, aus dem sich ein paar freche Strähnen gelöst hatten – er war ganz vernarrt in diesen Dutt: Er verlieh ihr eine trügerische Ernsthaftigkeit. An diesem Morgen fielen ihre Haare jedoch offen über ihre Schultern. Drei Tage ausruhen, bevor es nach Hongkong ging. Oder war es Singapur? Sie verbrachte die eine Hälfte ihres Lebens in irgendwelchen Flugzeugen, Flughäfen und Hotels, die andere Hälfte bei Margot und ihm. Sie hatte ihm von den »besonderen« Beziehungen erzählt, die manchmal zwischen Stewardessen und Flugkapitänen entstanden; im Jargon der Fluggesellschaft nannte man die Stewardessen, die dem Charme eines Piloten erlagen, »Nichten«. Ihm erschien dieser Ausdruck ziemlich hässlich und herablassend. Sie hatten darüber gelacht, doch wenn er sich fragte, ob Alexandra eines Tages ebenfalls so genannt würde, erfasste ihn ein flaues Unbehagen. Er war nicht dumm: Er wusste, dass sie von bestimmt mehr als einem Mitglied des Flugpersonals umgarnt wurde, wie mehr als ein Student sie umgarnt hatte, als sie sich an der Uni kennengelernt hatten. Die Strecken, die Zwischenhalte, die Hotels – gab es ein Umfeld, das sich für den Vollzug eines Ehebruchs besser eignete? Ihm war auch klar, dass das eine unfaire Verallgemeinerung war.

Er hörte das Rollen des Donners. Es war Tag und schon heiß, aber der Himmel war dunkel, bestimmt würde es regnen. Sie hatte sich auf den Rand des Bettes gesetzt, mit hochgerutschtem Rock, und er wollte schon über ihre Knie streicheln, als sie mit gleichgültigem, faktischem Tonfall sagte: »Margot ist schon wach.«

Es war nicht sosehr die Antwort, als vielmehr das Fehlen von Frustration in ihrer Stimme, das ihn verstimmte. Zwei Monate ohne, dachte er – und widerstand dem Drang, es laut zu sagen.

»Alles okay?«, wiederholte sie, wie um damit ihre vorherige Antwort auszugleichen.

Ja. Alles gut. Alles bestens. Super, danke. Fing er an, sie zu verabscheuen? Gut möglich … Konnte man jemanden gleichzeitig lieben und verabscheuen? Sicher. Er wollte gerade aufstehen, als die zweijährige Margot hereinplatzte und sich zu ihm aufs Bett warf.

»Papa!«

Dankbar empfing er den kleinen Wirbelsturm in seinen Armen, dann wälzten sie sich lachend auf dem Bett. Er war 24 Jahre alt und hatte so viel Liebe zu geben.

Es regnete in Strömen – ein schwerer, warmer Regen, wie er ihn liebte –, als er bei der Kriminalpolizei in der Rue du Rempart-Saint-Étienne eintraf. 8:59 Uhr. Das Gewitter war losgebrochen. Seine nassen Haare tropften auf den Kragen seines offen stehenden Hemdes. Er trug keine Krawatte, im Gegensatz zum Großteil seiner Kollegen bei der Kripo, die alle mindestens zwanzig Jahre älter waren als er und ihn – mit Recht – als Grünschnabel bezeichneten. Martin verdankte seine schnelle Versetzung in den Süden Frankreichs – nach nur zwei Jahren in Paris – einem Onkel mit einer guten Position in der Generaldirektion. Sein Onkel hatte seinem Wunsch, eine Polizeilaufbahn einzuschlagen, zunächst skeptisch gegenübergestanden und seine ausgezeichneten Leistungen an der Polizeischule von Cannes-Écluse – mit Ausnahme beim Schießen, wo er die schlechtesten Ergebnisse seines Jahrgangs erzielte – und seine vielversprechenden Anfänge in der Unterpräfektur von Paris ebenso neugierig wie erstaunt verfolgt.

Er wusste, was manche dieser alten Hasen von ihm dachten. Dass er nicht für diesen Beruf gemacht war. Dass er die Haare kürzer tragen und sich eine Krawatte umbinden sollte – eigentlich trugen nur die Typen von der Drogenfahndung keine. Und dass es für ihn zu schnell ging. Ihnen war nicht klar, warum Kowalski ihn an seiner Seite durchgesetzt und ihn unter seine Fittiche genommen hatte, wodurch er deutlich erfahrenere Ermittler überrunden durfte.

Er rief den Aufzug und schüttelte seine langen nassen Haare aus wie ein Hund. Sobald er einstieg, atmete er den Geruch nach Zigarettenrauch und billigem Rasierwasser ein.

Léo Kowalski. Als er den Chef der Truppe zum ersten Mal gesehen hatte, hatte Servaz an Kapitän Larsen gedacht, den Protagonisten von Jack London, mit seinem roten Bart und dem Aussehen, das an einen Seewolf erinnerte. Kowalski besaß dieselbe brachiale Gewalt, dieselbe Autorität und denselben tyrannischen Charakter. Der Vergleich war gar nicht so dumm: Zu einer anderen Zeit und unter einem anderen Himmel hätte Kowalski sehr wohl am Steuerrad eines Schoners auf Robbenjagd stehen können. Er war nicht groß, aber wenn er in einem Raum voller Ermittler stand, wusste man sofort, dass er hier das Alphamännchen war. Überrascht hatte Servaz seine rote Kawasaki beim Eintreffen vor dem Polizeirevier stehen sehen. Dabei hatte der Chef des Teams am Vortag doch gesagt, dass er erst gegen Ende des

Tages vorbeikommen würde. Obwohl Freitag war, war es kein Freitag wie jeder andere. Über das Wochenende würde eine Privatfirma die Gesamtheit des Mobiliars, der Unterlagen und Gerätschaften in den Boulevard de l'Embouchure, Nummer 23 umziehen, den neuen Sitz der Kripo. Dementsprechend versuchte man am Ende der Woche, sofern möglich, Polizeigewahrsam oder Anhörungen zu vermeiden. Hauptkommissar Kowalski hatte seinerseits befunden, dass es für ihn Wichtigeres zu tun gäbe, als Kartons zu befüllen. Servaz fragte sich, weshalb er seine Meinung geändert hatte. Er hängte seine Jacke an die Garderobe und schielte auf das Schild, das auf der Lehne seines Stuhls klebte:

Servaz

2. Stock

Büro 212

Dasselbe galt für die elektrische Schreibmaschine der Marke Brother, für den Metallschrank vor ihm und für die Garderobe … Wie auch für die großen Dell-Computer, die noch nicht im Einsatz waren, sondern seit Monaten gelagert wurden … Ausnahmsweise einmal machte man keine halben Sachen. Er verließ sein Büro, ging den Gang nach hinten durch. Die Mordkommission erstreckte sich über die gesamte Etage. Wie immer herrschte hier eine chaotische Betriebsamkeit, doch an diesem Tag nahm das Chaos bisher unbekannte Ausmaße an. Alle rannten kreuz und quer durcheinander, Leute mit Krawatte kamen ihm entgegen, mal mit einem Karton unter dem Arm, mal mit einem Stapel Akten, die vor dem großen Tumult irgendwo verstaut werden mussten. In den Büros waren die Beamten damit beschäftigt, Rollcontainer und Schubladen zu leeren sowie Unterlagen zu sortieren, die sie mitnehmen oder in Papierkörbe werfen wollten, die ihrerseits überquollen wie ein Gully bei Hochwasser.

Er traf Kowalski in eine Unterhaltung mit Mangin vertieft an, einem der Ermittler der Gruppe, ein großer kahlköpfiger Kerl, mit sehnigem, kränklichem Aussehen. Als er eintrat, sahen die beiden Männer auf, und er wurde sofort hellhörig. *Etwas in ihren Blicken …* Das Telefon klingelte, und Kowalski stürzte sich darauf.

»Ja … ich weiß … wir sind unterwegs!«, brüllte er, bevor er auflegte.

Als er sich zu Servaz umdrehte, klingelte das Telefon erneut, und er hob ab, hörte zu, ließ mit fester Stimme ein »Okay« verlauten und knallte den Hörer auf die Ladestation. Im benachbarten Büro klingelte ein Telefon. Servaz' Herz schlug schneller. Was ging hier vor?

»Servaz«, sagte Kowalski, »du …«

»Chef!«, rief ihm jemand aus dem benachbarten Büro zu.

»Moment, verdammt!«, bellte der Ermittlungsleiter.

Seine Augen funkelten vor Aufregung, und der junge Beamte spürte, dass ihn ein Fieber erfasste, als würde ihn eine ansteckende Krankheit befallen. Als bekäme er einen Stromschlag. Wieder klingelte das Telefon, und fast hätte Kowalski den Hörer von der Basis abgerissen.

»Wir sind unterwegs! Fasst nichts an! Wenn jemand meinen Tatort verpfuscht, bekommt er es mit mir zu tun!«

»Zwei junge Frauen«, teilte der Ermittlungsleiter mit. »Um die zwanzig, fünfundzwanzig Jahre alt. Bestimmt Studentinnen. Vielleicht Schwestern … Tot aufgefunden auf der Île du Ramier. Angebunden an einen Baum und bekleidet mit … *Kommunionkleidern.* Oder so was in der Art.«

Servaz verarbeitete diese Info. Ein Doppelmord. Zwei Studentinnen. Für ein Mitglied der MK das Pendant zu einem Halbfinale bei den Olympischen Spielen. Mit der Verkleidung und der Inszenierung hatte es sogar etwas von einem Finale.

Er spürte, wie sein Herzschlag in den vierten Gang schaltete.

»Wer hat sie gefunden?«

»Ein Typ, der auf der Garonne gerudert ist.« Kowalski sah auf seine Notizen. »François-Régis Bercot. Das ist vielleicht ein Name.«

»Was weiß man sonst noch?«

Kowalski lächelte. Ihm gefiel, wie der Grünschnabel sein Köpfchen einsetzte. Ihm war von Anfang an aufgefallen, welches Potenzial in diesem jungen Kerl steckte – genau wie seine unkonventionelle gedankliche Herangehensweise, was in einem Beruf wie dem ihren gleichzeitig ein Vorteil und ein Nachteil war.

»Momentan nichts.«

»Eine Inszenierung …«, überlegte Servaz laut.

Kowalski fuhr sich durch den Bart, ein Löwenlächeln auf den Lippen. Das eines hungrigen Löwen.

»Mal abwarten … keine voreiligen Schlüsse … Unter Umständen haben die Leute von der Gendarmerie, die die Mädchen gesehen haben, ein bisschen fantasiert, und sie haben nur Kleider in diesem bescheuerten Stil an … wie heißt das gleich noch mal? Dieser Stil, der von einer Musik inspiriert ist?«

Er drehte sich zu Mangin um.

»Grunge?«, schlug dieser vor und tippte weiter mit zwei Fingern auf seiner Schreibmaschine.

»Ja genau. Grunge, das ist es …«

Wieder klingelte das Telefon. Servaz fiel auf, wie nervenaufreibend das Klingeln war. Vielleicht diente es dazu, die ganzen alten Beamten auf dem Revier wach zu halten? Kowalski hörte einen Moment lang zu, dann antwortete er mit einem einfachen »Danke«, legte auf und erhob sich. Er schnappte sich seine abgewetzte Motorradlederjacke. Zog eine Schublade von seinem Schreibtisch auf und holte einen Notizblock und seine Dienstwaffe heraus.

Im nächsten Moment klebte sein bärtiges Faungesicht fast an dem von Martin, und Letzterer konnte den Zigarettenrauch und den billigen Kaffee aus dem Automaten in seinem Atem ausmachen.

»Das ist dein erster richtiger Fall, Frischling. Also hör zu, beobachte und lerne.«

4

Der Albtraum – der fünfundzwanzig Jahre dauern sollte – fing also in Form von zwei jungen Mädchen in weißen Kleidern an. An diesem Morgen zeigte sich der regnerische Himmel in verschiedenen Grauabstufungen, von Perlgrau bis hin zu schwarzen Wolkenungetümen, die aus dem Westen heraneilten, ein unbarmherziger Himmel, der nichts als das Fehlen jeglicher Hoffnung verkündete. Der Platzregen prasselte auf die Dächer ihrer Fahrzeuge, als sie auf dem kleinen Parkplatz des Studentenwohnheims anhielten, und begleitete sie bis zum Absperrband, das den Tatort in dem kleinen Wäldchen im Süden der Insel absicherte. Hinter den Bäumen waren Sicherheitsbeamte zugange, die im größten Chaos versuchten, eine Plane hochzuhalten, um den Tatort vor dem Dauerregen zu schützen. Während andere darauf warteten, dass ihnen das endlich gelang, hielten sie Regenschirme über die beiden Leichen. Plötzlich blähte sich die Plane wie ein Segel auf und entglitt den Händen, die versuchten, sie um einen Baumstamm zu befestigen. Die Sicherheitsbeamten rannten ihr hinterher. Unbeeindruckt von dieser Aufregung machte ein Kriminaltechniker Fotos; der fahle Schein des Blitzlichts zuckte über die beiden Leichen, ihre regennassen Kleider, die glänzenden Baumstämme, den durchweichten Boden, den Regen selbst und die dunklen Silhouetten der uniformierten Polizisten. Servaz sagte sich, dass es bei diesem Wetter unmöglich war, den Tatort nicht zu verunreinigen.

Sobald er auftauchte, kümmerte sich Kowalski darum, etwas Ordnung in dieses Chaos zu bringen und eine Hierarchie zu etablieren, die an jedem Tatort galt. Zunächst fuhr er einen Schutzmann an, der in der Nähe der Leichen rauchte, ein junger Kerl mit geröteten Augen, der zitterte wie Espenlaub. Dann befasste er sich mit den beiden, die sich mit der Plane abkämpften, bis diese endlich an den Baumstämmen festgemacht war. Als Nächstes ließ er zwei weitere Planen anbringen, nicht wegen des Gewitters, sondern um den Tatort vor den neugierigen Blicken der Schaulustigen zu schützen – hauptsächlich Studenten, die vom nahe gelegenen Studentenwohnheim hergekommen waren – wie auch vor den Kameralinsen der Presse. Er bedeutete dem Polizeifotografen, dass er Weitwinkelaufnahmen, Aufnahmen aus mittlerer Entfernung und Nahaufnahmen haben wollte, und trug ihm ebenfalls auf, die Menschenansammlung sowie die Autokennzeichen auf dem Parkplatz des Studentenwohnheims abzulichten.

Servaz wiederum betrachtete das reinste Schreckensbild, dort, unter dem Regen, zwischen den Bäumen. Das unerbittliche Blitzlicht verlieh den Körpern der beiden Mädchen eine fast schon hypnotische, verstörende Präsenz. Ihm war, als könnten sie jeden Moment aufwachen, den Kopf heben und ihn aus ihren toten Augen ansehen.

Kowalski bedeutete ihm mitzukommen, und zusammen wateten sie durch den Schlamm zum Gerichtsmediziner, versuchten dabei, so wenige Indizien wie möglich zu zerstören – was in der allgemeinen Verwirrung, die hier vorherrschte, ein unmögliches Unterfangen war.

»Hallo, Inspecteur«, sagte der Mediziner über die Leiche gebeugt, ohne sich umzudrehen.

»Hallo, Doc«, antwortete Kowalski. »Man könnte sagen, jemand hat Ihnen das Wochenende vermiest.«

»Meine Tochter heiratet nächsten Samstag, da habe ich mich noch einmal gut aus der Affäre gezogen.«

Der Gerichtsmediziner hatte einem der Mädchen die Haare aus dem Gesicht gestrichen, leuchtete mit seiner Lampe über ihren nassen Nacken. Servaz schluckte. Die langen nassen Haare, das noch fast kindliche Gesicht der jungen Frau und ihre »Verkleidung« verliehen ihr das erschreckende Aussehen einer lebensgroßen Puppe. Das Licht seiner Lampe hob jeden Wassertropfen auf ihrem unschuldigen Gesicht hervor, jeden Aknepickel, alles bis ins kleinste Detail – zum Beispiel ihre langen gebogenen Wimpern voller Regentropfen, von denen er glaubte, sie würden zittern. Den Bruchteil einer Sekunde meinte er wirklich, sie würde gleich die Augen aufmachen.

»Und?«, fragte Kowalski.

»Moment noch«, sagte der Gerichtsmediziner.

Er richtete sich auf. Er war kleiner als sie, kleiner als alle anderen anwesenden Männer, doch er strahlte Autorität aus. Klas, so hieß er (Klas und Ko: »die beiden Ks«, wie sie in der Mordkommission genannt wurden), drehte sich um, inspizierte die andere Leiche, die der ersten in etwa drei Metern Entfernung gegenübersaß.

»Auf dem basierend, was ich hier sehe, und ohne vorschnelle Schlüsse ziehen zu wollen, glaube ich, dass die- oder derjenige, der das getan hat – auch wenn mir die Hypothese, dass es eine Frau gewesen sein könnte, angesichts der Kraft, die vonnöten war, ziemlich unwahrscheinlich vorkommt –, die beiden Mädchen erwartet hatte. Er ist von hinten gekommen … hat dieser hier« – er zeigte auf jene, die er gerade untersuchte, die mit dem intakten Gesicht – »einen heftigen Schlag von hinten auf den Kopf verabreicht … Daraufhin muss sich die andere umgedreht haben, und die hat er dann ins Gesicht geschlagen … danach hat er sich an ihr ausgetobt. Aus welchem Grund, das müssen Sie mir sagen.«

Klas rieb die Gläser seiner Brille ab. Er beugte sich nach vorn über die beiden Leichname, hob ihr Kinn mit seinen behandschuhten Händen an. Servaz meinte zu sehen, dass sein Adamsapfel auf halber Höhe in seiner Kehle stecken blieb. Einen Moment lang wandte er den Blick ab, bevor er ihn erneut auf den Haufen verquollener Haut richtete. Diese hier war nicht nur ermordet worden; sie war auch zur Zielscheibe seiner Wut geworden, seiner ungezügelten Raserei. Nase und Wangenknochen waren durch die Schläge gebrochen – quasi zu Brei zermatscht wie Kartoffeln in einer Kartoffelpresse –, ihre Augen verschwanden unter den Lidern, die so verquollen waren, dass man keine Wimpern mehr erkennen konnte, und auch die Hälfte der Zähne war ihr ausgeschlagen worden. Dieser Anblick war viel zu erschütternd, als dass man eine vernünftige Erklärung erwägen könnte. Das Bild eines geschändeten Lebens, der Menschheit ins Gesicht gespuckt. Servaz spürte, wie ihm gleichzeitig heiß und kalt wurde, als würde sein Kopf glühen, während in seinem Bauch Eiswürfel herumschwammen. Eine gewisse Unsicherheit in den Beinen und Füßen ließ ihn befürchten, er könnte ohnmächtig werden, also atmete er tief durch, bevor er etwas sagte.

»Warum wurde nur eine der beiden so verunstaltet?«, fragte er und bemerkte, dass seine Stimme so schief klang wie eine falsch gestimmte Gitarrensaite.

Kowalski drehte sich zu ihm um und musterte ihn. Offensichtlich hatte er sich dasselbe gefragt. Servaz fiel auf, dass sein Chef nicht so forsch war wie sonst.

»Vergewaltigt?«, fragte er.

Der Gerichtsmediziner hob das Kleid hoch.

»Ich denke nicht ... zumindest keine sichtbaren Spuren eines sexuellen Übergriffs ... Die Autopsie wird uns das bestätigen oder widerlegen ...«

Servaz sah, wie sich sein Chef jetzt neben die junge Frau kauerte und seine behandschuhten Finger das Holzkreuz ergriffen, das sie an einer Halskette unter dem blutig verquollenen Gesicht trug.

»Ein Kommunionkleid, ein Kreuz ...« Kowalski drehte sich zur ersten Frau um. »Warum hat die andere keine Kette mit einem Kreuz um den Hals?«

»Sehen Sie sich das an ...«

Die Stimme des Gerichtsmediziners ... Klas war zum ersten Opfer zurückgekehrt, bei dem er den Nacken untersucht hatte. Servaz und Kowalski traten zu ihm, beugten sich nach vorn, als er erneut die nassen Haare zur Seite schob.

»Sehen Sie?«

Der grazile, blasse Hals war von getrocknetem Blut überzogen. Das hart gewordene Blut wirkte im Licht der Lampe schwärzlich, doch unten am Hals war eine hellere, hautfarbene Linie zu erkennen: ein horizontaler, mehrere Millimeter breiter Strich, der die Haut inmitten dieses dunklen Flecks durchscheinen ließ.

Der Abdruck eines Seils … Genau derselbe wie bei dem anderen Opfer – bei dem mit dem Kreuz.

Kowalski hatte sich neben die junge Frau gekauert. Als er ihr Gesicht zu ihnen nach oben hob, glänzten ihre Augen wie zwei glühende Murmeln mit winzigen schwarzen Pupillen inmitten der Iris.

»Sie ist ihr abgenommen worden«, schloss er. »Nachdem das Blut getrocknet war … Verdammt, jemand hat das Kreuz an sich genommen, nachdem das Mädchen bereits tot war.«

»Vielleicht ist der Mörder zurückgekommen und wollte ein Erinnerungsstück mitnehmen«, wagte sich Martin vor.

Kowalski warf ihm einen strengen Blick zu.

»Wir sind hier nicht in einer Folge von *Columbo*. Hier werden erst dann Hypothesen aufgestellt, wenn wir greifbare Beweise haben.«

Servaz steckte den Rüffel ein.

»Die Hypothese des Jungen ist gar nicht so dumm«, wandte da der Gerichtsmediziner ein.

Genervt deutete Kowalski mit dem Kinn auf die versammelten Grüppchen von Studenten hinter der Absperrung.

»Ja. Es kann aber genauso gut jeder Durchgeknallte sein, der vor uns hier vorbeigekommen ist und seine Freundin oder seine Freunde beeindrucken wollte … Oder aber der Typ hatte nur ein Kreuz und hat es erst der einen, dann der anderen umgehängt. Und weshalb hat er die eine verunstaltet, die andere aber nicht? Weshalb diese Kommunionkleider? Warum ein Kreuz? *Warum, warum, warum …?* Verdammt, wenn wir zu diesem Zeitpunkt schon Hypothesen aufstellen, dann schlagen wir bereits jetzt Türen zu, statt welche aufzustoßen. Also lasst uns nicht grübeln …«

Er wischte sich das Gesicht ab. Er wirkte müde. Sein Teint war von gipsfarbener Blässe. In der Rue du Rempart-Saint-Étienne ging das Gerücht, dass Léo Kowalski an Schlafstörungen litt und seit Jahren keine einzige Nacht mehr geschlafen hatte. Lag das an all den Toten? Es hieß auch, er würde trinken und nachts durch Bars ziehen, in denen auch Nutten verkehrten. Er drehte sich mit nassem Gesicht und lauter Tropfen im roten Bart zu Servaz um – und dieser erkannte in den Augen seines Chefs eine stumme Frage. Sie waren umgeben von der durchdringenden Feuchtigkeit, die unter ihre Jacken kroch, vom Geruch nach Schlamm und Morast, der den Wasserarmen entstieg, und eingehüllt in den Lichtschein der Lampen, die sich kreuzten, im Vorbeistreifen auf die glänzenden Baumstämme trafen und dieser ganzen Szenerie etwas Unwirkliches verliehen. Eine Atmosphäre des Krieges, eines Schlachtfeldes, mit ihnen als Soldaten und einem Feind, der unsichtbar blieb. Oder aber ein Filmset.

»Alles okay?«, fragte Kowalski schließlich, und diese Frage hallte in seinem Geist nach, wie jene, die Alexandra ihm einige Stunden zuvor gestellt hatte.

Es stimmte, es war immer noch der 28. Mai. Einen Moment lang hatte er das völlig vergessen.

»Ja«, log er.

Er bemerkte, dass der Leiter der Kripo, der ihn noch immer musterte, nicht dumm war. Als er ihm eine Hand auf die Schulter legte, war er ihm eigenartigerweise dankbar für diese Geste.

Papa, ist Teddy jetzt im Himmel?

Ich weiß nicht, mein Sohn.

Du weißt nicht, ob Teddy jetzt im Himmel ist?

Ich glaube nicht, dass es einen Himmel gibt, mein Sohn, zumindest keinen solchen Himmel.

Wo ist Teddy dann?

Nirgendwo.

Nirgendwo, wo ist das?

Nirgendwo ist nirgendwo.

Aber Teddy muss doch irgendwo sein, Papa.

Nein, mein Sohn. Teddy ist nicht mehr da, das ist alles.

Danach hatte er angefangen zu weinen und konnte sich gar nicht mehr beruhigen.

Statt einer Antwort hielt Klas den Arm derjenigen hoch, die er »A« getauft hatte, und schüttelte ihn vorsichtig, wie ein Kind, das mit einer Puppe spielt.

»Vor einer Stunde betrug die Körpertemperatur 29,5 Grad Celsius. Anders ausgedrückt, das Temperaturgefälle zwischen Leiche und Umgebung hatte das Zwischenstadium erreicht. Wir haben Glück, meine Herren. Verdammtes Glück. Das ist der ideale Moment. Die Leichenstarre ist fortgeschritten, aber noch nicht abgeschlossen. Ich würde sagen, der Todeszeitpunkt liegt acht bis zehn Stunden zurück – was bedeutet, dass es zwischen Mitternacht und zwei Uhr morgens passiert sein muss. Aber lassen Sie uns nichts überstürzen. Vor allen Dingen nicht bei dieser verflixten Feuchtigkeit, die den Wärmeverlust beschleunigt, noch dazu wiegen diese beiden Mädchen nicht viel; auch das beschleunigt die Abkühlung. Diese Berechnung basiert auf einer Anfangstemperatur von 37,2 Grad Celsius. Aber sie waren nur leicht bekleidet, vielleicht alkoholisiert, wenn sie gerade von einer Party kamen. Auch wenn es außergewöhnlich mild ist, könnten sie vor ihrem Tod leicht unterkühlt gewesen sein. In diesem Fall sind wir angeschmiert. Der Vorteil ist, dass wir zwei Leichen haben. Wenn beide dieselbe Temperatur haben, ist die Wahrscheinlichkeit, dass wir richtigliegen, sehr groß. Ich werde sie dennoch drei Stunden lang in der Gerichtsmedizin auf einen Seziertisch legen: Die Innentemperatur der Organe gibt uns mehr Aufschluss. Aber sie sind in dieser Nacht abgemurkst worden, daran besteht kein Zweifel, und eher nach Mitternacht, dafür lege ich die Hand ins Feuer.«

Kowalski schien die Beweisführung zu gefallen.

»Sind sie bewegt worden?«

»Ja. Man hat sie von da hinten, wo eine große Blutlache den Boden tränkt, hierhergezogen … Sofort nach ihrem Tod oder vielleicht auch, als sie noch nicht ganz tot waren, wer weiß … Danach hat er oder sie die beiden an den Bäumen festgebunden. Die Leichenflecken zeigen an, dass sie danach nicht mehr bewegt wurden …«

Kowalski machte sich Notizen, die Seiten seines Notizbuchs

waren von der Feuchtigkeit aufgequollen. Er fuhr sich über den Bart.

»Die Kleider«, sagte er, »sie sind doch bestimmt nicht in diesen Outfits hergekommen …« Er drehte sich zu Mangin um, der zu ihnen getreten war. »Wir müssen herausfinden, ob am Abend irgendwo eine Feier war, eine Mottoparty für Studenten … Erkundige dich, hör dich bei den Unis und den Diskotheken um.« Wieder betrachtete er den Gerichtsmediziner. »Was denken Sie, Doktor? Die Kleider: vorher oder nachher?«

»Wenn Sie meine Meinung hören wollen, dann hat der Mörder sie ihnen danach angezogen. Nachdem er sie geschlagen und ermordet hat. Ansonsten müsste sehr viel mehr Blut auf den Kleidern sein.«

»Danke, Doc.«

François-Régis Bercot, der Ingenieur, der die Mädchen gefunden hatte, stand etwas abseits. Er suchte unter einer Plane Schutz und beantwortete die Fragen eines Beamten, dem Kowalski beim Näherkommen bedeutete, dass er ab jetzt übernehmen würde. Das schien dem anderen Beamten gar nicht zu gefallen, dachte Servaz, aber den Befehlen von »Ko« widersprach man nicht.

»Monsieur Bercot? Geht's so weit? Sie zittern ja vor Kälte.«

Der Chemieingenieur musterte sie.

»Ich stehe mir hier schon seit zwei Stunden die Beine in den Bauch. Meine Füße sind nass, und ich bin durchgefroren.« Er zupfte an seinem T-Shirt. »Das hier ist ein Sportoutfit, keine Regenkleidung. Wenn das so weitergeht, bekomme ich noch eine Lungenentzündung. Außerdem habe ich diese Fragen schon zweimal beantwortet.«

Er zog die Decke, die die Rettungskräfte ihm gegeben hatten, etwas fester um die Schultern. Er hoffte wohl, ihrem Gespräch damit ein Ende zu bereiten.

»Ich weiß. Das ist sehr lästig.«

Kowalski hatte einen vorgetäuscht verständnisvollen Tonfall angeschlagen.

»Noch ein paar Fragen, dann können Sie nach Hause. Einverstanden?«

François-Régis Bercot nickte.

»Monsieur Bercot, war noch jemand hier in der Gegend, als Sie die Opfer entdeckt haben?«

»Nein.«

»Sie haben niemanden gesehen?«

»Nein.«

»Nehmen Sie diese Strecke häufig?«

»Mindestens zweimal pro Woche.«

»Und da kommen Sie immer an derselben Stelle vorbei?«

»Äh … ja.«

»Haben Sie diese beiden Frauen früher schon einmal gesehen?«

Bercot riss die Augen auf.

»Häh? Nein!«

»Also kennen Sie sie nicht?«

»Das sage ich doch, nein.«

»Wo waren Sie letzte Nacht, Monsieur Bercot?«

»Zu Hause!«

»Allein?«

»Nein! Mit meiner Frau!«

»Und nach Mitternacht?«

»Habe ich geschlafen.«

Sein Tonfall wurde immer gereizter.

»Kann das jemand bezeugen?«

Bercot rollte die Augen, sah von einem zum anderen, dann erkannte Servaz die zunehmende Verblüffung in seinem Blick.

»Was soll dieser Mist? Was wollen Sie …?«

»Antworten Sie bitte, Monsieur Bercot.«

»Meine Frau!«

»Wollen Sie damit sagen, dass sie zu diesem Zeitpunkt wach war?«

Jetzt drückten die Gesichtszüge von Bercot eine Mischung aus Ungläubigkeit, Verwirrung und Wut aus.

»Nein! Natürlich nicht! Sie hat geschlafen. Neben mir … Das ist doch einfach nur lächerlich. Was …?«

»Wann etwa ist sie eingeschlafen?«

»Was weiß ich! Um 23 Uhr oder um 23 Uhr 30 …«

»Und wann ist sie aufgewacht?«

»Um sechs.«

»Sind Sie da ganz sicher?«

»Ja, ja, da bin ich mir ganz sicher! Sie stellt den Wecker. Hören Sie, Ihre Fragen gefallen mir ganz und gar nicht. Ich …«

»Nimmt sie Schlaftabletten?«

»Nein!«

»Wohnen Sie weit weg von hier, Monsieur Bercot?«

»Ich habe Ihre Fragen satt. Hätte ich gewusst …«

»Antworten Sie bitte.«

»Nein, verdammt. Eine Viertelstunde mit dem Auto, höchstens. Reicht Ihnen das?«

»Wo steht Ihr Auto jetzt gerade?«

»Auf dem Parkplatz des Klubs …«

»Des Ruderklubs?«

Mit einem Mal wirkte Bercot überdrüssig. Er fiel immer mehr in sich zusammen. Wie ein Boxer, der in den Seilen hing und keine Lust mehr hatte, weiterzukämpfen.

»Ja, genau … Erst wurde ich dort befragt … von Ihren Kollegen. Dann haben sie mich hierhergebracht. Wie komme ich jetzt überhaupt heim, hm? Zu Fuß?«

»Haben Sie Kinder, Monsieur Bercot?«

»Eine kleine Tochter, drei Jahre alt … Aber ich verstehe nicht, inwiefern …«

»Und Sie, wie alt sind Sie, Monsieur Bercot?«

»Zweiunddreißig.«

»Verkehren Sie mit Studentinnen?«

»Was? …«

»Kennen Sie irgendwelche Studentinnen?«

»Ob ich Studentinnen …? Äh … nein … nein … Abgesehen von meiner Nichte. Aber das ist einfach nur meine Nichte, verdammt.«

»Niemanden sonst?«

»Nein!«

»Sind Sie früher schon einmal hierhergekommen?«

»Was meinen Sie damit?«

»Auf diesen Teil der Insel. Zu Fuß oder mit dem Auto …«

»Nein!«

»Niemals?«

»Nein, verdammt! Wie oft muss ich Ihnen das noch sagen? Kann ich jetzt endlich nach Hause?«

»Danke, ich habe keine Fragen mehr.« Kowalski machte einem seiner Männer ein Zeichen. »Aber nein, Monsieur Bercot, Sie können noch nicht nach Hause. Ich werde einen meiner Kollegen bitten, Sie aufs Revier zu bringen, damit Sie dort Ihre Zeugenaussage unterschreiben können. Außerdem rate ich Ihnen, nicht mit der Presse zu sprechen.«

»Sie können mich mal.«

Der Blitz tauchte in dem Moment auf, als Bercot sich entfernte. Kowalski drehte den Kopf. Servaz folgte seinem Blick. Mit der verknitterten Weste voller Taschen, den wirren Haaren und dem ungepflegten Bart wirkte der Fotograf, der die Absperrung durchquert und die Sperrzone betreten hatte, als käme er geradewegs aus einer Ausnüchterungszelle.

»Peyroles, was hast du hier zu suchen?«

»Hallo, Léo.«

»Verschwinde«, rief Kowalski ihm zu. »Du hast hier nichts verloren. Ich könnte dich dafür in Polizeigewahrsam nehmen lassen.«

»Echt jetzt?«

Diese Vorstellung schien den Journalisten zu amüsieren. Er fuhr sich mit einer Hand durch sein dichtes Haar. Servaz schätzte ihn auf etwa fünfzig. Er hatte weiße Härchen im Bart und Kingsize-Tränensäcke. Er reckte den Hals, versuchte, einen Blick auf den Tatort zu erhaschen, aber Kowalski stellte sich ihm in den Weg, hielt ihn am Arm zurück und schob ihn aus der Sperrzone.

»Lass was raus«, bat der Reporter. »Sonst muss ich mir was

ausdenken, und das wäre noch schlimmer. Komm schon. Nur ein kleines Detail, Ko …«

»Es wird eine Pressekonferenz geben«, antwortete »Ko«.

»Wann?«

»Bald. Ich weiß nicht mehr als du.«

Der Journalist zog eine Schnute wie ein verwöhntes Balg.

»Echt nicht cool von dir«, sagte er. »Hast du nicht irgendeine Kleinigkeit für mich? Nur für mich …«

Kowalski hob das Absperrband hoch, und Peyroles ging darunter durch. Dann zündete sich der Bulle eine Zigarette an und starrte den durchgeknallten Journalisten aus zusammengekniffenen Augen an, wie ein Seewolf.

»Du ziehst mich da nicht mit rein, okay?«

»Ehrenwort von Peyroles«, sagte der Journalist.

»Zwei junge Mädchen, um die zwanzig, vermutlich Studentinnen. Zu Tode geprügelt. Sie trugen weiße Kleider.«

»Vergewaltigt?«

»Keine sichtbaren Spuren … Nach der Autopsie wissen wir mehr.«

»Was noch?«

Peyroles machte sich fieberhaft Notizen.

»Angebunden an zwei Bäumen …«

»Sind sie schon lange da?«

»Nein. Seit heute Nacht.«

Kowalski machte auf dem Absatz kehrt. Servaz war aufgefallen, dass er nichts von dem Kreuz gesagt hatte. Er fragte sich, wie lange sie diese Information geheim halten konnten.

»Danke, Mann«, rief der Journalist ihnen noch nach.

Es war wenige Minuten nach elf Uhr, als Kowalski seine Männer versammelte und die Aufgaben verteilte.

»Wir beginnen mit einer Befragung in der Nachbarschaft des Studentenwohnheims«, sagte er. »Es ist sehr wahrscheinlich, dass die Mädchen Studentinnen sind.«

Er verteilte Polaroidfotos des unbeschädigten Gesichts.

»Und es ist gut möglich, dass ein Großteil der Studenten momentan an der Uni ist. Außerdem ist heute Freitag, also werden viele noch heute Abend nach Hause fahren. Wir müssen uns beeilen. Ich habe die Kriminaltechniker informiert, damit sie uns mit diesem Foto und einer Telefonnummer einen Aushang für einen Zeugenaufruf vorbereiten. Den werden wir überall aufhängen, hier und in allen Universitäten: Paul Sabatier, le Mirail, Capitole und an allen anderen Hochschulen. Darum kümmerst du dich, Martinet. Und du wirst auch die Anrufe entgegennehmen. Ihr anderen teilt euch in Zweiergruppen auf, pro Stockwerk eine Gruppe. Servaz, du kommst mit mir mit. Noch Fragen?«

Kowalski ließ einen forschenden Blick über die Versammelten schweifen. Bestimmt hatte noch jemand eine Frage, aber Martin hatte bereits gelernt, dass bescheuerte Fragen bei »Ko« nicht auf Gegenliebe stießen und dem Fragesteller häufig eine Zurechtweisung einbrachten. Als Folge davon wurden selbst berechtigte Fragen totgeschwiegen. Kowalski warf einen Blick auf die Uhr.

»In fünfzig Minuten in der Eingangshalle. Los geht's.«

Servaz hörte, wie sein Herz in seiner Brust pochte. Unablässig dachte er an die jungen Mädchen. An das zerschmetterte Gesicht der einen und das unversehrte der anderen. An das fehlende Kreuz. Instinktiv, wie eine Waldmaus eine Gefahr wahrnimmt, war ihm klar, dass sie sich in die Finsternis hinabbegaben – und dass sie lange dort verweilen würden.

5

Die meisten Türen, an die sie an diesem Freitagmorgen klopften, blieben leider verschlossen, die Studenten waren in den Vorlesungen. Die ersten Antworten, die sie von denen erhielten, die ihnen doch öffneten, waren negativ. Man lief sich hier auf dem Gang über den Weg, schlief hier, hatte Sex. Man stritt sich aufgrund des Lärms, man beugte sich über die Bücher und paukte, voller Hoffnung, dass die Diplome der Schlüssel zu einem besseren Leben waren, aber ohne zu sehr daran zu glauben. Aber man hatte wenig Kontakt zueinander. Freundschaften wurden anderswo geknüpft: in den Hörsälen, den Cafés, den Nachtklubs, zwischen Studenten aus derselben Stadt oder demselben Dorf.

Dieser Ort hier war nichts weiter als ein Schlafsaal. Noch dazu ein veralteter Schlafsaal: Wände mit vergilbtem Anstrich, abblätternder Farbe, und am Ende des Ganges tropfte der Regen durch ein kaputtes Fenster direkt auf den dreckigen Boden. Sie hatten bereits an über fünfzehn Türen geklopft, die hartnäckig verschlossen blieben, und insgesamt lediglich drei negative Antworten erhalten, als eine vierte Tür vor ihnen aufging. Das Gesicht dahinter war schmal, blass, mit einem so roten Haarschopf, dass man meinte, er hätte Feuer gefangen. Vor allem aber hatte er, eingerahmt von roten Wimpern, so helle Augen, dass sie fast weiß erschienen. Hinter ihm ein dunkel daliegender Raum.

»Ja?«

»Guten Tag, wie heißen Sie?«, fragte Kowalski.

Ein kurzes Aufblitzen des wässrigen Blicks. Verstimmtheit und Misstrauen.

»Und Sie? Wer sind Sie?«

Kowalski, der genau das erwartet hatte, stellte sein schönstes Lächeln zur Schau.

»Kripo Toulouse, dürfen wir Ihnen ein paar Fragen stellen?«, sagte er und hielt seinen Ausweis hoch.

»Worum geht's?«

Noch immer hatte der Rotschopf die Tür nicht ganz aufgemacht. Kowalski reckte den Hals, um einen Blick durch den Türspalt ins Innere zu werfen, und machte das kein bisschen verstohlen.

»Dürfen wir reinkommen? Sie können auch gerne auf den Gang rauskommen, wenn Ihnen das lieber ist. Aber machen Sie diese Tür bitte weit auf.«

»Hören Sie … Können wir das nicht später machen? Ich bin schon spät dran, und ich …«

»Geh mir nicht auf den Zeiger mit deinem ›Ich bin schon spät dran …‹! Mach diese verdammte Tür auf, Junge!«

Servaz sah, dass der Student noch ein bisschen blasser geworden war, falls das bei einer so weißen, mit unzähligen Sommersprossen übersäten Haut überhaupt möglich war. Seine Haltung hatte etwas Heimlichtuerisches, etwas Verhohlenes, das ihn umgehend aufmerksam werden ließ.

»Einverstanden …«

Der Rotschopf machte einen Schritt nach draußen in den Gang. Ein vertrauter Geruch strömte aus dem dunklen Zimmer. Ein Geruch, der auch an dem Jungen haftete. Kowalski sah auf. Seine Nasenflügel weiteten sich.

»Ist es erlaubt, in den Zimmern zu kiffen?«

Er starrte dem Studenten ins Gesicht. Der vergewisserte sich rasch, dass sonst niemand auf den Gängen war, dann senkte er den Kopf und starrte auf seine Füße. Kowalskis Blick wanderte in das dunkle Zimmer.

»Bisschen früh für einen Joint, oder nicht? Wie heißt du?«

Servaz sah, dass sich die Atmung des Rotschopfs beschleunigte.

»Cédric.«

»Cédric, und wie weiter?«

»Dhombres.«

»Wie alt bist du, Cédric Dhombres?«

»Zwanzig.«

»Und was studierst du?«

»Medizin, im dritten Jahr.«

Kowalski nickte, sagte aber nichts. Zufrieden. Dann zog er ganz langsam das Foto heraus, wie ein Taschenspieler, der einen Trick vorführt.

»Sieh dir dieses Foto bitte ganz genau an, Cédric Dhombres. Und verschaukle mich nicht, verstanden?«

»Ja.«

»Erkennst du sie?«

»Ja.«

Servaz spürte, wie sein Herz wieder schneller pochte. Kowalski wartete darauf, dass er weitersprach.

»Das ist Alice.«

»Alice wer?«

»Weiß nicht … Alice … Sie studiert Literaturwissenschaft, glaube ich. Da drüben ist ihr Zimmer.«

Er zeigte auf eine Tür in der Mitte des Ganges.

»Zimmer 33 oder 35?«

»35. Das daneben ist das Zimmer von ihrer Schwester Ambre. Sie studiert Medizin wie ich.«

Diese plötzliche Stille. Ihre Blicke auf den jungen Mann gerichtet, das regelmäßige Prasseln des Regens auf das zerbrochene Fenster und die Stimmen ein Stockwerk tiefer, die über die Treppe nach oben drangen.

»Wie sieht die Schwester aus?«, fragte Kowalski, und seine Stimme klang mit einem Mal tiefer, angespannter, vorsichtiger.

»Hey, Mann, die sind sich total ähnlich. Man könnte sie für Zwillinge halten, aber sie sind ein Jahr auseinander.« Der Rotschopf tippte mit dem Finger auf das Foto. »Dieselbe Haarfarbe, derselbe Haarschnitt, dieselbe Figur, verstehen Sie?«

Dann schien ihm ganz plötzlich bewusst zu werden, mit wem

er es hier zu tun hatte und wie angespannt die Atmosphäre war, und er musterte sie nacheinander.

»Warum? Was ist mit ihnen?«

Um 11:27 Uhr betraten sie mit dem Generalschlüssel des Hausmeisters, der gerade von einem Einkauf in der Stadt zurückgekommen war, Zimmer 35.

Der Regen rann wie Tränen am Fenster herunter. Ein trauriger, grauer Tag erhellte das kleine Zimmer mit Dusche. Geräuschlos trat Kowalski ein, dicht gefolgt von Servaz.

Als er ans Fenster trat, bemerkte Letzterer, dass es auf ein kleines Wäldchen im Süden der Insel zeigte, und er erkannte den aufblitzenden Schein der Blaulichter zwischen den Bäumen, wie die Funken eines Feuerzeugs, dessen Flamme nicht aufblitzen will. Er drehte sich um und betrachtete das Foto auf dem kleinen Schreibtisch: ganz offensichtlich Alice und Ambre. Und sie ähnelten einander tatsächlich sehr. Dasselbe blonde Haar, dasselbe schmale Gesicht, dieselben großen Augen, die das Gesicht dominierten ... Hübsch, daran bestand kein Zweifel. Etwas an ihrem Blick, daran, wie sie in die Kamera starrten, erregte seine Aufmerksamkeit ... Aber was genau?

Kowalski, der sich ebenfalls über das Foto beugte, tütete es in einen durchsichtigen Beweisbeutel ein.

Danach betrachtete Servaz das gemachte Bett, den Nachttisch. Ihm fiel die strikte, fast schon spartanische Ordnung auf. Und wie sehr Alice den kleinsten Raum nutzte. Er zwang sich, ruhiger zu atmen, die Furcht einzudämmen, die ihm dieses Zimmer vermittelte, das eine Tote bewohnt hatte. Alice würde in keine Vorlesung mehr gehen, sich nicht mehr an diesen Schreibtisch setzen, sie würde nie mehr lachen oder mit ihren Freundinnen plaudern.

An der Wand hing ein großes Poster, auf dem stand:

ACHTUNG BABY
IT'S U2 IN PARIS
MAY 07, 1992

Ein Konzert von einer Band. Servaz hatte noch nie von ihnen gehört.

Sie warfen einen Blick unters Bett, in die Schubladen, vergeudeten aber keine Zeit. Sie würden das Zimmer zu einem späteren Zeitpunkt eingehender untersuchen: Gerade war etwas anderes dringender.

Sie verließen das Zimmer, gingen zur nächsten Tür, vor der ein Wachmann stand, ein drahtiger kleiner Mann mit Glatze, schwarzen, buschigen Augenbrauen und winzigen Knopfaugen. Sehr schwarz, die Knopfaugen. Sie waren es, die ihn alarmierten.

»Sehen Sie«, sagte der Wachmann.

Er zeigte auf das Schloss und den Türrahmen. Servaz bemerkte die Holzsplitter.

Die Tür war aufgebrochen worden …

Im Gegensatz zum Zimmer ihrer Schwester lag Ambres Zimmer im Halbdunkel da. Kowalski betätigte den Lichtschalter, und einen Moment lang blieben sie auf der Schwelle stehen. Das Zimmer war genau das Gegenteil von Alices: ein einziges Chaos. Klamotten, Bücher, Kassetten, CDs und Hefte lagen kreuz und quer über den Boden verstreut, das Bett war zerwühlt, und eine lose, mit geschwungener Handschrift beschriebene Blattsammlung verteilte sich völlig willkürlich über den Schreibtisch und den Nachttisch. Servaz entdeckte eine Tasse, die zum Aschenbecher umfunktioniert worden war, randvoll mit Zigarettenstummeln, manche davon mit rotem Lippenstift, Schalen mit bunten Gummibändern, Nadeln und billigem Schmuck, Jeans, BHs, herumliegende Unterhosen, leere Bierflaschen … Im Zimmer von Alice hatte es nach nichts gerochen, im Zimmer ihrer Schwester roch es hingegen nach kaltem Rauch, Parfum und Bier. Die Wände waren fast vollständig mit Postern und Fotos zugekleistert. Servaz las Namen wie NIRVANA, GUNS N'ROSES, 4 NON BLONDES. Genau wie bei dem Poster in Alices Zimmer kannte er keinen einzigen davon, aber er war sich sicher, dass seine ehemaligen Mitstudenten von der philosophischen Fakultät sie gekannt hätten. Er warf einen Blick in die Toilette. Entdeckte ein langes blondes Haar im Toilettenbecken.

Er drehte sich um und wäre fast mit Kowalski zusammengestoßen.

»Martin«, sagte der.

Kowalski starrte ihn an. Er hielt etwas hoch.

6

In dichtem Regen überquerten sie die Grenze zwischen dem Departement Haute-Garonne und dem Gers. Rinnsale flossen über die Windschutzscheibe, doch Kowalskis 2,2-Liter-Turbolader Renault 21 war mit einer Geschwindigkeit unterwegs, die den Gesetzeshütern der Straße bestimmt missfallen hätte, hätte sich einer von ihnen draußen aufgehalten.

»Und, was denkst du?«, befragte ihn sein Chef. »Was ist deiner Meinung nach passiert?«

Er nahm sich Zeit, um nachzudenken, ehe er antwortete.

»Tja, zum jetzigen Zeitpunkt kann das so ziemlich alles gewesen sein … ein im Affekt begangenes Verbrechen, das auf Liebe oder Eifersucht basiert, ein Durchgeknallter, oder aber sie waren zum falschen Zeitpunkt am falschen Ort.«

»Das Ganze macht einen ziemlich vorsätzlichen Eindruck, oder?«

Martin nickte.

»Ja, die Kommunionkleider – die hat er bestimmt mitgebracht …«

»Es sei denn, sie kamen direkt von einer Party«, warf Kowalski ein und fuhr von der N124 auf eine Landstraße, »und waren schon verkleidet. Wir haben keine weitere Kleidung von ihnen gefunden … Was noch?«

Wieder dachte er nach.

»Etwas passt da nicht zusammen.«

»Wie meinst du das …?«

»In den Zimmern gab es keinerlei Anzeichen von Religiosität. Nichts. Kein Kreuz, keine Bibel. Warum also die Kommunionkleider und dieses Holzkreuz? Weshalb diese Inszenierung? Und dann ist Ambres Tür aufgebrochen, aber die von Alice nicht …«

»Vielleicht war der, der sie umgebracht hat, gläubig. Und missbilligte ihr Verhalten. Versuch, in den nächsten Tagen etwas über die Persönlichkeit der beiden Schwestern herauszubekommen. Durchforste ihr Leben. Finde heraus, mit wem sie zusammen waren, womit sie sich beschäftigten, wo sie regelmäßig verkehrten. Ist dir aufgefallen, wie unterschiedlich diese beiden Zimmer waren?«

»Ja. Alices Zimmer war sehr ordentlich. Fast zu ordentlich. Ambres hingegen ein einziges Chaos.«

Inzwischen waren sie auf einer Straße unterwegs, die sich zwischen den regennassen Hügeln hindurchwand, und Servaz sah, wie dichte Regenschleier einander über die Felder jagten wie die Reihen einer Infanteriearmee im 19. Jahrhundert. Bauernhöfe und Wäldchen tauchten auf und verschwanden wieder, wurden verschluckt von der Eintönigkeit. Keine Menschenseele. Kowalski nickte zustimmend.

»Das Gers hat weniger als 30 Einwohner pro Quadratkilometer«, sagte er. »Wenn wir davon ausgehen, dass ihre Zimmer ein Spiegel ihrer Persönlichkeiten sind, dann würde das bedeuten, dass die beiden Schwestern sich nur äußerlich ähnelten, oder?«

Servaz wusste, dass dieses häufige »oder« am Ende eines Satzes keine Frage war – sein Chef hatte sich bereits eine Meinung gebildet –, sondern seine Art, ihn zum Weitersprechen aufzufordern.

»Was schließt du daraus?«, fragte er also.

»Erst mal nichts«, antwortete Ko. »Du hast es schon gesagt: Es ist zu früh.«

Zwanzig Minuten später fuhren sie in ein Dorf. Auf dem Platz vor der Kirche, direkt vor dem Kriegerdenkmal, war nur ein Postbote zugange, dessen Mofa sich hartnäckig weigerte zu starten. Der Regen prasselte auf seinen Regenmantel. Unter der Kapuze, die er bis zu den Augen heruntergezogen hatte, ging sein Blick kurz zu ihnen, und Servaz glaubte, ein schreiendes Geistergesicht zu sehen, bevor diese optische Illusion verflog und er feststellte, dass der Mann nicht schrie, sondern sie beäugte. Diese Halluzination – die vielleicht dem Regen geschuldet war – bereitete ihm Unbehagen. An der Ausfahrt des Dorfes teilte sich die Straße, und sie bogen nach links ab. Das Haus der Oesterman war das vorletzte.

Ambre und Alice Oesterman. Im zweiten Zimmer hatte Kowalski ihm den Pass gezeigt, den er in einer Schublade gefunden hatte.

Sie hatten das Schulamt angerufen und nach einer Adresse gefragt.

Unter den aufgeblähten Wolken vermittelte der graue Pavillon einen düsteren Eindruck. Die meisten Häuser der Region waren ähnlich gestaltet. Warum keine adretten Fassaden in Blau, Gelb, Grün oder Rot?, fragte sich Servaz. Im Alter von acht Jahren war er mit seinen Eltern ins Elsass gereist und hatte über die dortige Farbexplosion in den Straßen gestaunt. Die Häuser schienen geradewegs einem Märchen von Andersen zu entspringen.

Genau als sie ausstiegen, hörte es auf zu regnen. Gleich darauf tauchte ein Sonnenstrahl zwischen den Wolken auf und fiel auf ihre Gesichter. Beim Aufstoßen quietschte das vergitterte und mit Rost überzogene Gartentor. Sie gingen den Kiespfad hinauf und drückten auf den kleinen Stahlknopf der Klingel. Die Regenrinne am Rand des Daches leckte und lief über.

Ein ausgestopfter Hirschkopf empfing sie im Eingangsbereich, zusammen mit zwei äußerst besorgten Gesichtern.

»Monsieur und Madame Oesterman?«, fragte Kowalski in einem Tonfall, der nichts erahnen ließ.

»Ja?«

Durch das Fensterkreuz malte die Sonne ein in vier Bereiche zerteiltes Viereck, das auf den Holzboden im Wohnzimmer und den völlig abgenutzten Teppich fiel. Ein Licht, das nicht übersehen ließ, wie sehr die Gesichter der Eltern in sich zusammengefallen waren, nachdem sie wenige Sekunden zuvor die Nachricht erhalten hatten. Das Gesicht der Mutter, gerötete Augen, tränenüberströmt, ließ nur einen unergründlichen Schmerz erkennen; in den finsteren Gesichtszügen des Vaters kam noch die Wut hinzu – eine Wut, die sich womöglich sowohl gegen den Mörder als auch gegen die Polizei richtete, die nicht in der Lage gewesen war, seine Töchter zu schützen.

Beide waren um die sechzig – sie hatten ihre Kinder erst spät bekommen –, und Servaz stellte sich vor, welcher Abgrund sich zwischen ihnen aufgetan haben musste. Zu anderen Zeiten hatte der Vater wohl ein fröhliches Gesicht gehabt, blaue, leicht wässrige Augen, eine wulstige Nase und ergrauende Koteletten, aber durch den Kummer war er nicht wiederzuerkennen. Die Mutter war blond und blass, und es war unverkennbar, woher die Mädchen ihre Schönheit hatten. Sie tupfte sich mit einem feuchten Taschentuch über die rot geränderten, verquollenen Augen, schnäuzte sich, die runden Wangen vom Kummer gezeichnet. Immer wieder wurde sie von einem Schluchzen erfasst, und ihr Mann presste sie etwas fester an sich und schüttelte sie leicht, als wollte er sie dazu bringen, sich zu beruhigen, was sie daraufhin auch tat. Noch nie zuvor hatte Servaz einen so tiefen, so zermalmenden Schmerz gesehen, mit Ausnahme vielleicht von dem seines Vaters auf dem Friedhof, als seine Mutter beerdigt worden war – aber damals war er erst zehn gewesen, und die Erinnerung, die er davon zurückbehalten hatte, war verschwommen, bis auf das eigenartige Gefühl, dass er an diesem sonnigen Nachmittag, an dem die Lindenblütenpollen herumflogen, zum Zentrum der allgemeinen Aufmerksamkeit geworden war. Jeder wollte den kleinen Jungen im Sonntagsstaat in den Arm nehmen, ihm einen Kuss aufdrücken, nur die eine Person, an die er sich gerne geschmiegt hätte, war in ihrem Schmerz so verschlossen gewesen wie diese Eltern.

Auf dem Fenstersims, wo die Staubkörnchen im Licht tanzten, stand ein Foto der gesamten Familie. Die Töchter waren sechs oder sieben Jahre alt. Alle wirkten so glücklich – und Servaz dachte, dass doch nichts trügerischer war als ein Familienfoto. Eine Fliege schwirrte herum, flog immer wieder gegen die Scheibe, ließ die Stille noch stärker hervortreten.

»Können wir ihre Zimmer sehen?«, fragte Kowalski leise.

Der Vater nickte mit zusammengebissenem Kiefer. Er stand

auf. Ging vor ihnen her zur schmalen Treppe, aber nicht weiter hinauf. Legte eine Hand auf Kos Arm.

»Hören Sie, die Polizisten haben Ihnen nicht …«

»Später«, unterbrach ihn der Leiter der Kripo. »Wo geht es lang?«

»Da hoch … die zwei Türen auf der rechten Seite. Ganz hinten ist das Badezimmer. Links ist unser Schlafzimmer.«

Er trat zum Fenster. Die Sonne überflutete die Gärten hinter den Häusern. Schmal, parallel angeordnet und durch struppige Hecken voneinander abgeteilt, führten die leicht abschüssigen Parzellen zu einem Fluss, der sich seinen Weg zwischen zwei begrünten Eingrenzungen hindurchbahnte. Servaz entdeckte ein Wäldchen auf der anderen Seite, eine orangefarbene Plastikschaukel, einen Metalltisch und Gartenstühle, ebenso verrostet wie das Gartentor, ein Dutzend Blumentöpfe, die schief und krumm auf dem mit Löwenzahn durchsetzten Rasen standen.

In einem der benachbarten Gärten schnitt ein Mann die ledrigen Blätter eines Lorbeerbaumes zurück. Er trug ein dreckiges Achselshirt, das den Blick auf kräftige, leicht schlaffe, tätowierte Arme freigab. Seine Glatze glänzte, und er ging seiner Arbeit mechanisch und mit mürrischem Gesicht nach.

Servaz drehte sich um. Die Sonne hatte das Zimmer unter dem Dach aufgeheizt, und diese eingeschlossene Hitze, in der die Fliegen herumschwirrten, roch nach dem Staub von lange unbewohnten Zimmern. Die Stille hier hatte eine andere Beschaffenheit als unten. Hier war es die der Abwesenheit. Servaz sagte sich, dass das Zimmer weniger traurig war als das restliche Haus, doch das lag bestimmt an den frühlingshaften Sonnenstrahlen, die es freundlicher machten, und er konnte nicht umhin, an den Mitarbeiter des Bestattungsunternehmens zu denken, der versuchen würde, Alices Gesicht ein bisschen Farbe zu verleihen – bei Ambre würde ihm das wohl nicht gelingen.

Einen Moment lang betrachtete er das Zimmer. Wo anfangen? Es wies sehr viel Ähnlichkeit mit Ambres Zimmer im Studentenwohnheim auf, auch wenn das Chaos sich hier eher in Grenzen hielt. Vielleicht hatte die Mutter für eine gewisse Ordnung gesorgt. Er hörte, wie Kowalski im Zimmer nebenan durch die Schubladen wühlte, und beschloss, ebenfalls loszulegen.

Auf dem Bett lagen ein Walkman und ein Dutzend CDs, die im Licht aufleuchteten. Er machte einen Schrank auf und entdeckte ein an Kleiderbügeln aufgehängtes Tanktop aus Jeansstoff, das mindestens zwei Nummern zu groß war, eine olivfarbene Bomberjacke, T-Shirts mit Aufdrucken von Bands, die er nicht kannte, ein rot-dunkelgrün kariertes Hemd, eine schwarze Weste und Doc Martens. Einen Schuhkarton mit Gummibändern, farbigen Haarspangen, Lippenstiften und verschiedenen Nagellacken. In einer Schublade Unterhosen mit Blümchen und Wollsocken. Zum ersten Mal in seinem Leben stöberte er durch die Sachen einer anderen Person und dachte dabei unablässig an Ambre, an ihr hübsches, verunstaltetes Gesicht. Ambre war die schönere der beiden. War ihr Mörder deshalb so blindwütig über sie hergefallen, um ihre Gesichtszüge auszulöschen?

Auf dem billigen Schreibtisch aus hellem Holz standen nur eine Lampe, ein Köcher mit Stiften und Büroklammern und ein Fotoalbum. Er blätterte es durch. Auf den älteren Fotos waren die Mädchen um die fünfzehn, sechzehn Jahre alt. Auf fast jedem waren sie von vergnügten Freundinnen umgeben oder zogen irgendwelche Fratzen, und die Fotos waren mit Kommentaren versehen, die immer mit vielen Ausrufezeichen endeten. Doch auf einem der Fotos waren Ambre und Alice allein abgebildet. Sie lächelten nicht. Die leicht übertriebene Freude der anderen Fotos war völlig verschwunden. Ihre Blicke hatten dieselbe Intensität, denselben Ausdruck.

Er sah sich das Foto genauer an, und wieder übermannte ihn ein starkes Unbehagen. Welche Message wollten die beiden Schwestern vermitteln, indem sie so in die Kamera starrten? Er fragte sich, wer dieses Foto von den beiden gemacht hatte.

Ein fester Freund? Eine Freundin?

Ganz bestimmt keiner von den Eltern – dafür würde er seine

Hand ins Feuer legen. Der Blick der beiden war zu doppeldeutig, zu verheißungsvoll, zu dunkel, um an jemanden aus der Familie gerichtet zu sein.

Er klappte das Album zu, spürte, wie dick der Umschlag war. Sein Blick fiel auf das Bücherregal über dem Schreibtisch. Etwa dreißig Bücher ... Den Titeln nach zu urteilen hauptsächlich Kriminalromane. Dicht an dicht standen sie zwischen zwei Steinen, die vielleicht aus dem Flussbett stammten.

Mit einem Mal stellten sich seine Nackenhärchen auf. Sein Blick war bei einem Buch mitten auf dem Regal hängen geblieben: ein Roman mit einem vertrauten Titel.

7

WO ES UM BÜCHER UND LESERINNEN GEHT

Er hielt den Atem an. Schob die anderen Bücher vorsichtig zur Seite, bevor er es herauszog. Als hätte er ein sehr altes Buch in den Händen, als würden diese Bücher und all die Seiten zu Staub zerfallen. Er betrachtete das Cover: das Foto eines jungen Mädchens, das neben einem Baum stand – einer Pappel oder einer Espe –, barfuß auf einer Wiese mit Gänseblümchen. Ein weißes Kleid. Wie eine Braut. *Oder eine Kommunikantin …* Ihr weißes Kleid hatte Falten von der Hüfte bis zu den Füßen, genau wie die Längsrillen auf dem benachbarten Baumstamm. Ein großes Kreuz hing an einer Kette um ihren Hals.

Der Buchtitel lautete *Die Kommunikantin,* und der Autor war ein gewisser Erik Lang.

Servaz runzelte die Stirn. Was hatte das zu bedeuten? Seine Kehle fühlte sich mit einem Mal trocken an. Er klappte es auf, suchte nach dem Jahr der Erstauflage. 1985. Sah wieder zu den anderen Büchern auf dem Regal. Drei Bücher von diesem Autor. Was war hier los? Zwei als Kommunikantinnen verkleidete Leichen und jetzt das: Was hatte es damit auf sich?

Mit pochendem Herzen blätterte er die Seiten durch und wurde von dem eigenartigen Gefühl erfasst, bislang unbekanntes Terrain zu betreten:

KAPITEL 1

Sein Herz war so schwer wie ein Stein. Fast konnte er einen Gedanken fassen, hatte eine Ahnung von einer Hypothese – aber sie erschien ihm zu absurd, zu ausgefallen, um sie Ko zu unterbreiten: *Hat sich der Mörder etwa von einem Buch inspirieren lassen?* Gleich darauf verwarf er diese Hypothese, sie war lächerlich. Das war eines der typischen mittelmäßigen Szenarios, die man aus Filmen kannte, und er stellte sich bereits die Reaktion seines Bosses vor. Aber trotzdem, trotzdem ... konnte das einfach nur ein Zufall sein?

Mit dem Buch in der Hand stellte er sich ans Fenster. Im Garten nebenan war der Koloss mit dem Zurückschneiden des Lorbeerbaumes fertig. Er stand jetzt im Schatten eines Feigenbaums, sah immer noch mürrisch aus und rauchte. Servaz erinnerte sich daran, was seine Mutter gesagt hatte: dass man niemals unter einem Feigenbaum ein Nickerchen halten sollte.

Dann kam ihm ein anderer Gedanke. Vorhin, als er das Zimmer durchsucht hatte, hatte irgendetwas seine Aufmerksamkeit eine winzige Sekunde lang auf sich gezogen, dann jedoch hatte sich dieser Gedanke wieder verflüchtigt. Was war das gleich noch mal gewesen, verdammt? Er drehte sich um. Sein Blick schweifte durch das Zimmer. Ein Detail, aber welches? Beim Fotoalbum blieb sein Blick hängen.

Ja. *Irgendwas war mit dem Album gewesen ...* Langsam ging er darauf zu.

Die Rückseite war ihm deutlich dicker erschienen, wattierter als die Vorderseite, als er es zugeschlagen hatte. Ja, das war es. Vorsichtig blätterte er eine kartonierte Seite mit Fotos unter der schützenden Zellophanschicht nach der anderen um, tastete erneut den hinteren Buchdeckel ab ... Kein Zweifel: Da steckte etwas drin ... Es gelang ihm ganz leicht, den hellblauen Schmuckstoff vom kartonierten Buchblock zu lösen. Vorsichtig zog er ihn ab. Ein Dutzend Umschläge kam zum Vorschein.

Briefe ...

Vorsichtig zog er sie heraus und ging damit zurück zum Fenster. Die Umschläge waren alt, vergilbt, die Tinte ausgebleicht, die Adresse kaum lesbar, aber es war die Adresse, bei der sie gerade waren. Die Handschrift war auf allen Umschlägen dieselbe.

Er drehte sie um. Keine Absenderadresse.

Er versuchte, den Poststempel zu entziffern, aber er war fast vollständig verblasst, mit Ausnahme des Jahres: 1988. Wie alt waren Ambre und Alice da gewesen? So um die fünfzehn, sechzehn, errechnete er … Er klappte die aufgerissene Lasche des ersten Briefes auf und zog zwei Blätter heraus, die im Lauf der Zeit steif geworden waren. Das Papier raschelte, als er es auffaltete, die Briefe waren so häufig auf- und wieder zugeklappt worden, dass sie am Falz leicht gerissen waren.

Meine lieben Verlobten,

Einen Moment lang blieb er an diesen ersten Worten hängen. Dachte an alle Bedeutungen, die diesem letzten Wort innewohnen konnten.

gestern war ich in einem Restaurant mit vielen Leuten, Menschen, mit denen ich befreundet, weniger befreundet und gar nicht befreundet bin. Es wurde geplaudert, gelacht, schwadroniert. Es sollte amüsant, sarkastisch und vor allem intelligent sein. Aber ich in meiner Ecke habe nur an euch gedacht. An eure Jugend, an eure Schönheit, an eure Intelligenz. Die des Herzens. Die der Seele. An eure Unschuld und an eure Laster. Ich denke die ganze Zeit an euch, Tag und Nacht, wenn ich nicht schlafen kann. Wo seid ihr? Was macht ihr? Ich will alles wissen – alles von euren Träumen, euren Hoffnungen, eurer Begierde. Liebt ihr mich? Sagt Ja, auch wenn es nicht stimmt. Wenn ein Brief vor dem Wochenende eintrifft, dann heißt das, dass ihr mich liebt.

Er unterbrach seine Lektüre. Was sagten diese Worte über ihren Verfasser aus? Ganz offensichtlich drückte sich hier kein Teenager, sondern ein Erwachsener aus. Ein Erwachsener, der mit Sprache umzugehen wusste, auch wenn er – höchstwahrscheinlich absichtlich – einfach und faktisch blieb: kein Fehler, weder in der Syntax noch in der Rechtschreibung … Wahllos öffnete er einen weiteren Brief.

Meine lieben Herzensfreundinnen,

es ist mir nicht wichtig, geliebt zu werden, und noch weniger zu gefallen. Die meisten Leute verachten mich, fürchten meinen Zynismus, meinen Geist und meine scharfe Zunge. Umso besser. Sollen sie das doch tun. Nur euch möchte ich gefallen. Ich habe solche Lust, euch zu umarmen, euch an mich zu pressen. Ich würde fünf Jahre warten, wenn es sein muss, und danach werde ich euch heiraten – alle beide. In einem Land, in dem die Polygamie erlaubt ist. Ich hoffe, ihr wisst, dass ich euch liebe.

Grundgütiger, dieser Typ redete mit ihnen, als wären sie erwachsene Frauen … Was ihn am meisten stutzig werden ließ, war der Inhalt der Briefe. Diese Intimität zwischen einem Erwachsenen und zwei Jugendlichen. Wie alt war er? Zwanzig? Etwas an seinem Schreiben ließ an jemand sehr viel Älteres denken … Waren seine Worte ehrlich, oder war das ein Weg, wie er junge, naive Mädchen in seine Falle lockte? Servaz suchte nach einer Unterschrift und fand sie unten auf der nächsten Seite:

Sándor

Einen kurzen Moment gab er sich der Betrachtung dieses Namens hin. Wer war Sándor? Zum jetzigen Zeitpunkt ein Phantom. Ein Schatten in einer Ecke. Schon der Klang hatte etwas Mysteriöses. War vielleicht ein Pseudonym. Er steckte den Brief wieder zurück in den Umschlag. Betrachtete die Poststempel, jedes Datum, eines nach dem anderen, bis er das älteste herausgefunden hatte – den ersten Brief, und fuhr dann mit seiner Lektüre fort.

Liebe Ambre, liebe Alice,

mein Herz explodiert vor Freude beim Lesen eures Briefes, euer Lob bereitet mir große Freude. So jung und schon so klug, so wach, so scharfsinnig! Es gibt nichts Größeres, nichts Schöneres,

*als eine Seelenschwester zu finden – also stellt euch meine Freude
vor, liebe Alice, liebe Ambre, gleich zwei zum Preis von einer gefunden zu haben.*

*Oh, liebe Leserinnen, wenn ich nur daran denke, dass ihr mir
fast nicht geschrieben hättet …*

Wieder blieb er bei *liebe Leserinnen* hängen. *Ein Autor vielleicht?*
Hatte ihnen etwa Erik Lang selbst geschrieben? Oder handelte es
sich um einen Betrüger, der sich für ihn ausgab?

*… Wenn ich daran denke, dass ihr gezögert hattet – wie ihr in
eurem so schönen und so eindringlichen Brief schreibt –, bevor
ihr es gewagt habt, »den großen Autor zu stören«, aus Angst, ihr
könntet euch lächerlich machen … Nein, eurem Brief haftet
nichts Lächerliches an. Im Gegenteil. Wenn ihr schreibt, dass* Die
Kommunikantin *ein großer Wurf ist* – hier spürte Martin, wie
sich sein Pulsschlag beschleunigte –, *aber auch ein dunkles
Buch, ein unmoralisches Buch, dann kann ich dem nur zustim-
men. Wenn ihr schreibt: »Sie können sich nicht vorstellen, mit
welchem Entzücken wir uns in Ihr Universum gestürzt haben,
und wir haben uns über unsere Lektüre ausgetauscht und sind zu
dem Schluss gekommen, dass Sie unser Lieblingsautor sind«,
dann macht ihr mich damit zum glücklichsten Mann der Welt.
Schreibt mir wieder! Immer wieder! <u>Ich möchte ganz viele Briefe
wie diesen bekommen!</u>*

Wieder passte etwas nicht ganz zusammen. Wenn Erik Lang seinen Fans antwortete, warum unterschrieb er dann mit Sándor?
War das ein Code zwischen ihnen? Die Tür ging auf, und er drehte sich um. Kowalski kam in das überhitzte Zimmer. Sein Blick
fiel sogleich auf die Briefe.

»Was ist das?«

Wortlos griff Martin nach dem Buch auf dem Schreibtisch und
reichte es ihm.

Er hatte das Telefon im Eingangsbereich gesehen. Sie gingen nach unten, wo Servaz die Eltern um Erlaubnis bat, es benutzen zu dürfen. Im Telefonbuch neben dem Telefon suchte er nach einer Nummer und wählte sie dann.

»Hallo, Eva«, sagte er, sobald sich eine Stimme mit singendem Akzent gemeldet hatte. »Wer kennt sich bei euch am besten mit Kriminalromanen aus?«

Die Nummer gehörte zu einer Buchhandlung in Toulouse, in der er Stammkunde war. »L'Exquis Mot«. Servaz hatte sie als Student sehr häufig aufgesucht, seitdem er als Polizist arbeitete, war es weniger geworden. Was Kriminalromane betraf, so hatte er jedoch bei den Klassikern aufgehört: Poe, Conan Doyle, Gaston Leroux, Chandler und Simenon im großen Ganzen. Seine Lieblingsautoren waren Tolstoi, Thomas Mann, Dickens, Gombrowicz, Faulkner und Balzac. Wie früher sein Vater vertrat auch er die Ansicht, dass die besten Bücher einem etwas abverlangten und dass, ganz allgemein, alles, was man leicht erlangen konnte, unnütz und wertlos war.

»Kannst du ihn ans Telefon holen?«, fragte er, nachdem er die Antwort erhalten hatte.

Er wartete, bis sein neuer Gesprächspartner am Telefon war.

»Erik Lang, kennen Sie den?«

Der Mann am anderen Ende war nicht sehr redselig.

»Natürlich.«

»Und *Die Kommunikantin*?«

»Sicher doch.«

»Ist das sein berühmtester Roman?«

»Ja. Sehr erfolgreich.«

Servaz seufzte. Der Buchhändler – den er als jung erachtete – schien davon auszugehen, dass jede seiner Informationen selbstverständlich war und dass es nicht zu seinen Zuständigkeiten gehörte, seine Zeit damit zu vergeuden, sie weiterzugeben.

»Wie viele Romane hat er geschrieben?«

»Was weiß ich … ein Dutzend.«

»Wie alt ist er?«

»Bitte?«

»Wie alt?«, wiederholte Servaz.

Er nahm das Erstaunen seines Gesprächspartners wahr.

»Moment bitte.«

Nach wenigen Sekunden nahm der Buchhändler die Unterhaltung wieder auf. Sein Tonfall klang noch gelangweilter – sie hatten die Grenzen seiner Geduld und seiner beruflichen Verpflichtungen erreicht.

»59 geboren.«

Servaz rechnete nach. 1988 war Lang 29 Jahre alt. Weshalb verkehrte er mit fünfzehnjährigen Teenagern? Sicher, es ging darum, Fans zu antworten. Aber die Briefe, die er gelesen hatte, gingen weit über einen simplen Brief an einen Leser hinaus. Sie zeugten von einem überraschenden Grad der Intimität ... Bei welcher Gelegenheit war eine solche Intimität entstanden?

»Und Sándor, sagt Ihnen das was?«

»Erik Lang ist ein Pseudonym«, antwortete das Backpfeifengesicht im selben herablassenden, lehrmeisterlichen Ton. »Er ist in Ungarn geboren. Sein richtiger Name lautet Sándor Lang.«

»Danke«, sagte er und beendete die Unterhaltung.

Sie hatten wieder im Wohnzimmer gegenüber den Eltern Platz genommen, die sich während ihres gesamten Aufenthalts nicht von dort wegbewegt hatten und ganz den Eindruck machten, als würden sie noch immer am selben Platz sitzen, sollten sie am nächsten Tag wieder zu ihnen kommen.

Die Mutter weinte nicht mehr, aber ihre Augen waren nach wie vor rot gerändert. Sie sah aus, als wäre sie um 15 Jahre gealtert. Der Vater schien düstere Gedanken zu wälzen. Diese Atmosphäre der Hoffnungslosigkeit war nur schwer zu ertragen. Servaz spürte, dass er es hier nicht mehr lange aushalten würde. Kowalski hatte die Eltern mit erstaunlich sanfter und ruhiger Stimme befragt – die völlig widersprüchlich zu dem Ko war, den er kannte –, nach dem Umgang ihrer Töchter, ihren Gewohnheiten, ihrer Schulzeit. Schließlich rieb er sich über den Nasenrücken und beugte sich langsam nach vorn. Aus seinem Tonfall – und auch der Sorgfalt, mit der er jedes Wort auswählte – hörte Servaz etwas heraus, das neu war – eine Anspannung, die ihm zuvor nicht aufgefallen war.

»Ist in der letzten Zeit etwas … *Ungewöhnliches* vorgefallen? Etwas, das Sie in irgendeiner Form stutzig machte, auch wenn es völlig unbedeutend ist …«

Zu ihrer großen Überraschung sahen sie, wie die Eltern einen bedeutsamen Blick tauschten und sogar nickten, als hätten sie von Anfang an mit dieser Frage gerechnet. Mit einem Mal war Servaz höchst aufmerksam. Ko drehte sich vorsichtig zu dem Vater um, der ihn mit gespitzten Lippen anstarrte.

»Gar nicht unbedeutend«, sagte der dann. »Ich habe vorhin versucht, es Ihnen zu sagen: Es ist etwas passiert, ja, etwas, das uns große Angst gemacht hat … und wenn Sie früher aktiv geworden wären, dann wären Ambre und Alice noch da.«

Die Stimme des Vaters zitterte vor Wut. Martin sah, wie sich Kos Nacken verkrampfte, wie sich die Muskeln seiner Schultern unter der Lederjacke abzeichneten.

»Was soll das heißen?«, hakte der Leiter der Ermittlungsgruppe verständnislos nach.

»Haben die bei der Polizei Ihnen denn nichts gesagt?«

»Welche Polizei? Erklären Sie es mir.«

»Es hat vor etwa sechs Monaten angefangen … das Telefon klingelte, und niemand meldete sich … drei Nächte in Folge, jedes Mal um die gleiche Uhrzeit: Punkt halb vier Uhr früh.«

Der Vater von Ambre und Alice musterte sie nacheinander, ehe er fortfuhr.

»Ich erinnere mich noch genau … Die Mädchen waren an der Uni. Das erste Mal dachten wir, ihnen wäre etwas passiert, und sind ganz panisch geworden.«

Er machte eine Pause, presste die Kiefer fest aufeinander.

»In der zweiten Nacht wusste ich dann schon, dass niemand antworten würde, aber fragen Sie mich nicht, weshalb; das wusste ich einfach … Ich sagte: ›Sie haben sich wohl verwählt.‹ Und dann war da dieses Atmen, kaum hörbar. All das mitten in der

Nacht … Beim dritten Mal fragte ich die Person, was sie wolle, und sagte, sie solle uns in Ruhe lassen. Wie die beiden Male zuvor bekam ich keine Antwort.«

»Haben Sie eine Ahnung, wer das gewesen sein könnte?«

Der Vater schüttelte den Kopf.

»Und hat es dann aufgehört?«

Erneutes Kopfschütteln.

»Er hat wieder angerufen. Wochen später … Das war an einem Wochenende, die Mädchen waren hier. Er sagte: ›Kann ich mit Ambre oder Alice sprechen?‹ Es war 3.30 Uhr. Ich fragte, ob er gesehen hätte, wie spät es sei. Er wiederholte: ›Kann ich mit Ambre oder Alice sprechen?‹, als hätte er mich nicht gehört. Ich sagte, ich würde auflegen, und da hat er noch einmal gefragt: ›Kann ich mit Ambre oder Alice sprechen?‹ Ich warnte ihn, sagte, ich würde die Polizei informieren. Da hat er gesagt: ›Sagen Sie Alice und Ambre, dass sie sterben werden.‹«

Servaz sah die unermessliche, beispiellose Angst in den Augen des Vaters wieder aufsteigen, die er wohl auch an jenem Abend empfunden hatte.

»Das Telefon hat in jener Nacht noch gut ein Dutzend Mal geklingelt. Die Mädchen sind aufgewacht. Wir hatten alle Angst. Ich habe das Telefon schließlich ausgesteckt.«

»Hat er danach noch einmal angerufen?«

»Ja. Jeden Samstagmorgen um halb vier Uhr früh, wenn die Mädchen zu Hause waren, wochenlang … Letzten Endes habe ich regelmäßig das Telefon ausgesteckt, bevor ich schlafen ging.«

»Haben Sie sie gefragt, ob sie wussten, wer das sein könnte?«

Er nickte.

»Sie sagten, sie hätten keine Ahnung.«

»Haben Sie die Polizei informiert?«

Wieder nickte er.

»Und …?«

Erneut flackerte seine Wut auf.

»Von denen haben wir nichts Brauchbares gehört … Da sagte man uns nur, sie könnten nicht viel unternehmen …«

»Könnten Sie seine Stimme beschreiben?«

»Ein Mann ... jung ... so um die zwanzig vielleicht ... oder auch dreißig, wer weiß ... Er sprach sehr leise.«

»Würden Sie die Stimme wiedererkennen?«

Er schüttelte den Kopf.

»Ich glaube nicht, nein, wie ich schon sagte: Er sprach sehr leise.«

»Vielen Dank, Monsieur Oesterman.«

»Das ist noch nicht alles ...«

Vor Wut und Vorhaltungen zitterte seine Stimme, und seine Augen blitzten wütend auf.

Kowalski richtete sich auf, als hätte er einen Tritt in den Rücken bekommen.

»Ach nein?«

»Letzte Nacht hat er wieder angerufen ...«

Die Beamten waren wie erstarrt.

»Und was hat er gesagt?«

Servaz sah, wie Richard Oestermans Gesicht in sich zusammenfiel.

»Dass sie tot seien. Und dann noch ... dass sie *bekommen hätten, was sie verdienten.*«

8

WO ES UM JUNGFRÄULICHKEIT UND UM FUSSBALL GEHT

Tote reden nicht. Tote denken nicht. Tote beweinen die Lebenden nicht. Tote sind tot, ganz einfach. Doch das einzig wahrhaftige Grab ist das Vergessen, dachte er.

Er beobachtete die Eltern von Alice und Ambre. Er wusste nicht, was sie empfanden. Wie hätte er das auch gekonnt? Hegten sie noch eine winzige, wahnwitzige Hoffnung, dass es sich um eine Verwechslung handelte, dass es nicht ihre Töchter waren, die man dort gefunden hatte? Wollten sie die Sache hier möglichst rasch hinter sich bringen und zurück nach Hause fahren, damit sie sich dort, geschützt vor fremden Blicken, ausweinen konnten? Befürchteten sie, das letzte Bild, das sie von ihnen zurückbehalten würden, wäre jenes, dem sie sich in Kürze stellen mussten? Er dachte wieder an das, was sie gesagt hatten: an die nächtlichen Anrufe – und an den letzten, schaurigen Anruf in der Nacht des Doppelmordes, mit dem ihnen verkündet wurde, ihre Töchter seien tot. Sie hatten ein Fax an France Télécom geschickt, um den Anrufer identifizieren zu lassen. Sie hatten versucht, die beiden im Studentenwohnheim zu erreichen. Vergeblich. Sie hatten die Polizei erneut informiert, die dahinter einen schlechten Scherz vermutet hatte …

Die Eltern saßen dicht nebeneinander, auf zwei Stühlen im Büro des Gerichtsmediziners, berührten sich jedoch nicht – und Servaz fragte sich, ob das Paar stark genug war, diese zweifache Trauer auszuhalten.

Klas schienen solche Überlegungen kaum zu beschäftigen. Er hatte zu viele Leichen gesehen, zu viel Gewalt, zu viel Kummer – ob nun tatsächlichen oder vorgetäuschten. Er saß hinter seinem Schreibtisch, auf dem kein Gegenstand lag, der an den Tod erinnern könnte – nichts von dem, was man in Krankenhäusern auf den Schreibtischen von großen Spezialisten antraf: keine Gehirne, Lungen oder Herzen aus Kunstharz.

Im Gegenteil, in dem sonnigen Treibhaus, das zum Büro umfunktioniert worden war, mit seinen dreckigen Glaswänden und den großen bunten Scheiben, stolperte man an allen Ecken und Enden über das Leben selbst. Auf den Möbeln, wie auch von Metallpfosten herabhängend: ein Dschungel aus exotischen Pflanzen in Töpfen, die sich ausbreiteten, den ganzen Raum einnahmen, einen Geruch nach reichhaltiger Erde und Humus verströmten. Manche Töpfe standen direkt auf dem Eichentisch des Gerichtsmediziners, neben dem großen Telefon und dem Rolodex. Servaz las ein paar Etiketten: *Dracula chimaera* (eine Orchidee), *Chamaecrista fasciculata* (eine Art Farn), *Dionaea muscipula* (eine fleischfressende Pflanze?). Dennoch fand er, dass es hier in dem Glaskäfig nach Verwesung roch, nach dem unbesiegbaren Kreislauf der Natur: Tod und Wiedergeburt.

»Gehen wir«, sagte Klas und stand auf.

Servaz sah, wie die Eltern der beiden jungen Mädchen den Kopf noch ein bisschen mehr zwischen die Schultern zogen. Der kleine Gerichtsmediziner ging den Gang aus grauen Steinen vor ihnen her, der an die Gedärme einer Festung erinnerte, drückte eine Metalltür auf und betätigte einen Schalter, dann betraten sie einen kalten, gekachelten Raum, der von Neonröhren beleuchtet wurde. Eine Wand war ganz mit glänzenden Stahlschubladen ausgestattet, der Kühlbereich für die Leichen. Klas ging an den Schildern entlang, die in den Stirnseiten der Schubladen steckten, dann öffnete er eine Tür und zog mit leisem Rollen eine lange Bahre heraus. Er bedeutete den Eltern, näher zu treten.

»Sehen Sie sie nicht zu lange an«, riet er. »Das hat keinen Sinn. Es ist besser, Sie erinnern sich so an sie, wie sie zuvor ausgesehen haben. Sehen Sie sich die Mädchen nur so lange an, bis Sie sich sicher sind.«

Der Vater nickte, die Mutter wirkte wie versteinert.

Klas hob das Tuch hoch und deckte die Leiche bis zum Schlüsselbein auf.

Es war Alice, kein Zweifel … Servaz entdeckte einen markanten Leberfleck an der linken Schulter der jungen Frau. Sie sah aus, als würde sie schlafen. Fast gleichzeitig nickten die Eltern. Klas zog das Tuch wieder über die Leiche.

Dann öffnete er eine andere Schublade.

Schlug auch hier das Tuch zurück – und mit zusammengebissenen Zähnen wartete Servaz auf die Reaktion, die folgen würde.

Ein unterdrückter Schreckensschrei der Mutter, gefolgt von einem brüsken Zurückweichen des Vaters – dann ein Aufschluchzen. Servaz bemerkte, dass beide den Blick rasch von der verunstalteten Ambre abwandten. Mit schmerzverzerrtem Mund nickte der Vater kurz, dann kehrte er der Bahre und seinen Töchtern den Rücken zu und fasste seine Frau am Arm.

»Sie bestätigen, dass es sich um Ambre und Alice Oesterman, Ihre beiden Töchter, handelt?«, fragte Klas in nüchternem Tonfall.

Servaz murmelte ein »Es tut mir leid« und ging dann nach draußen, um durchzuatmen, verfluchte Kowalski, der ihn allein hierhergeschickt hatte.

Draußen fühlte er sich mit einem Mal erschöpft. Er zündete sich eine Zigarette an, rauchte und sah dabei zwei jungen, auf dem gegenüberliegenden Bürgersteig entlangschlendernden Mädchen nach. Sie lachten, schritten über die Straße, als würde die Stadt ihnen gehören. Er schloss die Augen. Nahm einen tiefen Zug und lauschte. Die Geräusche der Stadt. Hupen, Motorroller, das regelmäßige Rauschen des Verkehrs, die Glocken einer Kirche, eine Taube auf dem Dach, Musikfetzen … Das Leben eben.

Gegen Ende des Nachmittags ergriff Staatsanwalt Gambier vor einer nur aus Journalisten bestehenden Zuhörerschaft das Wort. Er erwähnte zwei junge Studentinnen, sprach von ersten Ergebnissen, von Kommunionkleidern – Servaz sah, wie Kowalski bei dieser Erwähnung zusammenzuckte –, aber er erwähnte nichts von den beiden Kreuzen, dem, das da war, und dem, das fehlte. Im Gehen nahm Kowalski Martin zur Seite.

»Geh aufs Revier und lies das verfluchte Buch. Finde heraus, ob es weitere Gemeinsamkeiten gibt. Ob der Mörder sich wirklich davon hat inspirieren lassen. Ob in diesem verfluchten Buch irgendwas davon vorkommt. Du bist der Intellektuelle im Team«, fügte er noch hinzu und klopfte ihm auf die Schulter, dann reichte er ihm ein versiegeltes Päckchen, in dem sich das Exemplar befand, das in Ambres Zimmer gestanden hatte.

Servaz ahnte, worauf Kowalski anspielte. Auf seine langen Haare, sein Philologiestudium, seine ausschweifenden Sätze, darauf, dass die alten Hasen seinen viel zu vollen Geist gleichermaßen fürchteten und verachteten.

»Es wäre vielleicht interessant herauszufinden, wer außer den Eltern Zugang zu Ambres Zimmer hatte«, sagte er unvermittelt. »Wusste der Mörder, dass die beiden Schwestern Fans von Erik Lang waren? Und dass Ambre *Die Kommunikantin* in ihrem Zimmer stehen hatte? Das kann kein Zufall sein.«

»Mindestens eine Person wusste es«, sagte Kowalski.

»Ja: Erik Lang.«

Es war 20:30 Uhr und kein bisschen feucht mehr, als Servaz das Kripogebäude verließ; ein angenehmer Maiabend, der die Toulouser auf die Straßen und die Terrassen der Cafés getrieben hatte. Der Himmel hatte eine lachsfarbene Schattierung angenommen, die das Rosa der Fassaden aufleben ließ, und Fetzen von Chansons, die den Sommer nicht überdauern würden und durch die offenen Fenster wie auch aus den stehenden Autos nach draußen drangen, schwirrten wie Eintagsfliegen durch die Luft.

Er ging zu Fuß die Rue de Metz entlang, bog nach links ab auf die Place Esquirol, in Richtung des Saint-Cyprien-Viertels, über Gehsteige, die die gespeicherte Wärme abstrahlten. Die Luft war so sanft wie eine zärtliche Berührung.

Als er die Dreizimmerwohnung betrat, stellte er fest, dass es darin sehr stickig war, trotz der offen stehenden Fenster. Margot rannte auf ihn zu und warf sich in seine Arme. Alexandra tauchte auf. Sie war barfuß, trug ein weißes T-Shirt mit blauen Streifen, das ihr zu groß war, und eine Jeans, die über den gebräunten Knien Löcher hatte. Sie musterte ihn, hauchte ihm einen Kuss zu, dann ging sie zurück ins Wohnzimmer – wo sie leise telefonierte. Er erkannte die Musik, die mit einem Mal lauter wurde: The Cure, das Konzert im Zénith vom letzten Jahr – er erkannte sie, weil Alexandra ihn dorthin geschleppt hatte –, und kurzzeitig fragte er sich, ob sie die Musik eingeschaltet hatte, damit er nicht mitbekam, was sie sagte.

Er spielte eine Weile mit seiner Tochter, hob sie hoch, setzte sie auf seine Schultern, kitzelte sie und trat damit einen Schwall Gekicher, Gelächter und nicht ernst gemeinter Proteste los. Keine Frage, seine Tochter war noch ein kleines Wesen mit ganz elementaren Bedürfnissen: essen, schlafen, spielen, lachen, geliebt werden … Genau das Gegenteil der Mutter, dachte er etwas perfide.

Später am Abend, als die Temperatur in der Wohnung kaum nachgelassen hatte, jedoch eine angenehme nächtliche Brise hereinwehte, saß er in der Ecke des Sofas, die dem Fenster am nächsten war, und holte das Buch aus der Beweistüte.

Er hatte noch nicht mit der Lektüre begonnen, als ihn erste Zweifel überkamen. Hatte es irgendeinen Sinn, diese Seiten zu lesen? Was erwarteten sie? Darin die Lösung zu finden? Aber jemand musste diese Aufgabe übernehmen. Falls der Mörder von dem Roman inspiriert worden war, was tatsächlich der Fall zu sein schien, dann könnten sie vielleicht irgendwie seine Spur zurückverfolgen. Wie viele Buchhandlungen hatten dieses Buch in der Gegend verkauft? In wie vielen Bibliotheken konnte man es ausleihen? Wenn er dem Buchhändler Glauben schenkte, dann war *Die Kommunikantin* ein großer Erfolg gewesen. Also gab es bestimmt zu viele Leser, als dass sie alle durchgehen könnten. Er fing mit der Lektüre an, sagte sich nach zwei Seiten, dass es gar nicht mal schlecht war, in diesem reduzierten Stil. Weniger ausschweifend als in der Literaturwissenschaft, auch wenn es etwas an Ehrgeiz fehlte. Er las weiter, ein Betrunkener kam durch die Straße, lallte ein Lied, das er nicht erkannte. Er war kein Spezialist, aber die Erzählweise dieses Autors hatte etwas, wie er fand. *Eine gewisse Boshaftigkeit, etwas Morbides und Perverses.* Wahrzunehmen auf fast jeder Seite. Korruption, Verderbtheit, Sadismus … Er fragte sich, ob genau das den beiden Teenagern so gefallen hatte, in diesem Alter, in dem ein Übergang ansteht, man seine Ängste überwindet, das Verlangen verspürt, entgegen den elterlichen Werten zu handeln, und anerkannt und geliebt werden will; all das konnte einen ebenso unwiderstehlichen Reiz auf jemanden ausüben wie das Licht auf Schmetterlinge. Waren Alice und Ambre genau das: Raupen, die sich in Schmetterlinge verwandelt hatten und sich emporschwangen? Die versuchten, die elterlichen Verbote auf die Probe zu stellen? Für einen jungen Verstand, der so begierig auf Neues war, mussten die Romane von Erik Lang eine starke Faszination ausgeübt haben.

So sehr, dass sie alle Regeln der Vorsicht außer Acht ließen? In diesem Alter war die Wahrnehmung von Risiko häufig nicht sonderlich ausgeprägt, und die Einschätzung wurde von dem täuschenden Gefühl der Allmacht verfälscht. *Himmel, du redest wie ein Psychologe.*

»Was liest du denn da?«, fragte Alexandra, als sie hereinkam.

Er zeigte ihr das Cover. Offensichtlich hatte sie noch nie von dem Autor gehört.

»Was ist das?«

»Ein Kriminalroman.«

Sie ließ sich in einen Sessel fallen, die Beine über die Armlehne, wippte mit den Füßen mit den lackierten Zehen.

»Liest du neuerdings Kriminalromane?«

»Nicht Romane, einen Roman …«

»Was ist an dem besonders?«

»Er ist ziemlich … schräg.«

»Ohhh, *schräg* … ein Punkt für den Autor …«

Da wurde ihm klar, dass sie getrunken hatte. Er merkte es an ihrer Stimme. Sie hatte sogar ein Glas in der Hand. Die gerade abgefeilten Enden ihrer rosa lackierten Fingernägel mit der breiten weißen Nagelspitze lagen auf dem Glas. Sie lächelte, als wäre etwas von dem, was er gesagt hatte, überaus erheiternd.

»Was ist los?«, fragte sie. »Wieso siehst du mich so an?«

Er sagte nichts. Sie starrte ihn an, und er bemerkte eine neue Feierlichkeit in ihrem Blick.

»Margot schläft?«, fragte er.

Sie nickte. Ihre Wangen waren leicht gerötet, die Lippen etwas fülliger als sonst.

»Ich bin betrunken«, räumte sie ein.

»Wie viel?«

»Das dritte.«

Er las die Einladung in ihren Augen. Ein sich jedes Mal erneuerndes Ritual, wenn sie von einem etwas längeren Auslandsaufenthalt zurückkam. In diesen Momenten gab sie sich ebenso aufreizend wie eine Frau, die man gerade in einer Kneipe getroffen hatte. Als hätte er mit einem Mal eine Unbekannte vor sich.

Eine Unbekannte, die ihm Unbehagen bereitete. Manchmal fragte er sich, ohne zu lange darüber nachzudenken, was Alexandra wohl während der Zwischenaufenthalte tat. Er wusste, dass sie die Gesellschaft von Männern der von Frauen vorzog und dass sie sehr gut mit einem Typen zum Essen gehen konnte, ohne dass es der erste Schritt auf dem Weg ins Bett sein musste. Zumindest hatte sie das immer behauptet.

Er wusste auch, dass sie Geheimnisse hatte. Deutlich mehr als er. Dieses Ungleichgewicht hatte sie beide im Lauf der Zeit voneinander entfernt. Er erkannte es an ihren ausweichenden Antworten nach der Rückkehr aus Hongkong oder Singapur. An ihren Widersprüchen. An kleinen Details. Zum Beispiel war das Telefon ihres Hotelzimmers häufig besetzt, wenn er versuchte, sie anzurufen. Wenn er sie danach fragte, behauptete sie, das müsse Zufall sein. Aber er glaubte nicht an Zufälle. Hatte sein Beruf als Polizist auf ihn als Person abgefärbt? Er zögerte, eine Bezeichnung dafür zu finden. Lügen. Sollte er eines Tages Beweise dafür haben, dass Alexandra ihn anlog, wie würde er dann reagieren?

Alexandra hatte ihm zu Beginn ihrer Beziehung verkündet: »Lüg mich nie an. Ich finde Lügen entsetzlich. Ich werde dich nie anlügen, verstanden?« Er konnte sich an eine Zeit erinnern, als er diese Worte für das Evangelium gehalten hatte.

»Woran denkst du gerade?«, fragte sie, ehe sie das Glas zum Mund führte.

Es war fast leer. Ihre Augen glänzten ein bisschen mehr.

»An deine nächste Reise.«

»Scheiß auf meine nächste Reise«, sagte sie, erhob sich, umrundete den Couchtisch und kam zu ihm.

Als sie vor dem Sofa stand, beugte sie sich zu ihm nach unten und küsste ihn. Fuhr mit den Fingern durch seine Haare. Sie schmeckte nach Weißwein. Sie zog ihr T-Shirt hoch, nahm seine Hände und platzierte sie auf ihren nackten Brüsten.

»Das Fenster ist offen, und man kann uns sehen«, murmelte er an die Rückenlehne des Sofas gelehnt. »Die Nachbarn werden sich freuen.«

»Scheiß auf die Nachbarn«, sagte sie, ihr Atem ging schneller.

Er wusste, dass es sie erregte, möglicherweise gesehen zu werden. Das war ihr Ding. Sie mochte es, wenn man sie ansah. Sie öffnete die Knöpfe ihrer Jeans, zog den Reißverschluss nach unten, küsste ihn dabei weiter, nahm Martins Hand und schob sie in ihre Unterhose. Sie fing an, sich daran zu reiben, schob seine Hand immer tiefer in ihre Unterhose.

Dann stieg sie auf ihn, die Knie auf dem Leder des Sofas, über ihn gebeugt, rittlings, seine Hand noch immer an ihrem heißen Geschlecht. Sie war ganz feucht.

Mit ihrer freien Hand zerwühlte sie seine langen Haare, streichelte stöhnend über seinen Kopf. Trotz der unbequemen Position gelang es ihm, mit der linken Hand den Gürtel seiner Jeans aufzumachen, ungeschickt und hektisch seine Hose aufzuknöpfen, um dann Alexandras Hand aus seinen Haaren zu ziehen und an sein steifes Glied zu führen. Er spürte ihren Widerstand – als beabsichtigte er, sie auf eine heiße Herdplatte zu legen. Dabei öffnete sie sich doch, Martins Finger tief in sich eingeführt. Er atmete durch. Zog erneut sanft an Alexandras Handgelenk.

»Hör auf!«

Unsanft hatte sie sich frei gemacht, wirkte genervt. Er unterdrückte seine Wut. Zog seine Finger aus ihr. Auch wenn sie beim Sex schon immer sehr egoistisch gewesen war, so war es doch noch nicht sehr lange so, dass sie ihn nicht mehr anfasste, egal, in welcher Form. Und wenn er sich um sie kümmern wollte, den Kopf zwischen ihren Schenkeln, dann riss sie ihn rasch an sich, damit er in sie eindrang, aber auch, und das wusste er, damit dieser Moment schnell vorbei war. Das Einzige, was sie tatsächlich wahnsinnig machte, waren seine Finger oder sein Glied in ihr. Sie verlangte nach Penetration, nach jeglicher Form der Penetration, wie eine Amazone.

Er wollte etwas sagen – seine fast schon schmerzhafte Erektion nahm langsam ab, seine Finger rochen nach Alexandra –, als ein Schrei ertönte. Margot. Ihr Schrei verwandelte sich in einen Hilferuf. »Papa!« Alexandra richtete sich sofort auf, aber er war schneller, ging um sie herum.

»Schon gut. In letzter Zeit hat sie Albträume. Das ist weiter nichts. Ich kümmere mich darum.«

Als er vor dem großen Spiegel am Anfang des Ganges vorbeikam, seine männliche Wut noch nicht erloschen, sah er überrascht Alexandra im Spiegel. Sie hatte ihr leeres Glas auf dem Couchtisch abgestellt und eine Zigarette aus der Schachtel genommen. Sie sah aus dem Fenster, hatte der Wohnung den Rücken zugewandt.

»Der schicke Klas«. Das war der Spitzname des Gerichtsmediziners auf dem Revier. Mit Abwandlungen, die von der Fantasie der Polizisten zeugten: »der schnieke Klas«, »der geschniegelte Klas«. Wenn er nicht in einem grünen Kittel vor einer Leiche stand, trug der Chef der Gerichtsmedizin einen gut geschnittenen Zweireiher, Hemden mit Umschlagmanschetten, Manschettenknöpfe von S. T. Dupont und italienische Fliegen aus Seide. Obligatorischer Wollmantel im Winter, ein leichter Mantel im Sommer. Alles Markenklamotten und sehr teuer.

Servaz und Ko sahen, wie er auf dem Gehsteig näher kam, den Mantel sorgfältig über dem Arm, in der Hand einen Aktenkoffer aus schwarzem Leder.

»Armani«, sagte Kowalski.

»Was?«

»Das ist ein kleines Spielchen und eine Tradition. Wir wetten auf die Marke des Jacketts oder des Anzugs. Die Frage stellen wir ihm zum Schluss. Der, der es herausgefunden hat, bekommt einen Restaurantbesuch bezahlt.«

Servaz betrachtete den Gerichtsmediziner.

»Ralph Lauren«, wagte er sich vor.

»Und der Mantel?«

»Burberry.«

»Das war leicht.«

»Guten Tag, die Herren«, begrüßte Klas sie, als er an ihnen vorbeikam und unter dem Portal zu ihrem Gebäude ging. »Führen Sie den jungen Mann in Ihre bescheuerten kleinen Spielchen ein, Kowalski? Ich bitte Sie, stecken Sie ihn nicht an. Für einen Polizisten macht er einen ziemlich intelligenten Eindruck.«

»Wir haben unsere Traditionen, Doc«, sagte der Chef der Truppe nur, ohne Anstoß zu nehmen.

»Würden die Leute die der Medizinstudenten und ihrer Professoren kennen, dann wäre keiner so verrückt, seinen Körper der Wissenschaft zu überlassen«, pflichtete Klas ihm bei.

Durch eine Glastür rechter Hand traten sie ein, folgten einem Gang und betraten den zum Büro umfunktionierten Dschungel. Selbst zu so früher Stunde war es unter dem Glasdach bereits stickig. Klas legte seinen Mantel über der Stuhllehne ab, zog sein Jackett aus und hängte es auf einen Kleiderbügel, ging kurz seine Pflanzen durch, zog eine Schublade auf und holte ein großes Diktiergerät mit Kassetten der Marke Philips heraus.

»Dann kümmern wir uns mal um die beiden Mädchen«, sagte er.

Sie betraten den Raum durch die doppelflügelige Tür, und sofort war die Atmosphäre eine andere. Servaz betrachtete die mit Rollen versehenen Arbeitstische voller Fläschchen, Tuben, Schalen, Zangen, Skalpellen, Scheren, Waagen und die Wasserschläuche, die auf dem Boden herumlagen, bevor sein Blick in die Mitte des Raumes wanderte. Die Leichen von Alice und Ambre waren vorbereitet. Sie lagen auf zwei Stahltischen, im grellen Licht, das nichts von ihrer Nacktheit und ihrer Zerbrechlichkeit verbarg. Lebende mochten ihre Geheimnisse haben, überlegte er und dachte dabei an Alexandra, auf die Toten beim Gerichtsmediziner traf das jedoch kaum zu. Durch Analysen, Gewebeentnahmen, visuelle Untersuchungen und Abtasten enthüllten sie den Gesundheitszustand und häufig auch ihre geistige oder gar moralische Verfassung. Zirrhosen, Hämatome, alte, verheilte Brüche und Zeichen von Schlägen oder Misshandlungen, alte Narben von Schussverletzungen oder Messerstichen, Skarifizierungen und Selbstverstümmelungen, Schlafmittel, Antidepressiva, Drogen, Geschlechtskrankheiten, Analläsionen, Spuren von autoerotischer Strangulation, von mehreren Hunderttausend Zigaretten zugeteerte Lungen, Nadeleinstiche, Fesseln, ungesunde Lebensweise, mangelnde Hygiene, Verfall, Wahnsinn, Tod – nichts oder fast nichts entging dem Auge des Gerichtsmediziners. Nichts, mit Ausnahme der Gefühle, der Gedanken – all dem, was die Zeit des Menschen hier auf Erden ausmachte, ehe er verschwand.

In dem langen Gang hatte Kowalski Martin Mentholbonbons und Wick für die Nase gereicht. Beim Eintreten verstand er auch, weshalb. Die Ausdünstungen von frischem Blut, die den Raum erfüllten, vermischt mit den Dämpfen des Formaldehyds und anderen chemischen Produkten bildeten einen ziemlich widerlichen Cocktail.

Jetzt, da sein Blick durch den Raum streifte, wunderte er sich, dass er nicht aufgewühlter war. Ihm fiel wieder ein, dass sein Vater nach dem Selbstmord seziert worden war. Natürlich hatte ihn niemand gebeten, der Autopsie beizuwohnen. Klas verschwand einen Moment. Als er zurückkam, trug er eine weiße Plastikschürze über dem grünen Kittel, zwei Paar übereinander angezogener Handschuhe, um jegliche Verletzung mit dem Skalpell zu vermeiden, und er roch nach antiseptischer Seife. Ein junger Mann begleitete ihn, bekleidet mit dem gleichen Kittel, Brille und einer Chirurgenmaske, in einer Hand ein Klemmbrett, auf dem Blätter fixiert waren, in der anderen Hand einen Stift.

Klas legte das Aufnahmegerät an den Rand des Seziertisches, vergewisserte sich, dass eine Kassette darin war, spulte zurück und drückte auf Aufnahme.

»Autopsie von Alice Oesterman, zwanzig Jahre alt, und von Ambre Oesterman, einundzwanzig Jahre alt«, sagte er. »Wir nehmen zunächst die äußere Untersuchung vor.«

Er drehte sich zu ihnen um.

»Eigentlich müsste ich die beiden Autopsien nacheinander machen. Aber da wir nicht nur versuchen herauszufinden, was die Gründe und Umstände ihres Todes waren, sondern auch Ähnlichkeiten und Unterschiede zwischen den beiden Fällen herausarbeiten wollen, werden wir gleichzeitig voranschreiten – was, und das verheimliche ich nicht vor Ihnen, eine sehr unorthodoxe Vorgehensweise ist, meine Herren.«

Im Lauf der nächsten Minuten hielt er Gewicht, Geschlecht und Körperfülle fest und untersuchte die beiden Leichen sorgfältig – mit Ausnahme der Köpfe, die er später untersuchen würde – nach Blutergüssen, Wunden und alten Narben. Er führte die Leichenflecke auf – die er in einem Anfall der Pedanterie oder einem Bemühen um Genauigkeit *livor mortis* nannte –, beschrieb deren Verteilung und Aussehen. Jedes Mal, wenn er etwas entdeckte, gab er Kowalski ein Zeichen, der daraufhin mit einer Polaroidkamera ein Foto machte. Vorsichtig tastete der Gerichtsmediziner Alices Hals ab, überprüfte die Beweglichkeit.

Dann wechselte er zu Ambre, und Servaz vermied tunlichst, die unförmige Masse anzusehen, die jetzt anstelle des hübschen Gesichts zu sehen war, ein Auge kaum geöffnet, das andere unter zugeschwollener Haut verschwunden. Der Gerichtsmediziner erstellte daraufhin ein Röntgenbild und bat sie, näher zu kommen.

»Komplexe Gesichtsschädeltraumata«, sagte er und hielt dabei das Röntgenbild ins Licht. »Frakturen von Nasenknochen mit Beschädigung des Nasenvorhofs, der Nasenscheidewand, wobei auch die angrenzenden Bereiche in Mitleidenschaft gezogen wurden. Mehrere Unterkieferbrüche. Multiple Frakturen der Augenhöhlen. Das Gesichtsödem ist sehr groß. Mehrere Läsionen: massive Ekchymosen, Hämatome, offene Wunden … Vor allem eine Fraktur der vorderen Schädelgrube mit beachtlichem Schädeltrauma. Verdacht auf intrakraniale Hämatome, auf neurologische Schäden und intrazerebrale Hämorrhagie. Das Öffnen des Schädels wird uns mehr Aufschluss geben.«

Servaz glaubte, eine leichte Gereiztheit aus dem Tonfall des Gerichtsmediziners herauszuhören. Vielleicht war Klas doch nicht so emotionslos, wie er scheinen wollte. Er legte das Diktiergerät weg, wandte sich wieder Alice zu – deren Schenkel er mit einer respektvollen Geste auseinanderschob. Der Assistent reichte ihm einen glänzenden Gegenstand aus Stahl, dessen Funktion ihnen rasch klar wurde: ein gynäkologisches Spekulum. Klas brachte das Instrument an und leuchtete dann mit einer kleinen Stablampe zwischen die Beine der jungen Frau.

»Keine Spuren von vaginalen Läsionen«, sagte er nach einem kurzen Moment.

Gemeinsam mit dem Assistenten drehte er den Leichnam um, sodass der Po oben lag, und Servaz wandte den Blick ab.

»Noch zu bestätigen, aber auch keine analen Läsionen.« Kurzes Schweigen. »Das ist ja interessant, meine Herren«, sagte der Gerichtsmediziner dann plötzlich, und Servaz sah, dass er jetzt zwischen den Beinen von Ambre stand, die Taschenlampe wie zuvor auf die Genitalien gerichtet.

Widerstrebend kamen Ko und er näher. Erstaunt runzelte Klas die Stirn.

»Wir haben hier noch ein Hymen …«

»Was soll das heißen?«, fragte Kowalski, der die Antwort bereits kannte, sie aber aus dem Mund des Gerichtsmediziners hören wollte.

»Jungfrau, wobei manche Hymen auch nach vollzogenem Beischlaf intakt bleiben … Ambre, aber nicht ihre Schwester … Auch in dem unwahrscheinlichen Fall, dass sie Geschlechtsverkehr gehabt haben sollte, so hätte dieser nur einmal und in gegenseitigem Einverständnis stattgefunden … Auch hier sehe ich weder eine vaginale noch eine anale Läsion.«

»Wir haben also die Bestätigung: keine Vergewaltigung?«

Servaz spürte, wie ihm übel wurde. *Jungfrau.* Was hatte das zu bedeuten? Ambre Oesterman war einundzwanzig, sie las Erik Langs Literatur, seit sie zwölf war, unterhielt, seit sie fünfzehn war, eine Brieffreundschaft mit dem Autor, die – wenn man dem Tonfall der Antworten glaubte – sehr vertraut und intim war. Sie war schön, wurde ganz bestimmt umworben, und ihr Studentenzimmer roch nach Alkohol, Tabak und Parfum, es war voller Zigarettenstummel, die sie sicherlich nicht allein geraucht hatte, und erinnerte an ein Schlachtfeld nach einer feuchtfröhlichen Party. Und trotzdem Jungfrau? Warum nicht …? Aber ihre Schwester Alice, die Jüngere, die ordentlichere und strukturiertere der beiden, war es nicht mehr. Nichts in diesem Bild passte zusammen. Statt Aufschluss zu geben, hatte die Autopsie den Nebel nur noch dichter werden lassen. Irgendetwas übersehen wir, sagte er sich.

Klas überprüfte noch die Augen und Gehörgänge, bevor er zur inneren Untersuchung überging. Seine erste Handlung bestand darin, tiefe Schnitte in der Haut von Armen und Schenkeln anzubringen, dann – nachdem er den Körper gemeinsam mit seinem Assistenten umgedreht hatte – in Pobacken, Waden und Rücken, um im Unterhautgewebe durch Kampf oder Schläge verursachte Verletzungen aufzuzeigen.

Bei der zweiten Leiche ging er genauso vor, und sowie die beiden Leichen wieder auf dem Rücken lagen, griff er erneut zum Skalpell. Er führte drei rasche Schnitte in Y-Form auf dem Rumpf von Alice durch, von den Schulterblättern bis zur Symphyse und noch ein Stück weiter, legte das Instrument weg, dann beobachtete Martin, wie er mit einem kräftigen Ruck an der Haut zog, die sich mit widerlich schmatzendem Geräusch löste und die Muskeln des Halses und der Brust, den Brustkorb und das Sternum freigab, worauf er die großen Hautlappen zur Seite aufklappte, wie man einen Mantel öffnet. Als er mithilfe einer Zange die Zunge entfernte, indem er durch den Unterkiefer eindrang, dann die Luftröhre und schließlich die Rippenknorpel mit fürchterlichem Krachen offenlegte und eine Unmenge an rosafarbenen Eingeweiden herauszog – Larynx, Lunge, Herz … –, als würde er eine Wurstkette herausziehen, ging Servaz zur Tür.

»Geht's?«

Eine halbe Stunde später im Gang nickte er. Er hatte sich wieder gefasst und auch wieder etwas mehr Farbe im Gesicht. Kowalski erklärte ihm, die Autopsie habe die ursprünglichen Vermutungen bestätigt: Alice war durch die brachialen Schläge auf den Nacken gestorben, die ein Schädeltrauma hervorgerufen und darüber hinaus auch das Rückenmark verletzt hatten. Ambre war so lange ins Gesicht geschlagen worden, bis sie tot war. Vielleicht war sie aber auch nicht sofort tot gewesen. Die Brutalität, mit der die Schläge ausgeführt worden waren, deutete auf eine an Wahnsinn grenzende Wut des Mörders hin; aber geschah nicht jeder Mord – unabhängig von der Frage der strafrechtlichen Verantwortlichkeit – aus einer Art Wahnsinn heraus? Allerdings warf diese Wut eine Frage auf: Sie waren nicht vergewaltigt worden … Was also war das Motiv?

Es war 11:30 Uhr, als sie die Gerichtsmedizin verließen und mit dem Auto ins Zentrum von Toulouse fuhren, wo sie sich an der Place du Capitole auf die Terrasse eines Cafés setzten und zwei Tassen Kaffee bestellten. Es war schon heiß, und der blassblaue Himmel flimmerte über den Dächern. Servaz' Blick fiel auf eine liegen gelassene Zeitung.

Olympique Marseille König von Europa!

Er seufzte. Im Radio wie im Fernsehen, vor allem aber in den Gängen des Reviers war das zum einzigen Gesprächsthema geworden. Wer erfreute sich an dem bevorstehenden Verbot der britischen, russischen und amerikanischen Nuklearversuche? Wer war darüber besorgt, dass die Welt jetzt, im Jahr 1993, über 70 000 Atomsprengköpfe verfügte, von denen manche in wenigen Minuten einsatzbereit und die beständig auf uns gerichtet waren, während wir Kaffee tranken, Sex hatten oder über das letzte PSG-OM-Spiel redeten? Niemand. Aber der Sieg von Olympique Marseille gegen den AC Mailand im Finale der Fußballeuropameisterschaft war zu einer unerschöpflichen Quelle an Anekdoten und Glossen in der Männerwelt der Kripo geworden, die sich anscheinend in einen riesigen Fanklub verwandelt hatte, und er wagte es nicht mehr, zur Kaffeemaschine zu gehen, weil er befürchtete, seine Unwissenheit in Sachen Fußball könnte ans Tageslicht kommen.

Geräuschvoll blätterte er weiter zu einer Kurzmeldung: Der Fußballverein Valenciennes hatte Anzeige wegen eines Bestechungsversuchs erstattet. Der gesuchte Artikel stand auf Seite 6: »Zwei Studentinnen tot auf der Île du Ramier aufgefunden.« Er überflog ihn rasch. Der Journalist – Peyroles – hatte sich an die Fakten gehalten und auch keinen übertrieben dramatischen Tonfall gewählt. Ein Pluspunkt für ihn. Vom Kreuz war keine Rede. Dennoch versprach der Reporter schon bald neue Enthüllungen, vermutlich, um seine Leser bei der Stange zu halten. Das Foto war unscharf – man erkannte darauf Baumstämme, dunkle Silhouetten von Polizisten in Regenkleidung – und aus zu großer Entfernung aufgenommen, als dass man die beiden Opfer ausmachen konnte. Gut. Aber das würde nicht so bleiben. Andere Schreiberlinge würden auf den Plan treten, und Peyroles hatte ihn an einen neugierigen Foxterrier mit der Sturköpfigkeit eines Bernhardiners erinnert.

»Verdammt, was für eine Geschichte«, rief Kowalski.

»Was denn?«, fragte er über die Zeitung hinweg, dachte, sein Chef würde auf ihre laufende Ermittlung anspielen.

»Das«, sagte Ko und zeigte auf die erste Seite.

»Ach«, sagte er, als er die Zeitung umdrehte, um es anzusehen.

»Du interessierst dich wohl nicht für Fußball?«, fragte Ko schmunzelnd.

»Kein bisschen.«

»Wir hatten noch nie eine solche Mannschaft«, fuhr Ko fort, ohne auf seine Antwort einzugehen. »Wir haben den AC Mailand mit Rijkaard, Gullit und van Basten, die beste Mannschaft der Welt, so richtig in die Knie gezwungen. Zwei Halbfinale, zwei Finale und eine Fußballeuropameisterschaft, welcher andere französische Klub hat das geschafft? Welcher andere?«

»Keine Ahnung.«

»Ab sofort sind wir der beste Klub der Welt, Kleiner. Ja … Da kann kein anderer bei den internationalen Spielen mithalten, wir haben es allen gezeigt. Ein Erfolg wie dieser wiederholt sich frühestens in dreißig Jahren.« Kowalski klopfte ihm auf die Schulter, und er verschüttete seinen Kaffee über der Zeitung. »Okay … kommen wir wieder auf die Ermittlung zu sprechen«, sagte Ko, dem die abgrundtiefe Gleichgültigkeit seines Untergebenen bewusst war. »Was haben wir da?«

»Zwei Mädchen, die in der Nähe ihres Studentenwohnheims zu Tode geprügelt wurden. Keine Vergewaltigung, aber eine Inszenierung, die an den Roman eines Autors erinnert, dessen Fans sie waren«, antwortete er und trank den Rest seines süßen Kaffees. »Anonyme Anrufe an die Eltern.«

Ko dachte nach.

»Mal angenommen, der Typ hätte in dem kleinen Wäldchen auf sie gewartet, sich zum Beispiel hinter einem Baum versteckt. Sie kommen bei ihm vorbei. Er stürzt sich auf Alice, die hinter ihrer Schwester läuft, und schlägt sie hinterrücks brutal zusammen. Sie fällt reglos zu Boden, vielleicht stirbt sie kurz darauf. Als Nächstes fällt er über Ambre her, die sich in dem Moment umdreht, und schlägt sie ins Gesicht. Und aus irgendeinem unerfindlichen Grund geht er dann blindwütig auf sie los. Bevor er zu Alice zurückkommt und ihr noch mal eine überzieht.«

»Er hat zweimal zugeschlagen?«, fragte Servaz überrascht.

Ko trank erst seinen Kaffee aus und zündete sich eine Zigarette an, bevor er antwortete.

»Laut Klas waren es drei Schläge. Vermutlich um sicherzugehen, dass sie auch wirklich tot war. Dann entkleidet er sie, wahrscheinlich im Licht einer Taschenlampe, und zieht ihnen die Kommunionkleider über. Andere Kleidungsstücke von ihnen wurden nicht gefunden, also ist anzunehmen, dass er sie mitgenommen hat … und dass er eine Tasche oder Ähnliches dabeihatte …«

»Womit hat er zugeschlagen? Weiß man das?«

»Klas geht von einem breiten, flachen Gegenstand aus. Er hat anscheinend sowohl die Schneide als auch die flache Seite der Waffe benutzt. Aber keine Klinge: Dann wäre die Schneide sehr viel tiefer eingedrungen. Eher etwas aus Holz …«

»Ein Ruder.«

»Möglich. Daran habe ich auch gedacht. Ich habe Mangin nach Saint-Blanquat geschickt, um die Anwesenheiten der Ruderklubmitglieder zu überprüfen und zu kontrollieren, ob ein Ruder fehlt.«

»Und dann ist da noch die Geschichte mit dem Kreuz …«

»Ja«, sagte Ko nachdenklich.

»Er hängt Alice ein Kreuz um den Hals, nicht aber Ambre. Warum? Hätte er der Inszenierung des Romans bis zum Schluss folgen wollen, dann hätte er doch beiden ein Kreuz um den Hals gehängt, oder nicht? Und woher hatte er die Kleider?«

Kowalski betrachtete ihn eingehend.

»Vielleicht hatte er nur ein Kreuz … Alice hatte irgendwann auch eines umhängen, aber es wurde ihr wieder weggenommen … Hast du den Roman gelesen?«

Er nickte.

»Ja. Seite 150: Ein junges Mädchen am Fuß eines Baumes, tot, gekleidet wie eine Kommunikantin, mit einem Kreuz um den Hals – genau wie bei der Inszenierung hier …«

»Was hat das deiner Meinung nach zu bedeuten?«

Er dachte nach.

»Tja, es gibt da zwei Möglichkeiten …«

»Lass hören.«

»Am wahrscheinlichsten ist, dass wir es hier mit jemandem zu tun haben, der das Buch gelesen hat und wusste, dass Alice und Ambre Fans des Autors waren. Bis auf kleine Details hat er das Gelesene nachgestellt.«

»Aber aus welchem Grund hätte er sie umgebracht?«

»Keine Ahnung …«

»Und die andere Möglichkeit?«

Er zögerte.

»Die andere ist eher … an den Haaren herbeigezogen.«

»Spuck's aus.«

»Lang selbst hat das gemacht.«

»Er wäre so bescheuert, eines seiner Buchszenarien umzusetzen, obwohl er weiß, dass man im Zimmer von Ambre oder Alice sein Buch finden wird, zusammen mit den Briefen, die er ihnen geschrieben hat? Was für ein Motiv sollte er haben?«

»Ich weiß, das hat weder Hand noch Fuß.«

Langsam ließ Kowalski den Blick über die Terrasse schweifen, dann sah er Martin wieder an.

»Es sei denn, er ist sich seiner Sache sehr sicher und glaubt, dass wir ihn niemals schnappen werden oder zumindest niemals beweisen können, dass er es war. Ich habe die Briefe gelesen«, sagte er noch.

»Und?«

»Mit diesem Lang ist irgendetwas faul. Diese Briefe … Verdammt, die Mädchen waren Kinder, als er angefangen hat, ihnen zu schreiben …«

»Oder sie ihm«, warf Servaz ein.

»Ja, wie auch immer, er hat mit ihnen geredet, als wären es Frauen. Dabei waren sie erst fünfzehn, verdammt! Die Briefe stecken voller sexueller Anspielungen … Der Briefwechsel zieht sich über zwei Jahre. Danach hört er urplötzlich auf. Entweder hatten sie danach keinen Kontakt mehr, oder sie haben anders miteinander kommuniziert …«

»Was schließt du daraus?«

Kowalski beugte sich über den Tisch und tippte mit einem Finger auf die Tischplatte.

»Ich schließe daraus, dass es an der Zeit ist, diesem Erik Lang einen Besuch abzustatten.«

»Mit welcher Begründung?«

»Ein Mord, inspiriert durch eines seiner Bücher. Zudem hatte er Kontakt zu den Mädchen. Das sollte ausreichen.«

Sie standen auf. Ko ließ eine Zehn-Francs-Münze auf dem Tisch liegen.

9

Das Haus von Erik Lang befand sich am Hügel von Pech-David, im Südwesten der Stadt, in der schicken Gemeinde Vieille-Toulouse, umgeben vom Grün des Golfplatzes und den Bunkern.

Sie fuhren die Hügel hinauf, kamen an Gebäuden und Autos des Golfklubs vorbei, nahmen eine gewundene Straße, die von weißen Zäunen, hübschen Häusern und großen Nadelbäumen gesäumt war. Fast so, als wäre man in Amerika. Die Straße endete an einem Rondell vor dem leicht hügeligen Grün des Golfplatzes. Servaz entdeckte ein paar Spieler, die dort in aller Ruhe in der Sonne herumspazierten, allein oder in Gruppen. Das Gartentor von Erik Lang zeigte zum Rondell – es war das letzte Anwesen vor dem Golfplatz. Große Hecken, die man wild hatte wachsen lassen und die jetzt eine undurchdringliche, mehrere Meter hohe Mauer bildeten, schützten es vor neugierigen Blicken.

Unter dem urkalifornischen Himmel sagte sich Servaz, dass die Aussage »Glücklich lebt, wer im Geheimen lebt« eigentlich noch vervollständigt werden sollte: »Glücklich lebt, wer im Geheimen und unter seinesgleichen lebt.« Doch etwas an der Ausrichtung des Ortes, an der beeindruckenden Größe und der abschreckenden Dicke dieser Hecke – die eigentlich mehr ein Wäldchen als eine Hecke war – erweckte in ihm den Eindruck, als würde Erik Lang es vorziehen, Abstand zu seinesgleichen zu halten. Da das Gartentor offen stand, schnipsten sie ihre Zigaretten weg, traten sie aus und gingen zu Fuß bis zum Haus. Ein Kiesweg führte dorthin. Hinter der Grundstücksgrenze war das Anwesen rundum von Fairways und Grün eingefasst, eine ziemlich geschickte Möglichkeit, wie Servaz fand, die Nachbarn auf Abstand zu halten.

Erik Langs Haus zeugte von der Frustration, die manche Architekten empfinden mussten, wenn sie sich mit den geltenden Regeln der neuesten Mode begnügen sollten: grauer Beton, schräge Glasflächen, Terrassentüren und im Gegenzug dafür Fenster, die kaum breiter als Schießscharten waren. Ein hohes Haus, viereckig, grau, leicht düster, das seinen Eigentümer aber bestimmt eine Stange Geld gekostet hatte: kein Zweifel, Erik Lang hatte noch andere Leser als Ambre und Alice. Oder aber andere Einkünfte.

Zypressen, Eiben und Pinien verliehen dem Ganzen einen mediterranen Touch. Ein funkelnder Jaguar Daimler Double Six, dessen verchromte Teile im Licht blitzten, stand vor der Garage. Es roch nach Jasmin und nach dem Benzin eines Rasenmähers – den Lang gerade höchstpersönlich über den Rasen schob. Obwohl er den grauen Anzug, das blaue Oxford-Hemd und das gepunktete Einstecktuch gegen eine weiße Leinenhose, weiße Flipflops und einen blauen Pulli ausgetauscht hatte, erkannte Servaz in ihm den Mann vom Foto auf dem Umschlag der Bücher.

Er hatte ihnen den Rücken zugewandt und war über sein knatterndes Gerät gebeugt, als sie auf ihn zugingen, doch dann, als hätte er einen geheimen Instinkt, blieb er stehen, schaltete den Motor aus und drehte sich um.

Erik Lang musterte sie vorsichtig und durchtrieben über die Gläser seiner Sonnenbrille hinweg, und Servaz fiel wieder ein, welchen Eindruck er beim Betrachten des Autorenfotos gehabt hatte. Den eines arroganten, nicht greifbaren Typen. Lang stellte eine perfekte Reihe weißer Zähne vor der Kamera zur Schau, aber sein Lächeln spiegelte sich nicht in seinen Augen, die für jemanden seines Alters unter erstaunlich dichten schwarzen Augenbrauen lagen und ebenso ausdruckslos wie eine Gefängnispforte waren. Die Form des Lächelns – automatisch hochgezogene Mundwinkel – erinnerte mehr an eine Grimasse, einen blasierten, gleichgültigen Flunsch, als an ein Lächeln. Es war derselbe Ausdruck, den Erik Lang jetzt hinter seiner Sonnenbrille zur Schau stellte.

»Es gibt hier eine Klingel«, sagte er.

Kowalski zückte seinen Ausweis, und das Lächeln verschwand. Lang fuhr sich durch sein dichtes, kurzes, braun gelocktes Haar.

»Ich nehme an, es geht um diesen schrecklichen Mord«, sagte er. »Ich habe den Artikel in der Zeitung gesehen.«

»Doppelmord«, korrigierte Kowalski. »Genau. Hätten Sie ein paar Minuten für uns Zeit?«

Der Schriftsteller schob sich die Brille auf die Stirn. Servaz schätzte ihn auf etwa dreißig.

»Warum? Weil es an eines meiner Bücher erinnert, ist es das?«

»Weil eines der Mädchen dieses Buch in seinem Zimmer hatte, vor allem aber, weil Sie ihnen ganz hübsche Briefe geschrieben haben, Monsieur Lang.«

Durchtrieben sah der Autor sie an.

»Aber natürlich … es ist äußerst unangenehm, da mit hineingezogen zu werden … Umso mehr wünsche ich mir, dass die Ermittlungen rasch voranschreiten. Wenn ich daran denke, was sie erlitten haben …«

Es ist äußerst unangenehm, da mit hineingezogen zu werden. Das war alles, was ihm der Mord an Alice und Ambre entlockte?

Lang ging vor ihnen her zum Haus. Der Schriftsteller bat sie in ein weitläufiges Wohnzimmer, das von großen Terrassenfenstern erhellt wurde, durch die man die Fortschritte der Golfer verfolgen konnte. Einer von ihnen versuchte gerade, sich aus der Sandfalle eines Bunkers herauszuschlagen. Sofa, Kamin und Wände waren weiß. Eine elektrische Gitarre lehnte an einer Wand, ein schwarzes Fernsehmöbel stand an einer anderen, mit einem Fernseher, einem Videoplayer und einer Stereoanlage, zu der ein Plattenspieler, ein CD-Player, ein Radio und ein Kassettendeck gehörten. Kein Buch weit und breit – die hatte der Schriftsteller vermutlich in seinem Büro –, dafür aber ein Flügel und Partituren. Leise Musik erklang aus einer Stereoanlage – eine Melodie, mal sprunghaft und mit Trillern, dann wieder melancholisch –, und Servaz fiel wieder ein, dass Lang ungarische Wurzeln hatte.

Erik Lang bat sie, Platz zu nehmen, und fragte, ob sie einen Kaffee wollten. Servaz achtete auf alle Geräusche. Im Haus war nichts zu hören. Kowalski dachte wohl dasselbe, denn als der Schriftsteller mit einer vollen Kaffeekanne wieder zurückkam, fragte er: »Leben Sie hier allein, Monsieur Lang?«

»Ja, weshalb?«

»Nur so.«

Erik Lang machte es sich auf dem Sofa ihnen gegenüber bequem, schlug die Beine übereinander, holte ein Zigarettenpäckchen aus seiner Leinenhose und zündete sich eine Zigarette an.

»Wie kann ich Ihnen behilflich sein, meine Herren?«, fragte er beim Einschenken geradezu schnurrend und einschmeichelnd, wie ein Kater, der die meiste Zeit einen auf Samtpfote machte, dann aber ohne Vorwarnung die Krallen ausfuhr.

»Sie mögen sie jung, Monsieur Lang?«, fragte Kowalski.

»Schmeckt er?«

»Sind Sie verheiratet?«

»Nein.«

»Frauen … die mögen Sie doch eher jung, oder?«

»Wovon sprechen Sie?«

»Sie müssen entschuldigen, ich habe diese Briefe gelesen … aber es handelt sich um eine polizeiliche Ermittlung, und alles, was wir gesehen haben, führt uns zu Ihnen.«

Nachdenklich betrachtete Lang ihn durch den Zigarettenrauch hindurch.

»Ich verstehe rein gar nichts … könnten Sie Licht ins Dunkel bringen?«

»Tja, zunächst einmal handelt es sich um eine Inszenierung, die genau der aus Ihrem Roman *Die Kommunikantin* zu entsprechen scheint …«

»Ja. Als ich den Artikel gelesen habe, musste ich auch sofort daran denken«, unterbrach ihn der Schriftsteller.

»Hmm. Und Ihnen ist nicht in den Sinn gekommen, die Polizei anzurufen?«

Lang ließ sich etwas tiefer in das Sofa sinken.

»Nein, das muss ich zugeben. Ich nehme an, dass mir diese Idee früher oder später gekommen wäre und dass ich dann auch angerufen hätte. Aber Sie haben gesagt, ich zitiere: *Alles, was wir gesehen haben, führt uns zu Ihnen.* Es gibt also noch etwas anderes.«

»Ja.«

»Darf ich erfahren, was das ist?«

Ko bedachte ihn mit einem eindringlichen Blick.

»Nicht nur der Tatort erinnert an Ihren Roman, wir haben auch eine Ausgabe davon im Zimmer von Ambre Oesterman gefunden.«

»*Die Kommunikantin* war ein richtiger Verkaufsschlager, über 600 000 verkaufte Exemplare, in den verschiedensten Ausgaben«, teilte Lang ihnen in ruhigem Tonfall mit. »Und hier in der Region hatte er den meisten Erfolg. Die Wahrscheinlichkeit, eine Ausgabe davon bei jemandem zu finden, ist also entsprechend hoch.«

»Aber Ambre Oesterman, das sagt Ihnen doch etwas, oder nicht, Monsieur Lang?«

Der Schriftsteller verspannte sich etwas.

»Mir gefällt Ihr Ton nicht sonderlich, Kommissar.«

»*Hauptkommissar* … Sie haben meine Frage nicht beantwortet.«

Lang zuckte mit den Schultern.

»Ja, natürlich, Ambre war ein Fan. Ein richtiger Fan. Wir haben uns eine Zeit lang geschrieben. Aber das liegt schon mehrere Jahre zurück: Wir hatten schon lange keinen Kontakt mehr.«

»Weshalb haben Sie den Kontakt abgebrochen?«

Ein angedeutetes, überaus arrogantes Lächeln huschte über Langs Gesicht. Seine buschigen schwarzen Augenbrauen, die sich über der Nasenwurzel fast berührten, bildeten ein V.

»Das ist das Problem mit manchen Fans. Sie werden zu übergriffig, wollen am Leben des Autors teilhaben, verlangen nach beständiger Aufmerksamkeit … Sie wollen wichtig für einen sein und gehen davon aus, die Tatsache, alle Bücher gelesen zu haben, die man veröffentlicht hat, würde ihnen gewisse Rechte verleihen.«

»Sie haben nicht sehr viel Achtung vor Ihren Lesern, Monsieur

Lang. Was wäre denn, wenn diese ganzen Leute Ihre Bücher ab morgen nicht mehr lesen würden?«

Diese Vorstellung schien dem Schriftsteller nicht sonderlich zu behagen.

»Sie täuschen sich, Hauptkommissar. Ich liebe meine Leser. Sie haben mich zu dem gemacht, was ich bin.«

Dieses Geschwätz kannst du dir sparen, dachte Martin und ließ den Blick über die Wände schweifen, über die Gegenstände, das Mobiliar, die Bilderrahmen. Plötzlich zuckte er zusammen, und sein Blick wanderte wieder etwas zurück. Etwa ein Dutzend Bilderrahmen hingen an der Wand. Schwarz-Weiß-Fotos. Alle vom selben Format, etwa fünfzig mal vierzig. Zunächst war ihm gar nicht aufgefallen, was sie gemeinsam hatten. Erst als er sie ein zweites Mal betrachtete, wurde es ihm klar. *Fotos von Schlangen …* Auf allen Fotos waren Reptilien abgebildet, aber das bemerkte man nicht sofort, weil es sich bei manchen um eine Nahaufnahme der glänzenden Schuppen handelte, um ein Auge von beunruhigender Starrheit, um eine zweispaltige Zunge, wohingegen andere einfach nur eine Spur im Sand abbildeten, die ein Reptil dort hinterlassen hatte, oder auch ein ganzes Reptil – Klapperschlange, Viper oder Kobra –; jedes dieser Fotos war für Martin überaus schaurig, er fürchtete sich nämlich vor Schlangen und konzentrierte sich dehalb wieder auf den verbalen Schlagabtausch der beiden Männer.

»Kommen wir auf Ambre und Alice Oesterman zu sprechen«, sagte Kowalski. »Wie ich Ihnen bereits sagte, habe ich die Briefe gelesen, die Sie ihnen geschrieben haben … diejenigen, die wir im Zimmer von Ambre gefunden haben, in ihrem Elternhaus, sorgfältig versteckt im Buchdeckel eines Fotoalbums – bestimmt war Ambre nicht sonderlich erpicht darauf, dass ihre Eltern sie finden …«

Eine unausgesprochene Drohung schien in der Luft zu hängen. Lang kniff die Augen zusammen, als er seine Zigarette in einem Aschenbecher ausdrückte.

»Hören Sie, Hauptkommissar …«

»Ich bin noch nicht fertig. Wie soll ich Ihnen das sagen, Monsieur Lang? Hätte ich nicht gewusst, an wen diese Briefe gerichtet waren, hätte ich an eine erwachsene Frau als Empfängerin gedacht, nicht an ein Kind.«

»Ambre und Alice waren keine Kinder mehr.«

»Aber auch noch keine Erwachsenen. Schreiben Sie Ihren fünfzehnjährigen Fans immer solche Briefe?«

Langs Augen blitzten wütend auf.

»Was wollen Sie damit andeuten?«

»Haben Sie sich mit Ambre und Alice getroffen?«

»Ja, natürlich, mehrmals sogar.«

»Zu welchen Gelegenheiten?«

»Bei Signierstunden.«

»Nur dann?«

»Nein …«

Auffordernd sah Kowalski ihn an.

»… wir haben uns auch anderweitig getroffen.«

»Weshalb?«

»Na ja, um zu reden … etwas zu trinken … unsere Meinungen auszutauschen …«

»Meinungen auszutauschen?«

»Ja.«

»Wo?«

»In Cafés, Restaurants, Buchhandlungen … einmal sogar in einem Wald …«

»In einem Wald?«

Servaz meinte, ein leichtes Zögern in Langs Stimme herauszuhören.

»Das war eine ihrer Ideen … eine Art Herausforderung, der sie sich stellen wollten, nehme ich an. Wie man das in der Teenagerzeit so macht. Ein Spiel eben. Sie wollten mich in einem Wald treffen … nach Einbruch der Dunkelheit …«

Kowalski sah ihn verwirrt an.

»Und darauf haben Sie sich eingelassen?«

Da war es wieder, das arrogante Schmunzeln.

»Ich fand die Vorstellung anregend …«

»*Anregend?*«

»Außergewöhnlich, wenn Ihnen das lieber ist. Lustig. Erregend … Aber missverstehen Sie mich nicht …«

»Nachts in einem Wald zwei junge Frauen zu treffen, das finden Sie erregend?«

Lang seufzte. »Ich wusste, dass Sie das sagen würden … Sie beschmutzen alles. Und Sie verstehen rein gar nichts.«

»Ach ja? Dann erklären Sie es mir doch.«

»Das waren junge, sehr intelligente Mädchen, die deutlich reifer waren als die meisten Mädchen ihres Alters. Sie steckten voller Begeisterung, waren aufrichtig und berührend. Sehr virtuos in ihren Analysen und manchen ihrer Überlegungen. Sie bewunderten meine Bücher, eigentlich ging das über ein einfaches Bewundern weit hinaus … In diesem Alter ist der Einfluss eines Romans, eines Films oder eines Songs deutlich größer als zu einem späteren Zeitpunkt: Erinnern Sie sich an Ihre ersten Gefühle bei Filmen, an Ihre ersten Lektüren … Das war … *Lobhudelei* … eine Art Kult, den sie meinem Universum erwiesen, meinen Romanen … sie *vergötterten* meine Bücher …«

»Und als logische Folge davon auch den Autor derselben …«

»Ja.«

»Und das hat Ihnen geschmeichelt.«

»Nein, ich fand das berührend, ergreifend. Und auch wichtig, wenn Sie das wissen wollen.«

»Wichtig – inwiefern?«

»Diese ganze Energie, dieser Enthusiasmus, dieser … *Glaube.*«

»Dabei waren das doch nur Kinder.«

Lang schien diese Bemerkung zu nerven.

»Ich habe es Ihnen bereits gesagt: Sie waren sehr viel mehr als das. Das Verständnis mancher Erwachsener wird niemals das Niveau der beiden erreichen.«

Kowalski nickte.

»Aber diese Treffen haben niemals hier stattgefunden, in diesem Haus?«

»Niemals.«

»Erzählen Sie mir von ihnen ... Was haben Sie bei ihnen empfunden? Was für Eigenschaften traten sonst noch bei ihnen hervor?«

Der Schriftsteller entspannte sich etwas. Er dachte nach.

»Ich habe es Ihnen bereits gesagt: Sie waren sehr intelligent. Sehr intuitiv, lebhaft. Aber da war etwas nicht Greifbares, etwas Geheimnisvolles ... Es ist mir nicht gelungen, sie vollständig zu verstehen, sie ganz zu erfassen ... Und dann natürlich Wesenszüge, die man bei so ziemlich jedem Teenager findet: Lust auf Risiko, Konfrontationskurs mit den Vorstellungen anderer, insbesondere der Eltern – sie hassten ihre Eltern, warfen ihnen die Enge ihrer Lebensverhältnisse vor, ihren Herkunftsort –, auch das Bedürfnis zu provozieren, ihre Verführungskraft auszutesten ...«

»Haben sie das bei Ihnen versucht?«

»Natürlich.«

»Fahren Sie fort ...«

»Ich bin mir nicht sicher, ob das für Sie nützlich ist«, bremste Lang ihn. »Wir haben schon seit Jahren keinen Kontakt mehr gehabt. Ich weiß nicht, welche Richtung sie in der Zwischenzeit eingeschlagen oder wie sie sich weiterentwickelt haben. Ob sie immer mehr Risiken eingegangen sind, oder ob sie sich stattdessen angepasst haben. In diesem Alter kann sich das von einem Jahr zum nächsten völlig ändern.«

»Sind Sie sicher, dass Sie keinen Kontakt mehr hatten?«

»Das habe ich Ihnen doch gerade gesagt.«

Kowalski kratzte sich am Bart.

»Und doch hat sich derjenige, der das gemacht hat, auf Ihr Buch bezogen, Monsieur Lang. In irgendeiner Form sind Sie nicht ganz aus ihrem Leben verschwunden ...«

»Wie das?«

»Nun, ob Sie es wollen oder nicht, Sie stecken bis zum Hals in der Sache mit drin.«

Wenn der gewünschte Effekt war, Lang zu beeindrucken, hatte

sich der Bulle umsonst bemüht. Die kleine arrogante Schnute – halb Lächeln, halb Grinsen – zeichnete sich wieder auf den Lippen des Schriftstellers ab.

»Versuchen Sie gerade, mir Angst einzujagen, geht es darum? Da braucht es schon etwas mehr. Was haben Sie denn? Einen Packen Briefe und ein Buch? Das macht aus mir noch lange keinen Mörder …«

Kowalski starrte Lang einen Moment lang schweigend an.

»Das macht aber auch keinen Unschuldigen aus Ihnen. Wo waren Sie in der Nacht von Donnerstag auf Freitag, Monsieur Lang?«

»Oh, sind wir schon so weit?«

»Eine einfache Routinefrage. Wir stellen sie allen, die direkt oder indirekt mit dieser Angelegenheit in Zusammenhang stehen …«

»Hier.«

»Kann das jemand bestätigen?«

»Nein. Ich war allein.«

Lang erhob sich.

»Sind Sie jetzt fertig? Oder haben Sie noch weitere Fragen? Ich werde für eine Partie Golf erwartet und bin schon zu spät.«

»Da haben Sie es ja wirklich nicht weit … Hier ist man in der Nähe von allem«, fügte Kowalski hinzu.

Servaz erhob sich ebenfalls. Er sah, wie die beiden Männer sich gegenseitig mit Blicken maßen, als sie sich die Hand reichten.

»Viel Glück, Hauptkommissar«, sagte Lang im selben Tonfall, wie er den Rugbyspielern vom Stade Toulousain ein gutes Spiel gewünscht hätte.

Sie begaben sich zur Haustür. Auf dem Weg dorthin wanderte Servaz' Blick noch einmal über die Schlangenbilder an der Wand. Ihn schauderte.

Gegen 16 Uhr, nachdem sie im Zentrum von Toulouse zu Mittag gegessen hatten, kehrten sie aufs Kommissariat zurück. Servaz hatte den Umzug ganz vergessen. Ein ständiges Hin und Her von irgendwelchen Leuten in Latzhosen, die mal Kartons, mal Tische oder in Luftpolsterfolie eingepackte Stühle oder aber Lampen und Schreibmaschinen herumtrugen. Die Möbelpacker sahen sie leicht genervt an, als sie aufkreuzten: Bestimmt hatte man ihnen versprochen, die Büros würden von Freitagabend bis Montagmorgen leer sein – aber niemand hatte vorhersehen können, dass zwei Leichen ihre Pläne durchkreuzen würden. Die anderen Teammitglieder warteten in ihren Büros, und Kowalski versammelte sie, um die Lage zusammenzufassen. Sie fanden einen bereits leer geräumten Sitzungssaal und machten sich auf die Suche nach den letzten Stühlen, die die Möbelpacker noch nicht mitgenommen hatten.

»Und findet mir eine Tafel!«, brüllte Kowalski.

Sie nahmen schließlich eine, die bereits verpackt war, und rissen die Luftpolsterfolie und das Klebeband ab.

»Hey, was soll das?«, rief ein Muskelpaket ihnen zu.

»Ein Notfall«, antwortete Mangin. »Wir können ja wohl schlecht auf die Wände schreiben.«

In dem leeren Raum stellten sie die Stühle im Halbkreis vor der Tafel auf, was Servaz unwillkürlich an eine Versammlung der Anonymen Alkoholiker denken ließ. Kowalski schrieb mit einem dicken Filzstift an die Tafel:

In der Nacht vom 27. zum 28.: AMBRE und ALICE ermordet
Entdeckt von FRANÇOIS-RÉGIS BERCOT
Getötet mithilfe eines großen, flachen Gegenstands (Ruder?)
Keine VERGEWALTIGUNG
Vorsatz:
KOMMUNIONKLEIDER, post mortem angezogen
Ein KREUZ (wo ist das zweite?)
Vor Ort gestorben
Nachts im Wald: ein Treffen?
Mit WEM? Mörder? Jemand anderem?
Zeugenaufruf
Inszenierung entspricht genau Roman von ERIK LANG
Briefkontakt mit Erik Lang (minderjährig)
Kein Alibi

Ambre JUNGFRAU
Tür Ambre aufgebrochen
Anonyme Anrufe bei ELTERN: warten auf Nummer

»Hat jemand dem noch etwas hinzuzufügen?«

Es entwickelte sich ein Gespräch, dem Servaz nicht zuhörte. Er schwieg, starrte einfach nur auf die Tafel. Es waren noch keine 48 Stunden seit dem Doppelmord vergangen. Die Ermittlung in der Nachbarschaft war unterbrochen worden, weil sich ein Großteil der möglichen Zeugen – Studenten, die übers Wochenende nach Hause gefahren waren – direkt nach den Vorlesungen ohne einen Abstecher im Studentenwohnheim verdrückt hatte; dort würden sie erst am Montagmorgen wieder aufkreuzen, und da und dann würden sie auch ihre Befragungen wiederaufnehmen.

Bei diesem Mord gab es etwas – vielleicht lag es auch daran, dass es sein »erster« war? –, das er nicht verstand. Wenn Lang die beiden umgebracht hatte, dann hatte Kowalski recht: er müsste bescheuert sein – oder verrückt –, wenn er einen seiner eigenen Romane imitierte, obwohl er wusste, dass die Bullen früher oder später den Briefwechsel entdecken würden, den er mit den Opfern gehabt hatte. Mal ganz abgesehen davon, dass es eine durchaus komplizierte Theorie war. Doch wenn er es nicht war, was für einen Sinn ergab dann eine solche Tat? Wahnsinn? Ein Fan, durchgeknallt und/oder eifersüchtig auf die Aufmerksamkeit, mit der er diese Mädchen bedachte? Schenkte man Lang Glauben, dann hatte er jeden Kontakt zu ihnen seit Langem abgebrochen … Versuchte hier jemand, ihm die Schuld in die Schuhe zu schieben? Doch woher wusste derjenige von den Briefen, die Ambre versteckt in ihrem Fotoalbum aufbewahrte? Ein intimer Freund würde das vielleicht wissen, wenn Ambre oder Alice sich ihm anvertraut hätten … Mal angenommen, Lang hätte gelogen und würde eine der beiden noch immer sehen, wäre das ausreichend, um jemandes Eifersucht anzufachen und ihn zum Mord zu treiben? Er verlagerte sein Gewicht auf dem Metallstuhl. Unumstritten war Eifersucht doch eines der Hauptmotive im Fall eines nicht vorsätzlichen Mordes oder einer Ermordung, oder nicht? Solche Sachen lernte man in der Polizeischule.

»Martin, irgendeine Idee?«, fragte Kowalski ihn da.

Alle Blicke richteten sich auf ihn. Manche wirkten neugierig, andere genervt oder spöttisch. Okay, jetzt war der Moment gekommen. Entweder würde er hier und jetzt heruntergeputzt werden, zweifelsohne zur Freude des einen oder anderen anwesenden Kollegen, oder aber seine Theorie traf auf Zustimmung, wodurch die Feindseligkeiten ihm gegenüber nur noch stärker würden.

Er breitete seine Theorie aus.

Das darauffolgende Schweigen erschien ihm endlos – obwohl es gerade mal zwei Sekunden dauerte. Plötzlich fragte er sich, worüber sie geredet hatten, während seine Gedanken abgeschweift waren. Er fürchtete, er könnte in etwa das wiederholt haben, was in dem vorangegangenen Gespräch Thema gewesen war.

»Interessant«, sagte Kowalski schließlich.

Einen winzigen Moment lang dachte er, der Chef der Gruppe würde sich über ihn lustig machen. Aber nein, er hätte nicht ernster sein können.

»Interessant«, wiederholte er.

Was – aus seinem Mund – einem Lob gleichkam.

»Martin, ich will, dass du das Leben von Alice und Ambre durchforstest. Sie waren hübsch, intelligent, und sie haben in einem Studentenwohnheim mit lauter Mädchen und Jungen ihres Alters gewohnt. Da haben sie sicherlich irgendwelche Beziehungen geknüpft, sind Freundschaften eingegangen. Und natürlich stellt sich die Frage, warum Ambre immer noch Jungfrau war.«

Er fing an, die letzten Fragen auf die Tafel zu schreiben.

Hat Lang wirklich jeglichen Kontakt ABGEBROCHEN?
Eifersüchtiger Freund?
Fan?

Das restliche Meeting verlief mit logistischen Diskussionen und der Verteilung der Aufgaben. Jemand fragte, wie man die Berichte schreiben solle, wo doch die Schreibmaschinen schon zum Boulevard de l'Embouchure gebracht worden seien.

»Ich bin mir nicht mal sicher, ob wir unsere Büros dort finden, das Gebäude da drüben soll nämlich ganz schön groß sein!«

Das löste eine Lachsalve aus, und die Atmosphäre entspannte sich etwas. Allerdings nur vordergründig. Servaz bemerkte, wie angespannt alle wirkten. Nicht jeden Tag war man mit den Leichen von zwei jungen Frauen konfrontiert, die als Kommunikantinnen verkleidet waren: zwei Mädchen, massakriert in einem Wäldchen, das war wirklich unverständlich; das zwang den Verstand, sich zu Ufern aufzumachen, von denen jeder wusste, dass er nicht völlig unbeschadet zurückkommen würde. Hier, in diesem Raum, während der Abend hereinbrach, war ihnen allen bewusst, dass sie sich ins Unbekannte vorwagten.

»Es ist Samstagabend«, verkündete Ko. »Wenn ein paar von euch sich einen hinter die Binde kippen wollen, dann habt ihr meinen Segen. Ich brauche nur zwei Leute bis Montag.«

Martin dachte an Alexandra, an Margot, an alle, die heute Abend ausgehen und diesen letzten milden Samstagabend im Mai genießen würden, und verspürte ein unangenehmes Schuldgefühl. Dann dachte er an Alice und Ambre und hob die Hand. Er ertappte den einen oder anderen Kollegen bei einem spöttischen Lächeln. Mangin tat es ihm gleich.

»Danke«, sagte der Chef der Truppe.

Servaz ging zurück in sein Büro. Sein Schreibtisch und sein Telefon waren noch da; er nahm den Hörer ab und rief bei sich zu Hause an, doch es schaltete sich nur der Anrufbeantworter ein. Von dort ging er direkt weiter in Mangins Büro.

»Verdammt, keine Getränkeautomaten mehr hier«, sagte der. »Wie sollen wir so nur bis Montag durchhalten?«

»Was habt ihr in den Zimmern der Mädchen im Studentenwohnheim gefunden?«, fragte Martin, ohne auf diese absolut berechtigte Frage einzugehen.

»Nicht viel. Ein paar Fotos ...«

»Kann ich sie mal sehen?«

Mangin holte einen Beweisbeutel mit einem Stapel Fotos aus einer Schublade. Martin sah die Fotos rasch durch. Dann ging er sie erneut durch und betrachtete sie eingehender. Ein Detail erregte seine Aufmerksamkeit. Ein Gesicht tauchte auf mehreren Gruppenfotos auf.

»Dieses Mädchen da«, sagte er und zeigte mit dem Finger darauf, »sieht ganz so aus, als hätte es den beiden Schwestern nahegestanden.«

»Möglich«, räumte Mangin ein.

»Kann ich das behalten?«

»Kein Problem«, meinte sein Kollege. »Aber mal ehrlich, nervt dich dieser Umzug nicht auch? Verdammte Scheiße, die schicken uns nach Minimes!«

Servaz lächelte. Der neue Sitz der Kripo war Luftlinie zwei Kilometer vom alten entfernt, am Ufer des Canal du Midi im Süden des Minimes-Viertels – das seinen Namen der Niederlassung eines religiösen Ordens im Mittelalter verdankte –, doch aus dem Mund von Mangin klang es, als handelte es sich um eine Deportation in ein sowjetisches Zwangsarbeitslager.

»Ko hat mich gebeten, mehr über das Leben der Opfer herauszufinden. Kann ich dazu auch deine Notizen haben? Die du in ihren Zimmern gemacht hast?«

»Hab sie noch nicht abgetippt, wir haben ja keine Schreibmaschinen mehr. Das ist unleserlich.«

»Ich versuche, es zu entziffern.«

Mangin reichte ihm seinen Notizblock.

Gegen 22 Uhr verließ er die Kripo. Er war kaum weitergekommen. Zwar hatte er mehrere Telefonanrufe getätigt – mit dem Schulamt, der medizinischen und der geisteswissenschaftlichen Fakultät –, aber es war Samstag, und er hatte nur Ansprechpartner erreicht, die ihm die gewünschten Antworten nicht liefern konnten. Das würde bis Montag warten müssen. Lediglich die Eltern von Alice und Ambre hatten seine Fragen bezüglich ihrer Töchter beantwortet, wobei er sorgsam darauf geachtet hatte, ihnen die unangenehmsten nicht zu stellen – auch wenn er das ganz bestimmt zu einem späteren Zeitpunkt nachholen musste.

Die Straßenlampen waren schon eingeschaltet, aber es war noch immer drückend. In der lauen Nacht ging er zu Fuß nach Hause, kam an beleuchteten Restaurantterrassen vorbei, auf denen sich Gesprächsfetzen, das Klappern von Geschirr, Gelächter und das Brummen der Autos vermischten. Er dachte darüber nach, dass zwei Welten nebeneinander bestanden, ohne sich zu vermischen, wie Öl und Wasser: die des Lebens, der Unbeschwertheit, der Jugend und der Hoffnung; und die der Krankheit, des Leidens, des Zerfalls und des Todes. Früher oder später würde jeder beide kennenlernen, aber manche Berufe – Krankenschwestern, Feuerwehrmänner, Bestatter, Bullen ... – wechselten tagtäglich von einer zur anderen. Mit einem Mal fragte er sich, wie er wohl in zwanzig Jahren wäre oder in dreißig, wenn er diesen Beruf weiterhin ausübte.

Unter der vertrockneten Platane, die zwischen zwei Straßenlaternen vor seinem Gebäude aufragte, rauchte er eine Zigarette, trat sie mit dem Absatz aus, grüßte eine Nachbarin, die mit ihrem Hund Gassi ging, und sah zu den Fenstern im dritten Stock hoch. Kein Licht. Dabei war es noch gar nicht spät. Eine dünne Mondsichel hing am Dach, wie ein Luftballon, der von einem Faden zurückgehalten wurde.

Statt mit dem Aufzug zu fahren, nahm er die Treppe, holte den Schlüssel aus der Hosentasche und schloss die Tür so leise wie möglich auf. Er betätigte den Lichtschalter im Gang genau dann, als das Licht im Treppenhaus erlosch. Eine winzige Sekunde stand er im Dunkeln da und meinte, vom anderen Ende der Wohnung ein Geräusch gehört zu haben.

»Alexandra?«

Keine Antwort. Ihm fiel wieder ein, dass sie nicht abgehoben hatte, als er sie angerufen hatte. *Sie waren unterwegs ...* Aber wo waren sie? Er hatte die Tür hinter sich geschlossen, als er erneut dieses Geräusch hörte und spürte, wie ein Luftzug seinen Nacken streifte.

Er spitzte die Ohren, hörte aber nichts mehr. Alexandra hatte wohl ein Fenster offen gelassen, damit die milde Nachtluft hereinströmen und die Zimmer etwas abkühlen konnte. Die Wohnung war ein Schwitzkasten. Im grellen Licht der Deckenlampe entdeckte er schließlich die Nachricht auf der Kommode im Eingang.

Er griff danach.

Wir verbringen das Wochenende bei meiner Schwester, sind morgen wieder zurück.

Warum hatte Alexandra ihn nicht auf dem Revier angerufen? Wollte sie ihn mürbe machen? Ihm so ein Zeichen geben? Aber welches? Vielleicht hatte sie das ja auch gemacht, und er war gerade woanders gewesen, als das Telefon in seinem Büro geklingelt hatte. Er hätte früher versuchen sollen, sie zu erreichen …

Aber das hatte er nicht getan.

Es war acht Uhr am Sonntagmorgen, als ihn das Klingeln des Festnetztelefons im Wohnzimmer weckte. Servaz hörte es in den Untiefen seines Bettes. Er war nass geschwitzt, erinnerte sich daran, geträumt zu haben, nicht aber an den Inhalt des Traumes. Er sprang aus dem Bett und rannte ins Wohnzimmer, während das Telefon beharrlich weiterklingelte. Es zerriss die Stille dieses Sonntagmorgens, einer der seltenen Vormittage, an denen im ganzen Gebäude kein Geräusch zu hören war mit Ausnahme von – quasi als Vergeltungsmaßnahme für Feiern, die etwas zu lange in die Nacht hineingereicht hatten – einem rachsüchtigen Einsatz der Bohrmaschine.

Am Abend zuvor hatte er das Fenster offen gelassen, damit es etwas kühler wurde, allerdings war im Morgengrauen ein Gewitter losgebrochen, und jetzt regnete es ins Wohnzimmer. Er hob ab, sagte »Moment bitte«, legte den Hörer weg und schloss das Fenster, barfuß auf dem nassen Teppich, wartete aber noch kurz ab, sodass der kühle Regen auf seine nackte Brust fiel.

»Was ist los?«, fragte Alexandra.

»Ach, nichts. Ich hatte das Fenster offen gelassen, und es regnet. Wie geht es deiner Schwester?«

»Unverändert. Ich habe eine Schwester, die sich mit ihren vierzig Jahren nur für ihren Haushalt, ihr Heim und ihren bescheuerten Ehemann interessiert, das ist zum Wahnsinnigwerden.«

»Warum bist du dann übers Wochenende zu ihr gefahren?«

Schweigen am anderen Ende der Leitung, gefolgt von einem Seufzer.

»Erstens, weil sie nun mal meine Schwester ist und ich sie seit sechs Monaten nicht gesehen habe. Zweitens, weil Margot das Haus einfach sehr gerne mag, vor allem den Pool, und weil Opa da ist … Und du weißt doch, wie sehr Margot ihren Opa liebt … Alle lassen dich übrigens grüßen. Und drittens, weil du nicht da warst …«

Weil Margot das Haus einfach sehr gerne mag, vor allem den Pool, und weil Opa da ist … Die Ungerechtigkeit dieser Anspielung war wie ein Schlag ins Gesicht für ihn. War es etwa seine Schuld, dass sein Vater sich das Licht ausgeblasen hatte, bevor er seine Enkelin kennenlernen konnte? Dass er einen alten, halb heruntergekommenen Bauernhof geerbt, aber weder einen Bruder noch eine Schwester mit gut laufenden Geschäften hatte? Am liebsten hätte er ihr gesagt, das einzige Verdienst ihrer Schwester sei der, eine gute Partie gemacht zu haben, aber damit hätte er sich quasi selbst in den Fuß geschossen.

Der Donner grollte im bleichen Himmel, und der Regen spülte über die Straßen. Sie tauschten sich noch kurz ohne großartige Begeisterung aus, dann legte er auf. Sogleich erklang sein Piepser. Er rief auf dem Revier an.

»Servaz?«, brüllte Kowalski.

Jetzt hieß es nicht mehr Martin. Ihm war bereits aufgefallen, dass der wechselnde Gebrauch von Vor- und Nachname ein Barometer für die Laune des Chefs war.

»Wir haben einen anonymen Anruf auf der Telefonnummer erhalten, die für die Zeugenhinweise reserviert ist. Schwing dich hierher. Und zwar dalli.«

10

Der Regen überzog die Stadt mit einem dreckigen, undurchsichtigen und lauen Schleier, als Servaz die Tiefgarage seines Gebäudes verließ. Der Pont Neuf war als Einbahnstraße nur in der Gegenrichtung befahrbar, also fuhr er weiter südlich über die Garonne, über den Pont Saint-Michel, fuhr die Allee Jules Guesde bis zum Grand Rond hinaus und dann in nördlicher Richtung weiter. Zwei Umzugswagen behinderten den Verkehr in der Rue du Rempart-Saint-Étienne beträchtlich, und ein paar Idioten tobten sich an ihrer Hupe aus, als wären es Knöpfe in einem Fernsehspiel, in dem sie die Macht hatten, 80 Tonnen schwere Lkws anzuheben.

Er parkte oben an der Straße und legte die restliche Strecke zu Fuß zurück. Im Sommer war das Klima hier genau wie die Bewohner – überbordend, lebhaft und nicht auf Nuancen bedacht. Außerdem war man nach weniger als hundert Metern durchgeschwitzt, und als er das Polizeirevier betrat, erinnerte er an einen nassen Köter. Beim Verlassen des Aufzugs stellte er fest, dass der Umzug schon weit vorangeschritten war: Die Gänge und auch die Büros waren vollständig leer.

Er suchte das von Kowalski auf. Mangin war bereits da. Auch das Büro war leer, mit Ausnahme des Telefons, das auf dem Boden stand.

»Da bist du ja«, sagte Ko. »Dann können wir die Aufgaben unter uns aufteilen. Erinnerst du dich an den Rotschopf, der uns die Tür im Studentenwohnheim aufgemacht hat?«

»Der, der was anderes als Zigaretten rauchte?«

Kowalski nickte. Eine Sorgenfalte zierte seine Stirn.

»Ein Typ hat sich bei uns gemeldet. Anonymer Anruf. Laut ihm war unser Rotschopf, Cédric Dhombres, Medizinstudent im dritten Jahr, in einen kleinen Skandal verwickelt, in den auch

Ambre Oesterman involviert war. Bei den praktischen Anatomieseminaren war sie, zusammen mit einem anderen Mädchen, Teil einer Dreiergruppe gewesen, zu der anscheinend auch unser Rotschopf gehörte. Sie soll sich über ungebührende Kommentare sexueller Art beschwert haben, die der Junge während des Arbeitens an den Leichen gemacht haben soll, sowie über ein paar flüchtige Berührungen. Das andere Mädchen bestätigte dies. Danach sei Dhombres in eine andere Gruppe gekommen. Allerdings hätte das Ganze ziemlich große Wellen geschlagen, sei bis zum Direktor vorgedrungen, und auch wenn es keine Folgen nach sich zog, so machte das Gerücht doch die Runde, und Dhombres wurde zum Gespött der anderen Studenten im dritten Jahr. Es gab wohl beleidigende Graffiti auf seiner Tür und … ähm … Sperma in seinem Briefkasten … – in dem der Studenten in der Eingangshalle.«

»Sperma im …?«, wiederholte Mangin.

»Fragt mich nicht, wie der Typ das angestellt hat, ob er seine Soße in einem Reagenzglas dabeihatte oder ob er seine Nudel direkt in dem Briefkasten ausgeschüttelt hat, was – mal abgesehen davon, dass man das am besten spätabends macht – noch dazu eine außergewöhnliche Konzentrationsfähigkeit verlangen würde.«

Kowalski zwinkerte ihnen zu.

»Wie auch immer, laut unserem anonymen Gesprächspartner hegte Dhombres einen unnachgiebigen Hass gegen Ambre Oesterman.«

»In dem Maße, dass er sowohl sie als auch ihre Schwester umbringt?«

»Vielleicht wollte er ihnen einfach nur eine Lektion erteilen, und etwas ist schiefgelaufen, vielleicht hat er zu heftig zugeschlagen«, meinte Mangin. »Und dann hatte er keine Wahl mehr und musste es durchziehen.«

Servaz dachte an die Haltung des jungen Mannes, als er ihnen aufgemacht hatte, dieses undefinierbare Heimlichtuerische, Verhohlene, bei dem sie sofort hellhörig geworden waren. Hatte das nur daran gelegen, dass sie ihn beim Jointrauchen erwischt hatten? Und wer war dieser wohlmeinende Anrufer, der das verraten hatte?

Das Telefon auf dem Boden klingelte. Kowalski beugte sich nach unten und hob den Hörer samt Telefon an der Schnur hoch.

»Sind Sie sicher?«, fragte er nach einem kurzen Moment. »Sehr gut … Danke! Wir kommen … Tut uns leid, dass wir Sie an einem Sonntag nerven.«

Er legte auf und stellte das Telefon wieder auf dem Boden ab.

»Das war der Hausmeister. Er hat bei Dhombres an die Tür geklopft, aber keine Antwort erhalten. Heute ist Sonntag, bestimmt schläft er noch. Aber er redet hin und wieder mit ihm und glaubt zu wissen, dass der Junge manchmal sonntags im Institut für Anatomie der medizinischen Fakultät jobbt. Sauber machen oder so was in der Art – vielleicht hat das was mit der Geschichte zu tun: eine Art, ihm eine Strafe aufzubrummen.«

Er sah auf die Uhr.

»Servaz, du gehst dorthin, für den Fall, dass er heute da sein sollte. Wenn dem so ist, bringst du ihn sofort hierher. Mangin und ich fahren zum Studentenwohnheim. Es ist sehr wahrscheinlich, dass er noch dort ist und schläft. Er darf uns nicht entkommen.«

»Wir brauchen die Genehmigung seines Direktors, um an der Universität zu ermitteln«, ließ Mangin verlauten.

Servaz fiel ein, dass er diesbezüglich etwas auf der Polizeischule gelernt hatte. Das nannte sich »franchise universitaire« – eine Vorschrift, die aus dem Mittelalter stammte und vom Erziehungskodex übernommen worden war. Sie bestimmte, dass der Präsident der Universität damit betraut war, für Ordnung auf dem Universitätsgelände zu sorgen. Dementsprechend konnte die Polizei dort nur mit seiner Zustimmung aktiv werden.

»Es sei denn, es handelt sich um eine Aufforderung der Generalstaatsanwaltschaft«, antwortete Ko. »Ich habe einen Anruf getätigt, bevor ihr hergekommen seid.«

Servaz hätte einen Dienstwagen nehmen können, aber er zog es vor, zu seinem Fiat Panda zu gehen, immer noch der gleiche, der ihn seit Unitagen begleitete und irgendwann demnächst endgültig in den Ruhestand geschickt werden müsste, nach jahrelangen treuen – wenngleich schadstoffreichen – Diensten. Der Verkehr war flüssiger als gewöhnlich, und eine Viertelstunde später überholte er einen Bus des Toulouser Verkehrsbetriebs, dessen Reifen das Wasser aufspritzen ließen.

Kurz nach der IUT und der Zahnfakultät bog er zum Eingang der medizinischen Fakultät ab. Die niedrigen, lang gestreckten Bauten verteilten sich am Fuß des Hügels, den die riesige Anlage des Universitätsklinikums überragte. Von hier gesehen erinnerte es an eine mittelalterliche Festung, eine uneinnehmbare Zitadelle, von wo aus irgendein Herrscher seine Untergebenen Tag und Nacht überwachte.

Er musste sich erst ein paar Minuten orientieren, bevor er das Empfangsgebäude fand. Die Eingangshalle war menschenleer. Er rief mehrfach, bevor eine Frau mittleren Alters mit perfekt gelegter Wasserwelle auftauchte. Sie war es wohl nicht gewohnt, am Sonntagmorgen bei ihren Nebentätigkeiten gestört zu werden, denn sie warf ihm einen ebenso ungeduldigen wie genervten Blick über den Tresen zu.

»Heute ist Sonntag, wir haben geschlossen.«

Er zeigte ihr seinen Ausweis.

»Heute ist Sonntag, es ist offen«, erwiderte er.

Er war selbst überrascht, was ihm da über die Lippen gekommen war. Diese Art Retourkutsche kannte er von sich gar nicht. Wieder einmal fragte er sich, ob sein Polizistenberuf anfing, auf ihn abzufärben. Die Frau schniefte, auch wenn sie, da war er sich ganz sicher, kein bisschen verschnupft war.

»Die Anatomieabteilung«, sagte er.

Vor sich hin brummelnd erklärte sie ihm den Weg dorthin.

»Es regnet in Strömen, da werden Sie klatschnass«, meinte sie noch.

Aber sie schien ihn nicht im Geringsten zu bemitleiden. Er

zuckte mit den Schultern und ging in den Regen hinaus. Lief über die überfluteten Steinplatten, watete im fünf Zentimeter tiefen Wasser über den Campus mit den kleinen Eiben, an denen ein heftiger Wind rüttelte. Donner war im Norden zu hören, der Himmel war stockdunkel, und es war heiß und feucht wie in einer Sauna.

Alle Bauten waren identisch: ein Erdgeschoss und darüber eine Etage und mehrere Dutzend Fenster, auf die der Regen prasselte. Er entdeckte sein Gebäude, ging die Stufen hinauf und betrat die Eingangshalle. Kein Mensch weit und breit. Er spitzte die Ohren, aber das Gebäude machte einen völlig verlassenen Eindruck. Er durchquerte die Eingangshalle, trat durch eine Doppelschwingtür. Weiter vorn ein quer verlaufender Gang. Auf der Wand vor ihm zeigten Pfeile nach rechts und links, und einer davon wies auf das Institut für Anatomie hin. Er folgte ihm, bog nach rechts ab, wie von einem weiteren Schild angezeigt, und kam zu einer Treppe, die in den Keller führte.

Servaz ging sie hinunter. Unten kam noch eine Schwingtür, die sich quietschend öffnete, weil das Gummi unter den Türen über den Linoleumboden streifte. Dahinter ein neuer Gang. Mit einer dritten Tür am Ende, die ebenfalls über zwei Bullaugen verfügte. Er drückte sie auf und gelangte in einen sehr viel längeren Gang, so tief wie ein wenig einladender Brunnen. Eine gräuliche, undeutliche Helligkeit zeichnete sich am Ende ab, während die Mitte des Ganges im Halbdunkel dalag. Seine Schritte waren das einzige Geräusch in dieser völligen Stille. Ganz offensichtlich war im ganzen Gebäude niemand außer ihm und dem Jungen, und langsam kam ihm der Gedanke, dass er wohl besser nicht allein hergekommen wäre.

Er war schon fast in der Mitte angelangt, da, wo die Dunkelheit am dichtesten war, als er eine Bewegung am Ende des Ganges ausmachte. Eine niedrige, gedrungene Gestalt tauchte gerade von rechts auf, wo die Helligkeit herkam, und kam leise auf ihn zu. Schritt langsam durch die Schatten, nur die Krallen verursachten ein leises Klappern, wenn sie über den Boden streiften. Eine

Schulterhöhe von siebzig Zentimetern, schwarzes Fell, muskulöser Körper. Ein *Dobermann*. Eiskalter Schweiß rann Servaz über den Rücken. Er blieb stehen. War zu keiner Regung fähig, konnte nicht einmal den Blick von diesem Hund abwenden, der weiter auf ihn zukam. Ihm wurde bewusst, dass seine Organe und sein Schwerpunkt sich deutlich nach unten verlagerten, ihm quasi in die Hose rutschten, und am liebsten hätte er sich umgedreht und wäre weggerannt – eine Versuchung, die stumm in seinem Kopf widerhallte und gegen die er sich mit ganzer Willenskraft stellen musste.

Abhauen. Wegrennen. Verschwinden. *Das wäre ein Fehler, und du weißt es: Bestimmt wartet er geradezu darauf, der Wauwau, dass du dich wie jemand verhältst, der sich etwas vorzuwerfen hat.*

Grundgütiger, wer hatte nur diesen Köter von der Leine gelassen? Alle Härchen an seinem Körper hatten sich inzwischen aufgestellt, und er hatte das Gefühl, dass seine Beine gleich unter ihm nachgeben würden. Das Adrenalin jagte seinen Herzrhythmus in die Höhe, und sein Atem ging heftiger. Zu heftig. Der Hund blieb keine sechs Meter vor ihm stehen und stieß ein kehliges, bedrohliches Knurren aus – fast wie ein Vibrieren in tiefen Tonlagen –, bei dem ihm noch mulmiger wurde.

Er konnte ihn inzwischen sehr gut sehen. Die kleinen Augen maßen ihn ab, ohne zu blinzeln, als würde das Tier abschätzen, was es da vor sich hatte, und abwägen, ob es ihn angreifen sollte oder nicht. Servaz sagte sich, dass das ganz bestimmt auch davon abhing, was er in den nächsten Sekunden tun würde. Er war schweißnass, wagte es nicht, einen Ton von sich zu geben, weil er Angst hatte, seine Stimme könnte dem Hund missfallen und ihn zu einer Entscheidung zwingen. Seine Fantasie ging mit ihm durch, und er stellte sich bereits vor, wie sich der Hund auf ihn stürzte.

Jeder Muskel unter dem schwarzen Fell war angespannt, das Tier schien bereit loszustürzen. Servaz schluckte. Blieb völlig reglos stehen. Aber das Adrenalin pulsierte nur so durch seine Venen.

»Sultan!«, schrie plötzlich jemand, und das Echo hallte vom Ende des Ganges wider wie ein Ball beim Squashspielen.

Sultan spitzte die Ohren, erzitterte, entspannte sich mit einem Mal und platzierte seinen Allerwertesten mit offenem Maul und hängender Zunge auf dem Boden, während eine andere Gestalt – diesmal eine menschliche – am Ende des Ganges auftauchte. Der Kerl kam mit großen Schritten auf ihn zu, die Stiefel hallten im leeren Raum wider, und Servaz erkannte eine Uniform.

»Was haben Sie hier zu suchen?«, fragte der Wachmann.

Er holte seinen Ausweis hervor. Gerne hätte er das mit fester, autoritärer Geste getan, aber seine Hand zitterte.

»Und Sie? Wo kommen Sie her, verdammt? Was macht …? Was läuft der Hund hier frei herum?«, fragte er ebenso wütend wie erleichtert. »Sind Sie hier, um die Sicherheit zu gewährleisten oder um weitere Leichen ins Institut für Anatomie zu schaffen?«

Der Typ war größer als er, und seine Silhouette hob sich vor dem Gegenlicht im hinteren Bereich des Ganges ab. Er musterte den Polizisten und legte seinem Hund die Leine an.

»Ich war gerade pinkeln«, rechtfertigte er sich.

»Ist sonst noch jemand in diesem Gebäude?«, wollte Martin wissen.

Der Wachmann zeigte zum Ende des Ganges.

»Weiter hinten ist ein Junge, der gerade sauber macht. Sonst niemand.«

»Wenn ich diesen Hund noch einmal ohne Leine sehe, knalle ich ihn ab«, sagte Servaz, von dem weder die Angst noch die Wut abgefallen waren.

Der Wachmann beäugte ihn, als würde er sich fragen, ob dieser Student mit den langen Haaren tatsächlich ein Polizist sein konnte. Vielleicht dachte er aber auch, dass alles den Bach runterging, selbst die Polizei. Martin entfernte sich. Mit wild pochendem Herzen bog er nach rechts ab. Ein Raum, erhellt von Fenstern, an denen der Regen in Streifen herunterrann. In der Mitte ein großer Metalltisch, an den Seiten Schränke mit Glastüren, in denen sich der Regen spiegelte. Was er dort in den großen Glasbehältern sah – unförmige Köpfe und winzig kleine Körper –, waren Föten. Vom Sturm abgerissene Blätter klatschten unvermittelt gegen das Kellerfenster hinter ihm, woraufhin er sich umdrehte.

Wo war Cédric Dhombres?

Etwas weiter weg lehnte etwas an einem dem ersten ganz ähnlichen Metalltisch …

Er trat näher.

Ein Eimer, ein Wischlappen, ein Besen. Der Boden war feucht. Er dachte an diesen Film über den Vietnamkrieg, den er mit Alexandra im Kino gesehen hatte, in dem amerikanische Soldaten ein Lager des Vietcongs im Dschungel entdeckten, dessen Asche noch heiß war. *Platoon.*

Der Junge war ganz in der Nähe …

Ihm wurde bewusst, dass er sich jetzt ganz allein in diesem Teil des Gebäudes befand. Wo waren der Wachmann und sein Köter? Drehten sie ihre Runde in den anderen Stockwerken? Aus welchem Grund hatte Cédric Dhombres Besen und Eimer so hastig hier abgestellt? Gab es einen anderen Ausgang, oder war er abgehauen?

»Dhombres! Sind Sie da?«

Ihm war bewusst, dass seine Stimme ebenso jung klingen musste wie die des Studenten im sechsten Semester, sollte der sich noch hier herumtreiben.

Da, ein Kratzen … Ein tief hängender Ast kratzte wie ein Finger über das Fenster. Wieder drehte er sich zum hinteren Teil des Raumes um.

Durch einen schmalen Gang gelangte man von dort in einen anderen Raum. Er ging darauf zu. Weitere Metalltische, ein weiteres Kellerfenster, das vom Gewitter gebeutelt wurde, und noch mehr Schränke. Er vermied es, dorthin zu sehen.

Wohin war der Junge verschwunden?

Eine letzte Tür am hinteren Ende. Eine einfache Holztür. Zu. *Scheiße aber auch.*

»Dhombres! Polizei!«

Er durchquerte den Raum, ging auf die Tür zu, legte eine Hand auf den Porzellangriff. Er wollte schon zur Waffe greifen, doch etwas hielt ihn davon ab. Er war eine Niete am Schießstand. Was würde passieren, sollte sich der Typ von der anderen Seite der Tür auf ihn werfen? Eine von einem Metalltisch abprallende Kugel konnte in seiner Leber, seinem Kopf oder in seinem besten Stück landen. Mal ganz abgesehen davon, dass er durch einen Schuss in einem geschlossenen Raum über mehrere Tage hinweg taub wäre. Er hatte nicht die Absicht, sein Trommelfell zum Platzen zu bringen.

Scheiße, Scheiße, Scheiße aber auch …

Langsam drehte er den Türgriff, stieß die Tür auf, hörte, wie das Blut in seinen Ohren rauschte, sein Herzschlag war inzwischen bestimmt bei 180 Schlägen pro Minute angelangt. Er wusste, weshalb dem so war. *Er hatte das Bild vor seinem geistigen Auge, wie er die Tür zum Büro seines Vaters aufstieß …* Doch hier war kein Sonnenstrahl zu sehen, es war stockdunkel.

Er ging einen Schritt weiter. Der Angriff kam völlig unvorbereitet.

Etwas löste sich aus der Dunkelheit und stieß ihn um. Er verlor das Gleichgewicht, ein stechender Schmerz durchzuckte ihn, als er mit der Schläfe gegen eine Tischkante fiel. Weiße Punkte tanzten vor seinen Augen. Trotz der Schmerzen erhob er sich und hastete aus dem Zimmer.

»Dhombres!«

Etwas Warmes rann über seine Wange. Er hörte schnelle Schritte, umrundete die Metalltische schwankend wie ein Schiff bei hohem Seegang und machte sich an die Verfolgung. Tauchte wieder im ersten Saal auf, dem mit den Föten.

Cédric Dhombres war da.

Stand mitten im Raum, reglos, den Rücken ihm zugewandt. Starrte vermutlich den schwarzen Wachhund und den großen Wachmann an, der ihn an der Leine hielt. Der Dobermann knurrte leise und schielte ruhig, aber ebenso unbeirrbar wie eine Interkontinentalrakete auf Dhombres.

»Ich habe ganz den Eindruck, als hätten sie es auf ihn abgesehen«, sagte der Wachmann.

Servaz blieb stehen, fuhr sich mit einer Hand über die Schläfe und betrachtete seine roten Fingerspitzen. Dann widmete er seine Aufmerksamkeit wieder dem Jungen.

»Wollen Sie meinen Hund noch immer abknallen?«, fragte ihn der Wachmann.

Doch bevor er antworten konnte, hatte der Student sich einem der Schränke genähert. Alles ging ganz schnell, Servaz hatte gar keine Gelegenheit, einzugreifen. Mit einem Faustschlag und unter lautem Scherbenklirren zerschmetterte Dhombres die Glastür des Schranks. Dann umklammerte der Junge eine große dreieckige Scherbe. Diese hielt er sich an die Kehle, und Servaz sah, dass ein kleines Blutrinnsal an seinem Hals nach unten rann.

»Kommen Sie nicht näher, sonst schneide ich mir die Kehle auf!«

Der Ausdruck der Angst, des reinsten Horrors, der die Gesichtszüge des Jungen beherrschte und seine Augen hervorstehen ließ, überraschte Servaz, und er sagte sich, dass das nicht allein an ihrer Anwesenheit liegen konnte.

»Lassen Sie mich gehen!«

Der Junge sah sie nacheinander an, die Spitze der Scherbe fest an seinen Hals gepresst.

»Lassen Sie mich gehen!«

Beschwichtigend hielt Servaz die Hände hoch.

»Verstehen Sie das denn nicht?«, rief der Student. »Er bringt mich um, wenn er erfährt, dass ich mit Ihnen geredet habe.«

»Ich verstehe, Cédric. Ich bin hier, um dir zu helfen! Wer will dich umbringen, Cédric?«

»Nein, Sie verstehen überhaupt nichts.«

Er sah, wie der Junge die Scherbe etwas fester an den Hals presste. Blut tropfte auf sein T-Shirt, er zitterte wie Espenlaub, und Tränen rannen über seine Wangen, als hätte jemand einen Hahn aufgedreht.

»Tu das nicht! Das ist keine gute Idee! Vor allem, weil du dich gar nicht umbringen willst und weil es dir so nicht gelingen wird. Du wirst nur schreckliche Schmerzen haben und dir die Stimmbänder durchschneiden. Willst du deine restlichen Tage stumm verbringen und ein Martyrium erleiden?«

Er redete einfach drauflos. Er improvisierte, umso mehr, als er sich hier an einen Medizinstudenten richtete. Für solche Situationen war er nicht ausgebildet. Er hatte nur eine ungefähre Vorstellung von den Konsequenzen, sollte der Junge sich tatsächlich die Kehle durchschneiden. Er sah jedoch, dass sich Zweifel im Gesicht des Jungen breitmachten.

»Sie bluffen …«

Der Student schluchzte.

»Er wird mir etwas antun … er kennt keine Gnade … Sie wissen ja nicht, wozu er fähig ist …«

»Wer, Cédric? Wer kennt keine Gnade?«

»Seien Sie still! Ich werde ihn niemals verraten, hören Sie? … Das wäre schlimmer, als zu sterben …«

»Beruhige dich.«

»Ich soll mich beruhigen? Sie können mich mal! Gehen Sie doch zur Hölle! Ich stecke schon mittendrin, in der Hölle …«

Noch ein oder zwei Millimeter tiefer in die dünne Haut gedrückt, die die Scherbe von der Kehle trennte … Bislang hatte er diese nicht erreicht, ansonsten würde das Blut wie eine Fontäne hervorspritzen. Vorerst war es das Blut der verletzten Hand, die sein T-Shirt befleckte.

»Lassen Sie mich gehen, dann werde ich mich beruhigen! Bitte, lassen Sie mich gehen! Ich flehe Sie an! Sie können sich nicht vorstellen, wozu er fähig ist …«

Mit zitternder Hand presste er die Spitze der Scherbe weiter gegen seine zuckende Kehle und starrte sie dabei an; auch Servaz ließ ihn nicht aus den Augen. Am Rand seines Sehfeldes bewegte sich etwas hinter dem Jungen.

Er atmete tief ein. Dachte: *Nein, nein, nein! Mach das nicht, verdammt! Schlechte Idee …*

… ganz … ganz … schlechte …

... Idee ...

Aber der Wachmann teilte diese Ansicht anscheinend nicht. Mit Schrecken sah Servaz, wie er die Leine löste. Seinem Hund auf den Hintern klopfte. Servaz presste die Zähne aufeinander. Alles Weitere spielte sich in einem Sekundenbruchteil ab. Der Student wirbelte herum – entweder spürte er die Gefahr, oder er hatte am Blick des jungen Polizisten erahnt, dass etwas hinter ihm im Gange war –, und zwar genau in dem Moment, als der Hund losstürmte.

»Gibt es hier ein Telefon?«

»In meinem Kabuff«, antwortete der Wachmann.

Zu zweit knieten sie neben dem Studenten, der stöhnend auf dem Boden lag. Martin drückte eine improvisierte Kompresse aus seinem T-Shirt und einem vollen Päckchen Taschentücher auf den Unterarm des Jungen – da, wo die Zähne des Dobermanns ihn aufgerissen hatten –, um die Blutung zu stillen.

»Nehmen Sie den Notizblock und den Stift aus meiner Jackentasche. Notieren Sie sich die Nummer, die ich Ihnen diktiere. Als Erstes rufen Sie den Rettungswagen und danach diese Nummer an, erzählen Sie denen, was passiert ist. Haben Sie verstanden?«

Der Wachmann nickte, schnappte sich die am Boden liegende Jacke und holte Notizblock und Stift heraus. Servaz diktierte ihm die Nummer. Der Wachmann erhob sich.

»Ein bisschen dalli, verdammt!«

Der Wachmann verzog sich. Servaz' Blick fiel auf den Jungen. Sein Teint war wächsern. Seine vergrößerten Pupillen ließen immer noch dieselbe unbezwingbare Angst erkennen.

»Sie haben ja keine Ahnung, was Sie da machen«, stöhnte er. »Sie wissen nicht, wozu er fähig ist ... Verdammt, das tut so weh ...«

Servaz sah die schmerzverzerrten Gesichtszüge des Jungen, der die Augen zugekniffen und die Lippen fest aufeinandergepresst hatte.

»Wer?«, fragte er sanft. »Von wem redest du da?«

Der Rotschopf öffnete die Augen. Er starrte ihn aus seinen fast weißen, schmerzgetrübten Augen an, die sonst jedoch keinerlei Gefühlsregung oder Affekt erkennen ließen. Wie ein ausgeschalteter Bildschirm. In dem sich Martin und die Decke spiegelten. Ein Blick, der alles verschlang, was sich in sein Inneres zurückgezogen hatte.

»Vergessen Sie es. Sie haben keine Chance, ihn dranzukriegen.«

11

Kowalski und Servaz sahen zu, wie Mangin hinter der Trage und einem Sanitäter in den Rettungswagen mit der heulenden Sirene stieg. Kowalski klang angespannt und nervös, als er sich an seinen Stellvertreter richtete.

»Wir kommen nach. Ich will, dass Martin das zuerst noch sieht. Behalte den Jungen im Auge, folge ihm auf Schritt und Tritt.«

Mangin nickte. Er wirkte ebenso nervös wie sein Vorgesetzter, und Servaz verkrampfte sich. Irgendetwas war im Studentenwohnheim passiert …

»Wir nehmen den Dienstwagen«, sagte Ko, »du kommst später wieder zu deiner Karre zurück.«

»Wohin gehen wir?«

»Ich will dir was zeigen …«

Mehr sagte er nicht. Der warme Wind verjagte den Regen, während sie über die Avenue de l'URSS und den Boulevard des Récollets zur Île du Ramier fuhren. Kowalski sagte kein Wort. Er sah finster drein. Aber Servaz spürte, dass ihm sein Chef ab und an flüchtige Blicke zuwarf, und versuchte, dessen Gedanken zu erraten, wie Finger, die auf der Suche nach einer Form durchs Dunkel tasteten.

Sie stellten das Auto auf dem Parkplatz des Studentenwohnheims ab und betraten dann das Gebäude, gingen die Treppe hoch in den dritten Stock. Servaz zuckte zusammen, als er einen Gendarmen entdeckte, der vor der Tür zu einem offen stehenden Zimmer stand.

Kowalski warf ihm einen finsteren Blick zu, sagte aber nichts. In seinen Augen war ein eigenartiges Leuchten.

Sie haben etwas gefunden …

Er ging weiter bis zur Tür, entdeckte einen Schreibtisch, ein Fenster und ein Bett im Zimmer.

»Schon okay, du kannst verschwinden«, sagte Ko zu dem Gendarmen. Dann drehte er sich zu Servaz um. »Geh schon rein, sieh dich um.«

Gänsehaut überzog seinen gesamten Körper. *Sie hatten das Zimmer in Abwesenheit des Verdächtigen durchsucht.* Jeder Anwalt würde das Verfahren einstellen lassen, sobald er davon erfuhr … Er trat ein. Trotz der halb aufgezogenen Vorhänge war das Zimmer durch den Grauschleier, der über der Stadt hing, quasi in Halbdunkel getaucht. Ein richtiger Schwitzkasten. Es roch nach Schweiß und Hasch. Er entdeckte sie sofort – die zu Dutzenden auf dem Schreibtisch und dem Bett ausgebreiteten Fotos. DIN-A4-große Abzüge …

Wie viele waren es? Fünfzig? Hundert? Noch mehr?

Er trat näher. Schon von Weitem hatte er erahnt, was abgebildet war, aber er wollte die schmerzliche Bestätigung haben.

Schwindel erfasste ihn, als er sich über das Mosaik der Fotos beugte. Es schnürte ihm die Kehle zu. Er spürte, wie eine dicke Eisschicht seine Brust zerquetschte.

Leichen …

Dutzende von Leichen.

Dicke, magere, junge, alte, Frauen, Männer … nackt und bloßgestellt auf den Seziertischen, ebenso reglos wie die Fleischstücke in der Auslage eines Metzgers.

Nahaufnahmen und Weitwinkel … verstörende Details, entwürdigend, obszön – leerer Blick, die untere Gesichtshälfte verzerrt, eine durch Arthrose deformierte und krallenartig verkrampfte Hand, männliche und weibliche Geschlechtsorgane, hängende Brüste und sogar offene Bäuche, die Gedärme sichtbar, amputierte Gliedmaßen, deren Schnittstellen das rohe Fleisch und Knorpelgewebe freigaben …

Diese ganzen Fotos konnte Dhombres unmöglich selbst gemacht haben. Es waren zu viele. Selbst wenn er Zugang zum Institut der Anatomie und zu anderen Bereichen der medizinischen Fakultät hatte, wäre eine Katastrophe vonnöten gewesen, um mit einem derartigen Aufgebot an Toten aufzuwarten.

Servaz hastete aus dem Zimmer. Er brauchte dringend Sauerstoff, er konnte kaum atmen. Er sah Kowalski an. Der wartete auf seine Reaktion.

»Verdammt«, sagte er einfach nur.

Der Chef der Truppe machte die Tür hinter ihm zu.

»Wir waren nie da drin«, sagte er.

12

WO ES UM STUNDEN GEHT

30. Mai 1993, 13:30 Uhr.

»Name und Vorname.«

»Was?«

»Name und Vorname.«

»Aber Sie haben mich schon …«

»Name und Vorname.«

»Dhombres, Cédric.«

»Alter.«

»Zweiundzwanzig.«

»Beruf.«

»Häh?«

»Beruf …«

»Ähm … Student. Ist es normal, dass alle Büros leer sind?«

»Studienfach.«

»Medizin, sechstes Semester.«

»Wohnort.«

»Studentenwohnheim Daniel Faucher.«

»Stadt.«

»Scheiße, Mann!«

»Stadt …«

»Toulouse!«

Mit Ausnahme ihrer Stimmen war auf der gesamten Etage nur das Klappern der elektrischen Schreibmaschine zu hören. Selbst die Möbelpacker waren nicht mehr da; es war Sonntag, sie waren wohl damit beschäftigt, die Möbelwagen am Boulevard de l'Embouchure auszuladen. Auf der Schreibmaschine, dem Tisch und dem Stuhl lagen Zettel mit der Warnung: FINGER WEG.

»Was ist das hier für ein Ort? Wo sind die ganzen Möbel?«

»Dieser Ort hier? Das ist die letzte Etappe, bevor du auf das Feld Gefängnis kommst, so sieht's aus.«

Mit zusammengekniffenen, blassen Augen starrte der Student den rotbärtigen Polizisten an.

»Sie bluffen, Sie haben nichts in der Hand. Gar nichts ...«

»Du scheinst dir keine Sorgen zu machen.«

Die blassen, fast schon weißen Augen verengten sich noch mehr. Dhombres' linker Vorderarm war eingegipst und steckte in einer Schlinge. Der Dobermann hatte sich nicht damit begnügt, nur die Fänge in seinen Arm zu bohren; mit seiner Beißkraft von über hundert Kilo hatte er dem Jungen auch die Speiche gebrochen.

»Weshalb sollte ich? Ich habe mir nichts vorzuwerfen.«

Doch die Stimme des jungen Mannes drückte etwas anderes aus: Es war die eines furchterfüllten Menschen.

»Hmm. Normalerweise machen sich Typen wie du, solche braven, anständigen Kerle, Studenten, die sich nichts vorzuwerfen haben, wie du behauptest, nicht vor Angst in die Hose, wenn sie hierherkommen«, sagte Kowalski mit sanfter Stimme. »Aber das trifft bei dir nicht zu ... Findest du das nicht eigenartig?«

»Nein. Ich verhalte mich nämlich wie ein Unschuldiger, der sich nichts vorzuwerfen hat.«

Doch wieder hatte er gestammelt und so leise gesprochen, dass Ko genau hinhören musste. Mangin und Servaz kamen mit zwei Stühlen zurück. Sie nahmen links und rechts von ihrem Chef Platz.

»Also, weshalb hast du einen Polizisten angerempelt und bist geflohen? Erzähl!«

Dhombres blickte sich um, als gäbe es in diesem Raum etwas zu sehen.

»Sie haben nicht zufällig eine Cola hier? Oder einen Kaffee? Irgendwas zu trinken? Hier ist es verdammt heiß. Ich bin durstig.«

»Warum bist du abgehauen, Cédric? Und warum hast du gedroht, du würdest dir die Kehle durchschneiden?«

Ein Moment verstrich. Dhombres rutschte auf seinem Stuhl herum.

»Ich hatte Angst ...«, sagte der Student und drehte den Kopf zum Fenster, doch auch da gab es nichts zu sehen.

»Angst wovor?«

Der verwaschene Blick richtete sich wieder auf Kowalski, musterte ihn und wanderte dann weiter zu Mangin und Servaz.

»Vor *wem* vielmehr … Es gibt ein paar Typen, die es auf mich abgesehen haben …«

»Hat das was mit den Beleidigungen auf deiner Tür und dem Sperma in deinem Briefkasten zu tun?«

Dhombres wirkte überrascht.

»Ach … Sie wissen davon? Dann wissen Sie auch alles Weitere, nehme ich an …«

Ko nickte.

»Das alles ist Schwachsinn. Ich habe nichts getan. Das war diese Nutte. Sie hatte mich auf dem Kieker wegen irgend so einer Bemerkung von mir.«

»Was für eine Bemerkung?«

»Ist doch scheißegal. Was ich damit sagen will, ist, dass Ihr Kollege« – er deutete mit dem Kinn auf Martin – »in diesem Keller rumgebrüllt hat, gefragt hat, wo ich sei, und ich dachte, sie wären gekommen, um mich zu verprügeln. Ich hatte eine Scheißangst.«

»Ich habe ›Polizei‹ gerufen«, wandte Servaz ein.

»Ja und? Das hätte doch auch ein Bluff sein können. Sie hatten keine typische Bullenstimme … äh … Polizistenstimme.«

»Was für eine Bemerkung?«, hakte Kowalski sanft nach.

»Was?«

»Was für eine Bemerkung hast du Ambre Oesterman gegenüber gemacht?«

Der Student beäugte ihn. Er zögerte.

»Ich hatte ihr vorgeschlagen, zusammen einen Kaffee zu trinken.«

»Und …?«

»Sie hat mich ausgelacht.«

Servaz fiel auf, dass sich sein Tonfall verändert hatte. Mit einem Mal meinte er, etwas Verzweifeltes, Wütendes herauszuhören.

»Und das hat dir nicht gefallen, nicht wahr?«

Dhombres zuckte mit den Schultern.

»Dieses Flittchen, das hat sich von allen Studenten flachlegen lassen ...«

»Du sprichst hier von einer Toten, etwas mehr Respekt bitte. Was hast du daraufhin erwidert?«

Dhombres rutschte unruhig auf dem Stuhl herum.

»Ich habe ihr eine Leiche auf dem Tisch gezeigt und ihr gesagt, dass sie ... dass sie genau so enden würde, wenn sie sich noch mal über mich lustig macht ...«

Kowalski zog die Augenbrauen hoch und beugte sich nach vorn.

»Ist dir klar, dass man das eine Morddrohung nennt? Und dass das auch ein Motiv ist ...«

»Verdammt, das war doch nur so dahergesagt. Ich habe noch nie jemandem wehgetan.«

»Und diese Fotos in deinem Zimmer ... was hat es damit auf sich?«

Servaz war angespannt. Nach dem Verlassen des Krankenhauses hatten sie das Zimmer in Anwesenheit des Studenten durchsucht und so getan, als würden sie die Fotos gerade erst entdecken. Er fragte sich, was passierte, wenn ein Verteidiger eines Tages den Wachmann befragte.

»Was denn? Das sind nur Fotos ...«

»Hast du sie gemacht?«

Dhombres höhnte.

»Wie hätte ich das denn tun sollen?«

»Wo hast du sie her?«

»Für so was gibt es bestimmte Quellen. Ein paar habe ich selbst gemacht ...«

»Weshalb?«

»Was?«

»Weshalb diese Fotos?«

»Wie das, weshalb? Scheiße, Mann, das ist Kunst. Kunst in Reinform ...«

»Kunst?«, wiederholte Kowalski, als hätte der Rotschopf ein Schimpfwort benutzt.

»Ja genau, Kunst.«

»Es ist in jedem Fall illegal, Leichen ohne Zustimmung der Angehörigen zu fotografieren, weißt du das?«

Er schwieg.

»Vor allem in so … erniedrigenden Posen.«

»Man präsentiert sich selten im besten Licht, wenn man tot ist.«

»Was weißt du schon vom Tod?«, erwiderte Kowalski postwendend und wartete seine Reaktion ab.

Ein kurzes Aufblitzen in den blassen Augen. Dann schüttelte Dhombres den Kopf.

»Natürlich nichts. Nichts … mit Ausnahme von den Fotos.«

Er hatte diese Worte in perfekt unaufrichtigem Tonfall vorgebracht, die Hände zwischen die Knie gepresst, in einer abwehrenden Haltung. Mangin und Servaz sahen einander an.

»Wo warst du in der Nacht von Donnerstag auf Freitag zwischen 22 Uhr und Mitternacht?«

»Wann?«

»In der Nacht vom Donnerstag zwischen 22 Uhr und Mitternacht«, wiederholte Kowalski.

Der Student dachte nach.

»In meinem Zimmer.«

»Mit jemandem?«

Die Schultern von Cédric Dhombres fielen etwas mehr in sich zusammen.

»Ähm … nein … allein.«

»Dann kann das also niemand bezeugen?«

»Nein …«

Der Rotschopf hatte die letzte Antwort nur widerwillig von sich gegeben. Wieder sahen Servaz und Mangin einander an: Der Gerichtsmediziner hatte den Todeszeitpunkt der beiden Frauen zwischen Mitternacht und zwei Uhr morgens datiert.

»Hören Sie, nur weil ich …«

»Und zwischen Mitternacht und zwei Uhr morgens?«

»Was, Mitternacht und zwei Uhr morgens?«

»Wo warst du da?«

»Häh? Ich verstehe das nicht … Mit meiner Freundin zusammen.«

Servaz spürte, wie eine Art Stromschlag von einem zum anderen wanderte.

»Erklär das.«

»Sie war bei einem Konzert und ist kurz vor Mitternacht heimgekommen.«

»Habt ihr die restliche Nacht zusammen verbracht?«

»Ja.«

»Wie heißt deine Freundin?«

»Lucie Roussel. Ich kapier das nicht. Ist das jetzt zwischen 22 Uhr und Mitternacht oder zwischen Mitternacht und zwei Uhr morgens passiert? Kann man das nicht genauer herausfinden?«

»Wie erreichen wir deine Freundin?«

»Sie ist bei ihren Eltern. Morgen kommt sie wieder zurück an die Uni.«

»Hast du ihre Nummer?«

Cédric Dhombres nannte sie ihnen.

»Und dieser Mann, von dem du erzählt hast?«, fragte Kowalski unvermittelt.

Der Student erstarrte. Das Schweigen zog sich in die Länge.

»Welcher Mann?«

Seine Gesichtszüge waren angespannt.

»Der, vor dem du Angst hast … der dir was antun wird … *der, der keine Gnade kennt* …«

»Das ist Blödsinn«, wagte sich der junge Mann vor. »Ich bin … durchgedreht …«

»Bist du dir sicher?«

So verstohlen wie ein kurzes Funkeln tauchte eine schreckliche Furcht in seinen weit aufgerissenen Augen auf, dann nickte er.

»Dabei hast du doch …«

»Lassen Sie mich mit dem Scheiß in Ruhe!«

Cédric Dhombres hatte es fast herausgebrüllt. Der Student war den Tränen nahe. Verzweifelt sah er sie an.

»Ich will nicht mehr darüber reden … Ich will nicht mehr … Ich flehe Sie an …«

Sie versammelten sich in einem anderen Raum.

»Lucie Roussel hat bestätigt, dass sie am Donnerstagabend bei einem Konzert im Zentrum von Toulouse war. Sie ist gegen Mitternacht zu Dhombres gegangen und bei ihm geblieben bis acht Uhr morgens, als ihr Unterricht wieder anfing.«

Eine breite Furche zeichnete sich auf der Stirn des Einsatzleiters ab.

»Wir müssen sie vernehmen«, sagte Kowalski.

»Heute ist Sonntag«, warf Mangin ein.

»Sag ihr, sie soll morgen früh herkommen. Ihren Süßen behalten wir in Gewahrsam, bis wir sie vernommen haben. Sie dürfen nicht miteinander sprechen.«

»Sie wirkte sehr erstaunt«, sagte Mangin. »Und er schien ziemlich panisch darüber gewesen zu sein, kein Alibi für die erste Zeitspanne gehabt zu haben, die du genannt hast.«

Kowalski nickte.

»Ich weiß. Was bedeutet, dass er nicht weiß, wann genau es geschehen ist.«

»Außerdem ist sein Alibi nicht geschwindelt«, fügte Mangin hinzu.

Servaz räusperte sich.

»Ich bin mir nicht sicher, ob ich das ganz verstehe: Wenn er der Schuldige ist, dann weiß er doch, dass er sie nicht zwischen 22 Uhr und Mitternacht ermordet hat, und somit auch, dass diese Zeitspanne nicht die richtige ist.«

Kowalski lächelte und drehte sich zu Mangin um.

»Der Kleine geht mir manchmal echt auf den Zeiger, dir nicht? Okay. Aber wenn er der Schuldige ist, wie du sagst, dann hätte er doch sicher für ein ›umfassenderes‹ Alibi mit seiner Freundin gesorgt. Sie ist um Mitternacht heimgekommen. Das ist ein bisschen heikel als Alibi, oder nicht? Mal ganz abgesehen davon, dass sich leicht herausfinden lässt, ob sie auf diesem Konzert war.«

»Wenn er sie um zwei Uhr morgens umgebracht hat, dann ist das völlig ausreichend.«

Kowalski sah ihn eindringlich an.

»Genau das ist das Problem«, gab er zu. »Aber das würde voraussetzen, dass seine Freundin gelogen hat. Verstehst du, Kleiner: Es ist ganz selten so einfach wie in den Fernsehserien.«

»Und dieser Typ, von dem er gesprochen hat? Jedes Mal, wenn der erwähnt wird, bekommt er fürchterliche Angst ...«

Kowalski nickte kurz.

»Vielleicht spielt er uns etwas vor. Wie diese Fuzzis, die vorgeben, sie würden Stimmen hören oder von Gott angeleitet sein. Zudem ist es ganz typisch, sich auf einen Dritten zu beziehen: auf einen Komplizen, eine Halluzination, Satan oder ein internationales Komplott ... Er sagt, dass er nicht mehr darüber reden will, weil es tatsächlich niemanden gibt und er nicht mehr weiß, was er sich noch dazu einfallen lassen soll.«

»In dem Keller hatte er aber wirklich eine Heidenangst«, widersprach Servaz. »Da hat er nichts vorgespielt, dafür würde ich meine Hand ins Feuer legen.«

Kowalski sah ihn eindringlich an.

»Möglich ... aber nicht sicher ... Mit der Zeit wird dir aufgehen, dass manche Lügner ein ziemlich überzeugendes Verhalten an den Tag legen. Okay, haben wir hier noch einsatzbereite Zellen für den Polizeigewahrsam? Wir ziehen den Jungen aus dem Verkehr. Martin, du fährst nach Hause. Ich brauche dich hier gerade nicht mehr, und du hast eine zweijährige Tochter, die auf dich wartet.«

Servaz dachte aber weiterhin an den völlig panischen Jungen im Keller und an den gnadenlosen Mann, der laut ihm die Strippen zog: War dieser Mann zufällig ein arroganter und durchtriebener Schriftsteller?

Als er heimkam, waren Alexandra und Margot bereits da.

»Ihr seid schon zurück?«, sagte er.

»Ich hatte genug«, erwiderte Alexandra.

»Ach ja?«

Er hob Margot hoch.

»Genug wovon?«

»Von meiner Schwester, meinem bescheuerten Schwager, ihrem beschissenen Haus, in dem es einfach alles gibt, und selbst von ihrem Pool und Opa …«

Martin nickte, während Margot lachend an seiner Wange herumzupfte.

»Bist du an diesem schrecklichen Verbrechen dran, an den beiden ermordeten Mädchen?«

Einen winzigen Moment lang empfand er einen absurden Stolz.

»Ja.«

»Meine Schwester meint, ein Ausländer oder ein Herumtreiber habe das getan.«

Er runzelte die Stirn.

»Weshalb ein Ausländer oder ein Herumtreiber? Weshalb behauptet sie das?«

»Keine Ahnung«, sagte sie verdrossen. »Das ist nur die Meinung meiner Schwester …«

Himmel, sagte er sich. Früher hätte Alexandra ihr das nicht einfach so durchgehen lassen, da hätte das einen dieser Familienzwists ausgelöst, wie die beiden Schwestern sie so hervorragend austragen konnten.

»Hast du nichts gesagt?«, fragte er erstaunt. »Was hast du darauf erwidert?«

»Dass der Täter vermutlich ein braver, frustrierter Familienvater mit einer Frau, Kindern und einem Pool ist.«

Er konnte sich ein Grinsen nicht verkneifen. Sie zwinkerte ihm zu, und einen Moment lang erstrahlte ihr Gesicht wie früher.

Und diesen kurzen Moment lang liebte er sie.

13

Das neue Polizeirevier mit seinen Wachtürmen, seinem Bergfried und seiner beeindruckenden Fassade erinnerte an eine moderne Festung – war aber eine Festung aus rosarotem Ziegelstein, für den Fall, dass jemand nicht wusste, in welcher Stadt er sich gerade befand. Es fehlte ein bisschen Bescheidenheit, sagte sich Servaz, als er am Montagmorgen den großen, sonnenbeschienenen Vorplatz überquerte. Und was hatte dieses anmaßende Fresko am Eingang zu bedeuten? Bei aller Liebe, das ähnelte eher einem archäologischen Museum als einem Polizeirevier.

Oben an der Treppe blieb er einen Moment stehen und drehte sich um, ehe er hineinging. Hinter dem Vorplatz fuhren die Autos über den Boulevard, und ihre Scheiben fingen kleine Lichtstrahlen ein, scharf wie Feuerstein, dann leuchtete das grüne, gemächlich dahinfließende Wasser auf dem Canal du Midi zwischen den staubigen Platanen auf, die unter der Hitze darbten.

In der zweiten Etage ging es geschäftig zu. Rufe erschallten, es war laut. Eine Atmosphäre wie an einem Weihnachtsmorgen: Die Kinder machten ihre Geschenke auf. *Dieser Gang ist endlos …* Er kam zu seinem Büro. Zu seiner großen Überraschung war alles an Ort und Stelle. Als wäre das Mobiliar von einem Ort zum anderen gebeamt worden.

Allerdings war es schrecklich heiß, dabei war es noch nicht einmal neun Uhr morgens. Keine Klimaanlage … Er legte seine Dienstwaffe in eine Schublade, schloss sie ab, zündete sich eine Zigarette an, nahm drei Züge, drückte sie aus und machte sich auf die Suche nach dem Konferenzraum. Es würde noch eine Weile dauern, bis er sich hier zurechtfand.

In der Nähe der Aufzüge und der Getränkeautomaten wurde er fündig. Das Ermittlerteam war vollzählig um einen Tisch versammelt, an dem zweimal so viele Leute Platz gehabt hätten. Alle Anwesenden schienen auf dem Kriegspfad zu sein – nicht ungewöhnlich für einen Montagmorgen –, aber Servaz nahm eine überdurchschnittlich starke Energie wahr, eine ausgeprägtere Beflissenheit, die ganz bestimmt der Aufregung durch den Umzug geschuldet war, als wäre das nicht bloß ein Wechsel des Gebäudes, sondern eine neue Etappe in ihrer beruflichen Laufbahn.

Er kam als Letzter herein und setzte sich auf einen der freien Stühle.

In knapp zwanzig Minuten waren sie durchgegangen, was sie wussten – sprich: nicht sonderlich viel. Der Ruderklub war durchsucht und seine Mitglieder befragt worden; alle hatten ein Alibi für die Mordnacht, und es fehlte kein einziges Ruder. Lucie Roussel, Dhombres' Freundin, war eingetroffen und wartete darauf, befragt zu werden. Im Gegensatz zu ihrem Freund machte sie einen schrecklich normalen Eindruck.

»Martin, wie weit bist du?«, fragte Kowalski.

Servaz berichtete von der jungen Frau, die auf mehreren Fotos zu erkennen war.

»Sehr gut, wir müssen sie ausfindig machen und befragen. Noch Fragen?«

Wie immer gab es keine.

»Karen Vermeer«, sagte der Hausmeister.

Seine kleinen schwarzen Knopfaugen musterten Servaz eingehend. Bestimmt dachte er, dass dieser junge Polizist viel zu sehr den Studenten ähnelte, um die er sich kümmerte.

»Sie wohnt in Zimmer 17. Aber um diese Uhrzeit ist sie in der Vorlesung.«

»Was für eine Vorlesung? Wissen Sie das?«

Der Mann schüttelte den Kopf. Servaz ließ sich von ihm zum Zimmer begleiten.

»Haben Sie einen Generalschlüssel?«, fragte er vor der Tür.

Der Hausmeister nickte.

»Könnten Sie mir einen Gefallen tun? Könnten Sie hineingehen und schauen, ob Sie irgendwo einen Terminkalender finden? Ich darf nicht ohne den Mieter in einem Zimmer herumwühlen. So lautet das Gesetz ...«

Der Hausmeister kam seiner Bitte nach. Ihm war das Gesetz so ziemlich egal. Sollte ihm eines Tages jemand vorwerfen, in das Zimmer eingedrungen zu sein, dann würde er sagen, dass er es auf Verlangen eines Polizisten getan habe – und er würde auch sagen, welcher es gewesen war. Von der Tür aus warf Servaz einen Blick ins Zimmer, blieb aber auf der Schwelle stehen. Das Zimmer von Karen Vermeer erfüllte genau die Vorstellung, die man von einem Studentenzimmer hatte. Ein schwaches Parfum lag in der Luft, etwas Zigarettenrauch, Kaffee und Körperlotion oder Handcreme. Ordner, herumliegende Blätter, Bücher, ebenso CDs und auf dem Bett ein Walkman. Auf dem Boden lagen ein T-Shirt und eine Jeans. Vielleicht war Karen unentschlossen gewesen, was sie anziehen sollte, und hatte sich rasch umgezogen. Der Hausmeister machte einen an die Wand gepinnten Stundenplan über dem Schreibtisch ab und brachte ihn Servaz. Er las:

Montag, 31. Mai
10–12 Uhr Chemie, Amphitheater

Von Weitem ließ Servaz seinen Blick über die Buchrücken schweifen. Histologie, organische Chemie. Biophysik. Daneben ein dicker Wälzer: das Handbuch für das erste Jahr des Medizinstudiums. Obligatorisch für alle angehenden Mediziner, Zahnärzte und Hebammen.

Eine Dreiviertelstunde später sagte er sich, dass Karen Vermeer eine junge, sympathische Frau war, die gerne lachte. Zumindest erweckte sie diesen Eindruck, als sie, in Begleitung von drei anderen Studenten, zur Tür des Amphitheaters hereinkam. Ihre braunen seidigen Haare rahmten ein angenehmes Gesicht ein, nach dem sich allerdings keine Jungs umdrehten, wenn sie irgendwo auftauchte. Ihre wassergrünen Augen blieben bei ihm hängen, als ihre Blicke sich kreuzten, und er begriff, dass dieses Mädchen stets auf etwas wartete – auf ein Ereignis, eine Gelegenheit, ein Aufeinandertreffen …

Sie hielt seinem Blick etwas zu lange stand – lange genug jedenfalls, um ihm deutlich zu machen, dass sie ihn gesehen hatte –, bevor sie sich wieder ihren Studienkollegen zuwandte.

Er trat auf sie zu, sagte: »Entschuldigung«, und dieses Mal tat sie so, als wäre sie erstaunt.

»Karen Vermeer?«

Sie sah zu ihren Begleitern und schien ihnen wortlos zu verstehen zu geben: *Ehrlich, ich habe keine Ahnung, wer dieser Typ ist,* bevor sie sich zu ihm umdrehte.

»Ja?«

»Darf ich Ihnen ein paar Fragen stellen? Ich bin von der Polizei. Es geht um Ambre und Alice.«

Sie musterte ihn von Kopf bis Fuß.

»Sind Sie sich sicher, dass Sie von der Polizei sind?«

Das löste Gelächter aus. Vermutlich hielt sie ihn für einen Journalisten. Oder aber sie wollte vor ihren Freunden auftrumpfen. Er bedachte sie mit seinem schönsten Lächeln, zückte seinen Ausweis und bat sie, sich von der Gruppe zu entfernen und ein paar Meter abseits mit ihm zu reden. Sie kam seiner Aufforderung nach.

»Entschuldigen Sie bitte, Sie sehen nicht so aus wie ein … Bulle.«

Er lächelte sie an.

»Wonach sehe ich denn aus?«

»Na ja … eher wie ein Student.«

»Es ist noch gar nicht so lange her, dass ich einer war«, gab er zu seiner eigenen Überraschung zu. »Ambre und Alice, kennen Sie die beiden gut?«

Ihr Lächeln verschwand auf einen Schlag und wurde von einem Ausdruck echter Traurigkeit abgelöst. Sie warf einen Blick auf die kleine Gruppe, die sie aus geringer Entfernung musterte.

»Ist es okay, wenn wir woanders reden als hier? Ich brauche einen Kaffee. Nicht weit von hier gibt es eine Bar, und ich möchte lieber indiskrete Zuhörer vermeiden.«

Ihr Blick war direkt – vielleicht ein bisschen zu direkt –, und ihre Stimme klang rauer. Sie starrte ihn unverwandt an, und er zuckte mit den Schultern.

»Kein Problem«, sagte er.

Karen Vermeer hatte einen etwas abseits stehenden Tisch in dem Café ausgewählt, in das sie ihn geführt hatte – und wo sie ganz offensichtlich ein häufiger Gast war. Der Tisch zwischen ihnen war winzig, und sie hatte die Ellbogen darauf abgestellt. Mit ihrem traurigen Blick tauchte sie in Martins Augen ein.

»Ich wäre heute Morgen fast nicht zur Vorlesung gegangen«, gestand sie ihm. »Diese Sache hat mich total fertiggemacht. Aber wir haben bald Prüfungen, und ich kann es mir nicht erlauben, die Vorlesung zu verpassen.«

Sie zögerte.

»Was wollen Sie wissen?«

»Ich habe ziemlich viele Fotos bei Ambre und Alice entdeckt, auf denen Sie zu sehen sind ... Kennen Sie die beiden gut?«

»Ja. Ich war die ganze Zeit mit ihnen zusammen. Vor allem mit ... Alice.« Ihre Stimme stockte bei dem Vornamen. »Einfach schrecklich, was den beiden widerfahren ist ...«

Sie ließ den Kopf hängen, rang um Fassung und sah dann mit tränennassen Augen zu ihm hoch.

»Soweit man Ambre und Alice kennen konnte«, fügte sie hinzu.

»Was meinen Sie damit?«

Karen Vermeer betrachtete ihn, als fragte sie sich, wie viel sie ihm anvertrauen konnte.

»Beide waren immer ein Rätsel ...«

»Was soll das heißen?«

»Sie vertrauten sich niemandem an, blieben häufig unter sich. Selbst wenn sie Freundinnen hatten, entwickelte sich daraus niemals eine echte Freundschaft. Dafür hätten sie sich ein bisschen mehr öffnen und ihren Panzer ablegen müssen.«

Sie fingerte an ihrer Kaffeetasse herum, aus der sie noch keinen Schluck getrunken hatte.

»Ich bin mir sicher, dass sie eine ganze Menge Geheimnisse hatten …«

»Was für Geheimnisse?«

Erneut sah sie ihn eingehend an und lächelte dann wieder.

»Wenn ich es wüsste, wären es keine Geheimnisse mehr … Haben Sie welche? Wie lautet Ihr Vorname?«

Sie hatte sich so weit nach vorn gebeugt, dass er ihr Parfum riechen konnte.

»Martin«, antwortete er nach kurzem Zögern.

»Hast du Geheimnisse, Martin?«

Sie betrachtete ganz ostentativ seine linke Hand.

»Oh. Verheiratet …«

Er spürte, wie er rot anlief. Wegen dieser Bemerkung und des Duzens. Und auch weil ihre wassergrünen Augen ihn fixierten. Aus der Nähe war sie sehr viel schöner, ihre Wangen waren – genau wie wohl auch der Rest ihres Körpers – schön gerundet, und sie hatte eine volle, geschwungene Unterlippe.

»Was können Sie mir sonst noch über sie erzählen?«

Sie sackte etwas in sich zusammen.

»Ich weiß nicht … das ist schwierig … ich möchte nicht schlecht über Tote reden …«

»Wir alle wollen herausfinden, wer das getan hat, Karen. Nichts anderes.«

Sie sah ihn erneut an.

»Na ja … Ambre war nicht unbedingt ein braves Mädchen …«

»Was meinen Sie damit?«

»Sie … sie hatte sehr viele Männerkontakte …«

»Sie etwa nicht?«

Er bemerkte, wie sie sich bei dieser Bemerkung verkrampfte.

»Nicht so … Damit meine ich, dass sie sich mit richtig vielen traf, das war eine regelrechte Parade … Sie benutzte sie und warf sie dann weg. Wie Kleenex …«

Er dachte wieder an die Worte des Gerichtsmediziners. Sie war Jungfrau. Hatte Klas sich vielleicht geirrt? Allerdings schien er sich in diesem Punkt ganz sicher gewesen zu sein.

»Damit wir uns verstehen: Ich weiß, was ich will, und ich habe keine Hemmungen, aber … ich sammle keine Typen … bei Ambre hätte man hingegen meinen können, sie versucht einen Rekord aufzustellen.«

»Hat sie sie mit auf ihr Zimmer genommen?«

Karen Vermeer nickte.

»Deshalb hatte Alice sich von ihr distanziert. Sie bekam alles mit und missbilligte das Verhalten ihrer Schwester. Sie haben sich mehr als einmal deswegen gestritten.«

»Sie haben gesagt, die Schwestern seien häufig für sich gewesen, nicht wahr?«

»Häufig heißt nicht immer. Und Alice hatte die Nase gestrichen voll von ihrer Schwester und ihren Eskapaden. Wenn ich ihr in letzter Zeit vorschlug, Ambre zu fragen, ob sie uns begleiten wolle, sagte sie nur, das sei nicht nötig, Ambre habe bestimmt Besseres zu tun, und ich sah, wie wütend und traurig sie war.«

»Und Alice, was war sie für ein Typ?«

»Das genaue Gegenteil ihrer Schwester. Alice war ein nettes Mädchen, diszipliniert, intelligent, aber, wie soll ich das sagen, trotz allem war auch sie auf gewisse Weise rätselhaft … selbst wenn sie eine tolle Freundin war.«

Er hörte, wie sich Karens Kehle bei den letzten Worten zuschnürte. Sie stieß den Atem nach oben aus, ihre Augen waren mit einem Mal voller Tränen.

»Scheiße, richtig übel, was man ihnen angetan hat …«

Er ließ sie einen Moment lang weinen, bis sie ein Taschentuch herausholte und sich über die Augen wischte.

»Und Ambre«, sagte er dann, »hat sie irgendjemanden regelmäßig getroffen?«

Karen Vermeer sah ihn an.

»Ja … Da gab es Luc.«

»Luc?«

»Luc Rollin, ein Student. Sie war ein paar Wochen mit ihm zusammen. Das war ihre längste Beziehung.« Sie strich sich eine Haarsträhne hinters Ohr. »Ganz ehrlich, ich habe nie verstanden, was sie an ihm fand. Schüchtern, unscheinbar, sieht nicht besonders gut aus, kein Charisma … und überhaupt nicht ihr Typ: Ambre mochte böse Jungs … Luc war eher der Typ nettes Schoßhündchen.«

»Dieser Luc, wo finde ich den?«

»Er studiert bildende Künste und finanziert sich sein Studium als Filmvorführer in einem kleinen Programmkino, im L'Esquirol.«

Servaz nickte, er kannte das Kino.

Sie sah auf die Uhr. »Okay, ich habe jetzt schon die erste Stunde verpasst, und ich muss los, wenn ich die zweite nicht auch noch verpassen will.«

Sie musterte ihn vielsagend, ein Lächeln auf den Lippen.

»Du bist also verheiratet, Martin?«

Das hatte er nicht erwartet, er lächelte, erwiderte aber nichts.

»Kinder?«

»Ein Mädchen. Margot. Zwei Jahre alt.«

»Glückliche Beziehung, süßer Martin?«

Er zögerte eine Millisekunde zu lange.

»Wow, nicht so enthusiastisch! Du siehst nicht wie ein Bulle aus, weißt du das?«, sagte sie. »Wie alt bist du?«

Er sagte es ihr.

»Verdammt, mein Freund ist älter als du, aber er ist so reif wie mein kleiner Bruder! Warum bist du Polizist geworden?«

»Das ist eine lange Geschichte …«

»Erzähl.«

»Ich dachte, Sie hätten es eilig, wieder in Ihre Vorlesung zurückzukommen?«

»Ich habe meine Meinung geändert.«

Er schüttelte den Kopf, dieses Mal ein echtes Nein.

»Tut mir leid, das ist wirklich eine zu lange Geschichte.«

Sie musterte ihn. Nickte.

»Okay. Ein anderes Mal vielleicht.«

»Danke«, sagte er, als sie aufstand.

Sie blieb neben dem Tisch stehen.

»Mein Zimmer hat die Nummer 17. Für den Fall, dass du noch irgendwelche Infos benötigen solltest, meine ich …«

Sie hatte eine Hand leicht auf seine Schulter gelegt. Er sah ihr nach, wie sie mit wiegenden Hüften zur Tür ging – mit ihrem hübschen Hintern, der ihre Jeans nahezu perfekt ausfüllte. Kurz bevor sie hinausging, drehte sie sich zu ihm um und lächelte ihm zu. Ein umwerfendes Lächeln.

»Ich bin immer bereit, der Polizei zu helfen!«, rief sie ihm noch zu.

Dann verschwand sie.

14

L'Esquirol, dieser Tempel der Filmkunst, war unbedeutend größer und kaum weniger schmuddelig als ein Pornokino, eingezwängt zwischen einer Buchhandlung und einem Hauseingang, und zeichnete sich durch eine ausgewählte Programmgestaltung aus. An diesem letzten Maitag 1993 wurden *Das Schweigen* von Ingmar Bergman, *Opfer* von Andrei Tarkowski und *Das Piano* von Jane Campion gezeigt. Honig für kinobegeisterte Bienen.

Servaz zwängte sich zwischen den versammelten Studenten durch den Eingang und sah oben auf der Anschlagtafel, dass *Das Schweigen* in fünf Minuten anfing. Er erinnerte sich an den ästhetischen Schock, den er empfunden hatte, als er sich diesen Film zum ersten Mal ansah. Zwei Schwestern, Anna und Ester, und ein kleiner Junge, Johan, der Sohn von Ersterer, steigen in einem großen, düsteren Hotel in einer unbekannten Stadt in einem fremden, sich im Krieg befindlichen Land ab. Ester ist eine frustrierte, abgestumpfte Intellektuelle, Anna eine hübsche, sinnliche und aufreizende Frau. Die beiden Schwestern machen in diesem Hotel halt, weil Ester sich nicht wohlfühlt, dann krank wird und nicht mehr von dort wegkommt. Johan lernt den alten Oberkellner sowie eine Gruppe Kleinwüchsiger kennen; er verkehrt in der Welt der Erwachsenen, ohne sie zu verstehen. Die beiden Schwestern geraten aneinander, hassen sich, verachten sich, können nicht miteinander kommunizieren. Panzer fahren im Dämmerlicht durch die Straßen. Wenn seine Erinnerung stimmte, dann war die in *Das Schweigen* beschriebene Welt eine der Kommunikationsunfähigkeit, der Einsamkeit und des Todes. Der ausweglosen Verzweiflung.

Letztendlich ist alles eine Frage der Kommunikation, dachte er – mit Gott, mit dem eigenen Vater, mit der Frau, dem Freund, dem Chef oder mit dem Kerl, den man vorlädt, weil er vielleicht seine Freundin erdrosselt hat, aber behauptet, er sei unschuldig.

Einen Moment lang beobachtete er die Studenten um sich herum und fühlte sich auf vertrautem Terrain: Er war einer von ihnen gewesen, hatte zu einer dieser geschlossenen Gruppen gehört, die dunkle Säle aufsuchten, begierig auf neue Erfahrungen und Nervenkitzel waren, nur auf Truffaut, Bergman, Pasolini, Antonioni, Woody Allen, Coppola und Cimino schworen, sich genüsslich in die schmalen, dreckigen, samtbezogenen Sitze zwängten und einander mit den Ellbogen anstupsten, wenn die Hubschrauber von Robert Duvall zum Sound vom *Walkürenritt* auf ein vietnamesisches Dorf zuhielten oder wenn Robert De Niro verwandelt in *Taxi Driver* auftauchte. Er hielt der Platzanweiserin seinen Ausweis hin und fragte, ob Luc Rollin da sei. Sie warf ihm einen misstrauischen Blick zu und zeigte auf eine kleine Tür.

»Im Vorführraum, aber der Film fängt gleich an.«

Er zog die Tür auf und fand sich vor ein paar Stufen wieder, so steil wie eine Gangway. Er kletterte sie hinauf und tauchte in einem winzigen Kabuff voll großer zylindrischer Schachteln für die Filmspulen auf, mit einem Lüftungsrohr, das durch ein Loch in der Decke führte, und einem riesigen Filmvorführgerät. Es roch nach überhitzter Maschine. Im vorherrschenden Halbdunkel bewegte sich eine Gestalt – wie ein Tier in seinem Bau –, und er sah zwei schüchtern dreinblickende Augen, die rot unterlaufen waren. Vermutlich, weil er so viele 35-mm-Filme einlegen und Objektive einstellen musste und die Bilder immer hüpften.

»Luc Rollin?«, fragte er leise.

Die beiden Augen blinzelten.

»Ich bin von der Polizei, ich würde gerne mit Ihnen über Ambre sprechen …«

Die Gestalt in ihrem Bau bewegte sich langsam. Er sah die Sorge in den Augen, als die Antwort kam.

»Ich kann nicht … der Film fängt gleich an …«

Servaz setzte sich auf eine Kiste.

»Machen Sie weiter«, murmelte er. »Ich warte.«

Durch die kleine Öffnung, die in den Saal führte, hörte er, wie sich geräuspert, leise gehustet und das ein oder andere Mal kurz gelacht wurde, wie die Sitze quietschten – dann herrschte das religiöse Schweigen der Totengewölbe, als die jungen Leute auf der Suche nach Erleuchtung sich vor den großen Priestern der Filmkunst verneigten. Er beobachtete die Handgriffe des Filmvorführers und die Staubkörner, die im Lichtstrahl tanzten. Dort auf dem Bildschirm war Johan, der kleine Junge, der den ersten Satz des Films sagte: »Was bedeutet das?«

Luc Rollin schob sich danach bis zu ihm, gebeugt wie ein Speläologe in einer Höhle.

»Wir haben zwanzig Minuten bis zur nächsten Filmrolle.«

Er ging vor Servaz die sehr steile Treppe hinunter.

Luc Rollin klammerte sich an seine Zigarette wie ein Ertrinkender an seinen Rettungsring. Inzwischen waren seine Augen nicht nur rot, sondern auch feucht.

»Ambre …«, sagte er. »Ich hätte nie gedacht, dass sich ein Mädchen wie sie eines Tages für mich interessieren würde …«

Er zog an seiner Zigarette und warf sie dann in den Rinnstein. Hinter ihm ein Plakat, auf dem stand: »Demnächst *Uhrwerk Orange*, die Geschichte eines jungen Mannes, der sich hauptsächlich für Gewalt und Beethoven interessiert.«

»Wir waren schon lange befreundet, und sie wusste, dass ich etwas für sie empfand, aber niemals, niemals hätte ich gedacht, dass wir irgendwann mehr als nur Freunde sein würden …«

Servaz schwieg.

»Der Tag, an dem sie mich geküsst hat, war der schönste in meinem Leben …«

Luc Rollin hatte diesen Satz mit einem ungewollten Zittern in der Stimme hervorgebracht. Einen winzigen Moment lang dachte Servaz an den ersten Kuss, den er und Alexandra sich gegeben hatten. In einer Bar. Ein bittersüßer Geschmack nach Gin Tonic. Ein sehr zurückhaltender Kuss, als würde sie sich erst vortasten ... Ein minimaler Austausch von Körperflüssigkeiten, aber die sofortige Überzeugung, dass es noch weitere geben würde. Dann wanderten seine Gedanken weiter zu Marianne, der Frau, die ihn geliebt und verraten hatte. In ihren Küssen lag ebenso viel Feuer wie in jedem anderen Geschlechtsakt. Sie waren häufig unersättlich und gierig gewesen, ungezügelt und voller Verlangen.

Er betrachtete den jungen Mann. Er hatte die Adoleszenz noch nicht ganz hinter sich gelassen, mit seiner schüchternen Ausstrahlung, den mit Aknepickeln übersäten Wangen, die an ein militärisches Übungsgebiet erinnerten.

»Wir waren dreizehn Wochen zusammen. Inzwischen frage ich mich, warum es so lange ging. Wir waren absolut nicht füreinander gemacht, Ambre und ich ...«

»Was meinen Sie damit?«, fragte Servaz, obwohl es ganz offensichtlich war.

Tatsächlich hatte Luc Rollin so gar nichts von einem bösen Jungen, und er war auch kein hübscher Kerl oder zählte zu denen, die zwar nicht gerade süß, dafür aber äußerst charmant waren und wussten, wie man jemanden zum Lachen brachte oder mit einem Kompliment, das die richtige Dosis Spott und Humor enthielt, um den Finger wickelte: Er war unscheinbar, unsichtbar ... Auch seine zu dichte Mähne und seine löchrige Jeans waren nicht gerade ein Blickfang. Er war der Inbegriff einer Schreckensvorstellung junger Mädchen, der Typ, dem man aus dem Weg ging, »selbst wenn man auf einer einsamen Insel allein mit ihm gestrandet war« ...

»Ambre«, sagte er, »war das Mädchen, nach dem sich alle Jungs umdrehten, jeder träumte davon, sie abzuschleppen, all meine Kumpels konnten es kaum fassen, als sie dann mit mir zusammen war. Und ihren Blicken habe ich sehr wohl angesehen, dass sie sich fragten, wie ich das geschafft hatte – ich habe auch die anderen Typen in den Bars gesehen, die sie anglotzten und sich dachten, wenn so ein Loser wie ich sie rumkriegen kann, dann müssten sie auch eine Chance haben ...«

Servaz dachte an die Worte von Karen Vermeer: *Ambre sammelte Typen … man hätte meinen können, sie versucht einen Rekord aufzustellen …*

»Sie konnte so ziemlich jeden haben, den sie haben wollte, das war völlig klar, warum also einen Typen wie mich, hm? Ich bin nicht so bescheuert, dass ich mich für ein Sexsymbol halte und auch nicht für einen Typen, bei dessen Witzen man sich vor Lachen wegschmeißt. Bei meinen Witzen verzieht man allerhöchstens höflich die Mundwinkel, wenn überhaupt. Und wenn ich einen Lachkrampf habe, dann könnte man meinen, ein Esel iaht. Warum also interessiert sich ein Mädchen wie Ambre für einen Idioten wie mich, was meinen Sie?«

Servaz hätte liebend gerne etwas gesagt, aber ihm fiel einfach nichts ein.

»Ich habe sie das einmal gefragt, und sie sagte, dass ich cool und nett sei. Cool und nett, verdammt. Wer will schon cool und nett sein? Die Antwort: keiner. Da sind die Typen wie die Tussis, alle wollen sie im Zentrum der Aufmerksamkeit stehen. Nur dass es bei den Typen nicht genug Platz für alle gibt. Die Verlierer, die Nieten und Deppen bleiben im Schatten. Und wenn ein Mädchen wie Ambre einen Loser wie mich aus dem Schatten herausholt, dann sagt man sich, dass etwas nicht stimmen kann, dass da was verdächtig ist …«

Er begann, an den Fingernägeln einer Hand herumzukauen.

»Ein paar haben gedacht, dass ich schwul bin, dass sie deshalb mit mir zusammen war, da bin ich mir ganz sicher: weil ich der einzige Typ war, bei dem sie übernachten konnte, ohne dass ich versuchte, sie rumzukriegen.«

Eine Solex knatterte durch die schmale Straße und blieb mit einer Vollbremsung vor dem Kino stehen. Vergnügt wurde der Fahrer von einer Gruppe begrüßt, die sich vor dem Kino versammelt hatte, und nachdem er seinen Helm abgenommen und mit einem strahlenden Lächeln seine nachtschwarzen Haare wieder in Ordnung gebracht hatte, sagte sich Servaz, dass ein Typ wie er der Freund von Ambre Oesterman hätte sein sollen, nicht Luc Rollin.

»Verdammt, ich kann einfach nicht glauben, dass sie tot ist …«
Der junge Mann sah inzwischen auf seine Füße. Lachend
drängte die Gruppe ins Kino.

»Was können Sie mir sonst noch über sie erzählen?«

»Was möchten Sie denn wissen?«

»Alles, was Ihnen so durch den Kopf geht …«

Rollin dachte nach.

»Manchmal konnte sie ganz schön seltsam sein … interessiert
Sie das?«

Servaz nickte.

»Zum Schlafen mussten alle Lichter eingeschaltet sein, sie hatte
Angst vor der Dunkelheit. Sie konnte richtig viel bechern, war
aber niemals betrunken, sie konnte einen Joint nach dem anderen rauchen, ließ sich aber fast nie gehen. Scheiße, Mann, Ambre
war eine Weltmeisterin der Selbstkontrolle, sie war immer überaus wachsam, man könnte schon sagen auf der Hut … Wenn wir
mit dem Auto unterwegs waren und hinter uns Scheinwerfer auftauchten, dann glaubte sie, jemand würde uns verfolgen. Hörte
sie Schritte im Gang des Studentenwohnheims, spitzte sie sofort
die Ohren. Einmal habe ich sie nachts sogar dabei ertappt, wie sie
mit dem Ohr an der Tür gelauscht hat. Dabei war überhaupt
nichts zu hören, es war drei Uhr morgens.«

»Drei Uhr morgens?«

»Halb vier, um genau zu sein. Ich habe auf den Wecker gesehen.«

Servaz erstarrte.

»Und was hat Sie da aufgeweckt?«

»Ich habe nur einen leichten Schlaf. Sobald sie sich bewegte
oder aus dem Bett stieg, war ich wach.«

Servaz wurde klar, dass Luc Rollin sein Zusammensein mit
Ambre Oesterman nicht verkraftet hatte. Er würde Zeit brauchen,
bis er das verarbeitet hatte und sich anderem zuwenden konnte.

»Ganz ehrlich, ich glaube, dass Ambre ein bisschen durchgeknallt war. Aber ich weiß nicht, wer es auf die beiden Schwestern
abgesehen haben könnte: Alice war genau das Gegenteil.«

»Und die Gerüchte?«, fragte Servaz.

»Welche Gerüchte?«

»Die Gerüchte, die besagen, sie hätte Männer gesammelt.«

Luc Rollin wurde blass. Sein Gesicht verzerrte sich.

»Die sind Ihnen doch auch zu Ohren gekommen, oder?«

»Natürlich … aber ich habe mich dazu entschieden, sie zu ignorieren.«

Das wundert mich nicht. Wenn man ein solches Mädchen im Arm hat, hilft das bestimmt ungemein, an was anderes zu denken …

Wieder einmal sah Servaz vor seinem geistigen Auge, wie Klas sich aufrichtete und »Jungfrau« verkündete.

»Ich werde Ihnen eine heikle Frage stellen. Ich möchte eine möglichst ehrliche Antwort.«

Mit gerunzelter Stirn nickte Luc Rollin.

»Welche Art sexueller Beziehung hatten Sie mit Ambre Oesterman?«

Der Student senkte den Kopf, betrachtete erneut seine Füße.

»Keine. Wir haben nicht miteinander geschlafen.«

»Aber Sie haben im selben Bett geschlafen?«

Rollin nickte.

»Sie wollte nicht, dass ich sie anfasse. Sie wollte nur jemanden dicht bei sich haben … Wir haben uns geküsst, aber weiter ist es nicht gegangen … Sie sagte mir, ich solle Geduld haben, das würde noch kommen … Aber na ja, hin und wieder, da hat sie … also, Sie verstehen schon …«

»Nein, ich verstehe nicht.«

»Da hat sie mich … mit der Hand … befriedigt.«

»Weshalb haben Sie das alles akzeptiert?«, wollte Martin wissen.

Wieder dieser bedröppelte Hundeblick.

»Ambre ist jemand, den man nicht gerne verärgert.«

»Wer hat Schluss gemacht?«

Die Antwort kam wie aus der Pistole geschossen. Entschieden.

»Ich war das.«

Überrascht musterte Servaz den Studenten. Er hätte das Gegenteil vermutet.

»Wirklich? Aus welchem Grund?«

Rollin räusperte sich, holte eine weitere Zigarette heraus und zündete sie an. Er stieß den Rauch aus, bevor er antwortete: »Irgendwann sind wir an der Ecke von Rue Gambetta und de la Daurade unterwegs gewesen, da hat ein Mann die Straße überquert und sie mit Vornamen angesprochen. Ambre wurde ganz blass und hat mir einen besorgten Blick zugeworfen. Der Typ hat sich zu uns gestellt, mich von oben bis unten gemustert, als wäre ich ein Stück Scheiße, und dann gesagt: ›Ist er das?‹ Ich habe ihn gefragt, wer er sei, und wieder hat er mich nur angesehen, als wäre ich nichts weiter als ein Stück Scheiße auf dem Gehsteig, und dann hat dieser Mistkerl mich gefragt, ob es mir was ausmachen würde, mal eben eine Runde zu drehen, er müsse mit Ambre sprechen, Scheiße, Mann. Und das alles mit diesem spöttischen Lächeln. Ein echtes Arschloch …«

Luc Rollin nahm einen weiteren Zug von seiner Zigarette. Seine Hand zitterte.

»Ich habe mich zu Ambre umgedreht und dann, Scheiße, Mann, dann hat sie mich auch gefragt, ob es mir was ausmachen würde, sie mal eben fünf Minuten allein zu lassen! Einfach so … Vor diesem Abschaum, der mich kurz davor so runtergemacht hat! Ich dachte, ich höre nicht richtig! Am liebsten hätte ich gekotzt, dem Typen auf die schicken Schuhe gekotzt, die, nebenbei gesagt, bestimmt schweineteuer waren, genau wie sein Anzug. Ich habe ihr gesagt, dass sie mich mal kann, und hab mich vom Acker gemacht. Das ging mir schon seit geraumer Zeit durch den Kopf, um ganz ehrlich zu sein, aber an dem Tag habe ich beschlossen, dass es vorbei ist.«

Nach dem bedröppelten Hundeblick jetzt ein sehr herausfordernder. Auch Schoßhündchen hatten ihre Grenzen, dachte Servaz.

»Wissen Sie noch, wie dieser Typ aussah?«

»Ob ich das noch weiß? So um die dreißig, braunhaarig, total selbstsicher und jede Menge Kohle. Genau das strahlte er aus: Kohle, Arroganz und Boshaftigkeit.«

»Boshaftigkeit?«, wiederholte Servaz, den dieser Ausdruck überraschte.

»Ja.«

Mit einem Mal kam ihm eine Idee. Er drehte sich zum schmalen Schaufenster des angrenzenden Buchladens um und warf einen Blick auf die Uhr. 19:03 Uhr.

»Kommen Sie kurz mit.«

»Meine Spule ist in weniger als sieben Minuten vorbei«, warf Rollin ein. »Außerdem müsste ich mal nachsehen, ob alles wie geplant läuft.«

»Nur zwei Minuten«, sagte Servaz und fasste ihn am Arm. »Nicht mehr.«

Er betrat den Laden, gefolgt von dem Studenten, suchte nach den Regalen mit den Kriminalromanen und schob sich zwischen den Auslagetischen hindurch, während sein Blick über die Regale wanderte, bis er beim Buchstaben »L« angekommen war. Lieberman, le Carré, Lang ... *Die Kommunikantin.* Der Roman war da. Er zog das Buch heraus, drehte es um und zeigte ihm das Foto auf dem Umschlag.

»Ja, das ist er.«

Es war kurz nach 20 Uhr, als Kowalski sie versammelte, ihn und den großen Mangin, in seinem neuen Büro am Boulevard de l'Embouchure, Nummer 23, unter einem Plakat von *Sea of Love – Melodie des Todes* und einem Poster von Cindy Crawford.

»Du sagst also, dieser Luc Rollin hat zusammen mit ihr die Nacht verbracht, aber sie haben nicht miteinander geschlafen? Der Junge muss ganz schön frustriert gewesen sein.«

»Und eifersüchtig«, trumpfte Mangin auf.

»Nach der Szene auf der Straße, als dieser Typ sie angesprochen hat, war er sauer genug, um Schluss zu machen«, pflichtete Ko bei. »Der muss wahnsinnig eifersüchtig gewesen sein, ja ...«

»Er hat Lang erkannt«, sagte Servaz.

»Das heißt also, unser lieber Herr Kriminalautor hat uns angelogen«, fuhr der Teamleiter fort. »Schließlich hat er Ambre in diesem Jahr gesehen, und anscheinend hat er ihr auch nachgestellt …«

»Und da ist noch dieses Mädchen, Karen Vermeer, das behauptet, Ambre hätte Männer gesammelt.«

»Das hat Lang bestimmt nicht sonderlich gefallen«, meinte Ko und fuhr sich über den Bart.

»Sie ist Jungfrau geblieben«, fügte Mangin hinzu. »Sie hat die Typen angemacht, aber im letzten Moment dann … tataa … Da kann man schon mal ausrasten, oder nicht? Was denkt ihr?«

Mangin war wohl der Ansicht, dass sie es darauf angelegt hatte – er gehörte zu dem Typ Mann, der befand, eine Vergewaltigung sei fast immer das Resultat einer Provokation.

»Fassen wir zusammen«, sagte Kowalski. »Lang behauptet, er hätte schon seit mehreren Jahren keinen Kontakt mehr zu ihr gehabt, tatsächlich aber stellt er Ambre Oesterman sogar auf offener Straße nach. Er weiß von Rollin, was bedeutet, dass sie in den Wochen davor Kontakt zueinander gehabt haben mussten, in der Zeit, während derer die Beziehung zwischen Ambre und dem Studenten bestanden hatte. Er hat kein Alibi für die Nacht des Doppelmordes, sondern war, laut seiner Aussage, allein bei sich zu Hause, was keine zwanzig Autominuten von der Île du Ramier entfernt ist. In seinem Briefwechsel mit den Mädchen teilt er ihnen mit, dass er sie beide heiraten möchte, der Austausch steckt voller sexueller Anspielungen und nimmt seinen Anfang, als die beiden noch minderjährig sind. Er gibt zu, sie mehrfach getroffen zu haben, darunter einmal *in einem Wäldchen*. Die Eltern behaupten, der Typ, der jede Nacht anrief, könnte so um die dreißig gewesen sein, der Tatort ist von einem seiner verfluchten Romane inspiriert …«

Er stand auf und griff nach seiner Jacke. Durch das offene Fenster hörte man den Verkehrslärm auf dem Boulevard; eine Sirene heulte auf und entfernte sich; der Abend roch nach Autoabgasen und heißem Teer: Die Stadt brodelte regelrecht.

»Ich weiß ja nicht, was ihr denkt, aber ich denke, wir haben genug, um dieses Arschloch in Gewahrsam zu nehmen.«

Er ging zur Tür.

»Und Dhombres?«, fragte Servaz.

»Seine Freundin hat sein Alibi bestätigt.«

»Er ist frei? Was ist mit den Fotos? Mit den Drohungen Ambre gegenüber? Der Flucht?«

Kowalski drehte sich zu ihm um.

»Vergiss Cédric Dhombres. Dieser Junge ist durchgeknallt, aber er hat die Mädchen nicht umgebracht.«

Dieses Mal fanden sie die Gartentür verschlossen vor, warfen aber einen Blick durch die Lücken im Zaun, in der Nähe des rechten Pfeilers, da, wo die große Hecke einen kleinen Spalt freigab. Das Haus am Ende der Allee war beleuchtet wie ein Kreuzfahrtschiff, das den Hafen verließ. Das Licht ergoss sich auf den Rasen. Der Golfplatz nebenan lag im Dunkeln da.

Servaz warf einen Blick auf die Uhr.

»Es ist nach 21 Uhr«, sagte er.

Kowalski gab keinen Ton von sich. Er drückte auf die Klingel im rechten Pfeiler.

»Ja?«, ertönte eine rauschende Stimme über die Sprechanlage.

»Monsieur Lang? Inspecteur principal Kowalski. Dürfen wir reinkommen?«

»Weshalb?«, fragte die Stimme.

»Das sagen wir Ihnen, wenn wir drinnen sind.«

Ein Summen, dann öffnete sich das Tor langsam. Zum Gesang der Grillen gingen sie im Halbdunkel über den Schotterweg.

»Es ist 21:07 Uhr«, sagte Martin. »Da dürfen wir weder einen privaten Wohnsitz betreten noch jemanden festnehmen, das muss bis sechs Uhr morgen früh warten.«

»Beobachte und lerne«, antwortete Kowalski.

Servaz sah, wie er die Zeiger seiner Uhr verstellte und dann mit großen Schritten auf das Haus zuging. Unter der Eingangstür zeichnete sich eine Silhouette im Licht ab, Lang, der sie erwartete, ein Glas in der Hand, eine Serviette im Kragen seines Hemdes. Kowalski blieb vor ihm stehen, hielt ihm seine Uhr unter die Nase. Lang warf einen Blick auf das Ziffernblatt.

»Monsieur Lang, ab jetzt, Montag, 31. Mai, 20:56 Uhr, befinden Sie sich in Polizeigewahrsam.«

15

»Ist das wirklich nötig?«, fragte der Schriftsteller.

Halb zehn Uhr abends: In dem kleinen, fensterlosen Raum im Untergeschoss schmorten sie in ihrem Saft. Zu viert saßen sie um Lang herum – Kowalski, Mangin, Saint-Blanquat und er, Servaz –, und er musste an eine Szene aus *12 Uhr nachts – Midnight Express* denken.

»Ziehen Sie sich aus«, wiederholte der Teamleiter.

Eine Sekunde lang starrten die beiden Männer einander an, dann beugte Erik Lang sich nach vorn und zog seine Schuhe mit der bewussten Langsamkeit eines Striptease aus. Als Nächstes knöpfte er sein Hemd auf, zog es aus, öffnete seinen Gürtel, zog seine Socken aus, dann seine weiße Leinenhose. In diesem Moment sagte jemand »Scheiße«, und es wurde ganz still. Alle vier Männer starrten auf dasselbe. Mit derselben Verblüffung. Servaz hatte so etwas noch nie gesehen. Seine Kollegen wohl auch nicht.

»Soll ich die Unterhose auch noch ausziehen?«

»Nein … nein … das reicht schon …«

Kowalski kniff die Augen zusammen.

»Was ist das?«, wollte er wissen.

Lang zeigte auf seine Beine.

»Das?«

»Ja.«

»Ichthyose.«

»Wie?«

»Das nennt man Ichthyose. Das ist eine angeborene Hautkrankheit.«

Alle starrten auf die rautenförmigen Schuppen, die zwischen Grau und Braun changierten und die trockene, raue Haut der Beine, Hüften, des Bauches und der Brust überzogen. *Wie die*

Schuppen einer Schlangenhaut, dachte Servaz. Wie auf den Fotos … Er zitterte, als wäre es mit einem Mal kalt im Zimmer. »Das kommt von dem griechischen Wort *ichtys,* was so viel wie Fisch bedeutet. Wegen der Schuppen natürlich. Auch wenn ich mich lieber … mit einer Schlange vergleiche.« Er lächelte. »Das ist eine sehr alte Krankheit – sie wird in Indien oder China bereits mehrere Hundert Jahre vor Christus erwähnt. Die Haut ist sehr dünn, sie schuppt sich ständig«, fügte er hinzu. »Überall, wo ich bin, verliere ich Hautfetzen – hier oder zum Beispiel auch an einem Tatort …«

Er warf Kowalski einen vielsagenden Blick zu.

»Schon gut, ziehen Sie sich wieder an«, sagte der.

»Sind Sie sicher? Wollen Sie nicht mein Arschloch genau inspizieren?«

»Ein Tipp: Versuchen Sie nicht, mich für dumm zu verkaufen, Lang«, entgegnete der Bulle mit finsterer Stimme.

»Komm mit, Schlangenmann, wir werden deine Fingerabdrücke nehmen«, sagte Mangin in sarkastischem Tonfall.

»Ich will meinen Anwalt sehen.«

»Der ist unterwegs.«

Das hatte Saint-Blanquat gesagt. Mit seinem frühzeitig erkahlten Schädel und seinen dicken Brillengläsern erinnerte er an die Karikatur eines Kopisten. Man hielt ihn fälschlicherweise für gelassen, und er besaß eine Trägheitskraft, die es ihm erlaubte, jedwede Schockwelle abzufedern – eine äußerst nützliche Eigenschaft bei einer Anhörung. Kowalski und Mangin starrten Lang schweigend an. Man hätte sie für zwei Verbrecher halten können, die ein krummes Ding planten. Eine Baritonstimme ertönte im Gang, fragte nach dem Büro des Ermittlungsleiters, dann platzte ein großer, korpulenter Mann mit Fünftagebart, hervorstehenden Augen und wütendem Gebaren herein.

»Guten Tag, Herr Nogalès«, sagte Kowalski.

Der schäumte regelrecht und warf ihnen aus dem Augenwinkel einen Blick zwischen höchster Verachtung und absoluter Gleichgültigkeit zu, dann sah er seinen Mandanten an und runzelte die Stirn.

»Alles okay?«

»Es würde mir besser gehen, wenn Sie mich hier rausholten«, antwortete Lang und sah dabei zu ihm hoch. »Und ich habe vor, Anzeige zu erstatten wegen Erniedrigung und schlechter Behandlung.«

»Äh …«, sagte der Anwalt nach einem kurzen Moment des Zögerns, »der Polizeigewahrsam fängt eben erst an, Erik. Vor Ablauf von 24 Stunden kann ich nichts unternehmen. Wurden Sie über das informiert, was Ihnen vorgeworfen wird? Wollen Sie einen Arzt sehen? Sie können eine Erklärung abgeben, die Fragen beantworten oder aber schweigen.«

Kowalski massierte sich den Nacken.

»Ganz genau«, unterbrach er ihn. »Wir überlassen Ihnen das Büro«, fügte er hinzu und schloss die Schubladen ab, bevor er aufstand. »Sie haben eine halbe Stunde. Keine Millisekunde mehr.«

Zwanzig Minuten später kam Nogalès heraus, er strahlte Würde aus und verkörperte ganz die Paragrafen des Gesetzbuchs.

»Mein Mandant beteuert seine Unschuld«, verkündete er mit überaus professioneller Feierlichkeit. »Ich bin hier, um Ihnen mitzuteilen, dass er nicht in diese traurige Angelegenheit verwickelt ist und dass ich sehr genau beobachten werde, wie dieser Polizeigewahrsam verläuft.« Er musterte einen Polizisten nach dem anderen. »Ich hoffe, Ihre Methoden haben sich mit diesen neuen Mauern geändert. Sie kennen meinen Ruf, meine Herren. Ich werde Sie drankriegen.«

»Wir kennen Ihre Verwaltung«, bestätigte Ko gelassen. »Und die Leute, die Sie verteidigen … Wie Sie immer sagen: ›Jeder hat das Recht, verteidigt zu werden.‹« Er warf einen Blick auf die Uhr. »Ihre Zeit hier ist um. Zum Ausgang geht es da lang.«

»Okay. Gut«, sagte Kowalski, ebenso locker, als würde er einen Grillabend mit Freunden genießen. »Womit fangen wir an: mit

Ihrem Tagesablauf in der Nacht des Verbrechens oder mit Ihrer Lüge vom Tag, an dem wir Ihnen einen Besuch abgestattet haben? Sie können es sich aussuchen.«

Lang saß ihnen gegenüber. Seinem Gesicht war nichts abzulesen. Kowalski hatte die Füße auf dem Schreibtisch abgelegt, die Hände im Nacken verschränkt und kippelte auf den hinteren Beinen seines Stuhls. Hinter den Scheiben war es dunkel geworden.

»Welche Lüge?«

»Luc Rollin, sagt dir das was?«

Lang zuckte zusammen, entweder wegen des Duzens oder aber wegen des Namens.

»Sagt dir das was oder nicht?«

»Ja ...«

»Sieh an. Ich dachte, du hättest seit Ewigkeiten keinen Kontakt mehr zu den Oesterman-Schwestern, genau das hast du uns doch in deinem Wohnzimmer gesagt, oder?«

Lang zögerte, bevor er lächelte.

»Shit. Man könnte sagen, dass ich Sie angelogen habe. Aber das macht noch keinen Mörder aus mir.«

Er hatte das in einem flapsigen Ton vorgebracht, und Servaz hörte, wie Mangin neben ihm seufzte.

»Diesen Spruch hast du uns bereits aufgesagt«, antwortete Ko entspannt. »Und ich habe daraufhin erwidert, dass es aber auch keinen Unschuldigen aus dir macht.«

»Könnten wir vielleicht das Duzen sein lassen?«, bat der Schriftsteller zähneknirschend. »Ich fürchte, dafür sind wir nicht vertraut genug miteinander.«

»Warum hast du gelogen?«, fragte Kowalski, ohne auf die Bemerkung einzugehen.

Lang sah zur Decke und zog reumütig die Schultern hoch.

»Das ist dumm, ich weiß ... Aber ich wollte Sie einfach nur loswerden. Hätte ich gesagt, dass ich Ambre vor Kurzem gesehen habe, dann wäre eine erneute Fragenlawine über mich hereingebrochen. Ich hatte es eilig. Da ich mit alldem nichts zu tun habe, dachte ich, es hätte keine Folgen, wenn ich es etwas vereinfache …«

»*Vereinfachen?* Du hast nichts vereinfacht, Lang, du hast gelogen. Und die Polizei anlügen, so was nennt man eine Straftat.«

»Eine Straftat, aber kein Verbrechen«, stellte der Schriftsteller klar.

Servaz hörte, wie Mangin neben ihm erneut seufzte. Er wandte den Kopf um und sah, dass der große Bulle seine riesigen Flossen ineinander verschränkte.

»Du hast weiterhin Kontakt zu den beiden Schwestern gehabt, oder?«, fragte Ko geduldig.

Lang verneinte.

»Nein, nein. Ganz und gar nicht. Letzten Sommer erhielt ich einen Brief von Ambre, den ersten seit vielen Jahren. Darin teilte sie mir mit, dass sie ins Studentenwohnheim von Ramier ziehen würde, dass wir also quasi … Nachbarn wären.«

»Hast du diesen Brief noch?«

»Nein, den habe ich weggeworfen.«

»Warum?«

»Sagen wir mal so, ich bin kein Sammler.«

»Hast du ihr geantwortet?«

»Ja.«

Kowalski zog die Augenbrauen hoch, forderte ihn damit zum Weiterreden auf.

»Sie wollte, dass wir uns sehen. Darauf habe ich mich eingelassen … Wir haben uns in einem Café in der Route de Narbonne getroffen, *La Chunga,* kennen Sie das?«

Eine der Studentenecken in dieser Gegend, dachte Servaz.

»Und …?«

Lang sprach nun langsamer.

»Sie hatte sich nicht verändert … Ambre, wie sie leibt und lebt, noch immer dieselbe kleine Perverse, dieselbe absolut verschrobene Person … Ambre, sie war eine verfluchte Aufreißerin. Es geilte sie auf, mit den Männern zu spielen, das war ihr Ding. Und Sie können mir glauben, sie wusste, wie man jemanden heißmacht. Sie wollte unbedingt vögeln, war aber völlig unfähig dazu.«

Er bedachte sie mit seinem anstößigen Lächeln.

»Dieses Mädchen war eine tickende Zeitbombe«, fügte er hinzu. »Es war klar, dass ihr früher oder später etwas zustoßen würde.«

»Sie war volljährig«, sagte der Chef des Teams sanft, nahm die Füße vom Tisch und beugte sich zu Lang vor, »was hat dich davon abgehalten, sie zu vögeln?«

Das Duzen, der Tonfall sowie der Inhalt seiner Frage zielten ganz eindeutig darauf ab, den Schriftsteller zum Ausrasten zu bringen. Seine Lider wurden zu schmalen Schlitzen, er bedachte den Bullen mit einem Schlangenblick, dann kam das Lächeln zurück.

»Glauben Sie wirklich, dass ich mich so plump hereinlegen lasse, Inspecteur? Im Ernst?« Servaz hörte, wie Mangin auf dem Stuhl hin und her rutschte. »Das war Teil des Spiels zwischen uns: Wir machten einander heiß, wussten aber, dass nicht mehr daraus würde.«

»Das muss ganz schön frustrierend gewesen sein«, mutmaßte Mangin.

»Für Sie vielleicht …«

Der Ermittler erhob sich von seinem Stuhl, aber Kowalski hielt ihn am Unterarm fest und zwang ihn, sich wieder hinzusetzen. Lang wandte sich dem Chef der Truppe zu. »Von Alphamännchen zu Alphamännchen.«

»Hast du Ambre seitdem wiedergesehen?«

»Das wissen Sie doch, schließlich hat mich Ambres Freund erkannt.«

»Worüber habt ihr da gesprochen?«

»Sie hatte mir einen Brief geschrieben, in dem sie mir erklärte, sie habe jemand Nettes kennengelernt, der sie respektiere. Jemand *Nettes* … Ich wusste, dass Ambre sich nicht zu netten Jungs hingezogen fühlte, nur zu *bad boys* und Durchgeknallten.« Er fuhr sich mit der Zunge über die Oberlippe. »In ihrem Brief schrieb sie auch, dass sie … jedes Mal, wenn ihr Freund sie von hinten nahm, an mich denke … dass sie sich, jedes Mal, wenn sie ihn bat, die Hände um ihren Hals zu legen und zuzudrücken, vorstellte, ich würde sie erwürgen, dass er Angst hatte, sie zu schlagen, ich ihrer Meinung nach da jedoch nicht zögern würde. Als ich sie dann an jenem Tag auf der Straße getroffen habe, habe ich sie angesprochen und ihr gesagt, sie solle aufhören, mir ihre erbärmlichen Fantasien per Post zu schicken.«

Servaz dachte an das, was Luc Rollin gesagt hatte: *dass er Ambre niemals angefasst hatte.*

»In Wirklichkeit hat dir das aber gar nicht so schlecht gefallen«, sagte Kowalski ganz sachlich.

Lang zog einen Schmollmund.

»Hat es dich nicht genervt, dass sie einen Freund hatte?«

»Warum hätte mich das nerven sollen? Dieser unscheinbare Typ? Haben Sie seine Visage gesehen?«

»Hast du dich nie gefragt, was sie an ihm fand? Hast du es nicht als erniedrigend empfunden, dass dein größter Fan sich mit einem solchen Loser eingelassen hat? Vielleicht hat sie ihn benutzt, um dich eifersüchtig zu machen, was denkst du?«

Lang stieß ein kurzes Lachen aus.

»In dem Fall ist ihr das missglückt. Wie oft soll ich es Ihnen noch sagen: Ambre hat mich in dieser Hinsicht nicht interessiert.«

»Nein?«

»Hören Sie … ich gebe es zu: Meine Fantasien und mein Innenleben sind vielschichtiger als die eines Durchschnittsbürgers. Ich male mir ganz vieles aus …« Dieses Mal beugte er sich zu ihnen vor. Servaz hörte die Erregung in seiner Stimme, seine Haut strahlte, als hätte er eine dünne Schicht Make-up aufgetragen. »Stellen Sie sich dunkle Räume vor, in denen alle möglichen *Spielchen* stattfinden, wenn Sie das können: Sexorgien, Sadismus, Bondage, brutaler Sex, Folter, Urophilie, Rollenspiele … ein mentales Labyrinth voller Schätze … in diesem Gebäude, nichts als Türen und Winkel, meine Herren … Wenn man mit einem so einfallsreichen, einem so kreativen Geist wie meinem gesegnet ist, dann erscheint das normale Leben im Vergleich dazu ziemlich blass.«

Da war es wieder, das arrogante, spöttische Grinsen.

»Ich werde Ihnen keine Lektion in Psychoanalyse erteilen, aber ich bin mir nicht sicher, ob alle hier vom Ich, dem persönlichen Unbewussten und dem Über-Ich gehört haben«, fügte er hinzu und starrte dabei wieder Mangin an – Servaz verstand, dass er einen Keil zwischen sie treiben wollte und auf der Suche nach einem Schwachpunkt war, um die Gruppe zu spalten. »Sagen wir mal so, das Ich thront ganz oben, hellsichtig, bewusst, frei gewählt. Das Ich ist unsere eigentliche Persönlichkeit und erlaubt es uns, uns bewusst wahrzunehmen. Darunter kommt das Unbewusste, die Triebe; ein starkes Ich, ein majestätisches Ich betrachtet sie gelassen, nimmt sie an oder lehnt sie rundheraus ab. Hier tauchen dann die Neurosen auf: Angst, Aggressivität, Schuld. Und dann gibt es noch das Über-Ich, unnachgiebig, streng, das die Rolle des Richters übernimmt, des Zensors, es ist die Fortführung der elterlichen, sozialen und religiösen Autorität. Milliarden Menschen auf diesem Planeten unterliegen ihm, sind unfähig, auch nur eine winzige innere Freiheit auszuleben, unfähig, eine eigene Moral zu entwickeln oder ein eigenes Urteil zu fällen.«

»Geilst du dich daran auf?«, höhnte Mangin, und Lang warf ihm einen mordlüsternen Blick zu, bevor er ihm neckisch zuzwinkerte.

»Der da ist ein Scherzbold«, rief er aus.

Servaz kam ein flüchtiger Gedanke: Die Spannung, die in diesem Raum herrschte, war schlicht und ergreifend unerträglich. Sie war kurz davor zu explodieren, und schon ein kleiner Funke würde die Lunte ans Pulverfass legen.

»Okay, Herr Studienrat«, sagte Kowalski. »Wo du gerade kein gutes Haar an uns gelassen hast, worauf willst du hinaus?«

Servaz bemerkte, dass das Duzen Langs Abwehr Stück für Stück aufweichte, der jedes Mal die Lippen schürzte.

Doch unverändert tauchte ein ums andere Mal das Lächeln wieder auf.

»Ich muss nicht mit Kindern schlafen, um irgendeinen Trieb zu befriedigen ... Das will ich damit sagen.«

»Wie erklärst du dir dann diese Briefe?«

»Das habe ich Ihnen bereits gesagt, es waren junge intelligente Mädchen, die mich interessierten und amüsierten.«

Kowalski holte ein Päckchen Zigaretten hervor, zündete eine an und senkte dann den Blick auf die über den Schreibtisch verteilten Briefe.

»›Ich bin mir sicher, dass dein Körper weich, warm und einladend ist‹«, las er vor, wobei sich die Zigarette zwischen seinen Lippen bewegte, »so steht es da ...«

»O Gott!«, rief Mangin. »O verdammt, ich krieg 'nen Steifen!«

Lang wandte sich an Ko.

»Könnten Sie Ihrem Neandertaler sagen, dass er die Klappe halten soll?«

Das darauffolgende Schweigen breitete sich wie eine Erschütterung aus, wie eine katastrophale Schockwelle, die ein bevorstehendes Gewitter ankündigte. Kowalski und Mangin tauschten einen kurzen Blick, dann nickte Ersterer Letzterem zu. Servaz sah, wie Langs Augen größer wurden, als Mangin aufstand, langsam den Schreibtisch umrundete und seinen Siegelring auszog.

»Machen Sie keinen Mist, Kowalski. Rufen Sie Ihren Anstandswauwau zurück. Denken Sie an das, was Anwalt Nogalès ...«

Die Ohrfeige hatte eine solche Wucht, dass Servaz zusammenzuckte. Lang kippte vom Stuhl und fiel auf den Boden. Er hielt sich eine Hand an den Mund, seine Oberlippe blutete.

»Verdammt, Sie sind ja krank!«

»Setzt euch«, sagte Kowalski.

»Scheiße, Mann! Das wird Sie teuer zu stehen kommen!«

Mangin ging auf Lang zu. Der Schriftsteller hielt die Hände hoch.

»Schon gut, schon gut, ich ...«

Aber der Bulle hatte bereits zugeschlagen. Mit der geschlossenen Faust auf den Schädel. Schmerzhaft verzerrte Lang das Gesicht und hielt sich mit beiden Händen den Kopf. Der große Bulle hatte ihn am Kragen gepackt, der mit einem trockenen Geräusch zerriss, und bevor er sich wieder an seinen Platz setzte, drückte er den Schriftsteller unsanft zurück auf den Stuhl, der dabei fast umgekippt wäre. Langs Gesicht war leichenblass, als er mit dem Kinn auf ihn wies.

»Ihrem Kollegen wird noch leidtun, was er gemacht hat. Ich schwöre Ihnen, das werden Sie mir ...«

»Gehen wir deine Angaben über die Nacht von Donnerstag auf Freitag durch«, sagte Kowalski ungerührt.

»Haben Sie gehört, was ich gesagt habe?«, schimpfte Lang.

Saint-Blanquat schien sich unwohl zu fühlen. Mangin wirkte selbstzufrieden, Ko gleichgültig. Er selbst wusste noch nicht, welche Haltung er einnehmen sollte. Er hatte soeben eine Szene miterlebt, die dem Ruf der Polizei bei seinen Kommilitonen entsprach, zu denen er sich bis vor Kurzem noch selbst gezählt hatte, eine Szene, wie er sie selbst mehr als einmal angeprangert hatte, als er noch dem gegnerischen Lager angehört hatte. Würde er unter dem Vorwand, dass er jetzt zur Polizei gehörte, seine Prinzipien aufgeben? Die Augen verschließen und sich sagen, dass Lang es darauf angelegt hatte? Er war Bulle angesichts eines Verbrechens, er war Bulle angesichts unbedeutender Leute, die für ein paar Millionen Francs angegangen wurden, aber er war noch immer Student angesichts von Machtmissbrauch, institutioneller und willkürlicher Gewalt.

»Das, was gerade passiert ist, gefällt mir nicht«, sagte er plötzlich.

Die Stille, die daraufhin einsetzte, wog so schwer wie Quecksilber. Mangin, der sich ebenfalls eine Zigarette angezündet hatte, lächelte durch den Rauch hinweg, als wollte er antworten: Hatte ich es nicht gesagt?

»Tatsächlich?«, erwiderte Kowalski, dessen Gesichtsausdruck ebenso unergründlich war wie der eines Toten.

Seine Stimme war gefährlich sanft geworden.

»Man kann doch nicht …«, fing Servaz an.

»Halt die Klappe. Noch so eine Bemerkung, und du fliegst aus meinem Team. Nach dieser Sache kannst du dann immer noch deinen Onkel bitten, dich woandershin zu versetzen.«

Die Kälte und Härte des Tonfalls waren für Servaz wie ein Schlag ins Gesicht. Mangin und Kowalski betrachteten ihn inzwischen mit derselben Geringschätzung. Saint-Blanquat hatte sich über seine Notizen gebeugt. In diesem Moment wurde ihm klar, dass er soeben auf den letzten Rang in der Gruppenhierarchie degradiert worden war – vielleicht sogar davon ausgeschlossen würde –, für sie zumindest das Pendant eines Unberührbaren oder Aussätzigen war.

»Du sollst uns sagen, was du in der Nacht von Donnerstag auf Freitag gemacht hast«, fuhr der Chef der Truppe in ebenso eisigem Tonfall an Lang gerichtet fort. »Gib dir aber besser etwas Mühe. Denn hier in diesem Raum sitzen mindestens zwei, die dich liebend gern in die Mangel nehmen würden.«

Servaz bemerkte, dass Lang schwitzte. Zwei dunkle Flecke hatten sich unter seinen Achseln gebildet.

»Von wann bis wann?«, fragte Lang.

»Ab 21 Uhr«, antwortete Kowalski.

Der Schriftsteller dachte nach.

»Von 21 bis etwa 23 Uhr habe ich einen Film geschaut. Die Kassette steckt vermutlich noch im Videoplayer.«

»Welchen Film?«

»*My Private Idaho – Das Ende der Unschuld.*«

Kowalski erhob sich und ging wortlos hinaus. Servaz war klar, dass er das Protokoll der Hausdurchsuchung durchgehen und nachsehen würde, ob die Videokassette darin aufgeführt war. Vielleicht wollte er dem Schriftsteller auch den Eindruck vermitteln, dass er die einzige Barriere zwischen ihm und der Gewaltbereitschaft von Mangin darstellte – denn der ließ den Schriftsteller während der Abwesenheit seines Chefs keine Sekunde aus den Augen.

»Und dann?«, fragte Kowalski, als er wieder zurückkam.

Er zündete sich eine weitere Zigarette an.

»Von 23 bis zwei Uhr morgens habe ich an meinem neuen Buch gearbeitet. Gegen Mitternacht habe ich meinen Verleger angerufen. Das hat etwa zwanzig Minuten gedauert …«

»Um Mitternacht?«

»Ja. Das können Sie gerne überprüfen.«

Kowalski und Saint-Blanquat machten sich Notizen. Lang kratzte sich durch die Hose am Bein. Es war sehr heiß in dem kleinen Raum, in den sich fünf Personen gequetscht hatten.

»Ich bin durstig«, sagte Mangin unvermittelt. »Will sonst noch jemand was?«

Einer nach dem anderen bejahte. Servaz sagte nichts, obwohl er durstig war.

»Könnte ich eine Cola und ein Glas Wasser haben?«, fragte Lang.

Mangin überging ihn. Er kam mit den Getränken zurück, und sie stillten ihren Durst und rauchten vor dem stark schwitzenden Mann in Polizeigewahrsam.

»Kein Besuch?«, fragte Kowalski, während er seine Dose abstellte, an der das Kondenswasser herunterlief.

»Nein«, antwortete Lang mit offenem Mund, als hätte er Schwierigkeiten beim Atmen, und starrte abwechselnd auf das Glas Wasser, das noch unberührt war, und auf das Päckchen Zigaretten.

»Der Jaguar Daimler Double-Six, ist das deiner?«

»Ja.«

»Wann hast du das letzte Mal vollgetankt?«

Lang runzelte die Stirn, fuhr sich mit der Zungenspitze über die trockenen Lippen.

»Keine Ahnung. Vor zwei Wochen.«

»An welchem Tag?«

»Ich habe Ihnen doch gesagt, dass ich …«

»Versuch dich zu erinnern.«

In der Stimme des Chefs lag nichts Entgegenkommendes mehr. Lang dachte nach.

»Am Mittwoch, auf der Autobahn, als ich von Paris zurückfuhr.«

»Welcher Rastplatz?«

Lang warf ihnen einen genervten Blick zu, dachte nach und sagte es ihnen. Kowalski notierte es. Nahm einen weiteren Schluck. Stellte die Getränkedose ab. Schnalzte mit der Zunge.

»Wie oft bist du seitdem unterwegs gewesen?«

»Machen Sie Scherze?«

»Sehe ich so aus?«

Lang musste zweimal neu anfangen, um alles aufzuzählen. Ko notierte jede Information sorgfältig in seinem Notizblock.

»Bist du dir sicher, dass du nichts vergessen hast?«

»Ja.«

»Warst du kürzlich auf der Île du Ramier?«

»Nein.«

»Hast du dich dort schon einmal mit Ambre und Alice getroffen?«

»Nein.«

Ko warf einen Blick auf die Uhr und drehte sich dann zu Mangin um.

»Das war's für heute. Bring ihn wieder in die Zelle. Wir machen morgen früh weiter.«

»Verdammt, Sie können mich doch nicht einfach so hier zurücklassen«, begehrte Lang auf. »Ohne Essen und Trinken. Das ist gegen jede Vorschrift …«

Kowalski nahm das unberührte Glas und trank einen Schluck Mineralwasser. Dann spuckte er in das Wasser und hielt dem Schriftsteller das Glas hin.

An diesem Abend ging Servaz erschöpft nach Hause. Jede Minute des Polizeigewahrsams hatte seine Nerven strapaziert und tauchte mit erschreckender Deutlichkeit in seiner Erinnerung auf. Die Anspannung und die Gewalt, die während des Verhörs geherrscht hatten, hatten ihn zutiefst erschüttert.

Das hätte nicht so ablaufen sollen.

Alexandra bemerkte seine Unruhe und fragte ihn, was los sei, aber er verweigerte eine Antwort, schob es auf die Müdigkeit. Er ging früh zu Bett, bekam aber kein Auge zu. Er richtete sich auf einen Ellbogen auf, um die Frau zu beobachten, die neben ihm schlief – seine Frau. Im Schlaf wirkte sie so unschuldig wie ein Kind. Sie lag auf der Seite, hatte die Arme unter der linken Wange verschränkt, ihre geschlossenen Lider waren von braunen dichten Wimpern gesäumt – hier hatte er eine andere Alexandra vor sich, eine Alexandra ohne jede Feindseligkeit, ohne den Groll oder das Misstrauen, die ihre Beziehung nunmehr seit Monaten beherrschten; das war die Alexandra von früher: diejenige, die er für die Frau seines Lebens gehalten hatte.

Er stand auf, ging ins Wohnzimmer, in dem das Fenster offen stand. Es war fünf Uhr morgens, und der Himmel über dem gegenüberliegenden Gebäude wurde bereits wieder hell. Die kleine Straße lag absolut ruhig da. Er machte sich einen Kaffee, ging mit der Tasse in der Hand zurück ins Wohnzimmer und stellte sie auf dem Fenstersims ab.

Er rauchte erst eine, dann eine zweite Zigarette, stand da und sah zu, wie es Tag wurde, dachte an den Mann, der – vielleicht, vielleicht auch nicht – in seiner Zelle schlief.

Am Dienstag um 9:30 Uhr brachte man Erik Lang in Léo Kowalskis Büro, und das Verhör wurde fortgeführt. Etwa drei Minuten zuvor war der Chef der Gruppe zu Servaz ins Büro gekommen und hatte ihm vorgeschlagen, sich ihnen nicht anzuschließen. Obwohl sein Vorgesetzter eine unbändige Wut ausstrahlte, hatte der junge Polizist darauf bestanden, dabei zu sein.

»Wie du willst«, hatte Kowalski mit eisiger Stimme gesagt und war dann wieder gegangen.

Mit einem ungutem Gefühl im Bauch hatte Martin sein Büro verlassen und sich zu den anderen gesellt. Mangin hatte ihn mit einem verächtlichen Seitenblick bedacht, Ko hatte ihn nicht einmal angesehen, lediglich Saint-Blanquat hatte gegrüßt, als wäre alles normal. Er mutmaßte, dass Lang eine üble Nacht hinter sich hatte. Sein fahler Teint und die dunklen Augenringe unter seinen roten Augen deuteten auf Schlafmangel hin. Der Schriftsteller hatte seinen Hochmut verloren, seine Arroganz vom Vortag war völlig verschwunden. Servaz wusste, dass die neuen Zellen für den Polizeigewahrsam im Untergeschoss deutlich weniger heruntergekommen waren als die im Rempart-Saint-Étienne, allerdings konnte sich dieser Ort in manchen Nächten mit den Betrunkenen in den Ausnüchterungszellen, den mit Testosteron zugedröhnten Kleinganoven und den aufgebrachten Prostituierten der Rue Bayard in eine Art menschlichen Zoo verwandeln, wo man fast kein Auge zubekam. Für einen nicht darauf vorbereiteten Geist – kurz, für den Otto Normalverbraucher, der noch nie mit der Polizei aneinandergeraten war – konnte sich ein solches Umfeld auf Dauer tatsächlich als sehr anstrengend erweisen. Eine zermürbende Mühle für Unschuldige, die die Schuldigen nur härter machte, dachte er. Eine Liturgie aus Geschrei, gemurmelten Drohungen, Flüchen, Stöhnen, erstickten Schluchzern, Verzweiflung, Gefahr und Angst. Er wusste, dass die letzte Stunde endlos schien und dass Lang Mangin vermutlich fast dankbar war, als er ihn aus den Katakomben wieder nach oben holte. Hatte der Schriftsteller eine Einzelzelle bekommen – oder war Mangin so unverfroren gewesen und hatte ihn in eine Gemeinschaftszelle gesteckt?

»Wie ist die Nacht gewesen?«, fragte Kowalski.

Dieses Mal antwortete Lang nicht einmal. Eingesunken saß er da, die Hände zwischen den Schenkeln, eine Haltung der Unterwerfung.

»Anscheinend lässt der Zimmerservice etwas zu wünschen übrig«, fügte der Chef des Teams hinzu und zündete sich eine Zigarette an. »Willst du eine?«

Lang erzitterte. Einen Moment lang sagte er nichts, wägte das Für und Wider ab. Offensichtlich fragte er sich, ob es sich dabei um eine Falle handelte. Dann nickte er. Kowalski holte sein Päckchen Gauloises hervor, zündete eine zweite Zigarette an und reichte sie ihm. Servaz sah, wie der Schriftsteller die Augen genüsslich schloss, als er den ersten Zug nahm.

»Wir sind deine Bankkonten durchgegangen. Dabei sind uns ein paar Unregelmäßigkeiten aufgefallen.«

Lang machte die Augen wieder auf.

»Seit vier Jahren hebst du jeden Monat eine beachtliche Summe ab. Diese Summe ist im Lauf der Jahre immer größer geworden. Von 1989 bis jetzt hat sie sich mehr als verdoppelt.«

»Ich gebe mein Geld aus, wie ich lustig bin …«

»Interessante Wortwahl: Geld und lustig, findest du nicht? Du als Schriftsteller achtest doch ganz bestimmt sehr auf die Wortwahl … Warum hast du sie umgebracht?«, fragte Kowalski unvermittelt. »Weil sie dich erpresst haben?«

Lang zuckte zusammen, als wäre er soeben von einer Tarantel gestochen worden.

»Ich habe sie nicht umgebracht«, antwortete er schwach.

»Das ganze Geld, das war für sie, nicht wahr? Du hast uns letzte Nacht wieder einen Bären aufgebunden. Du hast den Kontakt niemals abgebrochen. Und du hast Ambre wegen des Geldes angesprochen, deshalb hast du Luc Rollin weggeschickt …«

Mit der rechten Hand öffnete Ko eine Schreibtischschublade und wühlte darin herum. Er zog ein Holzkreuz heraus, das an seinen Fingern baumelte.

»Erkennst du es?«

Lang schüttelte den Kopf.

»Bist du dir sicher? Ich denke nämlich schon. Das ist das Kreuz, das Ambre um den Hals trug, als man sie gefunden hat, das Kreuz, das du ihr umgehängt hast … die Kleider, das Kreuz …«

Kos Gesichtszüge wurden weicher, er bedachte den Schriftsteller mit einem fast schon mitfühlenden Blick.

»Du hast sie umgebracht und dir gesagt, dass man dich als Letzten verdächtigen wird, wenn du einen deiner Romane nachstellst. Was ist passiert, weshalb haben sie dich erpresst? Ambre war Jungfrau: Hast du ihre kleine Schwester vergewaltigt? Ist es das? Was ist geschehen?«

Servaz sah, wie Lang schluckte, wie sein Adamsapfel auf und ab hüpfte.

»Ist es das, Erik? Ich bin ganz nah dran, nicht wahr?«

Kowalski ließ den Schriftsteller nicht aus den Augen. Gegen seinen Willen beugte sich Servaz nach vorn. Sein ganzer Körper war angespannt.

»Sag mir, dass ich nah dran bin, Erik …«, drängte Kowalski. »Mach schon, verschaff dir Erleichterung.«

Inzwischen waren alle Blicke auf Erik gerichtet. Es war wie eine Reihe Knallfrösche, die losgingen. Wie Explosionen. Ein dröhnendes Lachen. Durchdringend. Der arrogante Ausdruck, diese übermächtige Selbstsicherheit.

Lang hatte den Kopf in den Nacken geworfen und lachte schallend. Dann sah er sie wieder an, setzte ein breites Lächeln auf und tat, als würde er applaudieren.

»Was für eine nette Vorstellung«, sagte er bewundernd. »Glückwunsch! Das hat mir fast eine Gänsehaut beschert! Sie so zu sehen, in diesem Zustand … Was haben Sie denn gedacht? Dass mich eine Nacht in diesem Käfig mit den anderen Affen und ein paar Ohrfeigen von diesem Brutalo einknicken lassen würden? Also wirklich! Meine Herren, ich bitte Sie … unterschätzen Sie mich tatsächlich so sehr?«

Er warf sich auf seinem Stuhl nach hinten.

»Ich wiederhole mich, ich habe diese Mädchen nicht umgebracht. Und ich fordere Sie dazu auf, das Gegenteil zu beweisen.«

Seine Pupillen blitzten, und Servaz dachte bei sich, dass dieser Mann verrückt und gleichzeitig bei absolut klarem Verstand sein musste.

»Überlass ihn mir«, sagte Mangin.

»Schnauze«, blaffte Kowalski.

Ohne mit der Wimper zu zucken, betrachtete er Erik Lang.

»Du hast dir gerade jemanden zum Feind gemacht. Zu einem Todfeind … Ist dir das bewusst?«

»War das bislang etwa noch nicht der Fall?«

»Ich werde dir keine Ruhe lassen, ich habe mich in dir festgebissen, spürst du das? Ich werde nicht eher ruhen, bis ich bewiesen habe, dass du sie umgebracht hast. Du hast verschissen, Lang ...«

»Ko!«, war da eine Stimme aus Richtung der Tür zu vernehmen.

Sie sahen zum Brigadier, der in der Tür aufgetaucht war. An seinem Gesichtsausdruck wurde ihnen klar, dass etwas passiert sein musste.

»Was ist los?«, fragte der Ermittlungsleiter.

»Man hat Cédric Dhombres gefunden.« Der Brigadier machte eine Pause, die das Ganze unnötig dramatisch in die Länge zog. »Aufgehängt. In seinem Zimmer. Er hat einen Abschiedsbrief hinterlassen, in dem er sich des Doppelmordes bezichtigt. Außerdem einen Sack mit ihrer Kleidung ... Darauf steht: ›Für die Eltern.‹«

16

Ich habe keine Angst. Es ist morgens. Alles ist still, alles ist dunkel, draußen wie drinnen. Alle schlafen noch. Umso besser. Heute wird das Erwachen für sie eigenartig sein …

Anmutige Ambre, unschuldige Alice, arme verlorene Seelen: Jeden Morgen wurde eure Liebe zärtlicher. Aber ich musste euch töten. Seid mir nicht böse: So stand es geschrieben.

Der Tag bricht an, ein klarer, reiner Tag. Endlich hat es aufgehört zu regnen. Es ist ein schöner Tag, um zu gehen. Denn jetzt bin ich an der Reihe. Du verstehst doch, dass es nur einen geben konnte, nicht wahr, Erik? Dass ich das alles für dich gemacht habe. Einzig und ausschließlich für dich. Die Aufmerksamkeit, die du ihnen zuteilwerden ließest, war ebenso unerträglich wie deine Gleichgültigkeit mir gegenüber. Ganz ehrlich, ich habe Besseres verdient. Ich war immer schon dein größter Fan. Ich wette, ab heute werde ich in deinen Gedanken den Platz einnehmen, den ich verdiene.

Dein Nummer-eins-Fan, dir für immer treu ergeben

Cédric.

»Ich will ein grafologisches Gutachten«, verlangte Kowalski, bevor er die Nachricht an einen kriminaltechnischen Beamten weitergab.

»Laut dem Hausmeister hatte er die Tür weit offen stehen lassen. Ein Student kam daran vorbei, hat ihn gesehen und uns alarmiert.«

Ko betrachtete den Beamten, mit dem er gerade gesprochen hatte. Dann wanderte sein Blick zu dem Toten. Er hatte sich an zwei Rohren erhängt, die horizontal unter der Decke verliefen, mit dem Rücken zur gelben Wand, die Füße vier Zentimeter vom Boden entfernt, keinen mehr, an neun Zentimetern Seil.

So etwas nennt man den gesamten zur Verfügung stehenden Raum ausnutzen, dachte Servaz.

Kurzzeitig erleuchtete ein Blitzlicht den Studenten von unten, einen Sekundenbruchteil lang schien er zu schweben wie David Copperfield, und sein Schatten wurde an die Decke projiziert. Ohne auf den Gerichtsmediziner zu warten, tastete Ko die Beine des Toten durch die Hose ab.

»Es ist noch nicht lange her, dass er sich erhängt hat«, sagte er. »Noch nicht steif.«

»Selbstmord hin oder her, für den hier hat Lang ein beschissenes Alibi«, meinte Mangin.

Servaz sagte nichts. Er wusste, dass seine Meinung im Team nicht gefragt war. Er dachte an die Fotos der Leichen, an die panische Angst des Studenten im Keller der medizinischen Fakultät und an den, »der keine Gnade walten lassen würde, wenn er redete«. Steckte auch nur eine Unze Wahrheit darin? Er hatte Dhombres' Blick in diesem Moment gesehen: *Seine Angst war echt gewesen.*

In seinem tiefsten Inneren spürte er, dass ihnen etwas entging, dass ihnen ein Puzzleteil fehlte. Dabei hatte Dhombres ihnen darüber hinaus – als zusätzlichen Beweis – einen großen durchsichtigen Plastiksack mit der Kleidung der Mädchen dagelassen.

Wenn du ein so großer Fan bist, wo sind dann deine Bücher?, fragte er sich. *Die Kommunikantin* und zwei weitere Bücher hatten auf einem Regal gestanden, aber er erinnerte sich nicht daran, sie gesehen zu haben, als er das erste Mal in diesem Zimmer war. Natürlich hatte er nicht unbedingt darauf geachtet, aber hätte er ein solches Detail wirklich übersehen können? Hörte es so auf? Ein Selbstmord, ein Geständnis: Ende der Geschichte?

»Sucht mir die Telefonnummer der Eltern heraus«, trug Kowalski ihnen auf. »Wir müssen mit ihnen reden, bevor die Presse das tut.«

Servaz sehnte sich verzweifelt nach einer Zigarette, aber er hatte keine Lust, angeschnauzt zu werden, also ging er nach draußen in den Gang. Dort standen zwei Beamte und blockierten den Zugang zu diesem Teil des Gebäudes. Unter den versammelten Gestalten entdeckte Servaz auch den vertrauten Schopf von Peyroles, dem Journalisten. Die Neuigkeit verbreitete sich schnell.

Er hörte, wie Kowalski hinter ihm schrie: »Und sucht mir seine Freundin! Bringt sie sofort zu mir!«

Lucie Roussels Lider waren ganz verquollen vom Weinen. Sie saß in Kowalskis Büro und schluchzte leise, aber das schien den Chef der Truppe nicht zu besänftigen.

»Teilen Sie mir gerade mit, dass Sie mich angelogen haben?«

Sie nickte, tupfte sich die Augen mit einem Taschentuch ab.

»Ich habe das nicht gehört«, sagte Kowalski.

»Ja …«

»Lauter! Und sehen Sie mich an, wenn Sie mit mir reden.«

»Ja, ich habe gelogen!«

»Dann waren Sie in dieser Nacht nicht mit Cédric Dhombres zusammen?«

»Nein!«

»Warum haben Sie gelogen?«

»Weil er mich darum gebeten hat.«

»Und Sie hatten kein Problem damit, einen Mörder zu decken?«

»Er hat mir geschworen, dass er es nicht war …«

Lucie Roussel hatte einen großen Kopf, blonde, stumpfe Haare und blaue, leicht dümmliche Augen. Die Haare klebten ihr am Kopf. Ihre Unterlippe zitterte.

»Und das haben Sie geglaubt?«

Kowalski hatte die Frage automatisch gestellt, er zweifelte die Antwort nicht an.

»Dafür könnte ich Sie ins Gefängnis stecken«, sagte er.

Ihr Schluchzen wurde wieder lauter.

»Schon gut«, sagte er. »Schafft sie von hier weg.«

Ein Beamter ergriff die junge Frau am Ärmel und zog sie regelrecht von ihrem Stuhl hoch.

»Was machen wir mit Lang?«, wollte Mangin wissen, nachdem sie den Raum verlassen hatte.

Ko warf ihm einen abwesenden Blick zu.

»Was meinst du damit? Haben wir denn eine Wahl, verdammt? Der Junge war es doch.«

»Bist du dir sicher?«

»Nein. Aber kein Staatsanwalt wird uns erlauben, Lang länger hierzubehalten, und das weißt du auch. Also lassen wir ihn wieder auf freien Fuß und hoffen, dass es damit erledigt ist …«

»Sein Anwalt wird mich drankriegen wollen«, sagte Mangin.

Kowalskis Blick ruhte auf ihm.

»Wir halten alle zusammen«, sagte er. »Da ist nichts passiert. Sollte Lang behaupten, du hättest ihn geschlagen, dann sagen wir, dass er sich das alles nur ausgedacht hat. Dann steht seine Aussage gegen die von vier Polizisten. Ist das allen hier klar?« Ko drehte sich um. »Dir auch, Servaz?«

Servaz nickte und verließ das Büro. Er brauchte frische Luft. Er nahm den Aufzug und ging nach draußen. Was für ein schöner Morgen … Die Sonne erwärmte den Vorplatz des Kripogebäudes, die Schatten waren kurz, trocken und hart, und kein Blättchen regte sich in den Bäumen. Mit einem Mal tauchte die Erinnerung an seinen Vater auf, wie er in der Sonne hinter seinem Schreibtisch saß, und dieses Bild legte sich über das von Cédric Dhombres, der an den Rohren hing.

Er müsste dringend mal wieder auf dem Friedhof vorbeigehen.

Er war 24 Jahre alt, mit seiner Ehe ging es bergab, und die Aussichten für seine Karriere bei der Polizei standen nicht gerade gut. Er hielt sich nicht für einen guten Vater, auch nicht für einen guten Ehemann oder einen guten Bullen. Nicht einmal für einen guten Sohn. Er hatte den Eindruck, dass alles, woran er bis zu diesem Tag geglaubt hatte, den gleichen Zeitpunkt gewählt hatte, um sich ihm zu entziehen, und als hätte er – wie der Kojote aus dem Zeichentrickfilm – ganz unvermittelt nur noch das Nichts unter den Füßen. Er dachte an ein Lied, in dem es darum ging, dass man lieber lieben sollte, als geliebt zu werden, und lief in der erdrückenden, reglosen Atmosphäre los.

Was für ein Schwachsinn …

2018

1

Sie öffnete die Augen. Da war ein Geräusch gewesen. Es kam aus dem Erdgeschoss. Aber war sie sich auch sicher? Sie hatte es eine Zehntelsekunde bevor sie die Augen aufmachte gehört – also war sie entweder von diesem Geräusch geweckt worden, oder aber es war Teil ihres Traumes gewesen, denn inzwischen war sie sich fast sicher, dass sie es sich eingebildet hatte.

Sie spitzte die Ohren in dem dunklen Zimmer. Abgesehen von dem leisen Vibrieren des Heizkessels, dessen Thermostat durch Funkwellen verbunden war und sich eingeschaltet haben musste, als die Temperatur im Haus gesunken war, war nichts zu hören.

Plötzlich erfüllten dieses abgelegene Haus und diese Dunkelheit sie mit Unruhe. Eine unbegründete Unruhe, denn das Geräusch – wenn denn da ein Geräusch war – hatte sich nicht wiederholt. Wahrscheinlich hatte sie es geträumt … Trotzdem wurde sie dieses unangenehme Gefühl einfach nicht los.

Drei Uhr morgens … Das hatte ihr die Digitalanzeige des Weckers auf dem Nachttisch angezeigt, der ebenfalls als Dockingstation für iPod, iPhone, iPad und FM-Tuner diente. Sie hatte keine Lust, aufzustehen und nachzusehen, ganz und gar nicht, sie wollte lieber in ihrem warmen, kuscheligen Bett bleiben und darauf warten, dass der Schlaf sich ihrer wieder bemächtigte. Unversehens erschien ihr die absolute Dunkelheit, die auf ihr lastete, feindlich, und sie hätte gerne das Licht angemacht. Aber das würde bestimmt ihren Mann wecken. Genau da wurde ihr klar, dass etwas nicht stimmte.

Sein tiefes, ruhiges Atmen – gerade noch kein richtiges Schnarchen – hätte neben ihr zu hören sein müssen, im Dunkeln. Stattdessen waren da nur Stille und der Geruch nach Seife, der sie überallhin begleitete.

»Süßer? Schläfst du nicht?«

Sie streckte den Arm nach links aus, doch ihre Hand berührte nur das noch warme – und zerknitterte – Laken, er bewegte sich nachts nämlich sehr viel. *Wo war er hin?*, fragte sie sich. *Er war doch hoffentlich nicht nach unten gegangen, um zu dieser Stunde nach den verfluchten Schlangen zu sehen ...* Aber sicher doch. Das war das Geräusch gewesen, das sie gehört hatte: *Er* war das gewesen. Da unten. Das war die Erklärung. Sie hatte also doch nicht geträumt. Genervt drehte sie sich auf die Seite mit der Absicht, wieder einzuschlafen, doch dann richtete sie sich auf. Dieses Mal schaltete sie das Licht ein. Ihre Neugier war geweckt, und sie wusste, dass sie nicht einschlafen würde, ehe sie herausgefunden hatte, weshalb er mitten in der Nacht wach war. Bei aller Liebe, sie musste einfach Gewissheit haben.

Sie schob die Bettdecke von sich und stellte die Füße auf den Boden. Im Zimmer war es so kalt, dass sie rasch nach ihrem alten Bademantel auf der Chaiselongue griff und in ihre Hausschuhe aus Veloursleder mit dem Fellrand schlüpfte. Dieser Tick, nachts immer die Heizung runterzufahren! Sie band den Gürtel zu und ging zitternd aus dem Schlafzimmer. Der Gang führte zur Treppe. Oben an den Stufen blieb sie stehen. Sie hörte nichts mehr. Mit einem Mal sagte sie sich, dass ihm vielleicht nicht gut war. Immerhin wurde er bald sechzig.

Da konnte er noch so regelmäßig zweimal pro Woche ins Fitnessstudio gehen – diese dämliche Eitelkeit um seinen flachen Bauch, seine ausgeprägten Brustmuskeln und seine muskulösen Arme – und jeden zweiten Morgen durch Pech-David joggen, er war dennoch wie alle anderen: Seine Arterien verhärteten, sein Gehirn baute ab, und schon bald würde seine Nudel eine blaue Tablette benötigen, um ihm eine andere Freude zu bescheren als den Gang zur Toilette. Bei diesem Gedanken spürte sie einen Schauer des Ekels über ihren Rücken rinnen und stellte einen Fuß auf die oberste Stufe.

Im Vorbeigehen sah sie auf die LCD-Anzeige des Thermostats. 17 Grad. Sie drückte auf die Taste, bis 21 Grad angezeigt wurden, schaltete das Licht oben an der Treppe ein und ging nach unten.

Dort war es dunkel. Zu dunkel. Wäre er unten, hätte er alle Lichter eingeschaltet. Aber wenn er das nicht war, *wer war das dann? Und wo war derjenige?* Eine andere Form der Kälte rauschte durch ihre Adern.

Alle Sinne waren in Alarmbereitschaft, als sie unten an der Treppe ankam. Die einzige Lichtquelle im Wohnzimmer kam von der verschwommenen gräulichen Helligkeit, die durch die Fenster hereinfiel. Er hatte unlängst die alten Fenster durch dreifache Energiesparfenster ersetzen lassen, außen mit selbstreinigender Glasschicht, und das fahle Licht von draußen ließ die Umrisse der Möbel als schwarze Masse hervorstehen, so undeutlich wie Berge in der Nacht. Vor den Fenstern zerrten Böen an den Zweigen der Bäume. Mit einem Mal fühlte sie sich allein – verletzlich, zerbrechlich.

»Liebling?«

Was hätte sie dafür gegeben, genau jetzt seine Stimme zu hören. Die meiste Zeit war er ihr lästig, nervte sie, machte sie rasend – aber jetzt gerade, in diesem Moment, sehnte sie sich nach seiner Stimme, nach ihrem warmen, arroganten Klang, sie *wollte* sie. Grundgütiger, wo war er nur? Und wenn … was, wenn *jemand anderes* hier war? Jemand, mit dem sie nicht rechnete … Ihr stockte der Atem. Nein, nicht das, sagte sie sich. *Nicht so …* Sie spürte ihren Herzschlag im Hals, in ihren Ohren, selbst in ihren Brüsten. Sie ging zum Lichtschalter im Wohnzimmer. Betätigte ihn. Als es heller wurde, beruhigte sie sich etwas.

Genau da sah sie das andere Licht, zu ihrer Linken. Es kam aus dem Raum mit den Terrarien; langsam, wie ein Lavastrom, der erkaltete, ging sie zur Tür. Sie atmete durch. *Er und seine verfluchten Schlangen …* Manchmal glaubte sie, dass er diese Viecher mehr liebte als sie.

»Schatz, du könntest mir wenigstens antworten!«

Sie ging weiter in Richtung des Raumes. Durch die offene Tür sah sie den ultravioletten Lichtschein der leuchtenden Röhren, die in manchen Terrarien installiert waren. Sándor hatte ihr erklärt, die Röhren seien im Inneren der Terrarien angebracht, da das Glas die UV-B-Strahlen aufhalte, im Gegensatz zu den UV-A-Strahlen. Aber genau diese würden die tagaktiven Schlangen am meisten benötigen. Ein neuerlicher Schauer rann ihr über den Rücken. Sie teilte die Leidenschaft ihres Mannes für diese schrecklichen Viecher kein bisschen, sie machten ihr Angst. Umso mehr, als es sich nicht um harmlose Nattern handelte, die er hier hielt, sondern um einige der giftigsten Schlangen weltweit. Sie hatte ihm gesagt, dass es wahnsinnig war, so gefährliche Tiere im Haus zu halten. Sie vermied es tunlichst, diesen Raum zu betreten.

»Sándor!«

Keine Antwort. Die Unruhe kehrte zurück. War ihm etwas zugestoßen? War er von einem dieser verfluchten Reptilien gebissen worden und lag nun auf dem Boden, nachdem er ein Terrarium offen gelassen hatte? Wie oft konnte sie nachts nicht einschlafen, wenn sie daran dachte, dass ein Terrarium schlecht geschlossen sein und eine Schlange sich stillschweigend aus ihrem Gefängnis entfernen könnte. Ja, gut, die Tür zwischen dem Raum mit den Terrarien und dem Haus war immer abgeschlossen, aber trotzdem …

Die Tür … Sie stand *offen*.

Er musste zwangsweise dort sein. Warum antwortete er dann nicht? Sie würde ihm ordentlich den Kopf waschen. Noch bevor sie die Schwelle übertreten hatte, dachte sie, dass sie nicht hierher hätte gehen sollen. Dass es ein Fehler war. Dennoch trat sie, wie angetrieben von der Neugier, über die Schwelle. Das Letzte, woran sie sich noch bewusst erinnerte, waren die offen stehenden Terrarien und die schwarzen, braunen und gestreiften Reptilien, die sich auf dem Boden wanden. Sie verstand nicht wirklich, was danach passierte. Sie spürte einen heftigen Schlag gegen den Hinterkopf und schloss einen Moment lang die Augen, öffnete sie wieder, schwankte, stand aber immer noch da, blinzelte ganz automatisch, während ein heißes Gefühl des Schmerzes von ihrem Nacken ausstrahlte. Sie wollte gerade die Hand an diese Stelle legen, bemerkte dann aber, dass ihr Arm ihr nicht mehr gehorchte. Wie in einem Traum ... Gleichzeitig spürte sie eine Gegenwart neben sich. Ihr Schrecken explodierte. Sie wollte am liebsten wieder nach oben ins Bett gehen, konnte sich aber nicht rühren. Außerdem waren ihre Gedanken eigenartig verwirrt, wiederholten sich, erinnerten an einen Computer, der sich aufhängte. Ein paarmal machte sie den Mund auf und wieder zu, wie eine Kröte, und sagte etwas wie: »Waassss ... issss ... losss mit mieeeer ...?«

Ein zweiter, etwas stärkerer Schlag als der Erste auf dieselbe Stelle, und der Computer im Inneren ihres Schädels schaltete sich aus, bevor sie inmitten der Schlangen zusammenbrach.

Es war 4:30 Uhr, als ihn das Klingeln weckte. Er hatte das Handy angeschlossen am Ladegerät auf dem Nachttisch liegen lassen, und sein Arm streckte sich zu schnell aus, seine Hand tastete herum, stieß dagegen und warf es auf den Boden. Brummend rollte er sich auf den Bauch und beugte sich über den Rand des Bettes, blinzelte, wie ein Alpinist am Rand einer Klippe, sah die großen leuchtenden Zahlen, die die Uhrzeit anzeigten, unten auf dem Boden, streckte den Arm danach aus, ergriff das Handy und nahm den Anruf entgegen, den Kopf über dem Nichts, den restlichen Körper auf dem Bett ausgestreckt.

»Servaz ...«

»Martin? Tut mir leid, dich zu wecken, aber wir haben einen Notfall ...«

Die Stimme von Espérandieu: sein Stellvertreter und ohne jeden Zweifel sein bester Freund.

»Ein Hauseinbruch mitten in der Nacht ... gefolgt von einem Totschlag«, fuhr er mit einer Stimme fort, die im Gegensatz zu seiner ziemlich wach war. »Die Bewohnerin ist von ihrem Ehemann tot aufgefunden worden, er selbst hat einen Schlag auf den Hinterkopf abbekommen ...«

Servaz runzelte die Stirn. Zu dieser Stunde taten sich die Worte schwer, die vielen Schichten Müdigkeit und Schlaf zu durchdringen, die sein Bewusstsein wie warme, bequeme Kleidung umfingen. Sie drangen ebenso langsam in sein Gehirn vor, wie Wasser durch einen Kaffeefilter sickerte. Tropfen für Tropfen … »Einbruch«, »Tot«, »Ehemann«, »Schlag« … Das ergab keinen Sinn. Zumindest nicht für einen noch halb verschlafenen Mann.

»Ich hole dich in einer halben Stunde ab.«

Ein Gedanke flammte auf. Unterschied sich von den anderen.

»Ich kann nicht«, sagte er. »Ich muss Gustav zur Schule bringen.«

»Den bringt Charlène hin … Sie kommt mit mir mit … Sie bleibt bei Gustav und kümmert sich um ihn, solange es nötig ist. Und Mégan begleitet ihren Bruder heute Morgen zur Schule. Ist das okay für dich?«

Mégan, fünfzehn Jahre alt, und Flavien, dessen Patenonkel Servaz war, neun Jahre alt, waren die Kinder von Vincent und Charlène, der viel zu schönen Frau seines Stellvertreters. Er horchte, hörte jedoch kein Geräusch aus dem Zimmer seines Sohnes. Sein Sohn hatte einen tiefen Schlaf.

»Das ist keine banale Geschichte«, fuhr Espérandieu fort. »Die Frau wurde auf dem Boden liegend aufgefunden, inmitten von … Giftschlangen. Da drüben herrscht Panik, anscheinend sind sie aus ihren Terrarien ausgebrochen, und jetzt wimmelt es dort nur so von Reptilien.«

»Okay«, sagte er. »Ich mache mich fertig.«

Er ging zum Zimmer von Gustav, machte die Tür auf. Sein Sohn schlief friedlich, den Daumen im Mund. Die langen blonden Wimpern zitterten leicht im bläulichen Schein des Nachtlichts, und er sah sich ganz unvermittelt wieder vor einem Jahr in diesem österreichischen Krankenhaus, wo er die Tür zu einem anderen Zimmer aufgestoßen und seinen Sohn in derselben Position beim Schlafen gesehen hatte. Wo er sich gefragt hatte, ob er träumte und ob es einer dieser schönen Träume war. Bad Ischl. Im Salzkammergut. Damals hatte sein Sohn eine neue Leber im Bauch gehabt. *Seine* … Zu dem Zeitpunkt hatte er noch nicht gewusst, ob das Transplantat angenommen oder abgestoßen würde, und er selbst erholte sich in einem angrenzenden Zimmer von den dramatischen Ereignissen, die sie alle an den Rand des Todes getrieben hatten.

Noch heute war er jedes Mal ganz bewegt, wenn er seinen schlafenden Sohn sah. Dieser Sohn, der fast gestorben wäre. Dieser Sohn, den er erst nach fünf Jahren kennenlernte und der vor ihm einen anderen Vater gehabt hatte. Einen Ersatzvater – der ihn mit derselben Liebe großgezogen hatte. *Ein Serienmörder namens Julian Hirtmann …*

Er sah auch die Mutter seines Sohnes wieder vor sich, Marianne. Das letzte Mal hatte er an Weihnachten 2007 etwas von ihr gehört. Eine Karte mit einem Foto. Darauf war Marianne zu sehen, die eine Zeitung vom 26. September desselben Jahres las. Also lebte sie noch, irgendwo … Seit dem Sommer 2010 hatte er sie nicht wiedergesehen. Seit dem Sommer, als sie mit Gustav schwanger war, dem Sommer, als Julian Hirtmann sie gekidnappt und weiß Gott wohin verschleppt hatte. Der Sommer aller Gefahren. Das lag nun schon fast acht Jahre zurück.

Er betrachtete seinen Sohn. Gustav hatte sich im Schlaf etwas aufgedeckt. Servaz trat näher, zog die Steppdecke wieder zurecht und verließ das Zimmer. Dann stellte er sich rasch unter die Dusche.

2

Es war fünf Uhr morgens, und Espérandieu fuhr zügig über menschenleere Avenuen durch die verschlafene Stadt, überall verschlossene Eisenvorhänge, erleuchtete Läden, aber leer. Am Vorabend hatte es geschneit, nur so viel, um die Gehsteige und Dächer weiß zu bestäuben – nicht zu vergleichen mit dem Schneesturm, der seit Dienstag den Norden Frankreichs heimsuchte und für einen 700-Kilometer-Rekordstau um das Ballungsgebiet von Paris gesorgt hatte sowie für Verspätungen beim Zugverkehr und für Autofahrer, die auf unpassierbaren Straßen feststeckten. Genug, um Klimaskeptiker in ihrer Skepsis und Verschwörungstheoretiker in ihren Theorien zu bestärken. Dabei waren die Auswirkungen des Klimawandels durchaus sichtbar. In England wurden die Klippen im Osten immer mehr vom Meer verschlungen, zwei Meter pro Jahr, und die kleinen Häuser auf ihren Gipfeln wären bald nur noch eine Erinnerung. Im Südwesten Frankreichs, in Italien, Zentraleuropa und auf dem Balkan war die Hitze des letzten Sommers so heftig gewesen, dass man ihm jenseits der Alpen den Namen »Luzifer« verpasst hatte. Dreizehn Tropenstürme und acht Hurrikane – davon vier extreme Ereignisse der Kategorie 4 oder 5 auf der Saffir-Simpson-Hurrikan-Skala – waren in diesem Sommer über den Nordatlantik hereingebrochen. In Frankreich hatte die Graugans ihr Winterquartier aufgeschlagen und somit ihren Aufenthalt in Afrika abgekürzt; die Steineiche breitete sich nunmehr im Mittelgebirge aus, und den Petersfisch angelte man seit Neuestem in der Bretagne. Einigen Spezialisten zufolge hatte das Ende der Welt im vergangenen Jahr begonnen, ohne dass jemand darüber Bescheid wusste, nachdem 2016 der Punkt erreicht worden war, von dem es kein Zurück mehr gab, mit einer CO_2-Konzentration von 400 ppm in der Erdatmosphäre. Ab diesem Wert würde die Temperatur von Jahr zu Jahr weiter steigen. Doch anscheinend war das allen egal. Insbesondere diesem Idioten im Weißen Haus.

Unterdessen war der Februar in den Bergen, im Gegensatz zum Flachland, schneereich gewesen, das heißt ähnlich wie jeder Februar, der ihm in den letzten fünfzig Jahren vorangegangen war. Sie fuhren in den Süden der Stadt, vorbei an den Tausenden Straßenbeleuchtungen, die zugunsten der wenigen bereits erwachten Bürger die Ressourcen des Planeten großzügig erschöpften. Dass die Menschheit verrückt geworden war, daran hatte Servaz nicht den leisesten Zweifel. Die Frage lautete: War sie das nicht schon immer gewesen – verrückt, anmaßend, selbstzerstörerisch –, oder hatte sie die Mittel zur Selbstzerstörung erst vor Kurzem erlangt?

Während sie die Hügel hinauffuhren, fragte er seinen Stellvertreter, wohin es denn ginge. Espérandieu machte sein iPhone leiser, das er im Auto eingesteckt hatte und über das gerade Arcade Fire mit *Everything Now* erklang:

I need it
(Everything now!) I want it
(Everything now!) I can't live without
(Everything now!)

»Vieille-Toulouse«, antwortete Vincent und schob sich die Strähne aus der Stirn, die ihm ständig ins Gesicht fiel und ihm, mit seinen knapp vierzig Jahren, das Aussehen eines ewigen Teenagers verlieh. »Die Bude ist in der Nähe des Golfplatzes.«

Mit einem Mal hatte Servaz das Gefühl, als würde ihm ein kleines Nagetier die Eingeweide zerfressen. Ein Haus in der Nähe des Golfplatzes, Schlangen … Warum läuteten auf einmal all seine Alarmglocken? Und wenn schon? Wie viele Leute, die reich genug waren, um in dieser Gegend zu leben, interessierten sich für Schlangen? Waren exotische Tiere nicht gerade angesagt? Statt dass sie sich in aller Ruhe in ihrem natürlichen Umfeld entwickelten, wollte man sie im Wohnzimmer haben, im Schlafzimmer, in der Garage, eingesperrt in lächerliche Terrarien.

(Everything now!) I want it
(Everything now!) I can't live without

Everything now!, sang Arcade Fire. Oh ja: Man wollte Schlangen und auch alles andere. Je nach Belieben, in Unmengen. Nach mir die Sintflut. Das war nur ein bescheuerter Zufall, sagte er sich zum wiederholten Mal. Eine verschwommene Ähnlichkeit mit einem 25 Jahre alten Fall …

Auf einmal verzog er das Gesicht und hielt sich die rechte Wange. Seit einiger Zeit hatte er Schmerzen in einem Backenzahn rechts oben, ein Schmerz, den selbst Paracetamol nur schwer vertreiben konnte.

»Wie heißt das Opfer?«, fragte er, ohne so recht zu wissen, ob er die Antwort darauf wirklich hören wollte.

»Amalia Lang. Ihr Mann ist anscheinend Krimiautor.«

Sie sahen sie, noch ehe sie eingetreten waren, hinter derselben undurchdringlichen, mehrere Meter hohen Hecke wie vor 25 Jahren: die roten und blauen Lichter der Fahrzeuge der Sicherheitskräfte, die sich drehten und von den bauchigen Wolken in der feuchten Nacht abprallten. Das Tor wirkte neu. Es war mit einem großen Kameraauge versehen, das in die Gegensprechanlage montiert war. Mehrere Polizeiwagen, aber auch zwei Feuerwehrautos und ein Krankenwagen standen vor dem Haus.

Servaz stieg ungewöhnlich langsam aus. Er hatte ihn seit der Ermittlung wegen der Kommunikantinnen nicht mehr gesehen, erkannte ihn aber sofort, als wäre das erst gestern gewesen. Er erinnerte sich so deutlich an Erik Lang, wie er in seinem blauen Pulli und der weißen Leinenhose den Rasen gemäht hatte, dass er selbst ganz überrascht war. Ein heißer, feuchter Mai war das gewesen … Zwei junge Mädchen, die man in der Nähe eines Studentenwohnheims tot aufgefunden hatte. Und dann ein Student, der sich in seinem Zimmer erhängt hatte. Sein erster echter Kriminalfall: ein Fiasko.

Er dachte auch an Kowalski. Wenige Zeit später war er versetzt worden. Servaz hatte ihn nie wiedergesehen.

»Alles okay?«, fragte Espérandieu.

Sein Stellvertreter wartete darauf, dass er sich in Gang setzte.

»Weshalb sind die Leute von der Feuerwehr hier?«, fragte er.

»Wohl wegen der Schlangen«, meinte Vincent.

Ihn schauderte. Plötzlich hatte er das Bild von Erik Lang wieder vor sich, wie er sich vor ihnen auszog. Seine mit Schuppen überzogene Haut. Und Mangin, der ihn »Schlangenmann« nannte … Mangin hatte sich 1998 das Hirn weggepustet, nachdem seine Frau ihn verlassen und die beiden Kinder mitgenommen hatte und bei der internen Ermittlung ungewöhnliche Geldeingänge auf seine Konten entdeckt worden waren. Er hatte das in seinem Büro gemacht, und nachdem die Kriminaltechniker und der Gerichtsmediziner da gewesen waren, musste ein Team von Tatortreinigern vorbeikommen. Auf der Schwelle zum Haus hielt ein Beamter sie auf.

»Ich würde Ihnen raten, nicht reinzugehen. Wir haben noch nicht alle Viecher eingefangen.«

Servaz reckte den Hals und sah die Kriminaltechniker in ihren weißen Astronautenanzügen, die im Wohnzimmer zugange waren.

»Schon okay«, sagte er und umrundete den Beamten.

Das Wohnzimmer hatte sich kaum verändert. Selbst die E-Gitarre stand an ihrem Platz. Nur der Fernseher von damals war durch eine Heimkinoanlage mit Blue-Ray, Decoder, Xbox-Spielekonsole und einem 205-Zentimeter-Bildschirm ersetzt worden, die Stereoanlage durch ein Sound-System von Bose. Vorsichtig, wie ein Soldat auf feindlichem Gebiet, betrat er das Haus, war sich bewusst, dass jeder Schritt wie das Echo der Schritte war, die er vor so langer Zeit unter ähnlichen Umständen gemacht hatte. Und plötzlich sah er ihn. Auf dem Boden, den Oberkörper nach vorn gebeugt. Ein Sanitäter legte ihm einen Verband im Nacken an. Er war älter geworden, keine Frage – vielleicht lag das aber auch an der Nacht, die hinter ihm lag, an der Angst, der Müdigkeit ...

Servaz sagte sich, dass er selbst auch nicht mehr viel von dem jungen Mann mit den langen Haaren und der idealistischen Haltung hatte, die ihn damals ausmachten. Am 31. Dezember letzten Jahres war er 49 geworden. Überrascht hatte er bei dieser Gelegenheit festgestellt – und das, obwohl Margot und ihr Freund wie auch Vincent, Charlène und Gustav da gewesen waren –, dass es selbst für ihn einen Point of no Return gab. Den, von dem an nichts mehr anders würde. Mit zwanzig hatte er davon geträumt, Schriftsteller zu werden, doch er würde sein ganzes Leben Bulle bleiben. Auch im Ruhestand war ein Bulle immer noch ein Bulle. Genau das war er. Wohin waren seine Träume verschwunden? Die meisten würden niemals wahr werden: Genau das war die Jugend, dachte er, Träume, Illusionen, das Leben als schillernde Fata Morgana sehen ... eine protzige Werbung, verkauft von einem Reisebüro für einen Aufenthalt, der sich ganz anders als im Prospekt entpuppte ... und weit und breit keine Beschwerdestelle.

Soweit er das beurteilen konnte, hatte Lang etwas zugenommen, aber nicht allzu viel, und er hatte ein paar graue Strähnchen im Haar, das noch immer dicht und kräftig war, Tränensäcke unter den in der Vergangenheit abgetauchten Augen, und der untere Teil seines Gesichts wirkte etwas schlaff, vielleicht lag das aber auch an seiner Haltung, er hatte das Kinn auf die Brust gesenkt, damit der Sanitäter seinen Nacken verarzten konnte. Der Schriftsteller hatte sie nicht bemerkt. Wären sie ihm aufgefallen, dann hätte er Servaz ganz bestimmt nicht erkannt, den jungen Bullen, der ihn mit ein paar anderen vor so langer Zeit befragt hatte. Einen winzigen Moment lang überlegte Servaz, welche Erinnerungen der Schriftsteller wohl an diese Stunden hatte. War es ihm gelungen, sie zu vergessen, oder hatten sie ihn nicht losgelassen?

»Hat sich ein Arzt oder die Gerichtsmedizinerin die Verletzung angesehen, bevor er verbunden wurde?«, fragte er einen Beamten der öffentlichen Sicherheit, den er kannte.

»Schon erledigt«, hörte er eine wohlklingende Stimme hinter sich.

Er drehte sich um. Doktor Fatiha Djellali, die das Rechtsmedizinische Institut von Toulouse leitete, eine hochgewachsene Frau, die einen mit ihren braunen Augen ansah und einfing und einem dabei das angenehme Gefühl gab, im Mittelpunkt ihrer Aufmerksamkeit zu stehen.

»Hallo, Doktor.«

»Hallo, Capitaine.«

Servaz lächelte. Er mochte Doktor Djellali. Sie war kompetent und ging in ihrem Beruf auf.

»Hätte ich gewusst, dass Sie es sind, hätte ich mir keine Sorgen gemacht«, sagte er.

Sie nahm das kaum verhohlene Kompliment mit einem vorgetäuscht bescheidenen Lächeln auf.

»Und?«, fragte er mit hochgezogenen Augenbrauen.

»Entweder hat er einen Schlag abbekommen, oder aber er ist im Fallen gegen ein Möbelstück gestoßen – schwer zu sagen ...«

Servaz erkannte darin die übliche Vorsicht von Doktor Djellali. Er erinnerte sich an die Worte von Espérandieu am Telefon. »Der Ehemann hat einen Schlag von hinten abbekommen ...«

»Commandant, Sie sind da«, sagte eine andere Stimme, und ein zweites vertrautes Gesicht kam auf sie zu.

»Capitaine«, korrigierte er.

Manche Menschen, mit denen er schon lange zusammenarbeitete, neigten dazu, zu vergessen, dass er im letzten Jahr vor einen Disziplinarausschuss gestellt und im gleichen Zug zurückgestuft worden war. Cathy d'Humières gehörte dazu. Vielleicht vergaß sie es aber auch absichtlich. Ihre Art, ihm zu zeigen, dass sie ihm für seine Arbeit in all den Jahren dankbar war, eine Arbeit, der sie zum Teil ihren Aufstieg zur obersten Staatsanwältin von Toulouse verdankte, denn die gemeinsam gelösten Fälle hatten die Feuilletons ausreichend gefüllt, um den Fokus auf sie beide zu richten.

Cathy d'Humières hatte ein Raubvogelprofil mit einer so imposanten Nase, dass sie wie ein nachträglich angebrachtes Stück mitten in ihrem hageren, kantigen Gesicht aussah, dazu funkelnde Augen und aschblond gefärbte Haare. Sie nahm kein Blatt vor den Mund und herrschte unerbittlich all jene an, die ihren Erwartungen nicht gerecht wurden. Dass sie persönlich hier auftauchte und nicht etwa ihrer Vertretung den Fall überließ, wies auf die Wichtigkeit desselben – oder der des Opfers – hin … Im Gegensatz zu Doktor Djellali, die nicht geschminkt war und deren braunes Haar an diesem Morgen noch keinen Kamm gesehen hatte, hatte sie die Zeit gefunden, etwas Rouge aufzutragen und einen schwarzen Kajalstrich zu ziehen, ihre Frisur zurechtzuföhnen und eine Brosche mit Edelsteinen ans Revers ihrer braunen Cordweste zu stecken, die eine Orchidee darstellte. Ein blassrosa Kaschmirschal vervollständigte das Ensemble.

»Was wissen wir?«, fragte er.

»Anscheinend ein Einbruch«, antwortete die Staatsanwältin. »Ein zerbrochenes Fenster. Der Ehemann sagt, er habe ein Geräusch gehört und sei nach unten gegangen. Dann habe er einen Schlag auf den Hinterkopf bekommen und kurzzeitig das Bewusstsein verloren. Als er wieder zu sich kam, sei er zuerst nach oben ins Schlafzimmer gegangen. Sowie er festgestellt habe, dass seine Frau nicht im Bett lag, habe ihn Panik erfasst und er sei wieder nach unten gegangen. Dort habe er sie inmitten der Schlangen tot aufgefunden …«

»Ich glaube nicht, dass der Schlag, den sie verabreicht bekam, sie getötet hat«, unterbrach Fatiha Djellali. »Dafür ist vielmehr der anaphylaktische Schock, hervorgerufen durch die vielen unterschiedlichen inokulierten Gifte, verantwortlich – die toxikologischen Analysen werden uns mehr sagen, doch anscheinend handelt es sich um überaus giftige Schlangen.«

»Warum hätte ein Einbrecher die Terrarien öffnen sollen? Mit welchem Ziel? Und warum stand die Tür, die laut Aussage des Ehemanns immer abgeschlossen ist, noch dazu offen?«, fragte Cathy d'Humières und warf Lang einen misstrauischen Blick zu.

Servaz tat es ihr gleich. Der Sanitäter ließ den Schriftsteller aufstehen und führte die üblichen neurologischen Tests mit ihm durch, ließ seinen Finger von links nach rechts und von oben nach unten wandern und bat Erik Lang, seinem Blick zu folgen. Dann sollte er die Arme vor sich ausstrecken und die Augen schließen. Daraufhin legte der Sanitäter seine haarigen Hände auf Langs Handgelenke und bat ihn, sie nach oben zu drücken. Servaz bemerkte, dass der Schriftsteller tatsächlich erschüttert und absolut verstört wirkte.

»War er befähigt für Schlangen?«

Befähigt ... anders ausgedrückt, im Besitz eines Befähigungsnachweises, der für alle giftigen Spezies obligatorisch war. Die Staatsanwältin schüttelte den Kopf.

»Nein. Illegale Aufzucht ... wie bei den meisten Aufzuchten von Giftschlangen in diesem Land. Inzwischen gibt es mehr gefährliche exotische Schlangen bei Privatpersonen als in allen Vivarien Frankreichs zusammen. Seit man eine Baby-Klapperschlange für eine Handvoll Euro im Internet kaufen und sie per Post erhalten kann, wundert einen nichts mehr ...«

»Und es gibt nur ein einziges Antivenin-Depot in Frankreich«, führte Fatiha Djellali an. »In Angers ... Dort sind etwa vierzig Spezies aufgeführt – Klapperschlangen, Brillenschlangen, afrikanische Schlangen –, aber nicht die seltenen Spezies, die wir hier haben ... Es kommt zu immer mehr Vergiftungen, die wir in den Krankenhäusern nur schwer behandeln können.«

Fatiha Djellali reichte ihm blaue Überziehschuhe aus Plastik und Handschuhe.

»Legen wir los?«, fragte sie.

Legen wir los ... Servaz zog die Schuhe über und folgte ihr. Fast hätte er kehrtgemacht, als er sah, wie sich eine Schlange mit schwarz glänzenden Schuppen am Ende einer langen Metallzange wand, die ein Individuum festhielt, das an Crocodile Dundee erinnerte. Filzhut, Lederbänder um den Hals, an denen ein Giftzahn hing, eine Weste mit unzähligen Taschen über einem kakifarbenen Hemd und Stiefel bis zu den Knien: genau der Typ, den man sich im Dschungel vorstellte.

»Alles gut«, sagte der mit einer Stimme, die nach zu vielen Zigaretten und hochprozentigem Alkohol klang. »Sie können rein, ich glaube, das war die Letzte.«

»Sie glauben es, oder Sie sind sich sicher?«, erwiderte Djellali.

Ganz offensichtlich hatte die Feuerwehr oder jemand von der öffentlichen Sicherheit einen örtlichen Spezialisten für Reptilien kommen lassen.

»Hübsches kleines Ding«, sagte der Spezialist anerkennend. »Eine Schwarze Mamba: eine der tödlichsten Schlangen weltweit. Sehr schnell und überaus aggressiv. Ihr Gift kann eine Beute innerhalb von einer Viertelstunde töten.«

Servaz spürte, wie sein Körper von einer eisigen Schweißschicht überzogen wurde, als er den dreieckigen Kopf und die kleinen ausdruckslosen schwarzen Augen des Reptils sah.

»Wenn sie von all den Biestern gebissen wurde, die ich heute Morgen eingesammelt habe, dann ist es nicht erstaunlich, dass sie nicht mehr aufgewacht ist«, sagte er und zeigte auf den etwas weiter weg liegenden Leichnam, dem sich gerade ein Spurentechniker der Polizei widmete. »Das ist eine Wahnsinnssammlung … Die sind ein Vermögen wert. Nicht eine dieser Schlangen ist harmlos, verdammt. Trotzdem verstehe ich diese ganzen Bisse nicht. Normalerweise flüchten Schlangen eher, als dass sie zubeißen.«

»Danke«, sagte Doktor Djellali kühl.

Offensichtlich schätzte sie Monsieur Schlange nur bedingt. Mit einem Geschmack von Asche im Mund trat Servaz in den Raum. Er hatte den Eindruck, dass seine Körpertemperatur gerade um ein paar Grad gesunken war. Die Glaskäfige mit ihren weißen gewundenen Zweigen, den Felsen, Farngewächsen und dem Sand waren leer: Die Schlangen waren anderswo untergebracht worden, das Atmen fiel ihm etwas leichter. Dann wanderte sein Blick zu der Gestalt, die zu ihren Füßen lag.

Durch die Bisse hatten sich Blutergüsse auf Amalia Langs Gesicht gebildet, es war auf die Größe eines Fußballs angeschwollen und hatte die Farbe von verdorbenem Fleisch angenommen. Ihre geschwollenen Lider waren geschlossen und ihre Lippen so prall, als wäre an ihr das Verbrechen einer misslungenen Schönheits-OP vollzogen worden. Außerdem hatte sie aus Mund und Nase geblutet. Abgesehen davon war Erik Langs Ehefrau klapperdürr, ihre Arme waren so mager wie die eines Laufstegmodels mit Kleidergröße 32. Es war jedoch nicht ihr allgemeines Aussehen, das Servaz' Blut zum Kochen brachte, und auch nicht ihr deformiertes Gesicht, das ihn den Blick abwenden ließ: Das, was die in einer fast fötalen Haltung auf den Fliesen liegende Amalia Lang unter ihrem offen stehenden Bademantel trug, war ein Kommunionkleid.

3

Er trat in die kalte Februarnacht hinaus. Bislang hatte er keine Gelegenheit gehabt, Erik Lang zu befragen oder sich die Erläuterungen der Gerichtsmedizinerin bis zum Schluss anzuhören, dennoch hatte er unbedingt flüchten und den Tatort überstürzt verlassen müssen. Ihn schauderte. Was hatte das alles zu bedeuten, verdammt? 25 Jahre ohne irgendwas und dann auf einmal eine neue Kommunikantin! Dieser Fall war schon vor Ewigkeiten ad acta gelegt worden, der Schuldige hatte sich erhängt und einen Abschiedsbrief hinterlassen, der für echt erklärt worden war. Warum in drei Teufels Namen jetzt dieses weiße Kleid in Langs Haus?

Wirre Gedanken tauchten in seinem Kopf auf und verschwanden fast ebenso schnell wieder, jeder unausgereifter als der andere.

Hatten sie sich 1993 geirrt? Hatten sie den wahren Schuldigen laufen lassen? Der Student – wie hieß er gleich noch mal? Ach ja, Dhombres – hatte in dem Keller, wo Servaz ihn mithilfe des Wachhundes überwältigt hatte, richtig panisch gewirkt. Er erinnerte sich ganz genau daran, obwohl so viele Jahre und so viele Ereignisse zwischen der Ermittlung in grauer Vorzeit und der Gegenwart lagen. Damals hatte der junge Mann jemanden *ohne Gnade* erwähnt ... Mit eisiger Stimme, bei der einem das Blut in den Adern gefror. Dann hatte er sich das Leben genommen ... Was, wenn diese Person tatsächlich existierte? Warum sollte sie sich dann nach so vielen Jahren offenbaren? Es war noch nicht einmal ein Jahrestag. Die Vorfälle damals hatten sich im Mai ereignet, jetzt war Februar.

»Alles okay?«, fragte Espérandieu, als er zu ihm aufschloss. »Was ist passiert? Du hast dich davongeschlichen wie ein Dieb.«

»Das erkläre ich dir noch«, sagte er und zog an seiner Zigarette. Dabei leuchtete sie wie ein rotes, gehässiges Auge hell auf; das Verlangen nach Nikotin war in diesem Moment übermächtig. Anscheinend hatten die Zigarettenhersteller einen Weg gefunden, wie sie die Geräte zur Messung des Nikotingehalts überlisten konnten, weshalb er täglich statt eines Päckchens, ohne es zu wissen, das Äquivalent von zwei bis zehn Päckchen rauchte und sein Bedarf somit natürlich in die Höhe geschraubt wurde – seiner wie der anderer Raucher ... Die Todeshändler waren die schlimmsten Dealer des Planeten, aber ihr Geschäft florierte. Er spürte, dass Vincent ihn im Halbdunkel musterte.

»Du verhältst dich eigenartig, seit ich dir von den Schlangen erzählt und dir die Adresse durchgegeben habe«, meinte er. »Sagt dir das hier etwas?«

Schweigend nickte Servaz. Dann schnipste er den Zigarettenstummel weg.

»Eine Ermittlung, an der du beteiligt warst?«

Ohne zu antworten, umrundete er seinen Stellvertreter und ging zurück ins Haus. Überall waren Kriminaltechniker zugange. Einer von ihnen filmte alles mit einer Kamera. Noch immer kümmerte sich ein Sanitäter um Lang. Er ging auf sie zu.

»Darf ich?«, fragte er den Sanitäter. »Ich müsste dem Herrn ein paar Fragen stellen.«

Der junge Mann mit Bart – einer dieser übertrieben langen Hipsterbärte – musterte ihn von seinen 1,90 Meter herab.

»Ich bin noch nicht fertig. Kommen Sie in fünf Minuten wieder.«

Servaz wollte etwas darauf entgegnen, doch ihm fiel nichts ein. Lang warf ihm einen durchdringenden Blick zu. Hatte er ihn wiedererkannt? Das war sehr unwahrscheinlich ... Er entfernte sich wieder. Da, die nach oben führende Treppe ... Warum nicht? Langsam stieg er die Stufen hinauf.

Oben ein Gang. Er drehte den Kopf nach links, sah hinter der offen stehenden Tür ein Zimmer weiter Licht und ging dorthin. Das Schlafzimmer ... Ein großes silberfarbenes Bett mit schwarzen Laken und Schubladen darunter, an der gegenüberliegenden Wand eine silberfarbene Barockkommode und unter einem Spiegel eine silberne, mit schwarzem Samt bezogene Chaiselongue und ein Louis-XV-Sessel in denselben Farbtönen, dazu schwarze Vorhänge an den Fenstern. Das Ehepaar Lang mochte Protz und Kitsch. Das Licht stammte von einer kleinen Nachttischlampe links neben dem Bett. Servaz' Blick schweifte durch das Zimmer, blieb am Bett hängen. Beide Seiten waren zerwühlt, nicht aber die Mitte. Er ging weiter zur Kommode. Mit seiner noch immer behandschuhten Hand öffnete er nacheinander die Schubladen. Kleidung, Unterwäsche. Danach inspizierte er die Schubladen unter dem Bett: Handtücher, Bettwäsche … Nichts Besonderes zu verzeichnen. Auf dem Nachttisch von Madame – auch der natürlich silbern – ein Roman auf Englisch von Jonathan Franzen, *Purity*. Ein weiteres Buch auf der Chaiselongue. Vorerst hatte er genug gesehen: Er trat in den Gang hinaus und ging zurück zur Treppe, verzichtete fürs Erste darauf, die anderen Räume in Augenschein zu nehmen. Zuallererst wollte er Lang befragen – bevor der Gelegenheit hatte, sich wieder zu fassen.

Er war auf halber Höhe der rauen Betontreppe angekommen, als er unvermittelt stehen blieb. Da unten war etwas. Auf den ersten Stufen. Es sah aus wie ein dunkles Stück Schnur, aber das war es nicht: eine lange braune Schlange. Ruhig, reglos. Servaz hatte das Gefühl, dass die Schlange ihn aus ihren kleinen schmalen Augen zu beiden Seiten des Kopfes anstarrte, und mit einem Mal überfiel ihn eine instinktive, urtümliche Panik. Unbewusst.

Sein erster Gedanke: Dieses Tier ist mit großer Wahrscheinlichkeit überaus giftig. Wenn er das richtig verstanden hatte, dann waren das alle Schlangen von Lang.

Der zweite: Vielleicht ist dieses Tier tot, daher der starre Blick; zumindest sah es ganz danach aus; die Schlange bewegte sich kein bisschen.

Der dritte: Er könnte entweder geräuschvoll die Treppe hinuntergehen und dem Tier Angst einjagen – irgendwo hatte er mal gelesen, dass Schlangen überaus ängstliche Tiere seien, und der

Spezialist hatte bestätigt, dass sie eigentlich eher die Flucht ergriffen – oder aber rückwärts wieder nach oben zurückgehen; es kam jedenfalls nicht infrage, dem Tier den Rücken zuzudrehen.

»Hey! Kommt mal her!«

Er hatte gerufen, aber niemand schien ihn gehört zu haben. Bis auf das Vieh da unten. *Von wegen tot …* Die Schlange hatte gerade kaum merklich reagiert, oder war das eine optische Täuschung gewesen? Sein Herz schlug bis zum Hals, nahm den ganzen Raum in seinem Brustkorb ein. Alles drängte ihn dazu, den Rückwärtsgang einzulegen. Na gut. *Dann also volle Kraft rückwärts.* Allerdings war es gar nicht so einfach, eine Treppe rückwärts hinaufzugehen. Als er seinen Fuß auf die nächsthöhere Stufe stellte, stand er ganz am Rand und hätte fast das Gleichgewicht verloren. Er fing sich, ging noch zwei weitere Stufen hinauf, dann stolperte er, fiel nach hinten und saß auf einmal auf der Treppe. Die Schlange rührte sich noch immer nicht. Okay, Gott sei Dank war niemand da, der seine erbärmliche Darbietung mitbekam. Er nahm all seinen Mut zusammen und war fest entschlossen, die Treppe hinunterzugehen, als sich die Schlange bewegte. Er beobachtete das Reptil, das sich unvermittelt und so schnell in seine Richtung bewegte, wie man es aus Träumen kannte, während der kleine Kopf von einer Seite zur anderen wippte und der Körper den Konturen der Treppenstufen folgte, als würde die Schlange darüberfließen. Servaz schluckte, sein Unterleib krampfte sich zusammen. Inzwischen war die Schlange ganz nah. Im Zickzack näherte sich ihr Kopf seinem linken Schuh, der noch immer im blauen Überzugschuh aus Plastik steckte.

Wie in einem Albtraum sah er die Schlange über den Plastikschuh gleiten, dann über den rauen Beton und weiter bis zu seiner linken Hand, die auf einer Stufe lag. Sein Mund öffnete sich, als wollte er nach Luft schnappen. Er erstarrte, widerstand dem – nahezu übermächtigen – Drang, die Hand wegzuziehen. Sein Herz pochte so wild in seiner Brust, als wollte es sie zum Bersten bringen.

Er verrenkte den Hals. Schwitzte. Zwei kleine, schrecklich starre Augen und ein Kopf, der einfach wie eine Verlängerung des Körpers wirkte. Sie bewegte sich wenige Zentimeter an seiner Hand vorbei und fuhr mit ihrem Anstieg fort, als wäre weiter nichts. Er sah ihr nach. Sobald die Kreatur gut einen Meter von ihm entfernt war, sprang er auf und hastete nach unten.

»Auf der Treppe ist eine Schlange«, brüllte er, als er ins Wohnzimmer platzte.

Mehrere Gesichter, darunter das von Cathy d'Humières und das von Espérandieu, drehten sich zu ihm um.

»Wie sah sie aus?«, fragte der Schriftsteller ganz ruhig.

Servaz beschrieb sie mit aller Genauigkeit, zu der er fähig war.

»Sie sagen, sie sei über Ihren Schuh geschlängelt? Da hatten Sie aber Glück: Sie kamen soeben mit der giftigsten Schlange der Welt in Berührung. Ein Taipan, eine endemische Gattung Australiens. Eigentlich ist er eher ängstlich …«

Lang schien von diesem Zwischenfall kaum beeindruckt. Doch Servaz hatte deswegen noch immer weiche Knie.

»Gab es eine Schlange pro Terrarium?«, fragte er.

Lang nickte.

»Hat denn etwa keiner daran gedacht, die Terrarien zu zählen und diese verfluchten Biester zu verzeichnen?«, brüllte er viel zu laut und war sich der Hysterie in seiner Stimme durchaus bewusst. »Lang, wie viele Schlangen hatten Sie hier?«

Der Schriftsteller musterte ihn.

»Dreizehn«, antwortete er. »Taipan, Schwarze Mamba, Gelbgebänderter Krait, Blauer Krait, Königskobra, Brillenschlange, Puffotter, Terciopelo-Lanzenotter, Östliche Braunschlange, Texas-Klapperschlange, Gewöhnliche Tigerotter, Kettenviper und Schauer-Klapperschlange.«

Servaz nahm einen Beamten zur Seite.

»Haben Sie das gehört? Finden Sie diesen Crocodile Dundee und klären Sie ab, wie viele Schlangen sie haben. Und zwar dalli!«

Der Beamte verschwand im Laufschritt.

»Alle überaus giftig, nicht wahr?«

»Ja. Alle … Das Gift der Schlangen enthält Neurotoxine, die

das Nervensystem angreifen. Viele darunter sind auch hämato-toxisch, das heißt, sie verursachen eine Koagulopathie, also eine Blutgerinnungsstörung, in deren Folge aus allen natürlichen Körperöffnungen Blut fließt. Um Ihnen eine Größenordnung zu geben: Das Gift einer Schwarzen Mamba tötet einen Menschen innerhalb von zwanzig bis sechzig Minuten. Das Gift einer Krait ist hingegen fünfzehnmal stärker als das einer Kobra, das des Taipans – der Schlange, die Sie gestreift hat – ist zweihundert-mal giftiger als das der Schauer-Klapperschlange und zwanzig-mal stärker als das der Königskobra. Wie ich Ihnen bereits ge-sagt habe, handelt es sich dabei um die giftigste Schlange der Welt. Es heißt, ein Biss von ihr würde genug Gift enthalten, um hundert erwachsene Männer und 250 000 Mäuse umzubringen. Man trifft sie hauptsächlich in den trockenen Gegenden Zen-tralaustraliens an. Und natürlich tötet ihr Gift innerhalb weniger Minuten.«

Servaz ahnte, dass Lang unter anderen Umständen Gefallen an dieser erschütternden Ausführung gefunden hätte, doch in dieser Nacht begnügte er sich damit, die Fakten aufzuzählen, die zu-mindest heute tragische Konsequenzen nach sich gezogen hatten, und seinem Gesicht war nichts anderes anzusehen als der uner-messliche Schmerz, vielleicht gemischt mit heftigen Schuldge-fühlen.

»Fallen manche Ihrer Tiere nicht unter das Washingtoner Ar-tenschutzübereinkommen?«, fragte er.

Der Schriftsteller warf ihm einen misstrauischen Blick zu, ant-wortete jedoch nicht darauf. Servaz drehte sich in Richtung Wohnzimmer um.

»Kommt schon, gehen wir hier entlang. Hoffen wir mal, dass wir keine unangenehme Begegnung haben.«

»Diese Tiere sind schreckhaft«, wiederholte Lang. »Da riskie-ren Sie nicht sonderlich viel.«

»Das denken Sie? Ganz offensichtlich war das aber nicht das …«

Fast hätte er gesagt: »was Ihre Frau darüber dachte«, doch er brach gerade noch rechtzeitig ab. Dennoch sah er, wie das Gesicht des Witwers in sich zusammensackte.

»Tut mir leid«, fügte er hinzu. »Setzen wir uns.«

Lang nahm auf dem Sofa ihm gegenüber Platz. Espérandieu gesellte sich zu ihnen und setzte sich neben Servaz.

»Ich verstehe das nicht«, murmelte der Schriftsteller kopfschüttelnd. »Diese Tiere beißen nur dann zu, wenn sie sich bedroht fühlen …«

Er wirkte erschüttert. Servaz entdeckte an ihm nichts von diesem arroganten, selbstsicheren und provozierenden Mann, den er vor langer Zeit kennengelernt hatte. Der Schmerz und die Betroffenheit des Schriftstellers schienen tatsächlich echt zu sein.

»Wie lange waren Sie verheiratet?«

»Fünf Jahre …«

»Erzählen Sie, was passiert ist.«

»Das habe ich bereits …«

»Ich weiß«, sagte Servaz mit einer entschuldigenden Geste. »Aber wir müssen es von Ihnen hören.«

Langs Blick wanderte von einem zum anderen, dann blieb er bei Servaz hängen.

»Dann leiten Sie also die Ermittlung?«

»Ja.«

Lang nickte, sein Blick verweilte etwas zu lange auf Servaz, dann trug er seinen Bericht erneut in dem monotonen Tonfall eines Menschen vor, der etwas zum wiederholten Mal von sich gab. Er habe ein Geräusch gehört – vielleicht das eines zerbrechenden Fensters –, sei nach unten gegangen und habe von hinten einen Schlag abbekommen. Als er aufgewacht sei, sei er zunächst nach oben ins Schlafzimmer gegangen, um nachzusehen, ob es Amalia gut gehe, aber sie sei nicht im Bett gewesen. Er habe sie gesucht, bis zu dem Moment, als er gesehen habe, dass die Tür zu den Terrarien offen stand …

»Normalerweise ist sie geschlossen?«

»Ja. Und abgesperrt …«

»Wissen Sie, ob etwas gestohlen wurde?«, fragte Espérandieu.

»Das habe ich nicht überprüft.«

»Haben Sie eine Alarmanlage?«

»Nein. Wozu auch? Ich habe eine Waffe.«

»Was für eine Waffe?«

»Eine alte Astra mit sieben Schuss. Ich habe einen Waffenschein dafür.«

»Haben Sie einen Tresor?«

Lang nickte.

»Im Schlafzimmer, hinten in einem Schrank.«

»Was ist da drin?«

»Schmuck von meiner Frau, Bargeld, unsere Pässe, die Pistole …«

»Gibt es etwas anderes, das man Ihnen stehlen könnte?«

»Teure Uhren …«

»Wo sind die?«

»In einer Schublade in meinem Büro …«

»Würden Sie mal eben nachsehen?«

Lang stand auf. Nach ein paar Minuten kam er wieder zurück.

»Er hat nichts mitgenommen«, sagte er, als er wieder Platz nahm.

»Er. Weshalb vermuten Sie, dass es nur eine Person war?«, fragte Espérandieu.

»Keine Ahnung. Das war nur so dahingesagt.«

»Monsieur Lang, ich werde Ihnen ein paar … nun ja, sagen wir mal … persönliche … Fragen stellen müssen«, sagte Servaz.

Langs Gesicht verfinsterte sich, er presste die Kiefer aufeinander, runzelte auf eine bockige, unnachgiebige Weise die Stirn, nickte aber.

»Haben Sie Ihre Frau geliebt?«

Ein Aufblitzen in den Augen des Schriftstellers.

»Wie können Sie es wagen, daran zu zweifeln?«, fragte er mit schneidender Stimme.

»Haben Sie Feinde?«

Er sah, wie der Schriftsteller zögerte.

»Diese Formulierung ist vielleicht ein bisschen heftig«, antwortete er. »Aber ich bekomme regelmäßig ziemlich eigenartige private Nachrichten auf meiner Facebook-Seite. Die meisten meiner Leser sind ganz normale Leute, die zwischen Realität und Fiktion unterscheiden können, es gibt aber auch ein paar Individuen, denen dieser Unterschied nicht bewusst ist – und unter ihnen eine noch geringere Zahl von Leuten, denen nicht gefällt, was ich mache oder was ich darstelle, und die mir nichts Gutes wünschen …«

Servaz und Espérandieu sahen sich an.

»Können wir diese Nachrichten sehen?«

»Geben Sie mir eine Viertelstunde, bis ich sie zusammengesucht und ausgedruckt habe.«

Servaz nickte. Nach zwanzig Minuten kam Lang mit einem Haufen Blätter zurück. Servaz nahm sie an sich und ging sie rasch durch. »Lang, du widerliches Schwein, du bist nichts weiter als ein Dreckskerl, und du wirst draufgehen.« »Hey, Lang, bei dir dreht sich alles um Leichen, willst du vielleicht selbst eine werden?« »Lang, du Mistkerl, du hast die Mädchen vor zwanzig Jahren abgeknallt, du bist ein toter Mann.« »Lang, das ist kein Scherz, du wirst sterben.« »Lang, du schreibst wirklich widerliches Zeug, Typen wie du sollten krepieren.« Fassungslos sah Servaz die Nachrichten durch. Das ging so über mehrere Seiten. Er reichte sie an Vincent weiter, drehte sich zu Erik Lang um.

»Warum haben Sie nicht die Polizei benachrichtigt?«

4

MITTWOCH
VORMITTAG

Lang zuckte mit den Schultern.

»Wieso sollte ich? Das sind nur ein paar Durchgeknallte mit ihren Hirngespinsten an ihren Computern oder Handys, die sich auf meine Bücher eingeschossen haben ... Wie Freud schon sagte, Worte sind ein primitiver Teil der Magie, und deshalb bewahren sie viel von ihrer urtümlichen Macht. Mit Worten kann man jemanden sehr glücklich oder aber auch sehr unglücklich machen, mitreißen oder überzeugen und den Menschen ermöglichen, einander zu beeinflussen. Genau diese Macht der Worte versuchen solche Individuen gegen mich zu verwenden – sie haben nicht vor, das in die Tat umzusetzen ...«

»Capitaine«, sagte da eine Stimme.

Servaz wandte sich um. Fatiha Djellali stand mitten im Raum und winkte ihn zu sich. Er erhob sich und ging zur Gerichtsmedizinerin, die sich zu seinem Ohr beugte.

»Amalia Lang war unter dem Kommunionkleid nackt, und ich glaube, dass sie kurz vor ihrem Tod Sex hatte«, teilte sie ihm mit.

Langsam ging er zurück zur Sitzecke des Wohnzimmers, setzte sich und betrachtete Lang.

»Ihre Frau«, sagte er sanft. »Sie trägt ein Kommunionkleid unter ihrem Morgenmantel wie in Ihrem Roman ... Und darunter ist sie ... *nackt*. Haben Sie diese Nacht mit Ihrer Frau geschlafen?«

Lang schwieg einige Zeit.

»Das war nur ... eine kleine Spielerei unter uns. Eine Fantasie, wenn Sie so wollen ...«

»Nach dem, was 1993 passiert ist?«, fragte Servaz verblüfft. »War Ihnen das nicht unangenehm?«

Er sah, wie Lang erschauderte. Seine Augen verengten sich plötzlich, als er den Bullen musterte, ein Funkeln lag in seinem Blick.

»Was wissen Sie von 1993?«, fragte er.

»Der Fall mit den Kommunikantinnen: Ich gehörte zu dem Team, das Sie befragte.«

»*Sie?*«

Espérandieu und der Schriftsteller starrten Servaz nun mit derselben Eindringlichkeit an.

»Ja, *ich* …«

Lang musterte ihn einen Moment lang, bevor er antwortete.

»Ja, jetzt erinnere ich mich … damals hatten Sie lange Haare, man hätte Sie für einen Studenten halten können …« Er hielt kurz inne. »Sie waren der Einzige, der mich verteidigte, als dieser Typ mich geschlagen hat …«

In seiner Stimme lag noch immer Wut. Er hatte also nichts vergessen … Und sein Zorn war nach wie vor ungebrochen.

»Finden Sie das nicht eigenartig?«, fragte Servaz. »25 Jahre später, dieselbe Inszenierung?«

Wieder erschauderte Lang.

»Worauf wollen Sie hinaus? Ich habe es Ihnen bereits gesagt: Das hat nichts damit zu tun. Das war ein Spiel unter uns. Ein *sexuelles* Spiel«, fügte er noch hinzu.

»Und dieses … Spiel … haben Sie das oft gespielt?«

»Sehr selten … Wenn Sie den Roman gelesen haben, dann wissen Sie, wie gerne die Protagonistin in ihrem Kommunionkleid, das sie hinten in ihrem Schrank aufbewahrte, mit anderen Männern als ihrem Ehemann Sex hatte, der sie letztlich in diesem Kleid umbringt. Und nun ja, diese Fantasie ist tatsächlich meine … Fragen Sie mich nicht, weshalb: Solche Dinge kann man nicht erklären. Die Sexualität ist ein unbekannter Kontinent, Capitaine. Manche Männer verkleiden sich gerne als Frauen, manche Frauen haben gerne Sex im Auto, auf einem Parkplatz oder an einem Strand vor anderen Männern. Welcher Zusammenhang besteht da zu diesem Einbruch und dem Tod meiner Frau?«, warf er ein. »Es waren … es waren meine Schlangen, die sie umgebracht haben, Capitaine. Da müssen Sie nicht länger suchen: Wenn es einen Schuldigen gibt, dann bin ich das.«

Alles in seinem Gesicht wies auf einen untröstlichen Schmerz hin. Entweder hätte Erik Lang einen Oscar verdient, oder aber er war ehrlich. Mit einem Mal fiel Servaz wieder die kleine Psychologielektion ein, die der Schriftsteller ihnen damals, während seines Polizeigewahrsams, erteilt hatte. Wieder blickte er auf die Morddrohungen.

»Wir werden Ihren Computer konfiszieren«, sagte er. »Außerdem brauchen wir Ihre Facebook-Passwörter. Sind Sie auch noch auf anderen sozialen Netzwerken unterwegs?«, wollte er wissen.

»Twitter, Instagram.«

»Haben sich diese Individuen auch woanders als auf Facebook geäußert?«

»Nein.«

»Keine Briefe im Briefkasten?«

»Nein.«

»Hatten Sie nie den Eindruck, verfolgt zu werden?«

»Nein.«

»Keine Anrufe, ohne dass sich jemand am anderen Ende meldete?«

»Doch. Natürlich. Wie jeder andere dank dieser verfluchten Telefonhotlines.«

»Keine Anrufe mitten in der Nacht?«, fuhr Servaz fort und dachte dabei an den alten Fall.

»Nein.«

»Also gar nichts Auffälliges?«

»Wie ich bereits gesagt habe, ich habe ein paar bizarre Fans. Aber mehr steckt nicht dahinter … die meisten meiner Leser sind ganz normale, ausgeglichene Menschen. Sagen Sie, werden Sie mich dieses Mal auch in Polizeigewahrsam nehmen?«, fügte Lang säuerlich hinzu. »Ich habe meine Frau geliebt, Capitaine. Sie war für mich das Wertvollste auf der Welt, das Allerwichtigste. Ich weiß nicht, was ohne sie aus mir werden soll, aber ich weiß, dass es meine Schlangen waren, die sie umgebracht haben. Ohne diese verfluchten Reptilien wäre sie noch immer am Leben.«

Servaz hielt Langs Blick stand. Er war finster, Verbitterung hatte den Schmerz ersetzt. Aber es war eine Verbitterung, die er gegen sich selbst richtete.

»Wer sagt Ihnen, dass es nicht der Schlag war, den sie abbekommen hat?«

Wie 1993, dachte er.

»Ich habe die braunhaarige Frau gehört«, erwiderte Lang. »Sie ist doch die Gerichtsmedizinerin, oder? Sie geht nicht davon aus, dass der Schlag tödlich war.«

Servaz dachte an das, was der Spezialist gesagt hatte.

»Sind Ihre Schlangen aggressiv genug, um eine reglose Frau zu beißen, die keine Gefahr für sie darstellt?«, fragte er.

Lang schüttelte den Kopf.

»Ihr Instinkt würde sie eher zur Flucht animieren. Wenn sie reglos war, dann hätten sie sie in Ruhe lassen und sich einfach an ihr vorbeischlängeln sollen. Zumindest die meisten von ihnen … Dass eine davon zugebissen hat, das ist vorstellbar, wenn sie zum Beispiel auf sie gefallen ist oder nicht weit von ihr entfernt war. Aber so viele Bisse, das … das ist völlig unverständlich.«

Servaz dachte wieder an die Worte des Schlangenspezialisten: »Ich verstehe diese ganzen Bisse nicht.« Hatte jemand die Schlangen dazu gebracht, Amalia Lang zu beißen? Aber wie? Und weshalb?

»Überall waren Schlangen«, fuhr der Ehemann fort. »Ich hätte sie an den Füßen da rausgezogen, aber sie atmete nicht mehr. Also habe ich ihr … eine Herzmassage verabreicht … doch ich konnte nichts mehr für sie tun. Da habe ich die Tür zu dem Raum zugesperrt und den Notruf gewählt.«

Servaz stellte sich Erik Lang vor, wie er versuchte, seine tote Frau inmitten der vielen giftigen Schlangen wiederzubeleben, und schluckte heftig.

Sie verließen Langs Haus kurz vor acht Uhr morgens wieder. Draußen war es taghell. Als er ans Licht kam, ging Servaz ein paar Schritte und sog die kalte Morgenluft tief ein, dann zündete er sich eine Zigarette an. Die Hälfte der Streifenwagen war wieder abgefahren, die andere Hälfte warf ihre kreisenden Blaulichter in den Himmel.

Sein Gehirn versuchte, die Szene, die er gerade miterlebt hatte, kühl zu analysieren. Etwas war geschehen, vor sehr langer Zeit, in einer ähnlichen Nacht, und die Vergangenheit tauchte ohne Vorwarnung erneut auf – eine Vergangenheit, die er unbedingt hatte vergessen wollen, die ihn fast von seiner Berufung abgebracht hätte.

Die Ermittlung damals war schiefgegangen, aber damals war er nur ein kleiner Hanswurst. Heute hingegen hatte er etwas zu sagen, traf die Entscheidungen: Er bestimmte, wie eine Ermittlung verlief. Mit dem Druck wurde er fertig. Aber mussten nicht alle damit fertigwerden? Doch das hier, die Vergangenheit und ihr Wiederaufleben – er wusste nicht, ob er damit klarkommen würde. Vielleicht hätte er darum bitten sollen, dass sein Team von diesem Fall abgezogen wird.

»Was hat es mit dieser Geschichte auf sich?«, fragte Espérandieu, als er zu ihm aufschloss. »Kannst du mir das jetzt erklären?«

»Bei einem Kaffee«, antwortete er, während er zu Ende rauchte.

Er stieg wieder ins Auto, und sie fuhren etwa zehn Minuten, bis sie an der Route de Narbonne eine Bar fanden, die geöffnet hatte. Servaz bestellte sich einen Espresso, Espérandieu einen Café crème mit zwei Croissants. Die verschlafenen Studenten um sie herum unterhielten sich leise, als würden sie die vergangene Nacht gerne noch etwas länger hinauszögern, bevor sie sich einem neuen Tag voller Hörsäle und Sprachlabore stellten. Dann fasste er die Ereignisse von 1993 so gut er konnte zusammen. Sah, wie die Augen seines Stellvertreters immer größer wurden. Servaz ließ nichts aus, nicht einmal den Polizeigewahrsam von Lang.

»Verdammt!«, rief Espérandieu, und Servaz musste daran denken, dass Vincent damals erst fünfzehn Jahre alt war: Er wusste vielleicht noch nicht einmal, dass er eines Tages bei der Polizei arbeiten würde.

Sicher, es kam auch heute noch zu polizeilichen Übergriffen – aber ein Verhör hatte nicht mehr viel mit den angespannten, verkrampften und gewalttätigen Konfrontationen von früher gemein. Manche der alten Kollegen weinten ihnen nach, waren der Meinung, dass die Verdächtigen damals zumindest auspackten und die Ganoven den Bullen nicht in Anwesenheit ihrer Anwälte ins Gesicht lachen konnten. Heute gaben nur die Gelegenheitsverbrecher, die Amateure, ihre Verbrechen zu … Servaz erinnerte sich daran, dass die Knastbrüder damals von ihnen erwarteten, dass sie »sich aufspielten« – diejenigen, die Teil des organisierten Verbrechens waren –, aber diese Epoche war schon lange vorbei: Inzwischen ging es nur noch um Zahlen, Festnahmen und abermals Festnahmen … Völlig egal, ob es sich dabei nur um Normalsterbliche handelte und ihnen die großen Fische nicht ins Netz gingen. Würde er morgen den Volksfeind Nummer eins festnehmen, würde ihm das weniger Lob einbringen als die Festnahme eines Buchhalters, der ein paar Millionen Euro unterschlagen hatte.

Sein Handy vibrierte. Er sah sich die SMS an, die erschien:

Gustav ist in der Schule. Hat eine gute Nacht gehabt. Küsse für seinen Papa. Von mir auch

Beim Lesen dieser Nachricht bekam er einen Knoten im Bauch. Genau das machte Charlène Espérandieu mit ihm. Diese rein körperliche Macht, die unmöglich ignoriert werden konnte, so wie ein Heroinsüchtiger den Entzug nicht ignorieren konnte. Früher einmal hatten sie sich zueinander hingezogen gefühlt, das war schon fast unwiderstehlich gewesen, und er wusste, dass dem noch immer so war, aber sie hatten entschieden, kein Wort darüber zu verlieren und einander aus dem Weg zu gehen. Dennoch lächelte er und dachte an seinen Sohn.

»Du hast mir noch nie von dieser Geschichte erzählt«, sagte Vincent da von der anderen Seite des Tisches.

Er zögerte.

»Das war mein erster Fall in Toulouse«, rechtfertigte er sich, »und ich bin nicht sonderlich stolz darauf.«

»Damals warst du nicht der leitende Ermittler. Du darfst dir keine Vorwürfe machen, weil das schiefgelaufen ist.«

»Nein.«

»Glaubst du denn, dass dieser Junge, der sich erhängt hat, unschuldig war?«

Er zuckte mit den Schultern.

»Keine Ahnung ... Da gab es viele Unklarheiten.«

Espérandieu verzog zweifelnd das Gesicht.

»Wenn der eigentliche Täter der Justiz entkommen ist, warum sollte er dann 25 Jahre später wieder damit anfangen? Und warum sollte er sich direkt mit Erik Lang anlegen?«

Servaz klopfte mit der Fingerspitze auf den Tisch.

»Ich weiß es nicht ... aber irgendwie gibt es zwischen all dem eine Verbindung: die Vergangenheit, die Gegenwart, Erik Lang, sein Roman, die Opfer damals und seine Ehefrau heute, alle drei in Kommunionkleidern aufgefunden ... Die Verbindungen sind nicht von der Hand zu weisen, allerdings müssen wir noch weiter gehen und herausfinden, was diese ganzen Zufälle überdecken – was sie *verursacht*. Was oder *wer* ... Wir dürfen nicht vergessen, dass der Junge damals behauptete, jemand würde hinter dem Ganzen stecken, jemand, der *keine Gnade walten* lässt.«

»Glaubst du etwa an die Theorie eines Strippenziehers?«

»Darum geht es gar nicht. Wir dürfen nichts außer Acht lassen. In der Vergangenheit haben wir etwas übersehen, uns hat ein Puzzlestück gefehlt – und dieses Stück ist der Schlüssel zu allem ...«

Um zehn Uhr an diesem Vormittag versammelte er die Ermittler seines Teams. Samira Cheung, Espérandieu und Guillard waren da, ein kahlköpfiger, schlauer Kerl um die vierzig mit lachenden blauen Augen, der von der Einheit zur Bekämpfung von Glücksspielkriminalität kam.

»Im Golfklub gibt es Überwachungskameras«, sagte er ohne weitere Einleitung. »Das ist der einzige Weg zu Langs Haus. Guillard, du holst dir die Aufnahmen von der Nacht und siehst sie dir an. Überprüfe, ob in den Stunden vor dem Einbruch ein Auto dort vorbeigekommen ist. Dasselbe gilt für die Tage und Nächte davor, bis zu einer Woche vor dem Vorfall. Notiere alle Autos, die nicht am Golfklub angehalten haben, schreib dir die Nummernschilder auf und kontrolliere, ob es sich um Bewohner dieser Gegend handelt. Sollte das nicht der Fall sein, befragen wir die Fahrzeughalter.«

Guillard nickte. Jetzt sah er nicht mehr wie ein zu Scherzen aufgelegter Kobold aus. Als Nächstes wandte sich Servaz an Espérandieu und Samira.

»Sobald die Gerichtsmedizinerin uns das Kommunionkleid und den Morgenmantel zurückgegeben hat, will ich, dass alle DNA-Spuren darauf festgehalten werden. Auf den Terrarien und im Haus wurden die DNA-Spuren und die Fingerabdrücke bereits genommen, die Ergebnisse bekommen wir in den nächsten Tagen. Samira, du kümmerst dich um die sozialen Netzwerke und die Fans von Lang im Internet, irgendwelche Foren und Blogs … Alles, was aus der Masse heraussticht … Alles, was auf ein überdurchschnittliches Interesse für Erik Lang, sein Leben, sein Werk hinweist …«

Die junge Franko-Sino-Marokkanerin nickte; sie hatte die Füße auf dem Tischrand abgelegt und kippte mit dem Stuhl nach hinten. Sie trug einen langen schwarzen Mantel mit zweireihigen goldenen Knöpfen im Offiziersstil und einer Kapuze, dazu eine eng anliegende Lederhose, ein T-Shirt mit dem Union Jack und Stiefel mit umgekrempeltem Kunstfell in Pantherimitation. Ihre Augen hatte sie mit einem Eyeliner, schwarzem Kajal und dunklem Lidschatten betont, dazu trug sie leuchtend roten Lippenstift, der das Piercing in der Mitte ihrer Unterlippe hervorhob. Außerdem waren ihre Haare rotviolett gefärbt. Eine Goth-Version von Rotkäppchen. Samira Cheung faszinierte ebenso sehr, wie sie abstieß. Sie ließ niemanden gleichgültig. Abgesehen davon, dass er noch nie zuvor ein so hässliches Gesicht und einen so perfekten Körper gesehen hatte, hatten ihre Eigenschaften als Ermittlerin, in denen sie Espérandieu in nichts nachstand, umgehend Servaz' Aufmerksamkeit erregt – die beiden besten Köpfe der Mordkommission.

»Na prima«, meinte Samira, »und ich hatte gehofft, ich würde ein bisschen an die frische Luft kommen …«

»Ich bin noch nicht fertig«, unterbrach er sie. »Es ist gut möglich, dass dieser Fall mit einem anderen zusammenhängt …«

Fünf Minuten später, als er den Fall der Kommunikantinnen zusammengefasst hatte, hatte sich eine eigenartige Mischung aus Verblüffung und Ratlosigkeit ausgebreitet. Alle am Tisch waren sich bewusst, dass jemand die Büchse der Pandora geöffnet hatte. Wenn die Vergangenheit auftaucht und sich mit einer laufenden Ermittlung vermischt, dann ist das der Albtraum eines jeden Polizisten.

5

Um 14:30 Uhr am selben Tag betrat Servaz den Saal im Gerichtsmedizinischen Institut, wo ihn Doktor Fatiha Djellali erwartete. Sie hatte ihre dunklen Haare zu einem strengen Dutt zusammengebunden und zog sich Schürze und Arbeitskittel an. Außerdem hatte sie sich die Zeit genommen, sich zu schminken und etwas Lippenstift aufzutragen.

Sie sah ihm mit der freundlichen Aufmerksamkeit entgegen, die sie jedem ihrer Gesprächspartner zuteilwerden ließ, und schüttelte ihm herzlich die Hand. Dann holte sie eine durchsichtige Schutzhülle, die an einem Garderobenhaken hing und sorgfältig beschriftet war.

»Das Kommunionkleid und der Morgenmantel«, sagte sie. »Ich nehme an, Sie werden sie untersuchen lassen …«

»Danke«, sagte er und legte die Hülle auf einem freien Metalltisch ab.

Auf der Arbeitsplatte entdeckte er ein dickes Buch über Giftschlangen.

Sie gingen zu dem Tisch, auf dem die Leiche lag, und Fatiha Djellali entfernte das weiße Laken. Erneut überraschte ihn, wie stark abgemagert Amalia Lang war. Die Beckenknochen, Schlüsselbeine und Kniescheiben schienen die dünne, blasse Haut durchbohren zu wollen. Ihr Gesicht war abgeschwollen, und ihre Wangenknochen standen jetzt ebenso deutlich hervor wie ihre übrigen Knochen. Servaz entdeckte viele Bisswunden im Gesicht, am Hals und an den Beinen des Opfers. Alle wiesen einen anderen Abdruck auf, aber neben den beiden Halbkreisen, die von dem Gebiss des Reptils herrührten, ließen sich deutlich die beiden Löcher von den Giftzähnen ausmachen. Er war kein Spezialist, fragte sich jedoch abermals, wie eine so beachtliche

Zahl Schlangen Amalia Lang gleichzeitig hatte beißen können. Er zählte sieben Bisswunden. Sieben von dreizehn … Für vermeintlich furchtsame Tiere war das ein ziemlich erbittertes Wüten …

»Amalia Lang, 48 Jahre, Ehefrau von Erik Lang«, fing die Gerichtsmedizinerin an.

Dieses Mal – im Gegensatz zu 1993 – wohnte Servaz der Autopsie bis zum Schluss bei. Seit damals hatte er sich einige solcher Prozeduren angesehen. Fatiha Djellalis Schlussfolgerung blieb dieselbe wie am Tatort: Aller Wahrscheinlichkeit nach war Amalia Lang aufgrund der Menge der injizierten Gifte – und deren starker Toxizität – an einem anaphylaktischen Schock gestorben. Atemnot und Herzstillstand. Vermutlich war noch nie zuvor jemand gleichzeitig von einer Puffotter, einer Schwarzen Mamba, einer Kobra, einem Taipan und einem Krait gebissen worden, aber die Gerichtsmedizinerin ging davon aus, dass das Opfer nach nur wenigen Minuten gestorben war. Doktor Djellali hatte Fotos von jeder Bisswunde gemacht und wollte sie den weltweit renommiertesten Herpetologen schicken, für die das bestimmt von Interesse war.

Abgesehen davon hatte Amalia Lang kurze Zeit vor ihrem Tod tatsächlich Geschlechtsverkehr gehabt – was die Aussage ihres Mannes bestätigte –, und ihre extreme Magerkeit war entweder einer strikten Diät oder aber einer Krankheit zuzuschreiben – sie mussten unbedingt mit ihrem Hausarzt sprechen und Lang dazu befragen –, denn ihr Magen war abnormal verkleinert.

»Natürlich werden die laufenden Analysen diese Hypothesen entweder bestätigen oder widerlegen«, schloss Doktor Djellali mit bedachtem Lächeln.

Vom Gerichtsmedizinischen Institut düste Servaz weiter, um seinen Sohn von der Schule abzuholen. Unbehaglich stand er inmitten der Mütter und Familienväter, die ihre Sprösslinge im schwächer werdenden Licht empfingen, und wartete auf Gustav, der schließlich wie ein Tornado aus dem Gebäude auftauchte, eine plötzliche Vollbremsung hinlegte, sich nach ihm umsah und dann wie eine lasergelenkte Bombe auf ihn zuhielt. Servaz lachte nervös.

»Heutehabeichdiewörtergelerntdiemitkaanfangen!«, rief Gustav.

»Bitte? Was?«, fragte er und wuschelte durch die Haare seines Sohnes.

»Die Wörter, die mit K anfangen«, wiederholte der Junge geduldig, als hätte er es mit einem geistig Minderbemittelten zu tun. »Kaktus, Katze, Kaffee, Kahn, Küken, Karawane«, zählte der Junge stolz auf.

»Klo, Kacka«, fügte sein Vater mit vorgetäuschtem Ernst hinzu.

»Oh!«, platzte Gustav lachend heraus.

Kadaver, Kaptivation, Kalkül, dachte er. *Kreuzigung, Krebs, Käfig, Krimineller, karbonisieren, Keller, kryptisch, Katastrophe ...* Er drückte seinen Sohn an sich und sog dessen Duft in sich ein. Mit 49 Jahren war er zum zweiten Mal Vater geworden, aber dieses Mal hatte er niemanden an seiner Seite, der ihm half, mit dieser Vaterschaft zurechtzukommen. *Du kannst nicht mehr so weitermachen wie früher. Du bist jetzt nicht mehr allein. Jemand ist von dir abhängig, jemand Verletzliches, Unbescholtenes ... Dieser kleine Mann braucht dich ebenso sehr, wie du ihn brauchst. Also keine unnötigen Risiken, mein Freund, verstanden?*

Er ging mit dem Jungen zum Auto, schloss die Tür hinter ihm, nachdem er ihn angegurtet hatte. Als er um das Auto herumging, fragte er sich, wann sein Sohn sich dazu entschließen würde, ihn »Papa« zu nennen.

An diesem Abend skypte er mit Margot. Seine Tochter erschien mit dem Baby im Arm auf dem Bildschirm. Servaz hatte sich noch immer nicht an diese Technologie gewöhnt, die es einem erlaubte, Toulouse mit Montreal zu verbinden und in den persönlichen Wohnbereich eines anderen einzudringen, wodurch die Welt um einiges kleiner wurde und ein gutes Stück ihrer Magie einbüßte. Er erkannte darin einen Fortschritt, aber auch eine schreckliche Gefahr – die einer Welt ohne Mauern, Türen, Winkel, wo man sich verstecken konnte, ohne die Möglichkeit, fernab von Lärm und Verfügungen nachzudenken. Eine der Unverzüglichkeit überlassene Welt, dem Urteil der anderen, dem Einheitsdenken und der Denunziation, in der einen die geringste Abweichung von der Norm erst verdächtig und schließlich schuldig macht, in der Gerüchte und Vorurteile die Gerechtigkeit und die Beweise ersetzen, eine Welt ohne Freiheit, ohne Mitgefühl, ohne Verständnis.

Er plauderte eine Weile mit Margot, die ihre Haare rot gefärbt hatte und in Hochform zu sein schien, mit ihren geröteten Wangen, als würde sie gerade von draußen hereinkommen, was vielleicht sogar der Fall war: Er konnte den Schnee durch das Fenster hinter ihr sehen, und die Bäckchen seines Enkels Martin-Elias, der in ihren Armen brabbelte und noch seine Wollmütze trug, erinnerten an zwei Red-Delicious-Äpfel.

»Geht's dir gut, Papa?«, fragte sie.

Mit 27 Jahren hatte Margot sich eine Auszeit genommen, um ihren Sohn großzuziehen, und das schien ihr gutzutun. Ihr Blick leuchtete, und die Dämonen der Vergangenheit schienen gebannt.

»Willst du mit Gustav reden?«, fragte er.

Er ließ sie allein – *Halbbruder, Halbschwester,* dachte er, er konnte sich einfach nicht daran gewöhnen –, dann klinkte er sich wieder ein. Er hatte Gustav mehrmals lachen gehört.

»Es scheint ihm gut zu gehen«, sagte sie, nachdem Gustav weggegangen war.

»Er hat noch immer Albträume«, antwortete er und versuchte, der Angst in seiner Stimme Herr zu werden.

»Das ist ganz normal, Papa. Aber weniger als früher?«

»Ja, viel weniger.«

»Verlangt … verlangt er nach seinem … *Vater?*«

»Das ist nicht sein Vater.«

»Du weißt sehr wohl, was ich meine.«

»Immer weniger. Es ist schon einen Monat her, seit er das letzte Mal nach ihm gefragt hat.«

»Und er lacht viel …«

Das stimmte. Anfangs hatte Gustav gar nicht gelacht. Fast stumm war er gewesen, apathisch, gleichgültig, wenn er nicht gerade einen Anfall bekam und nach seinem »anderen« Vater verlangt hatte. Das war inzwischen anders … Innerhalb weniger Monate hatte er enorme Fortschritte gemacht. Außerdem ging Gustav zu einer Psychiaterin. Nach und nach, mit dem Einverständnis der praktizierenden Ärztin, hatten sie von zwei Sitzungen in der Woche auf eine, dann auf eine alle vierzehn Tage reduziert.

»Gib ihm etwas Zeit«, meinte seine Tochter abschließend.

Es war etwa ein Uhr morgens, als ihn das Geräusch weckte. Ein einziger Schrei. Erstickt. Nah und fern zugleich. Dann nichts mehr. Seine Sinne waren sofort in Alarmbereitschaft: Er hatte Gustavs Stimme erkannt … Mit klopfendem Herzen schob er die Bettdecke von sich. Lauschte. Doch in der Wohnung, wie auch im restlichen Gebäude, war es absolut still.

Dabei war er sich sicher, etwas gehört zu haben. Er schaltete die Nachttischlampe ein, setzte sich und stand dann auf. In seinem neun Quadratmeter großen Zimmer standen nur ein Bett, ein Schrank, ein Stuhl und eine Kommode. IKEA-Möbel für ein Zimmer, in dem er lediglich schlief. Er ging zur Tür, die immer nur angelehnt war. Der Gang war in einen diffusen Grauschleier getaucht, der aus dem Wohnzimmer kam, Gustavs Zimmertür war die erste auf der rechten Seite. Im Halbdunkel war sie nicht von der schwarzen Wand zu unterscheiden, doch er wusste genau, wo sie war. Er spitzte die Ohren. Nichts … Warum also presste ein Schraubstock seine Brust zusammen? Er ging einen Schritt weiter. Legte die Hand auf den Türgriff. Drehte ihn und drückte sie auf. Sogleich erfasste ihn eine Eiseskälte. Im Schein des Nachtlichts saß Gustav mit offenen Augen am Kopfende des Bettes. Genau das hatte er gehört: Sein Sohn hatte wieder einmal einen Albtraum gehabt.

Der Junge hatte gar nicht bemerkt, dass die Tür aufgegangen war, sondern starrte auf die andere Seite des Zimmers, direkt vor sich. Servaz wollte eintreten, doch instinktiv hielt ihn etwas davon ab. Dann plötzlich das Gefühl, noch etwas anderes im Zimmer wahrzunehmen – eine bösartige, heimtückische Präsenz –, und die Kälte, die er gespürt hatte, drang ihm durch Mark und Bein. Er drehte den Kopf nach links. Langsam. *Sehr* langsam … Als widerstrebte es ihm, das zu tun, als fürchtete er, was er dort entdecken könnte.

»Es sieht so aus, als wäre dir kalt, Martin. Du zitterst ja«, sagte Julian Hirtmann da bedächtig.

Er konnte den Blick nicht von dieser hochgewachsenen Gestalt am Fußende des Bettes abwenden, hielt die Luft an. Die Silhouette zeichnete sich vor der grauen Helligkeit des Fensters ab. Die im Schatten liegenden Gesichtszüge konnte Servaz nicht deutlich ausmachen, wohl aber erahnte er die wie Edelsteine funkelnden Augen und das Lächeln, ein schmaler Strich wie eine Narbe. Erstarrt, irreal. Finster. Ihm gefiel nicht, wie Hirtmann seinen Sohn ansah. Oder wie sein Herz, nunmehr überzogen von einer Eisschicht, das Blut in alle Bereiche seines Körpers jagte. Gern hätte er etwas gesagt, aber er bekam keinen Ton heraus, jedes Wort blieb in seiner Kehle stecken. Er spürte, wie ihm die Galle hochkam.

Und dann, ganz unvermittelt, nahm er noch etwas anderes wahr: eine zweite Präsenz, rechts von sich … Sein Geist war so mit Hirtmann beschäftigt gewesen, dass diese ihm bislang entgangen war – doch es war, als würde ein winziger Lufthauch von dort kommen.

Ohne ein Wort zu sagen, stocksteif, mit Ausnahme des Halses, drehte er den Kopf langsam in diese Richtung. An der Stelle zwischen dem Nachttisch mit dem eingeschalteten Nachtlicht, der Wand und der Tür. Da war sie: *Marianne* … Sie kauerte in einer ebenso eigenartigen wie unverständlichen Haltung da. Statt ihren Sohn anzusehen – *ihrer beider* Sohn –, hatte sie ihm den Rücken zugewandt und starrte auf die Wand nur wenige Zentimeter vor ihrem Gesicht, berührte sie fast mit der Stirn. Im Halbschatten sah er nur ihr Profil. Streng, verschlossen, feindselig. Warum tat sie das? Warum kehrte sie Gustav den Rücken zu und weigerte sich, ihn anzusehen?

Sieh ihn an! Er ist dein Sohn!

Dann richtete er seine Aufmerksamkeit wieder auf Gustav, und sein Unwohlsein nahm weiter zu. Was er in den Augen des Kindes sah, war Schrecken. Gustav hatte Angst … *Angst vor den beiden.* Sowie ihm das klar war, spürte er Wut in sich aufwallen; sein väterlicher Instinkt erlangte die Oberhand, und endlich rührte er sich. Hastete zum Bett. Gustav hatte die Beine angezogen, die Knie gegen die Brust gepresst, und Servaz erkannte, dass nicht die beiden ihm Angst einjagten, *sondern das, was im Bett war.*

Mit pochendem Herzen riss er die Bettdecke weg und erstarrte. Dutzende Schlangen – schwarz, grau, gestreift –, alle lang und glänzend wie die Seile auf der Brücke eines Schiffes, wanden sich zwischen Laken und Bettdecke. Nur wenige Zentimeter von Gustavs Füßen entfernt. Er schrie.

Und wachte auf.

Er war schweißgebadet. Sein Herz pochte noch genauso wild wie in seinem Traum; er setzte sich im Bett auf und zwang sich, ruhiger zu atmen. Wie so häufig war ihm dieser Traum so real erschienen, dass sich das Unwohlsein, das sich in ihm ausgebreitet hatte, nur langsam auflöste.

Er erhob sich, ging bis zum Zimmer des Jungen und drückte die Tür auf. Gustav schlief, den Daumen im Mund, seine blonden Wimpern zitterten. Als Nächstes durchstöberte Servaz den Arzneischrank im Badezimmer: Der Schmerz in dem Backenzahn war wieder da. Dann schaltete er im Büro den Laptop ein, schlenderte in die Küche, wo er einen Teebeutel in heißes Wasser tauchte und sich eine Schmerztablette mit einem Schluck Tee einwarf, ehe er zurück zum Schreibtisch ging.

In dieser Nacht würde er keinen Schlaf mehr finden.

Es war 1:13 Uhr morgens, und die schmale Landstraße zog im Scheinwerferlicht vorbei. Das Mondlicht überflutete die Landschaft, Nebelschwaden hingen in den Schluchten, ebenso wenig greifbar wie Träume. Der dunkelgraue Himmel ließ Wälder und Haine aufragen, als würden Riesen in geschlossenen Reihen auf den Hügelketten stehen. Zäune wiesen darauf hin, dass es hier Bauernhöfe und Reitställe gab. Hin und wieder tauchte eine Kapelle am Straßenrand auf, verschwand jedoch gleich darauf wieder in der Dunkelheit.

Er fuhr ruhig, aber schnell. Sah jede Kurve, jede Kreuzung voraus. Zu dieser Stunde bremste er an den Stoppstellen kaum ab. Er hatte das Fenster heruntergelassen, und die belebende Frische der Nacht streifte über seine Wangen. Das Radio lief; gedämpft leisteten ihm die Moderatoren des nächtlichen Programms Gesellschaft. Er liebte diese Fahrten durch die Finsternis, in der er von unbekannten Stimmen gewiegt wurde, die leiser redeten, als sie das bei Tag getan hätten. Ihm war aufgefallen, dass sie weniger Schwachsinn von sich gaben als ihre Kollegen der Tagessendungen. Vielleicht weil die Nacht einen mehr zum Nachdenken anregte, genau wie zu Heimlichkeiten und Geheimniskrämerei …

Er hatte die Mautstelle von Toulouse-Est auf der A 68 nicht genommen, sondern die Autobahn vor etwas mehr als 20 Minuten verlassen, dennoch schien ihm die Gegend, durch die er fuhr, aus einer so weit zurückliegenden Epoche wie der Eiszeit zu stammen – aus einer Epoche, in der es noch keine Funkantennen für Handys gab und auch keine Industrieviertel oder Wohnsiedlungen, die wie Pilze aus dem Boden schossen, genauso wenig wie die strahlenden Galaxien der Straßenbeleuchtungen. Nachts mehr noch als tagsüber schien es zwei Welten zu geben – die nichts als die Straßen, die sie verbanden, gemein hatten.

Er rauchte im Auto und warf die Zigarette durch das offene Fenster nach draußen, als er sich seinem Ziel näherte: ein unbefestigter Parkplatz im Wald, nach einer Kurve. Am Rand eines Flusses, dessen Windungen sich die Kurve anpasste. Der rote DS4 mit dem weißen Dach war bereits da. *Nicht gerade ein unauffälliges Auto, wenn man kein Aufsehen erregen will,* sagte er sich, als er daneben anhielt.

Er schaltete den Motor ab.

Hörte das Rauschen des Flusses im Dunkeln. Spürte die Erregung in sich aufsteigen. Die Erregung, sie zu sehen, in ihrer Nähe zu sein, sie zu berühren … Sie hatte einen Wahnsinnskörper, und ihr Verlangen stand dem in nichts nach. Sie war größer als er, und auch das erregte ihn. Genau wie ihre spindelförmigen und etwas zu muskulösen Schenkel, die sie zu jeder Gelegenheit gerne präsentierte. Die Tätowierung neben ihrem Schambein. Das Piercing an ihrem Bauchnabel. Und dieses andere, sehr viel intimere. Ihr Geschlecht mit den winzig kleinen Schamlippen.

Er spürte, dass er gleich einen Steifen bekommen würde, und atmete tief durch. Das war der Nacht, dem Wald, der Fahrt und der Gegenwart von Zoé an diesem verlassenen Ort geschuldet. Aber er durfte nicht. Nicht in dieser Nacht. Auch nicht in den folgenden. *Niemals mehr …* Für ihn war es vorbei. Er öffnete die Tür und stieg aus, zutiefst betrübt.

Zermalmte auf dem Weg zum DS4 kleine Steinchen unter seinen Sohlen. Zog die Beifahrertür auf und setzte sich. Sie sah ihn an und küsste ihn. Ein rascher Kuss, ohne Begeisterung, den er abkürzte. Für gewöhnlich würde er jetzt eine Hand zwischen ihre Schenkel schieben, aber ihm war nicht danach. Genauso wenig wie ihr.

»Was passiert ist, ist ganz schrecklich«, sagte sie. »Es tut mir leid, Erik. Unsäglich leid. Ich weiß nicht, was ich sagen soll …«

Er nickte, schwieg einen Moment lang.

»Genau deshalb bin ich hier«, sagte er. »Wir dürfen uns nicht mehr sehen, Zoé … vorerst …«

Um 8:45 Uhr am nächsten Tag trat Servaz aus dem Aufzug und ging in sein Büro. Er hatte fast kein Auge zugemacht, fühlte sich aber, wie so häufig in solchen Momenten, in Topform, mit wachem Geist und leichtem Körper, das Adrenalin floss freudig durch seine Venen. Die Auswirkungen der Müdigkeit würde er erst später zu spüren bekommen.

Er befüllte die Kaffeemaschine auf der metallenen Aktenablage mit Wasser und Kaffeepulver, schaltete den Computer ein und

wollte sich ins LRPPN einloggen, das Programm der Police nationale, in dem Verfahren erfasst wurden – dem Feind Nummer
eins der Polizisten im Außeneinsatz, ebenso praktisch wie eine
Bazooka in den Händen eines Snipers –, als sein Telefon auf dem
Schreibtisch klingelte.

»Servaz«, meldete er sich.

»Ich habe einen Doktor Olivier in der Leitung, ein Notar, der
mit Ihnen sprechen will«, ließ ihn der Beamte an der Zentrale
wissen.

Servaz dachte kurz nach, aber er erinnerte sich an keinen Olivier.

»Stellen Sie ihn durch.«

»Guten Tag, Monsieur Servaz«, meldete sich nach zwei Klin-
geltönen eine feierliche Stimme, die an einen Oberkellner erinnerte. »Es tut mir leid, wenn ich Sie störe. Hier Notar Olivier aus
Auch. Haben Sie einen Moment Zeit für mich?«

»Worum geht es denn?«, fragte er.

Er hatte noch nie von diesem Notar gehört.

»Es geht um das Erbe Ihres Vaters«, erwiderte der Notar sachlich.

Servaz zuckte zusammen. Um seinen Vater? Das Erbe seines
Vaters lag schon lange zurück … Knapp dreißig Jahre tatsächlich.

»Ich habe die Nachfolge von Notar Saulnier angetreten, der
sich nach vierzig Jahren guter und treuer Dienste in den wohlver-
dienten Ruhestand zurückzieht«, erklärte er. »Ein Heiliger von
einem Menschen, Notar Saulnier, ein Notar der alten Schule, was
für ein Verlust …«, fügte er noch hinzu, als stünde der Mann kurz
davor, das Zeitliche zu segnen. »Aber nun ja, was für ein Chaos in
seinen Unterlagen … Kurz, wir haben ganze Kartons gefunden,
Sie verstehen schon, was ich sagen will.«

Servaz verstand nicht.

»Wie es scheint, war Notar Saulnier etwas nachlässig, was das
Verwalten der ihm vorliegenden Akten betraf. Unter den Doku-
menten, die wir ausgegraben haben, war ein an Sie adressierter
versiegelter Umschlag. Wohin soll ich Ihnen den schicken?«

Er runzelte die Stirn.

»Ein an mich adressierter Umschlag?«

»Nun, Ihr Vorname steht darauf. ›Martin‹ in Tintenschrift, leicht verwischt, aber dennoch gut zu lesen. Auf dem Karton, in dem wir ihn gefunden haben, stand ›Servaz‹. Darin nichts weiter als dieser vergessene Umschlag. Sehr romanhaft, finden Sie nicht, diese Angelegenheit eines vergessenen Briefes? Es hat nicht lange gedauert, bis wir Ihren Namen in unseren Unterlagen gefunden haben: *Martin Servaz*. Das sind doch Sie, oder?«

»Ja … aber das ist fast dreißig Jahre her … Wie haben Sie mich ausfindig gemacht?«

»Bei aller Liebe, das ist kein sehr geläufiger Name in der Region, wenn Sie erlauben. Also habe ich mir gesagt, der Martin Servaz, von dem hier die Rede ist, müsse der Polizist sein, von dem die Zeitungen so viel berichtet haben. Ohne lange zu überlegen, habe ich mein Glück versucht und bei der Kripo angerufen. Bingo. Sie sehen schon, wir machen keine halben Sachen in unserem Büro. Gut, wir bräuchten eine Adresse …«

Einen Moment lang fragte Servaz sich, ob er es vielleicht mit einem Schwindler oder einem Verrückten zu tun hatte.

»Ich rufe Sie zurück«, sagte er. »Dann gebe ich sie Ihnen.«

Ein Seufzer am anderen Ende der Leitung.

»Na gut, wie Sie wollen.«

Er gab »Notar Olivier Auch« bei Google ein und wählte die Nummer.

»Notarbüro Asselin und Olivier.«

»Notar Olivier bitte. Martin Servaz am Apparat.«

»Also, was ist jetzt mit Ihrer Adresse?«, fragte ihn ein paar Sekunden später dieselbe amüsierte und feierliche Stimme.

Er gab sie durch, bedankte sich und legte auf. Sah auf. Samira Cheung stand in der Tür. Sie hatte sich am Türrahmen angelehnt und zupfte nervös an ihrem Piercing in der Unterlippe herum.

»Das müssen Sie sich ansehen, Chef«, sagte sie.

Ihr Tonfall ließ ihn hellhörig werden. Er musterte sie eindringlich. Er kannte diesen Blick.

»Am besten zeige ich es Ihnen«, fügte sie hinzu.

Umgehend vergaß er Notar Olivier und den an ihn gerichteten Brief. Stand auf. Samira machte kehrt, und er folgte ihr. Hinter der scheinbaren Ruhe spürte er, dass ihn eine Anspannung ergriffen hatte. Und diese Anspannung war ansteckend. Er ahnte es: der unaufhaltsame Peitschenhieb. Die Mischung aus Aufregung und Neugier. Der Drang zu wissen.

Das Rauschgift der Polente …

6

Sie betraten das Büro, das Samira sich mit Espérandieu teilte. Vincents Stuhl war leer. Sie gingen um den Schreibtisch von Samira herum, die vor ihrem Computer Platz nahm. Servaz beugte sich über ihre Schulter und starrte auf den Bildschirm.

Eine Facebook-Seite.

Er erkannte die Banderole über der Seite sofort: ein Ausschnitt des Covers von *Die Kommunikantin*. In der Ecke links oben war zudem das Porträt eines Mannes zu sehen. Weiße, strubbelige Haare, wie eine Wolke Zuckerwatte, über einer breiten hohen Stirn, blassblaue Augen, leicht hervorstehend, ein schüchternes Lächeln. Der Kerl musste so um die fünfzig sein, hatte aber noch immer ein jugendliches, fast schon teenagerhaftes Aussehen.

Daneben stand der Name: Rémy Mandel.

Er las ein, zwei Posts. Kommentare zu Büchern, bei denen Servaz nicht wusste, ob es sich um Romane von Erik Lang handelte.

»Okay. Wir haben es also mit einem Fan zu tun. Was noch?«

»Das«, sagte Samira und klickte auf die Fotogalerie.

Sie scrollte durch sie hindurch. Die ersten Fotos zeigten, was Rémy Mandel in einem Restaurant gegessen und was er in einer Bar getrunken hatte, dann kam eine so hässliche Katze, dass das Foto getürkt sein musste. Es folgte eine Reihe Buchcover. Alles waren Romane von Erik Lang. Dann Lang selbst, mit einer braunen Cordjacke, weißem Hemd, Einstecktuch und Brille, wie er vor einer Schlange von Lesern lächelnd signierte. Die nächsten Fotos. Lang beim Händeschütteln, wie er Preise erhielt, in Mikros sprach, inmitten seiner Leser lächelnd posierte. Servaz' Aufmerksamkeit war geweckt. Dann Monsieur Lang in Begleitung von Monsieur Zuckerwatte. Rémy Mandel war groß. Sehr groß. Er überragte den Schriftsteller um gut einen Kopf. Er hatte die Hand auf die Schulter von Lang gelegt, den Daumen nachlässig an dessen Hals, direkt unterhalb des Ohrs, als würde er ihn streicheln wollen. Eine verliebte Geste, daran bestand kein Zweifel. Beide lächelten in die Kamera – Lang professionell, Mandel fast schon ekstatisch.

Servaz wartete auf das, was noch kam. Das Haus von Lang war zu sehen. Es war zwischen dem Maschendrahtzaun aufgenommen worden, genau von der Stelle – zwischen dem rechten Pfeiler und der Hecke, wo auch er sich hinübergebeugt hatte. Samira machte weiter. Dieses Mal zuckte er zusammen. Wieder das Haus von Lang … *nachts* … Vor allem aber war dieses Foto mit sehr viel weniger Abstand aufgenommen worden.

Grundgütiger! Er war eingedrungen!

Das letzte Foto zeigte ein dunkel daliegendes Haus, das seinen beunruhigenden Schatten im Mondlicht in den Garten warf. Servaz rief sich die Örtlichkeit ins Gedächtnis und gelangte zu der Überzeugung, dass Rémy Mandel das Foto nicht machen konnte, indem er durch den Zaun heranzoomte. *Er war nur wenige Meter vom Haus entfernt – während die Bewohner schliefen …*

»Sie sind vor etwa fünf Monaten aufgenommen worden«, sagte Samira und setzte damit der Stille, die sich ausgebreitet hatte, ein Ende. »Diese ganze Serie ist zur gleichen Zeit fotografiert worden.«

»Also in der Nacht, in der er in den Garten eingebrochen ist«, sagte Servaz.

»Jetzt gilt es herauszufinden, ob er seitdem wieder dort war.«

Vor zwei Nächten, wollte sie sagen, drückte es aber nicht so unverblümt aus, was vielleicht einem Aberglauben, vielleicht einer grundlegenden Vorsicht geschuldet war. Ein erfahrener Bulle konnte zwischen falschen Beweisen, seinem Drang, möglichst rasch zu einer Schlussfolgerung zu gelangen, und den tatsächlichen Fakten unterscheiden. Diese Vorsicht brachte jedoch auch etwas anderes zum Ausdruck: *Was, wenn …?* Sie sahen einander an, mit einem Blick, der dieselbe Ungewissheit, dieselbe Hoffnung ausdrückte.

»Wir müssen uns erkundigen …«, sagte er, dann hörte er das Klingeln in seinem Büro. »Zeig das Vincent«, sagte er im Gehen. »Ich komme gleich zurück!«

Er ging in das angrenzende Büro und hob ab.

»Servaz …«

»Commandant, ich habe etwas entdeckt«, sagte Lang am anderen Ende der Leitung.

»Wie haben Sie meine direkte Durchwahl bekommen?«

Schweigen.

»Wie Sie vielleicht wissen, habe ich Beziehungen in dieser Stadt.«

Servaz ließ sich in seinen Bürostuhl fallen.

»Ich höre.«

»Mir wurde etwas gestohlen …«

Servaz richtete sich auf.

»Das Manuskript meines neuen Romans.«

»Erklären Sie mir das …«

»Es lag auf meinem Schreibtisch im Büro, gleich neben meinem Computer. Etwa zweihundert von den vorgesehenen vierhundert Seiten. Ausgedruckt. Natürlich habe ich mehrere Sicherheitskopien, aber der Ausdruck ist verschwunden.«

»Sind Sie sicher?«

»Ganz sicher. Ich drucke die neuen Seiten jeden Abend aus und lege sie an dieselbe Stelle, um sie am nächsten Morgen nochmals zu lesen. Das ist das Erste, was ich beim Kaffeetrinken mache. Gewissermaßen ein Warmlaufen, wie bei einem Athleten …«

Servaz dachte nach. Sein Gehirn zählte zwei und zwei zusammen und kam auf vier: Es war unmöglich, keine Verbindung zwischen diesem Diebstahl und der Anwesenheit von Mandel vor Ort herzustellen, dem aufdringlichen Fan, der sich wenige Monate zuvor in den Garten von Lang geschlichen hatte … War das etwa die Erklärung für alles? Ein Diebstahl – jedoch bedingt durch eine andere Form der Gier? Ein Diebstahl, bei dem etwas schiefgegangen war.

»Wann ist Ihnen das aufgefallen?«, fragte er.

»Heute Morgen, als ich mich an den Schreibtisch gesetzt habe.«

»Warum nicht gestern?«

»Im Ernst? Glauben Sie wirklich, dass mir gestern nach Schreiben zumute war?«

»Tut mir leid, ich musste diese Frage stellen«, sagte er verwirrt.

Er bedankte sich und legte auf. Suchte nach der Nummer der Staatsanwaltschaft. Er dachte an die beiden vor 25 Jahren ermordeten Fans, und jetzt tauchte erneut ein Fan auf und kreuzte Erik Langs Weg. Den Fotos nach zu urteilen, war er so um die fünfzig. Dementsprechend etwa so alt wie Lang und etwas älter als Ambre und Alice ... Was hatte Rémy Mandel mit 25 gemacht?

7

»Bist du dir sicher, dass es hier ist?«

»Die Adresse haben mir die Leute von der Steuer gegeben«, antwortete Vincent.

Servaz sah hoch und betrachtete die mit Brettern verbarrikadierten Fenster, die mit Bogen verzierte Fassade voller Graffiti und Schmierereien und die großflächigen Spuren von Rost und Feuchtigkeit, die an verlaufene Wimperntusche in einem Gesicht erinnerten.

»Hier wohnt keiner«, sagte er und streckte die Hand nach der wurmstichigen Tür aus, die auf die sehr schmale Rue des Gestes hinausführte, ein Schlauch inmitten von Toulouse, einen Steinwurf von der Place du Capitole und der Rue de Rome entfernt.

Zu seiner großen Überraschung gab die Tür mit einem kläglichen Knarzen nach. Er trat einen Schritt zurück – in diesem Teil der Straße gab es kaum genug Platz, dass zwei Männer ungehindert aneinander vorbeikamen: Hätte er zwei Schritte nach hinten gemacht und nicht einen, wäre er gegen eine Hauswand gestoßen – und um die letzten Fenster ganz oben zu sehen, mussten sie sich den Hals verrenken.

»Sieht so aus, als wäre es unter dem Dach noch bewohnt«, meinte Espérandieu, den Kopf im Nacken. »Die Fensterläden sind offen.«

Sie betraten einen heruntergekommenen, dunklen Gang, in dem es nach Schimmel roch.

»Dieses Schloss ist neu«, sagte Servaz und zeigte auf die Tür, durch die sie gerade eintraten. »In den Ecken liegt Mäusekot, aber keine Becher oder Dosen: Jemand muss hier abends abschließen.«

»Außerdem steht ein Name auf dem Briefkasten«, meinte Espérandieu.

Servaz betrachtete die grün gestrichenen Briefkästen. Bis auf eines waren alle Namensschilder abgerissen worden: MANDEL. Geschrieben mit blauer Tinte. Er hob den Deckel an: darunter waren Prospekte. Sie sahen sich an. Betrachteten die Holztreppe, die genauso marode wirkte wie das gesamte Gebäude.

»Würde mich wundern, wenn es hier einen Aufzug gäbe«, sagte er zu seinem Stellvertreter. Jede Stufe knarzte, und das Eisengeländer wackelte so sehr, dass sie sich lieber nicht daran festhielten. Auf dem letzten Treppenabsatz unter dem Dach beäugte Servaz die einzige Tür. Verriegelt und abgeschlossen. Keine Klingel. Er presste das Ohr an die Tür. Hörte das gedämpfte Summen eines Fernsehers. Sah auf die Uhr. 10:43 Uhr. Er klopfte.

Schritte hinter der Tür. Die Lautstärke des Fernsehers wurde heruntergedreht, dann wurde die Tür entriegelt und geöffnet. Zwei große, runde, erstaunte Augen wanderten zwischen ihnen hin und her.

»Ja?«

»Rémy Mandel?«

»Äh …«

»Dürfen wir reinkommen?«, fragte Servaz und hielt ihm seinen Ausweis entgegen.

Mandel suchte offensichtlich nach einer Antwort, die es ihm erlaubt hätte, sie auf dem Treppenabsatz stehen zu lassen, fand aber keine, also ließ er sie widerstrebend eintreten. Servaz rümpfte die Nase, kaum dass er drinnen war, weil ihm eine Mischung aus Katzenpisse, Schimmel, säuerlichem Schweiß und einem halben Dutzend weiterer Gerüche in die Nase stieg, von denen manche nur schwer zu bestimmen waren. Das Ergebnis war nicht weit entfernt von dem Gestank eines Mülleimers, den man aufmacht, nachdem man über mehrere Tage hinweg Obst, Gemüse, Nahrungsreste, Fleisch und Fisch darin vergammeln ließ. Servaz sah die grünen zugezogenen Vorhänge, grüner

Halbschatten, Unordnung. Der Fan von Erik Lang war groß – knapp zwei Meter –, und Servaz blickte zu dem Hünen nach oben.

»Wissen Sie, weshalb wir hier sind?«

Mit gebeugtem Rücken schüttelte Mandel den Kopf. Er vermittelte einen eigenartigen Eindruck: Der Mann, den sie vor sich hatten, erinnerte an ein Kind, das zu schnell groß geworden und zu früh gealtert war. Wie auf dem Foto auf Facebook ähnelte sein weißes, wolliges Haar über der hohen, gewölbten Stirn einer Wolke Zuckerwatte, die Haut an seinen Wangen war milchig, durchzogen von kurzen weißen Stoppeln, die wie Stacheln oder Zahnstocher in einer Modelliermasse herausstanden, und sein kleiner Mund war so rot wie eine Beere.

»Ich nehme an, ein Fan wie Sie dürfte darüber Bescheid wissen, was Erik Lang zugestoßen ist, oder?«

Mandel fuhr sich mit der rosafarbenen Zungenspitze über die aufgeplatzten Lippen. Seine tief liegenden Augen zuckten nervös zwischen seinen dunklen Lidern hin und her, als er nickte. Noch immer hatte er kein Wort gesagt.

»Sind Sie stumm, Monsieur Mandel?«

Der große Fan räusperte sich.

»Ähm … nein …«

»Nein, Sie wissen nicht Bescheid?«

»Ähm … doch, ich weiß Bescheid, und … ähm … nein, ich bin nicht … stumm.«

Ein Sofa beanspruchte den einen Teil des Raumes für sich, eine Küchenzeile den anderen. Unter der schrägen, abplatzenden Decke entdeckte Servaz leere Hoegaarden-Bierflaschen, auf dem Küchentresen stapelten sich schmutzige Teller, auf dem Boden lagen nicht zusammenpassende Teppiche und ein Haufen zerknitterter Kleidung, während das Sofa mit Zeitschriften übersät war. Mandel schien dort zu schlafen, ohne das darauf verteilte Chaos zu beseitigen. Das Licht eines eingeschalteten Fernsehers, in dem ein Nachrichtensender lief, flackerte im Halbdunkel, das Gespräch der Journalisten bildete ein nahezu infraschallartiges

Brummen. Der Beamte spürte, wie sich etwas an seinem Bein rieb, und sah nach unten. Die hässliche Katze, die er auf Facebook gesehen hatte. Rot-weiß-schwarz getigert, aber mit vielen kahlen Stellen im Fell, wie ein abgelaufener Teppich, die Nase eingedellt wie bei einem Boxer, ein Auge geschlossen, das andere mit einem durchsichtigen Schleier überzogen; dann fing das Tier an zu schnurren wie ein Zweitaktmotor, und Servaz konnte nicht anders, als diese einzigartige Hässlichkeit irgendwie faszinierend zu finden.

Als er wieder aufsah, die Katze noch immer zwischen seinen Beinen, stellte er überrascht fest, dass Mandel ihn betrachtete.

»Aber … ähm … woher wissen Sie, dass ich ein Fan von Erik Lang bin?«

Servaz ließ ihn nicht aus den Augen.

»Warum? Sind Sie etwa kein Fan?«

»Doch, aber …«

»Deshalb sind wir hier, Rémy«, antwortete er und sah, wie Rémy Mandel blass wurde.

Man könnte meinen, derselbe Schleier, der auch das einzige Auge der Katze trübte, hätte sich über seinen Blick gelegt.

»Martin«, sagte Vincent da, der bis zu einem Einbauschrank in der Wand zwischen der Küche und dem Sofa weitergegangen war und ihn geöffnet hatte, während er sich unterhielt.

»Fassen Sie das nicht an!«, rief Mandel.

»Ganz ruhig, Rémy«, sagte Servaz und starrte dabei auf das Kommunionkleid, das mit Reißzwecken in den Schrank gepinnt war. Darüber ein niedriges Bücherregal, das mit zwei Kerzenständern mit großen Kerzen und gerahmten Fotos sehr stark an einen Altar erinnerte.

Er ging nun seinerseits zu diesem Schrankaltar, dicht gefolgt von Mandel. Die gerahmten Fotos zeigten ihn in Begleitung von Lang, wie sie sich im Salon du Livre, bei Festivals oder in Buchhandlungen die Hand schüttelten. Im Lauf der Jahre waren beide gealtert, doch auch wenn der Schriftsteller der Ältere war, schien der Fan schneller zu altern. Man konnte eine gewisse Vertrautheit zwischen ihnen feststellen – die eines Autors, der es gewohnt war, jedes Jahr seinen ältesten Fan zu treffen, und der ihm für diese Treue dankbar war. Servaz musste darüber nachdenken, dass Schriftsteller mit ihren Büchern in das Innerste eines jeden Heims vordrangen. Für manche Leser waren sie sogar, ohne dass sie sich dessen bewusst waren, ein zusätzliches Familienmitglied, der Onkel aus Amerika, der langjährige Freund, der, so sich die Karriere eines Autors über mehrere Jahrzehnte erstreckte, schließlich ein fester Bestandteil ihres Lebens war.

Außerdem waren um das Kleid herum mehrere Zeitungsartikel an die Wand gepinnt. Alle verblichen und zerknittert. Einer von ihnen zog seine Aufmerksamkeit auf sich, weil er ihn damals wieder und wieder gelesen hatte: »DER FALL DER KOMMUNIKANTINNEN: ERIK LANG VON JEDEM VERDACHT FREIGESPROCHEN«. Ein Artikel, der 1993 in *La Dépêche* erschienen war.

Servaz betrachtete das weiße Kleid. Darüber ein Holzkreuz, das mit einem Lederband an einem großen Nagel hing. Wie lange hatte Mandel diesen Schrein schon in seiner Bude?

»Leben Sie schon lange hier?«

Mandel warf ihm einen argwöhnischen Blick zu.

»Von klein auf. Meine Eltern haben hier gewohnt, dann ist erst meine Mutter und später mein Vater gestorben, und jetzt bin ich an der Reihe ...«

»Es macht ganz den Eindruck, als wären Sie der letzte Bewohner dieses Gebäudes.«

Die Augen des Fans zuckten.

»Der Besitzer hat es an einen Anleger verkauft, der ein Luxushotel daraus machen will – aufgrund der Lage –, das war vor zwei Jahren. Alle hier haben die Kündigung erhalten und sind gegangen. Alle bis auf mich. Ich habe immer schon hier gelebt, meine Miete regelmäßig bezahlt, wie meine Eltern vor mir. Aber die Angelegenheit ist vor Gericht gekommen, und ich habe eine Räumungsklage erhalten. Bald ist die Winterpause vorbei, dann werden sie mich rausschmeißen.«

Espérandieu hatte sich über das Bücherregal gebeugt. Er fasste die Bücher an, und Servaz fiel auf, wie nervös Mandel dabei wurde. Er blinzelte stark, und sein Blick wanderte zwischen Servaz und seinem Stellvertreter hin und her.

»Sind Sie schon lange ein Fan?«

»Seit seinem ersten Roman …«

»*Die Kommunikantin?*«

Mandel beobachtete Espérandieu aus dem Augenwinkel. Er schüttelte den Kopf.

»Nein, nein, das ist sein dritter Roman. *Das Pferd ohne Kopf* ist sein erster. Danach kam *Das Dreieck* und dann *Die Kommunikantin.*«

Diese Bücher waren über dreißig Jahre alt, und Mandel sprach noch sehr emotional darüber.

»Wie viele Romane hat er geschrieben?«

»27 unter dem Pseudonym Erik Lang und vier – Horrorromane – unter seinem richtigen Namen Sándor Lang.«

»Welches sind Ihre Favoriten?«, fragte Servaz, der spürte, dass der Fan sich bei diesem Thema etwas entspannte.

»Schwer zu sagen. Ich mag alle. *Die Kommunikantin* natürlich. Vielleicht *Wächserne Trauer* und *Schwarze Seerosen* …«

Aus dem Augenwinkel nahm Servaz eine Bewegung wahr. Espérandieu hatte sich aufgerichtet.

»Martin, sieh dir das mal an.«

Er kam näher. Vincent hielt eine dicke Mappe in den Händen. Sein Stellvertreter schlug sie auf. Er beugte sich darüber und riss die Augen auf: In diesem Halbdunkel und aufgrund seiner Weitsichtigkeit sah er den Text nur verschwommen. Er holte seine Brille heraus und las »Kapitel 1« oben auf der Seite. Sah den umfangreichen Stapel bedruckter Seiten: Sie hatten das Manuskript von Erik Lang gefunden.

Samira Cheung saß vor ihrem Bildschirm und spielte an ihrem Piercing an der Unterlippe herum, während sie sich die Facebook-Seite von Rémy Mandel ansah. Sie hatte die Gruppen aufgelistet, zu denen er gehörte – zum Großteil offene Lesegruppen und nur Leser von Kriminalromanen mit Ausnahme einer Handvoll Science-Fiction-Begeisterter. Sie ging die bereits veröffentlichten Posts durch, ohne etwas Interessantes zu entdecken, klickte auf ›Benachrichtigungen anzeigen‹, um über weitere Posts informiert zu werden, und wartete mit der einzigen geschlossenen Gruppe, *Das verräterische Herz*, bis zum Schluss.

Dann klickte sie auf *Dieser Gruppe beitreten*, um den Administratoren der Seite eine Aufnahmeanfrage zukommen zu lassen, doch da es sich um eine geschlossene Gruppe handelte, musste sie erst angenommen werden, bevor sie mit den anderen Mitgliedern in Kontakt treten konnte.

Sie nutzte die Zeit, um sich einen Kaffee zu holen. Als sie zurückkam, sah Samira eine neue Nachricht in ihrem Facebook-Messenger. Sie ließ sich auf den Stuhl fallen und drehte ihr Piercing an der Unterlippe mit der Zunge, ehe sie sie anklickte.

Liebe Samira,
wir freuen uns sehr, dich in unserer Gemeinschaft der Mitglieder von *Das verräterische Herz* aufzunehmen. Wir interessieren uns nur für Thriller, Romans noirs und Kriminalromane. Solltest du seichte Lektüre und Softpornos bevorzugen, dann suchst du dir besser eine andere Gruppe.
Zudem kann nicht jeder, der Interesse hat, Mitglied beim *Verräterischen Herz* werden. Wir nehmen hier nur wahre Kenner auf. Also wirst du uns deine Eignung unter Beweis stellen müssen. Bist du bereit?
Pater Brown, Administrator

Ungläubig starrte sie auf den Bildschirm. Was war das denn jetzt? Seit sie zwölf war, verschlang sie Kriminalromane, etwa vierzig Titel pro Jahr. Pater Brown war ein offensichtlicher Hinweis auf das Werk von G. K. Chesterton. Einen kurzen Moment lang zögerte sie, dann überzog ein breites Lächeln ihr Gesicht.

Sehr schön, dann mal los, Pater Brown. Sie schickte eine möglichst knappe Antwort:

[Ja]

Die erste Frage ließ nicht lange auf sich warten:

[F: Was ist Das verräterische Herz?]

»Ha, ha!«, rief sie, ehe sie ohne zu zögern antwortete:

[A: Eine Kurzgeschichte von Edgar Allan Poe]

Pater Brown trödelte nicht, die zweite Frage kam sofort.

[F: Wen nannte man das Milwaukee-Monster?]

[A: Jeffrey Dahmer]

[F: Das war leicht. Jetzt wird es etwas schwieriger. Welcher Name eines Protagonisten bedeutet auf Englisch »sich etwas erneut ansehen«?]

So langsam fand sie Gefallen an diesem witzigen Spiel. Vor allem mit Google als Hilfe. Sie war sich jedoch ziemlich sicher, dass irgendwann der Moment kommen würde, in dem die Antworten nicht mehr so einfach zu finden wären.

[A: Ripley, von Patricia Highsmith]

[F: Hervorragend. Von wem stammt diese Geheimschrift?]

Sie lächelte erneut. *Verdammt, Pater Brown, du bist mir vielleicht 'ne Knalltüte.*

[A: Vom Zodiac-Killer]

Die nächste Nachricht war keine Frage.

[Das sieht ja ganz gut aus. Bravo. Mal sehen, wie es damit steht.]

Fuck you, dachte sie. *Schick rüber die Scheiße, du Schlaumeier.*

[F: Welcher Name mit vier Buchstaben bezeichnet sowohl einen Rockmusiker als auch einen Protagonisten eines Krimis?]

Soso, dachte sie. *Leidet wohl unter zwanghafter Masturbation, dieser Pater Brown.*

Dennoch musste sie ein paar Sekunden darüber nachdenken, ehe sie die Antwort raushatte, und die Reaktion kam prompt.

[Du bist ja ganz schön schnell, verdammt. Noch zwei weitere Fragen, dann erhältst du Zutritt zur Walhalla. Häng dich rein.]

[Bin bereit. Schieß los.]

[F: Wie heißt der Roman, dessen erster Teil den Titel *Die Sorgen der Polizei* trägt?]

Verdammt. Ein kleiner Abstecher bei Google, schon hatte sie die richtige Antwort.

[A: Balzac, Eine dunkle Affäre]

Samira holte eine Tafel dunkler Schokolade aus ihrer Schublade und aß ein Stück. Laut verschiedener Studien enthielt dunkle Schokolade doppelt so viele Antioxidantien wie schwarzer Tee und viermal so viel wie grüner Tee.

[F: Achtung, die Letzte: Welcher Mörder auf Papier trägt den Namen eines Weines?]

Sie runzelte die Stirn. Scheiße, Mann, was sollte denn diese schwachsinnige Frage? Echt jetzt, Mann. Der Name eines Weines? Sie trank keinen Wein! Nur Hochprozentiges und Kaffee. Sie spielte an ihrem Piercing herum. Himmel, wer waren die Mitglieder dieses Klubs? Anhänger der Gehirnmasturbation? Büchernerds?

Sie aß ein weiteres Stück Schokolade. Außerdem würde sie sich gerne eine anzünden. *Welcher Mörder auf Papier trägt den Namen eines Weines?* Scheiße aber auch.

»Rémy, haben Sie dafür eine Erklärung?«, fragte Servaz.

Mandel biss sich auf die Lippe wie ein Kind, das bei etwas ertappt wurde. Servaz sah ihn an. Wie bei einem von einer Hundemeute eingekesselten Hirsch blickten die Augen panisch in ihren grauen Höhlen hin und her, während seine grauen Zellen nach einem Ausweg suchten.

»Erik Lang behauptet, dass sein Manuskript gestohlen wurde … Haben Sie Langs Manuskript entwendet, Rémy?«

Der Hüne schüttelte heftig den Kopf, brachte aber keinen Ton heraus.

»Wie ist es dann hierhergekommen?«

»… ein Geschenk …«

Er hatte so leise gesprochen, dass Servaz zunächst »Gelenk« verstanden hatte.

»Wie bitte?«

»Es war ein … ähm … Geschenk.«

»Von wem?«

»Erik … *Monsieur* … Lang …«

Servaz ließ einen langen Augenblick schweigend verstreichen, ehe er fragte: »Tatsächlich? Warum hat er uns dann gesagt, es sei gestohlen worden?«

Mit fast schon komischer Mimik zuckte Rémy Mandel die Schultern.

»Weiß nicht …«

»Warum sollte Erik Lang Ihnen ein Manuskript schenken, das noch gar nicht fertig ist, Rémy?«

»… Treue …«

Ein weiteres unverständlich gemurmeltes Wort.

»Was?«

»Ähm … um sich für meine Treue zu bedanken«, sagte der Hüne und schluckte heftig. »Ich bin sein … ältester Fan.«

»Aber er hat noch an diesem Text gearbeitet.«

»Er hatte … er hatte Sicherheitskopien … Das ist nur ein Ausdruck …«

»Wann hat er Ihnen dieses Geschenk gemacht, Rémy?«

Der Hüne schwieg. Offensichtlich konnte er diese Frage nicht beantworten.

Servaz betrachtete die erste Seite, auf der »Kapitel 1« stand. »Da steht nicht einmal eine Widmung drauf«, bemerkte er.

Erneutes Schulterzucken.

»Wissen Sie, was ich glaube? Ich glaube, dass Sie es gestohlen haben, Rémy. In der Nacht, in der Sie beim Ehepaar Lang eingebrochen sind. In der Nacht, in der Sie erst Erik Lang und dann seine Frau im Vivarium niedergeschlagen haben. Warum haben Sie die Schlangen rausgelassen, Rémy?«

Mandel warf ihm einen schreckerfüllten Blick zu.

»Geschenk! Geschenk!«

Der Hüne wurde immer aufgewühlter.

»Ganz ruhig, Rémy. Ganz ruhig«, beschwichtigte Servaz, der sich fragte, ob es nicht besser gewesen wäre, mit mehr Kollegen herzukommen, um ihn festzunehmen.

Er warf Espérandieu einen Blick zu, der dasselbe zu denken schien. Würde Mandel sich in diesem engen Raum auf sie stürzen, dann könnte er ihnen übel zusetzen, ehe sie ihn überwältigten. Dennoch machte Servaz einen Schritt zur Seite und stellte sich zwischen den Fan und die Tür, um seine Flucht in diese Richtung zu vereiteln. Ein Schauer durchzuckte den großen Körper, und der Gesichtsausdruck wurde immer besorgter.

»Ganz ruhig, Rémy«, wiederholte Servaz leise. »Sie werden uns jetzt aufs Polizeirevier begleiten, okay? Wir müssen Ihnen ein paar Fragen stellen.«

Die plötzliche Veränderung in der Physiognomie des Hünen war frappierend. Als hätte ihn auf einen Schlag alle Angst verlassen, wirkte er nur mehr schrecklich resigniert, kraftlos und erschöpft. Wie ein Sportler, der nach einer überaus großen Anstrengung in sich zusammenfällt. Mandel schloss die Augen, atmete durch, nickte.

Langsam holte Servaz die Handschellen hervor.

»Rémy Mandel, Sie befinden sich ab jetzt, Donnerstag, den achten Februar, 11:03 Uhr, in Polizeigewahrsam.«

»Rémy Mandel, Sie befinden sich ab heute, den 8. Februar, für 24 Stunden in Polizeigewahrsam, der verlängert werden kann«, wiederholte Servaz im Büro der Kripo. »Sie haben das Recht auf einen Arzt, das Recht, jemanden von Ihrer Familie zu benachrichtigen. Sie haben das Recht, nichts zu sagen oder nach einem Anwalt zu verlangen«, fügte er hinzu, handelte diesen letzten Teil jedoch sehr rasch ab. »Dieses Verhör wird von der kleinen Kamera aufgezeichnet, die Sie hier sehen. Sie werden eine Mahlzeit und ein Getränk bekommen. Ist alles in Ordnung? Brauchen Sie einen Arzt? Haben Sie Durst? Haben Sie irgendwelche Nahrungsmittelallergien?«

Ein paar Minuten zuvor hatte er die Info telefonisch an die Staatsanwaltschaft weitergegeben. Bewusst hatte er die einzig wichtige Frage – ob er einen Anwalt haben wollte oder nicht – in einer ganzen Reihe weiterer Fragen ertränkt. Rémy Mandel machte ganz den Eindruck, als würde er völlig neben sich stehen.

»Haben Sie das verstanden?«, hakte er nach.

Der Hüne nickte.

»Brauchen Sie etwas?«

Er schüttelte den Kopf.

Servaz seufzte.

Samira platzte in sein Büro. »Haben Sie zwei Minuten, Chef?«

Er sah auf die Uhr.

»Zwei Minuten, mehr nicht, der PG hat angefangen.«

Er rief Espérandieu an und bat ihn, ein Auge auf den Fan zu haben: Es war schon vorgekommen, dass Leute in Polizeigewahrsam aus dem Fenster sprangen, sogar aus dem zweiten Stock.

»Ich habe eine Frage, die ich nicht beantworten kann«, sagte sie und zeigte auf den Bildschirm ihres Computers.

»Welche?«

»Welcher Mörder auf Papier trägt den Namen eines Weines?«

»Bitte?«

Sie wiederholte die Frage. Ungläubig starrte er sie an.

»Du unterbrichst einen PG, um mich zu bitten, dir bei der Lösung eines Rätsels zu helfen?«

Samira Cheung seufzte. »Das ist kein Rätsel, sondern ein Test, um in eine geschlossene Facebook-Gruppe aufgenommen zu werden, zu der Mandel gehört. Ich versuche herauszufinden, ob er in der Nacht, in der Amalia Lang gestorben ist, aktiv war. Dafür muss ich aber erst Zugang bekommen.«

Servaz sah sich die Frage erneut an. Dann setzte er sich auf Samiras Stuhl und tippte die Antwort ein. Wenige Sekunden später erhielten sie eine Nachricht.

Glückwunsch! Du bist jetzt Mitglied von Das verräterische Herz!

Er wollte gerade zur Tür hinausgehen, als sie ihn erneut rief.

»Warten Sie, Chef …«

Er drehte sich um. Samira hatte sich über ihren Bildschirm gebeugt. Er ging zu ihr zurück.

»Rémy Mandel hat in der Nacht etwa zu der Zeit, als Amalia Lang umgebracht wurde, zwei Posts in die Gruppe *Das verräterische Herz* gestellt … Und in den darauffolgenden Stunden gab es mehrere Unterhaltungen …«

»Und seitdem?«

»Nichts mehr, könnte man meinen.«

»Was für ein netter Zufall … Das erinnert doch stark an die Beschaffung eines Alibis, oder nicht? Hätte er das übers Handy machen können?«

»Natürlich.«

»Wir müssen überprüfen, ob sein Handy beim Sendemast von Vieille-Toulouse registriert wurde.«

Samira fluchte leise. Sie tippte auf ihrer Tastatur herum und war gleich darauf mit der polizeilichen Benutzeroberfläche für Abhöraktionen und Anträge für Datenbeschaffung bei Telefonanbietern verbunden. Mit ihren Funktionsstörungen brachte diese Benutzeroberfläche – entwickelt für einen Gesamtpreis von 150 Millionen Euro von einem Elektronikriesen, der für

Luftfahrt, Verteidigung und Transport auf dem Landweg tätig war –, die seit dem 12. September vergangenen Jahres für die Polizeidienste obligatorisch war, jeden ihrer Nutzer auf die Palme. Das bislang beste Beispiel dafür war ein Verdächtiger, den das Drogendezernat abhörte und der dann ganz erstaunt über seine eigene Leitung das Gespräch verfolgen konnte, das er kurz zuvor geführt hatte. Als einzig positiver Punkt waren die Anträge bei Telefonanbietern für detaillierte Rechnungen oder Geolokalisation zu nennen, die man mit drei Klicks durchführen konnte und deren Ergebnis man eine halbe Stunde später erhielt.

»Er hätte es programmieren können«, sagte sie und tippte weiter. »Ich sehe hier, dass er auf der Liste der Moderatoren steht.«

»Was?«

»Die Posts: Er hätte sie programmieren können.«

»Kannst du das überprüfen?«

»Ich weiß nicht … Ich bräuchte seine Codes, aber auch so würden wir nichts sehen, sollte er die Benachrichtigungen für diese Gruppe und die programmierten Veröffentlichungen deaktiviert haben. Ich kann bei unseren Kriminaltechnikern nachfragen, ob sie sich das ansehen können. Wir haben seinen Computer und seinen Laptop. Aber ich bin mir nicht sicher, ob man so etwas leicht herausfinden kann – Facebook ist da undurchsichtig, die antworten, wann ihnen gerade danach ist – oder ob das auf der Festplatte zu sehen ist. Ich gehe mal eher nicht davon aus …«

Sie schnappte sich den Telefonhörer. Servaz ging in den Gang hinaus und rief Erik Lang an.

»Wir haben Ihr Manuskript gefunden …«

»Was? Wo?«

Der Schriftsteller wirkte überrascht.

»Bei einem Fan. Rémy Mandel, sagt Ihnen das etwas?«

»Ja, natürlich.«

»Er behauptet, Sie hätten es ihm geschenkt.«

Schweigen am anderen Ende der Leitung.

»Er lügt.« Kurze Pause. »Wenn er also neulich nachts bei mir war, dann hat er meine Frau niedergeschlagen. Nehmen Sie ihn fest?«

»Er befindet sich bereits in Polizeigewahrsam. Wir halten Sie auf dem Laufenden ...«

»Bringen Sie ihn vor Gericht?«

»Es befindet sich in Polizeigewahrsam«, wiederholte Servaz, der daran dachte, dass weder Schmuck noch die teuren Uhren gestohlen worden waren. »Monsieur Lang, was schätzen Sie, wie viel Ihr Schmuck und Ihre Uhren wert sind?«

»Keine Ahnung ...«

»Ich brauche nur eine ungefähre Zahl.«

»Bei vorsichtiger Schätzung in etwa um die hunderttausend. Vielleicht auch mehr ... Warum? Davon wurde nichts gestohlen ...«

»Danke«, sagte er und beendete das Gespräch.

Er ging zurück in sein Büro. Mandel aß ein Sandwich. Angesichts der Umstände verschlang er es mit einer erstaunlichen Konzentration. Servaz nahm hinter dem Computer Platz und schaltete die Kamera ein.

»Rémy, Monsieur Lang sagt aus, dass Sie lügen, dass er Ihnen das Manuskript nicht geschenkt hat.«

Der hünenhafte Fan warf ihm einen listigen Blick zu.

»Er ist derjenige, der lügt.«

Das brachte er mit so angespannter Stimme hervor, dass es klang, als ob er sich selbst nicht zu glauben schien.

»Wo waren Sie in der Nacht von Dienstag auf Mittwoch gegen drei Uhr früh?«

»Zu Hause ...«

»Haben Sie geschlafen?«

»Ich war am ... ähm ... Computer ... ich gehe spät schlafen ...«

»Wann?«

»Um drei Uhr ... oder um vier ... oder um fünf ... es kommt darauf an.«

»Worauf?«

»Auf nichts ... auf die Leute, mit denen ich mich unterhalte.«

Samira trat ein und ging zu Servaz. Sie murmelte ihm etwas ins Ohr. Er betrachtete den Fan. Sie hatte ihm soeben mitgeteilt, dass man unmöglich feststellen konnte, ob Mandel die Posts in dieser Nacht programmiert hatte oder nicht. Er beschloss, einfach zu bluffen.

»Rémy ...«

»Ja?«

»Warum haben Sie diese Posts in der Facebook-Gruppe *Das verräterische Herz* gepostet?«

»Was für Posts?«

»Die, die gestern früh um 3:15 Uhr veröffentlicht wurden, die Sie aber um einiges früher eingestellt haben ... Wenn Sie um diese Uhrzeit zu Hause gewesen wären, dann wäre das doch gar nicht nötig gewesen.«

Der Hüne zögerte.

»Ich hatte Angst, ich könnte einschlafen«, sagte er schließlich.

»Warum wollten Sie das um drei Uhr früh posten?« Servaz las den Text vor. »›*The Dark Knight* ist ohne jede Frage der beste von allen Batman-Filmen. Sollte jemand etwas anderes behaupten, dann hat er von Kino so viel Ahnung wie meine Oma von Sportwagen.‹ Warum nicht früher? Warum haben Sie das programmiert, Rémy? Warum haben Sie den Post nicht gleich öffentlich gemacht?«

Mandel schwieg.

»Oder wollten Sie uns etwa nicht glauben machen, dass Sie um drei Uhr morgens bei sich zu Hause waren, wo dem doch gar nicht so war ...«

Keine Reaktion.

»Sie haben dieses Manuskript gestohlen, Rémy. Sie sind bei Erik Lang eingedrungen und haben es gestohlen ...«

»Nein!«

»Sie waren um drei Uhr morgens nicht bei sich zu Hause. Sie haben kein Alibi, und Sie haben das Manuskript. Welche andere Schlussfolgerung lässt das sonst zu?«

»Ich habe es nicht gestohlen!«
»Ach nein?«
»Ich habe es gekauft …«
»Von wem? Von Erik Lang?«
»Von *dem*, der es gestohlen hat.«

8

Servaz starrte Mandel an.

»Wie meinen Sie das?«

»Ich habe … ähm … eine Nachricht über ein Forum erhalten, wo mir ein noch unveröffentlichtes Originalmanuskript von Erik Lang angeboten wurde.«

»Wann war das?«

»Vorgestern Abend.«

In der Nacht des Mordes …

»Wann?«

»Um halb zwei.«

»Und?«

»Ich habe mir gesagt, dass das eine … ähm … Abzocke sein muss – jeder weiß, dass ich ein Riesenfan bin, und ich habe nicht darauf reagiert. Aber gleich darauf habe ich Fotos bekommen. Ähm … drei Fotos, um genau zu sein.«

»Was war darauf zu sehen?«

»Auf dem ersten war der … ähm … abgetippte Text … mit den handschriftlichen Anmerkungen von Erik Lang: Ich habe seine Handschrift sofort wiedererkannt … Ich … also Sie müssen wissen … ich bin darin Spezialist … Auf dem zweiten sah man … ähm … das Manuskript auf einem Schreibtisch mit einem … ähm … Bücherregal im Hintergrund.«

»Und auf dem dritten?«

»Das war von einer Zeitschrift: Erik Lang hinter demselben Schreibtisch … *Zu Hause beim Autor* … das stand darunter.«

»Und daraufhin haben Sie es dann geglaubt?«

»Ja.«

»Dieses Forum, können Sie uns das mal zeigen?«

Mandel nickte.

»Haben Sie sich nicht gefragt, unter welchen Umständen die Aufnahmen entstanden sind?«

Dieses Mal bekam er keine Antwort.

»Wie viel wollte er dafür, Rémy?«

»Viel … vor allem für jemanden wie mich.«

»Wie viel?«

»Zwanzigtausend …«

»Das ist eine ordentliche Summe. Hatten Sie so viel?«

»In Bitcoins, ja.«

Servaz kannte sich nicht sonderlich mit dem Internet aus, wusste aber dennoch, dass Bitcoins virtuelles Geld waren, das inzwischen bei vielen Handelsaktionen im Internet benutzt wurde. Hatte nicht der letzte Finanzminister jedem Steuerzahler in Erinnerung gerufen, dass bei der Steuererklärung auch jeder Kapitalgewinn aufgeführt werden müsse, der durch Bitcoins erzielt wurde?

»Ich … ähm … helfe im Internet den weniger … geschickten Leuten«, fügte der Hüne hinzu.

Servaz hätte gerne nachgefragt, um welche Art Hilfe es sich dabei handelte, aber er wollte den roten Faden nicht verlieren.

»Wie haben Sie die Übergabe des Manuskripts gestaltet?«

»Ich sollte zum Parkplatz eines Einkaufszentrums kommen«, antwortete Mandel.

»Wo war das?«

Mandel sagte es ihm.

»In derselben Nacht?«

»Ja.«

»Wann?«

»Um drei Uhr …«

Servaz' Anspannung wuchs.

»Haben Sie den Verkäufer gesehen?«

»Nein.«

»Erklären Sie mir das, Rémy …«

»Er ist nicht aus dem Auto gestiegen.«

»Aus welchem Auto?«

»Einem DS4. Rot, mit einem weißen Dach.«

»Haben Sie sich das Nummernschild aufgeschrieben?«

»Natürlich nicht. Weshalb hätte ich das tun sollen?«

»Aber Sie haben einen flüchtigen Blick auf ihn werfen können, oder?«

»Auf den Wagen?«

»Auf den Fahrer …«

»Ja.«

Servaz starrte den Fan an.

»Er war ziemlich schlank, würde ich sagen … und … schwarz gekleidet … Er trug eine Sonnenbrille und eine Baseballkappe. Mehr habe ich nicht gesehen. Es war dunkel.«

Servaz stellte die nächste Frage.

»Wie hat er Ihnen das Manuskript übergeben?«

»Von einem Auto ins andere. Er hat mir bedeutet, dass ich das Fenster auf der Beifahrerseite runterlassen soll, dann hat er sein Fenster runtergelassen und es reingeworfen.«

»Und dann?«

»Dann habe ich die Innenbeleuchtung angemacht und mir das Manuskript angesehen. Es war dasselbe wie auf dem Foto, außerdem habe ich Erik Langs Handschrift am Rand erkannt. Kein Zweifel.«

»Und dann?«

»Dann habe ich ihm zur Bestätigung zugenickt. Er hat den Rückwärtsgang eingelegt und ist weggefahren.«

»Das ist alles?«

»Ja.«

»Danach sind Sie mit dem Manuskript direkt zu sich nach Hause gefahren? Stimmt das so?«

»Ja.«

»Was für ein Auto haben Sie, Rémy?«

»Einen Seat Ibiza.«

»Wo genau haben Sie auf dem Parkplatz gehalten?« Servaz fiel wieder ein, dass dieses Einkaufszentrum mehrere Eingänge und mehrere Parkzonen hatte.

Mandel nannte eine bekannte Handelskettenmarke.

»Hatten Sie Ihr Handy dabei?«

Der Fan nickte. Servaz sah zu Espérandieu und stand auf. Sein Stellvertreter tat es ihm gleich.

»In zwei Minuten fahren wir zum Einkaufszentrum und sehen uns die Aufnahmen der Überwachungskameras an«, sagte Servaz im Gang. »Sag Samira, sie soll überprüfen, ob sich Mandels Handy zwischen halb zwei und halb drei morgens in dem Bereich eingeloggt hat.«

Espérandieu nickte und verschwand in seinem Büro. Servaz ging zurück in sein Büro.

»Rémy, erinnern Sie sich an den Fall von 1993?«

»Was?«

»1993. Der Fall der Kommunikantinnen. Ich habe einen Artikel bei Ihnen an der Wand hängen sehen. Und dieses … Kleid …«

Der Fan schaute auf, ihre Blicke kreuzten sich.

»Ja?«

»Erinnern Sie sich noch daran?«

»Ja …«

»Wie alt waren Sie 1993, Rémy?«

»Ich weiß nicht …«

»Wenn die Angaben auf Ihrem Ausweis stimmen, dann waren Sie da 26.«

»Möglich …«

Servaz spürte, wie die Anspannung zurückkehrte. Mandel hatte wieder Schwierigkeiten, sich auszudrücken.

»Was haben Sie zu dieser Zeit gemacht? Waren Sie Student?«

»Nein, nein … Ich habe gearbeitet.«

»Was genau haben Sie gemacht?«

»Ich … ähm … habe meinem Vater geholfen.«

Servaz wartete auf das, was folgte.

»Er kümmerte sich … ähm … um die Instandhaltung des Stadions. Er hat mich ins Reinigungsteam aufgenommen …«

Servaz erzitterte. Das Stadion. Auf der Île du Ramier. 1993 hatte Rémy Mandel nur wenige Hundert Meter von dem Ort entfernt gearbeitet, wo man die Leichen von Ambre und Alice Oesterman gefunden hatte.

»Waren Sie damals schon Fan von Erik Lang?«

»Natürlich.«

Während sie zum Einkaufszentrum fuhren, schossen ihm Hunderte Fragen durch den Kopf. War es wirklich Zufall, dass der Fan sich vor 25 Jahren auf der Île du Ramier aufgehalten hatte? Oder dass man jetzt das Manuskript, das dem Autor in der Mordnacht entwendet worden war, in der Mansarde von ebendiesem Fan fand? Aber was, wenn Mandel die Wahrheit sagte? Er musste doch wissen, dass sie das überprüften … Und wenn jemand anderes beim Ehepaar Lang eingedrungen war? Weshalb ein solches Risiko für 20 000 Euro eingehen, wo doch im ganzen Haus Schmuck und Uhren im Wert von über 100 000 Euro zu finden waren? Ein Raubmord wegen eines gestohlenen Manuskripts, das ergab keinen Sinn. Irgendetwas übersahen sie hier.

Warum war Langs Frau so abgemagert und ihr Magen so klein? Warum waren die Terrarien der Schlangen geöffnet worden, und warum hatte man die Tür offen stehen lassen? Ihm wurde klar, dass ihn seit der Entdeckung des Kommunionkleides am Abend zuvor eine gewisse Unruhe ergriffen hatte.

Sie hielten auf dem Parkplatz des Einkaufszentrums, das im Osten des Toulouser Ballungsraumes stolz seine hundert Boutiquen und sechs Restaurants anpries.

Servaz grinste, als er ausstieg: Er hatte bereits mehrere Überwachungskameras entdeckt. In der Galerie fragten sie den Wachmann an der Tür nach dem Verantwortlichen für die Sicherheit. Der Mann, der in einem zu engen Anzug steckte, brachte sie in ein fensterloses Büro, wo ein weiterer Schrank von einem Mann in einem ebensolchen engen Anzug saß, der ihre Ausweise verächtlich betrachtete.

»Wir müssen Ihre Überwachungsaufnahmen vom Parkplatz sehen«, sagte Servaz rundheraus.

Der Chef des Sicherheitsdienstes runzelte die Stirn.

»Warum wollen Sie die sehen?«

»Das müssen wir Ihnen nicht sagen«, erwiderte Espérandieu.

»Wir ermitteln in einem Mordfall«, sagte Servaz. »Wir denken, dass der Mörder sich auf *Ihrem* Parkplatz aufgehalten hat.«

Aus Erfahrung wusste er, dass es hilfreich war, bei einem Zeugen den Eindruck zu erwecken, er wäre wichtig für die Ermittlung. Das Gesicht vom Chef des Sicherheitsdienstes erstrahlte.

»Ach, na, das ist ja mal ein Ding! Ein Mordfall …«, wiederholte er, als würde er sich die Worte auf der Zunge zergehen lassen.

Er hob den Hörer ab.

»Nicolas, kannst du mal kommen?«

Zwei Minuten später tauchte ein junger Mann bei ihnen auf, der etwas Nerdiges ausstrahlte und mit seiner widerspenstigen Strähne über der Stirn der Zwillingsbruder von Espérandieu hätte sein können. Er warf ein knappes »Hallo« in den Raum, ehe er zu seinem Chef ging.

»Diese Herren sind von der Polizei«, verkündete der ihm. »Sie ermitteln in einem Mordfall«, betonte er ernst. »Der Mörder hat sich vielleicht auf unserem Parkplatz aufgehalten. Sie müssen sich die Aufzeichnungen der Überwachungskameras ansehen.«

Der junge Geek drehte sich zu Servaz und Espérandieu um, schob sich die Strähne aus dem Gesicht und musterte sie eingehend.

»Kommen Sie mit«, sagte er.

Im Gänsemarsch verließen sie das Büro, gingen durch abgesperrte Bereiche, schoben sich zwischen vollen Einkaufswagen und Gängen mit Tiefkühlware hindurch, traten durch eine Tür zwischen der Fleischabteilung und den Milchprodukten und gingen einen Gang entlang, ehe sie einen mit Glas eingefassten Ruheraum mit Stühlen und Getränkeautomaten durchquerten, bis sie schließlich ein weiteres fensterloses Büro erreichten.

Zwei Schreibtische, Computerbildschirme, ein Plakat von *Star Wars*, ein anderes von *The Big Bang Theory,* die ganz offensichtlich von ihrem Ansprechpartner aufgehängt worden waren, der sich zu Vincent umdrehte – vermutlich, weil er in ihm einen Gesinnungsgenossen erkannte –; seine haselnussbraunen, lebhaften Augen blitzten neugierig.

»Hier ist es. Hier kommen alle Bilder an«, verkündete er.

»Wie viele Kameras gibt es auf dem Parkplatz vor dem Eingang?«, fragte Espérandieu.

»Acht. Drei Dome und fünf Röhren. IP-Überwachungskameras …«

»Infrarot?«

»Nein. Nicht nötig. Alle Kameras sind mit LED ausgestattet. Damit sieht man bis zu null Lux. Der einzige Unterschied: Die Tagaufnahmen sind in Farbe, die nachts schwarz-weiß …«

»Das Aufnahmegerät ist ein NVR?«

Servaz verstand nur Bahnhof.

»Klar. Mit einem Ethernetkabel an die Box angeschlossen, damit die Videos von überall, auch vom Handy aus angesehen werden können … Was suchen Sie?«

»Die Aufnahmen von der Nacht des 6. Februar«, sagte Vincent. »Gegen drei Uhr morgens.«

Servaz sah das Leuchten im Blick des Jungen – und sein Lächeln: An einer polizeilichen Ermittlung beteiligt zu sein, war deutlich aufregender als die tägliche Routine der Überwachungskameras.

»Hmm. Was ist passiert? Ist jemand auf dem Parkplatz ermordet worden?«

»Das ist geheim«, sagte Espérandieu, und die Lider des Geeks verengten sich vor Enttäuschung.

»Okay … die Aufnahmen sind auf dieser Festplatte. Tausend Gigabyte. Dreißig Tage Aufnahmen. Ich werde Ihnen acht Kameras gleichzeitig als Mosaik anzeigen lassen«, sagte er. »Wenn Sie eine Einstellung mehr interessiert, dann gehen wir auf Vollbild, okay?«

»Danke.«

Der junge Mann begann. Die Bilder waren ziemlich scharf, trotz des schwachen Lichts, aber man sah fast nur leere Parkplätze und Linien auf dem Boden, auf manchen war das große flache Einkaufszentrum mit dem Supermarkt im Hintergrund zu sehen, dessen stabile, rautenförmige Gitter vor den Glastüren des Eingangs heruntergelassen waren. Nichts bewegte sich.

Servaz sah auf die Zeitanzeige in der Ecke. 3:05 Uhr, 3:06, 3:07 … Nichts rührte sich. Nicht einmal eine Katze weit und breit. Dann, um 3:08 Uhr, tauchten Scheinwerfer am Ende einer Allee auf. Sie kamen näher, und ein DS4 mit weißem Dach hielt unter einer der Kameras. Servaz spürte, wie sich sein Puls beschleunigte. *Scheiße, Mandel hatte die Wahrheit gesagt.* Der Fahrer schaltete die Scheinwerfer aus.

3:09 Uhr.

3:10 Uhr.

Nichts passierte. Sie konnten das Dach und die Windschutzscheibe des Autos in einem Mosaik ausmachen. Eine undeutliche Silhouette in einem anderen.

»Können wir das hier im Vollbildmodus abspielen und langsamer laufen lassen?«, fragte er.

»Ab dem Auftauchen der Scheinwerfer?«

Er hörte die Aufregung in der Stimme des jungen Geeks.

»Ja, bitte.«

Die Scheinwerfer liefen rückwärts, verschwanden, dann legten sie in verlangsamtem Tempo dieselbe Strecke zurück, nahmen dieses Mal aber den ganzen Bildschirm ein.

»Halten Sie das Bild an«, sagte Servaz unvermittelt.

Das Bild erstarrte, wie festgefroren, in dem Moment, als der DS4 zum Parken abbog. Deutlich erkannten sie eine Baseballkappe und eine dunkle Sonnenbrille hinter dem Steuer.

»Können wir einen Ausdruck davon bekommen?«

»Besser eine Kopie auf einem USB-Stick«, korrigierte Espérandieu. »Geht das?«

»Klar.«

»Unsere technische Abteilung kann vielleicht eine bessere Auflösung erzielen«, erklärte sein Stellvertreter.

Servaz lächelte und nickte, er hatte verstanden.

»Gehen Sie wieder zum Mosaik zurück und fahren Sie fort«, sagte er.

Um 3:11 Uhr tauchte ein zweites Paar Scheinwerfer auf mehreren der Mosaikbilder auf, das sich einer der Kameras näherte, unter einer anderen vorbeifuhr und sich entfernte, dem Weg des DS4 folgte, neben dem es zu stehen kam. Ein Seat Ibiza.

Mandel ...

»Dieses Bild hier«, sagte Servaz. »Auf dem ganzen Bildschirm.«

Der junge Mann kam seiner Aufforderung nach.

»Anhalten«, sagte der Bulle.

Man konnte die Gesichtszüge des Hünen nicht erkennen, sah aber sehr wohl, dass sein Kopf das Dach des für ihn viel zu kleinen Autos berührte. Servaz starrte so sehr auf den Bildschirm, dass ihm fast die Augen herausfielen.

»Lassen Sie es weiterlaufen.«

Der Fan schaltete ebenfalls die Scheinwerfer aus. Die beiden Männer ließen die Fensterscheiben herunter – Mandel das auf der Beifahrerseite, der andere auf der Fahrerseite. Sie redeten, denn Mandels Lippen bewegten sich im Halbdunkel, dann streckte der andere Mann den Arm aus seinem Fenster. Sie sahen nicht, was er hinübergeworfen hatte, doch gleich darauf ging die Innenbeleuchtung im Seat Ibiza an, und Mandels Profil war klar zu erkennen.

»Anhalten ... Bild kopieren ... weitermachen ...«

Alles lief so ab, wie Mandel es beschrieben hatte. Er nahm das, was auf dem Beifahrersitz lag, in Augenschein, nickte dem anderen zu, schaltete die Innenbeleuchtung aus; die Scheinwerfer des DS4 wurden eingeschaltet, die daraufhin das große Werbeplakat vor ihnen anstrahlten, der Motor ging an, der Rückwärtsgang wurde eingelegt, der Wagen machte kehrt und fuhr davon.

»Jetzt!«, rief Servaz. »Bild anhalten!«

Ruckartig blieb das Auto stehen, als wäre es mitten in seinem Elan ausgebremst worden. Die Aufnahme war von hinten und leicht von oben.

»Heranzoomen«, verlangte er. »Nach unten. Vergrößern ...«

Sie hatten verstanden, worauf er hinauswollte: Das Nummernschild erstrahlte auf dem Bildschirm.

9

Während sie entlang der A 64 – die »Pyrénéenne« – erst nach Westen, dann nach Süden fuhren, neigte sich der Abend langsam seinem Ende zu, und wie immer, wenn er auf dieser Autobahn in Richtung Berge unterwegs war, war Servaz angespannt.

Bilder tauchten in seinem Geist auf und verschwanden wieder: eine psychiatrische Anstalt am Ende eines Tales, eine Ferienkolonie mitten im schneebedeckten Wald, ein finsterer Klub von Pädophilen, eine Lawine, ein weißes Schloss, ein enthauptetes Pferd … Niemals würde er den Winter 2008–2009 vergessen. Manchmal hatte er den Eindruck, dass er als Polizist erst in diesem Jahr wirklich das Licht der Welt erblickte. Jedes Mal, wenn er sich diesen Gipfeln, dieser Grenze näherte, krampfte sich sein Magen zusammen.

Auf der Höhe von Saint-Gaudens fuhren sie von der Autobahn ab und weiter Richtung Süden, hielten direkt auf die Gipfel zu, drangen in einen Landstrich ohne Schnee vor, unterteilt durch Felder, Wälder, Straßen, aus zwei oder drei Häusern bestehende Dörfer, manchmal mit einer seit Langem verlassenen Kirche neben einem ebenso verwahrlosten Friedhof und einem vor sich hin plätschernden Fluss, den sie rasch überquerten. Dabei hatten sie die beeindruckende, im dunkler werdenden Himmel aufragende Barriere, die den Horizont am Ende der Hügeldünung blockierte, immer noch vor sich: primitiv und wild, die steinerne Masse schien ihnen die Stirn zu bieten – und Servaz beobachtete mit zunehmender Furcht, wie sie zusammen mit der Nacht näher rückte.

Dörfer zogen an ihnen vorbei. Rieucazé. Lespiteau. Soueich. Aspet. Dann stieg die Straße an und wurde schmaler, gesäumt von einer steinernen Brüstung und überragt von Steilhängen mit großen dunklen Tannenwäldern, die den Himmel verdeckten und einen verfrühten Schatten auf sie warfen, während sie immer weiter in dieses Mysterium vordrangen.

»Ist es noch weit?«, fragte er mit einem mulmigen Gefühl im Bauch.

Das Nummernschild hatte es preisgegeben: Der Besitzer des DS4 hieß Gaspard Fromenger. Laut Auskunft der Dienststelle für Fahrzeugscheine und Steuern leitete er einen Forstbetrieb mit Sitz in Salies-du-Salat. Sie hatten den Firmensitz kontaktiert und die Info bekommen, Monsieur Fromenger sei mit seinem Team in den Bergen, um einen Hieb in einer Talmulde an der Grenze zwischen der Haute-Garonne und der Ariège zu erkunden. Kurz, am Ende der Welt …

»Noch ein Dutzend Kilometer«, antwortete Espérandieu, während sie einem Gebirgsbach mit aufwirbelndem, schnell dahinfließendem Wasser folgten.

Die Kurven behagten Servaz' Magen immer weniger. Hier gab es nichts als Pässe – die hier als »ports« bezeichnet wurden –, Brücken, Durchlässe, Überquerungen, Gebirgsbäche, Sturzbäche, Kehren. Man fuhr hier nicht: Es wurde laviert, geschlängelt, hinauf- und hinuntergefahren – so wie die Navigatoren und Erforscher im 19. Jahrhundert.

Ein letzter, halsbrecherischer Anstieg zwischen Nadelbäumen und Farn, dann schaltete Espérandieu den Motor aus. Als er ausstieg, hörte Servaz das Wasser des Sturzbaches etwas unterhalb, und kalte, feuchte Luft schlug ihm entgegen. Zu jeder Seite erhoben sich die schroffen Felswände des Berges mit den mächtigen Baumstämmen, die sich dem immer dunkler werdenden Himmel entgegenstreckten und im unteren Bereich von ihren Scheinwerfern angestrahlt wurden. Als er den Blick nach oben zu den Wipfeln hob, sah er ein unglaubliches Licht zwischen den Tannenbäumen aufleuchten, obwohl er etwas weiter unten die letzten Strahlen des Sonnenuntergangs erkennen konnte.

Es war kalt. Er machte den Reißverschluss seines Anoraks zu, entdeckte die Schneebretter am Hang, die an einen weißen Pilzbefall erinnerten. Im Wald war es nicht still. Maschinenlärm war zu hören, Schreie und Pfiffe. Der Lärm kam von weiter oben. Ein Pfad führte schnurgerade zwischen den Tannen hindurch, war von riesigen Reifen aufgewühlt. Ein Schild untersagte das Weitergehen, aber sie ignorierten es und kraxelten den steilen Hang inmitten des Wäldchens hinauf.

Der Strahl ihrer eingeschalteten Taschenlampen tanzte durch den Wald. Sie waren noch keine hundert Meter weit gekommen, als eine mit den Armen wedelnde Silhouette hinter den Bäumen auftauchte und mit großen Schritten über die Schlammlöcher zu ihnen sprang.

»Haben Sie das Schild nicht gesehen? Zugang verboten! Gehen Sie sofort zurück!«

Der Mann trug einen leuchtend orangefarbenen Schutzhelm und ebensolche Arbeitskleidung. Sie zückten ihre Ausweise.

»Hören Sie …«, sagte er. »Hier ist es gefährlich. Wir können Ihre Sicherheit nicht gewährleisten.«

»Sind Sie Gaspard Fromenger?«

Der Mann runzelte die Stirn.

»Nein. Warum, wollen Sie …?«

»Bringen Sie uns zu Gaspard Fromenger.«

Der Waldarbeiter zögerte einen Moment, strich sich über den Bart, sah sich um, als könnte der Wald ihm eine Antwort geben, dann zuckte er die Schultern und machte kehrt.

»Kommen Sie mit.«

Sie folgten ihm. Erst über einen Weg, dann durch den Wald. Das Vorankommen in diesem regelmäßigen Hochwald war einfach, denn die tiefer liegenden Äste waren abgeschnitten worden, damit die Stämme gerade wuchsen, und ansonsten wuchsen hier hauptsächlich Farn und Brombeerhecken. Es roch nach frisch gesägtem Holz, Harz, Tannennadeln, Erde und frischem Schnee. Zudem nach dem beißenden Gestank der ausgespuckten Auspuffabgase von Maschinen, deren Grollen den Wald hin und wieder erfüllte, wie auch die Aus- und Zurufe der Holzarbeiter.

Mit einem Mal erzitterte der Wald, ein fürchterliches Krachen war zu hören, gefolgt von lautem Blätterrascheln, dann knallte irgendwo ein Stamm auf den Boden.

Sie gelangten zu der Stelle, an der sich die meisten Männer aufhielten. Servaz sah Traktoren, die auf riesigen Reifen mit tiefem Profil dastanden, Anhänger und Kräne, wie Tiere aus Metall, die sich im Licht der Scheinwerfer versammelt hatten. Eine mechanische Meute mitten im Wald. Alle Waldarbeiter trugen gleiche Helme und Arbeitskleidung.

»Wer von Ihnen ist Gaspard Fromenger?«, fragte Servaz.

Einer der Männer zeigte auf eine Stelle weiter oben.

»Gaspard ist beim Waldvollernter. Ich würde Ihnen nicht raten, dorthin zu gehen.«

»Kann er nicht aufhören?«, brüllte Servaz, um den Lärm zu übertönen.

»Bei dem Krach wird er Sie nicht hören! Sie müssen warten, bis er fertig ist!«

»Dauert das noch lange?«

»Eine Stunde …«

»Wir haben keine Zeit zu warten, wir müssen hin!«, beschloss Servaz nach kurzer Überlegung. »Wo geht es lang?«

»Das ist gefährlich!«

»Wo geht es lang?«

»Da … setzen Sie wenigstens einen Helm auf!«

Der Holzarbeiter reichte jedem von ihnen einen. Servaz setzte seinen auf, ohne ihn festzumachen, und lief in Richtung der tanzenden Lichter los, die er im Unterholz ausmachte.

Je näher er kam, desto ohrenbetäubender wurde der Lärm. Er hatte noch nie etwas Ähnliches gehört. Dann sah er sie – die Maschine. Eine Kabine aus Plexiglas auf sechs großen Rädern, von denen die hinteren beiden mannshoch waren, dazu ein beweglicher Arm mit Greifkralle, Rollen und Kettensägenblättern.

Die große Kralle schlenkerte hin und her, dann fasste sie einen Baumstamm, den sie in einer tödlichen Umarmung umfing und wie ein gewöhnliches Streichholz abknickte. Danach legte sie ihn flach hin, fuhr mit schrecklich metallischem Gekreische, das an das Summen von Tausenden von Hornissen erinnerte, am Baumstamm entlang und ästete ihn innerhalb kürzester Zeit ab, bis er so glatt und nackt wie ein Schlauch war, woraufhin er in Stücke geschnitten wurde, die direkt auf einen der großen Anhänger geladen werden konnten. Das Unterfangen hatte nicht länger als eine Minute gedauert. In diesem Rhythmus könnte der Wald innerhalb weniger Tage verschwinden – und Servaz konnte nicht umhin zu denken, was für ein einzigartig räuberisches Tier der Mensch doch war, die einzige Spezies, die ihren Lebensraum zerstörte.

Er nutzte die kurze Ruhepause, um weiterzugehen und mit den Armen herumzufuchteln, doch der bewegliche Arm schlenkerte wie eine Schlange weiter, und schon machte sich die Metallkreatur an einem neuen Stamm zu schaffen.

Der Typ dort in seiner Plexiglasblase bediente den Joystick und war sich seiner Gegenwart nicht bewusst. Servaz ging näher. Sehr nah, dieses Mal. Endlich hielt Fromenger seine Maschine an und riss die Tür auf.

»Hey! Sind Sie wahnsinnig! Was haben Sie hier zu suchen?«, tobte er. »Wollen Sie einen Baumstamm auf den Kopf bekommen?«

»Ich winke Ihnen schon seit einer ganzen Weile zu! Warum haben Sie mich ignoriert?«

»Dieses Gerät hier kostet 200 000 Euro!«, brüllte Gaspard Fromenger. »Die müssen erst mal eingespielt werden! Was denken Sie denn? Verschwinden Sie von hier! Ich weiß nicht, wer Sie sind, aber Sie haben hier nichts zu suchen! Gehen Sie, sonst verpasse ich Ihnen höchstpersönlich einen Arschtritt!«

Servaz musste an ein anderes Alphamännchen mit ähnlichem Verhalten und ähnlichem Bart denken, Wolf Larsen aus einem Roman von Jack London. Fromenger erinnerte ihn an Léo Kowalski. Er holte seinen Lappen hervor und hielt ihn in den blendenden Scheinwerfer.

»Polizei!«

Fromenger erstarrte. Wortlos blickte er auf die blau-weiß-rote

Karte. Plötzlich sprang er von der Maschine und verschwand im Wald.

»Hey!«, rief Servaz. »Hey!«

Ohne groß nachzudenken, hastete er hinter Fromenger her, quer durch den Farn, über die großen, von der Maschine verteilten Äste hinweg. Sein Helm verrutschte und fiel irgendwo herunter. Ein Ast, der von einem Stamm abstand, knallte gegen seine Stirn und ließ ihn kurz schwindeln, dennoch rannte er weiter und versuchte, Fromenger nicht aus den Augen zu verlieren.

»Fromenger! Kommen Sie zurück!«

Rasch fiel der Hügel ab, wurde steiler, und es ging abwärts. Servaz wurde bewusst, dass er sich aller Wahrscheinlichkeit nach in eine überaus gewagte Verfolgung gestürzt hatte. Während es immer schneller den Hügel hinunterging, erhaschte er einen Blick auf Fromengers Silhouette sehr viel weiter unten, der zwischen den Bäumen weiterhastete.

Himmel! Wo will er bloß hin?

Er musste eher bremsen, als schneller zu werden, um nicht nach vorn zu fallen, denn das Gefälle war inzwischen bedenklich. Die Bäume wurden dichter, ebenso die Dunkelheit. Während er im Dunkeln den Abhang hinunterstürzte, kam er in ein immer dichteres Gewirr aus Brombeersträuchern, Dickicht, Blättern und jungen Bäumen und betete, dass der Boden unter seinen Füßen nicht nachgab. Klebrige Spinnennetze streiften sein Gesicht, und mehrfach zerkratzten die schneidenden, spitzen Zweige der Nadelbäume seine Hände und zerrissen seine Jacke mit einem trockenen Geräusch, doch er achtete nicht darauf.

»Fromenger! Kommen Sie zurück!«

Das letzte Dämmerlicht war verschwunden. Über den Bäumen ragte nur eine bläuliche Mondsichel auf, zerschnitten von der beunruhigenden Masse der Tannen. Vor ihm türmte sich die andere Bergflanke auf, dunkel und abweisend, kam unablässig näher. Immer weiter drangen sie in eine tiefe, enge, v-förmige Schlucht vor, er hörte das Rauschen eines Wasserlaufs weiter unten, ein trauriger, düsterer Gesang, wie die Stimme einer Sirene im Dunkeln.

»Fromenger!«

Seine Gedanken kreisten nur noch um die grundlegendsten Dinge, während er sich im Dickicht die Haut aufriss; er hörte das Rascheln des Windes in den Bäumen, spürte, wie die nassen Nadeln des Astwerks seine Wangen peitschten, wie Schlamm und Schnee in seine Schuhe eindrangen, auf seinen Lippen der Geschmack von Blut, das sein Herz verzweifelt durch seinen Körper pumpte. Er war zu einem Tier geworden, das ums Überleben kämpfte. Das in die Falle gegangen war und sich wehrte. Einen Moment lang erwägte er die Wahrscheinlichkeit, mit der er in den unsichtbaren Schlund fallen könnte, denn der Mond, der zwischen den Baumwipfeln zu sehen war, tauchte auf und verschwand wieder wie ein scheues Rehkitz, erhellte nur ein kleines Stück Himmel, weiter oben. Er war sich nicht einmal sicher, ob er die Kraft hätte, wieder hinaufzusteigen, also war es am einfachsten, immer weiter nach unten zu gehen. Immer weiter …

Eine abrupte Neigung des Terrains ließ ihn erst stolpern, dann stürzen; er verdrehte sich den Knöchel, schlug mit dem Kopf gegen einen Baum und fluchte. Dann fuhr er sich über das Gesicht und stellte fest, dass er blutete, kniete mit schmerzendem Knöchel auf dem Boden. Doch er erhob sich wieder und lief schneller weiter, trotz der Schmerzen. Plötzlich war da kein Gebüsch mehr, er tauchte auf einem freien Fleck auf, musste eine Vollbremsung hinlegen. Er war auf einem Felssporn angekommen, hinter dem nichts als Leere war.

Schwarz und erschreckend.

Ihm wurde übel bei dem Gedanken, dass er fast abgestürzt wäre.

Leicht nach links versetzt führte ein schmaler Steg über den Abgrund, und dort entdeckte er die Silhouette von Fromenger, der soeben die andere Seite erreicht hatte, seine Schritte hallten noch über die Stahlkonstruktion. Fromenger war nicht zufällig hier gelandet: Er kannte sich in diesem Wald aus, auch nachts, im Gegensatz zu ihm.

Nach vorn gebeugt, stützte er sich mit den Händen auf den Knien ab und schnappte heftig nach der abendlichen Luft. Er hatte starkes Seitenstechen. Er wagte einen Blick über die Felsen, die den Felssporn umgaben. Sehr weit unten, in der undurchdringlichen Finsternis, die den Boden des Abgrunds verschluckte, ließ sich der Gebirgsbach anhand vereinzelter silberner Spiegelungen erahnen. Spiegelungen, die es ihm erlaubten, die schwindelerregende Leere bis zum Abgrund zu erfassen, die sich vor ihm auftat, und seine Beine gaben nach. Rechts von ihm erkannte er in der Mondsichel das moosbedeckte Dach einer Hütte oberhalb des Bachlaufs. Die Holzkonstruktion klebte an der Felswand, verschwand fast hinter den Bäumen.

Er atmete die kalte Luft weiter ein, hustete, spuckte aus. Er versuchte nachzudenken, was ihm aber nicht sonderlich gut gelang. Müdigkeit und Angst erschwerten ihm die Sicht. Diesen endlosen und nahezu senkrechten Steilhang durch den Wald wieder hinaufzuklettern, überstieg seine Kräfte, da war er sich sicher; dem Holzarbeiter weiter durch die Finsternis zu folgen, wäre wiederum Wahnsinn. Was tun? Seine Lunge brannte, seine Knie zitterten, sein Knöchel schmerzte. Auf die anderen warten? Absperrungen errichten und danach die Berge durchkämmen? Fromenger könnte weit kommen … Er spuckte erneut aus, räusperte sich und ging humpelnd weiter. Mit schlotternden Beinen setzte er erst einen Fuß auf den Stahlsteg, dann den anderen. Es war machbar, nicht zu wackelig. Er fragte sich, wie lange es diesen Steg schon gab und ob er nicht zu schwer dafür war. Es war zu dunkel, um seinen Zustand zu prüfen. Immerhin hatte Fromenger ihn bereits überquert, und der war ganz offensichtlich schwerer als er. Er ging weiter, das Rauschen des Gebirgsbachs drang zu ihm nach oben, zusammen mit einem feuchten, tropfenverhangenen Nebel. Ob vor Müdigkeit oder Angst, seine Beine zitterten immer heftiger. Er war schon fast auf der Mitte des Stegs angelangt, als etwas geschah. Etwas, worauf er überhaupt nicht gefasst war.

Eine Gestalt tauchte aus dem Schatten auf der anderen Seite der Schlucht auf, und völlig überrascht erkannte Servaz Fromenger, der mit großen Schritten auf den Steg trat und auf ihn zulief.

»Was machen Sie …?«

Servaz verkrampfte sich, bereitete sich auf den Zusammenstoß vor. Er hatte keinen Zweifel daran, dass der Holzarbeiter ihn vermöbeln wollte, und in dem erfolglosen Versuch, ihm zuvorzukommen, verpasste er ihm einen Faustschlag, als Fromenger weniger als einen Meter von ihm entfernt war. Doch der Holzarbeiter wich ihm aus, packte ihn am Kragen und presste ihn ans Geländer. Panik erfasste Servaz, als sein unterer Rücken gegen das Geländer stieß. Er klammerte sich an der Weste seines Angreifers fest.

»Was wollen Sie von mir?«, brüllte der Holzarbeiter. »Lassen Sie mich verdammt noch mal in Ruhe!«

Inzwischen schüttelte Fromenger Servaz heftig, dessen Oberkörper über dem Nichts hing, der untere Rücken durch das Geländer regelrecht abgeknickt.

»Fromenger, hören Sie auf, verdammt, ich falle noch runter!«

»Ich hab die Schnauze voll, verstehen Sie?«

Servaz schluckte, sein Adamsapfel stand hervor wie ein in der Kehle eingeklemmter Knochen, er hatte das Gefühl, als würde seine Wirbelsäule durch den Druck des Geländers demnächst brechen wie ein Ast. Der Schmerz war unerträglich, also versuchte er, dem Holzarbeiter ins Gesicht zu schlagen. Keine gute Idee … Letzterer drückte ihn noch mehr nach hinten, und Servaz glitt weiter über den Abgrund, seine Füße hoben vom Boden ab, sein Körper machte eine Rolle rückwärts. Abrupt drehte sich die Welt für ihn, die Berge waren unten, das schwarze Nichts oben, der Wald irgendwo dazwischen, und er hörte seinen eigenen Schrei mehr, als dass er bewusst losschrie – sein Schrei wurde vom Echo immer wieder zurückgeworfen –, er schloss die Augen, erwartete schon, ins Nichts zu stürzen, sich die Knochen auf den Felsen des Gebirgsbachs zu brechen, als zwei Hände gleichzeitig nach seinen Beinen griffen.

Er öffnete die Augen wieder, verrenkte sich den Hals und sah auf seine Füße, erkannte den über das Geländer gebeugten Gaspard Fromenger, der die Arme um seine Knie geschlungen hatte.

»Hören Sie auf, sich zu bewegen, sonst kann ich Sie nicht halten!«, rief der Holzarbeiter und zog mit aller Kraft an ihm.

Zentimeter für Zentimeter, keuchend und ächzend, zerrte er Servaz nach oben, die kräftigen Hände fest in dessen Oberschenkel gepresst, sie zermalmten sie geradezu, und der Schmerz schien darin zu explodieren, doch in diesem Moment war das Servaz so ziemlich egal.

Fromenger zog so lange an ihm, bis er Servaz über das Geländer hieven konnte, und ohne so recht zu wissen, wie das gelungen war, fand der sich auf einmal auf allen vieren auf dem Steg wieder, Rücken und untere Gliedmaßen zerquetscht, aber am Leben. Gleich darauf saßen sie nebeneinander und versuchten, wieder zu Atem und zur Besinnung zu kommen.

»Verdammt«, sagte der Holzarbeiter einfach nur. »Sie haben mir vielleicht eine Heidenangst eingejagt.«

Beide keuchten. Servaz rieb sich über einen schmerzenden Ellbogen.

»Stecken Sie mich hinter Gitter?«, fragte sein Retter zwischen zwei Atemzügen.

Servaz war verdutzt.

»Was?«

»Deshalb sind Sie doch ...«

Eine heftige Böe zog durch den Wald, die Schlucht entlang, und ließ das Laub erzittern.

»Dann waren Sie das also?«

Fromenger sah ihn an.

»Das wissen Sie doch schon, oder? Schließlich sind Sie hier ...«

Der Holzarbeiter atmete mehrfach tief durch.

»Unterschlagung, betrügerischer Konkurs, Steuerhinterziehung, das bringt mir Ihrer Meinung nach wie viel ein?«

»Häh?«, sagte Servaz.

»Zwei Jahre ohne Bewährung? Drei? Scheiße, Mann, ich habe ja schließlich niemanden umgebracht!«

Servaz drehte sich zu dem Holzarbeiter um. Dessen Augen glänzten in seinem dunklen Gesicht. Waren auf ihn gerichtet. Der Holzarbeiter hatte Angst. *Angst davor, ins Gefängnis zu kommen ...*

»Wovon reden Sie da?«, fragte Servaz, und bei jedem Wort brannte sein Brustkorb.

Als Fromenger sich räusperte, dröhnte seine Lunge. Er spuckte aus.

»Scheiße, Mann! Was meinen Sie wohl, wovon ich rede? Von dem Grund, weshalb Sie hier sind, in drei Teufels Namen!«

Inzwischen erklangen Rufe, mitten im Wald, wurden vom Echo weitergetragen. Sie suchten nach ihnen, riefen nach ihnen. Servaz sah Lichter.

»Besitzen Sie einen DS4, Fromenger?«

»Was?«

Die Feuchtigkeit auf dem Steg drang durch seine Jeans, ließ seinen Hintern nass werden.

»Ich habe Sie gefragt, ob Sie einen DS4 besitzen ...«

»Ja, das tue ich, warum? Was hat das damit zu tun? Den habe ich ganz legal gekauft ...«

»Nutzt jemand außer Ihnen dieses Auto?«

Der Holzarbeiter warf ihm einen ehrlich überraschten Blick zu.

»Meine Frau ... seit ihr Auto kaputt ist ... Ich verstehe das nicht ... Was für ein Problem gibt es mit der Kiste?«

Plötzlich tauchten die Strahlen mehrerer Taschenlampen auf und blendeten sie. »Sie sind hier!«, rief jemand. Gestalten tauchten aus dem Wald auf. Servaz erhob sich.

»Ich verstehe nur Bahnhof«, sagte der Holzarbeiter, einen heißen Becher Kaffee in der Hand.

Er lehnte an einer der Maschinen mitten auf der Lichtung, umgeben von gefällten Bäumen und Astwerk.

»Ihr Auto wurde auf dem Parkplatz eines Einkaufszentrums

um drei Uhr morgens gefilmt, in der Nacht von Dienstag auf Mittwoch«, wiederholte Servaz und pustete in seinen Kaffee.

Die Wärme, die von dem Becher aufstieg, breitete sich im eiskalten Unterholz über sein ganzes Gesicht aus.

»Unmöglich.«

Die Antwort kam wie aus der Pistole geschossen, voller Nachdruck. Aus der Innentasche seiner Jacke holte Servaz einen DIN-A4-großen Ausdruck von einer der Videoaufnahmen. Er klappte ihn auf und reichte ihn Fromenger. Stöhnte. Seine Rippen taten höllisch weh. Außerdem schmerzten sein Knie und sein Knöchel. Kurz, er hatte so ziemlich überall Schmerzen. Die Hand hatte er sich auch ziemlich übel aufgerissen. Einer der Arbeiter hatte einen Erste-Hilfe-Koffer gebracht und sie desinfiziert, wie auch den Kratzer an seiner Stirn. Seine Jacke war an mehreren Stellen zerrissen und mit Erde und Grasflecken beschmiert.

»Das ist Ihr Auto, das ist Ihr Nummernschild.«

»Völlig unmöglich«, widersprach der Holzarbeiter und gab ihm den Ausdruck zurück.

Servaz hatte die anderen gebeten, sich etwas zu entfernen. Nur Espérandieu war noch da. Eine Eule rief über ihnen, irgendwo im Blattwerk. Sie war vermutlich davongeflattert, als die Maschinen den Wald auf den Kopf gestellt hatten, und jetzt wieder zurückgekommen. Das hier war ihr Zuhause, und als solches wollte sie es für sich einfordern.

»Wo waren Sie zu dieser Uhrzeit?«

»Ich habe geschlafen.«

»Zu Hause.«

»Ja.«

»Kann das jemand bezeugen?«

»Meine Frau.«

»Hat sie nicht geschlafen?«

»Sie leidet an Schlaflosigkeit.«

Servaz nahm einen Schluck heißen Kaffee. Das Gebräu tat seiner wunden Kehle gut.

»Benutzt Ihre Frau den DS4 häufig?«

Fromenger warf ihm einen Blick über den Rand des Bechers zu, den er gerade an die Lippen gesetzt hatte.

»Zurzeit ja. Ihr Auto ist kaputt. Es steht in der Werkstatt. Warum ist diese Geschichte mit der Karre so wichtig?«

Servaz beantwortete die Frage nicht.

»Wo finden wir sie?«

»Meine Karre?«

»Ihre Frau …«

»Tagsüber ist Zoé in ihrer Zahnarztpraxis …«

»Wie viel wiegt sie, und wie groß ist sie?«

Jetzt schien Fromenger völlig verwirrt.

»1,69 Meter und so um die 56 Kilo …« Er starrte Servaz an. »Was soll diese Frage? Hier geht es doch nicht nur um Steuerhinterziehung und Unterschlagung, oder irre ich mich?«

Er nahm die Thermoskanne und schenkte sich nach. Servaz betrachtete den tiefdunklen Wald, von dem nur ein sehr kleiner Teil hinter dem Leuchtfeuer der Scheinwerfer zu erkennen war und wo sich alles – oder fast alles – im Schatten abspielte.

Er schüttelte den Kopf. Er war erschöpft, brauchte eine Pause und ein paar Stunden Erholung, um aus diesem nächtlichen Abgrund der Angst wieder aufzutauchen.

»Nicht nur«, bestätigte er. »Sagen Sie Ihrer Frau, dass wir morgen bei ihr vorbeikommen, dass sie das Haus nicht verlassen soll.«

Zurück in Toulouse bedankte er sich bei Charlène, die sich um Gustav gekümmert hatte, betrachtete seinen schlafenden Sohn und entdeckte unter dem Strahl der Dusche unzählige große Schnittwunden und blaue Flecken, die die Verfolgung im Wald auf seinem Körper hinterlassen hatte. Als hätte er sich in Stacheldraht gewälzt. Jede seiner Bewegungen verursachte einen starken Schmerz in seiner linken Seite. Nach dem Duschen kippte er erschöpft in sein Bett. Eine Stunde später lag er noch immer hellwach im Bett. Nach wie vor rauschte das Adrenalin durch seine Adern, und trotz der Müdigkeit wollte sich der Schlaf einfach nicht einstellen. Er stand auf, ging ins Wohnzimmer, schaltete eine einzige Lampe ein und ließ leise Mahler laufen.

Er dachte an die Vision des Waldes, die er auf der Lichtung gehabt hatte. Der Wald als Metapher des Unbewussten, des Verborgenen, der Wald der Initiation, aber auch des Bösen – wie in den Märchen und Legenden, in denen er der Rückzugsort geheimnisvoller Kreaturen war: Feen, Elfen, Kobolde, Faune, Waldgeister und Baumnymphen. Er spürte, dass er eine Spur entdeckt hatte. Die Vorstellung des Waldes verwies ihn an etwas anderes, aber diese zweite Vorstellung war so ätherisch, so konfus, dass er sie nicht aus seinen Gehirnwindungen hervorholen und ans Licht bringen konnte.

Woran erinnerte ihn dieser Wald? *Denk nach!* Sein Vater hatte ihm einmal, als er noch keine zehn Jahre alt war, gesagt: »Es ist gefährlich zu handeln, ohne nachzudenken, Martin. Aber es nutzt nichts, nachzudenken, ohne zu handeln.«

Warum musste er jetzt auf einmal an seinen Vater denken? Die Erinnerung an seinen Vater hatte ihn im Lauf des Tages mehrfach gestreift, wie der Flügelschlag eines Vogels. Bestimmt wegen dieses Anrufs ... vom Notar, wie war gleich noch mal sein Name? Er hatte bereits im Briefkasten nachgesehen, aber noch war kein Umschlag eingetroffen.

Er spürte, wie der Knoten in seinem Bauch wieder härter wurde. Was würde er in diesem Umschlag vorfinden? Er hatte noch nicht entschieden, ob er ihn schlicht und ergreifend wegwerfen sollte, ohne ihn zu öffnen, oder aber nachsehen, was der Umschlag enthielt. Dieser Umschlag war gereist, über Jahre hinweg, ebenso sehr durch die Zeit wie durch den Raum. Was enthielt er wohl? Er ertappte sich dabei, dass er sich wünschte, er wäre leer.

Konzentrier dich ...

Im Wald hielten sich Dinge verborgen, und doch waren sie sehr wohl da – man musste nur wissen, wo man suchen musste –, aber von welchem Wald war da die Rede? Plötzlich ging ihm ein Licht auf. Ja! Er sprang auf und hastete in den Raum, der kaum größer war als ein Schrank und ihm als Abstellraum diente. Hier befand sich ein Sammelsurium von allen möglichen Dingen: Kleiderbügel, alte Kleidung, die er nicht mehr anziehen würde, aber er war zu faul, sie auszusortieren und wegzuwerfen, ein Vorrat an AA- und AAA-Batterien, Glühbirnen mit Gewinde oder Doppeleinsteckfassung, ein veralteter Epson-Drucker und Kartons. Er ging zu Letzteren, schob mehrere zur Seite und zog dann einen hervor, der ganz hinten gestanden hatte. Er trug den Karton ins Wohnzimmer, stellte ihn neben das Sofa, unter das Lampenlicht und öffnete ihn, wobei ihn eine Staubwolke zum Niesen brachte.

Romane von Erik Lang. Ein Wald voller Bücher, ein Wald voller Worte, ein Wald voller Sinn …

Der Schlaf hatte ihn während der Lektüre übermannt – beim Aufwachen erinnerte er sich dunkel daran, dass in dem Kapitel, das er gelesen hatte, bevor sich seine Lider schlossen, ein herzkranker, in einem Keller angebundener Mann aus lauter Angst starb, weil ein Dutzend Ratten über ihn liefen. Er hatte die Romane quergelesen, die ersten beiden rasch überflogen. Der Erzählstil war, so sein Eindruck, Lichtjahre von den Heftchenromanen des 19. und vom Anfang des 20. Jahrhunderts entfernt, die sein Vater ihm zum Lesen gegeben hatte, von Ponson du Terrail, Eugène Sue, Zévaco, und beide Bücher enthielten dieselben Zutaten: abstoßende Szenen, um Leser auf der Suche nach starken Empfindungen anzulocken, sowie Karikaturen von Serienmördern und Bullen. Doch bei der dritten Lektüre passierte etwas. Mit einem Mal vereinte sich ein geglückter Stil mit einer so geschickt eingefädelten Handlung, dass Servaz erst auf den allerletzten Seiten das Ende erahnte. Endlich waren die Protagonisten richtige Menschen, denn das echte Leben brach zwischen den Seiten hervor, mit dem, was es an Gewöhnlichem und Vertrautem zu bieten hatte, und ließ den Leser bei diesem Wiedererkennen angenehm erschauern. Auch wenn der Roman nicht ganz mit *Die Kommunikantin* mithalten konnte – zumindest in der Erinnerung, die er davon hatte –, so war es doch der beste der drei Romane. Vor allem die völlig unmoralische Schlussfolgerung, typisch für Lang, verschlug Servaz die Sprache. Am Ende nämlich fand man den Hauptprotagonisten, einen sehr jungen Mann – obwohl er unschuldig war –, zusammen mit einem Brief, in dem er sich des Verbrechens bezichtigte, erhängt vor! Der Titel des Romans lautete *Der scharlachrote Gott*. Erik Lang hatte ihn 1989 geschrieben – vier Jahre vor dem Selbstmord von Cédric Dhombres.

Von heftigen, widersprüchlichen Gefühlen gequält, hatte Servaz den Roman zugeklappt. Er fragte sich, weshalb er die Bücher in diesem Karton nicht schon eher gelesen hatte, doch in seinem tiefsten Inneren kannte er die Antwort: Er hatte sie gekauft, als sie im Mordfall Ambre und Alice ermittelten, und nach dem Tod von Cédric Dhombres hatte er diese Ermittlung abgeschlossen und versucht, sie zu vergessen. Die Geschichte um den Erhängten und den Abschiedsbrief bestärkte den Verdacht, den er schon zu Beginn gehabt hatte, dass die Verbrechen mit den Romanen zusammenhängen könnten … Wenn ein Fan vor 25 Jahren zugeschlagen hatte, wer war dann heute der Täter? Enthielten die Romane wirklich Hinweise, die sie auf die richtige Spur bringen könnten? Oder aber lief er im Gegenteil Gefahr, sich von der Realität zu entfernen, indem er sich von der Fiktion ablenken ließ? In seinem tiefsten Inneren hatte er gespürt, dass er etwas entdeckt hatte. Aber was? Fieberhaft hatte er sich den nächsten Roman vorgenommen. Es war zwei Uhr morgens, doch er war kein bisschen müde. Nach etwa hundert Seiten hatte er jedoch noch immer nichts Interessantes entdeckt, und ihm fielen langsam die Augen zu.

Dann war er aufgewacht …

Einen kurzen Moment lang fragte er sich, was ihn geweckt hatte: In der Wohnung war es still, ebenso im gesamten Gebäude und auf der Straße. Er ordnete seine Gedanken und wollte gerade weiterlesen, als ein Schrei ertönte. Gustav! Der Roman, den er vor dem Einschlafen gelesen hatte und der noch immer auf seinen Knien lag, fiel zu Boden, als er aufsprang und zu Gustav hastete. Sein Sohn saß im Schein der Nachtlampe mit weit aufgerissenen

Augen am Kopfende des Bettes. Automatisch drehte Servaz den Kopf nach links, dorthin, wo er in seinem Traum eine vertraute Gestalt gesehen hatte, aber natürlich war da niemand.

»Gustav«, sagte er leise und trat näher. »Ich bin's.«

Der Kopf des Jungen schnellte herum. Er starrte ihn an, dennoch war Servaz sofort klar, dass der Junge ihn gar nicht wahrnahm, dass sein Blick durch ihn hindurchging, als wäre er unsichtbar.

»Gustav ...«

Er war etwas lauter geworden. Trat erst einen, dann noch einen Schritt näher. Streckte die Hand aus. Streifte den Ärmel des Schlafanzugs und hielt den Arm seines Sohnes sanft fest. Als das Gebrüll aus dem offen stehenden Mund ertönte, zuckte er zusammen. Die rosafarbene Zunge und die kleinen weißen Zähne waren zu sehen, so weit war der Mund aufgerissen. Das Gebrüll war gellend, zerriss die nächtliche Stille, wie ein Taschenmesser einen Vorhang aufschlitzte.

Er zog sein Kind an sich, aber Gustav wehrte sich erstaunlich heftig.

»Lass mich! Geh! Verschwinde!«

Servaz presste ihn fester an sich, legte eine Hand auf seinen Kopf.

»Lass mich! Verschwinde!«

»Gustav«, murmelte er. »Pschschsch ... beruhige dich ...«

Noch immer wehrte sich sein Sohn, doch seine Kraft ließ nach. Dann hörte er auf, um sich zu schlagen, Schluchzer hoben seinen Brustkorb, und er fing an, in seinen Armen zu weinen, er schüttelte sich, konnte gar nicht mehr aufhören.

10

Um halb zehn am nächsten Tag versammelte sich das Ermittler-team im Konferenzraum im zweiten Stock, um einander auf den neuesten Stand zu bringen. Servaz hatte keine vier Stunden ge-schlafen. Dieses Mal verlieh ihm der Schlafmangel keine Leich-tigkeit, keinen Scharfsinn, er machte ihn im Gegenteil verwirrt und langsam. Vielleicht lag das an den Schmerzen, die ihn quäl-ten. Auch an diesem Tag gönnte er seiner Truppe ein paar Minu-ten Ruhe, ehe er auf den Kern der Sache zu sprechen kam. Leicht ungeduldig, eine sich auflösende Aspirin in einem Glas vor sich, fasste er noch einmal zusammen: Bald würden die Ergebnisse der DNA-Analysen vorliegen, die mittels Proben vom Tatort durch-geführt wurden, ebenso die toxikologischen Analysen des Op-fers; Rémy Mandel schmorte noch immer bei ihnen, allerdings war sein Polizeigewahrsam in weniger als zwei Stunden zu Ende, denn er hatte die Wahrheit gesagt, was das Manuskript betraf, somit blieben ihnen nicht viele Argumente, um den Gewahrsam zu verlängern. Außerdem fasste Servaz zusammen, was sich am Vortag im Wald ereignet hatte.

»Ich gehe nicht davon aus, dass eine Frau, die 56 Kilo wiegt, dazu fähig ist, Erik Lang und seine Frau bewusstlos zu schla-gen ... Laut Gerichtsmedizinerin war dafür viel Kraft vonnöten. Aber ich will trotzdem, dass ihr Folgendes herausfindet: Geht Zoé Fromenger regelmäßig ins Fitnessstudio? Betreibt sie irgend-einen Kampfsport? Macht sie möglicherweise Bodybuilding?«

»Warum war es nicht ihr Mann?«, fragte jemand.

Servaz winkte ab.

»Nein, der kann es nicht gewesen sein.«

»Wieso sind Sie sich da so sicher, Chef?«, warf Samira Cheung ein. »Immerhin ist er vor Ihnen weggerannt ...«

Er wollte schon etwas erwidern, hielt sich aber zurück. Er hatte keine eindeutige Erklärung für sie, mit Ausnahme seiner tiefen Überzeugung – eine Überzeugung, erlangt unter außergewöhnlichen Umständen, die er nur schwer mit ihnen teilen konnte.

»Okay, Samira, du verfolgst diese Spur«, sagte er, damit sie beschäftigt war. »Die Überwachungskameras des Golfklubs, was ist bei der Überprüfung rausgekommen?«

»Nichts«, antwortete Guillard. »Sie funktionieren nicht, das ist nur Augenwischerei …«

Guillards Verdrossenheit war spürbar. Er wirkte besorgt. Vielleicht grübelte er über seine drei Unterhaltszahlungen nach.

Mit einem Mal fühlte sich auch Servaz schrecklich müde, so müde, dass er selbst die Schmerzen in seinem Körper gedämpft wahrnahm. Mit Ausnahme des einen, der sein Brustbein und seine Rippen traktierte – ein so durchdringender Schmerz, als würde man immer wieder mit dem Messer auf ihn einstechen. Er hatte ihn bereits beim Anziehen am Morgen gespürt und sich gefragt, ob er sich in den Bergen vielleicht etwas gebrochen hatte.

»Kommen wir auf Mandel zurück. Wir müssen seinen Computer durchforsten«, sagte er. »Wie weit sind die Kriminaltechniker? Wir haben nur noch zwei Stunden, bis sein Polizeigewahrsam zu Ende ist! Wir müssen die Nachrichten durchgehen, die er in den Stunden vor dem Einbruch erhalten und abgeschickt hat, vor allem aber die IP-Adresse von der Person zurückverfolgen, mit der er diesen Handel abgeschlossen hat.«

»Wir sollten ein Back-up von seiner Festplatte machen«, schlug Samira vor. »Sicher, Mandel hat die Wahrheit gesagt, aber wir können nicht ausschließen, dass er ein Komplize ist«, insistierte sie, als würde es sich um ein Pokerspiel handeln. »Er wusste mit Sicherheit, was der Verkäufer vorhatte. Vielleicht blufft er nur mit dieser Geschichte von den Nachrichten …«

Servaz nickte.

»Zwei Stunden«, wiederholte er. »Richter Mesplède wird seinen Polizeigewahrsam bestimmt nicht verlängern. Also beeilt euch!«

Er verschwieg ihnen seine nächtliche Lektüre und verteilte schließlich die Aufgaben. Verkündete, dass er zu der Zahnarztpraxis gehen würde. Wenn er mit vielen Kollegen dort aufschlagen würde, könnte er die Pferde scheu machen, also entschied er sich für die sanfte Tour, auch wenn Zoé Fromenger bereits durch ihren Mann vorgewarnt war, dachte er bei sich, sagte aber nichts dazu.

Die Zahnarztpraxis Tran und Fromenger lag in der Rue du Faubourg Bonnefoy Nummer 3, oberhalb des Tunnels mit den Eisenbahnschienen, in einem für dieses Viertel erstaunlich eleganten, neuen Gebäude. Geometrische Blöcke, geradlinige Formen, Außenverkleidung und Fenster, durchbrochen von horizontalen Linien – diese sehr grafische Architektur hob sich stark ab von den sie umgebenden heruntergekommenen Gebäuden, den Graffiti, den Billigsupermärkten, dem Spätkauf und den asiatischen Restaurants.

Sobald er durch die schwere Tür im dritten Stock eingetreten war, befand sich Servaz in einem Raum, in dem alles darauf ausgerichtet war, einen vergessen zu lassen, dass man nicht zum Vergnügen hier war. Leise Hintergrundmusik, Sand- und Pastelltöne, gewachstes Parkett, indirekte Beleuchtung. Eine Sprechstundenhilfe mit ebenso sanfter Stimme wie die Musik aus den Lautsprechern empfing ihn und fragte ihn, ob er einen Termin habe, und warf dabei einen argwöhnischen Blick auf die zahlreichen Schnitte in seinem Gesicht.

»Ja. Mit Zoé Fromenger«, antwortete er säuselnd.

Sie behielt ihren süßlichen Tonfall bei. »Ihr Name, bitte?«

Aber gerne doch, dachte er. Er nannte ihn ihr und wurde in ein Wartezimmer geführt, in dem die Bandbreite der Zeitschriften von *Cinema* über *Geo* bis hin zu *Schöner Wohnen* reichte. In einer Ecke des Raumes erstrahlte eine bogenförmige Designlampe. An den Wänden hingen Fotos von Insekten und Schmetterlingen. Hinter der Tür waren Schritte zu hören, dann tauchte eine Frau in einem weißen Kittel auf, den sie offen über einem Kostüm mit

Feinstrumpfhose trug. Mitte bis Ende dreißig. Er erhob sich. Mit ihren Absätzen war sie fast so groß wie er.

Zoé Fromenger hatte ein ovales Gesicht, dunkelbraunes, halblanges Haar, das sie perfekt verwuschelt in einem akkuraten Stufenschnitt trug – da war ganz bestimmt nichts dem Zufall überlassen worden –, und warme braune Augen. Doch sie hatte Ringe unter den Augen, ihre Besorgnis war nicht zu übersehen. Bestimmt hatte sie lange mit ihrem Mann über die Unterhaltung geredet, die er mit ihm in den Bergen geführt hatte, und ihre Nacht war unruhig gewesen.

»Weshalb wollen Sie mich sehen, Inspecteur?«

Ihre Stimme klang warm, auch wenn momentan dieselbe Besorgnis darin mitschwang, die in ihrem Blick lag.

»Capitaine«, korrigierte er. »Hat Ihr Mann Ihnen nichts erzählt?«

»Anscheinend hat er gestern nicht so richtig verstanden, was Sie von ihm wissen wollten. Genauso wenig wie von *mir* … Inwiefern sind mein Gewicht und meine Größe für Sie relevant?«

Er schüttelte den Kopf. Wenn sie ihm gerade etwas vorspielte, dann war sie ziemlich gewieft.

»Könnten wir uns woanders unterhalten als hier? Ein Wartezimmer ist nicht gerade … der passendste Ort.«

Mit einem Mal verzog er das Gesicht und hielt sich die rechte Wange.

»Was ist mit Ihnen?«, fragte sie sogleich.

Sie waren in einer Zahnarztpraxis, da war sie an eine solche Mimik vermutlich gewöhnt.

»Seit einiger Zeit habe ich Schmerzen an einem Backenzahn. Er rührt sich wohl deshalb, weil ich gerade bei einer Zahnärztin bin. Eine Art Somatisierung …«, fügte er mit schiefem Lächeln noch hinzu. »Vergessen wir das, deshalb bin ich nicht hier.«

Sie zuckte mit den Schultern.

»Kommen Sie mit in mein Behandlungszimmer. Wo Sie schon mal da sind, können wir uns das auch gleich ansehen.«

Sie machte kehrt und lief vor ihm durch den Gang, wobei ihre

Absätze munter über das gewachste Parkett klapperten und die gedämpfte Atmosphäre durchdrangen. Er betrachtete ihre muskulösen Waden, ihre breiten Schultern und ihre Hüften, die sich unter dem Kittel abzeichneten, und kam zu dem Schluss, dass diese Frau ganz bestimmt stärker war, als es den Anschein hatte.

Sobald er auf dem Zahnarztstuhl Platz genommen hatte, sagte er sich, dass es mit ziemlicher Sicherheit keine gute Idee war, eine Befragung durchzuführen, wenn die befragte Person diejenige war, die Spritzen und Bohrer in der Hand hatte, und die empfindlichen Zonen wie Zahnfleisch und Zahnschmelz des Fragestellers in deren Reichweite waren. Jedes Mal, wenn er zu einem Zahnarzt ging, musste er an den Film *Der Marathon-Mann* denken.

»Sie haben heute Nacht ganz schön was abbekommen ...«, meinte Zoé Fromenger, als sie seine Schnitte an Wangen, Nase und Stirn betrachtete, die aussahen, als hätte jemand wie wild auf einem Stück Papier herumgekritzelt und es dabei zerrissen.

»Wie Sie sicher wissen, haben Ihr Mann und ich einen kleinen Abstecher in den Wald unternommen.«

»Machen Sie den Mund auf«, sagte sie.

»Ich muss Ihnen ein paar Fragen stellen.«

»Nachher.«

Servaz gab klein bei. Man widersprach einer Zahnärztin nicht. Sie beugte sich über ihn, der Nylonstoff raschelte leicht, und ihre Kleidung verströmte ein angenehmes Parfum, das alte Erinnerungen in ihm wachrief an die Zeit, als er noch ein Privatleben hatte. Die Instrumente bahnten sich ihren obszönen Weg durch seinen Mund, stöberten und scharrten hemmungslos darin herum, quietschten über den Zahnschmelz wie Insekten aus Metall.

»Das ist nicht der Backenzahn«, diagnostizierte sie, als sie fertig war. »Sie haben eine ordentliche Zahnfleischentzündung. Putzen Sie sich regelmäßig die Zähne?«

»Einmal pro Tag.«

»Das reicht nicht. Sie müssen es nach jedem Essen machen. Und benutzen Sie Interdentalbürstchen. Mit dem Alter werden die Zahnzwischenräume größer, dort können sich jede Menge Unreinheiten absetzen.«

Flüchtig fragte er sich, ob Zoé Fromenger ihre Partner nach der Beschaffenheit des Gebisses wählte. Ihm erschien es nämlich immer unwahrscheinlicher, dass sie die Frau eines einzigen Mannes sein sollte.

»Wir werden eine Kürettage durchführen. Dazu betäube ich Sie als Erstes …«

Er wollte schon widersprechen, sah dann aber davon ab. Das änderte jetzt auch nichts mehr. Zehn Minuten später war die eine Hälfte seines Mundes völlig taub. Vielleicht war das ja das erhoffte Ziel: ihn irgendwie zum Schweigen zu bringen.

Er richtete sich auf, als Zoé Fromenger ihre Instrumente wegräumte.

»Ich höre«, sagte sie, als wäre sie es, die ihn hier befragen würde.

»Mich interessiert hauptsächlich, warum das Auto Ihres Mannes, ein roter DS4 mit weißem Dach, in der Nacht von Dienstag auf Mittwoch gegen drei Uhr morgens auf dem Parkplatz eines Einkaufszentrums war«, sagte er, bedingt durch die Anästhesie mit leicht schleifender Aussprache.

Fragend sah er sie an.

»Das hat Gaspard erwähnt«, antwortete sie zwischen zusammengebissenen Zähnen. »Das muss ein Irrtum sein. Das muss ein anderer DS4 gewesen sein …«

»Sie bestätigen, dass Ihr Mann in dieser Nacht zu Hause war?«

»Absolut. Weshalb müssen Sie das wissen?«

Er steckte eine Hand in seine Jackentasche und holte denselben Ausdruck hervor, den er bereits Gaspard Fromenger gezeigt hatte: die Vergrößerung des Nummernschildes. Er sah, dass sie blass wurde.

»Das verstehe ich nicht … das muss ein Irrtum sein …«

Er ließ einen Moment schweigend verstreichen.

»Madame Fromenger, haben Sie das Auto Ihres Mannes in der

Nacht von Dienstag auf Mittwoch benutzt, während er schlief?«, fragte er unvermittelt.

Zoé Fromenger blinzelte nervös.

»Nein!«

»Und in irgendeiner anderen Nacht?«

Keine Antwort.

»Ich brauche Ihr Handy«, sagte er.

»Weshalb?«

»Um zu überprüfen, ob Ihr Handy in dieser oder einer anderen Nacht bei irgendwelchen Funkmasten um Toulouse herum eingeloggt war ...«

»Dürfen Sie das überhaupt?«

»Ich habe alle notwendigen Genehmigungen.«

Sie sah auf den Boden.

»Ich habe sein Auto benutzt ... aber nicht in dieser Nacht ... in einer anderen ... meines ist gerade in der Werkstatt ...«

Sie suchte nach Worten.

»Das war ein Notfall ...«

»Was für ein Notfall?«

Sie sah ihn an. Servaz erkannte in ihrem Blick eine Mischung aus Schuldgefühlen, Trotz und Traurigkeit.

»Ich habe eine Affäre mit einem anderen Mann. Er wollte mich unbedingt sehen. Er musste mir etwas Wichtiges sagen, aber nicht am Telefon ...«

»Wann war das?«

»In der Nacht von Mittwoch auf Donnerstag.«

»Wie heißt er?«

Ihr Blick durchbohrte ihn.

»Sie wissen, um wen es sich handelt, schließlich sind Sie hier ...«

»Erik Lang?«

Sie nickte.

»Haben Sie keine Angst, Ihr Mann könnte herausfinden, dass Sie nachts unterwegs waren?«

»Mein Mann schläft sehr tief, Capitaine, er hat einen anstrengenden Job. Außerdem weiß er von meiner Schlaflosigkeit. Und Erik hat darauf gedrängt … Laut ihm war es wirklich dringend.«

»Was wollte er?«

Sie zögerte.

»Madame Fromenger, ist Ihnen der Begriff *Behinderung der Justiz* bekannt?«

»Er wollte mir sagen, dass wir uns eine Weile nicht sehen dürfen … Und auch nicht mehr telefonieren. Das wollte er mir persönlich sagen. Bevor er den Kontakt abbricht …«

Er sah sie durchdringend an.

»Geht das zwischen Ihnen und Erik Lang schon lange?«

»Zwei Jahre.«

»Wie haben Sie ihn kennengelernt?«

»Er war einer meiner Patienten …«

»Weiß Ihr Mann davon?«

»Nein!«

Er beugte sich zu ihr.

»Ist Ihr Mann gewalttätig, Madame Fromenger?«

Zoé Fromenger wurde blass. Erneut sah er die Traurigkeit in ihrem Blick. Servaz schob den Ärmel ihres Kittels nach oben. Am Handgelenk hatte sie einen blauen Fleck.

»Hat er Ihnen das angetan?«

»Es ist nicht das, was Sie glauben. Wir haben uns gestern wegen dieser Geschichte mit dem Auto gestritten. Er wollte wissen, ob ich gefahren bin. Er hat mich am Handgelenk festgehalten, und ich habe mich etwas zu brüsk frei gemacht.«

Na klar doch, dachte er.

»Rémy Mandel, sagt Ihnen dieser Name etwas?«

»Wer?«

Er wiederholte den Namen.

»Nein.«

»Das ist einer der Fans von Erik Lang, hat er Ihnen nie von ihm erzählt?«

»Nein. Warum hätte er das tun sollen?«

»Das bringt uns zu meiner ersten Frage zurück«, sagte er. »Warum war das Auto Ihres Mannes in der Nacht von Dienstag auf Mittwoch um drei Uhr morgens auf dem Parkplatz des Einkaufszentrums? Haben Sie dafür eine Erklärung?«

Hatte sie nicht.

Gegen Mittag schmerzte ihn das Brustbein so sehr, dass er sich allmählich die übelsten Sachen vorstellte. Eine Angina Pectoris. Ein Herzproblem … Er hatte tags zuvor eine unglaubliche Anstrengung auf sich genommen … was, wenn er kurz vor einem Herzinfarkt stand? Hatten sich seine Herzkranzgefäße mit dem Alter verhärtet und waren verkümmert, ohne dass er es bemerkt hatte? Sein fünfzigster Geburtstag stand kurz bevor … Der Schmerz presste sein Herz in einem Schraubstock zusammen, und das Gefühl des Zerquetschtwerdens verursachte ihm äußerste Beklemmung und Angst. Bei jedem Atemzug, jeder Bewegung verzog er das Gesicht, und er mied es tunlichst, zu tief einzuatmen, doch hin und wieder, als wollte er herausfinden, wie weit er gehen konnte, atmete er so tief ein wie möglich, bis der Schmerz in seiner Brust explodierte und ihm den Atem raubte.

Er suchte im Internet nach den Symptomen für einen Infarkt und las: *Druck auf der Brust, Schmerzen, die in den linken Arm ausstrahlen (seltener in den rechten), Schweißausbrüche, abgehackte Atmung, Schwindel.* Fast alles traf bei ihm zu … Es reichte im Übrigen, daran zu denken, um eine Art Schwindel zu empfinden und einen Schweißausbruch zu bekommen.

Er rief seinen Hausarzt an, wurde jedoch an eine Zentrale weitergeleitet, wo man ihm erklärte, dass er frühestens in zwei Wochen einen Termin bekommen könne. Er teilte der Person am anderen Ende der Leitung mit, dass es sich um einen Notfall handle, und nachdem ihm ein paar unverhohlen skeptische Fragen gestellt worden waren, verkürzte sich die Wartezeit auf 24 Stunden.

»Nehmen Sie in der Zwischenzeit ein Schmerzmittel«, sagte die Dame ihm. »Bestimmt haben Sie eine gebrochene Rippe, wenn Sie sich gestern gestoßen haben.«

»Vergessen Sie's.«

In diesem Land konnte man krepieren. *Das weltweit beste Gesundheitssystem, von wegen.* Überall wurde gespart, selbst bei den Ausgaben für die Gesundheit. Er ging zum Notdienst. Drei Stunden warten in einem Gang mit Krankentragen, niedergeschlagenen Patienten und gereizten Angehörigen. Ein richtiges Durcheinander, dazu überfordertes, gestresstes und entmutigtes Pflegepersonal, das versuchte, mit dem klarzukommen, was ihm zur Verfügung stand. Er rief Charlène an, bat sie, Gustav von der Schule abzuholen. Wurde schließlich von einem jungen Assistenzarzt und einer Krankenschwester befragt. Unter anderen Umständen wäre er schon längst abgehauen, aber der Schmerz ließ ihm einfach keine Ruhe.

»Wir müssen röntgen«, folgerte der Assistenzarzt, nachdem er ihnen seinen Fall geschildert hatte.

Eine weitere Stunde warten, während derer er sich die schlimmsten Szenarien ausmalte – darunter auch, dass er mitten im Krankenhaus tot zusammenbrach –, dann kam der Arzt mit seinen Röntgenaufnahmen unter dem Arm wieder zurück. Es war 17:30 Uhr.

»Sie haben zwei gebrochene Rippen«, verkündete der Assistenzarzt, nachdem er sie angesehen hatte. »Seien Sie beruhigt, an sich ist das nicht weiter tragisch, weil sich keine verschoben hat. Das ist sogar eine gute Nachricht. Allerdings beansprucht jede Bewegung die Zwischenrippennerven, die sich, wie ihr Name schon sagt, zwischen den Rippen befinden und den gesamten Thoraxbereich durchziehen. Ich gebe Ihnen ein Rezept für ein Schmerzmittel und ein Muskelrelaxans, damit sich die Muskeln entspannen, die auf die Nerven drücken. Bei dieser Art Schmerz ist die Wirksamkeit allerdings nur sehr eingeschränkt, das können Sie mir glauben. Am besten ist Ruhe. Ich stelle Ihnen eine Arbeitsunfähigkeitsbescheinigung aus.«

»Nein. Ich habe keine Zeit, mich auszuruhen«, widersprach er entschieden.

Der Assistenzarzt zuckte mit den Schultern. Er war unbelehrbare Patienten gewöhnt.

»In diesem Fall werden wir Ihnen die Rippen tapen. Das verschafft Ihnen etwas Erleichterung. Aber das hier braucht Zeit, Monsieur Servaz. Es wird mehrere Wochen, vielleicht sogar Monate dauern. Vermeiden Sie vor allen Dingen jede Erschütterung oder zu starke Beanspruchung Ihres Brustkorbs, verstanden?«

Er musste sich ausziehen, dann kam die Krankenschwester mit einem breiten Klebeband auf ihn zu. Mithilfe eines Straps maß sie den Abstand zwischen seinem Brustbein und der Wirbelsäule und schnitt sechs gleich lange und sechs Zentimeter breite Streifen ab. Den ersten klebte sie direkt auf seine Haut, beginnend am Brustbein, unterhalb der rechten Brustwarze entlang und leicht nach unten. Er verzog das Gesicht, als sie Druck auf seine gebrochenen Rippen ausübte. Dann führte sie es an seiner rechten Seite vorbei bis nach hinten zum Rücken, an den Rand der Wirbelsäule. Mit einem zweiten Streifen verfuhr sie ebenso, fing damit unterhalb des ersten an und führte ihn nach oben, sodass sie beide ein X beschrieben. Das machte sie mit allen sechs Streifen, die sie parallel zueinander anordnete und jeweils von einem anderen Streifen kreuzen ließ.

»Durch das Kreuzen erzielen wir einen besseren Halt«, erklärte sie, ihre kalten Finger auf seinem Brustkorb.

Er hatte das Gefühl, als würde seine ganze rechte Seite in einem Korsett stecken. Vorsichtig zog er sich an und bedankte sich bei ihnen.

»Tun Sie mir einen Gefallen«, sagte der Assistenzarzt. »Und sei es nur wegen der Zeit, die wir Ihnen gewidmet haben. Gehen Sie nach Hause und ruhen Sie sich zumindest bis morgen früh aus.«

Er versprach nichts – sagte nur, er würde darüber nachdenken. Er fühlte sich bereits besser.

Um genau 18 Uhr verließ er die Uniklinik und stieg in sein Auto. Der Schmerz war noch immer da, aber – sei es dank des Schmerzmittels und des Muskelrelaxans, die er bekommen hatte, sei es dank des Tapes, das ihn einschnürte – er war weniger intensiv. Er hielt bei einer Apotheke auf der Route de Narbonne und löste sein Rezept ein. Na prima, sagte er sich, er hatte ein saniertes

Zahnfleisch, und sein Brustkorb war bereits am Verheilen: Er konnte wieder loslegen …

Danach fuhr er Richtung Stadtzentrum und nutzte seine Sonnenblende mit der Aufschrift »Polizei«, um in zweiter Reihe auf dem Boulevard Lazare-Carnot vor der Fnac zu parken. Er ging nach oben in die Buchabteilung, packte alle nach 1993 erschienenen Romane von Erik Lang ein, bestellte jene, die sie nicht vorrätig hatten, und ging wieder.

Er wollte gerade einsteigen, als er ein vertrautes Kribbeln am Hals spürte, zwischen dem fünften und sechsten Wirbel. Wie ein winziger Nervenimpuls, der durch seine Wirbelsäule floss, eine sensorische Botschaft, die von außen ins Zentrum geleitet wurde. *Jemand beobachtete ihn …* Im Lauf der Zeit hatte er einen regelrechten Instinkt für solche Dinge entwickelt.

Er drehte sich um, ließ seinen Blick über den Boulevard schweifen. Der Regen, der gegen 17 Uhr eingesetzt hatte, ging langsam in Schnee über.

Er hatte sich wohl getäuscht.

Niemand war da.

Ich beobachte sie. Ich sehe sie.

Ich weiß, wer sie sind und wie sie leben. Wer kann schon sagen, was man aus Liebe alles tun würde? Für einen Mann, der sein gesamtes Leben durch Worte gelebt hat, ähnelt das Spektakel des echten Lebens der Entdeckung eines anderen Planeten. Ich sitze am Steuer meines Autos, stehe auf einem Gehsteig oder bin in einem Café, spähe durch beschlagene Scheiben, lausche den Unterhaltungen am Tresen und sehe sie, ich beobachte sie, ohne dass sie es wissen, während sie ihr echtes Leben vor meinen Augen leben, ihre echten Spiele spielen, ihre echte Liebe lieben. Ein Käferbeobachter sowohl von Schrötern, Blattkäfern, Laufkäfern als auch Hirschkäfern, genau das bin ich … Wussten Sie, dass es ungefähr 40 000 Laufkäferarten und 37 000 Blattkäferarten gibt? Nein, das wussten Sie natürlich nicht. Ich lasse sie nicht aus den Augen, lerne jeden Tag ein bisschen mehr über sie … Am Abend geben sie am meisten von sich preis, entblößen sich, ohne es zu wissen. Wenn ihre Häuser und Wohnungen beleuchtet sind und es draußen dunkel ist, wenn sie die Vorhänge noch nicht zugezogen haben, wenn sie ihre Geheimnisse noch nicht hinter ihren Fensterläden verborgen haben. In diesem Moment dringe ich ohne ihr Wissen bei ihnen ein – und dort sehe ich sie.

Ich weiß, wer sie sind ...

Sie, die wunderschöne rothaarige Frau, die auf das Kind mit den blonden Haaren aufpasst, das Kind des Bullen – schläft sie mit dem Vater des Kindes? Du bist so wunderschön ... siehst ihn mit so viel Liebe an, mit derselben Liebe, die du auch seinem Sohn entgegenbringst? Den du Gustav gerufen hast, als er aus der Schule kam ... Ich sehe, wie du eine Spange aus deinem leuchtend roten Haar löst, es öffnest, es schüttelst, als würdest du ein Feuer entzünden, dich betrachtest, die schwarze Unterwäsche auf deiner weißen Haut, du hast die Vorhänge noch nicht zugezogen, und man kann dich sehen. Da hattest du tatsächlich recht ... Man unterschätzt die Blicke von außen, die Neugierde anderer ... Du wirfst einen Blick nach draußen, und einen Moment lang sehe ich deine perfekten Brüste, verhüllt von den Körbchen des BHs.

Dann die Kinder, die im Haus herumtollen. Ich höre ihr Lärmen. Es sind aufgeweckte, fröhliche Kinder, ausgelassen und schalkhaft, alles in allem ganz normale Kinder. Dabei denke ich an meine Kindheit – die weder ausgelassen noch fröhlich oder normal war ... Mein Vater war ein Hirschkäfer, er zermalmte mich mit seinen kräftigen geistigen Kiefern, meine Mutter ein Blattkäfer-Weibchen. Ich hingegen bin ein Laufkäfer, unfähig zu fliegen. Das haben sie aus mir gemacht.

Und dann ist da der Mann, der dich auf den Mund küsst, wenn er nach Hause kommt, und seine Kinder in den Arm nimmt. Dein Ehemann ... der Stellvertreter des anderen ... Er wirkt durchtrieben. Ist aber weniger durchtrieben als sein Chef. Der Vater von Gustav. Dieser gewiefte Polizist. Servaz. Der ist wirklich gefährlich ... vor ihm muss man sich in Acht nehmen. Er ist ein Ameisenlöwe – ein schrecklicher Insektenjäger, der tödliche Fallen im Sand *gräbt, in denen er sich versteckt und auf ein anderes unglückliches Insekt wartet, das ihm direkt zwischen die Zangen fällt. Eine unbesiegbare Kraft treibt ihn voran, eine stumme Wut – das sieht man seinem Gesicht an. Nie ruht er sich aus. Solange er das Ende dieser Geschichte nicht herausgefunden hat, wird sich dieser Ameisenlöwe nie ausruhen.*

Aber er hat einen Schwachpunkt. In genau diesem Moment beobachte ich ihn durch das Fenster des Hauses seiner Freunde, sitze entspannt im Auto, während im Radio I Feel Love *von Donna Summer läuft.*

11

Charlène Espérandieu trug ein schwarzes, eng anliegendes Strick-
kleid, das zwanzig Zentimeter über dem Knie aufhörte, an der
Taille von einem breiten Gürtel mit einer großen Schnalle zusam-
mengehalten wurde, dazu schwarze weiche Lederstiefel mit hohem Schaft. Die perfekten Beine, die zwischen dem Rocksaum
und dem Rand der Stiefel zu sehen waren, steckten in Netz-
strümpfen mit einem ausgefeilten Muster aus Rauten und Kreuzen, ein Anblick, der sein Herz schneller schlagen ließ, als sie ihn
auf der Türschwelle empfing. Außerdem trug sie eine Strickmüt-
ze, die Haare darunter so flammend rot wie ein Herbstfeuer, ihre
Wangen waren von der Kälte gerötet, und sie besaß noch immer
dieselbe Schönheit, die ihn eines Tages hatte sagen lassen, dass er
die schönste Frau von ganz Toulouse vor sich hatte.

Es war nicht einfach, diese Schönheit zu ignorieren, wenn man
mit ihr sprach, und er war sich sicher, dass durch sie eine Distanz
zwischen Charlène Espérandieu und den anderen entstanden
war, die sie zwang, noch mehr Anstrengungen zu unternehmen,
um als Normalsterbliche wahrgenommen zu werden.

»Hallo«, sagte sie.

»Hallo.«

Zwischen ihnen herrschte eine Mischung aus Befangenheit
und Anziehung – eine Zweideutigkeit, die bislang keiner von ihnen angesprochen hatte, denn sie wussten, was für unberechen-
bare Konsequenzen das sowohl für ihr Umfeld als auch für sie
beide nach sich ziehen könnte. Gustav tauchte an der Hausecke
auf und rannte durch den von der Nacht verschlungenen Garten
auf ihn zu. Noch immer kein »Papa«, aber bei einer solchen Begrüßung wurde einem warm ums Herz. Er drückte seinen Sohn
an sich, wuschelte ihm durch die Haare voller Schneeflocken, die

jedoch weder auf dem Boden noch im Haar seines Sohnes liegen blieben.

»Er ist gern im Garten … Alles okay?«, fragte sie und betrachtete verstohlen die Schnitte in seinem Gesicht. »Vincent hat mir das von gestern erzählt …«

Sie nahm den Jungen in den Arm. Charlène und Gustav waren einander fast so nah wie Mutter und Sohn. Sie hatte Martin zu Beginn geholfen, das Vertrauen des Jungen zu gewinnen, als er noch lauthals nach seinem *anderen* Vater verlangte. Als sie jeden Tag befürchteten, es könnten Komplikationen nach der Operation auftreten und Gustavs Leben gefährden. Als er nach seinem vorübergehenden Ausschluss wieder die Leitung der Kripo übernommen hatte. Dabei hatte Charlène Gustav ins Herz geschlossen. Noch heute ließ Charlène ihn niemals hängen, wenn er eine Betreuung für seinen Sohn benötigte. Abgesehen von allem anderen war ihm genau das von Anfang an bei ihr aufgefallen: dieser tief verwurzelte mütterliche Instinkt, der stärker war als alles andere.

Er bat seinen Sohn, sich ins Auto zu setzen, und bedankte sich.

»Es scheint ihm gut zu gehen«, sagte sie leise.

Er lächelte, als wollte er sie beschwichtigen. Sie beide wussten, dass Gustav das alles noch lange nicht hinter sich hatte. Wie mehrere Damoklesschwerter schwebten ein Jahr nach der Transplantation Gefäß-, Gallen- und Verdauungsprobleme, Abstoßung des Transplantats, chronische Nierenunterfunktion, vor allem aber Infektionen – die bei mehr als 60 Prozent von Lebertransplantationen bei Kindern auftraten – über dem Kopf seines Sohnes. Servaz hatte die Zahlen gelesen. Die meisten Teams berichteten von einer Überlebenswahrscheinlichkeit von 80 bis 90 Prozent nach einem Jahr. Diese verringerte sich auf 70 bis 80 Prozent nach fünf bis zehn Jahren. Was das Überleben des Transplantats betraf, so variierte es zwischen 50 und 70 Prozent. Das bedeutete, dass Gustav – sollte er überleben – mit einer Wahrscheinlichkeit von nahezu eins zu zwei eines Tages erneut eine Transplantation erhalten müsste. In manchen Nächten wachte er mit dieser schrecklichen Vorstellung schweißgebadet auf.

»Willst du Flavien und Mégan sehen?«, fragte sie und zeigte zum Haus.

»Ein anderes Mal«, sagte er.

Sie nickte und verschwand.

In dieser Nacht, aufgestützt auf Kissen, die Bücher wild über die Bettdecke verteilt, ein Glas Wasser und eine Packung Schmerzmittel in Reichweite auf dem Nachttisch, während die Schneeflocken still hinter dem Fenster heruntersegelten, fing er im Schein der von Finsternis umgebenen Lampe an zu lesen.

Die Stunden verrannen, und er ließ sich immer mehr von Langs Worten in den Bann ziehen. Es war eine anstrengende Lektüre – auch wenn andere sie wohl faszinierend fanden –, vor allem um diese Zeit, wo alles absolut still war. Er ließ sich nicht besonders leicht beeindrucken: Er hatte es schon mit Feinden aufgenommen, die furchterregender waren als ein Schriftsteller, der einzig mit seiner Fantasie und einem Textprogramm bewaffnet war, doch er musste einräumen, dass Lang es hervorragend verstand, in seinen Lesern ein immer stärker werdendes Unbehagen und Unwohlsein hervorzurufen.

Das Gift dieser Zeilen breitete sich aus, und schon nach kurzer Zeit steckte er in einer Falle aus Bildern und Gedanken des Autors fest, als handele es sich um ein klebriges Spinnennetz, wobei die Spinne selbst unsichtbar blieb. Beim Lesen hatte er hin und wieder das Gefühl, als würde er sich durch das glitschige Innere einer widerlichen Seele vorantasten. Denn sowohl das, was Lang da erzählte, als auch die Art, wie er es erzählte, waren abstoßend. Nicht so sehr die Morde, die er detailreich und selbstgefällig beschrieb, und auch nicht die niederen Beweggründe seiner Protagonisten – Gier, Eifersucht, Hass, Rache, Wahnsinn, Neurosen –, sondern vielmehr die düstere Atmosphäre, die Stimme des Autors, die in der Nacht ertönte und ihm etwas ins Ohr raunte, und der letztlich fast immerwährende Triumph des Bösen über das Gute.

Er würde wetten, dass Lang nachts schrieb, in der Einsamkeit und der Stille. Ein Nachtmensch … der seine eigenen Dämonen zu Papier brachte. Wo hatten diese Fantastereien ihren Ursprung? Der Typ, der dieses fiktive Universum geschaffen hatte, gehörte einer völlig anderen Gattung an als er selbst. Der Gattung der Verrückten, der Dichter ... *und der Mörder?*

Wie beim letzten Mal lieferte ihm die erste Lektüre keinen neuen Hinweis, was ihre Ermittlung betraf. Da war nichts als dieses langsam durchsickernde Unbehagen, das ihm eine Gänsehaut bereitete, als er Schritte hinter der Tür hörte, am anderen Ende der Wohnung. Da musste sich wohl jemand in der Etage geirrt haben, denn nach wenigen Sekunden hörte er die Schritte wieder die Treppe hinuntergehen.

Doch mit dem zweiten Roman war seine Aufmerksamkeit geweckt, und er verspürte den vertrauten Schauder, den er bereits bei *Die Kommunikantin* vor 25 Jahren gehabt hatte und mit *Der scharlachrote Gott* in der Nacht zuvor. Ein Roman mit dem Titel *Bisse*. Es war einer der Romane, die er heute gekauft hatte, und schon im Laden war ihm der Titel ins Auge gesprungen. Gleich zu Beginn, von den ersten Zeilen an, spürte er, wie der Schwindel zurückkehrte. *»Sie lag in einer unnatürlichen Haltung auf dem Boden, auf der Seite, es sah aus, als würde sie im Liegen rennen, mit angewinkelten Beinen und Armen. Ihr Gesicht war verschwollen und nicht wiederzuerkennen. Was ihn aber vor allem instinktiv zurückweichen ließ, waren die Schlangen, die sich um sie herumwanden.«*

Er sah auf das Erscheinungsdatum: 2010. Was hatte das zu bedeuten? Wieder einmal imitierte das Leben – oder vielmehr der Tod – einen Roman von Erik Lang ... Wieder einmal waren die Fantastereien des Autors aus den Seiten herausgetreten und hatten in der Realität Gestalt angenommen.

Er fuhr mit seiner Lektüre fort. Fand keinen anderen Hinweis. Legte das Buch zur Seite und machte mit dem nächsten weiter. Auch da war nichts zu finden. Immer fieberhafter blätterte er durch die vor ihm ausgebreiteten Bücher, mit ihren Farbtupfern auf den grellen Umschlägen, die an die Taschenbuchkollektionen der Sechzigerjahre erinnerten und ein Patchwork auf seiner Bettdecke bildeten.

Er griff nach einem anderen Buch. Schlug es auf und fing an querzulesen.

Es dauerte fast eine Stunde, bis er damit fertig war, doch als er es zuklappte, verspürte er erneut einen Schwindel und hatte das Gefühl, als wäre es mit einem Mal kälter im Zimmer. Der Roman mit dem Titel *Die Ungezähmte* erzählte nämlich die Geschichte einer jungen Frau, die viele Männer mit zu sich nahm, mit ihnen flirtete, aber jegliche Penetration ablehnte, bis zu dem Tag, an dem sie vergewaltigt und ermordet wurde. Die Protagonistin war eine schöne blonde Frau, die gerne mit der Macht spielte, die sie über die Männer hatte, diese jedoch, um es mit den Worten des Autors zu sagen, »weder in ihren Körper noch in ihr Herz eindringen ließ«. Erfüllt von diesem widerlichen Gefühl der Vertrautheit und des Unbehagens musste Servaz an eine andere jugendliche Jungfrau denken, die zwar nicht vergewaltigt, wohl aber getötet worden war.

Dann sah er wieder diesen arroganten, herablassenden Mann vor sich, voller Dünkel, der sie vor 25 Jahren empfangen hatte. Und den gebrochenen Mann, überwältigt vom Tod seiner Frau, den er vor zwei Tagen gesehen hatte. Welche Verbindung gab es da? Er machte sich Notizen und war erstaunt, wie häufig in den Romanen die Wörter »Tod«, »Nacht«, »kalt«, »Verbrechen«, »Wahnsinn« und »Angst« auftauchten. Es häuften sich aber auch andere, weniger von ihm erwartete Begriffe: »Glaube«, »Liebe«, »Zufall«. In *Die Kommunikantin* war es das Wort »Dreieinigkeit«, das immer wieder vorkam. Hatten Ambre, Alice und Erik Lang eine Art *Dreieinigkeit* gebildet? Und wenn ja, was für eine? Der Boshaftigkeit? Oder der Verliebtheit?

Je weiter er mit seiner Lektüre voranschritt, umso stärker verfolgte ihn der Doppelmord von 1993, so, wie es damals schon der Fall gewesen war. Nach und nach erlangten die beiden Schwestern die Oberhand über den Tod von Amalia. Entwischt aus seiner weit zurückliegenden Vergangenheit als Polizist waren sie vor seinem geistigen Auge erneut gegenwärtig, kostümiert mit den weißen Kleidern, starrten ihn unbeirrt an und warteten … worauf? Dass er endlich den wahren Schuldigen fand?

Gleichzeitig erkannte er nach und nach den roten Faden, die Konstante in Langs Werk. Und er musste zugeben, dass der Schriftsteller ein gewisses Talent dafür besaß, unheimliche Atmosphären zu schaffen, Schauplätze zu kreieren, einen Wald zu beschreiben, eine Heide, einen Sonnenuntergang auf einem Hügel oder über einem baufälligen Bauernhof, ein ganzes Schattentheater, das einen unleugbar mächtigen Zauber ausübte. Trotz der abgedroschenen Klischees, derer Lang sich bisweilen bediente, hatte er doch genügend Talent, um ein leicht fades Gericht mit einer scharfen Soße und ausreichend Wahnsinn zu würzen und so seinen Seiten frischen Wind einzuhauchen. Die Dichte und die Kraft dieses von Grausamkeit, Mord und Unglück erfüllten Universums waren nicht zu leugnen.

Am Ende der Nacht, als er den letzten Roman zuschlug, war Servaz am Rand der Erschöpfung. Er hatte Lang und dessen Protagonisten in die Kloaken begleitet, dorthin, wo junge Menschen von einer Überdosis dahingerafft wurden wie die Fliegen, in Wohnungen, in denen Kinder ihre reichen Eltern im Schlaf ermordeten, damit sie schneller an ihr Erbe gelangten, in Straßen, in denen Prostituierte den Weg des finsteren Racheengels kreuzten, in Wälder, in todbringende Nachtzüge, auf eine Insel, auf der die Mitglieder einer Sekte sich rituellem Kannibalismus und der Koprophagie hingaben. So langsam war ihm richtig übel.

Er schob die Bücher auf die andere Hälfte des Bettes und streckte sich aus. Ihm fielen die Augen zu, der Schlaf übermannte ihn. Sein letzter Gedanke war der, eine Gruppe im Ruhestand befindlicher Polizisten zu kontaktieren, zu denen seines Wissens auch Léo Kowalski gehörte.

Eine Gruppe, die sich ehrenamtlich ungeklärten Vermisstenfällen widmete, in Zusammenarbeit mit dem OCDID: der zentralen Verwaltungsstelle für verschwundene Personen.

Es war fünf Uhr morgens.

12

Am nächsten Morgen fuhr er in das Departement Tarn. Er nahm die A68 und ab Gragnague dann die N 126. Bei Cambon-lès-Lavaur verließ er die Route nationale und fuhr auf eine Landstraße durch eine Landschaft, die sich zwischen den Hügeln hindurchschlängelte, mal anstieg, mal abfiel und bisweilen an die Toskana erinnerte, mit ihren Wäldchen, den mittelalterlichen Orten, dem klaren Himmel und den Bauernhöfen, die vereinzelt auf ihren Kuppen Wache hielten. Es war der 10. Februar, 9:45 Uhr morgens.

Er hatte ein paar Telefonate führen müssen, bis er Kowalskis Nummer hatte. Schließlich war eine Frau ans Telefon gegangen.

»Kommen Sie gegen zehn Uhr auf einen Kaffee vorbei«, hatte sie mit sanfter Stimme gesagt. »Dann ist er von seinem Spaziergang zurück.«

Die Straße führte durch ein kleines, dicht bewachsenes Tal mit einem Schild, das auf eine Reitschule ganz in der Nähe hinwies, die jedoch nicht zu sehen war, bog vor der nächsten halb verfallenen Ruine ab, weiter einen Hügel hinauf, wo sie einen breiten, geraden Weg kreuzte – den einzigen Überrest einer alten Römerstraße –, und setzte dann zu einer Haarnadelkurve an, die ihn eine ausgedehnte Landschaft mit einer von Bäumen umgebenen Burg auf der nächsten Erhebung entdecken ließ.

Er fuhr an einem neuen Bauernhof entlang, wo sich ein Hund die Kehle aus dem Hals kläffte, und nahm einen Schotterweg, der in ein kleines Wäldchen führte. Als er daraus auftauchte, ragte ein Gebäude vor ihm auf, umgeben von einer Terrasse, und er fragte sich, wie sich Kowalski so etwas hatte leisten können.

Der pensionierte Polizist erwartete ihn am Ende des Weges, im Schatten einer Eiche. Fast hätte Servaz ihn nicht wiedererkannt.

Die Jahre hatten Léo Kowalski nicht verschont. Er hatte einen Teil seiner Haare eingebüßt, und sein roter Bart war weißer geworden. Servaz stieg aus und ging auf ihn zu, wobei er feststellte, dass sein Kollege abgenommen hatte. Er musste jetzt so um die 74 sein.

»Martin«, sagte der Pensionär, »wenn ich gewusst hätte …«

Sein Handschlag hatte nichts von seiner Kraft verloren. Kowalski zerquetschte seine Hand und musterte ihn: Dieser wölfische Blick war noch immer da. Dann ging Ko zwischen den beiden im Lauf der Jahre verwitterten Steinpfeilern hindurch.

»Ich habe deine Heldentaten in der Presse verfolgt«, sagte er. »Mir war immer klar, dass ein guter Bulle aus dir werden würde. Aber ein so guter …«

Ihm fiel auf, dass Kowalski seine Sätze nicht beendete. Er schien sich zu freuen, ihn zu sehen, mehr aber auch nicht. Ko war damals eine Legende bei der Kripo von Toulouse gewesen. Vielleicht war er nicht gerade begeistert davon, dass die Bekanntheit seines ehemaligen Schützlings seine eigene inzwischen übertraf. Dennoch … Trotz ihrer Unstimmigkeiten musste Servaz einräumen, dass Ko derjenige war, der aus ihm einen wirklich guten Bullen gemacht hatte. Bevor er seiner Ermittlungseinheit zugeteilt worden war, wusste er fast nichts über diesen Beruf. Was man ihm in der Schule beigebracht hatte, war so viel weniger nützlich für ihn gewesen als das, was er bei diesem rothaarigen Wolf gelernt hatte, darunter auch Fehlerhaftes, was er nicht wiederholen wollte. Dank Ko hatte Servaz die Grundlagen des Jobs erlernt – und auch die Art von Polizist kennengelernt, die er nicht sein wollte. Ko war es gewesen – seine Ermittlerfähigkeiten, seine Methodik wie auch seine dunkle Seite –, der ihn zu dem Polizisten gemacht hatte, genau wie die Ermittlung von 2008 ihn zu dem Ermittler gemacht hatte, der er heute war.

Zusammen stiegen sie die Stufen der Vortreppe hinauf und betraten eine angesichts der Größe des Gebäudes relativ kleine Diele. Kowalski drückte eine Tür auf der rechten Seite auf, und sie gelangten in ein Wohnzimmer von angemessener Größe mit einem riesigen Kamin, in dem Platz für ein ganzes Wildschwein gewesen wäre, und einer Kassettendecke, die noch original zu sein schien. An den Wänden hingen Porträts von Ahnen, die bestimmt nicht die des Pensionärs waren.

»Beeindruckend«, sagte Servaz.

Der ehemalige Chef der Gruppe sah ihn schief an.

»Nettes Beispiel für eine indirekte Befragung«, erwiderte er. »Willst du wissen, wie ich mir das hier leisten konnte? Das ist einfach. Das Gut wurde vom Landgericht beschlagnahmt. Ich habe im richtigen Moment einen Anruf erhalten. Wirklich gute Geschäfte macht man nur so … Die nötigen Renovierungen nehme ich selbst vor, so vertreibe ich mir die Zeit. Und das Nebengebäude vermiete ich an sieben von zwölf Monaten an Touristen. Früher bin ich jeden Morgen mit einem bestimmten Ziel vor Augen aufgestanden und genauso ins Bett gegangen. Heute suche ich nach etwas, womit ich meine Tage zubringen kann.«

Das Parkett knarzte, und Servaz drehte sich um. Eine magere Frau mit glatten, fettigen Haaren stand in der Tür. Sie hatte dunkle Ringe unter den Augen und trat bescheiden auf. Das entsprach so gar nicht dem kowalskischen Kanon zu seinen Glanzzeiten, wenn er, wie der Chef der Truppe selbst verkündete, »auf die Jagd« ging.

»Meine Frau«, sagte Kowalski knapp.

Sie grüßte, stellte das Tablett mit der Kaffeekanne und den Tassen ab und verschwand wieder.

»Ich schäme mich für das, was heute aus der Polizei geworden ist«, sagte Ko und schenkte ein. »Da werden Bullen verprügelt, und keiner stört sich daran. Dienstfahrzeuge werden mit Steinen beworfen oder abgefackelt. Diese Videos, die im Internet kursieren, in denen Polizisten gedemütigt und lächerlich gemacht werden … Verdammt, wohin soll das alles führen? Hat denn in diesem Land keiner mehr Eier in der Hose?«

Der Ko von einst – der wütende Wolf – war also noch da. Er hatte mit dem Alter keine Unze Weisheit erlangt. Noch immer derselbe Brutalo, noch immer so hitzköpfig.

»25 Jahre und nicht ein Besuch, keine Neuigkeiten«, sagte er plötzlich, »und auf einmal stehst du hier ... Ich gehe mal davon aus, dass das nichts mit Nostalgie zu tun hat ...«

Er starrte Servaz an. Léo Kowalski hatte nichts von seiner natürlichen Autorität eingebüßt. Oder von seiner Wut. Am liebsten hätte Martin erwidert, dass er sich in all den Jahren ja auch bei ihm hätte melden können. Seit er diesen Beruf ergriffen hatte, hatte er mehr Zeit mit seinen Kollegen als mit irgendjemandem sonst verbracht, seine Ex-Frau Alexandra und seine Tochter inbegriffen. Doch nachdem ein paar von ihnen in den Ruhestand gegangen waren, hatte sich keiner mehr gemeldet. Keine Nachricht, kein Brief, kein Anruf. Dabei hätte man ihn ganz einfach ausfindig machen können. Er hatte sich erkundigt: Diese Pensionäre hatten mit niemandem Kontakt gehalten. Sie hatten vierzig Jahre ihres Lebens einfach so vom Tisch gewischt, alle Brücken hinter sich abgerissen ... Empfanden sie angesichts ihrer Vergangenheit eine solche Verbitterung? Wie Servaz wusste, hatte Kowalski seinen ehemaligen Beruf niemals ganz hinter sich gelassen.

»Ich habe erfahren, dass du zusammen mit ein paar anderen pensionierten Polizisten, dem OCDID sowie den entsprechenden Vereinigungen in Vermisstenfällen ermittelst.«

»Ganz genau«, erwiderte Ko stolz. »Ich hätte auch bei den gemeinnützigen Tafeln hier in der Gegend mit anpacken können, aber ich glaube, dass ich meine Fähigkeiten so besser einbringen kann.«

»Zum Teil sind das sehr alte Fälle ...«

»Immer noch korrekt.«

Servaz nahm einen Schluck Kaffee. Was für eine Plörre.

»Ganz schön schwach, was? Ich bin am Herzen operiert worden. Seitdem macht Évangeline ihn so. Sie ist nicht scharf darauf, noch mal mitten im Winter um vier Uhr früh den Notarzt zu rufen. Da kann ich ihr noch so oft sagen, dass das ungefährlich ist ... und nichts mit dem Kaffee zu tun hat. Also, worum geht es bei diesem *sehr alten Fall*?«

Servaz stellte die Tasse ab.

»Ich suche nach einem jungen Mädchen, das vor langer Zeit hier in der Gegend verschwunden sein könnte ...«

»Wann?«

»93 ...«

Ko schwieg, aber Servaz sah, wie seine Muskeln unter den mit roten Äderchen durchzogenen Wangen malmten.

»Blond, lange Haare ... so um die zwanzig«, fuhr er fort.

»Verschwunden sein *könnte*?«

»Ja. Ich will wissen, ob damals vielleicht jemand vermisst wurde.«

»Wann 93?«

Er starrte Ko an.

»So Ende Mai oder im Lauf des Junis ...«

Der Blick war so schneidend wie ein Metallspan von einer Werkzeugmaschine.

»Okay. Du suchst also nach einem jungen Mädchen mit demselben Profil wie Ambre und Alice Oesterman, das in dem Zeitraum verschwunden ist, als die beiden getötet wurden, ist es das?«

Dreieinigkeit, dachte Servaz und nickte.

»Warum sagst du mir nicht einfach, worauf du hinauswillst?«

Servaz erzählte es ihm. Schweigend hörte Kowalski zu. Dann stellte er langsam seine Tasse ab. Seine Hand zitterte. Seine Augen funkelten.

»Verdammte Scheiße«, rief der ehemalige Bulle aus. »Ich glaub's einfach nicht ... nach all den Jahren ... Du wolltest schon immer schlauer sein als die anderen, was? Hast schon damals gedacht, du wärst cleverer als wir ... Hast uns für Schwachköpfe gehalten. Glaubst du wirklich, wir hätten uns so sehr irren können?«

»Das lässt sich ganz einfach überprüfen«, sagte Servaz, ohne auf die Beleidigung einzugehen. »Wenn in diesem Zeitraum jemand verschwunden ist, dann hat bestimmt irgendjemand aus eurer kleinen Pensionärsgruppe davon gehört.«

»Wieder deine Theorie von diesem Schattenmann, der die Fäden in der Hand hielt«, sagte Ko nachdenklich. »Was für ein Hirngespinst«, blaffte er wütend. »Ich verstehe einfach nicht, wieso du nach all den Jahren immer noch darauf beharrst, dass …« Mit einem Mal leuchtete sein Blick auf. »Es geht um den Schriftsteller, oder? Aber klar doch. Seine Frau ist ermordet worden … Das stimmt doch? Und wem sollten sie die Ermittlung übertragen, wenn nicht ihrem besten Mann? Jetzt hast du dich wieder in dieses Zeug verbissen, verdammt …«

Zumindest verfolgte er die Nachrichten. Außerdem hatte es auf der Titelseite von *La Dépêche* gestanden.

»Damals hatte Cédric Dhombres gesagt, da gäbe es noch jemanden. Jemanden, der *keine Gnade* kennen würde.«

»Schwachsinn! Himmel noch mal, alle Täter versuchen, jemand anders die Schuld zuzuschieben.«

»Deshalb hat er sich umgebracht und die Schuld für alles auf sich genommen? … Hilfst du mir, ja oder nein? Ich will einfach nur wissen, ob in den Tagen oder Wochen nach der Ermordung von Alice und Ambre noch jemand verschwunden ist.«

»Sag mal, hörst du eigentlich selbst, was du da redest?«, fragte Ko und stand auf. »*Alice und Ambre* … als wären sie Teil einer obskuren Familie! Ich werde ein paar Anrufe tätigen. Bleib hier.«

Es hatte wieder angefangen zu regnen. Ko fuhr mit seinem alten Saab-Coupé durch den strömenden Regen, und Servaz hatte das Gefühl, als würde er in die Vergangenheit zurückkehren, es war wie damals, als sie zu den Eltern der beiden Schwestern gefahren waren, in dieses von Trauer erschütterte Haus, wo sie die Zimmer der Mädchen durchsucht hatten – er das von Ambre, Kowalski das von Alice. Wenn er jetzt daran zurückdachte, dann fiel ihm ein, dass Ko ihm nicht gesagt hatte, ob er irgendetwas gefunden hatte.

»Wohin fahren wir?«, fragte er.

»Das wirst du schon sehen.«

Dem Gesicht des ehemaligen Bullen war nichts abzulesen. Seit sie losgefahren waren, hatte er den Mund nicht aufgemacht. Auf dem Rücksitz lag eine dreckige Decke, und es roch nach Hund.

Unter dem bleiernen Himmel erinnerten die Hügel des Tarn kein bisschen mehr an die Toskana, und mit jedem Atemzug beschlugen die Fenster mehr.

»Du hast schon immer geglaubt, du wärst cleverer als die anderen, was?«, wiederholte Ko, als ließe ihm diese Frage keine Ruhe. »Du hast schon damals deine Alleingänge gemacht: Das Team war dir völlig schnuppe. Und nun ist dir deine Bekanntheit zu Kopf gestiegen, Martin.«

Mit einem Mal fühlte sich Servaz erschöpft. Lag das an der Hitze im Auto, dem gleichmäßigen Schnurren des Motors oder dem zu schwachen Kaffee, den er getrunken hatte? Seine Lider waren entsetzlich schwer.

»Was?«, sagte er.

»Du musstest schon immer deine Nase in alles reinstecken … Verdammt, damals schon … Du hast ja keine Ahnung, wie sehr mir das auf den Senkel ging …«

Ihn schwindelte. Was war nur los mit ihm? Er hätte etwas mehr schlafen sollen.

»Was hast du?«, fragte Ko. »Ist dir nicht gut?«

»Doch, doch, alles bestens.«

Kowalski hatte in einem anderen Zimmer ein paar Anrufe getätigt. Das hatte gut zwanzig Minuten gedauert. Dann war er ins Wohnzimmer zurückgekehrt und hatte Servaz gebeten, mit ihm zu kommen.

»Hast du jemanden erreicht?«, fragte er. »Habt ihr etwas gefunden?«

»Ja, ja …«, erwiderte der ehemalige Bulle ausweichend.

Plötzlich riss Ko das Steuer herum, verließ die Landstraße und fuhr über einen holprigen Weg weiter, unter einer Kuppel von Bäumen hindurch, wie durch ein langes Längsschiff aus Pflanzen, an dessen Ende er, hinter der Regenwand, den dunklen Umriss eines Gebäudes ausmachte.

»Deshalb habe ich dich damals in meiner Nähe behalten und dich zu meinem Stellvertreter gemacht: um ein Auge auf dich zu haben …«

Die Stimme war kalt, beherrscht – kein bisschen Wut war mehr herauszuhören –, und Servaz lief ein Schauer über den Rücken.

Der hohe Grasstreifen mitten auf dem Weg peitschte von unten gegen das Auto, dicke Tropfen klatschten von den Bäumen auf die Windschutzscheibe. Aufgrund des Holperns hüpften sie in ihren Sitzen wie Reiter in ihrem Sattel, und der Schmerz war wie ein Stilettstich zwischen seine Rippen. Er verzog das Gesicht.

»Ich dachte, das hättest du getan, weil du mich gut leiden konntest«, sagte er überrascht.

Der ehemalige Bulle lachte spöttisch. Hustete zweimal. Die beschlagenen Scheiben ließen die Welt dahinter im Nebel verschwinden.

»Was lässt dich glauben, dass ich dich jemals gemocht habe? Im Gegenteil, ich habe dich verabscheut«, knallte er ihm kaltschnäuzig entgegen. »Du warst nichts weiter als ein kleines Arschloch, frisch von der Uni, hattest die Stelle durch Vitamin B bekommen. Und du hast dich für ein helles Köpfchen gehalten … Mir war schon klar, dass du hinter deinem bescheidenen Auftreten das eingebildetste Arschloch der Welt warst. Aber du hattest einen Onkel, der über dich wachte, also habe ich so getan, als könnte ich dich leiden, und habe dich in meine Tasche gesteckt, damit ich meine Ruhe hatte und mir niemand in die Quere kam. Bis zu dieser Nacht, in der du uns ins Gesicht gespuckt und diesen Schriftsteller verteidigt hast …«

Servaz fragte sich, ob er richtig gehört hatte. Kowalski hatte nichts vergessen. Sein Hass und seine Rachsucht waren die ganze Zeit über ungebrochen geblieben. 25 Jahre waren vergangen, und er hatte nichts vergeben!

Inzwischen machte sich der Schmerz bei jedem Rumpeln bemerkbar. Das Gebäude am Ende des Weges rückte immer näher. Servaz sah, dass es sich um eine Ruine handelte. Warum brachte Kowalski ihn mitten ins Nirgendwo? Was hatten sie an einem so verlorenen Ort zu suchen? Mit einem Mal fiel ihm wieder etwas ein. Eine Erinnerung, verschüttet in der Vergangenheit, ein Stein in seinem Schuh …

»Warum sollte ich an jenem Sonntag im Keller der Universität nach Cédric Dhombres suchen? Warum wolltet ihr allein sein, Mangin und du, um euch sein Zimmer anzusehen?«

»Was? Wovon redest du?«, fragte der ehemalige Bulle und stellte den Motor ab.

»Danach hast du mir die Fotos von diesen ganzen Leichen gezeigt. Ihr habt sie dort verteilt, nicht wahr?«

Ko machte die Tür auf und warf ihm einen Blick zu, bei dem es Servaz eiskalt den Rücken hinunterlief. Einen Moment lang war nur das Geräusch des Regens zu hören, der auf das Dach prasselte.

»Du bist durchgeknallt, Servaz, weißt du das?«

Der Pensionär stieg aus, und er folgte ihm, jede seiner Bewegungen war von Schmerzen begleitet. Große, kalte Tropfen klatschten in seinen Nacken.

Etwas weiter weg stand ein anderes Auto, am Fuß des Gebäudes. Ein ebenso vorsintflutliches Modell wie das von Kowalski. Servaz blinzelte. Was war das hier für ein Ort?

»Los, komm«, sagte Ko. »Wir bringen Licht in das Ganze.«

»Wohin gehen wir?«

Ko drehte sich um und musterte ihn mit spöttischem Grinsen.

»Das wirst du schon sehen … Was ist denn los mit dir, Martin?«

Am liebsten wäre er abgehauen, getürmt, aber er tat nichts dergleichen. Er folgte Kowalski, der bereits in der Ruine verschwand. Eine alte Scheuer oder ein alter Schuppen. Leer stehend. Verlassen. Mit Ausnahme des Mannes, der ganz hinten auf sie wartete.

Unerbittlich. Dieses Wort kam ihm wieder in den Sinn. Wie ein Dampfstrahl. Wie ein Geist.

Er betrat den großen, leeren, hallenden Raum.

Kowalski ging bereits zwischen dem Schutt und den rostigen, über den Boden verteilten Pfeilern hindurch. Es roch nach verwesenden Blättern, Salpeter, Rost und Feuchtigkeit. Hohe, schmale Fenster mit kaputten Scheiben ließen bei dem Innenraum an eine Kirche denken. Allerdings an eine Kirche, deren Kult der Industrie galt.

Die Gestalt am anderen Ende kam auf sie zu. Weder zu schnell noch zu langsam. Mit ruhigen, festen Schritten.

Nach und nach erkannte Servaz mehr. Er war sich sicher, den hochgewachsenen Mann nicht zu kennen, der da aus dem Schatten auf sie zukam. Offensichtlich war er so alt wie Ko, zumindest fehlte nicht viel. Groß, weißes, dichtes Haar, gerader Scheitel, schlank, er wirkte jedoch vornehmer und fitter. Ein zukünftiger Hundertjähriger.

»Das ist Kommissar Bertrand. Einer unserer unermüdlichen Ehrenamtlichen«, sagte Ko.

Bertrand hatte einen festen Händedruck und einen wachen Blick.

»Léo hat mir vor einer Stunde am Telefon von Ihrer Suche berichtet«, sagte er. »Das war nicht sonderlich schwierig. Ich kann mich sehr gut an diesen Fall erinnern. Das Verschwinden wurde als besorgniserregend eingestuft. Die Ermittlung war der Suchabteilung der Gendarmerie von Agen übertragen worden: Das Mädchen kam ursprünglich aus Layrac, wo es bei seinen Eltern lebte, die das Verschwinden gemeldet hatten. Da sie jedoch in Toulouse studierte, hatte man uns um Hilfe gebeten.«

»Warum treffen wir uns hier?«, fragte Servaz.

Die beiden Männer sahen einander an und lächelten.

»Ich wohne zweihundert Meter von hier entfernt: hinter den Bäumen. Meine Frau mag es nicht, wenn wir bei uns zu Hause über solche Geschichten reden. Sie findet unser ›Hobby‹ unheimlich. Deshalb treffen wir uns hier …«

»Das ist ein Spiel für uns«, sagte Ko. »In unserem Alter hat man nicht mehr so viele Gelegenheiten, sich zu amüsieren.«

Er musterte Servaz von Kopf bis Fuß.

»Gib's zu, ich hab dir eine Heidenangst eingejagt. Fast hättest du dir in die Hose gemacht.«

Servaz sagte nichts.

»Léo scherzt, aber das, was wir hier machen, ist sehr ernst«, schalt ihn der alte Kommissar diplomatisch. »Häufig sind wir die letzte Anlaufstelle für Familien, die völlig verzweifelt sind. Wir verfügen über die Zeit, die den Beamten im Staatsdienst für gewöhnlich fehlt. Das ist eine wahrhafte Berufung, verstehen Sie? Wir geben alles, um diese Menschen zu finden, stecken unsere ganze Energie da rein. Abgesehen davon gibt es bei Vermissten immer einen Haufen Geier, die von der Verzweiflung der Menschen profitieren und ihnen das Geld aus der Tasche ziehen wollen. Sie verstecken sich hinter Vereinen, die unter das Vereinsrecht von 1901 fallen, wie wir auch; sie präsentieren sich als unermüdliche Suchende nach Vermissten und verlangen zunächst eine bestimmte Summe, um ihre Ausgaben zu decken, dann immer mehr Geld, um mal hierhin, mal dorthin zu fahren; sie erklären das damit, dass solche Suchaktionen kostspielig sind, dass der Vermisste vielleicht auf Ibiza, in Osteuropa oder Griechenland ist … Das schadet uns sehr. Wirklich. Auf dieser Welt gibt es Menschen, die keinerlei Moral besitzen, deren Unmenschlichkeit einem Normalsterblichen einfach unbegreiflich ist … Wir hingegen verlangen niemals Geld. Wir sind da, um zu helfen, das ist alles. Ich habe die Akte in meinem Auto«, schloss er. »Gehen wir.«

Sie gingen nach draußen und zwischen den Reifenspuren bis zum alten grauen Peugeot 405. Die Autos entsprachen ganz dem Erscheinungsbild der beiden Männer: Sie gehörten einer vergangenen Epoche an. In den letzten 25 Jahren hatte sich die Welt mehr verändert als im Lauf der beiden vorangegangenen Jahrhunderte. Schon bald würden Roboter ihre Aufgaben übernehmen, sagte er sich. Die Frage war nur, wer dann wem gehorchen würde: die Roboter den Menschen oder die Menschen den Robotern. Es gab bereits jetzt Milliarden Menschen, die sich nicht von ihrem Handy und ihren technologischen Spielereien trennen konnten, während die Handvoll Firmen, die sie herstellte, mit jedem Tag mächtiger und tyrannischer wurden und die schlafwandelnden Völker ihr Schicksal in die Hände von immer weniger Menschen legten.

Bertrand öffnete die Fahrertür und nahm hinter dem Steuer Platz. Er bedeutete Servaz, um den Peugeot herumzugehen und sich auf den Beifahrersitz zu setzen. Ko schob sich auf die Rückbank.

Sobald Servaz saß, beugte sich Kowalski über seine Schulter, und Bertrand streckte den Arm aus. Er öffnete das Handschuhfach. Darin war eine Mappe. Servaz nahm sie und klappte sie auf. Das Foto fiel ihm als Erstes ins Auge. Darunter las er:

Odile Lepage, 20 Jahre,
am 7. Juni 1993 als verschwunden gemeldet.

»Odile Lepage war Studentin an der Sciences Po Toulouse. Ihre Eltern haben ihr Verschwinden am Montag, den 7. Juni 1993 gemeldet. Sie hätte am Wochenende zuvor nach Hause kommen sollen, kam aber nicht. Sie haben versucht, sie anzurufen, ohne Erfolg. Sie haben bei der Uni und den Krankenhäusern angerufen, für den Fall, dass ihr etwas zugestoßen war. Damals gab es noch keine Handys. Ihr Vater ist zu ihrem Studentenzimmer gefahren. Niemand war da. Danach haben sie niemals mehr von ihr gehört …«

»Wohnte sie im Studentenwohnheim Daniel Faucher?«

»Nein, sie ist privat untergekommen, mit zwei anderen Mädchen …«

»Haben Sie irgendwelche Hinweise gefunden?«

»Nicht die geringste Spur …«

»Weiß man, ob sie mit den Oesterman-Schwestern Kontakt hatte?«

Im Auto roch es nach Pfeife, außerdem verströmte das Tannenbäumchen am Rückspiegel seinen Duft. Der ehemalige Kommissar wandte sich zu ihm um.

»Ja … irgendwann ist herausgekommen, dass Odile Lepage Alice Oesterman kannte, und weil die beiden Schwestern wenige Tage zuvor ermordet worden waren, haben wir versucht herauszufinden, ob es eine Verbindung zwischen den Fällen gab, aber wir haben nichts gefunden.«

»Nur dass Odile Lepage genauso aussah«, sagte Servaz und betrachtete das blasse junge Mädchen mit den langen blonden Haaren und den hellen Augen.

»Ja …«

»Mit wem habt ihr bei uns über Odile gesprochen?«

Mit dem Kinn wies Bertrand zu dem Mann auf dem Rücksitz. Verblüfft sah Servaz Ko im Rückspiegel an.

»Wieso hat mir niemand davon erzählt?«

»Das hatte nichts mit unserer Ermittlung zu tun«, antwortete der ehemalige Chef der Truppe bitter. »Weshalb hätte ich dir das erzählen sollen? Ich hatte Mangin darauf angesetzt. Er konnte nichts Außergewöhnliches feststellen. Also haben wir das fallen lassen …«

Fast hätte Servaz etwas erwidert, besann sich aber eines anderen. Ihm war soeben ein Gedanke gekommen.

»War sie am Wochenende davor zu Hause?«

»An dem vom 29. Mai? Nein. Odile fuhr nur jedes zweite Wochenende nach Hause. Sie hat sich nicht oft gemeldet, war sehr unabhängig. Auch wenn sie etwas verwundert waren, dass sie sich kein einziges Mal in der Woche gemeldet hatte, machten sich die Eltern tatsächlich erst ab dem darauffolgenden Wochenende Sorgen.«

Er dachte nach.

»Wie haben Alice und sie sich kennengelernt?«

»Ein paar Mädchen aus Odiles Freundeskreis meinten, Alice sei manchmal mit ihnen ins Kino oder ins Restaurant gekommen. Mehr nicht. Anscheinend haben sie sich in einer Disco kennengelernt. Also waren sie keine engen Freundinnen, eher Bekannte …«

»Und Ambre?«

»Die nicht. Ambre war niemals dabei, und soweit wir wissen, verkehrte sie nicht mit Odile Lepage … Jedenfalls ist sie niemals in der Akte aufgetaucht. Im Gegensatz zu ihrer Schwester.«

Servaz dachte nach. In seinem tiefsten Inneren spürte er, dass die Lösung da war, zum Greifen nah. Eine weitere Überlegung würde ausreichen, ein winziger hypothetisch deduktiver Sprung.

Denk nach! Ein Kreuz anstelle von zwei. Ja ... Genau das war die
richtige Richtung ... Er war ganz nah dran ... Ganz nah ...

»Weshalb interessieren Sie sich für diesen Fall?«, fragte Bertrand. »Er ist vor langer Zeit gelöst worden. Léos Team war dafür zuständig. Wenn ich ihn am Telefon richtig verstanden habe, gehörten Sie ebenfalls dazu ...«

Er hörte nicht mehr zu. Er hing seinen Gedanken nach. Und ganz unvermittelt tauchte die Wahrheit auf, und er begriff. Grundgütiger! Sie hatten die Erklärung von Anfang an vor der Nase gehabt! Mit der flachen Hand schlug er gegen das Armaturenbrett. Bertrand starrte ihn an, Kos Augen waren mit zusammengekniffenen Lidern im Rückspiegel auf ihn gerichtet.

»Ich hab's«, sagte er.

13

»War er brav?«, fragte er die Babysitterin.

Das blonde Mädchen lächelte.

»Gustav ist immer brav.«

Sie war die Tochter der Nachbarn, die zwei Etagen unter ihnen wohnten. Der Vater Handwerker, die Mutter Friseurin. Ein portugiesisches Paar, das vor zehn Jahren nach Frankreich gekommen war. Der Vater führte manchmal kleinere Reparaturarbeiten bei Servaz durch, und immer brachten sie ausgezeichneten Portwein mit, wenn sie aus dem Urlaub zurückkamen; sein Küchenschrank war voll davon. Die Mutter bereitete köstliche *pastéis de nata* für ihn zu.

»Wo ist er?«, fragte er.

»Er spielt in seinem Zimmer«, antwortete sie, ohne den Blick vom Handy zu heben, auf dem sie in Windeseile mit beiden Daumen herumtippte.

»Bis wann kannst du auf ihn aufpassen?«

»Mein Basketballtraining beginnt um 18 Uhr.«

»Sehr gut, dann lasse ich ihn solange bei dir.«

»Heute ist Samstag, da ist es teurer«, rief sie ihm in Erinnerung.

Er zog eine Schnute.

»Das hast du mir schon heute Morgen gesagt, als du gekommen bist, und ich habe es nicht vergessen«, sagte er leicht beleidigt.

Sie nickte, sah ihn aber nicht an, sondern war auf ihre Nachrichten konzentriert. Er ging in sein Zimmer, zog Jacke, Hemd und T-Shirt aus und betrachtete die Tape-Bänder. Vorsichtig tastete er sich ab, dann zog er sich wieder an und ging in Gustavs Zimmer. Der saß auf dem Boden und ließ seine Beyblade-Kreisel in einer großen Plastikwanne springen. Die Kreisel drehten sich um die eigene Achse, knallten gegeneinander, spritzten in alle Richtungen davon.

»Das da ist Pegasus«, sagte Gustav und zeigte auf einen Kreisel.

»Und der da?«

»Sagittario …«

»Und der?«

»Aquario … Willst du es mal versuchen?«, fragte Gustav und hielt ihm einen Kreisel zusammen mit dem Launcher hin.

Er fragte sich, weshalb sein Sohn immer allein spielte, warum er keine Freunde hatte.

»Okay.«

Als er zwanzig Minuten später die Treppe hinunterging, rief er erst den Richter, dann Espérandieu zu Hause an.

»Wir treffen uns in einer halben Stunde im *Cactus*.«

»Gibt es was Neues?«

»Das erkläre ich dir unterwegs.«

Um 14:15 Uhr hielt er auf dem Mittelstreifen des Boulevard Lascrosses am Fuß der großen Gebäudeblöcke und betrat die kleine Brasserie, die Stammkneipe der Bullen von der Kripo. Er küsste Régine auf die Wangen, die Chefin, die jeden mit der Aufmerksamkeit einer zweiten Mutter oder einer Schwester empfing, und setzte sich auf die Bank.

»Du siehst aber übel aus«, sagte sie zur Begrüßung. »Doppelter Espresso, schwarz und ohne Zucker?«

Vier Minuten später betrat Espérandieu die Bar. Servaz erhob sich sofort.

»Ciao, Cowboys!«, rief sie ihnen nach, als sie gingen.

»Wohin gehen wir?«, fragte sein Stellvertreter.

»Wir statten der Höhle von Ali Baba einen Besuch ab.«

Über den Boulevard Honoré-Serres ging es nach Norden, dann weiter die Avenue des Minimes hinauf, bevor sie sich in die endlose Avenue de Fronton einreihten und in die angrenzende Vorhölle eines jeden großen Ballungsgebiets eindrangen, wo sich Tankstellen, Einkaufszentren, Industriezonen, Wohngebiete und reizlose Pavillons aneinanderreihten. Sie kamen am zentralen Großmarkt vorbei und fuhren noch ein Stück weiter, ehe es durch ein vergittertes Tor und dann inmitten von Schuppen weiterging. Überall standen weiße Transporter herum. Servaz blieb zwischen den Gebäuden stehen und stieg aus.

»Wo sind wir hier?«, fragte Vincent und schlug die Tür zu.

Es hatte aufgehört zu regnen, aber der Regen war schrittweise von einem Nebel abgelöst worden, der die Landschaft in eine Kohlezeichnung verwandelte.

Ohne zu antworten, ging sein Chef auf eine kleine Gestalt in einem grauen Mantel zu, die ein Stück weiter im Nebel vor einer großen Metalltür wartete. Er begrüßte die Gerichtsvollzieherin, die alles andere als glücklich darüber zu sein schien, dass man sie an einem Samstag gestört hatte, ein Taschentuch hervorholte und sich laut schnäuzte.

»Capitaine Servaz«, stellte er sich vor. »Das ist Lieutenant Espérandieu. Gehen wir.«

Sie stieß ein undeutliches Murren aus, von dem man nicht sagen konnte, ob es beifällig oder vorwurfsvoll war, wischte sich über die rote Nase, steckte ihr Taschentuch ein, zog ihren Mantel fester um sich und schloss auf. Im Inneren entdeckte Espérandieu große Betonrampen, wie man sie von Tiefgaragen kannte, von denen eine nach oben, die andere nach unten ins Untergeschoss führte.

»Was ist das hier für ein Ort?«, fragte er.

Die Rampe, die nach unten führte, beschrieb eine Kurve. Entlang der Mauern tauchte regelrechter Trödelkram auf: Regale, Gegenstände, die von einem Ersatzrad über einen Bistrotisch hin zu einer Kettensäge reichten, alles versehen mit der unerlässlichen verplombten Karteikarte, die an einer Schnur hing. Sie kamen unten an der Rampe an und waren in einem riesigen, von langen Gängen unterteilten Raum voller Metallregale, die Jahrzehnte von Gerichtsverfahren beherbergten, Tausende von Akten, Umschläge, Kartons und Ordner.

»Hammer«, sagte sein Stellvertreter, als die Neonleuchten endlich nicht mehr blinkten. »Ich wusste ja gar nicht, dass es so etwas wie das hier gibt! Seit wann kennst du diesen Ort?«

Die Neonlampen beleuchteten den Ort nur spärlich, ließen die Tiefen der Lagerhalle im Schatten liegen, und Espérandieu dachte an die letzte Szene aus *Jäger des verlorenen Schatzes,* in der die Kiste mit der Bundeslade in einem riesigen Lagerraum mit Tausenden ähnlichen Kisten untergebracht ist. So schnell sie konnte und ihre Schritte es erlaubten – ihre Ungeduld offenbarte sich bis in das Klappern ihrer Absätze –, ging die Gerichtsvollzieherin zu einer zweiten Tür, die sie aufschloss, ehe sie zur Seite trat, damit die beiden Polizisten eintreten konnten.

Der Raum dahinter hatte etwas von einem Flohmarkt, vom Nebenraum eines Trödelladens, der Halle eines Auktionators oder dem Lager eines Museums. Ein Durcheinander unterschiedlichster Gegenstände, bei denen Espérandieu im Vorbeigehen Roulettetische, einen Baseballschläger, zwei Schaufeln, eine Heckenschere, einen Tresor, billigen Schmuck, eine Geige, eine Matratze mit Flecken, die nach Blut aussahen, und sogar ein Hirschgeweih und ein ausgestopftes Krokodil entdeckte. Oder war das ein Alligator? Er folgte Servaz, der an den Regalen entlanglief wie jemand, der genau wusste, wohin er gehen musste. Irgendwie erinnerte ihn sein Freund in diesem Moment an Indiana Jones. Es fehlten nur noch der Hut und die Peitsche. Er hatte bei ihm schon immer eine gewisse Ähnlichkeit mit Harrison Ford gesehen.

»Verdammt, das hier ist unglaublich!«, sagte er, als er zu ihm aufschloss. »Du warst schon mal hier, nicht wahr?«

Ohne zu antworten, zeigte Servaz auf ein Regal. Vincent trat näher: Auf einem Regalbrett lagen zwei weiße Kleider, die etwas vergilbt waren, und ein Holzkreuz, verpackt in einer durchsichtigen Hülle voller Staub.

Als sie wieder ins Freie traten, war der Nebel noch dichter geworden.

»Und jetzt?«, fragte Espérandieu.

»Jetzt geht's zum Friedhof, um 16.30 Uhr wird Amalia Lang

beerdigt. Sag Samira, sie soll dort zu uns stoßen, außerdem will ich jemanden, der alle DNA-Spuren auf diesen versiegelten Beweisstücken entnimmt und sie analysiert.«

Wie alle wusste auch Espérandieu, dass bei der Analyse von genetischen Abdrücken in den letzten Jahren und sogar Monaten enorme Fortschritte gemacht worden waren und dass man inzwischen auch DNA-Spuren analysieren konnte, die zuvor unauffindbar waren, die nur eine winzige Menge hinterlassen hatten.

»Heute ist Samstag«, meinte er.

»Sieh nach, wer Dienst hat.«

14

Es war immer das Gleiche bei Beerdigungen. Man spürte, dass keiner der Anwesenden Lust hatte, da zu sein. Weil niemand umhinkam, an den Tag zu denken, an dem es ihn treffen würde. Weil eine gewisse Form des Selbstmitleids fast unvermeidbar war. Weil einen das an die Sterblichkeit erinnerte. Weil niemandem der Gedanke gefiel, sterblich zu sein.

Die Alten waren natürlich stärker betroffen als die Jungen, insbesondere die Teenager, die er entdeckte und die so taten, als wären sie traurig, es aber nicht wirklich waren, bestimmt, weil sie sich für unsterblich oder nahezu unsterblich hielten. Sie gingen wohl davon aus, dass das Leben lang war, dabei war es kurz, so verdammt kurz. Er würde demnächst fünfzig. Und er fragte sich, ob der größere Teil seines Lebens hinter oder noch vor ihm lag. Das war schon ein ziemlicher Mist, es nicht zu wissen … Gerne hätte er sein Todesdatum jetzt schon gekannt. Solche Gedanken kommen einem immer, wenn man bei einer Beerdigung ist, sagte er sich.

Er ließ seinen Blick umherschweifen. Ein schöner Ort, wenn man von dem großen elektrischen Mast absah, bei dem man sich fragte, was er hier zu suchen hatte, in diesem Viertel mit den von Pinien und Eiben eingefassten Stadthäusern. Ein winziger Friedhof – vielleicht hundert Gräber – mit Blick auf die Hügel und das Land, zumindest dann, wenn der Nebel die Felder nicht wie heute verschluckte. Langs Haus war keinen Kilometer von hier entfernt. Er könnte zu Fuß herkommen.

Servaz musterte ihn.

Er wirkte ebenso betroffen wie beim letzten Mal, und Servaz hätte schwören können, dass das nicht vorgespielt war. Der Schriftsteller sah deutlich mitgenommen aus, mit seinen eingefallenen Wangen und den Ringen unter den Augen. Servaz beobachtete die Trauergemeinde, fragte sich, wer diese Menschen waren. Tatsächlich waren gar nicht so viele gekommen. Allerhöchstens dreißig Personen. Er musterte sie von Weitem, Espérandieu und Samira standen neben ihm, zwischen den Gräbern. Kein Priester, nur die Mitarbeiter des Bestattungsinstituts, die den hellen Holzsarg inmitten von bedrücktem Schweigen in dem Loch versenkten. Nebelschwaden zogen an ihnen vorbei wie der Rauch einer Kanone an der Geschützbedienmannschaft.

Servaz zählte drei Kränze. Keiner mehr. Samira ließ eine Kaugummiblase neben ihm platzen, und er warf ihr einen Blick zu, den sie mit einem Zwinkern beantwortete. Er musterte ihr Outfit: Glaubte sie, sich für eine Beerdigung passend zurechtgemacht zu haben? Sie hatte noch mehr Wimperntusche und Lidschatten aufgetragen als sonst, ihre Lippen waren ebenfalls schwarz geschminkt, was ihren Mund eher so abstoßend wirken ließ wie ihre Kleidung: eine schwarze, nietenbesetzte Lederjacke, ein Kapuzenpulli mit einem Totenkopf und dem großen weißen Schriftzug MISFITS, dazu schwarze Leggins und hohe Stiefel mit Riemen und Schnallen. Sie ähnelte optisch einer Goule, einem weiblichen Vampir, und er sagte sich, dass einem ein solcher Anblick auf dem Friedhof das Blut in den Adern gefrieren lassen musste. Als Fan der alten amerikanischen Horror-Comicmagazine *Creepy* und *Eerie* fand Espérandieu wiederum, dass sie durchaus in einem Comic von Bernie Wrightson auftauchen könnte.

»Es gibt eine Studie, laut der 18 Prozent der 18- bis 20-Jährigen glauben, die Erde wäre eine Scheibe«, las Espérandieu über eine Zeitung gebeugt vor, während er darauf wartete, dass die Zeremonie vorbei war.

»18 Prozent Idioten, das ist ganz schön viel«, meinte Samira. »Bist du dir sicher, dass diese Studie kein Fake ist? Und wie erklären sie sich die Flüge Paris–Tokyo, Tokyo–Los Angeles und Los Angeles–Paris? Und was passiert, wenn man über den Rand fällt?«

»Laut derselben Studie glauben 79 Prozent der Franzosen an eine Konspirationstheorie«, fuhr Espérandieu fort.

»Was, wenn die Studie über die Verschwörungstheorien selbst eine Verschwörung ist?«, meinte Samira. »Und wenn ich der Meinung bin, dass die Politiker uns für Idioten halten, macht mich das dann zu einer Verschwörungstheoretikerin? In diesem Fall gehöre ich nämlich zu diesen 79 Prozent.«

Nahezu niemand sonst war so auffällig gekleidet. Er hatte sie vor ein paar Minuten ausgemacht: eine große Frau, die sich etwas abseits hielt, in einer schwarzen Lederhose, zwanzig Zentimeter hohen High Heels, einem Mantel im Pantherlook, und sie hatte lange violette Haare. Eine tolle Figur. Ihrem Gesicht nach war sie in Amalia Langs Alter. Eine Freundin? Er sah, wie sie Erik Langs Hand ohne besondere Herzlichkeit schüttelte. Schloss daraus, dass sie weder eine Verwandte noch eine enge Freundin des Ehemannes war. Dennoch schien der Tod von Amalia Lang sie zu treffen. Ihr Schmerz war unverkennbar. Abgesehen davon hatte sie sehr männliche Züge, eine fleischige Nase und spitze Lippen.

Sie ging als eine der Ersten, und er sah ihr nach. Sie musste sich klein machen, um in eine alte Ente zu steigen, die vor dem Friedhof stand. Sobald sich die Menge zerstreut hatte, kam Lang auf die Ermittler zu.

»Gibt es etwas Neues, Commandant?«

Er machte sich nicht die Mühe, ihn zu korrigieren.

»Wir warten auf die DNA-Ergebnisse. Wir überprüfen alle Fingerabdrücke. Sollte es sich um einen Einbruch handeln, dann ist es gut möglich, dass der Mörder sich bereits in einer unserer Datenbanken befindet. Wir stehen noch ganz am Anfang.«

Lang zog eine Augenbraue hoch.

»›Sollte es sich um einen Einbruch handeln‹?«, wiederholte er.

»Wir dürfen nichts ausschließen.«

»Wie meinen Sie das?«

»Ganz einfach: Zum jetzigen Zeitpunkt dürfen wir nichts ausschließen.«

»Das heißt also, dass Sie nichts herausgefunden haben, oder? Und dieser Fan?«

»Rémy Mandel?«

Lang nickte.

»Den haben wir freigelassen.«

»Wie bitte?«

»Er hatte ein Alibi.«

»Was für ein Alibi?«

»Darüber kann ich zum jetzigen Zeitpunkt nicht mit Ihnen sprechen.«

»Warum?«

»Monsieur Lang, ich rede für gewöhnlich nicht über eine laufende Ermittlung. Vor allem nicht mit dem Ehemann der Verstorbenen.«

»Was wollen Sie damit sagen?«

»Nichts Besonderes. Das ist die übliche Vorgehensweise …«

Er sah, wie sich Langs Gesicht verfinsterte.

»Hören Sie, ich will nur eine Sache, Commandant: dass dieses Stück Scheiße, das meine Frau umgebracht hat, gefunden wird. Sie können mich um alles bitten, aber ich flehe Sie an, nehmen Sie diesen Mistkerl fest.«

Servaz musterte ihn eindringlich. Erik Lang schien sprichwörtlich am Ende seiner Kraft zu sein. Und nicht nur in körperlicher Hinsicht. Sein Teint war grauer als je zuvor, seine rot geränderten Lider verliehen ihm ein kränkliches Aussehen. Servaz fragte sich, ob der Stress die Symptome seiner Krankheit verstärkte. Wie hieß sie gleich noch mal? *Ichthyose …*

»Kommen Sie, lassen Sie uns ein paar Schritte gehen.«

Er nickte Samira und Espérandieu zu, dann liefen Lang und er nebeneinanderher.

»Ich habe mit Zoé Fromenger gesprochen, hat sie Ihnen das gesagt?«

Lang wirkte überrascht.

»Nein. Ich …«

»Ich weiß … Sie haben ihr aufgetragen, Sie bis auf Weiteres nicht anzurufen und Ihnen auch keine Nachrichten zu schicken.«

Wieder wirkte der Schriftsteller überaus erstaunt.

»Das hat sie Ihnen gesagt? Ich … ich wusste, dass ich unter den gegebenen Umständen mit einer Geliebten … *unausweichlich* … zu einem Verdächtigen würde, und ich wollte nicht, dass Sie Ihre Zeit damit vergeuden und dass Sie das von dem … ähm … tatsächlichen Schuldigen ablenkt. Außerdem hatte ich Angst … Ich habe keine angenehme Erinnerung an meinen letzten Polizeigewahrsam«, fügte er hinzu.

Servaz ging nicht darauf ein.

»Sie hat sich nicht lange bitten lassen. Umso mehr, als Rémy Mandel Ihr Manuskript von jemandem bekommen hat, der am Steuer des Wagens ihres Mannes saß.«

»Wie bitte?«

Dieses Mal wirkte Lang bestürzt.

»Das verstehe ich nicht.«

Servaz teilte ihm mit, was sie herausbekommen hatten. Das Treffen auf dem Parkplatz des Einkaufszentrums. Die Videoaufnahmen. Dabei achtete er auf die kleinste Reaktion des Schriftstellers.

»Der DS4 mit dem weißen Dach, ja … Mit diesem Auto ist Zoé zu unserem letzten Treffen gekommen … Ihres war in der Werkstatt.« Der Schriftsteller legte eine Pause ein. »Warten Sie … wenn ihr Mann mein Manuskript gestohlen hat, warum nehmen Sie ihn dann nicht in Polizeigewahrsam?«

Servaz stieß den Rauch seiner Zigarette aus.

»Er hat ein Alibi.«

»Was für ein Alibi?«

»Zoé Fromenger: Sie bestätigt, dass ihr Mann in dieser Nacht bei ihr war.«

Langs Gesicht zeigte eine noch größere Überraschung.

»Sie ist Ihre Geliebte«, sagte er, »Sie kennen sie gut. Können Sie sich vorstellen, dass Zoé Fromenger die Polizei belügt, um ihren Mann zu schützen?«

»Ich weiß nicht«, erwiderte der Schriftsteller nach einem Moment des Zögerns. »Man kennt schon den Menschen nicht wirklich, mit dem man den Alltag teilt … Und eine Frau, die man nur ab und an sieht …«

»Wusste Ihre Frau von Zoé?«

»Nein. Ich habe meine Frau geliebt, Commandant. Über alles. Das habe ich Ihnen bereits gesagt.«

Sie gingen weiter Richtung Ausgang, Vincent und Samira folgten mit einem gewissen Abstand. Dann blieb Lang stehen.

»Eifersucht, das ist doch eines der häufigsten Motive, oder?«, fragte er plötzlich.

»Dafür hätte Gaspard Fromenger von dem Manuskript wissen müssen«, führte Servaz an. »Haben Sie mit Zoé über Ihre Arbeit gesprochen?«

Lang musterte ihn.

»Ja … häufig … Sie hat sich wirklich für das interessiert, was ich mache. Sie hatte gute Tipps«, fügte er hinzu, als könnte das bei der Ermittlung helfen.

»Kam sie zu Ihnen nach Hause?«

»Nein. Niemals.«

»Wusste sie, wo Sie Ihr Manuskript aufbewahren?«

Erneut blieb Lang stehen.

»Ich lege es jeden Abend an dieselbe Stelle: auf meinen Schreibtisch. Da findet man es doch ganz einfach, wenn man danach sucht, oder nicht?«

Genau, dachte der Bulle. *Alles weist auf den Holzarbeiter hin …* Doch je öfter er an diesen Zwischenfall in den Bergen dachte, umso überzeugter war er, dass Fromengers Überraschung in diesem Wald nicht vorgetäuscht war. Er dachte wieder an das, was ihm in Bertrands Auto eingefallen war. Das passte nicht zu der Hypothese, dass Fromenger schuldig sein könnte.

Er ging die Ereignisse erneut durch. Wie konnte er gleichzeitig so dicht dran und so weit von der Lösung entfernt sein? Er hatte das Gefühl, als befände er sich in einem Spiegelkabinett. Jede Spiegelung war irreführend, zeigte jedoch einen Ausschnitt der Wahrheit. Diese befand sich im toten Winkel, wurde von den Spiegeln bis ins Unendliche gespiegelt.

Irgendwo befindet sich der Ursprung, das Original all dieser Bilder …

Zurück bei der Kripo ging er in ein etwas abseits gelegenes Gebäude, bei der Einfahrt der Fahrzeuge, in der Hand die Hülle mit den Kommunionkleidern und das Kreuz.

Er traf Catherine Larchet, die Leiterin der kriminaltechnischen Einheit für forensische Biologie in ihrem Büro an, wo sie in eine wissenschaftliche Zeitschrift vertieft war. Servaz überflog den Titel des Hauptartikels: »Wie die künstliche Intelligenz unser Leben verändern wird.«

Catherine Larchet klappte die Zeitschrift zu.

»Wussten Sie, dass es in Deutschland 180 000 Roboter gibt, in Frankreich hingegen nur 32 000? Und wo ist die Arbeitslosenrate höher? Sehen Sie: Die Wissenschaft liebt die Fakten viel zu sehr, und genau deshalb mögen Ideologen und Demagogen sie so gar nicht. Ich hoffe, Sie stören mich nicht ohne Grund, Commandant …«

»Capitaine … Wären Sie ein Roboter, hätten Sie mir das alles gar nicht erst gesagt«, erwiderte er prompt.

»Ah, da haben Sie nicht unrecht«, rief sie freudig aus.

Sie warf einen Blick auf die Hülle, und er sah, dass ihr Interesse geweckt war. Er nahm ihr gegenüber Platz. Sie sah ihn ruhig an. Vor ein paar Jahren hatte sie auf seine Bitte hin in Rekordzeit die DNA-Analyse des Herzens durchgeführt, das ihm in einer Isothermverpackung zugeschickt worden war. Dazu hatte sie zunächst das Blut analysiert – das Element, das, neben dem Sperma, die meisten DNA-Spuren enthält –, dann die mitochondriale DNA, also die DNA, die in den Mitochondrien enthalten ist, mit denen von Hugo verglichen, dem Sohn von Marianne, schließlich wird die mitochondriale DNA von der Mutter unverändert an den Sohn weitervererbt. Auf diese Weise hatte sie bestätigen können, dass es sich tatsächlich um Mariannes Herz handelte, und damit war das Herz von Servaz gebrochen. Sehr viel später hatte sie jedoch, wiederum auf seine Bitte hin, die Zellen direkt vom Herzen entnommen – und dabei festgestellt, dass diese DNA nicht der des Blutes entsprach: Julian Hirtmann hatte sie an der Nase herumgeführt, indem er ihnen ein fremdes Herz geschickt hatte, das in Mariannes Blut getränkt war. Der Schweizer musste gewusst haben, was die Polizei zuerst analysieren würde. Warum hatte er das getan? Bestimmt, um ihn mental zu foltern …

Catherine Larchet war eine zurückhaltende Frau, die jedoch ab und an eine gewisse Schroffheit an den Tag legte. Vor allem aber ging sie ihrer Arbeit mit großem Einsatz nach: Nicht selten brannte in ihrem Büro noch spät am Abend Licht, oder man traf sie am Wochenende im Büro an – es ging das Gerücht, dass sie nur mit ihrer Arbeit verheiratet war. Single, keine sonderliche Vorliebe für gesellschaftliche Veranstaltungen – selbst an dem Tag, als der Minister vorbeigekommen und im Hof der Kripo an allen Mitarbeitern vorbeigeschritten war, hatte sie sich nicht dazu bequemt, ihre Aufwartung zu machen, sondern war lieber ihren Aufgaben nachgegangen – und unabhängig; man wusste nur von einer anderen Leidenschaft: dem Laufen, das sie sommers wie winters entlang des Canal du Midi praktizierte. Häufig machte ihr wissenschaftlicher, strenger Verstand die Hypothesen der Kripobeamten zunichte, was manche überaus verärgerte, gleichzeitig mussten sie anerkennen, wie vertrauenswürdig und verlässlich sie war.

»Was ist das?«, fragte sie schließlich und zeigte auf die Hülle.

Er erzählte ihr von dem Fall von 1993, von Alice und Ambre in den Kommunionkleidern, die am Fuß von zwei Bäumen festgebunden waren, von dem Kreuz, das eine der beiden um den Hals getragen hatte.

Sie hörte ihm zu, ohne mit der Wimper zu zucken.

»Ist das der Notfall?«, fragte sie, als er fertig war. *Eine 25 Jahre alte Geschichte?*

»Sie hängt vielleicht mit der Ermittlung zu dem Mord an Erik Langs Ehefrau zusammen«, erläuterte er. »Ich würde gerne die genetischen Spuren, die am Tatort entnommen wurden, mit denen vergleichen, die sich auf den alten Beweisstücken befinden«, sagte er und zeigte dabei auf die Hülle. »Alle DNA-Spuren vom Tatort, *wirklich alle* … Damals sind den Kleidern natürlich keine Proben entnommen worden. Damals gab es weder DNA-Analysen noch Handys oder Überwachungskameras. Damals hatte man eine völlig andere Arbeitsgrundlage, wie Sie sich sicher erinnern.«

Jetzt hatte er wirklich ihr Interesse geweckt.

»Denken Sie etwa, der Mörder könnte derselbe sein? 25 Jahre später? Ich kenne den Fall nicht gut, von dem Sie da sprechen … Haben Sie damals keinen Schuldigen gefunden? Sie haben doch jemandem ein Geständnis entlockt … während des Polizeigewahrsams?«

Ihr Tonfall wies eindeutig darauf hin, dass sie wusste, wie solche Dinge ablaufen konnten.

»Nicht ganz … Jemand, den wir freigelassen hatten, hat sich als Mörder bezichtigt und sich erhängt.«

»Und Sie denken, dass er womöglich nicht der Täter war?«

»Ich will Ihr Urteil nicht beeinflussen«, sagte er.

»Maschinen kann man nicht beeinflussen«, erwiderte sie. »Genauso wenig wie den genetischen Code. Was ich denke, hat keinen Einfluss auf das Ergebnis.«

»Ihre Welt hat etwas unglaublich Beruhigendes«, sagte er. »Alles hat seinen Platz.«

»Glauben Sie bloß das nicht, Commandant«, erwiderte sie. »Es gibt immer noch eine Menge Rätsel, die gelöst werden müssen. Die biologischen Grundlagen des Gewissens zum Beispiel: Man macht gerade die ersten Schritte beim Entziffern der Vorgänge im Gehirn. Vor 15 Jahren, nachdem das menschliche Genom ganz aufgeschlüsselt war, stellte man fest, dass wir deutlich weniger Gene als vermutet besitzen, nur etwa 25 000, also kaum mehr als eine Blume, wussten Sie das? Wie kann sich daraus eine solche Komplexität ergeben? Wissen Sie, dass die Materie, wie wir sie kennen, die die Sterne und Galaxien bildet, weniger als 5 Prozent des Universums ausmacht? Im Gegenzug stellt die ›dunkle Materie‹, von der man so gut wie nichts weiß, für sich genommen schon etwa 30 Prozent von allem Existierenden dar. Man kann sie unmöglich mit den klassischen Mitteln auffinden, denn sie kann das Licht weder aufnehmen noch abstrahlen oder spiegeln. Doch aufgrund der Schwerkraftwirkung weiß man, dass sie da ist. Und dann Aids: 35 Jahre Forschung, Ausgaben in Milliardenhöhe, 28 Millionen Tote und noch immer kein Impfstoff. Wissen Sie auch, dass die Unsterblichkeit bereits existiert, Commandant? Wirklich: bei den Süßwasserpolypen, diesen winzigen Tierchen mit den vielen komplexen Tentakeln, die man unter den Blättern von Seerosen findet. Genetiker gehen davon aus, dass dieser Polyp unsterblich ist. Und was ist schon die Dauer eines menschlichen Lebens verglichen mit der eines Mammutbaums: 4000 Jahre. Wären Sie gerne ein Mammutbaum, Commandant?«

Wie immer, wenn er Catherine Larchet zuhörte, wurde Servaz von einem leichten Schwindel befallen. Die Leiterin der forensischen Biologie lebte in einer Welt, die nicht die seine war. Eine Welt voller wissenschaftlicher Gesetze, Zahlen, Paradoxe und Geheimnisse, neben denen ihre Ermittlungen nur von geringer Bedeutung waren. Was war schon ein aus Eifersucht, Habgier oder Dummheit begangener Mord, verglichen mit der Wissenschaft? Was war schon der Tod von zwei jungen Mädchen? Was waren die Romane von Erik Lang? Die ungeahnten Perspektiven, die jeder ihrer Exkurse bot, waren unendlich und ließen ihn unweigerlich in einem kollapsähnlichen Zustand zurück.

»Bis wann wollen Sie das haben?«, fragte sie.

»Ähm … so schnell wie möglich.«

»Natürlich.«

An diesem Abend tauchte er wieder in die Bücher von Erik Lang ein. Wieder einmal spürte er, wie die Worte des Schriftstellers ihn erfassten und in Gefilde mit sich rissen, in denen die Nacht und das Verbrechen herrschten. Wieder einmal erfasste ihn bei diesen Seiten dieselbe Mischung aus Schwindel und Faszination. Im Lichtschein seiner Lampe traten die Worte, Szenen und Protagonisten aus dem Buch heraus und tanzten im Kreis um ihn herum.

Unvermittelt fragte er sich, wie viele Menschen in dieser Stadt in genau diesem Moment auch lasen, also gleichzeitig mit ihm. Hunderte? Tausende? Und wie viele starrten auf den Fernseher oder auf ihr Handy? So unendlich viel mehr Menschen, ganz sicher. Waren sie, die Leser, ähnlich wie die Indianer im Amerika des 19. Jahrhunderts, durch eine neue Spezies vom Aussterben bedroht? Gehörten sie zu einer alten, im Verschwinden begriffenen Welt?

Er las drei weitere Romane quer, ohne einen Zusammenhang zu finden, und wollte schon aufhören, als er das Buch mit dem Titel *Der eisige Tod,* erschienen 2011, in die Hand nahm. Schon von den ersten Seiten an wurde er beim Lesen langsamer, wohingegen sein Herz immer schneller schlug. Er hatte das Gefühl, als pulsierten die Worte selbst auf dem Papier … Denn das, was er da las, *betraf ihn ganz persönlich.*

Er schloss die Augen, sah einen Mann, der sich im Verborgenen aufhielt und sich über ihn lustig machte – sein lautes Lachen explodierte in seinem Kopf und hallte von seiner Schädeldecke wider –, ein arroganter, machiavellistischer Mann: ein Mann mit einem gekünstelten Lächeln. Ein grausamer, gnadenloser Mann. Genauso gefährlich wie eine Schlange …

Unerbittlich.

15

Als er am nächsten Tag sein Zuhause verließ, machte er als Erstes den Briefkasten auf. Er war leer. Was trieb der Notar, verdammt noch mal? Wo war der Umschlag? Dann fiel ihm ein, dass Sonntag war. *Du drehst so langsam durch.* Dabei hatte er gerade eben Gustav dem Nachbarsmädchen anvertraut, das ihm gesagt hatte, dass ein ganzer Sonntag eine Stange Geld kosten würde. Diese neue Generation hatte wirklich einen ausgeprägten Geschäftssinn.

Er fühlte sich schuldig, weil er seinen Sohn an einem Sonntag allein ließ. Wie oft war das nun schon vorgekommen?

Er hatte Espérandieu und Samira Cheung angerufen und sie gebeten, ebenfalls zur Kripo zu kommen. Auf der Fahrt dorthin rief er Richter Mesplède an. Er erzählte ihm von seiner Lektüre, von Zoé Fromenger und dem Auto auf dem Parkplatz. Der Nebel war noch dichter geworden, von Weiß zu Grau gewechselt, ebenso bauschig, als wäre sein Auto ein Linienflugzeug, das sich durch die Wolken schob. Man sah keine zwanzig Meter weit, und die Gebäude wurden zu Geistern mit undeutlichen Umrissen, während die Ampeln den grauen Schleier mit ihren roten Augen durchbohrten.

»Sind Sie sicher?«, fragte der Richter am Telefon.

Servaz hütete sich vor einer Antwort.

»Okay. Machen Sie. Ich rufe den Ermittlungsrichter an. In der nächsten Stunde bekommen Sie eine Genehmigung zugefaxt, Commandant.«

»Capitaine«, korrigierte er und beendete das Gespräch.

Er trat aus dem Aufzug, ging den langen leeren Gang entlang. Die Neonlampen waren ausgeschaltet, und der Nebel draußen tauchte den Ort in ein beunruhigendes Halbdunkel. Seine Schritte hallten in der Stille wider.

»Hallo, Chef«, begrüßte ihn Samira mit den Füßen auf dem Schreibtisch.

»Ist das nicht ein bisschen widersprüchlich, einerseits ›Chef‹, andererseits die Füße auf meinem Schreibtisch?«, fragte er.

Lachend stellte sie sie auf den Boden.

»Was geht ab?«, fragte Espérandieu, der auf einem der Stühle saß, die für gewöhnlich den Verdächtigen und ihren Anwälten vorbehalten waren.

Espérandieu war sich dessen nicht bewusst, aber Servaz erinnerte sich daran, dass dieser Satz ein Running Gag während seiner Anfangszeit bei der Polizei gewesen war, zu Beginn der Neunzigerjahre, der geradezu zwanghaft von den Bullen wiederholt wurde, als der Innenminister Charles Pasqua hieß. Er schloss seine Schublade auf und holte seine Waffe heraus.

»Wir werden Langs Haus durchsuchen und ihn in Polizeigewahrsam nehmen«, antwortete er.

16

Der Nebel war noch dichter geworden. Die Wäldchen und Hügel des Golfplatzes wurden von ihm verschluckt, auf Schatten reduziert, und die Sonne hing wie eine blasse Mondscheibe am Himmel. Als er ausstieg, schmeckte er den Nebel auf den Lippen, die Feuchtigkeit drang in seine Haut ein. Er ging bis zum Gartentor, drückte auf den nassen Klingelknopf.

»Ja?«

»Capitaine Servaz hier, Monsieur Lang. Kann ich reinkommen?«

Ein Surren ertönte, dann ging das Tor langsam auf. Das Haus war nur ein verschwommener Umriss am Ende der Allee. Weiße Schwaden waberten vor ihnen herum und legten sich um die Stämme. Schweigend liefen sie über den Schotter auf dem gestampften Weg. Beim Näherkommen entdeckte Servaz die Silhouette von Erik Lang. Er stand im Eingang zu seinem Designerhaus.

»Riechen Sie das?«, fragte er sie. »Das ist die Garonne. Eigentlich muss man näher am Fluss sein, damit man das riecht, aber mit dem Nebel steigt der Geruch auf, ist in jedem Teilchen von ihm präsent, wie die Geruchsmoleküle in einem Parfum. Der Geruch von ertrunkenen Seelen ...«

Der Schriftsteller warf Servaz' Mitarbeitern einen flüchtigen, aber argwöhnischen Blick zu.

»Sie sind mit Verstärkung erschienen, Capitaine ...«

»Monsieur Lang, wir werden eine Hausdurchsuchung vornehmen.«

Er sah, wie sich die Augen des Schriftstellers weiteten, aber das war so ziemlich die einzige Reaktion. Sein Gesicht war eine Maske des Gleichmuts.

»Da das keine strafrechtliche Untersuchung ist, nehme ich an, dass Sie eine schriftliche Genehmigung des Ermittlungsrichters vorliegen haben«, meinte Lang.

»In der Tat.«

Servaz reichte ihm das Fax. Der Nebel hatte es in seiner Tasche durchweicht und gewellt. Lang warf einen flüchtigen Blick darauf, dann bedeutete er ihnen, dass sie eintreten konnten.

»Darf ich erfahren, wonach Sie suchen?«

»Nein.«

»Ich werde meinen Anwalt anrufen.«

»Tun Sie das, aber das ändert nichts.«

Der Nebel klebte an den Scheiben, legte einen klebrigen Schleier über das Glas. Er hatte das Gefühl, in einem riesigen Aquarium zu sein, in dem große Fische herumschwammen. Sie verteilten die Aufgaben: Servaz übernahm Langs Büro und das Erdgeschoss, Espérandieu und Samira den oberen Stock. Er ging zum Büro. Als er den Raum betrat, erkannte er sofort die Einrichtung auf dem Foto, das Rémy Mandel erhalten hatte, wieder: dieselben Regale, dieselben Bücher, derselbe Schreibtisch, dieselbe Lampe und dieselbe Schreibtischunterlage aus Leder. Alles war identisch. Wieder ploppten die Fragen auf. War derjenige, der die Fotos verschickt und das Manuskript an Rémy Mandel verkauft hatte, der Täter? Wie hatte er den Fan ausfindig gemacht, woher wusste er, wie er ihn kontaktieren konnte? Ein solches Profil passte nicht zu dem von Gaspard Fromenger …

Rasch sah er die Bücher auf den Regalen durch. Was seine Lektüre betraf, legte Erik Lang einen großen Eklektizismus an den Tag: Sie reichte von Romanen über Essays, Biografien, Poesie bis hin zu Comics. In einer Vitrine standen seine Übersetzungen. Servaz zählte etwa zwanzig Sprachen.

In den Schubladen des Büros fand er mehrere Uhren von Patek Philippe, Rolex und Jaeger-LeCoultre, eine Zigarrenkiste aus Mahagoniholz mit einer kupfernen Anzeige für die Luftfeuchtigkeit, einen Füller von Montblanc, einen Hefter, Dutzende Stifte und Leuchtmarker, edles Briefpapier, geriffelte, elfenbeinfarbene

Briefumschläge, Manschettenknöpfe, Schlüssel und Minzbonbons. Kein Zweifel, ein gewöhnlicher Einbrecher hätte sich als Erstes die Uhren geschnappt. Die konnte man am einfachsten verkaufen, und sie waren am wertvollsten.

Die Durchsuchung des restlichen Büros ergab nichts Besonderes. Er verließ das Zimmer. Wonach genau suchte er überhaupt? Stellte er sich etwa vor, dass die Vergangenheit schlagartig an die Oberfläche kommen würde? Hier, in diesem Haus?

Er stieß eine weitere Tür auf. Eine Art schmale, lange Rumpelkammer, wie ein begehbarer Schrank, wo sich abermals die Regale türmten – diese hier waren einfacher gehalten, aus Spanplatten und nicht aus dicken Eichenbrettern wie im Büro –, Jahrzehnte von Zeitschriften und Magazinen, Zeitungen und Katalogen. Jeder Stapel – und davon gab es hier Dutzende – war mindestens vierzig Zentimeter hoch. Waren darin Artikel über die Ermittlung im Fall der Kommunikantinnen? Die Vorstellung, diesen Papierwust durchgehen zu müssen, war entmutigend.

Er zählte gut zwanzig Kartons unter den Regalen, die direkt auf dem Betonboden abgestellt waren. Auf jeden war mit Filzstift eine Jahreszahl geschrieben. Es reichte von 1985 bis zum vergangenen Jahr. Die fünf letzten Jahre – von 2013 bis 2017 – waren in einem einzigen aufbewahrt. Da die Klappen nicht zugeklebt waren, machte er einen Karton auf. Betrachtete den ersten Umschlag darin. »Zu Händen von M. Erik Lang, YP Éditions«.

Leserbriefe …

Er musste wieder an die Antwort auf Ambres Brief von 1993 denken: *Ich bin kein Sammler.*

Deshalb passten die der letzten Jahre auch in einen einzigen Karton: weil die Briefe auf Papier und die Umschläge und Briefmarken zum Großteil durch E-Mails, Posts und Nachrichten auf Facebook ersetzt worden waren. Inzwischen hatten Leser und Fans direkten Zugang zu ihren Lieblingsautoren, ohne die pedantische Fürbitte eines Verlags oder die ärgerlichen Verzögerungen, die einem die normale Post auferlegte. Nahm das den Schriftstellern nicht einen Teil ihres Geheimnisses, wenn sie gezwungen waren, ihre hochmütige Einsamkeit, ihre unerreichbaren Elfenbeintürme zu verlassen, um in die Arena hinabzusteigen? Sollte ein Autor wirklich nur einen Klick entfernt sein, verfügbar rund um die Uhr, oder verlangte diese Arbeit nicht im Gegenteil nach Abstand und Zurückhaltung, nach einer unauffälligen Form der Ungeselligkeit? Wie konnte man gleichzeitig mittendrin und über der Masse sein?

Er betrachtete die Dutzenden mit Briefmarken versehenen Umschläge, und sein Puls beschleunigte sich. Würde er hier die Briefe finden, die Alice und Ambre abgeschickt hatten? Diese flammenden Briefe der beiden jungen, kaum pubertierenden Mädchen, dabei aber bedingungslose Fans, mit denen sie Lang dazu gebracht hatten, diese erstaunlich intimen Antworten zu verfassen, die Servaz vor langer Zeit gelesen hatte? Etwas, das seine Wurzeln hier hatte, das ihre Beziehung in einem neuen Licht erstrahlen lassen würde? Er zog den Karton mit der Aufschrift »1985« heraus und öffnete ihn.

Grundgütiger, voll bis oben hin, das sind ja Hunderte von Briefen. Er nahm den ersten Umschlag, holte die zwei Blätter heraus, faltete sie auf und suchte direkt nach der Unterschrift.

Eine große Anhängerin, Clara – geschrieben mit einem schwarzen Filzstift.

Er nahm den nächsten Brief.

Voller Vorfreude erwarte ich Ihr nächstes Stück Finsternis, Nolan – Füller, blaue Tinte, mit einer Zeichnung versehen.

Dann einen weiteren.

Ihr ergebener und schlafloser Fan, Lally – grüner Kuli.

Geben Sie uns heute unser täglich Blut, Tristan – mit der Schreibmaschine getippt.

Ich stelle Sie mir vor, träume von Ihnen, trinke Sie, verzehre Sie, Noémie – roter Kuli, Bögen und Striche so steif wie ein Lattenzaun.

Mit jedem Umschlag wuchs der kleine Haufen auf dem Boden weiter an. *Wie viele Leser hatte dieser Typ 1993? Wie viele treue Fans waren darunter? Und wie viele davon waren durchgeknallt?*

Er konnte nicht anders, er fing an, einen der Briefe zu lesen.

Lieber Erik (wenn Sie mir diese Vertrautheit erlauben),
wir haben den Abend damit zugebracht, über Ihre Werke zu
sprechen, und versucht, uns zu einigen, welches Ihrer Bücher das
beste ist. Das war ein harter Kampf, das kann ich Ihnen sagen, es
wurden sowohl Argumente als auch Beleidigungen vorgetragen,
und dann, wie zu erwarten, hat Die Kommunikantin *das Ren-*
nen gemacht ...

Dann einen weiteren:

Lieber Monsieur Lang,
nie zuvor habe ich bei der Lektüre eines Buches Derartiges emp-
funden ...

Oder aber:

Monsieur Lang,
Ihre Bücher sind widerlich, Sie selbst eine widerliche Person, alles
an Ihnen widert mich an, lässt mir die Galle hochkommen. Nie
wieder werde ich etwas von Ihnen lesen.

Ein Schrei, ganz unvermittelt, von draußen. Er spitzte die Ohren.
Hörte, wie sein Name zum zweiten Mal gerufen wurde. Das kam
von oben. Er ging in den Gang Richtung Treppe.
»Was gibt's?«
»Das musst du dir ansehen!«, rief Vincent ihm zu.
Er stieg die Betonstufen hinauf. Versuchte, seine Ungeduld zu
zügeln. Vielleicht war es ja gar nicht von Bedeutung. Ein falscher
Alarm ... Doch er kannte seinen Stellvertreter – und auch diese
Stimme, die ganz unvermittelt höher wurde. Leicht hysterisch.
Die hatte er schon bei früheren Ermittlungen gehört. Wusste, was
sie zu bedeuten hatte ...
Er zwang sich, ruhig weiterzuatmen. Erreichte die letzte Stufe.
Drehte den Kopf von links nach rechts.
»Hier!«, rief Vincent.

Im Schlafzimmer ...

Servaz ging auf die offen stehende Tür zu, trat über die Schwelle. Sah Vincent über einen der Nachttische gebeugt. Eine offen stehende Schublade. Die Seite von Amalia Lang, wenn ihn sein Gedächtnis nicht täuschte. Außerdem sah er eine Damenuhr in der Schublade. Doch sein Blick blieb an etwas anderem hängen.

Er schluckte. Atmete ganz langsam tief ein.

Am Ende des Kulis, den Espérandieu waagrecht festhielt, hing ein Holzkreuz an einem Seil ...

POLIZEIGEWAHRSAM

1

»In Anbetracht der auf Ihnen lastenden Verdachtsgründe im Mordfall Ihrer Ehefrau Amalia Lang, die vergangenen Mittwoch gegen drei Uhr morgens ermordet wurde, befinden Sie sich ab sofort in Polizeigewahrsam. Sie werden innerhalb der nächsten 24 Stunden zu diesem Tatbestand befragt.«

Sein Blick ruht auf Lang, der nicht mit der Wimper zuckt. Es ist der 11. Februar, 12:30 Uhr.

»Nach Verstreichen dieser Frist kann der Staatsanwalt die Entscheidung treffen, den Polizeigewahrsam um abermals 24 Stunden zu verlängern. Nach Ablauf der 24 oder 48 Stunden werden Sie entweder einem Haftrichter vorgeführt, oder aber Sie kommen auf freien Fuß. Sie dürfen ein Familienmitglied anrufen und darüber informieren, was gegen Sie vorliegt. Sie dürfen nach einem Arzt verlangen, der Sie untersucht. Sie dürfen nach einem Rechtsanwalt Ihrer Wahl verlangen, der Sie von Beginn Ihres Polizeigewahrsams an oder zu jedem anderen Zeitpunkt währenddessen unterstützt.«

Jetzt ist der richtige Moment, sagt er sich. *Legen wir los.*

»Wollen Sie einen Anwalt haben, Monsieur Lang?«

Endlich dreht Lang sich zu ihm um, wirkt immer noch abwesend, bedenkt ihn mit einem Lächeln. Schüttelt den Kopf.

»Name, Vorname, Geburtsdatum«, sagt Servaz als Nächstes.

»Ist das wirklich notwendig?«

»Das ist die übliche Vorgehensweise.«

Ein Seufzen des Befragten, der der Anweisung folgt.

»Sie haben das Recht, eine Aussage zu machen, die Fragen zu beantworten, die Ihnen gestellt werden, oder zu schweigen«, fährt er weiter fort. »Haben Sie das verstanden?«

»Und wenn ich Hunger habe?«

»Dann werden Sie mit warmem Essen versorgt. Sie können auch danach verlangen, zur Toilette zu gehen.«

»Wahnsinn, wie sich das alles verändert hat, was?«, meint Lang mit einem Mal lächelnd. »Ich meine, seit 1993. Keine Ohrfeigen mehr? Keine Schellen, keine Backpfeifen, keine Klatsche? *Finito? Verboten?* Auf einmal ist man zivilisiert geworden … Wie gehen Sie jetzt vor, um ein Geständnis zu bekommen?«

Servaz sagt nichts. Er hört, wie Samira neben ihm schnaubt. Auf ihrem Stuhl herumrutscht. Er ist sich ziemlich sicher, dass sie Erik Lang am liebsten mit ihren Acht-Zentimeter-High-Heels in die Eier getreten hätte. Samira hätte sich sehr gut mit Ko verstanden.

»Kannst du ihn nach unten runterbringen?«, fragt er, sich des Pleonasmus durchaus bewusst.

Sie nickt und bedeutet Lang, ihr zu folgen.

»Unten« führt Samira den Schriftsteller durch einen fensterlosen, schlecht beleuchteten Gang, auf den die verglasten, schrecklich grell erhellten Zellen hinausgehen wie Käfige in einem Zoogeschäft – manche besetzt, andere leer. Linker Hand, ebenfalls verglast, ein großes Glasaquarium mit Wachmännern in Uniform statt Goldfischen. Einer der Fische kommt aus seinem Aquarium.

»Hallo«, sagt Samira.

Sie zeigt für den Schriftsteller auf die Sicherheitsschleuse neben dem Glas, wie man sie von Flughäfen kennt.

»Los, gehen Sie da durch.«

Sobald die Schleuse hinter ihm liegt, tastet die Wachfrau – eine stämmige Frau mit raspelkurz geschnittenen Haaren, flachem, breitem Gesicht, so um die fünfzig – Lang oberflächlich ab, der das ohne zu murren über sich ergehen lässt, dann öffnet sie eine der Türen. Regalfächer wie in einer Umkleide, ein Oberlichtfenster, durch das das einzige Tageslicht hier unten hereinfällt, dazu ein Holztisch, auf dem ein großes Verzeichnis liegt. Samira bleibt vor der Tür stehen, während die Wachfrau Lang auffordert, Uhr, Gürtel, Armbänder, Ringe, Schmuck, Handys, Schlüssel, Ausweise, Geldbeutel und Geld abzulegen, seine Identität abzustreifen, sein Selbst abzustreifen. Mit lauter Stimme macht sie eine Bestandsaufnahme von allem, notiert es im Verzeichnis, dann legt sie alles in eine Schachtel, schreibt »Sandór Lang, 13.04.1959« auf ein Stück Papier, schiebt die Schachtel in ein Fach, das sie daraufhin abschließt, und klebt das Papier darauf.

»Wo soll ich ihn hinbringen?«, fragt sie.

»Einzelzelle.«

An den Schriftsteller gewandt verkündet Samira: »Gleich werden zwei Kollegen kommen und Ihre Fingerabdrücke sowie eine DNA-Probe nehmen, danach holen wir Sie wieder nach oben. Versuchen Sie, sich inzwischen etwas auszuruhen ... Ich habe *Die Kommunikantin* gelesen. Ein sehr gutes Buch.«

Lang betrachtet sie schweigend, mit ausdruckslosem Gesicht.

Er sitzt auf der Betonbank und lauscht. Es ist ruhig. Deutlich ruhiger als beim letzten Mal. Außerdem ist Sonntag. *Er hat nichts vergessen ...* 25 Jahre, und es ist, als wäre es gestern gewesen. Die Geräusche, die Hitze, die Angst, die wie eine eisige Haut an ihm klebt, der latente Wahnsinn, der unterirdischer Lava gleich dahinfließt und sich manchmal in kurzen, aber erschütternden Ausbrüchen entlädt ... Mangins Schläge, die Aggressivität ... die Gewissheit, dass diese Maschine jeden zermalmen kann, egal, wen.

Er schließt die Augen, richtet sich gerade auf, die Füße flach auf dem Boden, die Hände auf den Knien. Er bemüht sich, ruhig zu atmen, ohne Anspannung, indem er im Geiste den Weg der Luft durch seinen Körper verfolgt – die Lunge, die sich füllt, der Brustkorb, der sich hebt –, dann lässt er die Luft entweichen, stößt sie entspannt aus, mühelos.

Genauso verfährt er mit seinem Herzschlag, lauscht, wie dieser sich mit dem Rhythmus seiner Atmung verändert. Gleichzeitig öffnet er sich für die Eindrücke von außen, schon für das kleinste Zeichen – das leise Schnarchen aus der Nachbarzelle, die Unterhaltung der Wachmänner im Aquarium weiter hinten. Er lässt sich von seinen Gefühlen und Gedanken übermannen, hält sie auf einem mentalen Post-it fest, dann erlaubt er ihnen weiterzuziehen, konzentriert sich auf den gegenwärtigen Moment, die Wahrnehmungen, das regelmäßige Schnarchen seines Zellennachbarn: Meditation bei vollem Bewusstsein.

Schritte nähern sich. Er ist sich sicher, dass sie ihm gelten. Sie kommen zu seiner Tür, bleiben stehen. Bingo. Er hat sich nicht getäuscht: Geräuschvoll wird die Zellentür seines gläsernen Käfigs geöffnet – was für ein Lärm, diese ganzen Schlösser und Riegel –, dann führt man ihn in einen anderen Raum, auch dieser fensterlos. Das gehört wahrscheinlich zur Konditionierung: Der in Polizeigewahrsam befindliche Mensch soll verstehen, dass er eine Laborratte ist und dass es für ihn nur zwei Möglichkeiten gibt – eine richtige Antwort heißt Freiheit; eine schlechte, und man zieht weiter auf das Feld Gefängnis. Er hätte nach einem Anwalt fragen sollen. Aber nein, er kennt das alles in- und auswendig. In Sachen Befragungstechnik könnte sich der eine oder andere Bulle noch etwas bei ihm abschauen. Außerdem hat der andere ihm doch gesagt, dass er jederzeit nach einer Labertasche verlangen könnte. Mal abwarten … Nur Schuldige verlangen von Anfang an nach einem Anwalt, sagt er sich.

Er betritt den Raum: ein Tresen hinter einer Scheibe, rechts von ihm ein Tisch mit einem Computer und einem großen Apparat, der an einen Geldautomaten oder einen Check-in-Automaten am Flughafen erinnert. Man lässt ihn hinter der Scheibe Platz nehmen. Ein Typ mit blauen Handschuhen und Mundschutz kommt auf ihn zu, bittet ihn, den Mund zu öffnen, entnimmt mit einem Abstrichtupfer seine DNA. Dann lässt man ihn zu dem Apparat weitergehen, und er versteht, dass dieser dazu dient, die Fingerabdrücke zu erfassen. Daktylogramm nennen sie das. Nichts mehr mit Stempelkissen oder Karteikarte. Diese Zeiten sind vorbei. Zunächst die gesamte Hand, dann nacheinander jeder Finger, erklärt man ihm. Ganz höflich und einfach. Nicht ein Mal wird jemand laut. Man ist sachlich, professionell. Keine Frage, hier hat sich einiges verändert. Kommen sie so zu ihren Ergebnissen? Er bezweifelt das. Mit Ausnahme von den ganz Schwachen vielleicht. Ja, gut. Das ist erst der Anfang. Erst mal abwarten … Er denkt an Amalia, und mit einem Mal zerreißt es ihm das Herz, es zerspringt in tausend Stücke, er hat Schmerzen, an denen er fast zerbricht. Dass man auch nur einen Moment annehmen könnte, er würde Zoé lieben und hätte Amalia umgebracht, widert ihn an. *Amalia, mein Schatz, ich habe immer nur dich geliebt.* Eine Träne auf seiner Wange. Rasch wischt er sie weg, sieht aber, dass die Polizistin von vorhin, die gerade aufgetaucht ist und an einen Punk aus der Zeit der Sex Pistols erinnert, diese Geste gesehen hat. Sie hat vielleicht sein Buch gelesen, ist aber definitiv kein Fan des Autors. Und zwar ganz und gar nicht.

»Wie haben Sie Ihre Frau kennengelernt?«, fragt Servaz.

Lang betrachtet ihn, fragt sich offensichtlich, worauf der Bulle hinauswill. Ihm liegt schon eine entsprechende Erwiderung auf der Zunge, doch er besinnt sich und zieht nur die Augenbrauen hoch. Reibt sich die Handgelenke, an denen die Punk-Polizistin die Handschellen auf dem Weg von »unten« nach »oben« etwas zu stark festgezurrt hatte. Servaz hat ihr aufgetragen, sie ihm abzunehmen, als sie hereinkamen. Gleich neben einem Tischbein ist eine schwere, massive Kette im Boden verankert. Er fragt sich, ob der Bulle sie schon jemals benutzt hat. Er weiß nicht, dass nur wenige Büros damit ausgestattet sind und dass der Polizist ihm gegenüber noch nie gesehen hat, wie einer seiner Kollegen auf dieses mittelalterliche Werkzeug zurückgegriffen hat.

»Dank ihrer Fotos«, antwortet er schließlich.

»Ihrer Fotos?«

»Meine Frau war Fotografin, als ich sie kennenlernte.«

Der Bulle nickt ihm zu, als wollte er ihn zum Weitersprechen animieren.

»Erzählen Sie es mir«, sagt er ruhig, als hätten sie alle Zeit der Welt.

Lang starrt in die Kamera, denn heutzutage wird alles gefilmt, man macht keine halben Sachen mehr, dann wendet er sich Servaz zu.

»Sie hatte eine Ausstellung in einer Galerie in Toulouse. Das war vor fünf Jahren … Schwarz-Weiß-Fotos. Ich hatte eine Einladung erhalten. Ich bekomme ständig welche. Meistens schaue ich mir nicht einmal an, was im Umschlag ist, das landet direkt im Mülleimer. Aber in diesem Fall, keine Ahnung, weshalb, habe ich ihn aufgemacht. Glauben Sie an das Serendipitätsprinzip, Capitaine?«

»Sie haben diesen Umschlag also aufgemacht«, sagt Servaz, ohne zu antworten, denkt dabei aber gleichzeitig an den Umschlag, der jetzt gerade auf dem Postweg zu ihm unterwegs ist und eine an ihn gerichtete Nachricht enthält, die Jahre überdauert hat. »Sie lesen die Einladung und beschließen, dorthin zu gehen. Was ist der Grund für diese Entscheidung?«

»Das Foto auf der Einladungskarte.«

Er sieht Servaz unumwunden an.

»Wie ich gesagt habe, ich mache den Umschlag auf, ohne groß darüber nachzudenken – vermutlich habe ich dabei an etwas anderes gedacht –, werfe einen kurzen Blick darauf, ich kenne die Künstlerin nicht, will die Einladung schon in den Müll werfen, als mein Blick an dem Foto hängen bleibt. Es ist eine winzige Abbildung des Originals, vielleicht fünf mal vier Zentimeter groß, aber ich spüre sofort, wie mir ein Schauer der Vertrautheit über den Rücken rinnt, ein durchdringendes Gefühl, das mir die Kehle zuschnürt. Wie ein Pfeil, der sein Ziel erreicht, eine ferngesteuerte Rakete, Sie verstehen schon: Dieses Bild hat etwas, das mich mitten ins Herz trifft, das sich direkt an mich richtet. Und *nur* an mich … Dabei kenne ich diese Person gar nicht … Serendipitätsprinzip, Capitaine …«

»Könnten Sie das Foto beschreiben?«

Der Bulle drückt sich im sachlichen Beamtenjargon aus, halsstarrig, nüchtern im schlechtesten Sinn des Wortes. Hört er die Gefühlswallung in seiner Stimme denn nicht? Versteht er nicht, dass Lang gerade dabei ist, einen der wichtigsten Momente seines Lebens zu offenbaren?

»Das Foto zeigte Ruinen, wie man sie aus Kriegsfilmen kennt«, sagt er, »Tonnen von Schutt und Staub und eine dunkle Schlange, die sich mitten durch die Überreste hindurchschlängelt. Ich habe sie sofort erkannt: eine Schwarze Mamba. Auf den ersten Blick war mir klar, dass es sich um eine Inszenierung handelte. Die Schlange tauchte aus einem Loch im Boden auf. Ich nahm an, dass Amalia das natürliche Licht mit einem zusätzlichen, von oben herabscheinenden Scheinwerfer verstärkt hatte, der einem Gedanken gleich in das Loch hineinstrahlte. Zudem hielt ich den Schutt für eine Nachbildung – er wirkte wie eine Kulisse, zumindest die Art und Weise, wie alles arrangiert war. Und doch ging von diesem Foto eine unglaubliche Kraft aus. Ich war überzeugt, dass die Schlange durchaus echt und in dem Moment, als das Foto gemacht wurde, auch in Bewegung gewesen sein musste. Außerdem zeichnete sich auf dem Boden der Schatten eines Kreuzes ab, der das Loch und die Schlange in der Mitte zerteilte wie ein Axthieb. Bestimmt hatte Amalia das Kreuz vor einem Fotoschirm aufgestellt. Es sei denn, das Kreuz war echt. Ich habe ihr diese Frage sehr viel später gestellt und auch bei vielen anderen geheimnisvollen Aspekten ihrer Fotos nachgehakt, aber sie wollte mir das Rätsel ihrer Aufnahmen niemals preisgeben; würde sie das tun, so sagte sie, dann würden sie ihre Macht über mich verlieren. Wie auch immer, an jenem Tag habe ich dieses Foto sehr lange betrachtet, mit offen stehendem Mund, einen Knoten im Hals und Tränen in den Augen. Mir war sofort klar: *Ich brauche dieses Foto.*«

Servaz sagt nichts, lässt ihn reden. Lang hat feuchte Augen.

»Also beschließe ich, bei dieser Ausstellung vorbeizuschauen. Ich ahne ja nicht im Geringsten, was mich dort erwartet … Der Titel der Ausstellung lautet *Brüche, Risse, Spalten*. Also, diese Art hochtrabender Metatext, den man bei zeitgenössischer Kunst und Architektur vorgesetzt bekommt, verworrene Konzepte, schlecht verdaulich, serviert mit einer ungenießbaren Soße für irgendwelche Naivlinge. Aber diese Ausstellung war völlig anders … Ich dachte, ich würde wahnsinnig. Diese Fotos … als hätte ich selbst sie gemacht. Ich ging von einem zum anderen und konnte meine Tränen nicht zurückhalten. Alle Fotos hatten dasselbe Thema: Schlangen und Kreuze. Mal waren es Nahaufnahmen von Schuppen, auf die der Schatten eines Kreuzes fiel, dann ein Foto in einer Kirche, in der man auf einem der Fenster eine geschlängelte Form erkannte. Die Intensität und Tiefe dieser Schwarz- und Weißtöne waren beeindruckend, diese tiefdunklen Himmel, die Gewitterstimmungen –, ich habe mir gesagt, dass sie vermutlich einen Rotfilter für ihre Schwarz-Weiß-Fotos benutzte. Außerdem gab es auf ihren Fotos eigenartige Schatten. Diese Frau hatte Schatten geschaffen, die von keinem Gegenstand oder uns bekannten Lebewesen stammen können. Ich weiß nicht, wie sie das angestellt hat – vielleicht mit mehreren Reflektorschirmen, die von unterschiedlichen Lichtquellen bestrahlt wurden –, aber alles war von einzigartiger Intensität, alles bestand aus Gegensätzen und Kontrasten. Ich hatte das Gefühl, meine Seelenschwester gefunden zu haben … Ich habe darum gebeten, die Fotografin vorgestellt zu bekommen, aber man hat mir gesagt, dass sie nicht da sei und auch nicht kommen würde. Das hat mich erstaunt. Dabei war das die Vernissage ihrer ersten Ausstellung. Man erläuterte mir, sie würde das Scheinwerferlicht und gesellschaftliche Veranstaltungen meiden. Je mehr ich von ihr erfuhr, umso mehr faszinierte sie mich. Immerhin gab es im Katalog ein Porträt von ihr. Sobald ich es erblickte, war ich verliebt. Ich wollte diese Frau haben.«

Seine Stimme zittert inzwischen – und Servaz sagt sich, dass man solche Emotionen unmöglich vortäuschen konnte.

»Ich habe verkündet, dass ich mehrere Fotos kaufen wolle. Tatsächlich alle, die nicht bereits verkauft waren. Der Galerist wirkte betrübt. Er erklärte mir, sie stünden nicht zum Verkauf. Die Künstlerin habe ausdrücklich darum gebeten, dass sie verbrannt würden, sobald die Ausstellung vorbei sei, das sei ihre Bedingung gewesen, damit sie stattfinden könne. Diese Vorstellung hat mich wahnsinnig gemacht. Man dürfe diese Fotos nicht verbrennen, auf keinen Fall!, habe ich ihm gesagt. Verzagt hat er den Kopf geschüttelt. Er sei ganz meiner Meinung, habe selbst versucht, sie eines anderen zu überzeugen, aber da sei nichts zu machen, sie habe sich völlig kompromisslos gezeigt.«

Er verstummt kurz, wirft einen raschen Blick auf die Uhr, und einen Moment lang fragt sich Servaz, ob das nicht eine Taktik ist, um Zeit zu gewinnen, so, wie manche sich stattdessen in Schweigen hüllen: seinen Ermittler mit einer Unmenge Details überschütten, die nichts zu dem Fall beitragen.

»Ich musste etwas drängen, bekam aber schließlich ihre Adresse, ein besetztes Haus, in dem sich ein Künstlerkollektiv eingenistet hatte, und ging mit einem Knoten im Bauch dorthin. Ich wusste nicht, wie sie reagieren würde. Und dann habe ich sie *gesehen* … Sie war so um die vierzig, ihr Haar war vorzeitig ergraut, aber man erahnte, wie schön sie früher war, und sie war noch immer sehr schön. Vor allem, ich weiß nicht, wie ich das erklären soll, mir ist klar, dass das jetzt an einen schlechten Roman erinnert, aber ich wusste auf den ersten Blick, dass sie die Frau war, auf die ich mein ganzes Leben gewartet hatte.«

Lang ist ganz in seinem Element und erzählt mit verwirrender Redseligkeit von dieser Begegnung. Wie er versuchte, Amalia davon zu überzeugen, die Fotos nicht zu verbrennen, wie er ihr mitteilte, dass er sie kaufen wolle, dort, inmitten dieses fröhlichen Durcheinanders des Künstlerkollektivs, das geradewegs aus den Sechzigern zu stammen schien, wie sie sich bei ihm ebenso unnachgiebig zeigte wie bei dem Galeristen, wie hartnäckig sie ihm wiederholte, die Fotos stünden nicht zum Verkauf.

Sie schien keineswegs von ihm beeindruckt – oder von seinem Autorenstatus. Vermutlich habe sie weniger den Künstler, sondern eher einen Angeber in ihm gesehen, da könne er ihr keinen Vorwurf machen. Doch je mehr sie redete, umso mehr fühlte er sich unwiderstehlich zu ihr hingezogen. Er sei dabei gewesen, sich zu verlieben. Sich sehr leidenschaftlich zu verlieben. Sie habe etwas unglaublich Vertrautes ausgestrahlt, das uralte Gefühle in ihm weckte.

»Haben Sie das noch nie gespürt? Bei einer Frau zu sein – vielleicht nicht unbedingt der schönsten und auch nicht zwingend bei der Frau, die die meiste Aufmerksamkeit auf sich zieht, und dennoch ist es, als würden die Gesichtszüge dieser Frau, ihre Gestalt, ihre Art, sich zu bewegen, zu sprechen, zu lachen, seit jeher in Ihrem Gedächtnis verankert sein, dabei sehen Sie sie gerade zum ersten Mal … Als würde sie in jeder Hinsicht etwas heraufbeschwören, das tief in Ihnen geschlummert und nur darauf gewartet hat, erweckt zu werden …«

Er fährt fort. Er sei an dem Punkt angelangt, an dem er gewusst habe, dass er diese Frau haben wolle. Das sei ihm noch nie zuvor passiert, aber er sei sich sicher gewesen. Er wollte sie in seinem Leben haben. *Für immer* … Über mehrere Wochen, Monate hinweg habe er ihr den Hof gemacht. Keine Mühen gescheut. Ständig an sie gedacht, von dem Augenblick an, als er morgens die Augen aufschlug, bis er am Abend zu Bett ging. Er habe sie besucht, Blumen, Wein, Schokolade mitgebracht – sogar eine Hasselblad von einem Sammler gekauft. Habe sie zum Abendessen bei *Sarran* eingeladen, sie mit in die Oper genommen, ins Kino, zu einem Ausflug aufs Land. Bis sie dann eines Tages endlich schwach geworden sei. An dem Tag sei sie zu ihm gekommen, habe mit einem Päckchen in der Hand an seiner Tür geklingelt. Sie habe tatsächlich alle Fotos verbrannt, wie sie gesagt hatte. Alle bis auf eines. Das Erste, das er gesehen hatte. Die Schlange in dem Loch. Sie schenkte es ihm. Sie sei hereingekommen, habe gefragt, wo das Schlafzimmer sei, und habe zehn Minuten später nackt in seinem Bett gelegen.

»Nach sechs Monaten ist sie bei mir eingezogen, dann haben wir geheiratet. Amalia«, sagt er schließlich sehr bewegt, »das war mein größter Triumph.«

Genau dieses Wort benutzt er. *Triumph.* Servaz sagt nichts. Er nickt unmerklich, als wolle er sagen, dass er das respektiert, dass er versteht. Es ist an der Zeit, eine Pause zu machen.

»Haben Sie Hunger? Wir bringen Ihnen etwas zu essen …«

»Ich bin vor allem durstig.«

»Samira, bring Monsieur Lang ein Glas Wasser.«

»Dieses Künstlerkollektiv«, sagt Servaz nach der Pause, »können Sie mir mehr darüber erzählen?«

Er erzählt. Er ist erstaunlich ausschweifend. Nur selten ist ein Verdächtiger so kooperativ. Das besetzte Haus, so sagt er, gebe es noch immer. Eines dieser Dinger, die auf Selbstverwaltung basieren. Ohne die Subventionen der Stadt würden sie natürlich schon längst nicht mehr existieren, meint er. Lang findet seinen arroganten Tonfall wieder. Seiner Meinung nach sei es dort sehr bunt gemischt und ziemlich chaotisch. Manche kämen von der Kunstakademie, andere seien Autodidakten, Schaumschläger, und dann gebe es noch ein paar echte Talente. Amalia habe ihre Kontakte aus dieser Zeit abgebrochen, nur eine Freundin von damals habe sie noch.

»Eine Freundin?«, wiederholte Servaz.

»Eine Künstlerin, die auch zu dem Kollektiv gehörte. Sie heißt Lola Szwarz.«

»Wie sieht sie aus?«

Lang beschreibt sie ihm. Sehr prägnant, er ist nicht umsonst Autor. Servaz weiß sofort, um wen es sich handelt: *die Frau vom Friedhof.*

2

Servaz sah nach oben zu dem Graffito über dem Portal:

BILD ENDE KUNST

Die Buchstaben bildeten farbige Schlangen mit ineinander übergehendem knalligem Gelb, Rot und Blau, verziert mit einem weißen Rand auf dem ockerfarbenen Stein der alten Mauer. Sie ließen die edle, aber heruntergekommene Fassade durch ihre bunte Farbexplosion aufleuchten.

Er trat ein, gelangte in einen offenen Raum, der in selbstverwaltete Künstlerparzellen aufgeteilt war. Staunte über die vielen Leute, die zwischen den Ateliers und den Werken herumliefen, auch wenn Sonntag war. Dann entdeckte er die an den Balkonen des ersten Stocks hängende Banderole: »DIE FRAU, DER SKANDAL, vom 4. bis 25. Februar«. In kleineren Buchstaben stand direkt darunter: »Zutritt für unter 18-Jährige verboten«.

Tatsächlich war er nur von Erwachsenen umgeben.

Er trat zu einem Schild und sah, dass auf dem Programm Ausstellungen – Zeichnungen, Gemälde, Fotos –, aber auch Theater, Rap, Gesangsdarbietungen, Entkleidungsvorführungen – was für ein seltsamer Begriff! –, Künstler-Modenschauen, interaktive Installationen und offene Ateliers standen.

Er versuchte, die große Frau vom Friedhof irgendwo ausfindig zu machen, entdeckte aber niemanden, der ihr auch nur im Entferntesten ähnelte. Die zwanzig Zentimeter hohen Absätze, die lilafarbenen Haare. Er ging davon aus, dass sie vielleicht flachere Schuhe trug, korrigierte im Geiste ihre Größe, dann scannte sein persönlicher Radar abermals die Neugierigen und die Künstler. Pech gehabt. Also schloss er sich den Gaffern an und ging durch die Ateliers zum Mitmachen (AcroYoga, Boxen, verbale Selbstverteidigung, Schwarz-Weiß-Fotografie …) zu den Ständen der unabhängigen Presse (darunter eine Erotikzeitschrift namens *Berlingot*), blieb vor einer Tür stehen, hinter der eine Konferenz von einem Kollektiv veranstaltet wurde, das sich »Les Infemmes« nannte. Er fand heraus, dass man zu diesem Anlass ein Fan-Magazin »der sinnlichen Gegenkultur« verteilte. Entdeckte einen Typen, der einem Künstler ähnelte – zumindest dem Klischee, das er davon im Kopf hatte, das heißt, Dreadlocks, die unter einer wollenen Rastamütze hervorschauten, Latzhose, nackte dünne Arme trotz der Kälte, dazu ein grau melierter Ziegenbart und eine Brille mit Metallrahmen.

»Ich suche Lola«, sagte er.

Der Rastatyp musterte ihn von oben bis unten, als verfügte er über einen integrierten Scanner, dann zeigte er wortlos auf den roten Vorhang in einiger Entfernung. Entschlossenen Schrittes lief Servaz dorthin und las das Schild auf der Staffelei: *Chaostektonik: die Stadt, eine modulare Struktur, Zeichnungen von Lola Szwarzc.*

Er schob den Vorhang zur Seite.

Der Stand von Lola war nichts weiter als ein vom Boden bis zur Decke gefüllter Schrank mit riesigen weißen Leinwänden, auf denen Tuschezeichnungen zu sehen waren, ebenso chaotisch, wie das Schild am Eingang verkündet hatte: ein Durcheinander aus Autobahnkreuzen, Sträßchen, Metallbrücken, Tunneln, Zubringern, Türmen, Wolken, Lampen, alles fast so ungeschickt gezeichnet wie von Kinderhand und aufgewickelt wie Spaghetti auf einem Teller. Auf jeder Leinwand befanden sich dieselben Motive. Der einzige Unterschied war ihre Verteilung, ihre Anordnung. *Auch hier wieder Schlangen,* dachte er. Schlangen aus Beton, Stahl – oder Tinte.

Hinter einem zweiten Vorhang weiter hinten waren Frauenstimmen zu hören, und er räusperte sich. Der Vorhang wurde zur Seite geschoben. Er erkannte das pferdeartige Gesicht, die violetten Haare, die hohe Gestalt.

»Lola Szwarzc?«

»Ja?«

Er holte seinen Ausweis hervor.

»Capitaine Servaz. Ich würde mit Ihnen gern über Amalia Lang reden.«

»Ich habe mich schon gefragt, wann Sie endlich aufkreuzen«, sagte sie.

Er hatte eine solche Bemerkung erwartet: Hier musste erst noch Pionierarbeit geleistet werden.

»Sie waren bei der Beerdigung«, sagte er.

»Stimmt.«

Sie sah ihn unverhohlen an.

»Wie kriegen Sie das hin?«, fragte sie.

»Wie kriege ich was hin?«, fragte er leicht verwirrt.

»Diesen Job zu machen. *Bulle* ... Wer will heutzutage noch Bulle sein?«

»Na ja ...«

»Echt jetzt«, fuhr sie fort, ohne ihm eine Verschnaufpause zu gönnen, »Sie lassen sich von Kindern verprügeln, beleidigen, bespucken; die Zahlen müssen stimmen, statt sich um die echten Ganoven zu kümmern, und jedes Mal, wenn Sie auch nur pissen gehen wollen, müssen Sie erst mal einen Haufen Papierkram ausfüllen; Sie dürfen Ihrem Ärger nicht einmal mehr bei den Befragungen Luft machen; die Scheidungsrate und auch die Suizidrate sind bei Ihrem Berufsstand rekordverdächtig – das ist doch alles andere als lustig, was?«

Diese Worte hatte sie wie eine eiskalte Feststellung vorgebracht, ohne jedes Mitgefühl: Der Bulle, das war der Klassenfeind für Leute wie sie.

»Und Sie glauben, die Polizeiarbeit beschränkt sich darauf?«

»Was weiß ich, ich bin keine Expertin.«

»Worin sind Sie denn Expertin?«

»Ah, ich verstehe: Wenn einem die Argumente ausgehen, dann schlägt man unter die Gürtellinie.«

Er unterdrückte seine aufkeimende schlechte Laune.

»Lola Szwarzc, das ist ein Künstlername«, sagte er, darum bemüht, seinen Worten keinerlei Feindseligkeit zu verleihen. »Wie lautet Ihr richtiger Name?«

»Isabelle Lestrade …«

»Kannten Sie Amalia gut? Auf dem Friedhof wirkten Sie sehr mitgenommen.«

Ein trauriger Schleier legte sich über Lola-Isabelles Gesicht. Sie suchte nach einer Spur Sarkasmus in den Zügen des Polizisten, fand aber keine und dachte nach.

»Bevor sie mit diesem Typen zusammenzog, ja.«

»Und danach?«

»Danach hat sie sich verändert, sich von uns distanziert, ich war die Einzige, die sie noch hin und wieder besuchte. Aber immer seltener …«

»Kennen Sie ihn?«

»Dem Namen nach … Ich habe auch ein paar seiner Bücher gelesen. Nicht mein Ding … Ansonsten weiß ich nichts von dem Kerl, mit Ausnahme, dass er auf mich schon immer den Eindruck eines arroganten Arschlochs gemacht hat.«

Gute Zusammenfassung, dachte er.

»Erzählen Sie mir von ihr. Wie haben Sie sie kennengelernt?«

»Gehen wir uns ein Bier holen, an der Bar. Reden macht mich durstig.«

Die Bar war nichts weiter als ein Tresen aus Spanplatten mit einer Kaffeemaschine, die der vorprogrammierten Veralterung entkommen war, und einer Bierpumpe aus Porzellan, doch sie war voll besetzt, und sie mussten sich zwischen den anderen Gästen hindurchschlängeln.

»Amalia«, erläuterte sie, nachdem sie etwas getrunken hatte, »ist so in unser Leben getreten, wie sie es verlassen hat: von einem Tag auf den anderen. Eines Morgens stand sie da mit ihrem Bündel. Sagte uns: ›Ich bin Fotografin, ich würde gerne bei eurem Kollektiv mitmachen, wo kann ich mich einrichten?‹ Mit ihrem hübschen Gesicht und dieser Ausstrahlung, als wäre sie schon viel in der Welt herumgekommen. Hinter ihrem zerbrechlichen Äußeren war Amalia allerdings ein Bulldozer. Man konnte ihr einfach nichts ausschlagen. Und ihre Fotos waren fantastisch. Also haben wir sie sofort bei uns aufgenommen.«

Sie nahm einen weiteren Schluck, leckte sich mit der Zunge den Schaum von den Lippen. Servaz' Blick fiel auf den braunroten Stein, den sie um den Hals trug. Ein Achat. Sie bemerkte seinen Blick.

»Das ist ein Sardonyx«, sagte sie. »Man nennt ihn auch Stein der Tugend. In der Antike war er ein Symbol für Tugend und Mut. Er wird unter anderem mit der Intuition assoziiert, man sagt, er hilft, schwierige Entscheidungen zu fällen. Sardonyx … ich mag dieses Wort.«

Er nickte, sagte aber nichts, damit sie mit ihrer Erzählung fortfuhr.

»Sie ist etwas mehr als ein Jahr hiergeblieben. Sie schlief hier, aß hier. Ging nur nach draußen, um sich mit Leuten zu treffen, die Schlangen besaßen, und ihre Fotos zu machen. Bis zu dem Tag, an dem Lang hier aufgekreuzt ist. Ich kann mich gut daran erinnern: Ich war da. Sie hat ihn abgewimmelt, aber er hat sich festgebissen. Er wollte ihre Bilder kaufen, aber sie wollte sie nicht verkaufen. Dennoch hat sie sich auf einen Drink mit ihm eingelassen. Danach ist er über Monate hinweg ein paarmal pro Woche hier gewesen. Er brachte einen Kaffee vorbei, wollte die neuen Bilder sehen, die sie gemacht hatte … Tatsächlich kam er aber schon lange nicht mehr wegen der Bilder. Amalia machte einen auf gleichgültig, doch mir kann man nichts vormachen: Das war eine Taktik, damit er so richtig anbiss, denn sie gab ihm durchaus zu verstehen, dass er eine Chance hatte. Ich bin mir sicher, dass sie ganz genau wusste, was sie wollte, und das schon von Anfang an. Und sie wollte diesen Typen, das können Sie mir glauben …«

Sie verstummte und sah ihn eindringlich an.

»Und dann?«

»Alles Weitere kennen Sie. Da weiß ich nicht mehr als Sie. Richtig übel, was ihr da passiert ist, oder?«

Sie stellte ihren leeren Becher ab, bestellte ein weiteres Bier, kramte in ihrer Handtasche und holte ein Päckchen Zigaretten heraus.

»Kann ich auch eine haben?«, fragte er.

Erst zögerte Lola Szwarzc, dann hielt sie ihm das Päckchen hin.

»Ich würde auch noch ein zweites Bier nehmen, wenn es Ihnen nichts ausmacht. Das geht auf mich.«

Sie drehte sich zu dem jungen Mann mit dem Ziegenbart und den im Nacken zusammengebundenen Haaren um, der als Barkeeper fungierte. Er nutzte den Moment, um sich ihre Zigarette zu nehmen und sie in die Tasche zu stecken, während sie mit dem Barkeeper redete. Dann zog er eine zweite heraus, steckte sie sich zwischen die Lippen und zündete sie an.

»Wann haben Sie sie zum letzten Mal gesehen?«, fragte er und holte einen Fünfeuroschein heraus.

»Vor etwa sechs Wochen. Sie kam immer mal wieder vorbei. Aber immer seltener ...«

»Was für einen Eindruck hat sie da gemacht?«

Wieder ein bedeutungsschwangerer Blick – Servaz rann ein Schauer über den Rücken.

»Besorgt ... Sie machte sich Sorgen, das war ganz offensichtlich. Sie hatte stark abgenommen. Ich wollte wissen, was los war. Sie sagte mir, sie wache jeden Morgen mit dem Gefühl auf, als hätte man sie mit Drogen oder Medikamenten vollgepumpt. Dass ihr Kopf ganz schwer sei. Und dass sie nicht verstünde, was mit ihr los sei. Ich wollte wissen, warum sie so dünn war. Sie sagte, sie halte Diät. Ich habe ihr geraten aufzuhören, aber Amalia ließ sich da nicht reinreden.«

Servaz dachte an die Bemerkung der Gerichtsmedizinerin, was die Größe ihres Magens betraf.

Sie wachte jeden Morgen mit dem Gefühl auf, als hätte man sie mit Drogen oder Medikamenten vollgepumpt ...

»Weshalb war sie Ihrer Meinung nach so besorgt?«

Ein Aufleuchten in Lola Szwarzc' Augen. Ein kurzes, aber finsteres Leuchten.

»Keine Ahnung. Das müssen Sie mir sagen ... Zumindest lag sie damit richtig, oder? Schließlich ist sie jetzt tot.«

Zurück auf dem Revier rief er Samira und Vincent zu sich, reichte ihnen den Beutel mit der Zigarette und eine Liste mit Namen.

»Ich will, dass die Fingerabdrücke genommen werden, ebenso eine DNA-Probe, und dass sie mit der DNA und den Fingerabdrücken vom Tatort verglichen werden. Außerdem will ich, dass ihr die Vergangenheit dieser Personen überprüft, dass ihr herausfindet, wo sie im Frühjahr 1993 waren und was sie gemacht haben.«

Espérandieu las:

Gaspard Fromenger,

Zoé Fromenger, geborene Neveux,

Isabelle Lestrade alias Lola Szwarzc.

3

Ich sehe ihn. Er kommt und geht, herein, heraus, immer in Bewegung, stets mit diesem besorgten Ausdruck im Gesicht. Er sucht nach der Wahrheit und kommt ihr näher – unweigerlich.

Diese Wahrheit, die ich schon so lange kenne.

Ich werde etwas unternehmen müssen.

Warte, sage ich mir. Sei gewieft. Jetzt ist noch nicht der richtige Moment. Gib auf ihn acht. Er ist der gefürchtete Ameisenlöwe. Er baut seine todbringende trichterförmige Falle im lockeren Sand und weiß, dass früher oder später eine schwarze Ameise hineinfallen wird. Dass sie nicht entkommen kann, weil sich die Wände aus Sand unter ihren Beinen lösen und sie lawinenartig mit nach unten reißen. Dass ganz unten seine schrecklichen giftigen Fänge für die tödliche Umarmung auf sie warten. Das werde ich nicht zulassen. Manchmal gelingt es der Ameise, doch zu entkommen.

Ich werde ihr dabei helfen …

Aber vielleicht bin ja auch ich der Ameisenlöwe. Und er nichts weiter als eine schwarze Ameise, die sich für einen Ameisenlöwen hält. Er glaubt, eine Falle zu stellen, doch was, wenn tatsächlich er in die Falle gelockt wird? Weiß er, dass ich da bin? Er hat sich mehrfach umgedreht und nach mir gesucht, mich aber nicht gesehen. Man könnte meinen, er spürt, dass ich da bin.

Einen ganzen Haufen Dinge hätte ich in diesem Leben anders machen können. So viele Gelegenheiten habe ich verpasst. Diese hier werde ich nicht verpassen. Dieses Mal werde ich der Aufgabe gewachsen sein, so viel ist sicher. Oh ja. Dieses Mal werde ich wachsen. Es muss schrecklich sein, sich dem Tod zu nähern und sich zu sagen, dass man sein Leben vergeudet hat. Ich will nicht, dass mir das widerfährt. Natürlich habe ich noch Zeit – aber wer weiß schon mit Sicherheit, ob er nicht morgen stirbt?

Ich bin ihm auf der Spur – dem Ameisenlöwen –, und er wird mir in die Falle gehen. Denn ich kenne seine Schwachstelle. Es wäre besser, er würde aufgeben. Aber es ist nicht seine Art aufzugeben. Die Menschheit lässt sich in zwei Kategorien einteilen: in diejenigen, die beim ersten Hindernis aufgeben, und in die anderen. Viel zu lange habe ich der ersten Kategorie angehört. Der Ameisenlöwe gehört der zweiten an, bis hin zum Wahnsinn. Im Gegensatz zu anderen verfolgt er kein besonderes Ziel, er denkt nicht an sich. Sein Ziel ist das Jagen. Kaum hat er eine Beute, will er auch schon die nächste. Würde man ihm morgen mitteilen, es gäbe keine Verbrecher mehr auf Erden, Mord und Folter seien dank eines Impfstoffs ausgemerzt, dann würde er aufhören zu trinken und zu essen. Dann hätte er keinen Grund mehr weiterzuleben.

Jeden Morgen steht er nur deshalb auf – um zu jagen, für diesen eigenartigen Beruf, den er gewählt hat. Muss man nicht verrückt sein, muss man nicht von einer eigenartigen Krankheit befallen sein, um einen Beruf auszuüben, der einen Tag und Nacht an Morde, Leichen, Opfer und Mörder denken lässt? Wie soll man da noch ein normales Leben führen?

Doch er führt kein normales Leben – das habe ich gesehen: Er ist einer der einsamsten Menschen, die ich kenne. Ein Einzelgänger. Abends, verloren in seinen Büchern, seinen CDs – ich habe ihn von der zweiten Etage des Parkplatzes Victor Hugo aus gesehen, direkt ihm gegenüber, umgeben von Autos, ist mein Blick in der Dunkelheit geradewegs in sein Wohnzimmer gefallen. Da war er, hat gelesen, während der Junge schlief.

Sicher, da ist der blonde Junge. Aber es ist eigenartig: Wenn man sie beobachtet, würde man sie nicht für Vater und Sohn halten. Zwischen ihnen herrscht eine gewisse Distanz. Irgendetwas Unbestimmbares. Und doch liebt er diesen Jungen. Oh ja, und wie.

Ich kenne deine Schwachstelle. Für einen Mann wie dich wäre es besser, du hättest keine …

4

Er legt die Bücher auf seinen Schreibtisch, eines nach dem anderen. Liest einen Titel nach dem anderen: *Die Kommunikantin, Der scharlachrote Gott, Bisse, Die Ungezähmte, Der eisige Tod ...* Durchaus ein Hauch theatralisch, zugegeben. Aber was sein muss, muss sein. Post-its in unterschiedlichen Farben zwischen den Seiten. Man könnte es für eine Farbmusterpalette eines Inneneinrichters halten. Man sieht jedenfalls, dass er sie mehrfach gelesen hat.

Langs Blick wird neugierig.

»Es sieht ganz so aus, als hätten Sie meine Romane gelesen«, bemerkt er, die Augen zu schmalen Schlitzen zusammengekniffen.

Servaz legt sie in einer Reihe vor ihm ab und nimmt Platz.

»Nicht nur den da«, antwortet er.

»Was halten Sie davon?«

»Man muss den Autor nicht mögen, damit einem die Bücher gefallen.«

Lang lächelt.

»Ah ... sie gefallen Ihnen also.«

Servaz macht ein nachdenkliches Gesicht, schüttelt dann mit skeptischer Miene den Kopf.

»Eigentlich nicht, nein: Ich glaube, ich mag weder den Autor noch die Bücher ...«

Lang sieht kurz etwas mürrisch aus, lächelt gleich darauf aber wieder nachsichtig.

»Inzwischen habe ich Sie wieder genau vor mir, damals 1993. Der junge Bulle mit den langen Haaren, der für sich blieb und mich schweigend beobachtete ... Schon damals konnten Sie mich nicht sonderlich leiden. Das habe ich gespürt. Sie haben versucht, mir zwei Verbrechen anzuhängen, die ich nicht begangen habe ... Sie werden jetzt doch hoffentlich nicht wieder damit anfangen?«

»Das ist also Ihre Verteidigungsstrategie: Ich kann Sie nicht leiden?«

»Scheren Sie sich zum Teufel, Capitaine.«

»Denken Sie manchmal an Alice und Ambre? Immerhin waren die beiden Fans von Ihnen.«

Schweigen.

»An jedem Tag, den mir Gott schenkt.«

»Schreiben Sie tagsüber oder nachts?«

»Was interessiert Sie das?«

»Einfach nur aus Neugier.«

»Nachts.«

»Handschriftlich oder am Computer?«

»Wer schreibt denn heute noch mit der Hand?«

Servaz nickt, als wäre das wichtig. Jetzt steckt er so richtig in seiner Rolle. Er greift nach einem Buch.

»*Die Kommunikantin*«, fängt er an. »Ich werde Ihnen die Geschichte nicht noch einmal erzählen, Sie kennen sie besser als ich. Eine junge Frau wird gefesselt am Fuß eines Baumes gefunden, ermordet, einzig mit einem Kommunionkleid bekleidet, ein Holzkreuz hängt um ihren Hals. Auf sie wurde eingeprügelt. Mehrere tödliche Schläge gegen den Hinterkopf.«

Er legt den Roman zur Seite. Als gäbe es nichts anderes zu sagen. Geht zum nächsten Buch über.

»*Der scharlachrote Gott,* hier wird es interessant ...« Er sieht Lang durchdringend an. »Damals ist keiner auf die Idee gekommen, Ihre anderen Bücher zu lesen. Was ist man manchmal doch nachlässig. *Der scharlachrote Gott* also ... Die Handlung ist etwas an den Haaren herbeigezogen, nicht wahr? Was sagen Sie dazu, rückblickend? Ach, na ja«, fährt er fort, ohne eine Antwort abzuwarten, »das Interessante ist der Schluss: Der Mörder, ein sehr junger Mann, Student der Geisteswissenschaft, wird schließlich erhängt aufgefunden und hat einen Abschiedsbrief hinterlassen, in dem er sich des Verbrechens bezichtigt. Geschrieben von Erik Lang und veröffentlicht ... 1989. Also vier Jahre vor Cédric Dhombres' Selbstmord.«

Lang zuckt die Schultern.

»Anscheinend hat er es auch gelesen.«

Servaz nickt zustimmend.

»Genau das habe ich mir auch gesagt.«

Er greift zum nächsten Buch.

»*Bisse*, veröffentlicht 2010. Eine Frau wird durch überaus giftige Schlangenbisse umgebracht. Man findet sie am Boden liegend vor, umgeben von Schlangen. Eine sehr beeindruckende Szene im Übrigen. Ein richtiges Meisterstück. Sie trägt kein Kommunionkleid – sie wollten diese Idee nicht zweimal verwenden –, aber es sind die große Menge sowie die Verschiedenartigkeit der Gifte, die sie umbringen.«

»Das und das gestohlene Manuskript untermauern die Spur des Fans, oder nicht?«, sagt der Schriftsteller.

Bei diesen Worten muss Servaz an die Dutzende, die Hunderte Fanbriefe in den Kartons denken.

»Hmm ... gut möglich, gut möglich«, sagt er. Er legt das Buch weg, greift zum vorletzten. »Kommen wir auf *Die Ungezähmte* zu sprechen ... Auch hier treffen Fiktion und Realität zusammen oder andersherum: Eine sehr schöne junge Frau von zwanzig Jahren schleppt viele Männer ab, die sie in Bars oder Discos kennenlernt, oder aber es sind ihre Professoren, denn die junge Frau ist Studentin. Sie flirtet mit ihnen, füllt sie ab, macht sie an. Während ihrer nächtlichen Streifzüge wirkt sie nahezu besessen. Ihr gefällt diese Macht, die sie über die Männer hat, aber sie lässt sie niemals eindringen, ich zitiere, ›weder in ihren Körper noch in ihr Herz‹. Bis zu dem Tag, an dem sie vergewaltigt und ermordet wird. Die junge Frau heißt Aurore.«

»Und?«

»Ein Vorname, der mit A beginnt. Wie Ambre. Oder Alice.«

»Was für eine Fantasie, Capitaine.«

»Erzählen Sie mir nicht, sie hätten sich nicht von Ambre inspirieren lassen, Lang. Der Roman ist 1991 erschienen.«

»Natürlich habe ich das«, erwidert er. »Was denken Sie denn? Natürlich ernähren wir Schriftsteller uns von der Realität. Wir sind Schwämme, Vampire. Wir saugen sie auf, lassen sie für unsere kleinen Geschichten bluten. Tatsächlich sind wir schwarze Löcher: Nichts entkommt uns, weder das aktuelle Weltgeschehen noch die Unterhaltung am Nebentisch oder die neueste wissenschaftliche Theorie, auch keine Turbulenzen der Geschichte … Alles wird aufgenommen, recycelt, modifiziert und dann auf die Seiten gespuckt.«

»Schwamm, Vampir, schwarze Löcher … das sind ein bisschen viele Metaphern auf einmal, was?«

Unmutig schnaubt Lang, fährt aber fort.

»Wie sollte ich mich auch nicht von Ambre und Alice für meine Protagonistinnen inspirieren lassen? Sie waren meine Musen, das habe ich Ihnen doch schon gesagt. Sie zogen sich durch meine Träume, ich war besessen von ihnen. *Die Ungezähmte* ist ganz bestimmt mein bestes Buch. Seien Sie ein guter Verlierer, Servaz. Geben Sie zu, dass es ein großer Roman ist.«

»Aurore ähnelt Ambre ungemein, das stimmt«, sagt Servaz, ohne ihm diese Genugtuung zu gönnen, ihm ist jeder Seitenhieb willkommen, den er dem Ego des großen Mannes verpassen kann, er hat ihm bereits mit seiner vorherigen Bemerkung zugesetzt. »War sie so, Lang? Eine perverse Aufreißerin, die mit ihren Reizen spielte?«

»Sie war wunderbar«, antwortet Lang einfach nur. »Sie schrieb großartige Briefe, war schön und intelligent. Auch auf wunderbare Weise seltsam. Ist es Ambres Alter, das Sie stört?«

»Was?«

»Sie war sechzehn, ich dreißig. Das haben Sie noch immer nicht verdaut.«

»Hmm. Die Szene mit der Vergewaltigung neben dem Kamin ist verdammt realistisch, wenn ich das mal so sagen darf. Man könnte meinen, Sie wären dabei gewesen, so echt klingt das.«

Lang wirft ihm einen misstrauischen Blick zu, versucht offensichtlich, die nächsten Züge des Schachspielers zu erahnen, den er da vor sich hat. Der greift nach dem letzten Buch, als würde er mit einer Spielfigur weiterziehen.

»*Der eisige Tod*«, liest er. »Ein verdammt guter Titel, was? Darin geht es um einen Bullen, der in einer Anstalt mitten in den Bergen auf einen Serienmörder trifft. Der Bulle wird wie folgt beschrieben, ich zitiere: ›intuitiv, gebildet, brillant, aber auch depressiv, ungeschickt, dickköpfig‹. Ein Musikliebhaber. Sein Lieblingskomponist? Richard Wagner.«

Wieder lächelt Lang. Ein von Traurigkeit gezeichnetes Lächeln.

»Ja, gut, das stimmt schon, Capitaine, ich gebe zu, dass etwas von Ihnen in Noé Adam steckt. Vergessen Sie nicht, dass Sie bei dieser Geschichte mit dem Pferd in allen Zeitungen aufgetaucht sind. Sie und Ihre Erfolge. Wie auch dann, als Sie den Mord an dieser Lehrerin 2010 in Marsac aufgeklärt haben. Aber da hatte ich keine Verbindung zwischen dem berühmtesten Bullen von Toulouse und dem langhaarigen Grünschnabel hergestellt, der 1993 Teil dieses Ermittlerteams war, das gebe ich zu – nicht vor der Befragung neulich abends ... *Servaz, der musikbegeisterte Bulle*. Betrachten Sie das nicht als Beleidigung. Noé Adam ist ein verdammt guter Bulle.«

Unbeirrt fährt der Schriftsteller fort.

»Ist das alles, was Sie haben? Romane? Soll das ein Witz sein? Ich habe Tausende von Fans, für die das eine Inspiration hätte sein können ...«

Schach ... Doch die Gesichtszüge des gegnerischen Spielers verzerren sich wie bei einem abrupten Druckabfall, als wäre das Büro ein Cockpit, dessen Sicherheitstür gerade aufgegangen ist, und Servaz sieht überrascht, wie eine Träne über Langs Wange rinnt.

»Ich habe meine Frau geliebt, Capitaine ... Über alles geliebt. Niemals hätte ich ihr etwas antun können. Ich habe geschworen, sie zu lieben und zu beschützen, jeden Tag, bis an mein Lebensende. Und ich konnte mein Versprechen nicht halten. Ich konnte es nicht … Denken Sie daran. Wenn Sie mich für schuldig halten, dann tun Sie, was Sie tun müssen. Aber denken Sie bitte keinen Moment lang, Sie würden die Wahrheit kennen, denn Sie wissen gar nichts. Nichts … Sie haben ja nicht die *geringste* Ahnung, was tatsächlich geschehen ist.«

Er wirft eine Brausetablette in ein Glas Wasser. Die Schmerzen sind wieder da. Vermutlich hat er eine falsche Bewegung gemacht. Oder es liegt an dieser beschissenen sitzenden Haltung. Beide beobachten, wie sich die Tablette auflöst, als wäre es ein Zaubertrick. Servaz spürt, wie das Tape unter seinem Hemd an seinen Rippen zieht.

Vor ein paar Minuten hat er zu Hause bei der Babysitterin angerufen und nachgefragt, wie es Gustav gehe. Anhand des Gekreisches und Gelächters, das er im Hintergrund hört, schlussfolgert er, dass wohl alles gut ist.

Er trinkt das Glas leer, massiert sich die Lider, wirft dann einen Blick auf seine Notizen. Seine Uhr. Seine Notizen. Seine Uhr.

Er erinnert an einen Beamten, der sich hinter seinem Schreibtisch zu Tode langweilt und darauf wartet, dass er endlich in die Kantine gehen kann.

Und genau das will er Lang sehen lassen: einen Typen, der seine Arbeit erledigt, ohne sich emotional darin zu verwickeln, ohne sich persönlich einzubringen, in einem Zustand dumpfer Gleichgültigkeit. Eine bürokratische Routine. Nichts steht auf dem Spiel, da ist nur die Arbeit, die erledigt werden muss. Aber Lang ist nicht dumm. Dieser Geist aus der Vergangenheit ist nicht irgendein Bulle bei irgendeinem Polizeigewahrsam. Er ist die Statue seines Kommandanten, seine Nemesis.

Ein trauriges Lächeln zeichnet sich auf dem Gesicht des Schriftstellers ab.

»Habe ich Ihnen schon von meinem Vater erzählt, Capitaine?«

Er verlagert sein Gewicht auf dem Stuhl, löst die Beine und schlägt sie erneut übereinander.

»Mein Vater hat mir eine Heidenangst eingejagt.«

Man könnte meinen, er würde wissen, welche Auswirkung dieses Wort – *Vater* – auf ihn hat, jedes Mal, wenn er es ausspricht.

»Mein Vater war ein harter, gewalttätiger Mann, vor allen Dingen aber war er wahnsinnig, Capitaine. Er hatte in Indochina gedient, als Koch, sah sich aber als echten Soldaten. Er war an der Schlacht um Điện Biên Phủ beteiligt. Er hatte zu den Gefangenen gehört, die Hunderte von Kilometern durch den Dschungel und die Reisfelder laufen mussten, bis zu den Lagern an der chinesischen Grenze, bevor er unter schrecklichen Bedingungen von den Việt Minh eingesperrt wurde. Von den 11 000 gefangen genommenen Soldaten starben 70 Prozent durch Misshandlung, Hunger, Krankheit, oder sie wurden hingerichtet, wussten Sie das? Sie wurden auch jeden Tag gezwungen, den Gummiknüppel der kommunistischen Propaganda über sich ergehen zu lassen und sich öffentlich der Selbstkritik zu unterziehen. Bestimmt hat mein Vater in diesem Lager den Verstand verloren.«

Lang beobachtet Servaz beim Erzählen. Die Worte kommen wie eisige Wassertropfen aus seinem Mund heraus.

»Machen Sie damit, was Sie wollen, aber Sie müssen verstehen, dass ich von klein auf gelernt habe, wie man überlebt.«

Servaz sagt nichts.

»Mein Vater und meine Mutter waren wie Öl und Wasser. Mein Vater war düster, einsilbig, hatte nur wenige Freunde. Meine Mutter war lustig, offen, einfach und nett. Sie liebte meinen Vater, und um ihm zu gefallen, hatte sie akzeptiert, nach und nach immer weniger Freunde zu sehen, nicht mehr auszugehen, den Abend vor dem Fernseher zu verbringen und den Tag in ihrer Küche. Wir lebten in einem Haus etwas abseits des Dorfes. Ein schönes Dorf, am Fuß der Berge, dahinter ein Tannenwald. Bis zum Dorf waren es drei Kilometer, und meine Mutter fuhr nicht Auto, sie hatte keines, das hatten damals nur wenige Frauen. Ich bin mir sicher, dass mein Vater dieses Haus nicht zufällig ausgesucht hatte ...«

Er legt die Hände auf die Knie, drückt die Arme durch und zieht die Schultern hoch wie ein Alkoholiker in einer Selbsthilfegruppe beim Beichten.

»Als ich neun oder zehn Jahre alt war, hat sich mein Vater in den Kopf gesetzt, er müsse mich härter machen. Er fand mich zu verweichlicht, zu feige; in seinen Augen war ich ein Schwächling. Also hat er versucht, mich härter zu machen, egal, wie. Er zwang mich, bis zur Erschöpfung Sport zu treiben, schaltete im Winter die Heizung in meinem Zimmer herunter, tauchte unvermittelt hinter mir auf und verpasste mir von hinten mit der flachen Hand einen Schlag in den Nacken, einfach so …«

Servaz verkrampft sich etwas, als er das hört.

»Wenn ich ihn weinend fragte, warum er das tue, erklärte er mir, ich würde im Leben nicht alle Schläge vorhersehen können. Manche würden mich unverhofft treffen. Daran solle ich mich gewöhnen. Das war das erste Mal in meinem Leben – und auch das letzte –, dass Mama sich gegen ihn gestellt hat. Eines Tages, als sie genug davon hatte, mich weinen zu hören, hat sie ihm die Stirn geboten, sich vor ihm aufgebaut, den Kopf in den Nacken gelegt, denn er war deutlich größer als sie, und ihm gesagt, er solle mich nie wieder schlagen. Mein Vater wurde fuchsteufelswild, seine Augen blitzten, und er hat meine Mutter am Handgelenk gepackt, sie hinter sich her ins Schlafzimmer gezogen und die Tür zugemacht. Ich hörte, wie meine Mutter schrie: »›Nein, bitte nicht, nicht das!‹«, und dann eine ganze Weile nichts mehr. Ich hatte schreckliche Angst. Um meine Mutter, nicht um mich. Dann ist die Tür wieder aufgegangen, und mein Vater ging wortlos an mir vorbei. Mama hat die ganze Nacht im Zimmer geweint, aber Papa hat aufgehört, mich zu schlagen …«

Lang hat erreicht, was er wollte: Servaz hört ihm aufmerksam zu, hängt regelrecht an seinen Lippen. Er meint, sein Herz in seiner Brust schlagen zu spüren.

»Und dann war da die Katze …«

An diesem Punkt seiner Erzählung wird Lang noch langsamer. Servaz spürt, wie sich sein Magen zusammenkrampft. Er will nicht hören, was gleich folgt. Er muss sich nur Langs Gesicht ansehen, um zu wissen, dass es keine schöne Geschichte ist.

»In jenem Sommer habe ich ein ausgesetztes Kätzchen unter einer Tanne gefunden. Das war während der großen Ferien. Ein wunderschöner Tag. Die Sonne schien über den Bergen, der Himmel war blau, ich spielte im Garten, und da sah ich sie: ein weißer Fleck im Schatten der Tanne. Eine kleine weiße Katze, wie eine Schneeflocke, mit rosafarbener Schnauze und einem großen schwarzen Fleck auf dem Rücken. Ich war sofort verliebt in dieses Fellknäuel. Das zwischen uns beiden war Liebe auf den ersten Blick. Sie war so witzig. Und gar nicht ängstlich. Sie hat sich an meinen Beinen gerieben, und ich habe sie ins Haus mitgenommen und sie Mama gezeigt. Wir haben ihr Milch gegeben – damals gab man den Katzen noch Milch –, und danach sind wir die dicksten Freunde geworden.« Lang sieht zur Decke, und Servaz beobachtet, wie sein Adamsapfel einmal hoch, und wieder nach unten hüpft. »Zunächst hat mein Vater es nicht gewagt, etwas zu sagen, die Auseinandersetzung mit meiner Mutter muss ihm noch gegenwärtig gewesen sein. Aber nach und nach hat er angefangen, sich an der Katze abzureagieren. Ein Tritt im Vorbeigehen, oder aber er brüllte sie an, weil sie in eine Ecke gepinkelt hatte. Dann wurde es Winter, und mein Vater bestand darauf, dass die Katze draußen schlief, auch bei Minustemperaturen. Es war sehr kalt in diesem Winter. Mir brach es das Herz. Ich habe ihr einen notdürftigen Unterschlupf gebaut, geradezu lächerlich gegen den Frost, aus einem Karton, Lappen und Stroh, aber eines Tages habe ich ihn niedergetreten vorgefunden, und ich vermutete, dass mein Vater dahintersteckte. Mein Vater ist immer mehr über Flocke hergefallen – so habe ich sie genannt –, er verjagte sie vom Haus, schlug auch mit einem biegsamen Rohrstock nach ihr. Ich weiß nicht, was er gegen sie hatte. Flocke war sanft, zutraulich, aber sie pinkelte überall hin, vielleicht war es das … Eigentlich glaube ich, dass mein Vater keine Form der Liebesbekundung ertrug, und meine Mutter und ich, wir liebten dieses Tier.«

Servaz sieht, wie Langs Blick zum Fenster wandert, sich verdunkelt, qualvoll wird, abschweift.

»Ich glaube, Flocke hat den Tod gesucht. Sie verweigerte die Nahrung, aß auch das, was Mama und ich ihr brachten, nicht mehr. Abends stand ich mir stundenlang die Nase am Fenster platt und sah Flocke unter der Tanne, von wo aus sie mich traurig im Mondlicht anstarrte. Dann stand sie auf und verschwand in der kalten Nacht. Ich weiß noch, dass meine Tränen direkt von meinen Wangen über das beschlagene Fenster liefen; meine Zähne klapperten aufeinander, so sehr schluchzte ich. Flocke wurde immer dünner. Sie machte einen immer unglücklicheren Eindruck. Sie hatte Angst, sich dem Haus zu nähern. Und eines Morgens im Februar haben wir dann ihren kleinen leblosen Körper auf der Treppe gefunden. Steif und gefroren. Sie war spindeldürr. Mein Vater wollte sich nach unten beugen und sie aufheben, aber ich habe mich schreiend auf ihn gestürzt, habe ihn mit all meiner Kraft umgeworfen, sodass er in den Schnee fiel, und dann bin ich mit Flocke in den Armen im Wald verschwunden. Nur ein einziges Mal habe ich mich am Waldrand umgedreht, um zu sehen, ob mein Vater mir folgte: Er saß noch immer im Schnee und grinste von einem Ohr zum anderen. Zum ersten Mal hatte ich mich aufgelehnt und mich einer Gefahr gestellt. Viele Stunden später kam ich halb erfroren allein wieder zurück. An diesem Abend wurde ich nicht einmal bestraft.«

Er beobachtet Servaz, erkennt an seinem Gesicht, welchen Effekt seine Erzählung hat. Er schließt die Augen und fügt dann noch hinzu: »Was denken Sie, habe ich mir das alles ausgedacht, oder hat es sich so ereignet, Capitaine? Das ist die Kunst des Erzählens, verstehen Sie? Diese schreckliche Nähe zu schaffen, durch die man einen Protagonisten begleitet, liebt oder bedauert, dass man mit ihm leidet, sich freut, mit ihm zittert … Dabei sind das doch nur Worte.«

Jetzt beugt er sich nach vorn.

»Schriftsteller sind Lügner, Capitaine, sie verschönern, sie schlussfolgern, sie halten ihre Lügen schließlich für die Wahrheit.

Aber vielleicht ist diese Geschichte, die ich Ihnen gerade erzählt habe, ja auch wahr, woher wollen Sie das wissen?«

Servaz nickt. Er erinnert sich noch an die Zeit, als er selbst Schriftsteller werden wollte, als sein bester Freund, Francis Van Acker, nach der Lektüre einer seiner Kurzgeschichten mit dem Titel *Das Ei* zu ihm sagte, er habe Flügel, er habe die Gabe. Das sei sein Schicksal. *Das Schreiben* ... Dann war sein Vater gestorben, und er hatte sein geisteswissenschaftliches Studium aufgegeben und war Polizist geworden.

»Ihr Vater«, sagt Servaz da und schüttelt sich, um die Erinnerungen zu vertreiben, die Langs Worte in ihm geweckt hatten und ihn immer mehr vereinnahmen, »lebt er noch?«

Der Schriftsteller verneint.

»Zwei Jahre nach dem Tod von Flocke hatte er einen Autounfall. Ist gegen einen Baum geknallt. Er war betrunken. Nach sechs Monaten hat meine Mutter erneut geheiratet, einen anständigen Typen, der mich wie seinen Sohn großgezogen hat. Durch ihn bin ich zum Lesen gekommen.«

Ein Geräusch neben der Tür. Servaz dreht den Kopf und entdeckt Samira, die ihn unverwandt anstarrt. Er steht auf, hört sich an, was sie ihm zuflüstert, dann setzt er sich wieder.

Langs Blick ruht auf ihm. Mit einem Mal ist er wieder müde. Dazu die Schmerzen in seinen Rippen. Er weiß, dass man für einen Polizeigewahrsam körperlich fitter sein sollte – das sagt einem jeder Anwalt –, und das gilt ebenso sehr für den, der in Polizeigewahrsam ist, wie für den, der ihn befragt. Aber ihm fehlt Schlaf. Außerdem wird ihm bewusst, dass Lang mit seinen geschickt ausgewählten Erzählungen langsam die Oberhand erlangt. Dass er die Fäden nicht mehr in der Hand hält. Es ist an der Zeit, ihm zu zeigen, wer hier am längeren Hebel sitzt.

»Jeden Tag habe ich mir gesagt, dass es besser würde«, fährt der Schriftsteller fort, »dass mein Vater sich ändern und ihm die Augen aufgehen würden. Aber die Leute ändern sich nicht, sie halten ihr Wertesystem für gut, denken, dass sie tun, was getan werden muss. Keiner denkt je, dass der Typ auf der anderen Seite recht und man selbst unrecht haben könnte, nicht wahr, Capitaine?«

Er führt seine Handflächen aneinander, sodass die Fingerspitzen sich berühren und einen Bogen beschreiben.

»Jeder denkt, er würde sich korrekt verhalten. Wir halten uns selbst zum Narren. Man legt sich etwas zurecht, beschönigt es – und man schwärzt andere an, damit man sich selbst besser gefällt. So kann man dann leben …«

5

Das Telefon klingelt. Er hebt ab. Es ist Catherine Larchet, Leiterin der kriminaltechnischen Einheit für forensische Biologie.

»Kommen Sie sofort her«, sagt sie.

Er wirft einen Blick auf Lang, steht auf und geht. Seine Pumpe hat einen Gang höhergeschaltet: Nur selten hat er diesen Tonfall bei der Biologin gehört. Vor dem Büro von Samira und Vincent legt er eine Vollbremsung hin. Vincent hängt vor dem Computer, Samira am Telefon, leicht entnervt.

Servaz hört, wie sie buchstabiert:

»Ja, Neveux, N-E-V-E-U-X. Vorname: Zoé. Ja, ich will wissen, auf welcher Schule ...«

»Behalte Lang im Auge«, sagt er zu Vincent. »Bin gleich wieder da. Kommt ihr voran?«

Espérandieu sieht von seinem Computer auf.

»Isabelle Lestrade war 1993 Studentin. Im Mirail. Ich versuche herauszufinden, ob sie dort die Oesterman-Schwestern, Cédric Dhombres oder Erik Lang kennengelernt haben könnte. Bislang habe ich nichts.«

Servaz nickt. Espérandieu geht nach nebenan, um Lang zu überwachen, der ihn fragt: »Unterhalten Sie sich jetzt mit mir?« Martin wartet, bis Samira aufgelegt hat. Sie hatte ihm zugeflüstert, dass sie den Computer des Fans überprüft hatten und versuchten, die IP-Adresse des Verkäufers von Langs Manuskript ausfindig zu machen.

»Der Typ, der Mandel die Nachrichten geschickt hat, hat Tor benutzt, also einen Proxyserver, der uns daran hindert, den Pfad bis zu ihm zurückzuverfolgen. Es gibt zwar Schwachstellen bei Tor, aber dafür brauchen wir mehr Zeit«, sagt sie, nachdem sie das Gespräch beendet hat.

Er hat nichts oder fast nichts verstanden, sagt aber dennoch: »Die haben wir nicht.«

»Tut mir leid, Chef, ich gebe mein Bestes.«

»Okay.«

Er bedankt sich bei Samira, sagt ihr, sie solle weiter dranbleiben. Auf dem Weg zu den Aufzügen kommt er an offen stehenden Türen vorbei. Hört einen Kollegen fragen: »Er hat sie angegriffen?«

Als er schon fast daran vorbei ist, antwortet eine andere Stimme: »Braucht es wirklich erst einen Übergriff, bevor die Polizei kommt? Echt jetzt? Ich habe Ihnen schon drei Mal gesagt, dass der Typ ein perverser Spanner ist, der die Mädchen vom Ruderklub beim Duschen beobachtet. Ich möchte einfach nur, dass Sie ihm ein paar Fragen stellen, dass er es ein bisschen mit der Angst zu tun bekommt.«

Er ist stehen geblieben. *Ruderklub …*

Dieses Wort lässt bei ihm die Alarmglocken schrillen. Er geht zwei Schritte zurück, wirft einen Blick ins Büro.

Eine junge blonde Frau, so um die dreißig, ihr Gesicht zornesrot. Der Kollege ihr gegenüber versucht, sie zu beruhigen.

»Mal sehen, was wir tun können, okay? Geben Sie mir eine Minute …«

Servaz hat keine Zeit. Das war vor 25 Jahren, wie groß ist die Wahrscheinlichkeit, dass es da eine Verbindung gibt? Winzig … Aber trotzdem … Widerstrebend geht er weiter. Er nimmt sich fest vor, den Kollegen später dazu zu befragen. Er geht nach unten. In der Eingangshalle umrundet er den Empfangsbereich von hinten, betritt den großen Innenhof, geht in den zweiten Hof weiter – durch den die Fahrzeuge einfahren und auf den das Biologielabor hinausgeht.

Catherine Larchet erwartet ihn. Sie trägt noch ihre schwarzen Leggins, ihr Tanktop und ihre blasslila Laufjacke. Ihre Augen funkeln, und er ist sofort hellwach.

»Woher kam Ihre Ahnung?«, fragt sie.

Er schluckt, denkt an seinen Freudenschrei im Auto des pensionierten Commissaire, neben dem verlassenen Schuppen. »Ich hab's!« Er hatte sich nicht getäuscht …

»Kann ich die beiden Kreuze haben?«, fragt er.

Fatiha Djellali hat eine schläfrige, raue Stimme, wie man sie nach einer Party oder ausschweifendem Feiern hatte. Es ist Sonntag; vielleicht hat sie das ja gemacht: gefeiert. Etwas an der Gerichtsmedizinerin lässt vermuten, dass sie eine Frau der Extreme ist. Vielleicht braucht sie das ja – sie, die ihre Tage mit den Toten verbringt –, um sich lebendig zu fühlen.

»Capitaine?«, sagt sie. »Ihnen ist klar, dass heute Sonntag ist, oder?«

»Es tut mir leid, ich wollte nur wissen, wie weit Sie mit der toxikologischen Analyse fortgeschritten sind.«

»An einem Sonntag?«

»Ja, an einem Sonntag. Es ist … ziemlich dringend. Ich habe einen Verdächtigen in Polizeigewahrsam.«

»Haben Sie etwas Bestimmtes im Sinn?«

»Ich will Sie nicht beeinflussen.«

»Machen Sie schon, spucken Sie es aus.«

»Ich frage mich, ob man ihr vielleicht Medikamente verabreicht hat … Amalia Lang … Und nicht nur an diesem Abend … Ob sie vielleicht regelmäßig Medikamente verabreicht bekam …«

Schweigen. Er hört, wie sie sich bewegt, dann zwei flüsternde Stimmen, obwohl sie ihre Hand auf die Muschel gelegt hat. Sie ist nicht allein.

»Brauchen Sie die Antwort noch heute?«

»Wie ich Ihnen bereits gesagt habe, ich habe jemanden in Polizeigewahrsam. Das könnte alles verändern …«

Erneutes Schweigen, erneutes Getuschel. Er meint, das missmutige Gemurmel eines Mannes neben ihr auszumachen. Der ist eindeutig nicht tot, sondern sehr lebendig.

»Geben Sie mir zwei Stunden Zeit. Ich werde jemanden anrufen und herausfinden, wie weit das gediehen ist, einverstanden?«

»Danke.«

Zwei Stunden … Sie haben Lang wieder in die Zelle zurückgebracht. Damit er noch ein bisschen schmoren kann. Dennoch ist sich Servaz bewusst, dass ihnen die Zeit davonläuft. Und dass Lang sich dort unten wieder aufrappeln kann. Er ruft Espérandieu an.

»In fünfzig Minuten holst du ihn wieder hoch und nimmst ihn in die Mangel.«

»Inwiefern?«

»Keine Ahnung, irgendwas. Alles, was irgendwie mit dem Fall zu tun hat. Du stellst ihm dieselben Fragen, zehnmal, zwanzigmal; mach ihn mürbe, lass ihn schwitzen, und wenn er dann stehend k. o. ist, schickst du Samira rein – sie soll den Sack zuziehen und ihm dieselben Fragen stellen.«

»Und wenn er nicht stehend k. o. ist?«

»Dann fängst du wieder von vorn an, bis er es ist.«

»Was, wenn er die Schnauze voll hat und nach seinem Anwalt verlangt?«

»Das Risiko müssen wir eingehen.«

»Und wenn …?«

»Hey, ich habe dich nicht gebeten, mich in die Mangel zu nehmen.«

Zwei Stunden später ist die Antwort da, pünktlich auf die Minute. Die enthusiastische Stimme der Gerichtsmedizinerin am Telefon.

»GHB«, sagt sie. »Mich würde wirklich interessieren, wie Sie auf die Idee gekommen sind … Sind Sie sicher, dass sie keine Schlafstörungen hatte? Man hätte es ihr wegen starker Schlafstörungen verschreiben können …«

Die Vergewaltigungsdroge – farblos und geruchlos; wenn sie in ein Getränk gekippt wird, verändert sie dessen Geschmack und Aussehen nicht.

»Darüber weiß ich nichts. Das müssen wir überprüfen.«

»Die Dosis war jedenfalls nicht harmlos. Sie muss halb neben sich gestanden haben, als sie die Treppe nach unten gegangen ist.«

Er setzt sich Lang gegenüber, der ihn mit abgespanntem Gesichtsausdruck empfängt. Ganz offensichtlich hat der Schriftsteller so langsam genug. Und er stellt sich Fragen. Das erkennt Servaz an seinem Blick. Er fragt sich, wie weit man in der polizeilichen Besessenheit gehen kann. In der Borniertheit. Anhand der Haltung seines Befragers ahnt er, dass der ein Ass im Ärmel hat – und Servaz unternimmt nichts, um diesen Eindruck zu zerstreuen. Außerdem fragt sich der Schriftsteller bestimmt, ob diese Runde langsam zu Ende geht oder sich noch länger zieht.

Servaz wirft einen Blick auf die Uhr – wie ein Schiedsrichter, der kurz davor ist, die zweite Halbzeit anzupfeifen. Dann sieht er auf, kneift die Augen zusammen.

»Alice und Ambre, kamen Sie zu Ihnen nach Hause, als Sie noch ein alleinstehender Autor waren?«

»Ich bin erst seit fünf Jahren verheiratet, Capitaine. Die beiden sind seit 25 Jahren tot.«

»Das beantwortet meine Frage nicht.«

»Nein. Alice und Ambre sind nie zusammen bei mir gewesen. Ich habe diese Frage damals schon beantwortet.«

Servaz blättert durch einen Notizblock, den er aus seiner Schublade gezogen hat.

»Ja, Sie haben angegeben, Sie hätten sie in Cafés und Restaurants getroffen, um, ich zitiere, *zu reden und sich auszutauschen*. Und einmal in einem Wald …«

»Das stimmt.«

»Dann sind Sie also nie zusammen bei Ihnen gewesen?«

»Nein.«

»Und einzeln?«

Er sieht, dass Lang zögert.

»Und einzeln, Monsieur Lang?«

»Ja …«

»Was, ja?«

»Ja: Einzeln, das ist einmal vorgekommen.«

»Bei beiden?«

»Nein.«

»Welche der beiden: Alice oder Ambre?«

Erneutes Zögern.

»Ambre ...«

»Ambre ist zu Ihnen gekommen? Stimmt das?«

»Nicht in mein jetziges Haus«, sagt der Schriftsteller, »sondern in das, das ich damals bewohnte: eine Art Berghütte – ohne Berge ... Sie verstehen schon, mit Rundstammhölzern, einem gemauerten Kamin, Klubsesseln aus Leder und einem Kuhfell auf dem Boden.«

Wieder einmal unnötige Details. Ein Ablenkungsmanöver.

»Wann war das?«

»Keine Ahnung. Das ist schon so lange her ... Ich würde sagen, 89 oder so ...«

»Damals war sie also 17.«

»Kann sein.«

»Warum haben Sie das damals nicht erwähnt?«

Er lächelt schwach.

»Weil Sie damals diese Frage nicht gestellt haben.«

»Ist sie allein zu Ihnen gekommen?«

»Das habe ich Ihnen doch soeben gesagt.«

»Ich meine damit: abgesehen von ihrer Schwester. Es hätte ja auch jemand anders dabei gewesen sein können.«

»Nein.«

»Warum war sie da?«

»Das weiß ich nicht mehr.«

»Sind Sie sich sicher?«

Der Befragte seufzte.

»Sie war ein Fan, sie wollte vermutlich ihren Lieblingsautor treffen, denke ich mal ... ohne ihre Schwester ... etwas in der Art ... Ich weiß noch, dass Alice in den ersten Jahren unreifer war, und ich spürte, dass Ambre sich manchmal für ihre Schwester schämte ... dass sie mich für sich allein haben wollte.«

»Wie lange ist sie geblieben?«

»Zwei Stunden, drei oder vier ... Wie soll ich das noch wissen?«

»Erinnern Sie sich noch an das, was sie anhatte?«

»Natürlich nicht!«

»Hat sie Sie angemacht? Sie provoziert? Das war doch Ambres Ding, nicht wahr? Das haben Sie uns damals mitgeteilt.« Servaz nimmt seinen Notizblock, blättert ihn durch, hält bei einer Seite inne. »›Das war Ambre, noch immer dieselbe kleine Perverse, dieselbe absolut verschrobene Person. Ambre, das war eine verfluchte Aufreißerin. Es geilte sie auf, mit den Männern zu spielen, das war ihr Ding. Sie wollte unbedingt vögeln, war aber völlig unfähig dazu.‹«

»Ja und? Ich habe sehr übertrieben, müssen Sie wissen. Ich war jung, aufbrausend und widerspenstig, als Sie mich damals befragt haben. Ich war genervt, wütend: Ich wollte die Polizei provozieren, Ihre Reaktionen sehen, wenn ich so etwas sage …«

»Haben Sie sie an diesem Tag ›gevögelt‹, Erik?«

Lang versteift sich etwas, als er seinen Vornamen hört.

»Hören Sie auf, mich so zu nennen. Wir sind nicht befreundet, Capitaine.«

»Haben Sie sie genagelt, Lang?«

»Was geht Sie das an? Das liegt fast 30 Jahre zurück. Hören Sie, Ihre Kollegen haben mir x-mal dieselben Fragen gestellt. Das ist Belästigung. Mir reicht es. Ich werde jetzt nach meinem Anwalt verlangen …«

»Kein Problem«, meint Servaz vorgetäuscht entspannt.

Er holt sein Handy heraus.

»Ich rufe ihn sofort an, wenn Sie wollen.«

Gleich darauf sagt er noch: »Ich glaube, dieser anonyme Anrufer vor 25 Jahren, das waren Sie …«

Lang zieht die Augenbrauen hoch. Im ersten Moment scheint er nicht zu verstehen, wovon Servaz redet.

»Der Anrufer, der Cédric Dhombres beschuldigte, ich glaube, das waren Sie …«

Verblüfft sieht Lang ihn an.

»Was?«

»Sie haben die Nummer für die Zeugenaufrufe, die wir 1993 verteilt haben, anonym angerufen, erinnern Sie sich? Sie haben uns von diesem Skandal berichtet, in den Cédric Dhombres an der medizinischen Fakultät verwickelt war. Sie haben auch die Eltern der Mädchen mehrfach angerufen.«

Er hat die Archive durchsucht: Damals hatten sie die Antwort von France Télécom erst nach dem Selbstmord von Cédric Dhombres erhalten, nachdem der Fall abgeschlossen war. Alle Anrufe waren von Telefonkabinen im Zentrum von Toulouse getätigt worden …

»Und Sie haben sich selbst diese Morddrohungen geschickt, die Sie uns vor vier Tagen gezeigt haben … Genau wie Sie in der Nacht von Dienstag auf Mittwoch am Steuer des DS4 auf dem Parkplatz saßen … Und Sie haben Ihr Manuskript an Rémy Mandel verkauft …«

»Ich dachte, das sei das Auto von diesem Trottel von Fromenger gewesen? Das haben Sie mir doch auf dem Friedhof gesagt …«

»Ein roter DS4 mit weißem Dach, das können Sie sich durchaus leisten.«

»Und das Nummernschild?«

»Es ist heutzutage sehr einfach, sich im Internet ein falsches Nummernschild zu bestellen.«

»Und warum hätte ich das tun sollen?«

»Damit Gaspard Fromenger verdächtigt wird, der Ehemann Ihrer Geliebten?«

»Haben Sie Beweise?«

Nein, die hat er nicht – aber er hat etwas anderes. Er hat das, was die Leiterin der kriminaltechnischen Einheit ihm soeben mitgeteilt hat. Er hat zwei Kreuze in einer Schublade.

Wieder greift Servaz nach dem Roman mit dem Titel *Die Ungezähmte*. Blättert langsam die Seiten um – er lässt sich Zeit, weiß, dass es ihm gelungen ist, sein Gegenüber aus dem Gleichgewicht zu bringen –, dann liest er laut vor:

Er liegt auf mir, und in diesem Augenblick sehe ich seine Seele in seinen Augen. Sie sind meinen so nah, dass sie unscharf werden. Was sieht eine Frau, die ihrem Vergewaltiger in die Augen blickt?

Die Flammen des Feuers spiegeln sich in seinen Pupillen, aber das, was ich sehe, das, was Aurore sieht, meine Damen und Herren, das sind die Flammen der Hölle, das ist eine so hässliche Seele, dass Aurore vor Angst und Ekel fast ohnmächtig wird, dabei spürt sie das Gewicht des auf ihr liegenden Mannes, schwer wie ein Leichnam, seine gierigen Hände überall auf sich, die sich durch ihre Kleidungsschichten wühlen, und sein Mund, der sie mit brutaler Obszönität küsst, stinkt bestialisch. Stellen Sie sich das vor, wenn Sie können, meine Damen und Herren. Das ist eine Szene, durchdrungen von unsinniger, aber stummer Wut, von verzweifelter, aber stiller Grausamkeit – denn meine Schreie bleiben in meiner Kehle stecken, und er gibt keinen Ton von sich, mit Ausnahme seiner schweren, keuchenden Atmung, die an eine Maschine erinnert.

»Sie haben sie vergewaltigt, nicht wahr? Sie ist zu Ihnen gekommen – allein –, und Sie haben sie vergewaltigt. Das ist damals passiert.«

»Wen?«

»Ambre Oesterman.«

Schweigen. Dann erwidert Lang: »Ich habe niemanden vergewaltigt, Sie halluzinieren, Capitaine. Ich dachte, dieser Fall sei schon lange abgeschlossen. Weshalb genau bin ich hier?«

Mit dem Kinn deutet er auf Servaz' Telefon.

»Worauf warten Sie, um meinen Anwalt anzurufen?«

Servaz senkt den Kopf, schließt die Augen, scheint sich in sich selbst zurückzuziehen. Dann hebt er den Kopf wieder. Macht die Augen auf. Starrt Lang so eindringlich an, dass der Schriftsteller das Gefühl hat, dieser Blick würde ihn verbrennen.

»Das Mädchen, das neben Alice gefunden wurde, das entstellte, das war nicht Ambre«, sagt er unvermittelt.

»Was?«

Verblüffung, Ungläubigkeit, Fassungslosigkeit, diesmal in Langs Stimme.

»Sie war Jungfrau, Erik: *Jungfrau* … und da Sie Ambre Oesterman vergewaltigt haben, konnte sie das nicht sein.«

6

Er sieht ihm an, dass Lang während des Bruchteils einer Sekunde nichts versteht. Dass er nicht weiß, was er denken soll. Und bereits das ist ein Sieg. Den Bruchteil einer Sekunde, nicht länger … Aber das bestätigt ihm – so er denn eine Bestätigung brauchte –, was die DNA ihm bereits mitgeteilt hat.

»Sehr lange habe ich mich gefragt, was die beiden Schwestern gegen Sie in der Hand hatten, um Sie zu erpressen – die Gerichtsmedizinerin war eindeutig: keine Vergewaltigung, keine Anzeichen von sexueller Aggression –, und da habe ich es verstanden. Genau das ist passiert, nicht wahr? Sie haben Ambre vergewaltigt, als sie allein zu Ihnen nach Hause kam, und danach haben die beiden Schwestern Sie erpresst und sind dabei immer anspruchsvoller und bedrohlicher geworden. Deshalb ist jeden Monat diese Summe von Ihrem Konto abgegangen. Bis zu dem Zeitpunkt, als Sie sich sagten, dass es nur einen Ausweg gibt …«

»Sie sind ja wahnsinnig.«

Lang wirft ihm einen aufgebrachten Blick zu – allerdings mangelt es ihm an Überzeugungskraft: Das Wort *Jungfrau* hat ihn zweifelsohne verunsichert.

»Und wenn das nicht Ambre war, die da am Fuß des Baumes festgebunden war, wer war es dann, Ihrer Meinung nach?«, fragt er schließlich.

»Eine junge Frau namens Odile Lepage. Eine Bekannte von Alice. Sie wurde in den darauffolgenden Tagen als vermisst gemeldet. Und ist niemals gefunden worden. Äußerlich ähnelte sie den beiden Schwestern.«

Beim ersten Klingeln hebt er den Hörer ab, als würde er ungeduldig auf diesen Anruf warten, und wechselt ein paar Worte mit

Espérandieu. Dessen lachende Frage: »Siehst du dir das Spiel PSG gegen Madrid an?«, beantwortet er sehr ernst mit »Nein«. »Ich bringe dir einen Kaffee«, sagt Vincent dann. Dieses Mal lautet seine Antwort einfach nur »Danke«.

Er legt auf. Dann mustert er Lang erneut. Der hat das kurze Gespräch angespannt verfolgt, in der Überzeugung, dass gerade etwas Wichtiges gesagt wurde. Der Anruf, das ist ein Klassiker.

Servaz zieht eine Schublade auf und holt eines der Holzkreuze in einem Beweisbeutel heraus, den er zwischen Daumen und Zeigefinger festhält.

»Erkennen Sie es?«

Vorsichtig wandert Langs Blick zu dem Beutel, und offensichtlich fragt er sich, welchen neuen Streich man ihm da gerade spielt.

»Ja … das ist das Kreuz, das Ambre um den Hals trug, als man ihre Leiche gefunden hat, oder? Also … die Leiche, die alle für Ambre gehalten haben«, korrigiert er sich fast tonlos.

Servaz schüttelt verneinend den Kopf und holt mit der anderen Hand das zweite Kreuz in einem identischen Beweisbeutel heraus.

»Nein, das Kreuz, das Pseudo-Ambre – also Odile Lepage – um den Hals trug, ist *dieses hier*«, sagt er und zeigt auf das zweite Kreuz. »Das da«, er hebt das erste Kreuz wieder hoch, das er in der linken Hand hält, »ist *das Kreuz von Alice, ihrer Schwester* … Am Tatort trug sie keines, weil jemand es mitgenommen hat, bevor wir eintrafen, aber das Seil hat einen Abdruck auf ihrem blutigen Hals hinterlassen, was uns vermuten ließ, dass sie ein Kreuz umgehabt haben musste, bevor es jemand an sich nahm … Sehen Sie hier: Dieser dunkle Fleck auf dem Seil, das ist das Blut von Alices Nacken.«

Er räumt das zweite Kreuz wieder in die Schublade, behält das von Alice bei sich – das mit dem blutverschmierten Seil, das nicht am Tatort war.

»Dieses hier haben wir bei Ihnen zu Hause gefunden«, verkündet er und schwenkt den Beutel dabei hin und her. »In Amalias Sachen: in der Schublade ihres *Nachttisches*.«

»Das ist unmöglich …«

Erik Langs Stimme ist ausdruckslos, Servaz muss genau hinhören. Er ist leichenblass. Der Bulle lässt einen endlosen Moment verstreichen.

»Warum unmöglich?«, fragt er.

»Weshalb …? Weshalb hat Amalia das Kreuz bei ihren Sachen gehabt?«, stammelt Lang ungläubig.

Servaz bedenkt ihn mit einem unnachsichtigen Blick. Man könnte meinen, der Schriftsteller würde einen Geist sehen. Leise fährt der Bulle fort.

»Ich nehme an, so langsam geht Ihnen ein Licht auf, nicht wahr?«

Dann reißt er langsam, sehr langsam, ein Blatt aus seinem Notizblock, greift zu einem Stift und schreibt in aller Seelenruhe etwas darauf:

AM~~BRE~~ + AL~~ICE~~ + A = AMALIA

Er dreht das Blatt um, damit Lang es lesen kann. Servaz hätte es nicht für möglich gehalten, aber der Schriftsteller wird noch blasser. Sein Gesicht verzerrt sich. Die Grimasse macht ihn fast unkenntlich.

»Das ist unmöglich! Was soll das heißen?«

»Ich glaube, das wissen Sie bereits …«

Lang erstarrt, sitzt wie festgefroren auf seinem Stuhl. Er sieht aus wie ein besiegter, entmutigter Mann – ein Mann, der entdeckt, dass sein Leben auf einer Lüge basiert, dass alles, was er sich aufgebaut hat, auf Sand errichtet wurde, ein Mann, der jegliche Orientierung verloren hat.

»Wie ich Ihnen bereits gesagt habe«, fährt der Bulle fort, »ist das zweite Opfer, das neben Alice am Tatort gefunden wurde und das alle für Ambre gehalten haben – einschließlich der Eltern, die in der Leichenhalle einen etwas zu flüchtigen Blick auf ihre zweite, schrecklich entstellte Tochter geworfen haben, nachdem sie zunächst die erste offiziell identifiziert hatten –, aller Wahrscheinlichkeit nach Odile Lepage. Sie war mehr oder weniger mit Alice befreundet und ähnelte den beiden Schwestern sehr, sowohl, was ihre Figur, als auch, was ihre Haarfarbe betraf. Wäre ihr Gesicht unversehrt gewesen, wäre diese Verwechslung natürlich aufgefallen. Vergessen Sie nicht, dass man damals noch keine DNA-Proben entnahm. Und es gab keinen Grund, weshalb man die Fingerabdrücke der Opfer hätte nehmen sollen ... Ich nehme an, dass Alice – in Abwesenheit ihrer Schwester, die zu dem Zeitpunkt vermutlich mit einem Mann zusammen war – nicht allein zu dem von Ihnen vereinbarten Treffpunkt gehen wollte, wo sie das monatliche Bestechungsgeld bekommen sollte, weshalb sie Odile Lepage gebeten hatte, sie zu begleiten. Ambre kam vermutlich zu spät dorthin und hat die beiden am Tatort tot aufgefunden, wo sie das Kreuz, das ihre Schwester um den Hals trug, als Erinnerungsstück einsteckte, bevor sie untertauchte, weil sie Angst vor Ihnen hatte ...«

»Als Erinnerungsstück wofür?«, fragt Lang mit tonloser Stimme, als wäre dieses Detail in irgendeiner Form wichtig.

»Als Erinnerung an diese schreckliche Nacht, als Erinnerung an das, was Sie Ihrer Schwester Alice angetan haben.«

Langs Gesichtszüge sind von Verblüffung und Schmerz verzerrt, ein Schweißfilm glänzt auf seiner Stirn. Servaz sieht, wie ein an Entsetzen grenzender Ausdruck in Langs Augen aufblitzt.

Unbeirrt fährt Servaz fort: »Das zweite Opfer war also keinesfalls Ambre Oesterman, doch die DNA Ihrer Frau ist analysiert und mit der von Alice verglichen worden, deren DNA wir seit damals in der Asservatenkammer aufbewahrt haben. Die Wissenschaft hat seit 1993 unglaubliche Fortschritte gemacht, wie Sie vielleicht wissen, und es besteht nicht der geringste Zweifel: Die Schwester von Alice hat in Ihrem Bett geschlafen, Monsieur Lang ... Da haben Sie wohl nie wirklich gewusst, wer Ihre Frau war, was?«

Als wäre es ein Boxkampf: Benommen von den Schlägen hängt der Schriftsteller in den Seilen und bekommt soeben einen letzten rechten Haken ab, schwankt, sein Blick geht ins Leere, dann sinkt er zu Boden.

»Ich nehme an, Ihre Frau musste am Tag der Hochzeit das eine oder andere Dokument vorlegen … Das ist nicht sonderlich schwierig. Jedes Jahr werden in diesem Land die Identitäten von Tausenden von Menschen missbraucht. Ich kenne sogar den Fall einer Frau, die am Tag ihrer Hochzeit feststellte, dass sie bereits verheiratet und sogar geschieden war. Eine Telefonnummer, eine Adresse, eine Sozialversicherungsnummer sowie eine Geburtsurkunde reichen dafür völlig aus. Danach meldet man seinen Ausweis als verloren und bekommt einen neuen. Das alles konnte sie erhalten, indem sie die Sachen von jemandem durchsuchte, der nichts Böses ahnte – als Putzfrau zum Beispiel –, oder indem sie jemandem den Geldbeutel klaute, oder aber durch eine Anstellung in der Verwaltung. In 25 Jahren hatte sie alle Zeit der Welt, sich eine neue Persönlichkeit zu erschaffen … Wir haben also in Ihrem Haus ein Beweisstück von einem Doppelmord im Jahr 1993 gefunden. Dementsprechend werden wir den Fall wieder aufrollen«, verkündet Servaz.

Der Boxer am Rand des K. o. ist noch nicht ganz bereit, sich geschlagen zu geben, und bäumt sich ein letztes Mal auf. »Das ist unmöglich, 25 Jahre sind vorbei, das gilt als verjährt …«

Servaz schüttelt den Kopf.

»Oh, nein, nein, das stimmt nicht, tut mir leid«, korrigiert er ihn. »Ich habe Sie in diesem Fall immer für schuldig gehalten, müssen Sie wissen – also habe ich, im Jahr 2002 wie auch 2012, jeweils wenige Monate vor der Verjährung mit dem Einverständnis eines Richters einen neuen Bericht verfasst, der zu den anderen Unterlagen der Akte kam. Und wie Sie wissen, wird der Zähler dann wieder auf null gestellt.«

Lang liegt am Boden, wird vom Ringrichter ausgezählt, dennoch will er sich vor der schicksalhaften »Zehn« wieder erheben.

»Es gibt keine Beweise«, sagt er verbissen. »Ich habe sie nicht umgebracht …«

»In diesem Punkt bin ich ganz bei Ihnen«, räumt der Bulle ruhig ein. »Lassen Sie mich versuchen zusammenzufassen, wie das abgelaufen sein muss …« Er hält kurz inne, sortiert seine Gedanken. »Die Mädchen erpressen Sie … wollen immer mehr … Ihre Situation wird unhaltbar, und Sie beschließen, dem Ganzen ein Ende zu setzen. Sie verabreden sich mit ihnen in der Nähe des Studentenwohnheims, wie Sie das schon zuvor getan haben, nehme ich an. Nur dieses Mal nicht, um ihnen Geld zu geben. Sie haben aber auch nicht vor, sich die Hände schmutzig zu machen, nein: Sie bitten diesen armen Jungen, diesen unglückseligen Cédric Dhombres, das für Sie zu erledigen. Ich weiß nicht, wie Sie das angestellt haben – ob Sie ihn Ihrerseits erpresst haben wegen der Fotos, ob er für den Autor, den er verehrte, zu allem bereit war oder ob Sie ihm Geld angeboten haben. Cédric Dhombres hatte Angst vor Ihnen: Er sagte etwas von einem *unerbittlichen Mann*, der ›ihm etwas antun würde‹ … Haben Sie ihm gedroht, ihn in den Selbstmord getrieben? Jedenfalls erwartet er die Mädchen bei Einbruch der Dunkelheit in dem Wäldchen. Er überrascht Alice, greift sie von hinten an, wie Sie es ihm aufgetragen haben – die gute alte Methode Ihres Vaters –, dann schlägt er auf die Zweite ein, die sich umdreht, und dabei bemerkt er, dass es nicht die richtige Person ist, und er wird panisch. Was tun? Die Zeit drängt … Odile Lepage ähnelt den beiden Schwestern – das ist auch der Grund, weshalb er sie verwechselt hat –, dieselben langen blonden Haare, dieselbe Silhouette, dasselbe Erscheinungsbild. Also schlägt er auf sie ein, bis sie völlig entstellt ist. In der Hoffnung, dass weder Sie noch sonst jemand seine Verwechslung entdeckt. Das funktioniert so gut, übertrifft seine Hoffnungen, die Einzige, die die Wahrheit kennt, ist die Überlebende: Ambre. Er zieht ihnen Kommunionkleider an, wie in der makaberen Inszenierung, die Sie sich ausgedacht haben, hängt ihnen die Kreuze um den Hals und verschwindet. Aber er weiß, dass er nicht Ambre umgebracht hat, dass sie noch immer lebt. Also geht er zu ihrem Zimmer. Niemand öffnet ihm, deshalb bricht er ein. Vielleicht will er herausfinden, wo sie ist … Ambre wiederum muss den Tatort kurz darauf entdecken, sie nimmt Alices Kreuz an sich – vermutlich als makaberes Erinnerungsstück an jene Nacht –, dann taucht sie unter. Als sie in den Zeitungen liest, dass

alle auch sie für tot halten, beschließt sie wohl, ganz von der Bild-
fläche zu verschwinden: die einzige Verbindung zu ihrem früheren Leben, ihre Schwester, gibt es nicht mehr, und sie fürchtet um
ihr Leben … Bei der nächsten Sache hatten Sie sehr viel Glück:
Der arme Kerl erhängt sich und bezichtigt sich des Verbrechens.
Vergessen wir nicht, was er geschrieben hat: ›Ich war immer
schon dein größter Fan. Ich wette, ab heute werde ich in deinen
Gedanken den Platz einnehmen, den ich verdiene. Dein Nummer-eins-Fan, dir für immer treu ergeben …‹ Im ersten Moment
wirkt das wie die verzweifelte Geste eines psychisch gestörten
Fans – tatsächlich aber ist es sehr viel mehr. Es ist ein Geschenk.
Eine Weihegabe. Ein Opfer. Bestimmt ist er fast umgekommen
vor Angst, Ambre könnte aufkreuzen und ihn anzeigen. Zudem
hatte er auch Angst vor Ihnen: dem *unerbittlichen* Mann.«

»Und wie wollen Sie das beweisen?«

Servaz tut so, als hätte er das nicht gehört. Er weiß, dass Lang
kaum noch Munition hat, dass er ihm ausgeliefert ist, dass er
nicht einmal mehr kämpfen will. Das liest er in seinen melancho-
lischen, schmerzerfüllten Augen, und er hört es in seiner Stimme.

»Kommen wir auf Ihre Frau zurück, Monsieur Lang. Sie stand
unter Medikamenteneinfluss. GHB. Wir haben Reste davon in
ihren Haaren und in ihrem Blut gefunden. Ich wünsche Ihnen –
Ihnen und Ihrem Anwalt – viel Glück, wie Sie da noch erklären
wollen, dass es sich um einen Diebstahl handelt, bei dem etwas
schiefgegangen war … Ihre Frau hat unter Medikamenteneinfluss gestanden, Medikamente, die bestimmt Sie ihr verabreicht
haben, damit sich ihre Reflexe verlangsamen, genau das wird das
Gericht hier denken: Vorsatz.«

»Was?«

Einen kurzen Moment lang befallen Servaz Zweifel: Lang wirkt
ehrlich überrascht – er könnte schwören, dass seine Verblüffung
nicht vorgetäuscht ist. *Grundgütiger, er wusste nichts von dem Me-
dikament* … Was hat das zu bedeuten? Noch immer entzieht sich
ihm etwas.

»Oder aber«, fährt er dennoch fort, »eine andere Hypothese:

Vielleicht wollte sie nicht, dass Sie wissen, was sie sich einwarf, um jeden Abend mit einem Monster ins Bett zu gehen …«

»Ich weiß nicht, wovon Sie reden«, sagt Lang, und abermals hat Servaz das eigenartige Gefühl, dass er in diesem Punkt absolut ehrlich ist.

Übersieht er hier etwa einen wichtigen Punkt? Hat er ein Puzzleteil an den falschen Platz gelegt? Er macht dennoch mit seiner Beweisführung weiter.

»Wir haben uns erkundigt, der Typ, der Sie in Ihrem Fitnessstudio coacht, hat Sie in letzter Zeit dreimal häufiger als sonst dort gesehen. ›Die typische Veränderung, die wir ansonsten zum ersten Januar haben‹, hat er sogar gesagt. Sie gingen davon aus, dass Sie in Polizeigewahrsam genommen würden … Sie haben sich körperlich und geistig darauf vorbereitet. Aber sagen Sie mir eines: Wie kann man sich auf einen Polizeigewahrsam vorbereiten, noch bevor das Verbrechen stattgefunden hat, es sei denn, man ist selbst der Täter?«

Servaz gibt Lang Zeit, diesen Gedanken zu wälzen. Etwas an der Haltung des Schriftstellers, in dem Schatten, der jetzt seinen Blick trübt, lässt ihn glauben, dass er gewonnen hat, dass der andere besiegt ist.

»Kommen wir auf … Ambre-Amalia zu sprechen. Auf dem Friedhof lagen drei Kränze: Amalia hatte nicht zu vielen Menschen Kontakt, nicht wahr? Lebte ziemlich zurückgezogen … Lola Szwarzc sagte mir, dass Ihre Frau, als Sie ihr ganz zu Beginn in diesem besetzten Haus Besuche abstatteten, sehr genau gewusst hätte, was sie wollte. Und dass sie Sie gewollt hätte …«

Dieses Mal kam keine Antwort.

»Als Sie mir die Geschichte Ihrer Begegnung erzählten, wie Sie die Fotos von Amalia in dieser Galerie entdeckten, sagten Sie mir, Sie hätten gedacht, Ihre Seelenschwester gefunden zu haben. Das ist nicht weiter erstaunlich: Sie hat alles darangesetzt, um genau diesen Eindruck bei Ihnen hervorzurufen … Diese Fotos dienten nur einem einzigen Zweck: sich an Sie ranzumachen. Und nachdem Sie sie gesehen haben, sind Sie in ihren Bann geraten, wie zwanzig Jahre zuvor in den von Ambre. Und Sie hatten diesen Eindruck eines ›Déjà-vu‹. Wie Sie selbst gesagt haben: Sie hatte etwas unglaublich Vertrautes, das uralte Gefühle in Ihnen weckte. Völlig normal, denn selbst wenn sich Amalia nach all diesen Jahren des Herumirrens und Abmühens verändert hatte, so war sie doch noch immer dieselbe Person.«

Und dann der Todesstoß: »Wie fühlt es sich an, fünf Jahre neben einer Frau geschlafen zu haben, die Sie vergewaltigt hatten und die Sie ganz bestimmt aus tiefstem Herzen hasste?«

»Ich habe sie geliebt ...«

Dieser Satz sprudelt nach langem Schweigen ganz unvermittelt aus ihm heraus – wie eine Beichte oder ein Geständnis.

Servaz zögert, den nächsten Satz auszusprechen, aber er ist nicht da, um einen auf barmherzigen Samariter zu machen.

»So sehr, dass Sie sie umbringen?«

Ein verzweifelter Blick von Lang. Die Antwort verschlägt Servaz die Sprache.

»*Sie* hat mich doch darum gebeten.«

7

»Das ist kein Mord, das ist Sterbehilfe – aktive Euthanasie.«

Seine Stimme ist ganz ergriffen. Verblüfft starrt Servaz ihn an. Was ist das jetzt für eine Strategie? Glaubt er wirklich, dass er sich so aus der Affäre ziehen kann? Verschießt er gerade sein letztes Pulver? Dann denkt der Bulle an das Gefühl, das er kurz zuvor hatte: dass Lang nicht gewusst hatte, dass Ambre-Amalia unter Medikamenteneinfluss stand. *Etwas entzieht sich ihm hier.*

»Was?«, krächzt er.

Lang wirft ihm einen schuldbewussten, unendlich traurigen Blick zu.

»Ja, ich habe sie niedergestreckt. Ja, ich habe dafür gesorgt, dass die Schlangen sie beißen, während sie bewusstlos war, ich habe eine nach der anderen mithilfe einer Zange zu ihr geführt … Das Beißen ist bei ihnen ein Verteidigungsautomatismus, wenn sie in Gefahr sind oder Angst haben …«

Es folgt ein unheilvolles Schweigen. Servaz ist sich bewusst, dass der Schriftsteller soeben einen Mord gestanden hat – hier, vor der Kamera –, aber er fragt sich, worauf Lang hinauswill.

»Als … als *Sterbehilfe?*«, wiederholt er ungläubig. »Was meinen Sie damit?«

Einen Moment lang blitzen Langs Augen auf, dann erlöschen sie wieder.

»Meine Frau war krank, Capitaine. Sehr krank … Die Charcot-Krankheit, sagt Ihnen das etwas? Eine degenerative Erkrankung, fast immer mit tödlichem Verlauf und unbekannter Ursache, die die Lähmung aller Funktionen nach sich zieht – davon sind auch Gehirn und Atmung betroffen –, gefolgt vom Tod nach etwa drei Jahren unter extrem unangenehmen Bedingungen.«

Seine Stimme ist gebrochen – betrübt, missmutig –, als wäre er persönlich dafür verantwortlich.

»Zumeist manifestiert sich die Krankheit zufällig, ohne irgendwelche Auslöser, und die Betroffenen sind in der Regel zwischen 40 und 60 Jahre alt. Die Krankheit ist nicht erblich bedingt. Tatsächlich weiß man aber nicht sehr viel über diesen Mist … Sie fängt mit einer fortschreitenden Lähmung an: Die Fingerspitzen oder die Zunge, dann breitet sie sich immer weiter aus … Bislang gibt es dafür keine Behandlung.«

Seine Gesichtszüge sind von untröstlichem Kummer gezeichnet.

»Sie können sich nicht vorstellen, wie die letzten Monate waren, Capitaine. Sie haben ja keine Ahnung … Das hat keiner, der das nicht durchgemacht hat.«

Langsam fährt er sich mit einer Hand durch die Haare, von der Stirn in den Nacken – und sein Mund verzieht sich fratzenhaft. Dann erzählt ihm der Schriftsteller von Amalias rascher Degeneration – er hat nicht die Kraft, sie Ambre zu nennen, oder aber er will sich nur an Amalia erinnern: *die geliebte und liebende Frau* –, von ihren immer größeren Gedächtnislücken, ihrem Gewichtsverlust, ihren Weinkrämpfen. Dabei denkt Servaz an Amalia Langs abgemagerten Körper, an ihre müden Gesichtszüge, ihren zu kleinen Magen, laut der Gerichtsmedizinerin, an ihre Diät, laut Lola.

Der Schriftsteller ist den Tränen nahe.

»In letzter Zeit konnte sie kaum noch sprechen … Die Worte kamen nur abgehackt, verstümmelt oder deformiert aus ihrem Mund. Manchmal auch gar nicht … Manchmal fehlten welche mitten in einem Satz, und dann wurde sie fuchsteufelswild …«

Er atmet tief durch.

»Sie hatte keine Kraft mehr … sie schleppte sich durch den Tag … man hätte meinen können, es wäre der Geist der Frau, die ich kennengelernt hatte … Aber sie wollte einfach nicht ins Krankenhaus.«

Himmel, sagt sich Servaz. *Wenn der Typ die Wahrheit sagt, dann ist das der größte Liebesbeweis, zu dem ein Mensch fähig ist.*

Dennoch vergisst er darüber Alice und Odile nicht.

»Also ja, vielleicht war ich in Zoé Fromenger verliebt … Aber meine platonische Liebe zu meiner Frau hat niemals aufgehört, Capitaine. Sie war stärker als alles andere. Ich habe sie bis zu ihrem letzten Atemzug geliebt, und ich liebe sie noch heute. Und es ist mir egal, wenn sie mich niemals geliebt, wenn sie mich belogen, betrogen und benutzt hat … wenn ihre Liebe nur eine Lüge war.«

Servaz glaubt nicht, was er da hört: Dieser Typ redet von der Frau, die er vergewaltigte, als sie siebzehn war, deren Schwester er umgebracht hat, und er stellt sich als Opfer dar, verdammt! Dennoch hat Erik Lang in diesem Moment etwas verzweifelt Ehrliches.

»Ich habe diese Frau mehr als alles andere geliebt, Capitaine. Mit ihr zusammen wollte ich alt werden, in ihren Armen sterben, irgendwann … Sie hatte Pläne, Träume für zwei. Eine Vision. Sie gab mir Kraft, Freude. Jeder Tag mit ihr war ein Fest – vor der Krankheit …«

»Wann sind die ersten Symptome aufgetreten?«

»Vor zweieinhalb Jahren.«

Ein fieberhaftes Glänzen belebt seinen Blick wieder.

»Sie hat mich darum gebeten, um ihr einen schrecklich leidvollen Tod zu ersparen«, fuhr er fort. »Sie hatte nicht den Mut, sich umzubringen – vor allem aber wollte sie nicht wissen, wann sie sterben würde, verstehen Sie?«

Lang verzieht das Gesicht, ist nur mehr ein pathetischer Schatten seiner selbst.

»Zunächst habe ich mich natürlich geweigert, widersprochen, ihr gesagt, dass das auf keinen Fall infrage käme. Nicht weil ich Angst vor dem Gefängnis habe. Sondern weil ich sie nicht umbringen wollte. Das war einfach völlig undenkbar. Ich wollte nicht mein restliches Leben von diesem Bild verfolgt werden …«

Einen Moment lang flattern seine Hände wie zwei Vögel in einem Käfig.

»Aber sie hat immer wieder davon angefangen … Sie flehte mich unaufhörlich an, weinte; einmal hat sie sich sogar vor mich hingekniet. Jeden Tag bedrängte sie mich damit, wiederholte: ›Du liebst mich nicht‹, und traf damit einen Nerv. Ihr Zustand wurde immer schlimmer. Also habe ich schließlich nachgegeben … Aber ich konnte sie nicht mit bloßen Händen umbringen, das war unmöglich, dazu hatte ich nicht die Kraft. Und ich wollte nicht, dass sie leidet, ich wollte ihr einen schnellen, schmerzlosen Tod bereiten. So sind mir die Schlangen in den Sinn gekommen … Wenn ich sie bewusstlos schlagen und ihr das Gift der gefährlichsten Schlangen weltweit injizieren würde, wäre sie innerhalb weniger Sekunden tot, dachte ich.«

Er ist auf seinem Stuhl zusammengesunken. Er hat alles erzählt. Wirkt erleichtert, sich alles von der Seele geredet zu haben, sein unsicherer Blick fixiert einen Punkt über Servaz' linker Schulter.

»Und Sie haben ihr Medikamente verabreicht, um ihre Reflexe zu verringern«, fügt der hinzu.

Wieder wirkt Lang überrascht.

»Nein, das mit den Medikamenten, das war nicht ich, das habe ich Ihnen bereits gesagt.«

Servaz verzieht das Gesicht.

»Können Sie das beweisen?«, fragt er. »Die Krankheit, meine ich … Ich kann die Leiche exhumieren und weitere Untersuchungen veranlassen. Aber mir wäre es lieber, es würde nicht so weit kommen.«

Lang zögert.

»Die einzige Person außer mir, der sie von ihrer Krankheit erzählt hat, war ihre Freundin Lola, die vom besetzten Haus: Das hat sie mir gesagt.«

Servaz mustert ihn kalt.

»Nein, tut mir leid, aber sie hat Isabelle Lestrade nichts davon gesagt …«

»Wem?«

»Das ist Lolas eigentlicher Name … Sie hat ihr nichts von ihrer Krankheit erzählt … Sie hat stattdessen behauptet, sie würde eine Diät machen.«

Lang scheint am Boden zerstört, fällt aus allen Wolken.

»Doktor Belhadj!«, ruft er plötzlich. »An der Uniklinik von Toulouse! Er ist ein Spezialist für Amyotrophe Lateralsklerose – so lautet der andere Name dieser Krankheit. Sie war einmal pro Woche bei ihm, in letzter Zeit sogar zweimal. Er wird Ihnen bestätigen können …«

Servaz nickt, betrachtet das mitgenommene Gesicht des Schriftstellers. Ihm ist ein schrecklicher Zweifel gekommen. Er steht auf.

»Sehr gut. Ich bin gleich wieder da.«

Er verlässt das Zimmer.

Er ruft bei der Uniklinik an. Wartet geduldig, während er von einer Abteilung zur nächsten weiterverbunden wird, bis er schließlich eine Frau in der Leitung hat, die ihm mitteilt, die Uniklinik Toulouse sei durchaus als Referenzzentrum für acht seltene Krankheiten anerkannt, allerdings gehöre die Charcot-Krankheit nicht dazu. Es gebe jedoch ein zur Uniklinik gehörendes Zentrum für ALS, die Amyotrophe Lateralsklerose, das wiederum zur Einheit für neurophysiologische Forschung der neurologischen Abteilung des Krankenhauses gehöre. Er fragt seine Gesprächspartnerin trotzdem, ob sie Doktor Belhadj kenne. Nein, den kenne sie nicht, aber sie betont, dass das nichts zu bedeuten habe: Es gebe zu viele Ärzte hier, als dass man alle kennen könne. Sie rät ihm, die neurologische Abteilung in der Neurowissenschaft anzurufen.

Er fragt, ob man ihn verbinden könne, was auch umgehend geschieht.

In der neurologischen Abteilung fragt man ihn, weshalb er anrufe, dann hängt er gut eine Viertelstunde in der Warteschleife, während derer er eine ihm unbekannte Musik zu hören bekommt, die Mozart mit den Füßen hätte spielen können. Nach 15 Minuten holt ihn eine andere Stimme aus seiner Trance.

»Was genau wollen Sie wissen?«

Er erklärt es.

»Haben Sie ein Fax? Ich lasse Ihnen eine Liste der Ärzte zufaxen. Wenn Ihr Doktor Belhadj an der ALS arbeitet, ist er zwangsläufig dort aufgeführt.«

Hat er. Er gibt die Nummer durch, schließt daraus, dass sein Gesprächspartner noch nie etwas von einem Doktor Belhadj gehört hat. Als die Liste eintrifft, stellt er fest, dass sie mehrere Seiten lang ist. Nie hätte er gedacht, dass es in der neurologischen Abteilung so viele Ärzte gibt. Er zählt: zwölf in der vaskulären Neurologie, neun in der kognitiven Neurologie, Epilepsie, Schlaf und anormale Bewegungen, acht in der inflammatorischen Neurologie und der Neuroonkologie, zwölf für die neurophysiologische Forschung und 58 – nicht einen weniger – für die spezialisierten Beratungen in den vorangegangenen Fachbereichen …

Darunter weit und breit kein Doktor Belhadj.

Er geht zu seinem Büro. Lang hat ihn belogen. Er hat einen letzten abgefeimten Coup versucht. Dabei musste er doch ahnen, dass sie das überprüfen würden. Was beabsichtigte er mit diesem letzten Manöver? Zeit zu gewinnen? Das ergibt keinen Sinn. Er denkt an Amalia unter Medikamenteneinfluss. Und mit einem Mal sieht er eine andere Realität – eine *schreckliche* Realität.

Er muss noch einen weiteren Anruf tätigen …

»Wie gelangte sie zum Krankenhaus?«, fragt er eine Viertelstunde später.

»Anfangs mit ihrem Auto. Später mit dem Taxi.«

»Haben Sie sie begleitet?«

»Nein. Sie wollte nicht, dass ich sie ins Krankenhaus begleite, dass ich sie dort sehe.«

»Haben Sie diesen Doktor Belhadj schon einmal getroffen?«

Lang wirft ihm einen vorsichtigen Blick zu.

»Ein einziges Mal habe ich ihn von Weitem gesehen. Dieses eine Mal habe ich darauf bestanden, sie zu begleiten … Sie hat in der Eingangshalle der Uniklinik mit dem Finger auf ihn gedeutet, dann hat sie mich gebeten, im Auto zu warten, und ist auf ihn zugegangen.«

»Haben Sie gesehen, wie sie mit ihm sprach?«

»Nein.«

Servaz betrachtet ihn. Jetzt verzieht er das Gesicht.

»Es tut mir leid, aber ich glaube, Ihre Frau hat Sie an der Nase herumgeführt …«

»Was meinen Sie damit?«

»Ambre … Amalia hat Sie sehr wahrscheinlich dazu gedrängt, sie umzubringen, damit Sie indirekt für zwei andere Verbrechen verurteilt werden, die Sie ungestraft begangen haben: ihre Vergewaltigung und den Mord an ihrer Schwester Alice. Sie hat ganz bewusst die Medikamente eingenommen, um sicherzugehen, dass die Polizei die Hypothese eines misslungenen Einbruchs verwirft, und so den Verdacht auf Sie gelenkt. Sie hat das Kreuz in ihrer Schublade hinterlassen, damit die Ermittlung von 1993 wiederaufgenommen wird …«

Er legt die Hände flach auf den Schreibtisch.

»Sie musste eine strenge Diät halten, um so abzumagern, vielleicht hat sie sich dazu auch bewusst erbrochen … Und was ihre Sprachprobleme betrifft: Die simulierte sie, wenn sie mit Ihnen zusammen war, zu Hause. Eine beachtliche Leistung, ich muss schon sagen … Sobald sie unterwegs war, waren ihre Symptome verschwunden. Dasselbe gilt für die Gedächtnislücken. Ich habe soeben mit Lola Szwarzc geredet: Ambre … Amalia hat keines der von Ihnen genannten Symptome gezeigt.«

Lang reagiert nicht. Sein Gesicht wird aschfahl, und Servaz befürchtet, er könnte ohnmächtig werden.

»An der Uniklinik Toulouse gibt es auch keinen Doktor Belhadj. Genauso wenig wie anderswo. Dementsprechend gibt es auch keine Beweise für das, was Sie vorbringen, und das Gericht wird aufgrund der Medikamente ganz bestimmt auf vorsätzlichen Mord plädieren. Das kann mit lebenslanger Haft geahndet werden.«

Mit geröteten, tränenunterlaufenen Augen steckt Lang den Hieb ein.

»Aber Sie, Sie glauben mir doch!«

Servaz zuckt fatalistisch mit den Schultern. In seinem tiefsten Inneren brandet ein perverses Triumphgefühl auf.

»Zum jetzigen Zeitpunkt ist das nicht wichtig, Lang. Die Tatsachen sprechen gegen Sie – und meine Hypothese würde wie das wirken, was sie ist: eine unglaubwürdige Theorie, die sich auf nichts stützt …«

»Aber der DNA-Vergleich beweist doch, dass … Amalia … eigentlich Ambre war … das haben Sie doch selbst gesagt.«

»Und wenn schon?«

»Sie … das Gericht … wird sich zwangsläufig Fragen stellen …«

»Ja und …? Dort wird man nur sehen, dass Sie die Frau ermordet haben, von der Sie geglaubt haben, Sie hätten sie bereits 1993 ermordet. Wie soll man jemandem glauben, der bereits vor 25 Jahren gemordet hat? Außerdem habe ich die Kamera ausgeschaltet, als ich das Büro vorhin verlassen habe … nachdem Sie den Mord an Ihrer Frau gestanden haben. Nichts von dem, was danach gesagt wurde, ist irgendwo festgehalten …«

Es ist an der Zeit, zum Schluss zu kommen. Jedes seiner Worte gleicht einem weiteren Sargnagel.

»Die Frau, für die Sie Ihr restliches Leben im Gefängnis verbringen werden, für die Sie sich geopfert haben, hat Sie niemals geliebt: Sie hat Sie im Gegenteil aus tiefstem Herzen gehasst. Ihre große Liebesgeschichte war tatsächlich nichts als eine Lüge.«

Servaz sieht auf die Uhr. Er ruft Espérandieu.

»Bring ihn wieder nach unten«, sagt er. »Morgen früh rufen wir den Richter an.«

»Verlängern wir den Polizeigewahrsam?«

Er zeigt auf die Kamera.

»Nicht nötig. Der ist durch. Alles ist da drauf …«

Vincent bittet den Schriftsteller aufzustehen und legt ihm Handschellen an. Dann steht Servaz auf – Lang und er starren einander zum letzten Mal an, ihre Blicke tauchen ineinander, sind durch das Ende miteinander vereint: auf der einen Seite der

Sieg, auf der anderen die Niederlage. Ein leichtes Lächeln umspielt die Lippen des Schriftstellers.

Ein trauriges Lächeln. Unendlich traurig.

»Darf ich Sie um einen Gefallen bitten, Capitaine? Auf meinem Computer gibt es ein unvollendetes Manuskript. Könnten Sie mir das ausdrucken? Ich hätte es gerne …« Er seufzt. »Denken Sie, dass ich im Gefängnis schreiben kann?«

8

Wie jedes Mal hat er sein Büro aufgeräumt, für Ordnung gesorgt. Er hat die Formulare vorbereitet, den Bericht für den Richter, den er morgen abschicken würde, die Videoaufzeichnung abgespeichert … Er hat die Befriedigung einer ordentlich erledigten Arbeit, ein schönes Werk: eine endgültig geschlossene Tür – endlich –, nach 25 Jahren. Und doch hinterlässt dieser Sieg einen eigenartigen Nachgeschmack bei ihm.

Vor 25 Jahren hat Lang das niederträchtigste Verbrechen begangen und danach indirekt drei Menschen getötet – rechnete man den Selbstmord von Cédric Dhombres mit ein. Allerdings war Amalias Rache nicht weniger niederträchtig: *was für eine abscheuliche Liebeslüge* … Denn er glaubt Lang, wenn der behauptet, er habe aus Liebe gehandelt.

Muss tatsächlich um jeden Preis für Gerechtigkeit gesorgt werden? Wer ist er schon, um diese Frage zu beantworten? Ein Niemand … Er nimmt sich die Jacke, schließt die Tür hinter sich.

Inzwischen ist es Nacht – und noch dazu Sonntag –, der Gang liegt verlassen da, dunkel, schweigend. Dennoch geht er auf gut Glück zu dem Büro, in dem er etwas früher an diesem Tag vorbeigekommen war, dem, in dem das Wort *Ruderklub* gefallen war. Durch die leicht offen stehende Tür dringt ein Lichtstreifen nach draußen in den Halbschatten des Ganges. Er hört das Rascheln von Papier dahinter, gefolgt von dem Geräusch einer Schublade, die geschlossen wird. Der Kollege dreht sich zu ihm um, als er sich hineinschiebt. Genau wie er räumt er seine Akten weg, macht sich zum Aufbruch bereit. Nur eine Lampe ist noch eingeschaltet.

»Hallo«, sagt Servaz.

Der andere wirft ihm einen misstrauischen Blick zu. Zwischen ihnen stimmt die Chemie einfach nicht. Simonet ist ein Typ der alten Schule, schwerfällig, Veränderungen gegenüber unzugänglich, für Servaz' Geschmack vor allem aber ein bisschen zu dilettantisch.

»Hallo …«

»Was hatte es mit diesem Ruderklub vorhin auf sich?«, fragt er aus heiterem Himmel.

»Warum willst du das wissen?«

»Ich bin einfach nur neugierig.«

Wieder dieser misstrauische Blick. Simonet ist nicht dumm, aber er hat es eilig, will nach Hause. Er hat keine Lust zu diskutieren.

»Mehrere Mädchen haben sich darüber beschwert, dass der Chef des Klubs unangekündigt in die Damendusche kommt und sie begafft. Noch so ein Unsinn nach der Weinstein-Affäre«, fügt er verächtlich und bitter hinzu.

Servaz erschaudert.

»Wie heißt er?«

Der Blick des Kollegen wird eindringlich. Er wägt ab, was er preisgeben will, vor allem aber, was er im Gegenzug dafür bekommt. Der übliche Handel unter Bullen.

»François-Régis Bercot. Warum? Sagt dir das was?«

»Nein, nichts.«

Langsam schüttelt Simonet den Kopf.

»Servaz!«, bellt er, »hör auf, mich für dumm zu verkaufen!«

»Eine alte Geschichte … von vor 25 Jahren«, verteidigt sich Martin. »Vergiss es. Da gibt es keine Verbindung.«

»Vor 25 Jahren? Echt jetzt?«, spottet Simonet. »Himmel, Servaz! Du hast vielleicht Zeit zum Vertrödeln, verdammt! Glaubst du nicht, dass wir was anderes zu tun haben, als den Staub von gestern aufzuwühlen?«

Du ganz bestimmt, denkt er. Er hat bereits kehrtgemacht. Simonet hat recht. Es ist einfach nur ein Zufall. Das gibt es bei jeder Verbrechensuntersuchung: kleine Details, die irgendwohin zu führen scheinen, aber nichts weiter als Sackgassen sind, ohne Verbindung zum Fall. Die Art Zufall, die Wasser auf die Mühlen der unverbesserlichen Zweifler, der Verschwörungstheoretiker und all derer gießt, die die Geschichte gerne neu schreiben würden und glauben, die Wahrheit liege woanders.

Er geht wieder in den Gang. Ein Telefon klingelt irgendwo hinter einer Tür. Das kommt aus seinem Büro … Rasch geht er dorthin, öffnet die Tür, das Klingeln wird lauter. Er hebt ab.

»Jemand möchte mit Ihnen sprechen«, sagt die Person am Empfang, die Sonntagsdienst hat.

»Ich habe keine Zeit, sagen Sie …«

»Er sagt, er sei ein Fan und wolle mit Ihnen über Gustav sprechen … Er war sehr hartnäckig.«

»Was?«

»Ich habe das nicht so recht verstanden, er sagt, er sei ein Fan und wolle …«

»Das habe ich verstanden! Stellen Sie ihn durch!«

Ihm schlägt das Herz bis zum Hals, das Blut pocht in seinen Schläfen.

»Hallo!«

»*Willst du Gustav wiedersehen, du verfluchtes Bullenarschloch? Befrei Erik Lang, dann siehst du ihn wieder. Ansonsten … ich gebe dir eine Stunde, um nachzudenken. Dann rufe ich wieder an …*«

Es macht klick. Er hat ihn erkannt.

Die kratzige, etwas zu hohe Stimme von jemandem, der nur wenig redet: die Stimme von Rémy Mandel.

9

SONNTAG
AUF DEM LAND

Er rast durch die Straßen, stellt sein Auto auf einem Behindertenparkplatz vor seiner Wohnung ab, springt aus dem Auto und rennt über den Bürgersteig. Im winzigen, vergitterten Aufzug donnert er die Faust mehrmals gegen die Wand.

»Schneller!«

Er hat geschrien. Es ist ihm egal, ob man ihn hört. Als der Aufzug stehen bleibt, schiebt er das Gitter unwirsch auf, hastet auf den Treppenabsatz. Er klingelt, dreht den Türgriff aus Kupfer. Die Tür ist nicht abgeschlossen. Er eilt hinein. Ruft. Platzt ins Wohnzimmer, wo er in das erschrockene Gesicht der Babysitterin sieht.

»Wo ist er?«, brüllt er.

Sie bekommt Angst. Ihre Augen weiten sich.

»Gustav? Der ist mit Ihrem Kollegen mitgegangen …«

Er packt sie an den Schultern, schüttelt sie. Ihre Gesichter sind dicht voreinander. Er spuckt beim Reden.

»Was hat er gesagt?«

»Lassen Sie mich los! Er hat gesagt, Sie hätten ihn gebeten, mit Gustav zum Arzt zu gehen, er würde ihn in einer Stunde wieder zurückbringen, Sie hätten aufgrund Ihrer Ermittlung keine Zeit.«

»Und das hast du geglaubt, du dummes Huhn? Heute ist Sonntag!«

»Sie sind ja wahnsinnig! Ich verbiete Ihnen …«

»Wie hat er ausgesehen?«

»Groß, weiße Haare, blaue Augen. Ich verstehe nur Bahnhof! Was ist denn los, verdammt?«

Er ist schon wieder weg. Mandel hat ihm gesagt, er würde ihn in einer Stunde wieder auf seinem Festnetz in der Kripo anrufen. Er hastet die Treppe hinunter, stürzt auf die Place Victor Hugo hinaus, wo er einen bärtigen Hipster anrempelt, der meckert, als sich der Inhalt seines Einkaufskorbs über den Bürgersteig verteilt – Orangen und Äpfel, beides bestimmt bio, die jetzt in der Abflussrinne herumkullern. Servaz setzt sich hinter das Steuer und fährt mit quietschenden Reifen unter dem perplexen Blick des Hipsters in Richtung des Boulevards de l'Embouchure los.

»Ich will mit Gustav reden!«, sagt er in den Hörer.

»Wir sind hier nicht in einem Film«, erwidert Mandel. »Sie werden genau das tun, was ich Ihnen sage.«

Servaz sagt nichts.

»Sie werden Lang freilassen.«

»Das kann ich nicht machen …«

»Noch ein Wort, dann schneide ich ihm einen Finger ab, ist das klar?«

Servaz schweigt.

»Sehen Sie zu, wie Sie es anstellen, dann fahren Sie Richtung Albi. In der nächsten Stunde werden Sie neue Anweisungen erhalten. Und ich rate Ihnen, dass Sie dann im Auto unterwegs sind. Geben Sie mir Ihre Handynummer. Und keinen Ärger: Lang, Sie und ich – niemand sonst. Vergessen Sie nicht, dass Gustav bei mir ist.«

Ich werde vor allem nicht vergessen, dir den Kopf abzureißen, denkt er. Aber in diesem Moment ist die Angst größer als die Wut.

Der Wachmann unten sieht ihn verdutzt an.

»Um diese Uhrzeit?«

»Ein Notfall«, antwortet er. »Der Richter will mit ihm sprechen. Es gibt neue Beweise. Also wird das heute noch was oder erst morgen?«

»Schon gut, schon gut … kein Grund, sich gleich aufzuregen. Aber erst müssen Sie die Entlassungspapiere unterzeichnen.«

»Kein Problem.«

Er unterschreibt.

Lang liegt mit geschlossenen Augen auf der Bank in seiner Zelle, öffnet sie jedoch sofort, als sie die Tür aufschließen. Überrascht sieht er vom Wachmann zu Servaz. Er hat keine Ahnung, wie spät es ist – und fragt sich vermutlich, ob schon Morgen ist, ob er die ganze Nacht durchgeschlafen hat.

»Stehen Sie auf«, sagt der Bulle.

Er legt ihm die Handschellen an und schiebt ihn behutsam nach draußen, weiter zu den Aufzügen, unter den überraschten Blicken aus dem Aquarium, die wie gebündelt durch eine Linse in ihre Richtung gehen. Statt in den zweiten Stock hinaufzufahren, drückt er auf den Knopf für das Erdgeschoss.

Im Eingangsbereich wendet er sich nach links, Richtung Innenhof, gefolgt von den Blicken der beiden Wachmänner hinter dem Empfangstresen. Lang sieht hinter den Scheiben, dass es noch dunkel ist, und sein Blick wandert zu einer Uhr.

»Wohin gehen wir?«, fragt er verwirrt. »Verdammt, was soll der Scheiß?«

Im Innenhof führt Servaz ihn zu seinem Auto. Er hätte direkt von den Zellen des Polizeigewahrsams hierherkommen können – es gibt eine Tür, die vom »Kerker« zur Tiefgarage führt –, aber das hätte zu viel Aufmerksamkeit erregt. Der Mond scheint über der nüchternen Fassade des Kommissariats, spiegelt sich in den dunklen Fenstern. Er macht die Tür auf der Beifahrerseite auf, schiebt Lang hinein.

»Wohin fahren wir?«, fragt der erneut.

»Halt die Klappe.«

Zwei Minuten später fahren sie über den Boulevard in östlicher Richtung, am dunklen Kanal und an Wohnblöcken mit beleuchteten Fenstern entlang, dann biegen sie auf die Avenue de Lyon ab, von wo sie über die Route d'Albi auf die nördliche Umgehungsstraße gelangen.

Eine Weile schweigt Lang. Er scheint Angst zu haben. Als sie dann aber die Umgehungsstraße erreichen, sich in den Strom der Scheinwerfer einreihen und den Ballungsraum verlassen, rührt er sich wieder.

»Sagen Sie mir nun endlich, wo wir hinfahren?«

Servaz antwortet nicht. Er hat seine Waffe in das Corduraholster geschoben und spürt sie beim Fahren unter seiner Lederjacke. Sein Handy liegt auf dem Armaturenbrett. Sie lassen die Mautstelle auf der A 68 hinter sich, folgen der Autobahn, die sich wie ein Fluss zwischen den Hügeln des Nordostens schlängelt, Richtung Gaillac und Albi, als das Display auf einmal leuchtet, gefolgt von einem Klingeln, das an das Schrillen eines alten Telefons erinnert.

»Ist er im Auto?«, fragt Rémy Mandel.

»Ja.«

»Geben Sie ihn mir.«

Servaz reicht das Handy an Lang weiter, der es mit gefesselten Händen entgegennimmt.

»Hallo?«

Schweigen.

»Ja, ich bin's ... Wer ...? Wer sind Sie? Mandel, sind Sie das? Himmel, was machen Sie denn?«

Servaz' Augen verlassen das graue Autobahnband, um das Profil des Schriftstellers im schwachen Leuchten des Armaturenbretts zu betrachten. Er wirkt angespannt, nervös. Ohne mit der Wimper zu zucken, hört er zu.

»Ich verstehe das nicht«, sagt er nach einer Weile. »Was wollen Sie?« Die Stimme des Schriftstellers klingt ungläubig, verwirrt. Er lauscht dem, was der Fan ihm sagt. »Warten Sie ... ich weiß nicht, was Sie wollen, aber ich ... ich weigere mich zu fliehen ... Nein, ich will nicht, das sage ich Ihnen doch ... Sind Sie wahnsinnig, Mandel ...? Ich ... ich werde nicht mit Ihnen fliehen, haben Sie das verstanden?« Wieder hört er zu, und Servaz nimmt das immer lauter werdende Geräusch von Mandels Stimme aus dem Hörer wahr. »Bestehen Sie nicht darauf, Mandel, ich weigere mich, das zu tun! Sie müssen den Jungen laufen lassen!« Wieder Mandels Stimme, dann dreht der Schriftsteller sich zu Servaz um und gibt ihm das Handy. »Er will mit Ihnen sprechen ...«

»Ich höre«, sagt Servaz.

Die Stimme klingt überaus wütend. »Bringen Sie diesen Idioten her!«

»Sie haben es gehört, er hat Ihnen gesagt, dass er nicht fliehen will. Lassen Sie meinen Jungen laufen, Mandel.«

»Halten Sie die Klappe und tun Sie, was ich Ihnen sage! Fahren Sie in Lavaur ab! Da nehmen Sie die D 12! Das Handy hat dort vermutlich keinen Empfang, also gebe ich Ihnen die weiteren Anweisungen schon jetzt durch. Noch ein Tipp: Sagen Sie niemandem, wohin Sie unterwegs sind …«

Als das Gespräch beendet ist, bemerkt er, dass Lang ihn aufmerksam beobachtet.

»Warum tun Sie das?«, fragt der Schriftsteller.

»Er hat meinen Sohn …«

Das scheint den Schriftsteller nicht sonderlich zu beruhigen, ganz im Gegenteil.

»Dieser Typ ist durchgeknallt, wissen Sie das?«

»Vielen Dank für die Info, aber ich wäre auch nicht davon ausgegangen, dass sich ein normaler Mensch so verhält.«

»Was werden Sie unternehmen?«

»Vorerst mache ich, was er von mir verlangt.«

»Ich will nicht in diese Geschichte verwickelt werden.«

»Das sind Sie bereits …«

»Ich verlange, dass Sie mich in meine Zelle zurückbringen …«

»Ich habe Ihnen gesagt, Sie sollen die Klappe halten …«

»Sie … Sie haben nicht das Recht, mich zu zwingen, Ihnen zu folgen … Mein Anwalt wird dafür sorgen, dass Sie bei der Polizei rausfliegen, Sie werden arbeitslos sein und kein Anrecht auf Rente haben …«

»Noch eine Bemerkung in der Richtung, und ich schieße Ihnen ins Knie, Lang.«

Also schweigt der Schriftsteller lieber.

Der Mond scheint über die Hügel, die sich scherenschnittartig vor der hellen Nacht abheben, vom Blattwerk der Bäume überragt werden; Nebelschwaden hängen in den Mulden, am Saum der Wälder, und wann immer sie dort eintauchen, verteilt sich die Helligkeit der Scheinwerfer wie ein Leuchtfeuer. Die Autobahn wurde von einer völlig dunklen Landschaft abgelöst, seit sie Lavaur verlassen haben, die einzigen Lichter stammen von abgeschiedenen Bauernhöfen.

Servaz fragt sich, wie man an einem solchen Ort leben kann, in dieser Stille und dieser undurchdringlichen Nacht, die einen glauben lassen, die Zeit würde hier bis zum nächsten Tag stehen bleiben. Den Winter, diese Finsternis, umgibt etwas Schreckliches.

Mit bangem Herzen, die Hände um das Lenkrad geklammert, kommt er Mandels Anweisungen nach. Unablässig denkt er an Gustav. Wo ist sein Sohn genau jetzt? Ist er gefesselt? Geknebelt? Hat er Angst? Behandelt Mandel ihn gut? Er sieht Gustav wieder in diesem österreichischen Krankenhauszimmer nach der Operation vor sich. Wie groß seine Angst um ihn damals war. Wie sehr er sich um sein Leben sorgte. Dieselbe Angst hat ihn auch jetzt erfasst und krampft gerade seinen Magen zusammen.

Schon eine ganze Weile hat Lang den Mund nicht mehr aufgemacht. Woran denkt er? Sucht er nach einem Ausweg? Wird er aus dem Auto springen, wenn Servaz langsamer wird? Er hat noch immer den Sicherheitsgurt um.

Sie fahren auf einen Hügel hinauf, auf der anderen Seite wieder hinunter, und dort, am unteren Ende des Abhangs, hätte Servaz fast die Abzweigung des engen, tunnelartigen Weges verpasst, der sich in den Wald schlängelt, mit einem efeuberankten Steinkreuz als Wegweiser, wie angekündigt.

Er tritt auf die Bremse, biegt ab und folgt den Radspuren zwischen den zwei Baumreihen.

»Ist es hier?«, fragt Lang mit zitternder Stimme.

Er antwortet nicht. Die Scheinwerfer hüpfen mal nach oben, mal nach unten, beleuchten ebenso sehr die Stämme wie das Gewölbe der Äste, je nach Schlagloch.

»Was ist das hier für ein Ort?«, fragt Lang – und Servaz hört die Angst in seiner Stimme. »Sie sind im Begriff, eine Riesendummheit zu machen, Capitaine.«

»Profitieren Sie davon. Das müsste Ihnen Ideen für Ihren nächsten Roman liefern. Und jetzt will ich kein Wort mehr von Ihnen hören, verstanden? Halten Sie die Klappe, Lang. Ich meine das ernst …«

10

Ich bin frei. Er hat die Inbrunst in mir getötet. Die Liebe, die ich für unerschütterlich gehalten hatte, die Treue, die Anbetung. Er hat die Flamme ausgelöscht. Jetzt werde ich lernen, ihn zu verabscheuen.

Was für eine Enttäuschung, dass er mein Angebot abgewiesen hat, meine Aufopferung am Telefon. Was für ein Feigling, was für ein Verräter, was für ein verdammter Heuchler. Und dann mich als verrückt bezeichnen. Hält er mich etwa für Mark David Chapman, Ricardo López oder John Warnock Hinckley? Ich bin nicht verrückt. Der Wahnsinn, das ist etwas anderes. Er hat mich beim Nachnamen genannt – nicht mehr Rémy, wie bei den Signierstunden ... Nach allem, was ich für ihn getan habe, also hat er nichts verstanden ... Fan sein, das heißt nicht einfach nur jemanden lieben, sein Werk, das, was er darstellt, seine Person, ihn bewundern, ihm ähneln wollen. Nein, das ist sehr viel mehr als das ...

Ich war glücklich, wenn er Erfolg hatte, traurig, wenn ihm etwas misslang. Seine Erfolge und Niederlagen waren meine. Voller Verehrung erwartete ich das Erscheinen jedes neuen Romans, las ihn wieder und wieder, verfolgte mit derselben Andacht jeden seiner Schritte auf dieser Welt, ich war ein Spezialist, ein Experte, der Tempelwächter, ich sammelte Zeitungsartikel, Widmungen, Fotos ... Er war mein Vorbild, mein Held. Er half mir, die Wüste meiner Nichtexistenz zu durchqueren. Ich habe all meine Liebe, all meine Energie und meine Zeit sowie all meine Träume auf ihn gesetzt. Ich habe ihn zu meinem Freund, meinem Vertrauten, meinem großen Bruder, meinem Ideal gemacht ... Ich dachte, wir würden uns nahestehen, dachte, das zwischen uns sei etwas Besonderes, etwas Heiliges.

Aber soeben wurden mir die Augen geöffnet: Er ist er, und ich bin ich – und er kann mir persönlich nichts geben. Ich habe ihm mein

Leben geopfert, und er, was hat er mir im Gegenzug gegeben? Ich war nicht ich selbst. Ich war ein Atom, ein Partikel inmitten einer Masse anderer, die wie ich sind, einer anonymen Masse von Fans ... ach, die Fans ... Ich hätte die Wahrheit schon viel früher sehen müssen: Menschen wie er sind niemandes Fan. Lieben nur sich selbst, sind viel zu fixiert auf ihre eigene Wichtigkeit, zu beschäftigt mit ihrem Ruhm, ihrem Leben, um sich für das der anderen zu interessieren. Für uns, die Fans, ist die Liebe eine Einbahnstraße, es wird nie eine Erwiderung geben. Menschen wie er halten unsere Verehrung, unsere Liebe für etwas, das ihnen zusteht. Aber unsere unbedeutenden Leben sind ihnen völlig egal ...

Und diese Liebe für ihn hat mich kleingemacht ... Diese ganze bedingungslose Liebe, die ich jemand anderem hätte zukommen lassen können, vergebens, vergeudet ... Meinen Eltern, meinen Freunden, einer Frau, Kindern ... Ich sehe in den Himmel, sehe die Millionen Sterne. Sie waren schon da, bevor ich geboren wurde, und sie werden auch nach meinem Tod noch da sein. Mir wird klar, wie absurd und lächerlich das alles war.

Doch die Stunde für ein allerletztes Ritual der Verehrung ist gekommen, für ein allerletztes Opfer.

Ein letztes Mal werde ich etwas für dich tun: Ich werde aus dir eine Legende machen, die man nie vergisst.

Und wenn man an dich denkt, wird man an mich denken. Das bist du mir schuldig ...

11

Als sie auf der Lichtung auftauchen, liegt der Schuppen im Dunkeln da, ebenso reglos und schwarz wie ein Stück Kohle. Kein Lebenszeichen, aber Mandels Auto, der Seat Ibiza, steht mit ausgeschalteten Scheinwerfern da.

Servaz fährt einen großen Bogen und hält neben ihm.

Kurz peitschen seine Scheinwerfer über die Steinfassade des zerfallenen Bauernhofs, der zusammen mit dem Holzschuppen, der genauso hoch ist wie das Hauptgebäude, ein L bildet. Schon seit Langem sind keine Scheiben mehr in den Fenstern – es gibt auch keine Türen oder Fensterläden, nur noch rostige Wracks von Landmaschinen; eine Kreiselegge und ein Pritschenanhänger ruhen im Hof wie dösende Tiere.

»Verdammt.« Lang stößt einen Seufzer aus, mit dem alle Luft aus seiner Lunge weicht.

In der Nacht wirken die verlassenen und von Bäumen gesäumten Gebäude noch finsterer, noch beunruhigender, als sie das vermutlich tagsüber tun. Der hohe, klotzige Schuppen wirft seinen unheilvollen Schatten auf die gestampfte Erde des Hofs und das benachbarte Gebäude.

Servaz stellt den Motor ab. Steigt aus. Lauscht.

Kein Geräusch, nur ein lauer Wind, der die Bäume rascheln lässt. Der Bulle geht um das Auto herum, öffnet die Beifahrertür und zieht den Schriftsteller wortlos nach draußen.

»Machen Sie keinen Scheiß, Servaz«, jammert der, während der Bulle ihn zum Schuppen stößt, wobei er seinen Arm fest umklammert.

Sterne funkeln über den wehenden Baumwipfeln, als sie auf den Schuppen zugehen. Die Angst, die diese Umgebung bei Lang aufrührt, lässt sich an dem Widerstand ablesen, den er leistet und der mit jedem Schritt stärker wird, bis Servaz ihn loslässt, die Waffe herausholt, durchlädt und sie auf den Schriftsteller richtet, ehe er auf die weit offen stehende zweiflügelige Tür zeigt.

»Na los. Da rein.«

Lang sieht ihn an. Der Mond scheint auf sein Gesicht. Er hat Angst.

»Nein.«

Seine Antwort klingt entschieden. Bestimmt glaubt er, der Bulle würde seine Drohung nicht wahr machen. Der Griff der Waffe knallt ihm ohne Vorwarnung auf den Mund, ebenso unversehens wie ein Schlangenbiss, ein Knirschen ist zu hören, gleichzeitig stößt Lang einen Schrei aus.

»Da rein …«

Der Schriftsteller beugt sich vornüber, spuckt Blut in den Staub. Vorsichtig berührt er seine abgebrochenen Zähne, sieht auf und wirft Servaz einen furchterfüllten Blick zu, der inzwischen den blendenden Strahl seiner Taschenlampe auf ihn gerichtet hat.

»Da rein!«

Widerstrebend gehorcht Lang. Servaz folgt ihm. Am gebeugten Rücken und an den hochgezogenen Schultern erahnt er die Furcht, das Sichabfinden und die Ungläubigkeit des anderen Mannes. Mit dem rechten Fuß tritt er auf etwas Flaches, Weiches und lässt den Strahl der Taschenlampe einen Moment nach unten wandern.

Er ist auf ein Buch getreten …

Ein Roman von Erik Lang.

Als Nächstes lässt die Taschenlampe die vertikalen und horizontalen Balken erkennen, die den hohen, komplexen Dachstuhl stützen, dazu große quaderförmige Heuballen, die im Inneren eine Art Pyramide bilden. Hinter der Pyramide ertönt eine Stimme.

»Schließen Sie die Türen …«

»Wo ist mein Sohn?«, brüllt Servaz.

»Schließen Sie die Türen …«

Der Schriftsteller hat sich verwirrt umgedreht, weiß nicht, was er tun soll, sieht mit angsterfüllten Augen in das Licht der Lampe. Servaz bedeutet ihm, die beiden Türflügel zuzuziehen.

»Versuch ja nicht zu flüchten«, fügt er noch hinzu, als Lang auf die Tür zugeht.

Der Schriftsteller tut, wie ihm geheißen, zieht die beiden Türen zu, die quietschend die Nacht ausschließen.

»Jetzt kommen Sie hierher«, sagt die Stimme.

Im hinteren Bereich gibt es eine kleine Tür, dahinter dunkle Nacht. Sie gehen in diese Richtung, zweimal tritt Servaz dabei auf ein Buch, das im Stroh herumliegt. Ein Roman von Lang … Was hat das zu bedeuten?

Die beiden Männer treten durch die niedere Tür, setzen ihren Fuß auf einen Holzboden mit schmalen, durchbrochenen Latten.

»Rechts ist ein Lichtschalter. Schalten Sie das Licht ein …«

Servaz tastet an der Wand entlang. Betätigt den Lichtschalter. Sofort erstrahlt eine nackte Glühbirne, die an einem verdrehten Kabel hängt, und er spürt, wie Adrenalin, Wut und Panik in ihm aufsteigen, als er im Schein der Glühbirne sieht, wie Rémy Mandel Gustav an sich presst und ihm einen spitzen Gegenstand an den Hals hält.

»Mandel«, wettert er mit vor Wut und Angst zitternder Stimme, »wenn Sie …«

»Ihm geschieht nichts, wenn Sie tun, was ich Ihnen sage«, unterbricht ihn der hünenhafte Fan. »Schalten Sie die Taschenlampe aus, verdammt!«, fügt er noch blinzelnd hinzu.

In diesem Moment kreuzen sich Servaz' und Mandels Blicke – der Fan ist zu allem bereit, das weiß er –, dann wandert sein Blick zu dem Gesicht von Gustav, das etwa auf Höhe des Bauchnabels des Hünen ist, und ihm zerreißt es das Herz, als er die Angst in den Augen seines Sohnes erkennt.

Erst beim dritten Hinsehen entdeckt er alles Weitere. Auf dem Boden um Mandel und Gustav herum sind Bücher aufgehäuft – mehrere Dutzend Bücher –, auf den Boden geworfen, aber nicht irgendwie: Sie bilden eine Art Kreis um die beiden. Einen Kreis von etwa zwei Metern Durchmesser. Das also ist die Erklärung für die Bücher, auf die er zuvor getreten war ... In Windeseile analysiert er die Situation Stück für Stück – aber es ist der Geruch, der ihn den Plan verstehen lässt. Er rümpft die Nase.

Benzin ...

Am liebsten hätte er sich auf den Fan gestürzt, doch er unternimmt nichts. Die Spitze des Gegenstands bohrt sich leicht in Gustavs Hals, das kann er nicht ignorieren. *Ein Brieföffner ...* Nicht ganz so scharf wie ein Cutter, aber spitz genug, um eine Halsschlagader zu durchbohren ... Außerdem hält Mandel seinen Sohn fest an sich gepresst.

»Was wollen Sie, Rémy?«, fragt er behutsam.

Die ganze Zeit über hat sich Lang, der vor ihm steht, keinen Millimeter von der Stelle gerührt.

Und ihn sieht Mandel an, nicht den hinter ihm stehenden Bullen.

»Guten Abend, Erik«, sagt er.

Lang antwortet nicht. Bewegt sich nicht. Atmet er?

»Ich freue mich, Sie zu sehen ...«

Ein verkniffenes Lächeln auf dem Gesicht des Fans.

»Auf Sie trifft das bestimmt weniger zu ...«

Noch immer keine Reaktion.

»Sie haben versucht, mir die Schuld für Ihre Verbrechen in die Schuhe zu schieben, Erik. *Mir,* Ihrem *allergrößten* Fan ...«

Vorwürfe und Wut in Mandels Stimme. Dieses Mal reagiert Lang.

»Nein! Ich wusste, dass die Überwachungskameras Sie entlasten würden!«

»Und jetzt weigern Sie sich, zu flüchten«, fügt der Fan hinzu, mit ruhiger, gleichmäßiger Stimme, ohne auf ihn einzugehen. »Sie haben Angst, Sie ziehen das Gefängnis vor ... Sie enttäuschen mich *über alle Maßen.*«

»Hören Sie ...«

»Ich habe Sie verehrt … Mein ganzes Leben über waren Sie ein Vorbild für mich. Eine Leitfigur. Ich habe davon geträumt, so zu sein wie Sie, ich habe geträumt, *ich wäre Sie*. Ich habe Sie geliebt, Erik, ich hätte alles für Sie getan, ist Ihnen das klar? Verstehen Sie, um welche Art Liebe es sich handelt? Die Liebe eines Fans? Wissen Sie, was das bedeutet?«

Nein, offensichtlich weiß Lang das nicht.

»Ich habe jedem neuen Roman entgegengefiebert, bin Ihnen gefolgt, ich war ein Spezialist für Ihr Werk, ein Experte. Ich sammelte Zeitungsartikel, Widmungen, Fotos … Sie waren mein Held. Kurz, ich weiß alles über Sie, Erik. Ich folge Ihnen schon so lange, beobachte Sie, spähe Sie aus. So lange schon, dass ich jeden Tag aufstehe und mich frage: ›Wird man heute von Erik Lang sprechen? Wird er in den Zeitungen erwähnt? Im Radio?‹ Beim Frühstück bin ich zuallererst immer auf Ihre Facebook-Seite gegangen, auf Ihre Twitteraccounts und auf Instagram, um zu sehen, ob es etwas Neues gab. Und wenn es nichts gab, schrieb ich einen kurzen Kommentar, habe den Kommentar eines anderen gelikt oder darauf geantwortet. Himmel, diese sozialen Netzwerke haben mein Leben verändert. Früher musste man sich mit den Zeitungsartikeln begnügen, wenn es welche gab, wie ärgerlich … Mein ganzes Leben habe ich Ihnen gewidmet, Erik. All das wofür …?«

Mandel prustet los, ein lautes Lachen, das ihn durchschüttelt, im Dachgebälk widerhallt, dem er sein Gesicht zugewandt hat. Dann senkt er den Blick wieder auf den Schriftsteller.

»Sie sind ein Versager, Lang! … Ich weiß nicht, wie ein so verachtenswürdiges Wesen wie Sie so wundervolle Bücher schreiben konnte …«

Inzwischen rinnen Mandel Tränen über das Gesicht. Er zittert. Und noch immer beobachtet Servaz die Hand mit dem Brieföffner, hat den Lauf seiner Waffe auf den Boden gerichtet, damit er Gustav nicht verletzt.

»Aber ich werde eine Legende aus Ihnen machen, Erik!«

Seine Stimme ist wieder lauter geworden.

»In hundert Jahren wird man noch von Ihnen erzählen!«

Seine Augen sind tränenüberströmt, er wird immer aufgeregter. Servaz muss schlucken bei dem Gedanken an diese Klinge, die noch immer auf Gustavs Hals liegt.

»Mandel ...«, beginnt er.

Aber der Fan hört ihn nicht.

»Eine Legende!«, wiederholt er laut.

Er legt eine Hand auf Gustavs Kopf, auf die blonden Haare, und Martin spürt, wie die Angst durch seine Eingeweide sickert.

»Wissen Sie, weshalb Mark David Chapman so sauer auf John Lennon war, dass er ihn umbringen wollte? Weil John Lennon seine hundert Millionen Fans in *Imagine* gebeten hat, sich eine Welt ohne Besitz vorzustellen – während er selbst viele Millionen Dollar, Jachten, Immobilien und ein teures Apartment im Dakota Building besaß. Chapman sah in Lennon einen Heuchler, einen Verräter. Und in der Bergpredigt sind die Heuchler die Schlimmsten von allen ...«

Servaz zuckte zusammen, als er Langs Erwiderung hört.

»Schwachsinn ... Chapman hat zugegeben, dass er berühmt sein wollte, und er hätte auch Johnny Carson oder Elizabeth Taylor töten können statt Lennon. Wollen Sie berühmt sein, Rémy? Geht es Ihnen darum?«

Halt die Klappe, denkt Servaz, der hinter ihm steht. *Halt einfach einmal in deinem verfluchten Leben die Klappe, Schreiberling ...*

»Sie haben nichts verstanden! Sie sind einfach nur bescheuert!«

»Dann erklären Sie es mir«, sagt Lang.

Der Fan betrachtet den Schriftsteller inzwischen ohne das kleinste Anzeichen von Verehrung.

»Sie gehören einer Welt an, in der Mord nur eine Vorstellung ist, Lang. Ein *Hirngespinst* ... Ihre Welt ist das Reich der Wörter. Nicht die Realität ... Diese ganzen Verbrechen, diese schrecklichen Morde, die Sie beschreiben, sind nichts als Bilder in Ihrem Kopf. Worte auf Papier. Zu keinem Zeitpunkt haben sie einen Bezug zur Realität. Es sei denn … Ihre Frau, haben Sie die umgebracht, Erik? Hatten Sie die Eier, das zu tun? Oder hat das jemand anders für Sie erledigt? Werden Sie immer nur der sein, der eine hübsche Geschichte auf Papier bringen kann …?«

»Sie sind doch verrückt, Mandel.«

Halt die Klappe, denkt Servaz. *Sei einfach ruhig …*

»Genug geredet, Lang! Kommen Sie her, stellen Sie sich in den Kreis!«

»Nein!«

»Kommen Sie sofort in den Kreis, oder ich bringe den Jungen um!«

Etwas an dieser bedrohlichen Ruhe, die Mandel an den Tag legt, lässt Servaz das Blut in den Adern gefrieren. Er umklammert seine Sig Sauer fester, doch seine Hände sind feucht und rutschig, sein Gesicht glüht, Schweiß brennt in seinen Augen.

»Mandel, Sie sind verrückt!«, wiederholt Lang.

»Capitaine!«, brüllt der Fan in bedrohlichem Tonfall.

Gustav hat angefangen zu weinen, wird von Schluchzern geschüttelt. Also macht Servaz einen Schritt nach vorn. Presst den Lauf der Waffe gegen Langs Nacken.

»Machen Sie schon, *treten Sie in den Kreis*«, sagt er und versucht, seine Stimme so fest wie möglich klingen zu lassen. »Machen Sie, was ich Ihnen sage … Ansonsten puste ich Ihnen das Hirn weg, das schwöre ich Ihnen …«

Ein Schritt.

Ein zweiter …

Ein dritter …

Lang hat die niedrige, wenige Zentimeter hohe Barriere aus Büchern übertreten.

»Noch einen«, verlangt Mandel.

Inzwischen sieht Servaz die getränkten Bücher, die feuchten Bretter klar vor sich, wie sie unter den Füßen des Schriftstellers, seines Fans … und unter Gustavs Füßen glänzen. Der Benzingeruch ist inzwischen stärker. Mandel geht einen Schritt zur Seite, benutzt Servaz' Sohn noch immer als Schild, und der Bulle entdeckt den offenen Benzinkanister hinter ihm.

»Drehen Sie sich um«, befiehlt er Lang.

»Nein!«

»Tun Sie, was er verlangt!«, ruft Servaz ihm zu, zielt von hinten mit der Waffe auf ihn.

Einen winzigen Moment lang zögert Lang, dann dreht er langsam den Kopf zu ihm um, sein Gesicht erscheint im Profil, er steht noch immer mit dem Rücken zu ihm da und bietet Mandel die Stirn.

»Sie werden nicht schießen! Sie haben zu große Angst, der Schuss könnte Ihren …«

Aber der hünenhafte Fan hat diesen Moment der Ablenkung genutzt, um sich auf den Schriftsteller zu werfen, ihn zu Servaz umzudrehen und ihm in einer flinken und unnachgiebigen Geste den Brieföffner unters Kinn zu halten.

»Ich habe ihn extra für diese Gelegenheit geschärft«, flüstert er ihm zu.

Er hat Gustav losgelassen. Der rennt los, übertritt den Kreis und wirft sich in die Arme seines Vaters, der ihn fest an sich presst. Mandel versucht nicht, ihn aufzuhalten.

»Himmel, Mandel, was machen Sie da?«, keucht der Schriftsteller.

Er hebt das Kinn, so hoch er kann, um einem Schnitt durch die Klinge zu entgehen, sodass sein Kopf im Nacken liegt, sein Hinterkopf fast an der Schulter des Hünen.

»Ich werde eine Berühmtheit aus Ihnen machen«, wagt Lang sich vor. »Ich schreibe über Sie in meinem nächsten Roman! Ich werde alles erzählen, was Sie für mich getan haben!«

In der freien Hand des Fans ist jetzt ein Feuerzeug. Ein Zippo. Er lässt es aufschnalzen, und die Flamme leuchtet auf.

»Sie sind verrückt, Mandel!«, brüllt Lang, der das charakteristische Geräusch des Feuerzeugs erkannt hat. »Sie fackeln uns noch ab!«

Große Schweißperlen stehen inzwischen auf der Stirn des Schriftstellers, seine Augen sind weit aufgerissen. Servaz wiederum ist unfähig, sich zu bewegen. Er presst nur den Kopf des Jungen an sich, damit er nichts davon sieht – doch das will Gustav auch gar nicht.

»Mandel, tun Sie das nicht!«, ruft er.

»Eine Legende«, zischt der Fan Lang leise ins Ohr, mit einer Stimme, so giftig wie Langs Schlangen.

Die kleine Flamme flackert, erzittert, beugt sich im Luftzug und richtet sich wieder auf – unstet, bedrohlich, gefährlich. Schweiß rinnt über das Gesicht des Schriftstellers.

»Ich flehe Sie an!«, bettelt Lang. »Nein, nicht!«

Erst da bemerkt Servaz, dass auch Mandels Kleidung übergossen ist, er sieht, wie der Fan dem Benzinkanister einen leichten Tritt verpasst, sieht, wie dieser umkippt und sich leert. Das Nachfolgende erinnert an einen Traum: Die Zeit dehnt sich, biegt sich, jede Sekunde ist losgelöst von der nachfolgenden – und in dieser ausgedehnten, lang gezogenen Zeitspanne sieht er, wie Rémy Mandel seine Kleidung anzündet, das offene Feuerzeug auf den Boden wirft, den Brieföffner fallen lässt und dann mit ganzer Kraft den Schriftsteller festhält, der sich windet, sich wehrt, schreit, aber in den starken Armen seines Fans gefangen ist.

Martin presst Gustavs Gesicht an sich, als die Flammen größer werden, leuchtend gelb aufzüngeln, den ganzen Kreis erfassen und ihren Höllentanz um den Schriftsteller und seinen Fan herum absolvieren, an den beiden Gestalten lecken, die schon bald nur noch wie eine einzige aussehen. Er drückt die Hände auf die Ohren des Jungen, als die beiden menschlichen Fackeln wie aus einer Kehle schreien, während ihr Fleisch miteinander verschmilzt, ihr Blut kocht und sie vom Feuer verschlungen werden.

Die Buchseiten um sie herum fangen Feuer, lösen sich, wirbeln in der heißen Luft auf. Eine Seite nach der anderen flattert auf, Dutzende Vögel mit Feuerflügeln unter dem Dachstuhl, ehe sie zusammenschrumpfen und wie Schnee in der Sonne schmelzen, bevor sie verschwinden – Tausende Wörter in Rauch aufgegangen …

Das Knistern der Glut, die Hitze auf Servaz' Gesicht, der Rauch, der seine Lunge bereits füllt, die Schreie in seinen Ohren.

Lauf! Lauf! Raus hier, Gustav!

Seine Kehle ist voller Rauch, er kann kaum atmen. Er hustet, keucht. Beugt Gustav nach unten, eine Hand in dessen Nacken, schiebt ihn rasch zum Ausgang, ist selbst nach unten gebeugt, die Augen voller Tränen, das Gebäude knackt überall.

Runter! Tiefer! Wenn du das Bewusstsein verlierst, stirbt dein Sohn!

Er hört das Krachen von Holz hinter ihnen, Wände und Balken werden vom Feuer verzehrt, und schon bald werden sie zusammenbrechen. Die Schreie sind noch immer zu hören. Schwindel erfasst ihn, sein Blick wird unscharf.

Runter! Nicht atmen! Weitergehen!

Der Taumel verlangsamt jede seiner Gesten. Er schiebt seinen Sohn vor sich her, umrundet hastig die Heuballen mit ihm, hält ihn, wenn er stolpert, stürzt mit gesenktem Kopf wie ein Stier auf die Türen des Schuppens zu.

Lauf! Nur noch wenige Meter!

Sie sind draußen!

Er rennt mit seinem Sohn in die Nacht hinaus, rennt weit weg von dem brennenden Schuppen, rennt und bleibt schließlich dort stehen, wo die Flammen sie nicht erreichen, lässt sich auf den Boden fallen, auf die Knie, sein Sohn neben ihm hustet, keucht, schnappt nach der Nachtluft, Vater und Sohn nebeneinander kniend in der Nacht, keuchend und japsend – aber unversehrt.

EPILOG

VÄTER

Gewaltig, ungeheuerlich erstreckte sich der Himmel vor ihnen.

Je weiter die Morgendämmerung vorrückte, umso mehr hatte er die Farbe der Blumen angenommen, die das Symbol der benachbarten Stadt waren. Der Wind war etwas stärker geworden, Rauch und Fumarolen legten sich über die verkohlten Reste des Schuppens, während die Bäume raschelten, als würde der Morgen sie aufwecken.

Servaz atmete den sanften Duft von heißem Kaffee ein, der aus der Thermoskanne in einen Becher floss.

Er mochte diesen Geruch nicht nur überaus, er half ihm auch, den loszuwerden, der sich in seiner Nase festgesetzt hatte: diesen Gestank von verkohltem Holz, feuchter Asche, Benzin und verbranntem Fleisch. Irgendwo hatte er einmal gelesen, dass der Geruch aus dem Zusammentreffen von Molekülen hervorging, die von einem Gegenstand abstrahlten, und den Millionen Rezeptoren, die sie in unseren Nasenhöhlen empfingen. Bestimmt weigerte er sich deshalb zu verschwinden.

Der Löschzug der Feuerwehr stand noch immer auf der Lichtung, genau wie die Fahrzeuge der Kripo und ein Krankenwagen, die mit ihren Warnlichtern den anbrechenden Tag zerschnitten. Sie mussten warten, bis der Brand gelöscht und die Überreste des Gebäudes gesichert waren, bevor sie den Tatort untersuchen konnten; das hatte fast die ganze Nacht gedauert.

Sehr viel früher in derselben Nacht hatte ein weiterer Krankenwagen Gustav mitgenommen, damit er untersucht wurde, und Martin hatte ihn begleitet. Erst als sein Sohn eingeschlafen war – man hatte ihm ein leichtes Schlafmittel verabreicht –, war er zurückgekommen und hatte vor Ort Espérandieu, Samira und die anderen Mitglieder seines Ermittlerteams, dazu Cathy d'Humières, die Staatsanwältin von Toulouse, sowie Doktor Fatiha

Djellali vorgefunden. Außerdem Stehlin, den Leiter der Kripo. Der hatte ihm verkündet, dass er noch am selben Tag von polizeiinternen Ermittlern verhört würde – und dass er vorübergehend suspendiert war. Als er das hörte, hatte er nichts von dem gespürt, was er hätte spüren sollen: keine Furcht, keine Reue; nichts als Wut und Traurigkeit. Von dieser Nacht würde er nur zurückbehalten, dass er seinen Sohn gerettet hatte. Und dennoch war es gewissermaßen ein Fehlschlag gewesen. Denn zwei Männer waren jetzt tot.

»Martin, dieses Mal kann ich nichts mehr für dich tun«, sagte Stehlin leise. »Du hast den Bogen überspannt.«

Der Tonfall war gemäßigt, fast freundlich. Offensichtlich schonte Stehlin ihn. Er hatte einen Sohn, der kaum älter war als Gustav, vielleicht lag es daran. An einen der Transporter gelehnt, gönnte sich Servaz, der im morgendlichen Licht sehr blass war, einen weiteren Schluck heißen Kaffee, ehe er fragte: »Was hätten Sie denn an meiner Stelle getan?«

Diese Frage schien seinen Chef in die Abgründe der Verblüffung zu stürzen.

Acht Stunden lang wurde er von den Vertretern der Dienstaufsichtsbehörde verhört, die extra aus Bordeaux angereist waren. Sie kamen gleich auf das Wesentliche zu sprechen. »Warum haben Sie Ihren Chef nicht informiert?«, »Warum haben Sie Erik Lang gesagt, er solle den Schuppen betreten?«, »Ahnten Sie, was Mandel tun würde?«. Nach ein paar Stunden waren sie zum Du übergegangen. »Dafür werden sie dich bluten lassen, Servaz, da kannst du was erleben …« Aber ohne Feindseligkeit. Bestimmt waren die Typen, die er vor sich hatte, ebenfalls Familienväter. Wie sollte er ihnen erklären, dass er gedacht hatte, er würde das Richtige tun, dass er in Windeseile Entscheidungen fällen musste und selbst nicht mehr wusste, ob diese Entscheidungen auch die richtigen waren. Wie sollte er ihnen erklären, dass sich sein ganzes Leben darauf beschränkte: eine Aneinanderreihung von Auswahlmöglichkeiten und Entscheidungen, ohne irgendeine Gewissheit zu haben. Sicher, er hatte bemerkenswerte Erfolge gehabt, mehr als einmal sein Leben riskiert, für seine Familie, seine Arbeit, sich selbst – dennoch hatte er das Gefühl, als hätte all das nichts genützt: dass er nur zu dem täglich größer werdenden Chaos beigetragen hatte. Er hatte versagt, sie alle hatten versagt. Als Gemeinschaft und als Einzelner. Natürlich sagte er ihnen das nicht; er sagte ihnen das, was sie hören wollten. Aber er machte sich nichts vor: Im Lauf dieser verrückten Nacht, dieser Nacht, die er niemals vergessen würde, hatte er einen Mordverdächtigen auf freien Fuß gesetzt, seine Kollegen belogen, den Verdächtigen mehr oder weniger gekidnappt – er verzichtete darauf, zu erwähnen, dass er ihn mit seiner Dienstwaffe bedroht und sogar geschlagen hatte, der Betroffene war nicht mehr da, um davon zu erzählen –, und er hatte jenseits von jeglichem rechtlichem Rahmen agiert. Aller Wahrscheinlichkeit nach würde die Bestrafung in seiner Amtsenthebung bestehen. Mit oder ohne Rentenanspruch?

Er wollte nur eines: in sein altes Leben zurückkehren, zu Gustav, seiner Arbeit, seiner Wohnung, Mahler auf der Stereoanlage auflegen, sonntags aufwachen, als wäre nichts geschehen, und im Bett warten, bis Gustav aufstand und zu ihm kam.

Nach dem Verhör ging er einkaufen – gemahlenen Kaffee, Mineralwasser, Äpfel und Mandarinen, zwei Pizzas, Käse von *Xavier* und Scoubidou –, Gustavs Lieblingssüßigkeiten, die er ihm jedoch nicht immer erlaubte. Während er zwischen den Regalen herumlief, umgeben von Menschen, die nichts von dem wussten, was geschehen war, dachte er an Ambre-Amalia, deren Leben sich nur um ein einziges Wort gedreht hatte: *Rache*. Was hatte sie über all die Jahre hinweg empfunden? Wie konnte sie an der Seite eines Mannes leben, den sie hasste? War sie auch nur ein einziges Mal glücklich gewesen? Das Leben von Ambre Oesterman war so rätselhaft, dass er es niemals verstehen würde, denn die Antworten auf seine Fragen hatte sie mit ins Grab genommen.

Dann stattete er seinem Sohn einen Besuch im Krankenhaus ab. Gustav schmollte: Er wollte nach Hause, in seinem Bett schlafen, er wollte sein Zimmer, sein Spielzeug, er wollte Charlène …

abgesehen davon ging es ihm gut. Die Ärzte drängten jedoch darauf, ihn bis zum nächsten Tag zur Beobachtung dazubehalten; sie wollten sichergehen, dass der Vorfall keine »psychischen Schäden« verursacht hatte, wie sie es nannten.

Servaz blieb bei Gustav, bis der wieder einschlief, dann ging er nach Hause, ein paar Sachen holen. Er beabsichtigte, die Nacht im Krankenhaus zu verbringen.

Zu Hause angekommen, öffnete er den Briefkasten: Er war voller Werbung – enthielt aber auch zwei weiße Umschläge, und er zuckte zusammen, als er den Absender des ersten las, *Justizanstalt Leoben, Dr.-Hanns-Groß-Straße 9, 8700 Leoben, Austria*. Die Briefmarke war aus Österreich, die Adresse die eines Gefängnisses. Er beschloss, diesen Brief erst später zu öffnen – das war nicht eilig –, und wandte sich dem zweiten Brief zu.

Beim Anblick des Notarstempels beschleunigte sich sein Puls. *Er war angekommen ... endlich.*

Zunächst riss er den Umschlag auf, überflog rasch die schwülstigen Zeilen, mit denen Notar Olivier sich quasi im Namen seines gesamten Berufsstands für dieses »Pflichtversäumnis der ihnen übertragenen Aufgaben« entschuldigte.

Mit einem Stich im Herzen riss er dann den *anderen* Umschlag auf, der diesen Zeilen beigelegt war.

Den Brief, der einen Zeitsprung hinter sich hatte, der fast dreißig Jahre lang darauf gewartet hatte, dass er ihn las, in einem Karton, aufbewahrt in einem Schrank des Notars, auf dem einfach nur in blauer, leicht verblichener Tinte stand:

Martin

Fast dreißig Jahre, und doch erkennt er die Schrift sofort. Fast dreißig Jahre, und doch spürt er, wie seine Kehle eng wird und sein Herz in seiner Brust wild schlägt, als er die Doppelseite herauszieht und auffaltet.

Er stellt sich unter die Lampe im Gang, setzt die Brille auf. Wenige Sekunden später laufen ihm Tränen über das Gesicht. Das hätte er nicht für möglich gehalten, er hätte nicht gedacht, dass sie dreißig Jahre danach immer noch fließen würden. Aber sie sind da, benetzen seine Wangen. Er liest Folgendes:

Martin,

ich weiß nicht, wie lange ich schon weg sein werde, wenn du diesen Brief liest, ich hoffe nur, dass dir die Lektüre mit der Zeit weniger schwerfällt.

Mein Junge, ich weiß, was du durchmachen musstest, ich weiß, was es heißt, einen nahestehenden Menschen zu verlieren, und ich weiß auch, was Schuld heißt. Ich bitte dich um Verzeihung. Um Verzeihung für die Albträume, die du hast, um Verzeihung für dieses Bild von mir, das dich zu lange heimsuchen wird, um Verzeihung für jedes Mal, wenn du dich gefragt hast, warum ausgerechnet du mich finden musstest und was ich dir damit sagen wollte. Ich hoffe von ganzem Herzen, dass du mein Handeln eines Tages verstehen kannst.

Und verzeihen.

Mein Junge, wenn du diesen Brief geöffnet hast, dann ist das Haus verkauft, und wir können uns voneinander verabschieden, jetzt ist die letzte irdische Verbindung, die zwischen uns bestand, abgebrochen. Du musst wissen, dass ich dich liebe, mein Sohn, dass ich deinen starken Charakter immer schon bewundert habe. Gerne hätte ich denselben gehabt, Martin, aber ich war nicht so stark wie du. Du bist wie ein Schilfhalm – du verbiegst dich, aber du brichst nicht. Ich war eine alte Eiche, die der Blitz getroffen hat. Der Baum war schon lange tot: Er ist gestorben, als deine Mutter gestorben ist.

Wenn du eine Frau hast oder auch Kinder, dann erzähl ihnen von mir, wie ich war, als du noch ein Kind warst. Erzähl ihnen von den Jahren, als ich ein Vater war, der diesen Namen auch verdient hatte, wie ich hoffe. Erinnerst du dich noch an unsere Spiele, Martin? An die großen Sandburgen, die wir auf den Felsen gebaut haben? An das Vorlesen an den Sommerabenden, wenn ich Long John Silver, Jim Hawkins, Tom Sawyer und Phi-

leas Fogg für dich zum Leben erweckte? Nie war ein Vater glück-
licher als ich in dieser Zeit, mein Großer.
Man könnte meinen, dass ich dafür in den letzten Jahren alles
wunderbar in den Sand gesetzt habe, was? Es beschämt mich, es
zuzugeben: Ich habe meine Mahler-Schallplatten verkauft, als
mir das Geld ausging. Ich habe Mahler gegen Alkohol einge-
tauscht, Martin! Und niemand – nein, niemand – will, dass seine
Kinder einen alkoholsüchtigen Großvater auf dem Bett sitzen
haben, niemand will erklären müssen, weshalb Großvater ein
tattriger alter Mann mit zitternden Händen ist.

Grundgütiger! Während er dies liest, zittern seine Hände. Und
mit ihnen die Seiten, die er festhält. Er wirft einen flüchtigen
Blick um sich, sieht sich bedachtsam um, nimmt die Brille ab,
wischt sich die Tränen weg, die seine Sicht verschleiern, und fährt
mit der Lektüre fort.

Aber du musst dir diese Last nicht aufbürden, Martin: Dich trifft
keine Schuld. Ich weiß, dass du an der Uni Kurse geschwänzt
hast, dass du ein schwieriges Verhältnis zu deinen Professoren
hattest, dass du dich abgekämpft hast. All das habe ich gewusst.
Mir war klar, dass ich gewissermaßen schuld daran war, dass es
mit meinem Verfall zu tun hatte.

Verdammt, denkt er, *du alter Mistkerl, warum hast du mir nichts*
davon gesagt? Warum hast du mich mit meinen Fragen, meinen
Schuldgefühlen und meiner Wut zurückgelassen? Warum hast du
mich nicht um Hilfe gebeten?

Er liest weiter.

Es tut mir leid, dir all das nicht schon früher gesagt zu haben,
weder den Mut noch die Worte gefunden zu haben, die nötig
gewesen wären. Ich war noch nie ein sehr mutiger Mann. Zumin-
dest nicht so mutig wie du, Martin …

Eines ist sicher: Ich werde nicht ins Paradies kommen. Aber welches Paradies könnte schon bedeutender sein als dieses Leben? Nur die Poeten können das Leben in seiner ganzen Pracht beschreiben, Martin; wie könnte es etwas Schöneres, Kostbareres geben als die zarten Blätter, die im Wind rascheln, die frische Luft auf deinem Gesicht, die Sonne, die deine Haut wärmt? Als dieses salzige, lauwarme Meer, in dem wir im Sommer baden? Wie kann es etwas Größeres geben als dein Herz, das im Gleichklang mit einem anderen Herzen schlägt, der Geschmack eines Kusses oder die Anmut von Worten, als Literatur oder Musik … Und wenn es nichts Schöneres, nichts Größeres als das gibt – dann existiert das Paradies nicht.

Lebe dieses Leben, mein Junge. Lebe es mit aller Kraft. In seiner ganzen Fülle, gierig. Koste jede Minute aus. Jeden Moment. Denn dieses Leben ist alles, was du hast. Du musst dich nicht schämen für das, was du bist oder was du getan hast. Du bist ein guter Mensch.

Er kann nicht mehr still stehen. Er geht auf und ab, seine Augen sind wieder trocken. Hätte er letzte Nacht anders reagieren können? Nein, natürlich nicht. In diesem Augenblick ist er über alle Maßen hoffnungslos traurig – aber, paradoxerweise, auch von Frieden erfüllt.

Es ist jetzt an der Zeit, sich voneinander zu verabschieden, Martin. Es ist an der Zeit, dass wir uns trennen. Ich wünsche dir, meine Junge, für die Zeit, die dir noch bleibt, dass du deinen Platz auf dieser Welt findest … Und dass du dort so glücklich bist, wie man es nur sein kann.

Papa

Er faltet den Brief zusammen. Es ist der 12. Februar 2018, 22:13 Uhr.

DANKSAGUNG

Wie immer trifft auch hier zu, dass ein solcher Roman nicht geschrieben werden kann, ohne dass man ein paar seetüchtige Matrosen und Kapitäne an Bord hat. Ich muss mich zunächst bei Frédéric Péchenard, dem Vize-Präsidenten des Conseil Général von Île-de-France, dem ehemaligen Chef der Einheit für Bandenbekämpfung, dem ehemaligen Chef der Kripo, dem ehemaligen Generaldirektor der Police nationale für das spannende Gespräch an einem Herbstvormittag über die Polizei von gestern und die Polizei von heute bedanken.

Pascal Pasamonti von der Kripo in Toulouse hat für mich seine Anfangsjahre in der Rue du Rempart-Saint-Étienne und den großen Umzug der Toulouser Polizei an den Boulevard de l'Embouchure wiederaufleben lassen, der 1993 stattgefunden hat – auch wenn es im Februar war und nicht im Mai, aber ein Autor darf sich alles erlauben, nicht wahr? Zusammen mit Yves Le Hir, dem Leiter der Kriminaltechnischen Einheit, haben wir die Kriminalpolizei der Achtziger- und Neunzigerjahre mit der von heute verglichen: Wenn sich eine Verwaltung im Lauf der letzten 25 Jahre von Grund auf reformiert hat, dann die Polizei. Monique Amadieu hat für mich alte Fotos ausgegraben, aus einer Zeit, als die Kingsize-Krawatte in ihren Rängen noch vorgeschrieben war. Und Christophe Guillaumot hat mich unter anderem an die Regeln der Hausdurchsuchung erinnert, die ich ein bisschen vergessen hatte. Er ist auch derjenige, dem ich die Anekdote von der »Uhr, die nachgeht« zu verdanken habe, ein echter Trick, den er selbst in einem seiner Romane angewandt hat – denn er ist nicht nur Polizist, sondern auch ein talentierter Autor: Sein Roman *Abattez les grands arbres* setzt einen anderen Toulouser Polizisten, Renato Donatelli, in Szene.

Wie immer gehen alle Fehler in diesem Roman auf mich zurück, nicht auf sie.

Sie war da, bei jedem Schritt dieses Buches, großer Dank an Laura Muñoz – *siempre*.

Und schließlich geht mein Dank, wie immer, an meine Verleger, Bernard Fixot und Édith Leblond, und an das ganze Team von Éditions XO für eure beständige Unterstützung und euer erneutes Vertrauen. Und natürlich an meine ersten Leser und an all jene, die sich seitdem zu ihnen gesellt haben.

Yvelines, Februar 2018

Genau so müssen Thriller sein:
perfide, abgründig und völlig unerwartet!

BERNARD MINIER

SCHWARZER SCHMETTERLING

Eisiger Winter in den französischen Pyrenäen. Ein abgeschiedenes Dorf. Eine geschlossene Anstalt. Ein hochintelligenter Psychopath mit einem teuflischen Plan. In 2000 Meter Höhe machen Arbeiter eine verstörende Entdeckung: ein grauenvoll inszenierter Tierkadaver auf schnee- und blutbedeckten Felsen. Das Werk eines Wahnsinnigen?

Während Commandant Servaz und die junge Anstaltspsychologin Diane Berg verzweifelt versuchen, das Rätsel zu lösen, wird der kleine französische Ort Saint-Martin von einer kaltblütig inszenierten Mordserie erschüttert ...

KINDERTOTENLIED

Hochsommerliche Hitze und heftige Gewitter belasten die Menschen im Süden Frankreichs, als ein brutaler Mord geschieht. Eine Professorin der Elite-Universität Marsac liegt gefesselt und ertrunken in der Badewanne. In ihrem Rachen steckt eine Taschenlampe. Ohrenbetäubende Musik von Gustav Mahler schallt durch die Nacht. Kindertotenlieder ...

WOLFSBEUTE

Das Unheil beginnt mit einem verstörenden anonymen Brief eines vermeintlichen Selbstmörders. Zunächst glaubt Moderatorin Christine Steinmeyer an einen Irrläufer, der da in ihrem Briefkasten gelandet ist. Doch dann meldet sich in ihrer Live-Radiosendung ein Mann zu Wort, der Christine für den Tod eines Menschen verantwortlich macht.

Wenig später wird in ihre Wohnung eingebrochen, der Täter hinterlässt eine CD mit Opern-Arien. Tosca von Puccini. Dann verliert Christine ihren Job, und auch ihr Lebensgefährte wendet sich plötzlich von ihr ab. Ein Albtraum nimmt seinen Lauf. Wer trachtet danach, Christines Leben zu zerstören?

NACHT

Es gibt kein Entkommen für Kommissar Martin Servaz vor seinem schlimmsten Albtraum: Bei einem Mordopfer auf einer norwegischen Ölplattform tauchen Fotos auf, die direkt zu ihm nach Toulouse führen. Fotos, die nur einer dort hinterlegt haben kann: Julian Hirtmann, ein hochintelligenter Serienmörder, seit Jahren auf der Flucht. Zeitgleich mit ihm verschwand damals Servaz' große Liebe Marianne, längst ist der Kommissar von ihrem Tod überzeugt. Nun hat Hirtmann beschlossen, ein neues Spiel mit Servaz zu spielen. Erst setzt er den Kommissar auf die Spur eines Jungen, der sein Sohn sein könnte – nur um ihn dann vor eine unmögliche Wahl zu stellen.